U0065292

Stephen King

史蒂芬金選

穹頂之下
UNDER THE DOME
上

【導讀】

# 我們全都身在其中——談史蒂芬．金的《穹頂之下》

【文字工作者】劉韋廷

《穹頂之下》這本小說，描述緬因州一個名為卻斯特磨坊的小鎮，被一座具有神祕力量的穹頂籠罩，因而引發了一連串事件。本書英文版發行於二〇〇九年十一月，但在上市的一年多以前，史蒂芬．金便曾透露這本小說的厚度驚人。說真的，這話若是出自其他作家口中還好，但金的著作一向以厚聞名，這回就連他本人也做出了如此宣示，自然更讓人感到好奇不已。

等《穹頂之下》正式上市後，證實了金的確所言不虛。本書的英文精裝本共有一千零七十二頁，厚度在金的作品中排名第三（排名第一的是《末日逼近》的一千一百五十三頁，第二名則是《牠》的一千一百三十八頁），亦是他自一九八六年以後，至今最厚的一本著作。

除了厚度以外，本書從構想至實際寫就所花費的時間，亦同樣極為驚人。金在本書後記中表示，自己曾於一九七六年首度嘗試撰寫《穹頂之下》（但這個說法值得商榷，因為他在幾次訪談提起這件事時，所說的年份經常有所不同，我們只能大概得知時間應該是在一九七二年至一九七八年之間）。但他第一次的嘗試，最後卻只寫了七十頁左右，便因故事需要複雜的科學相關資料而就此停筆。

到了一九八二年，金前往匹茲堡參與電影《鬼作秀》拍攝工作時，由於暫住在當地的一間舊公寓中，因而有了靈感，認為既然難以處理穹頂內部的氣候變化等複雜科學問題，倒不如將故事背景縮小為一棟公寓大樓，便可順利突破難關。

這個二度嘗試的版本，被金命名為《食人族》（The Cannibals）。這回，金在寫了四百五十多頁以後，由於不知該如何繼續發展下去，因而再度停筆。

時間就這麼過了二十五年。

二〇〇七年時，金總算下定決心要把《穹頂之下》寫完，並找朋友協助搜尋書中所需的相關科學資料，最後總算在隔年八月完成本書初稿。但金沒想到，在《穹頂之下》上市的幾個月前，這本小說的故事介紹才甫一發表，便在網路上引起了一陣是否涉及創意抄襲的爭論。

原來，在二〇〇七年的動畫片《辛普森家庭電影版》中，同樣運用了一座城鎮被穹頂包圍的點子作為故事主軸，加上電影上映的時間，比金開始三度重寫《穹頂之下》足足早了四個月之久，因而引發了網路上的議論紛紛。

所幸的是，在一九八九年由道格拉斯．伊．溫特所著的《黑暗的藝術》（The Art of Darkness）一書裡，曾引用過金提及拍攝《鬼作秀》時期的一段訪談內容：「我那時在寫一本名為《食人族》的書——是從五年前開始寫的，只是當時的書名還叫做《穹頂之下》。」而也正是這段內容，意外地成為了金並未抄襲《辛普森家庭電影版》的證據之一。

除此之外，雖然最早版本的《穹頂之下》那七十頁稿子已經遺失，但金卻找到了他原本以為同樣弄丟的《食人族》稿件，並在《穹頂之下》上市的兩個月前，將這份打字稿掃描下來，於他的官方網站上提供前一百二十頁的內容讓讀者免費下載，作為他早有《穹頂之下》這個故事點子的佐證之一（這份稿子現在仍可在金的官方網站上下載，有興趣的讀者不妨找來一讀）。

就金自己的說法來看，《穹頂之下》與《食人族》這兩個故事出自同樣的想法，描述人們與外界隔絕之後的反應，以及彼此間會發生的衝突。但金同時表示，雖說這兩個故事有著相同的根源，但發展方向卻完全不同。《食人族》的情況較接近他的《必需品專賣店》一書，有著點社會喜劇的調子，至於《穹頂之下》，則以更為直接、嚴肅的方式來切入主題。

在《穹頂之下》推出後，各界評論在提起這本小說時，幾乎總會一併提及他的《末日逼近》一書。從許多方面來看，這兩本作品的確有不少相似之處，包括厚度同樣驚人、角色同樣眾多，以及故事內容同樣較具政治諷刺性等等。只是，若是你細心思考，還是可以看出這兩本作品的明顯歧異之處。

從角色與故事佈局方面切入，《末日逼近》的前半部採取多線進行的方式處理，眾多要角一開始並不認識彼此，直到小說後半才總算齊聚一堂。而在《穹頂之下》裡，由於故事場景被侷限在小鎮中，因此大多角色原本便相互認識。如果說《末日逼近》是描述一群人如何站在同一陣線的故事，那麼《穹頂之下》則讓我們看見了一群人因不同想法，進而分裂、各自對立的過程。

而在政治諷喻方面，《末日逼近》的指涉範圍較廣，你可以將書中的正邪雙方視為左派右派之爭，亦能想像成民主與獨裁之戰。從這樣的角度來看，金在《末日逼近》的結局安排則顯得份外有趣，亦使整本小說較為接近「提問」，而非試圖提供解答。相較之下，《穹頂之下》的指涉性則明確許多，金甚至還在某次訪談中，直接表示書中的兩名政客角色，其原型正是來自於美國前總統小布希與前副總統錢尼兩人，也讓《穹頂之下》所描述的那座小鎮，因此成為了他心目中小布希與錢尼執政時期的美國縮影。

當然，對於台灣的大多數讀者來說，美國的政治狀況屬於我們較不熟悉的領域（但說真的，你要拿台灣的政治人物來套用好像也不是不行）。不過你無需擔心這點。畢竟，金仍是一名大眾小說作家，就算無法完全理解他的意有所指，照樣能在閱讀《穹頂之下》的過程中，感受到高度的娛樂性。其中接近故事尾聲的一段毀滅性情節，更是讓人讀得頭皮發麻，彷彿世界末日在眼前上演般，令人打從心裡驚駭不已。

最後，如果你是有在注意美國影集的讀者，或許已有耳聞由《穹頂之下》改編而成的同名電視影集，創下了美國十幾年來的夏季影集最高收視率紀錄，每集平均收視人口數更超過一千萬人之多這項消息。然而，無論你是否已經看過這部影集，在此都還是要提醒各位，影集的內容與原著有極大差異，包括角色身分、經歷、彼此間的關係，乃至於故事發展過程，幾乎全都截然不同，不管你喜歡／討厭／期待這部影集，都還是能從原著中得到許多樂趣與驚喜。

好了，話不多說。就在幾頁之後，你即將加入一架飛機與一隻土撥鼠的前進行列。不過，千萬要記得走慢一些，眼睛睜大一點。

因為穹頂即將降下，而我們全都身在其中。

# 他們都為大師喝采！

這是歷來所有最佳作品中最棒的一本！

——《神隱任務》原著作者李查德

史蒂芬．金的《穹頂之下》，是我這麼多年以來最喜愛的小說之一！

——《墓園裡的男孩》作者／尼爾‧蓋曼

《穹頂之下》代表了經典的史蒂芬‧金，當然也為讀者帶來了莫大的樂趣！

——巴爾的摩太陽報

從頭到尾都緊湊有力……縱使捧著這本書十分吃力，但要放下它甚至更難。

——紐約時報

《穹頂之下》的節奏如此之快，緊緊抓住讀者的心，讓人幾乎無法抗拒。

——新聞報

情節複雜緊湊……令人大呼過癮！

——今日美國報

史蒂芬‧金重返了《末日逼近》的光榮歲月。

——紐約每日新聞報

這本說故事大師的作品，具有無窮的樂趣。

——洛杉磯時報

一場瘋狂的娛樂之旅！

——時人雜誌

引人入勝！

——ABC新聞網

這部史蒂芬·金回歸超自然恐怖小說的作品，具有令人深感不安的厚實度、驚人複雜的情節，以及難以抗拒的說服力。史蒂芬·金熟練地駕馭數量驚人的眾多角色，同時也對他們冷酷以待，迫使他們得活著（或沒能活著）面對那些草率決定所帶來的後果。讀者會發現，本書主題與風格較為接近他早期的小說，同時也會發現這本小說並不像《末日逼近》那樣，具有亟欲闡述的道德寓意，但縱使如此，本書除了毫不間斷的驚悚氛圍外，亦會讓人深感不安，思索我們行善與為惡的能力。

——出版家週刊

史蒂芬·金帶著故事前來，始終堅持說故事這件事。《穹頂之下》帶著些許社會評論的調子，以稍作掩飾的手法，諷刺了大屠殺等問題。在卻斯特磨坊中，唯一高於丙烷價格的數字，便是屍體的數量。但這點相當有趣，而且史蒂芬·金也火力全開。讀這本書吧！好好享受，讀完更不會有任何小考。

——《書籤》雜誌

紀念蘇蘭達·達雅布海·佩托
我們想你，我的朋友

——**史蒂芬·金**

contents

你在尋找誰
他叫什麼名字
你或許能在足球比賽上
找到他的蹤影
這是個小鎮
你懂我的意思吧
這是個小鎮，孩子
我們全是同一隊的
——詹姆士・麥克穆提

飛機
與土撥鼠

# 1

兩千英尺的高空中，克勞蒂特．桑德斯正在上飛行課。卻斯特磨坊鎮在晨光中散發光芒，就像剛落成的城鎮一般。車輛沿著主街移動，在陽光反射下閃閃發亮。剛果教堂的尖頂看來足以刺穿明淨無瑕的天空。太陽彷彿是在與那架塞涅卡V形飛機沿著普雷斯提溪相互競速，兩者的移動軌跡，同樣與切過城鎮的溪流形成對角線。

「查克，我好像看見有兩個男孩在和平橋旁邊釣魚耶！」她十分開心，因而開懷大笑。能來上飛行課，全都多虧她那名身為鎮上首席公共事務行政委員的丈夫安德魯．桑德斯贊助。雖然他認為上帝若是想讓人類能飛，那麼早就賜給人類一雙翅膀了。但由於老安是個相當好哄的人，最後克勞蒂特還是達成了目的。她對首次的飛行體驗樂在其中，不只開心，甚至到了狂喜的地步。今天她第一次懂了飛行這件事的美好，簡直就是酷到不行。

她的教練查克．湯普森輕輕碰觸操縱桿，接著指向儀表板。「妳說得沒錯。」他說。「不過繼續維持機身平穩好嗎？克勞蒂特？」

「對不起，不好意思。」

「沒關係。」他教人飛行好幾年了，總喜歡克勞蒂特這種渴望學習新知的學生。從她喜歡塞涅卡飛機，並表示自己也想擁有一架全新的來看，她過去應該花了不少老安的錢，而且近期可能還會再花上個一百萬美金。雖然不算完全被寵壞，但克勞蒂特．桑德斯無疑擁有昂貴的品味，而幸運的老安，似乎也不因此苦惱。

查克喜歡這樣的天氣。晴朗無風，能見度不受影響，是個完美的教學環境。然而，此刻她卻調整過度，使這架塞涅卡開始微微晃動。

「妳得放輕鬆點，別那麼緊張。轉到一百二十度，朝一一九號公路去，高度下降到九百英尺。」

她照做了。這架塞涅卡再度回復到完美的平穩狀態，使查克鬆了口氣。

他們自雷尼二手車行上方飛過，城鎮的位置此刻已在他們後方。一一九號公路兩側區域裡，樹木的色彩一片火紅。塞涅卡的十字形影子離開柏油路面，其中一側的機翼陰影迅速擦過一名背著背包、如同螞蟻般大小的人。那人抬頭一望，揮了揮手。雖說查克知道那傢伙可能根本就看不見，但依舊揮手回禮。

「這真是太棒的一天了！」克勞蒂特興奮地大叫，而查克則笑了起來。

他們的生命即將在四十秒後劃上句點。

## 2

一隻土撥鼠搖搖晃晃地沿一一九號公路的路肩朝卻斯特磨坊鎮的方向前進。那裡離鎮上有一英里半之遠，就連公路左轉處的雷尼二手車行裡的汽車，看起來也像是一排反射著陽光的光點而已。那隻土撥鼠原本計畫（這也是一隻土撥鼠唯一可稱為計畫的事）在跑到那麼遠的地方前便轉身回到樹林裡的，但現在而言，在路肩待著的感覺還不錯。牠比原本預期中更遠離自己的巢穴，但照在牠背部的陽光實在溫暖，與鼻子嗅到的清爽氣息一同在牠腦中結合成不算清晰的簡單畫面。

牠停了下來，快速拱起背部在地上扒了扒。牠的視力並不好，但足以讓牠辨別是否有人類走在另一側的路肩上。

這隻土撥鼠決定要再往前走遠點。人類有時會留下一些好東西可吃。

牠是個又老又胖的傢伙。在牠這一輩子裡，曾於許多垃圾桶中翻找食物，牠不僅知道通往自已巢穴的三條隧道位置，還知道該怎麼走去卻斯特磨坊鎮的垃圾掩埋場。那裡總是有好料可吃。牠左右搖晃，邁著老傢伙那怡然自得的步伐，看著走在公路另一側的那個人類。

那人停下腳步，使土撥鼠意識到自己已被發現。牠的右前方有根斷落的樺木，牠可以躲在底下，等那人離開後，再繼續尋找美食——

雖說這隻土撥鼠的身體被攔腰切成兩半，但牠仍以為自己又繼續搖搖晃晃地往前邁出了三步。牠被截斷的身軀倒在道路邊緣，鮮血泉湧而出，內臟掉落在塵土上頭。牠的後腿快速踢了兩下，隨即靜止不動。

在黑暗降臨前，牠的最後一個念頭就與我們一樣。無論土撥鼠或人類，想的全是同一件事：發生什麼事了？

## 3

所有儀表板上的指針全都滑落至最低點不動。

「這是搞什麼鬼？」克勞蒂特．桑德斯說。她轉向查克，雙目圓睜，但眼神卻並不恐慌，只是困惑而已。而她也沒機會感到恐慌了。

查克根本沒看儀表板。他看著這架塞涅卡皺成一團的機鼻朝他擠壓而來，接著看見兩側的螺旋槳全都解了體。

他們沒來得及再看見別的事，沒來得及做出任何反應。這架塞涅卡在一一九號公路上方爆炸，火焰落在農村上方，間雜著兩人屍體支離破碎的殘骸。克勞蒂特那冒著煙的前臂，重重掉落在被俐落切成兩半的土撥鼠旁。

這天是十月二十一日。

# 巴比

# 1

當外號巴比❶的戴爾・芭芭拉經過美食城超市，將鎮中心拋在後頭時，感覺便開始好多了。等到他看見上頭寫著「您正離開卻斯特磨坊這個鄉間小鎮，願您早日再來！」的標語牌時，心情變得更開朗了。他很高興自己能離開這裡。不僅是他在磨坊鎮裡與人打了一架，更是種每次離開時總會浮現的輕鬆感。畢竟自從兩個星期前，他在北斗星酒吧的停車場裡惹上一身腥以後，便一直處於烏雲罩頂的狀態中。

「基本上，我不過就是個遊子罷了。」他說，笑了起來。「一個遊子正在前往大天空市的路上。」管它的，誰說不行呢？就去蒙大拿州吧！不然懷俄明州也行，就連他媽的南達科他州的拉匹市也好，只要不是這裡都行。

他聽見引擎聲逐漸接近，轉身倒退著走了幾步，翹起大拇指。他眼前的是個迷人組合：一輛骯髒的老舊福特貨卡車，駕駛者則是一名年輕嬌美的金髮女郎，還是淡金色的，是他最喜歡的那種。巴比露出他最迷人的微笑，而那名駕駛貨卡車的女孩則有所回應。巴比敢發誓，要是她超過十九歲的話，那他就把自己從薔薇蘿絲餐廳那裡拿到的最後一筆薪水給吃下去。無庸置疑地，她對一個活過三十個夏季的翩翩君子來說的確太年輕了些，不過回憶起他過去那副愛荷華州土包子的少年時期，她那副模樣的確也足以開車上路了。

卡車開始減速，巴比朝車走去……然後卡車又再度加速。當車經過時，女孩迅速朝他望了一眼，原本臉上還掛著微笑，後來卻變成了有些後悔的神情。那微笑彷彿在說：我的腦筋突然出了點差錯，不過現在又恢復理智了。

巴比覺得自己似乎認得她，但又不太確定。星期日早上的薔薇蘿絲通常跟瘋人院沒兩樣，但他總是會看見一個可能是她父親的老男人與她坐在一起，兩人一同埋首在《紐約時報》週日版中。要是當她駛過時，巴比有這個機會開口的話，肯定會對她說：如果妳信任我煎的香腸和雞蛋的話，那妳也可以相信我，讓我坐在車子的前座上，搭個幾英里的便車。

不過他當然沒有機會開口，所以只是舉起手來，簡單做了個「無意打擾」的手勢。卡車尾燈閃了幾下，彷彿她正在重新考慮，接著又打消念頭，加速駛去。

接下來幾天，磨坊鎮裡發生的事越來越惡劣，而他則一遍又一遍地回憶起這個十月中旬、陽光普照的溫暖早晨。卡車尾燈又再次閃爍一下，讓他不禁覺得……那女孩最後還是認出他了。那是薔薇蘿絲的廚師，應該是他沒錯，或許我該——

但或許她早已愛上了另一個比他好上百倍的人。要是那女孩考慮過的話，他之後的人生絕計會截然不同。然而她已離開了這裡，而巴比後來也不曾見過這名長相甜美的金髮女孩，以及那輛老舊的福特F-150貨卡車。她肯定在幾分鐘後便離開了卻斯特磨坊鎮（甚至是幾秒後），於屏障猛然降臨之前離去。要是他上了車，便能與她一同離開，自此安全無虞。

當然啦，他之後失眠時總會如此想。要是她停下來讓我上車，因此拖得太久，那麼這種情況下，我大概也不會在這裡了。就連她也是。畢竟一一九號公路的速限是五十英里，用這時速來推估的話……

每當一思及此，他就會想起那架飛機。

❶戴爾・芭芭拉（Dale Barbara），他的外號巴比（Barbie）常被朋友們戲稱為為芭比，影射著名的美國暢銷玩具芭比娃娃。

# 2

在他經過雷尼二手車行沒多久後，那架飛機便自他上方飛過。巴比一點也不喜歡那地方，那裡連顆檸檬都買不到（過去一年多以來，他都不曾擁有過車，最後開的那輛，早在佛羅里達州的龐塔戈達市就賣掉了）。小詹姆士．雷尼也是北斗星酒吧那晚的那群人之一。那幾個死黨總是想證明什麼，但只要單槍匹馬，他們就什麼也證明不了。在巴比的經驗裡，全世界像小詹那種人的處事方式全是一個德行。

但如今所有事情都被拋在身後了。老詹姆士．雷尼、小詹、薔薇蘿絲（炒蛤蜊是我們的拿手菜！保證整顆上桌，絕不代剁！）、安琪拉．麥卡因、老安全都一樣，甚至包括北斗星酒吧那件事在內（在停車場裡執行處罰遊戲是我們的拿手好菜！），也全都拋到腦後去吧。那麼眼前該怎麼辦呢？反正美國到處都有門路。再會了，緬因州小鎮；大天空市，我來囉。

或許，管他的，他會再度南下也說不定。這跟今天這種冬季彷彿從日曆上的一兩頁裡被抹去的難得好天氣無關。往南走或許不錯，他還沒去過馬索淺灘，而且喜歡這地名念出來的感覺，簡直就跟詩一樣了。去馬索淺灘是個足以振奮他的想法。當他聽見小飛機接近時，抬起頭來，朝飛機有些老派地用力揮手致意。他希望能看見機翼倒向一側來回應自己，但這輛飛得不高、行駛速度緩慢的飛機卻未有回應。巴比猜飛機上的人可能是觀光客，這個日子對他們而言，應該要全情投入在眼前的樹林景色才對。也有可能，駕駛飛機的是個正在上飛行課的年輕孩子，害怕像他戴爾．芭芭拉這種遊子會跑去告狀，因此搞砸了這一切。不過，他仍希望飛機上的人能感到開心，不管上頭究竟是觀光客，或是六個星期後就能得到首次單獨飛行機會的孩子，都能夠一切順心如意。這是個好日子，每當踏出一步，離卻斯特磨坊鎮的距離越遠，就變得越為美好。這鎮上實在太多渾球了，更別說，旅行這回事對靈魂有益無害。

也許在十月份遠行應該制定成法律才對。他想。新的全國性格言會是：每個人都得在十月時遠行。你會在八月拿到打包許可證，九月中旬取得一星期遠行的必需品清單，接著——

他停下腳步。在公路前方不遠的對向路肩處，有隻胖到不行、毛色光滑漂亮的土撥鼠，原本正朝他的方向前進，卻又急忙地轉往草叢方向。那裡有棵倒下的樺樹，樹頂就落在路肩上。巴比敢打賭，那隻土撥鼠一定是想躲在樺樹下，等他那雙巨大邪惡的雙腳遠離而去。如果事情並非如此，那麼他們這兩個遊子便會擦身而過，四條腿的往北去，兩條腿的朝南走。巴比希望會是如此，肯定酷極了。

巴比這些念頭不過是幾秒內的事，飛機的影子仍投射在他與那隻土撥鼠之間，黑色的十字架不斷沿著公路前進，而那兩件事，幾乎發生在同一時刻。

首先，是那隻土撥鼠被猛地一分為二，攔腰切斷的兩截身軀不停抽搐及湧出鮮血。巴比停下腳步，嘴巴張得老大，就像連結下顎的鏈條忽然壞掉鬆脫似的。那情況像是有座隱形斷頭台的利刃落下一般。也就是這個時候，除了土撥鼠被切成兩半外，就連那架小飛機也爆炸了。

## 3

巴比抬頭望去，那架沒多久前才飛過他上方的漂亮小飛機，像是變成了畢沙羅魔域❷裡的版本，變成一團扁皺廢鐵自空中落下。扭曲的火舌如同橙紅色花瓣自機身冒出，而那朵花仍在持續綻放，是朵美國典型的災難之花。濃濃煙霧不斷自下墜的飛機中冒出。

❷Bizarro World，典故出自六〇年代的《超人》漫畫，是一個所有事物觀都與地球顛倒的世界。

有東西落在公路上，引發一陣金屬聲響。柏油路面的碎片噴濺而出，而那東西則不斷旋轉，東倒西歪地滾至草原左方。是飛機的螺旋槳。

如果那東西彈到我這裡來的話——

巴比腦中閃過一個自己被劈成兩半的清晰畫面——就像那隻不幸的土撥鼠——於是轉身便跑。有東西碰地一聲落在他身前，使他尖叫出聲。但那東西並非另一具螺旋槳，而是一條穿著牛仔褲的人腿。那條腿上並沒有血，但褲管側面全裂開了，露出白色人肉與燒枯乾裂的黑色腿毛。那條腿並未與腳掌相連。

巴比奔跑時，覺得一切就像慢動作播放一樣。他能看見自己穿著老舊磨損的工作靴的腳跨出步伐，先是踏到地面上，接著消失在身後，換成另一隻腳往前跨出。所有的一切都變得很慢、很慢，就像棒球比賽中，有人嘗試盜上二壘的重播畫面一樣。

他身後傳來一聲劇烈悶響，接著爆炸聲隨之而來，從腳後跟到後頸處都能感受到湧來的熱氣，就像有隻溫暖的手推著他前進似的。他的思緒全被吹離腦海，僅餘身體那狂野的求生本能。戴爾·芭芭拉為了性命而奔馳。

## 4

約莫在一百碼外的公路前方，那隻強勁而溫暖的手，力道總算變成如同鬼魂般淡薄，只是一陣微風吹拂，依舊把那股混合了橡膠與烤肉那種帶有甜氣的燃燒臭味帶向了他，味道濃重之至。巴比又往前跑了六十碼，這才停下腳步轉身。他氣喘吁吁，卻不認為與剛才的奔跑有關。他不抽菸，身體的狀況也很好（呃……這麼說還算公道，畢竟他的右側肋骨還有當時在北斗星酒吧打架時所受的傷），所以覺得這全是出自恐懼及驚慌之故。除了亂竄的螺旋槳外，他有可能會被飛機的其餘殘骸砸中，或因爆炸而燒死。他能逃過一劫，全因運氣夠好。

他看見的事情使他急促的喘息就這麼中途停下。他直起腰來，望向事故發生的現場。路面上布滿飛機殘骸。他沒被任何東西砸中，甚至沒有受傷，實在堪稱奇蹟。扭曲的機翼落在道路右方，另一片機翼則掉落在左邊那未修剪的牧草草原上。不遠處，那具亂竄的螺旋槳已然倒下。事故現場除了那條穿著牛仔褲的人腿，他還看見一隻連著手掌的斷臂。那隻手指著一顆頭顱，彷彿在說「那是我的頭」似的。從髮型來看，那應該是名女性的頭顱。公路旁的電線因斷裂而蜿蜒地落在路肩上，不斷劈啪作響。

除了頭顱與手臂，那裡還有絞成一團的飛機機身管線。巴比能從上面看見「NJ3」三個字。如果硬要說還有其他東西，那些東西也已全部成為了碎片。

不過這些並非讓他無法移開視線、忘記呼吸的原因。災難已然過去，但空中仍有火焰燃燒。肯定是燒起來的燃料，只是……

只是那火焰彷彿被空氣中的薄板阻隔開來。透過薄板往遠方望去，巴比仍可看見緬因州的鄉村景色，一切依舊平靜，未有任何反應，維持著原本的運作。火光看起來就像焚化爐或燒東西的汽油桶那樣扭曲了空氣，彷彿有人在玻璃窗上潑灑汽油後，隨即點起火苗一樣。

無論如何，巴比像是被催眠一般，回頭朝墜機現場走去。

## 5

他心中浮現的第一個衝動，是想把那些屍體殘骸蓋起來，然而屍體實在碎成太多塊了。此刻，他看見了另一條人腿（這條腿穿的是綠色休閒褲），以及落在灌木叢上的女性軀幹。他可以脫掉身上的襯衫蓋住那女人的頭，不過接下來呢？對了，他背包裡還有兩件襯衫——

從南方莫頓鎮那裡，有台車開了過來。那是輛小型休旅車，行駛速度很快。有人聽見爆炸聲或看見火光，過來提供援手了。感謝老天爺。火焰自空中古怪地如同水滴沿窗戶滑下，巴比跨過地上的白線，站在離火勢極近的距離，雙臂高舉過頭，交叉成一個大大的X字形。

司機先是按了下喇叭示警，隨即踩下煞車。車子在滑行四十英尺後停下，而司機甚至在那輛小型綠色豐田仍未完全停下時，便已跑出車外。那人是個高大男子，留著一頭灰色長髮，頭上戴著海狗隊的棒球帽。他朝路旁跑去，想繞過火焰落下最為猛烈的地方。

「發生什麼事了？」他大喊著。「這裡到底是——」

他撞到了什麼堅硬的東西。那裡明明沒有東西，但巴比看見這傢伙的鼻子往一旁歪去，像是鼻梁斷了似的。那人從空無一物的地方反彈開來，嘴巴、鼻子與前額全流了血。他背部著地，掙扎著坐起身子，一臉茫然地看著巴比，眼神中充滿困惑，鼻子與嘴裡的血流至工作衫上，與巴比就這麼對望著。

小詹與安安

# 1

飛機接近和平橋上空時，那兩個在橋邊釣魚的男孩並未抬頭，不過小詹姆士・雷尼有。他位於離和平橋一個街區遠的普雷斯提街上，從聲音認出那是查克・湯普森的塞涅卡V形飛機。他抬頭一望，先是看見飛機，接著被穿透樹葉縫隙的明亮陽光刺痛雙眼，又馬上垂下頭去。雖然最近害他頭痛發作的原因已經夠多了，但此刻又多了一個。有時藥物可以消解頭痛，但也只是有時而已，尤其在過去三、四個月，藥物更是失去了作用。

哈斯克醫生說那是偏頭痛，但小詹只知道，當頭痛發作時，感覺就像世界末日，而光線則會使情況更糟，尤其是剛開始痛起來的時候。有時，他會想起小時候與法蘭克・迪勒塞一起烤螞蟻的事。他們會用放大鏡聚焦陽光，對準螞蟻進出巢穴的蟻丘部分，把牠們烤成一堆肉塊。最近這幾天，只要他的頭痛一開始發作，他的大腦則會變成蟻丘，雙眼則成為了兩具放大鏡。

他才二十一歲，難道得寄望到了四十五歲左右，才會跟哈斯克醫生說的一樣，或許就此痊癒？

也許吧。但就今天早上來說，就連頭痛也阻止不了他。要是他看見亨利・麥卡因的那輛豐田露營車，或是勒唐娜・麥卡因的油電混合車還停在車道上的話，倒有可能轉身回家，吞下另一顆止痛藥，拉起臥室窗簾，前額敷著一條冰涼毛巾，躺下來休息休息。或許他會覺得頭痛逐漸消失減弱，但也可能不會。一旦被那些黑蜘蛛逮到立足點的話——

他再度抬頭，這回還瞇起眼以防那可憎的陽光。只是，那架塞涅卡飛機卻消失了；就連引擎的嗡嗡聲（這也會加重他的頭痛，所有聲音都可以成為害他頭痛的組合元素）也變弱了。查克・湯普森與那些想成為飛行男孩與飛行女孩的人——雖然小詹沒有討厭查克的理由，他們兩人甚至很難稱得上是認識，但他仍會突然帶著點孩子氣般的兇狠，希望查克的學生們能搞砸這趟歡樂時光，以墜機作為結束。

最好還能墜毀在他父親的二手車行。

另一波抽痛鑽進他的腦中，但他仍踏上麥卡因家的門前台階。這事非幹不可，這實在太他媽的過分了，安琪拉‧麥卡因需要被好好教訓一頓。

但只要教訓一下就好了。別讓自己失去控制。

他的母親彷彿被召喚出來一般，這麼回答著他，語調中還有種讓人勃然大怒的洋洋得意。小詹這孩子一向脾氣不好，但他現在已經能控制了。不是嗎？小詹？

嗯，沒錯。無論如何，的確是這樣沒錯。美式足球對他有所助益，不過，現在可沒有足球能打了，這裡甚至也不是大學校園。相反地，這裡只有頭痛存在，讓他覺得自己像是個脾氣暴躁的王八蛋。

別讓自己失控。

不會的。只是他仍是會與腦中的她對話，無論頭痛與否都會。

而且，就跟老一輩一樣，他可能還會挽著她的手與她說話。誰知道呢？讓安安感覺不好，或許能讓他感覺好多了。

小詹按下門鈴。

## 2

安琪拉‧麥卡因才剛洗完澡。她穿上浴袍，繫上腰帶，用毛巾裹住溼漉的頭髮。「來了！」她喊，以不算快的速度小跑步奔下樓梯，來到了一樓。她臉上帶著一絲微笑。是阿法，她確定來的人一定是法蘭克・迪勒塞。事情總算要好轉了。那個卑微的餐廳廚師（長得很好看，但還是很卑微）要嘛離開了鎮上，不然就是正要離開，而她的父母此刻也不在，簡直就是好事成雙，更是來自上帝的徵兆，告訴你事情正在好轉中。她跟阿法可以把這些垃圾事給拋到腦後，破鏡重圓。

她知道該怎麼做。打開大門，接著敞開浴袍。在星期六早晨的陽光之下，任何經過的人都可能看見她，所以她還是得先確定門外的人是不是阿法——畢竟她可沒打算要讓送包裹或掛號信那個又老又胖的威克先生一飽眼福。不過，現在離送信時間還有一個半小時之久呢。

不，一定是阿法。她深深確定。

她打開門，微笑變成熱切歡迎的露齒而笑——但不幸的是，她的牙齒長得歪七扭八，尺寸就像巨型芝蘭口香糖。她一隻手放在浴袍腰帶上，卻沒有將其拉開，因為來的人不是阿法，而是小詹，更別說他看起來相當生氣——

她以前就看過他兇狠的表情了——說真的，還時常看到——八年級時，那個低年級生竟敢晃著他的大屁股，走到鎮上公共籃球場問他能不能一起玩，於是小詹便讓那名杜皮家的孩子落了個手臂骨折的下場。但從那之後，她還沒看過他臉色難看到這種地步。她能夠想像，那晚在北斗星酒吧的停車場裡，小詹肯定也帶著這副狂風暴雨般的神情。當然，那晚她並不在場，只是耳聞了這件事而已。鎮上的每個人一定都聽說了。她當時打了電話給帕金斯局長，而該死的巴比人就在那裡，最後則被揍了一頓。

「小詹？小詹，怎——」

他摑了她一巴掌，覺得頭痛總算好多了。

# 3

他第一下並未太使勁，因為他人還站在門口，沒有太多旋轉空間可供施力，只能伸展出半隻手臂而已。要是她沒露出那大大的笑容，同時也沒叫他小詹的話，說不定他就不會動手打她了（至少不會現在就動手）。天啊，看看那牙齒，就算初中時，他也會因為那牙齒而全身冒出雞皮疙瘩。

當然啦，鎮上的每個人都叫他小詹，就連他也認為自己就叫這個名字沒錯。只是，他過去並未意識到自己有多討厭這個稱呼，甚至恨到他寧可拿塊長滿蛆的派就這麼一頭砸死自己。一直到現在，他聽見這個給他惹了一堆麻煩，同時牙齒還長得跟墓碑一樣恐怖的婊子這麼叫他時，才總算清楚了這件事。這聲音穿進他腦海之際，感覺就像他抬頭看那架飛機時的刺眼陽光一樣。

不過，那只有五成力道的巴掌聲聽起來倒是挺不賴的。她向後退去，靠在樓梯扶手處，毛巾自頭上飄落，臉上依舊露著那溼答答的一口棕色爛牙，使她看起來就像個蛇髮女妖。她的笑容變成了目瞪口呆的驚訝模樣。小詹看見她的嘴角滑下一滴血珠。很好，好極了。這婊子幹的好事就該流點血來作為代價。她帶來太多麻煩了，不只是他，還為阿法、馬文•瑟爾斯、卡特也帶來了不少麻煩。

他母親的聲音在腦海中響起：別讓自己失控，親愛的。就算她死了，也還是會照樣偷打小報告不誤。給她點教訓，但只要小小教訓一下就好了。

他原本的確有可能可以控制住自己，但她的浴袍偏就這麼敞了開來，使下體暴露在外。他能看見披在她養殖場上的那塊黑色陰毛，而她那該死的臭屄，正是所有麻煩的起源，這世上所有他媽的麻煩事全都來自於這些該死的臭屄。他的頭開始砰砰作響地抽痛起來，彷彿快被砸爛或裂開，像是一顆隨時會爆炸的核子彈，而在他脖子以上爆開前，還會先從兩隻耳朵裡噴出形狀完美的蕈狀雲。小詹姆士．雷尼陷入瘋狂狀態（他還不知道自己有腦瘤，又老又喘的哈斯克醫生根本沒想過這可能性，也沒想到這種身強體壯的十幾歲年輕人竟也會得這種疾病）。這個上午對克勞蒂特．桑德斯或查克．湯普森而言，顯然都不太走運。事實上，對卻斯特磨坊鎮的所有人而言，也全都如此。

但還是很少有像法蘭克・迪勒塞的前女友那麼不走運的人。

## 4

她靠在樓梯扶手處，看著他鼓起雙眼，牙齒用力咬著舌頭的模樣，腦海中連續浮現了兩個半的念頭。

他瘋了。我得在他真的動手傷害我前趕緊報警。

她轉身準備穿過前廳，跑進廚房。只要一到那裡，她就能拿起牆上電話的話筒，按下九一一，開始放聲尖叫。但她才跨出兩步，就被原本裹住頭髮的毛巾絆了一下。她高中曾是啦啦隊員，並未忘記過去學過的技能，所以很快恢復了身體平衡，但一切為時已晚。他一把抓住她的頭髮，讓她頭部往後傾，雙腳在身前不停亂踢。

他用力把她朝自己拉近，全身發燙，就像發了高燒一樣。她能感覺到他的心跳，跳動得非常劇烈，彷彿就要衝出了身體。

「妳這個說謊的婊子！」他對著她的耳朵大聲怒吼，聲音如同釘子刺進腦中，使她感到一股疼痛。她尖叫出聲，但聲音感覺十分微弱，與他的音量簡直無法相比。他用雙手環住她的腰間，以狂暴的速度推著她走進客廳，過程中，只有她的腳趾有碰觸到地毯，使她覺得自己像是被綁在一輛失控汽車的引擎蓋上。接著，他們又進到灑滿明亮陽光的廚房裡。

小詹再度大吼。但這回是因為痛苦，而非憤怒。

## 5

那陽光就要搞死他了。他的大腦彷彿被油炸一般發出哀號，但卻阻止不了他的動作。如今一切都太遲了。

他用力抱著她朝餐桌撞去。她的胃部直接碰撞桌子，隨即滑向一旁，撞到了牆上。糖罐、鹽與胡椒全飛了起來。她的呼吸變成痛苦低嚎，小詹此刻只用一隻手環抱住她的腰間，以另一隻手抓著她凌亂的溼頭髮，把她身子轉過去，用力朝冰箱一撞，撞擊力大到發出一聲巨響，就連冰箱上的大部分磁鐵也被撞了下來。此刻她的臉色如同白紙般慘白，鼻子與下唇全流出鮮血，在蒼白皮膚上顯得醒目之至。他看見她的視線轉向櫥櫃刀架裡的切肉刀，當她嘗試起身時，又用膝蓋重頂她的臉部，發出了一陣低沉的嘎吱聲，彷彿在另一個房間裡，有人不小心將一個大大的中國瓷盤給摔破了一樣。

我應該對戴爾．芭芭拉來上這一招的。他想著，一面用雙手掌根緊壓著抽痛的太陽穴，一面向後退去。淚水自他眼中滑至臉頰。他咬傷了舌頭，鮮血沿下巴滴落到地板上——但由於頭痛實在過於劇烈，所以小詹並未發現。

安安面朝下地躺在冰箱磁鐵中，像是個大型活動標語：今天你的嘴夠大，明天就得露出屁股挨打。他以為她已經昏倒了，但沒料到她卻開始全身發抖，手指不斷顫動，像是要用鋼琴彈奏一首複雜的曲子似的（這婊子唯一會玩的樂器，我看也只有吹吹喇叭吧。他想）。她的雙腿開始上下移動，手臂也跟著動了起來。此刻的安安似乎想嘗試從他身邊游開，身體不停抽搐。

「停下來！」他大喊。在她失禁時，他又喊道：「停下來！給我停下來，妳這個婊子！」

他跪下身，以膝蓋夾住她頭部兩側。她的頭開始上下晃動，前額不斷撞擊地板，像是回教徒在膜拜阿拉。

「停！他媽的給我停下來！」

她開始發出一陣咆哮般的噪音，叫聲出乎意料的響亮。天啊，要是有人聽見怎麼辦？要是他被抓到怎麼辦？這跟他得向父親解釋為何會被退學的事不同（光這件事小詹就已經很難逼自己開口了），這次他會受到的懲罰，肯定會比先前揍那個廚師，害自己被扣了四分之三的零用錢還慘。這回老詹姆士．雷尼肯定沒辦法幫他替帕金斯警長和那些本地的討厭鬼求情，可能還會——

蕭山克州立監獄的綠色圍牆景象忽地在他腦海閃過。他不能被關進去，眼前還有大好人生在等著他。但他一定會被關進那裡的，就算此刻成功讓她閉上了嘴也一樣。她之後一定會告訴別人，而她的臉比起巴比那天在停車場被揍一頓後的模樣還淒慘，光是這點，別人就會發現的。

除非他讓她永遠開不了口。

他抓起她的頭髮，開始幫她更用力地往地板撞去。他希望這麼做能讓她暈過去，好讓他可以搞定這件事……嗯，管他的……但她卻抽搐得更為厲害了。她的雙腿不斷朝冰箱亂踢，讓剩下的磁鐵都掉了下來。

他放開頭髮，轉為勒住她的喉嚨，開口說：「對不起，安安，事情不應該變成這樣的。」但他並沒有歉意，只是感到害怕，而且頭仍舊很痛，覺得發生在這間明亮得嚇人的廚房裡的這團混亂永遠不會結束。他的手指已經快沒力氣了，沒想到要勒死一個人竟然這麼困難。

南方遠處傳來了爆炸聲響，像是有人點燃了一座大砲。他並沒去理會，只是更用力地勒著。最後，安安總算慢慢不再抽搐了。另一個聲音從更近的地方傳來——位置就在這棟屋子的同一層樓裡——是音量不大的音樂鈴聲。他睜大雙眼地抬起頭來，第一個聯想到的便是電鈴聲。有人聽見騷動，於是找警察過來。他的頭就要爆炸了，感覺像是每根手指都扭傷了。一切都於事無補了。一個可怕的畫面閃過腦海：小詹・雷尼被移送到城堡郡法院受審，頭上還披著一件警用外套。

接著，他認出了這聲音。這聲音就跟他的筆記型電腦沒電，得要更換電池時發出的警告鈴聲一樣。

叮……叮……叮……

這裡是客房服務，讓我進房。他想，接著繼續勒緊。她沒了動靜，但他仍持續勒了一分鐘之久，同時把頭轉向一旁，盡量不去聞到她大便失禁的氣味。她怎麼可以在掛掉時還留下這些噁心的東西！全都這樣！女人！這些女人和她們的臭屄！那些臭屄就跟長了毛的蟻丘一樣！她們還想把問題全推到男人身上！

## 6

他站在血泊中，現場一團凌亂，伴隨一具已然嚥氣的屍體，不知自己下一步該怎麼做。南方遠處傳來另一陣巨大聲響，不是槍聲，聲音太響了，肯定是有東西爆炸。說不定查克・湯普森那架夢幻小飛機真的墜毀了。這也不是沒可能。畢竟今天的確相當古怪。你原本只想找人理論——頂多修理一下對方——最後卻把她殺了，所以什麼事都有可能發生。

警車的警笛聲忽地響起，小詹確信一定是來抓他的。肯定有人從窗外看見他勒死她的過程了。這個念頭促使他開始行動。他走到前廳大門，撿起他甩出第一個巴掌時，從她頭上掉落的毛巾，接著停下腳步。警方正在過來的路上，他們肯定會撞開大門，拿著全新的ＬＥＤ手電筒照著他，讓疼痛感刺進他那哀嚎、可憐的大腦中——

他轉身跑回廚房，停在安安的屍體前低頭看著。一切都無法挽回了。一年級時，他和法蘭克有時會扯她的辮子，而她則會回以一個吐舌加鬥雞眼的鬼臉。如今，她的眼球就像古代大理石雕像般自眼窩突起，嘴裡湧滿鮮血。

這是我做的？這真的是我幹的好事？

對，就是他幹的。就算只是快速地瞄一眼屍體也能知道原因。她那該死的牙齒，那恐怖的一嘴大牙。

第二道警笛聲加入了第一道的行列，隨即又是第三道。但這些警車駛遠了。感謝老天爺，他們離開了。警車在主街轉向南方，朝著爆炸聲響前去。

然而，小詹沒有停下動作。他偷偷摸摸地穿過麥卡因家後院，害怕會有目睹命案過程的人突然大喊「殺人啊！」之類的事情發生（但這事根本沒人看見）。在勒唐娜種植番茄的後頭有道高高的木欄，那裡有扇上鎖的門，只要從內側拉起扣鎖就能打開。從小到大，小詹來過這裡玩過許多次，卻沒看見門真的上鎖過。

他打開門，門後方是灌木叢，以及通往溪水潺潺流著的普雷斯提溪的一條道路。他十三歲時，曾在這裡偷窺法蘭克與安安站在這條路上接吻，安安環抱著法蘭克的頸子，而法蘭克則把手放在安安的胸上，使他頓時知道自己的童年就這麼步入了尾聲。

他俯下身，吐在流動的溪水中，充滿惡意的駭人陽光反射在水面上。沒多久後，周遭視野開闊起來，使他能看見位於右方的和平橋。那兩個釣魚男孩此刻已然離去，但他仍看見了兩輛警車疾速駛下鎮屬山的景象。

鎮上的警報系統響了起來，鎮公所的發電機震動了一下。或許是電源故障之故，使廣播器裡的警報聲變得極為刺耳。小詹一面呻吟，一面摀住耳朵。

和平橋是座僅限行人通行的頂蓋式橋梁，如今橋面已有些下陷，看起來搖搖欲墜。這座橋的真正名字是艾文．卻斯特行人橋，但在一九六九年後便開始被叫成和平橋。當時有些孩子（如今那些孩子的身分成了鎮上的八卦話題）曾在橋梁側面畫上一個大大的藍色和平標誌。這標誌至今依舊還在，只不過褪色到了難以辨認的地步。過去十年間，和平橋被封了起來，橋梁兩側均用警方寫有「禁止穿越」的封鎖帶給交叉封上。但想當然啦，這條橋還是能走。每星期總會有兩、三個夜晚，帕金斯警長那群討厭鬼會有人拿燈守在其中一側，但卻從未同時看守橋的兩端。他們不會逮捕那些喝醉跑來搗亂的小鬼，以及來這裡纏綿一番的年輕情侶，頂多只會把人趕走罷了。每年的鎮公所會議上，都有人提出拆除和平橋的提議，同時也會有人提出將其翻新的意見，而這兩種提案最後總會被提交上去。這個鎮上有不少祕密，而為何會一路保留和平橋至今，顯然也是祕密之一。

今天，小詹相當慶幸這條橋依然存在。

他腳步不穩地沿著普雷斯提溪的北岸前進，直到走至橋下——此刻警車的警笛聲已然遠去，但鎮上的警報器還是相當大聲——接著又爬上了史特勞巷。他看了看路口附近，快步跑過寫有「橋梁封閉，此路不通」的告示牌，從交叉的黃色封鎖帶下方鑽過，走至陰影之中。陽光自有孔的屋頂灑落，將硬幣大小的光芒投射在老舊木質步道上，但比起外頭那如同地獄之火的強光，這裡簡直就是受到上帝祝福的陰暗空間。鴿子們在屋頂支架上甜言蜜語，啤酒罐與咖啡白蘭地的瓶子則散落在木質步道兩側。

我逃不掉的。我不記得她抓過我沒有，也不知道是否留下什麼東西在她的指甲裡。而且我還流了血，也留下了指紋。我只剩兩條路可走：逃跑或自首。

不，還有第三條路。他可以自殺。

他非回家不可，得將房間所有窗簾拉上，讓房間變成洞穴。他可以再吃顆止痛藥，躺在床上，或許還小睡一會兒，接著好好思考一番。要是警察來找他，而他那時還在睡呢？呃，這麼一來，他倒是不必再苦惱到底該選這三條路的哪一條了。

小詹穿過鎮立廣場時，有個人——他只依稀認出對方是個老傢伙——握住他的手臂說：「怎麼了，小詹？發生什麼事了？」但小詹只是搖了搖頭，撥開老人的手，繼續往前走去。

在他身後，鎮上的警報系統仍高聲作響，彷彿世界末日已然降臨。

公路與小徑

# 1

卻斯特磨坊鎮有份名為《民主報》的週報。但從報社老闆的身分，到整份週報的實際管理者來看，這顯然是個錯誤的名字——這兩者其實是同一人，也就是難纏的茱莉亞．夏威，而她是個忠心的共和黨擁護者。這份週報的刊頭是這麼寫的：

卻斯特磨坊民主報創刊於一八九〇年
為這個看起來像靴子的小鎮服務！

但就連這句刊頭標語也是錯的。卻斯特磨坊鎮的形狀並不像靴子，而像隻小孩的骯髒運動襪，只不過更大，占地比起西南方的城堡岩鎮更為寬廣（也就是襪子腳後跟方向）。卻斯特磨坊鎮其實比環繞在周圍的四個城鎮還大，只是人口數較少而已。這裡的南方及東南方與莫頓鎮相連，東方與東北方則鄰接哈洛鎮，TR-90合併行政區位於北方，至於塔克磨坊鎮則在西邊，有時會與卻斯特磨坊鎮一同被人稱之為「雙坊」。過去，這兩個城鎮是緬因州西部最主要的紡織業中心，一同合力污染了普雷斯提溪，使這條溪流的魚變少，幾乎每天都在改變溪水顏色，而且還讓不同色彩各據一方。在那段時光裡，你可以從塔克磨坊鎮的一片綠色河水中乘小舟起航，發現河水變成亮黃色時，就代表你已穿過了卻斯特磨坊鎮，進到莫頓鎮鎮界。附帶一提，如果你的小舟是木製的，那水面下的塗料還可能會因此被侵蝕消失。

但最後這些靠著污染河水來獲利的工廠，全在一九七九年關門大吉了。普雷斯提溪那古怪的色彩已然消失，魚群也回到了這裡。只是，這些魚到底適不適合人類食用，至今仍是個爭議十足的問題（《民主報》的民調顯示「可以吃！」）。

鎮上的人口數量會隨著季節改變。在陣亡將士紀念日到勞動節間❸，這裡的人口將近一萬五千人；其餘的時間裡，則會於兩千人左右的幅度裡上下波動。這些資料是由路易斯頓市北邊公認最好的凱薩琳·羅素醫院，依據出生率及死亡率等數字所提供的。

如果你問來避暑的人，有哪些道路可以進出磨坊鎮，大多數人會告訴你兩條路。一條是從挪威鎮到南巴黎鎮的一一七號公路，另一條則是穿過城堡岩中心，通往路易斯頓市的一一九號公路。

至於住在這裡十年以上的人，則可以告訴你要轉八條路以上的走法。其中包括了所有雙線道的柏油路，從黑嶺路到深切路，然後轉往哈洛鎮，繞至北方的美谷路（Pretty Valley Road。對，這裡的景觀名副其實是座美麗山谷），一路通往TR-90合併行政區。

要是你給在這裡住了三十年以上的人多點時間思考（地點也許是在布洛尼商店裡頭那個還保存著木製火爐的房間裡），他可以告訴你更多種走法，而那些路名不是帶有宗教意涵（神河路，God Creek Road），就是帶有褻瀆意味（例如小婊路，Little Bitch Road）這種你在本地地圖上只能看到一個號碼，但卻沒標示出路名的小徑。

直到那天為止，卻斯特磨坊鎮裡最年長的居民是克萊頓·布瑞西。他同時也是城堡郡中年紀最大的人，因而獲得了波士頓郵報杖❹。不幸的是，他已經搞不清波士頓郵報杖是什麼東西，甚至就連自己是誰也給忘了。有時，他會以為自己的曾曾孫女妮爾是他那過世四十年的妻子，就連《民主報》也在三年前停下了「本鎮最年長居民」的連載報導（在最後一次訪談中，當他被問到

❸美國的陣亡將士紀念日為五月的最後一個星期一，而勞動節則為九月的第一個星期一。

❹Boston Post Cane，是波士頓郵報著名的宣傳手法，會頒發給各城鎮最為年長的人。

長壽的祕訣時，他回答：「我那天殺的晚餐呢？」）。他是在一百歲生日後的沒多久開始痴呆的，到了今年的十月二十一日，可就滿一百零五歲了。他過去是名傑出的抛光木匠，專門製作梳妝台、欄杆與裝潢用的飾板。失智後，他的專長則變成了用鼻子吃果凍，以及偶爾知道要先進廁所，接著才拉出那堆帶有血絲的糞便到馬桶裡。

但在他名聲最盛的時期——大約是在八十五歲左右吧——有條可以連接三十四條小徑到卻斯特磨坊鎮進出口的道路，原本是要以他的名字命名的。那三十四條道路全都是爛泥路，被許多人遺忘在記憶裡，而幾乎所有被遺忘的道路，都蜿蜒通往鑽石火柴公司、大陸紙業公司、美國木材公司所共同擁有的第二大原料產地的森林深處。

而在那天中午過後不久，每條路全被猛地截斷了。

## 2

絕大多數的道路，都沒發生像塞涅卡V形飛機及隨後那場紙漿卡車大爆炸之類的災難。但這些路上還是發生了許多麻煩。當然啦，要是一塊如同隱形石牆般的屏障，突然包圍了整個小鎮四周，必然會帶來許多麻煩。

在同一時刻，有隻土撥鼠被切成了兩半，而在不遠的美谷路上，艾迪．崔默斯的南瓜田中的稻草人也遭遇了相同下場。那個稻草人位於磨坊鎮與TR-90合併行政區的分界處。艾迪總是會開玩笑地稱那個位於鎮界處的稻草人為「沒有歸屬的嚇鳥稻草人先生」——簡稱為「無家先生」。無家先生有一半在磨坊鎮裡，另一半則在合併行政區中，像是兩邊都不想要它。

幾秒鐘，一群烏鴉飛向艾迪的南瓜田（這群烏鴉從沒被無家先生嚇跑過），撞上了過去從未存在的屏障。大多數的烏鴉都撞斷了頸子，成堆掉落在美谷路與田野兩側。在穹頂周圍的地面上，四處可見撞擊而死的鳥屍。而牠們的屍體，最後成了一種劃分鎮界的全新方式。

在神河路上，鮑勃．路克斯掘完馬鈴薯，正開著老舊的迪爾牌拖拉機，一面聽著老婆送他的生日禮物iPod，準備回家吃午飯（但他們的口音聽起來通常像是「午慘」），不知道那竟然是他這輩子最後一個生日禮物。他家離馬鈴薯田只有一英里半遠，但不幸的是，田地的位置在莫頓鎮，而他家則在卻斯特磨坊鎮。他把拖拉機的時速固定在十五英里，一面聽著詹姆士．布朗特❺的歌曲〈妳如此美麗〉。由於他能清楚看見通往他家的路況，再說路上也沒有任何東西，是以他僅把手輕靠在拖拉機的方向盤上。所以，當撞上屏障，拖拉機後方翹起來，接著又重重落下以前，鮑勃的身子也被往前一拋，飛過拖拉機引擎，直接撞在穹頂上頭。他放在工作圍裙大口袋裡的iPod炸了開來，但他卻對此沒有任何感覺。他在本應空無一物的地方撞斷頸骨，就連頭骨也撞裂了，死於不久後將成為一片荒蕪的泥土之上。拖拉機的一個巨大輪子仍在不停空轉，彷彿沒事發生，迪爾牌拖拉機仍在繼續往前行駛一般。

## 3

莫頓路並不會通往莫頓鎮，只不過是卻斯特磨坊鎮的一條內部道路罷了。一九七五年左右，鎮上有塊地方被命名為東卻斯特區，而莫頓路正位於此處的新建住宅區。那裡的三、四十棟住戶，全都是在路易斯頓市與奧本鎮工作的通勤族，那裡的薪資較高，他們大都是白領階級。這些人的房子全都在卻斯特磨坊鎮，但也有不少人的後院其實已跨到了莫頓鎮上，像住在莫頓路三百七十九號的傑克與蜜拉．伊凡斯夫婦就是個例子。蜜拉有個菜圃位於房子後方，雖然大部分成熟

❺James Blunt，英國歌手及音樂創作者，由於其從軍經驗而被稱為「上尉詩人」。

的蔬果都已被採收了，但仍剩下一些肥大的藍哈勃南瓜，以及一些普通南瓜等著要採（有些其實已經爛了）。當她伸手碰一顆南瓜時，穹頂正好落下。雖然她的膝蓋在卻斯特磨坊鎮境內，但由於她得伸手去搆那顆已經成熟的藍哈勃南瓜，所以有隻腳跨到了莫頓鎮的鎮界裡。

由於不痛，她沒哭喊出聲——至少一開始不痛，因為一切實在發生得太快、太鋒利、太俐落了。

傑克．伊凡斯當時在廚房裡打蛋，準備要弄義大利蛋餅當午餐。他一面聽音響播放的液晶大喇叭❻歌曲〈北美人渣〉，一面跟著吟唱，直到聽見身後有人小聲地叫他名字為止。由於聲音聽來像個孩子，所以他一開始並未認出那是與他結褵十四年的妻子的聲音，等到轉過身後，才確定的確是蜜拉在叫他沒錯。她站在門內，以左手抱著自己的右手臂。她在地板上留下泥足印，但通常來說，她會先把在菜園做事時穿的鞋子脫掉才進門，所以這完全不是她平常的舉動。她那抱著右手臂的左手上頭，還戴著髒兮兮的園藝手套，紅色液體不斷自沾滿泥土的指縫間流出。他一開始還以為是蔓越莓汁，但才過了一秒，便發現那是鮮血。傑克手上捧著的碗掉了下來，在地板上化為碎片。

蜜拉又叫了一次他的名字，聲音同樣微弱，顫抖猶如童音。

「怎麼了？蜜拉，發生什麼事了？」

「發生了意外，」她說，露出右臂給他看。她的右手掌已消失無蹤，手腕切斷處不斷湧血，再也無法像左手那樣戴著沾滿泥土的園藝手套了。她露出一個虛弱的笑容：「這下糟了。」一說完，便白眼一翻，園藝褲的褲襠處因尿失禁而變成暗色，接著膝蓋一軟，昏倒在地。手腕處那如同解剖課般整齊的斷面不停湧出鮮血，與地板上的蛋液混在一起。

傑克在她身旁跪下，破碗的一塊碎片刺進他膝蓋深處，但他卻幾乎沒察覺到，也不知道他的餘生將會從此拖著這條腿走路。他抓起她的手臂用力壓緊，斷腕的出血狀況雖有些改善，但仍無法停止，於是他又解開腰帶，綁在她前臂上。這麼做有用，但由於腰帶太長，扣環對不上腰帶孔，是以他無法將腰帶完全綁緊。

「天啊，」他在空盪的廚房中喃喃自語。「天啊。」他發現廚房變暗，突然停了電。他能聽見書房中電腦發出的電源警示音，但由於櫥櫃上的小音響以電池發電，所以液晶大喇叭樂團的歌聲並未受到影響。然而傑克並不在乎，他對電子音樂完全喪失了興趣。

太多血了，太多了。

他把蜜拉如何失去這隻手的疑問拋至腦後，當下還有更迫切的事需要處理。他無法放開充當止血帶的皮帶去打電話求救，這會讓她又開始失血，而她已經接近失血過多的狀態了。她得跟著他一同過去電話旁邊才行。他嘗試抓著她的衣服拖行，但才一拉，便由於上衣卡在褲子裡之故，使領口勒住了她的頸子——他能聽見她的呼吸聲變得緊縮。因此，他只好用一隻手扯著她那頭棕色長髮，如同穴居人般把她拖至電話旁。

無線電話還有電，而且電話線沒斷。他撥了九一一，但九一一卻在忙線中。

「這怎麼可能？」他在沒有燈光的廚房裡大喊（但音箱中的樂團仍在繼續演奏）。「九一一怎麼可以他媽的忙線！」

他按下重播鍵。忙線。

他坐在廚房地板上，背靠著櫥櫃，盡力拉緊手上的止血帶，盯著地板上的鮮血與蛋液，每隔一會兒便按下電話上的重撥鍵，但每次卻只聽見那愚蠢的嘟嘟聲。在不遠處有東西爆炸了，但由於音樂聲，使他幾乎沒聽見聲響，還以為是震動晃到音響所發出的聲音（更別說他也從沒聽過塞

❻LCD Soundsystem，為美國舞曲龐克樂團，曾多次入圍葛萊美「最佳舞曲／電音專輯」，成團於二〇〇一年，於二〇一一年宣告解散。

涅卡飛機的爆炸聲）。他想關掉音樂，但如果要伸手到音響處，他就得離開蜜拉，不然就是得放開止血帶二、三秒左右。他並不想這麼做，所以只好坐在原地，聽著接在〈北美人渣〉之後的〈美好的人兒〉、〈我所有的朋友啊〉等曲目，並於幾首曲子後，聽完了這張CD的最後一首歌〈銀鈴聲響〉。當音樂結束時，四周除了遠方的警笛聲，以及屋內那一直沒停的電腦關機警示音外，便毫無半點聲響，使傑克總算意識到自己的妻子已然斷氣。

但我還要做午餐啊，他想著。一頓很棒的午餐，一頓妳就算邀請瑪莎·史都華❼來家裡吃飯也不會感到丟臉的美味午餐。

他靠著櫥櫃桌，仍未放開手中的腰帶（當他放開時，手指會感受到一股劇烈疼痛），跪在地上的右腿膝蓋的傷口已流出鮮血，滲透了褲管。傑克·伊凡斯讓妻子的頭靠在自己胸上，開始哭了起來。

## 4

在不遠處的一條廢棄樹林小道上發生的事，就連年邁的克萊頓·布瑞西看到後，也勢必不會忘記。有隻鹿正在普雷斯提沼澤旁吃著嫩芽，而牠的頸部正好位於莫頓鎮的邊界上。當穹頂落下時，牠的頭也隨之滾落地面，頸部切口極為俐落整齊，如同被斷頭台的利刃斬首一樣。

## 5

我們已環繞了卻斯特磨坊鎮那襪子形狀的周圍一圈，回到了一一九號公路這裡。感謝文字敘述的神奇，現在離那名六十歲上下、開著豐田汽車的男子用力撞上隱形屏障，把鼻子撞斷的那個瞬間並未太久。那人坐起身，不解地望著戴爾·芭芭拉。有一隻海鷗，幾乎每天都會從有許多東西可吃的莫頓鎮，飛回沒那麼多東西可吃的卻斯特磨坊鎮的垃圾掩埋場。而此刻，牠卻如同一顆石頭般從天空落下。看起來六十歲左右的那人，撿起剛才撞落在地的海狗隊棒球帽，在拍掉灰塵後，重新戴回頭上。而那隻海鷗就在此時掉落在離那頂帽子三呎遠的地方。

兩人抬頭望向海鷗自天空落下的位置，看見了他們今天所有遭遇中，最為不可思議的景象。

## 6

巴比一開始還以為自己看見的是飛機爆炸留下的殘像——就像有人拿相機對著你的臉拍，而在閃光燈熄滅後，你會看見一個巨大的藍色圓點飄浮在空中。但他看見的並非圓點，也不是藍色的。他望向前方，這才發現眼前所見的景象並非飄浮在空中的殘像，而是確切存在的事物。

海狗仰頭望著，雙眼不斷轉動。他似乎已忘了自己鼻梁斷裂、嘴唇腫脹，以及前額流血的事情。由於他把頭抬得很高，所以在站起來時，身體差點失去了平衡。

「這是什麼？」他說。「這位先生，這到底是什麼鬼東西？」

如果願意運用想像力的話，那是一塊足以讓藍天變色的巨型油燈燈罩。

「這是……是雲嗎？」海狗問，但語氣中的困惑，已足以表示他知道事情並非如此。

「我覺得……」巴比說，同時卻打從心裡不願聽見自己這麼說。「飛機是撞上了這東西才墜毀的。」

「你說什麼？」海狗問，但在巴比回答前，他們上方高度五十英尺的地方，便有一隻體積不小的美洲黑羽椋鳥，撞上了某個他們看不見的東西，掉落在剛才那隻海鷗的屍體附近。

海狗說：「你看見了嗎？」

巴比點點頭，指向他左邊一塊燃燒中的小乾草地。那裡與公路右側的兩、三個地方，均有濃

❼Martha Stewart，美國名人，同時具有公司老闆、主持人、作家、雜誌出版者等多重身分，被稱為生活美學大師。

濃黑煙往上飄起，與那架塞涅卡殘骸所冒出的煙霧交會。但由於前一天才下過大雨，乾草仍是溼的，所以火勢並未蔓延，更幸運的是，這些地方的火勢也都在減弱之中。

「你看見那裡了嗎？」巴比問海狗。

「這實在太扯了。」海狗在看了好一陣子後，這才開口說道。那裡有約莫六十英尺見方全被火舌吞噬，火勢的最西方位於高速公路邊緣，而最東方則是一塊四畝大的乳牛牧場，一直往前延燒到接近巴比與海狗面面相覷的中間處。但火勢停止的邊界極為整齊，彷彿被直尺劃過一般，與通常草原大火時，火勢蔓延總是有前有後、參差不齊的情況截然不同。

另一隻海鷗朝他們的方向飛來，但這次是朝莫頓鎮方向，而非朝磨坊鎮。

「快看，」海狗說。「還有另一隻鳥。」

「說不定這隻鳥會沒事，」巴比瞇著眼抬頭望去。「說不定只有從南方過來的東西會被擋住。」

「從那架墜毀的飛機來看，我還挺懷疑的。」海狗若有所思地說，語氣中帶著深深困惑。

往外飛去的海鷗撞上屏障，筆直墜入一大塊正在燃燒的飛機殘骸中。

「無論從哪邊都會被擋住，」海狗說，語氣變得像是總算確認了自己始終深深相信的事物。

「這一定是某種防護罩，就跟《星際迷漢記》電影版一樣。」

「是『迷航』才對。」巴比說。

「啊？」

「這下糟了。」巴比說，望著海狗後方。

「啊？」海狗回頭看去。「我的媽呀！」

一輛紙漿工廠的卡車正朝這裡駛來，體積極為龐大，上頭載著的巨大木材肯定遠高於法律規定的載重限制，就連速度也超過了限定時速。巴比試圖計算這輛卡車緊急煞車的滑行距離，但卻難以想像。

海狗衝向豐田汽車，車子就斜停在公路那破碎的白線上頭。那輛卡車的司機要嘛不是嗑了點藥，不然就是抽了大麻，再不然只是因為年輕，所以才會開得這麼快，以為自己永遠都不會死。司機看見了海狗，按下喇叭，但卻並未減速。

「我他媽得先把車開走！」海狗大喊，衝進駕駛座中。他發動引擎，還沒關上車門，便趕緊倒車駛出公路。這輛小型休旅車砰地一聲，掉落在路旁水溝中，車頭傾斜朝向天空。下個瞬間，海狗自車內出來，先是絆了一下，單膝跪地，隨即又跑到一旁的田野上。

巴比也跑到草地上，同時腦中不斷想著飛機與那些鳥的事，覺得飛機可能撞上了這塊古怪的油燈燈罩，才會因此墜毀。他衝過冒著黑煙，火勢較弱的地方，看見一隻男性運動鞋——那尺碼對女性而言顯然太大了些——而那名男子的腳還在鞋子裡頭。

是飛行員的。他想，隨即又想到：我不能再這樣四處亂竄了。

「你這個白癡，快減速啊！」海狗朝那輛紙漿工廠的卡車驚慌地小聲喊著，但一切為時已晚。巴比無助地回頭一望，覺得那輛紙漿工廠卡車在最後似乎有試圖煞車，可能是司機總算看見了飛機殘骸吧。但不管怎樣，一切為時已晚。卡車以六十英里左右的時速，載著四萬磅的貨物撞上莫頓鎮那側的穹頂，駕駛座徹底撞爛，而超載的貨物則服膺物理定律，繼續往前衝去。油箱被撞飛至木材下方變成碎片，激起火花。當卡車爆炸時，載運的貨物已被拋至空中，朝前翻轉一圈，壓在原本是駕駛座，但如今已成為一堆綠色廢鐵的地方。木材往前方與上方射出，撞上隱形屏障，反彈至各個區域。火焰與黑煙大量湧上，空中先是發出一聲如同巨雷般響徹周圍的駭人聲響，接著木材自莫頓鎮那側的空中落下，如同巨型的抽桿遊戲❽失敗時一樣，掉落在公路與周圍

❽Jackstraws，遊戲規則為把細木條隨意拋下，由玩家輪流一根根抽出，過程中不可觸動其他細木條導致崩塌。

的田野處。其中一根木材砸在海狗的休旅車上，車頂被壓扁，擋風玻璃如同鑽石粉末般噴灑而出，而另一根木材則掉落在海狗前方。

巴比停下奔跑的腳步，看著眼前的這一切。

海狗站起身，隨即又坐倒在地，這才發覺這根木材險些要了他的性命，然後再度起身。他搖搖晃晃地站著，環視周遭。巴比朝他走去，但在跨出十二步後，發現自己似乎被一道磚牆所阻擋。他腳步踉蹌地向後退去，感覺一股暖流自鼻子流至嘴唇。他用手掌一拭，不可置信地望著掌心上的鼻血，接著在襯衫上擦掉。

此時又有幾輛車分別自莫頓鎮與卻斯特磨坊鎮兩個不同方向駛來，其中有三輛車離這裡仍有一段距離，正穿過牧場另一頭的草地逐漸接近中。有幾輛車的司機按著喇叭，彷彿這樣就可以解決眼前的問題似的。第一輛從莫頓鎮方向抵達的車子停在路肩，車尾對著燃燒中的卡車。兩名女人走出車外，把手舉至眉間，目瞪口呆地看著濃煙與火勢。

## 7

「操。」海狗氣喘吁吁的小聲說。他從田野那裡，沿著靠近東側的對角線朝巴比走來，並小心翼翼地避開燃燒中的木材。卡車司機顯然因為超速與載運量過重而慘遭橫禍，巴比想著，但至少他得到了一個維京人式的喪禮。「你有看到那根掉下來的木頭嗎？還好我速度夠快，要不然現在就跟蟲子一樣被壓扁了。」

「你有手機嗎？」由於旁邊那輛卡車的火勢猛烈，使巴比不得不提高音量。

「在車上，」海狗說。「如果你要的話，我可以試著去找找看。」

「等等。」巴比說。他突然有種輕鬆感，意識到這一切可能只是在作夢罷了。不管這些事有多不合常理，但這就跟在水中騎腳踏車，或是用你從沒學過的語言與人大談性生活一樣。在夢中，所有的事看起來都很正常。

第一個抵達他身邊的人，是名開著老舊通用貨卡車的胖子。巴比在薔薇蘿絲餐廳工作時便認識他了，他叫厄尼．卡弗特，是美食城超市的前任經理，現在已經退休了。厄尼不斷四處張望，看著路上燃燒中的殘骸，手裡拿著一支手機，以虎口緊緊握住。由於燃燒卡車不斷發出轟鳴聲，所以巴比幾乎聽不見他說話的聲音，但他的表情明顯就是一副「事情糟糕了」的模樣，看起來似乎是要打電話通知警方或消防隊。如果是打給消防隊的話，巴比希望他們能從城堡岩那裡派輛消防車過來，畢竟卻斯特磨坊鎮只有兩台小型消防車而已。但巴比腦中突然浮現一個念頭：要是消防車過來的話，他們頂多也只能撲滅草原上那過不了多久便會自行熄滅的火勢罷了。雖然那輛燃燒中的紙漿工廠卡車就在一旁，但巴比不認為他們有辦法接近那輛卡車。

這是一場夢，他告訴自己。只要你一直這麼告訴自己的話，就可以開始控制夢境。

在兩名站在莫頓鎮那頭的女人身旁，已多了另外六個同樣以手遮住火光的男子。那些車此刻全都停在兩側路肩。有越來越多的人下車走進人群中，而同樣的情形也發生在巴比這一側，感覺像是這裡開了座跳蚤市場，有兩群人置身其中，全都為了彼此的利益討價還價，其中一群站在莫頓鎮的鎮界裡，而另一群則站在卻斯特磨坊鎮這邊。

有三個人自農場那裡趕來，分別是一名農夫與他兩名十來歲的兒子。兩個男孩輕鬆地跑著，而農夫則一副臉紅氣喘的模樣。

「真是他媽的慘！」年紀較大的男孩說。那名父親用手打了下他的後腦杓，但男孩卻被眼前的景象給迷住了，似乎全然未覺。當他握住那名年紀較小的男孩伸出的手時，那名男孩開始哭了起來。

「這裡發生了什麼事？」那名農夫問巴比，在說完「這裡」兩個字時，還停下來用力喘了口氣。

巴比沒理他，只是緩緩往前走，右手朝前伸出，比出一個「停下來」的手勢，沒有開口說話。海狗的動作與巴比一模一樣。他知道屏障的位置在哪兒，只消看一眼如同被直線劃過的燃燒地面就知道了。隨著距離越來越近，海狗開始放慢腳步。剛才他已撞傷了臉，如今可不想再來一次。

突然間，巴比起了一股毛骨悚然的感覺，從腳踝到後頸全冒出雞皮疙瘩，寒毛直豎，彷彿想脫離身體似的。他的睪丸像是被敲了一下，感到一陣刺痛，嘴裡瞬間湧起一股金屬般的酸味。

離他五英尺處的前方——也是他們能接近彼此最近的距離——海狗的雙眼睜得更大了。「你感覺到了嗎？」

「有，」巴比說。「但感覺現在消失了，你呢？」

「也消失了。」海狗同意道。

他們伸出的雙手無法相碰，讓巴比再度想起了玻璃窗。你在窗戶內側，朝外側朋友的手掌伸手過去，雖然手指可以相疊，但卻碰不到彼此。他把剛才拭去鼻血的這隻手縮回，發現紅色的指印就這麼飄浮在空中。當他盯著看時，血印開始向下滑，如同在玻璃上一樣。

「我的天啊，這是怎麼回事？」海狗小聲說。

巴比無法回答。在他還來不及開口前，厄尼．卡弗特拍了拍他的背。「我報警了，」他說。「警方正趕過來，但消防局那邊沒人接電話，只有語音信箱叫我打去城堡岩那邊。」

「好吧，就這麼做。」巴比說，接著又有一隻鳥掉落在二十英尺外，墜入那名農夫的牧場裡，就此消失蹤影。這景象讓巴比回憶起過去他在世界另一頭的軍旅生涯，因此使他腦中浮現了新想法。「不過首先，我想你最好還是先聯絡班戈市的空軍國民警衛隊。」

厄尼目瞪口呆地看著他。「警衛隊？」

「他們是唯一能把小鎮上空設為禁飛區的組織，」巴比說。「而且他們最好能快點這麼做。」

鳥屍遍野

# 1

雖然警局局長當時在莫蘭街住處的屋外草皮上耙掃落葉，但卻並未聽見爆炸聲響。他把手提式收音機放在妻子那輛本田汽車的引擎蓋上，聽著WCIK電台播放的聖歌（電台的台呼是：基督就是王者，鎮上的年輕人全都在聽耶穌電台！）。除此之外，他的聽力也不比從前了。到了六十七歲這個年紀，有誰不是呢？

但當他今天第一次聽見警車的警笛聲時，倒是如同母親聽見孩子的哭聲般，馬上便注意到了。霍華．帕金斯甚至聽得出來是哪輛警車，又是誰在駕駛。只有三號與四號車的老舊警笛才會抖成這樣，但強尼．泰倫特已開走三號車，與消防隊一同去城堡岩參加該死的演習了。他們把那叫作「火警控制」，說穿了不過就是一群成年人找找樂子罷了。所以這一定是四號車，也是剩下那兩台道奇的其中一輛，而且開車的人是亨利．莫里森。

他停下動作，站在原地豎耳傾聽，等到警笛聲遠去後，才又開始耙掃，布蘭達則自屋內走到門廊。幾乎鎮上的每個人都叫他「公爵」。這外號打從他高中時就有了，起因於他絕不錯過約翰．韋恩❾在星光戲院上映的任何一部片。但在他與布蘭達結婚不久後，她便幫他取了另一個小名，一個他並不喜歡的小名。

「霍霍，停電了，而且還有爆炸聲。」

霍霍，什麼都找霍霍。不是霍霍來了，就是霍霍老是這樣與霍霍請客。他試圖想成為一名良善的基督徒——見鬼了，他本來就是個基督徒——但有時，他覺得這個小名多少得為他此刻心裡那些難聽話負點責任。

「什麼？」

她轉移視線，看見放在她車子引擎蓋上的收音機，按下電源鈕，切斷諾曼．盧博夫合唱團⑩唱到一半的〈耶穌恩友〉。

「我告訴過你多少次了，叫你不要把這東西放在我車子的引擎蓋上，有沒有？這樣會刮傷車子，害這輛車的二手價變低的。」

「對不起，布布。妳剛才說什麼？」

「停電了！好像還有東西爆炸了。這搞不好就是剛才強尼．泰倫特開車經過這裡的原因。」

「是亨利，」他說。「強尼跟消防隊到城堡岩去了。」

「好吧，不管是誰——」

另一輛警車的警笛聲傳來，公爵覺得這種新型的警笛聲就像卡通裡那隻叫作崔弟⑪的金絲雀一樣。這是二號車，開車的人是賈姬．威廷頓。一定是賈姬，而蘭道夫則負責留守，把腳蹺在辦公桌上，一面搖著椅子，一面看著《民主報》。如果不是這樣，那麼八成就是在蹲馬桶。彼得．蘭道夫是個還算可以的警察，會努力做好那些他非做不可的事。不過公爵不喜歡他。一方面是由於公爵很清楚雷尼那幫人的德性，一方面則是覺得蘭道夫實在不懂得變通之道。不過最主要的原因是，他認為蘭道夫是個懶惰的人，而公爵無法忍受一個懶散的警察。

布蘭達睜大雙眼看著他。她成為警察的妻子已有四十三年，知道兩聲爆炸、兩輛警車的警

⑨John Wayne（1907－1979），美國知名演員，曾獲奧斯卡最佳男主角獎項，以在西部片中扮演英雄的形象聞名於世。
⑩Norman Luboff Choir，由諾曼．盧博夫創立的合唱團，曾發行超過七十五張以上的唱片。
⑪Tweety Birds，為華納卡通中的知名角色。

笛，再加上停電，肯定不是什麼好事情。要是草坪能在這個週末整理好，或霍霍能如願聽到那場他支持的雙廠隊與城堡岩隊的足球比賽轉播，才真的會讓她覺得驚訝。

「你最好過去看看，」她說。「一定發生什麼大事了，我只希望沒人丟了性命。」

他白腰間抽出手機。從早到晚，這該死的東西就像隻水蛭般黏在那裡，但他不得不承認，這東西實在方便。他沒有撥號，只是站在原地低頭望著手機，等待鈴聲響起。

但另一個崔弟式警笛聲也響起了。這回是一號車，就連蘭道夫也出動了，代表事態肯定十分嚴重。公爵認為手機應該不會響了，於是掛回腰間。但這時手機卻響了，是史黛西．墨金打來的。

「史黛西？」他知道自己不用對著該死的手機大聲說話，布蘭達早告訴他一百次以上了，但此刻他卻無法控制。「妳怎麼會在星期六還待在局裡──」

「我沒待在局裡，我是從家裡打的。彼得打給我，說他得去一一九號公路那裡，還說情況很糟。他說……有架飛機與紙漿工廠的卡車相撞了。」她有些半信半疑地說。「我很難想像竟然會發生這種事，可是──」

天啊，一架飛機。大概就在五分鐘前，或者再久一點，就在他一面耙著落葉，一面跟著收音機唱〈祢真偉大〉的時候──

「史黛西，是查克．湯普森嗎？我剛剛才看見他的新飛機飛過去，而且高度很低。」

「我不知道，局長，彼得只告訴我這些而已。」

布蘭達並未傻傻站在一旁，而是正在移車，好讓他那輛深綠色的局長用車可以從車道上倒車出去。至於那台手提式收音機，則被她放在一小堆落葉旁。

「好吧，史黛西。妳那邊也停電了嗎？」

「對，連電話線也斷了，我是用手機打的。情況可能真的很糟，是嗎？」

「希望不是。妳現在可以過去局裡顧一會兒嗎？我猜那裡一定空無一人，而且連門都沒鎖。」

「我五分鐘後到，你再用無線電跟我聯絡吧。」

「了解。」

當布蘭達走回車道時，鎮上的警報系統響了起來。那忽高忽低的音調，過去從未使公爵像此刻這麼緊張過。但縱使事態緊迫，他仍抽出時間擁抱了布蘭達一下，而之後，她也永遠不曾忘記他曾這麼做過。「別擔心了，布布，警報是停電時的正常標準程序，三分鐘後就停了，再不然就是四分鐘吧，我有點忘了。」

「我知道，但我還是討厭警報聲。你還記得老安．桑德斯那個白癡在九一一事件時啟動警報器的事嗎？搞得我們好像就是自殺攻擊的下一個目標一樣。」

公爵點了點頭。老安．桑德斯的確是個白癡，不幸的是，他同時也是首席行政委員，就像個只會掛著傻笑的腹語玩偶一樣，坐在老詹．雷尼腿上任其控制。

「親愛的，我得走了。」

「我知道。」但她仍跟著他走至車旁。「你知道是怎麼一回事了？」

「史黛西說有輛卡車與一架飛機在一一九號公路上相撞了。」

布蘭達臉上的微笑僵住了。「你是在開玩笑吧？」

「要是那架飛機的引擎出了問題，試圖在高速公路上降落的話，倒也不是沒有可能。」公爵說。她那張小巧臉龐上的微笑消失無蹤，握緊拳頭的手舉至胸前，展示出他早已熟悉的身體語言。他坐到駕駛座上，雖說這輛局長專用的巡邏車與其他車比起來比較新，但仍被他在椅墊上坐出了屬於自己屁股的形狀。公爵．帕金斯可不是什麼輕量級角色。

「這竟然發生在你的假日！」她喊著。「真的，這會是個污點耶！竟然發生在你快要退休，可以拿到全額退休金的時候！」

「大家老是喜歡在星期六的時候幫我找麻煩，」他說，並朝她一笑，彷彿在說「當警察就是這樣」。看來今天會是極為漫長的一天。「不過這就是我該做的事，天啊，這就是我該做的。幫我留一兩個三明治在冰箱好嗎？」

「只能留一個給你。你太胖了，連從來不會叨念任何人的哈斯克醫生都這樣念過你耶！」

「那就一個吧。」他把排檔桿推至倒車檔……隨即又推回停車檔，把身體探出窗外。她意識到他是想吻她，於是在十月清新的空氣中，伴隨著鎮上的警報聲，給了他一個很棒的吻。他們的雙唇交疊，他的手則輕撫妻子側頸。這麼做總會使她輕輕顫抖，而他已經許久沒這麼做過了。

他在陽光下輕撫她的側頸，而這也將成為她永遠不會忘記的一刻。

當他把車駛出車道時，她在後方大喊了什麼，但他只聽見了一部分而已。他真的得去檢查一下耳朵，如果有需要的話，還得讓他們裝個助聽器才行。這說不定會成為蘭道夫與老詹總算得以踢走他這個老屁股的最後一把助力吧。

公爵踩下煞車，再度探出身子。「小心我的什麼？」

「你的心臟起搏器！」她幾乎是尖叫著說，覺得好笑又好氣。剛才他用手撫摸她平滑緊實的側頸的感覺仍在，讓她感覺所有往事彷彿就發生在昨日，他們聽的也不是耶穌電台，而是凱西與陽光合唱團⑫。

「喔，放心吧！」他回喊道，然後便開車離去。但當她再看見丈夫時，他已經成了一具屍體。

## 2

由於比利與汪妲·德貝克當時正在一一七號公路上，所以他們並未聽見那兩聲爆炸巨響，就更別說他們當時還正在吵架了。爭吵的原因很單純。汪妲發現今天天氣很好，而比利則表示自己頭痛，不懂為何非得去牛津山的週六跳蚤市場不可，反正那裡也都是堆不怎麼樣的破銅爛鐵罷了。

汪妲說，要是他前一天晚上沒喝掉一打啤酒的話，現在就不會頭痛了。

比利反問她：妳是有去翻過啤酒罐回收箱算過罐子數量喔？（不管他究竟喝了幾罐，比利只在家裡喝酒，而他也總是會把啤酒罐丟進回收箱裡——畢竟他的職業是個電工，所以上述這兩件事，一直都讓他感到相當驕傲。）？

她說，對，她就是有算過，而且——

他們從城堡岩的佩托超級市場就開始吵了，從「你喝太多了，比利」與「妳話太多了，汪妲」，吵到「我媽當時就叫我不要嫁給你」與「妳幹嘛非得讓自己像個臭婊子似的」。他們結婚已有四年，而這樣的對話，在過去兩年中早已成為一再上演的舊戲碼。但今天上午，比利覺得自己的忍耐已到了極限，在沒打方向燈與減速的情況下，便把車轉進超市寬廣的加蓋停車場中，連頭都沒回，也沒看後照鏡任何一眼，就把車迴轉至一一七號公路上。在他們後方，諾拉·羅比喬按了一下喇叭。她車上載著她最好的朋友艾爾莎·安德魯斯。這兩名退休的護士互望一眼，但卻沒有開口。她們認識太久，這種情形早已無需透過言語來傳達彼此間的感受。

在此同時，汪妲問比利他現在要去哪裡。

⑫KC and the Sunshine Band，美國知名樂團，於一九七三年成軍，曲風以迪斯可及放克為主。

比利回答，他要回家打個盹，叫她自己去那個狗屁市集。

汪妲說他剛才差點就撞上了那兩位老太太（而她話中那兩位老太太，此刻正離他們越來越遠；諾拉・羅比喬認為，要是沒什麼該死的好理由，時速開超過四十英里，簡直是在與死神打交道的行為）。

比利說，汪妲說話的模樣跟語氣全與她老媽沒兩樣。

汪妲要他解釋這話是什麼意思。

比利回答，不管媽媽或女兒，全都有個胖屁股，而且總是管不住自己那張嘴。

汪妲告訴比利，他是個宿醉的酒鬼。

比利則回答汪妲，她是個討厭的醜八怪。

這是場毫無保留、雙方開誠布公的情感交流。這時，他們駛過了城堡岩往莫頓鎮去的路口，正朝那道隱形屏障的位置前去。而就在屏障降下不久前，汪妲才以「今天天氣真好」這句話，開啟了這場砲火四射的討論。比利的時速已超過六十英里，對汪妲這輛爛小雪佛蘭而言，已是最高極速。

「那煙是怎麼回事？」汪妲突然問，朝東北方的一一九號公路指去。

「不知道，」他說。「該不會是我岳母放了個大屁吧？」這句俏皮話讓他忍不住開始大笑起來。

汪妲・德貝克意識到自己總算受夠了這一切。這場爭吵以不可思議的方式揭示了她的世界與未來。她轉向他，當「我要離婚」這句話即將出口之際，他們抵達了莫頓鎮與卻斯特磨坊鎮的交界處，直接撞上屏障。這輛破爛的雪佛蘭配備了安全氣囊，但比利那邊的氣囊完全沒有彈出，而汪妲這裡只彈出了一部分。比利的胸口直接砸在方向盤上，柱心刺進心臟，讓他幾乎在車禍發生的同時，便已丟了性命。

汪妲一頭撞上儀表板，被瞬間劇烈移位的引擎機組撞斷了左腿與右手。她沒感覺到疼痛，只知道喇叭不停作響，整輛車突然間斜停在道路中央，車頭幾乎完全撞平，視線所及之處全是一片血紅。

當諾拉．羅比喬與艾爾莎．安德魯斯自南方彎過轉角時（她們兩人正熱烈討論幾分鐘前自東北方裊裊升起的濃煙，同時慶幸今天上午選擇了這條較少人會走的次要道路），汪妲．德貝克正以手肘匍匐前進，拖著身子朝路邊前去。她臉上的鮮血不停湧出，幾乎完全遮住了面孔。一塊擋風玻璃的碎片削掉她半邊頭皮，而那一大塊頭皮就垂在她左臉旁，如同面頰錯位一般。

諾拉與艾爾莎驚恐地互望一眼。

「這下慘了。」諾拉說，這也是她們唯一能想到評論眼前景象的話。車才剛停下來，艾爾莎便衝出車外，朝性命垂危的女人跑去。對一名老婦人來說（艾爾莎剛滿七十），她的動作顯然十分迅速。

諾拉讓引擎維持空轉，追上她的朋友。她們一同扶著汪妲回到諾拉那輛舊歸舊，但卻勤於保養的賓士車處。汪妲的外套已從原本的棕色，變為骯髒不堪的紅棕色，雙手看起來就像剛浸過紅色油漆似的。

「比利蓋哪乙？」她問。諾拉可以看見這可憐女人的大部分牙齒全被撞掉了，其中三顆還黏在她遍是血污的外套正面。「比利蓋哪乙？他沒志嗎？發生了梗謀事？」

「比利和妳都沒事。」諾拉說，以疑問的眼神看了一眼艾爾莎。艾爾莎點點頭，趕緊朝那輛因散熱器破裂，而有一部分被模糊蒸汽所籠罩的雪佛蘭奔去。只消朝敞開的駕駛座車門瞥上一眼，看見門上那根鬆落的鉸鍊，便足以告訴當了四十年護士的艾爾莎（她最後一個雇主是朗．哈斯克醫生，是個醫術不怎麼樣的笨蛋），比利可不是沒事。這個有一半頭皮垂落在臉龐的年輕女人，如今已成了一名寡婦。

艾爾莎回到賓士車旁，先扶那名陷入半昏迷狀態的年輕女人進去，然後跟著一同鑽進後座。

「他死了，要是妳沒能儘快趕到凱薩琳．羅素醫院的話，我想她也差不多了。」她告訴諾拉。

「抓緊了。」諾拉說，踩下油門。這輛賓士有具大引擎，車子馬上往前衝去。諾拉迅速繞過德貝克那輛雪佛蘭，車子撞上隱形屏障時，仍不斷在加速之中。這是二十年來，諾拉第一次忘記繫上安全帶，於是整個人穿過擋風玻璃飛了出去，與鮑勃·路克斯一樣，在隱形屏障上撞斷了頸骨。那名年輕女人自前座兩邊的中間空隙飛了出去，穿過破掉的擋風玻璃，面部朝下，倒在引擎蓋上，沾滿血跡的雙腿就這麼張開著，腳上什麼也沒穿。她那雙上次去牛津山跳蚤市場買的帆船鞋，早在第一次車禍時便被撞掉了。

艾爾莎·安德魯斯撞上駕駛座椅背，整個人反彈回來，雖然沒受什麼傷，卻仍頭暈目眩。車門卡住了，但她以肩膀使勁一撞，車門便迅速彈開。她走出車外，看著散落在四周的車禍殘骸。鮮血形成血窪，撞爛的破舊雪佛蘭依舊冒著蒸汽。

「發生了什麼事？」她問。雖然艾爾莎不記得了，但這也是剛才汪妲提出的問題之一。她站在一塊沾滿血跡、上了鉻的玻璃旁，把左手手背放在前額上，像是在檢查自己有沒有發燒。「怎麼了？發生了什麼事？諾拉？小諾拉？親愛的，妳人在哪裡？」

然後，她看見了朋友，發出一聲悲傷與恐懼的尖叫。在卻斯特磨坊鎮那側，有隻烏鴉站在松樹上叫了一聲，聽起來像是輕蔑的冷笑。

艾爾莎雙腿發軟。她往後跌坐下去，臀部正好坐在皺成一團的賓士車車頭上。「小諾拉，」她說。「喔，親愛的。」有東西搔著她頸部後方。她不確定是什麼，但猜想可能是那名受了傷的女孩的一綹頭髮。只是此刻，她也已經死了。

可憐的好諾拉。她們有時會在凱薩琳·羅素醫院的洗衣房裡偷偷分享一些琴酒或伏特加，像是兩名參加夏令營的女孩般不停笑著。諾拉的雙眼睜開著，向上凝視正午的明亮太陽，頸部扭曲成可怕角度，彷彿死前仍嘗試要往後方看，確認艾爾莎是否安然無恙。

艾爾莎的確安然無恙。急診室裡的人一定會說些「她只是受到驚嚇」之類的話，就像她們以前在急診室時，會對倖存者們說的一樣。她開始哭了起來，沿著車側向下滑落，被一塊突起的金屬片割破了身上的外套，就這麼坐在一一七號公路的柏油路上。當巴比與他那名戴著海狗隊棒球帽的新朋友抵達時，她仍坐在原地不停哭泣。

## 3

海狗的名字是保羅．詹德隆，是名退休的汽車銷售員，兩年前才從緬因州北部搬到他父母位於莫頓鎮的農場。巴比會知道這些，以及其他關於詹德隆的許多事，是因為他們從一一九號公路的事故現場走到一一七號公路的路上一直都在聊天。他們在一一七號公路的磨坊鎮邊界上發現了另一樁意外，雖然沒那麼驚人，但也夠可怕了。巴比非常樂意與詹德隆握手，但如今，像是這樣的舉動，恐怕也只能暫緩一會兒，直到他們找到隱形屏障的終點為止。

厄尼．卡弗特聯絡了位於班戈市的空軍國民警衛隊，但在他還沒來得及開口說出來電的原因前，對方便已叫他稍待片刻。同時，越來越近的警笛聲，也宣告了當地警察正在趕過來的路上。

「別指望消防局了，」那名用跑的穿過田野，還帶著兩個兒子的農夫說。他的名字叫奧登．丹斯摩，直到現在仍不斷地調整呼吸。「他們全都去城堡岩那裡特地燒掉一棟房子，好讓他們可以演習了。他們老是動不動就演習——」他看見小兒子正逐漸接近巴比留下血手印的地方，那個飄浮在陽光與空氣中的血手印此刻已然凝固。「羅瑞，離那裡遠一點！」

羅瑞身穿一件自行將袖子剪短，袖口參差不齊的野貓隊運動衫，此時他正處於好奇的興奮中，沒去理會父親。他伸手敲了敲巴比的血手印，但在他還沒碰到以前，巴比便從那孩子的手臂處看見雞皮疙瘩浮現。那裡一定有什麼，當你只要靠近那裡，便會感受到反作用力。巴比只有過一次類似感覺，地點是在佛羅里達州的雅芳市。當時他在一座功率相當高的發電機的不遠之處與一名女孩擁吻。

那孩子以拳頭敲擊的聲音，聽起來就像是用指關節敲打派熱克斯玻璃牌的砂鍋一樣。一些旁觀者原本正盯著紙漿工廠卡車燃燒中的殘骸（偶爾還有人用手機拍照），但這聲音，使這些竊竊私語全靜了下來。

「我的媽呀。」有人說。

奧登．丹斯摩扯著兒子上衣那參差不齊的領口，把兒子拖離那裡，用手打了他的後腦杓，正如不久前教訓他哥哥一樣。「你永遠都不准這麼做！」丹斯摩搖晃著兒子，一面大喊著。「永遠不准！你又不知道那是什麼東西！」

「爸，那個東西就像一面玻璃牆！那——」

丹斯摩搖得更大力了。他依舊喘個不停，讓巴比為他的心臟感到擔心。「永遠不准！」他重複道，將孩子推向哥哥。「奧利，看好這個傻瓜。」

「沒問題。」奧利說，朝自己的弟弟擠出一個笑臉。

巴比朝磨坊鎮方向望去。如今他可以看見一輛警車的閃光燈正逐漸接近。但在離警車有段距離的前方，有另一輛像是個會跑的棺材的大型黑色轎車，彷彿警方在護送什麼高層官員一樣。是老詹．雷尼的悍馬車。巴比在北斗星酒吧停車場所得到的那些瘀青與傷痕，又隨著眼前的景象開始抽痛起來。

當然，老雷尼那時不在現場，但他兒子就是煽動那場打鬥的人，而老詹勢必會護著小詹。這件事證明了，一個到處飄泊的短期打工廚師，要在磨坊鎮上求得生存，一定得足夠堅強才行，至少也得堅強到可以做出說走就走，提前離開鎮上的決定才行。

巴比不想在這裡待到老詹抵達現場，更別說是在沒警察在場的情況下了。帕金斯警長會確保他安全無恙，但其他人可不一定。像蘭道夫就曾以鄙視的眼光看著他，彷彿他戴爾．芭芭拉是塊鞋子上沾到的狗屎一樣。

巴比轉向海狗：「你想跟我四處巡巡嗎？你從你那裡，我從我這邊，看看這東西的盡頭究竟在哪裡？」

「你是想在那輛看起來很炫耀的車子抵達前就出發？」詹德隆也看見了迎面而來的悍馬車。「朋友啊，那就走囉。要從東邊還是西邊開始？」

4

他們沿西方走去，朝一一七號公路前進。他們並未找到屏障盡頭，但在一路上，卻看見了驚人景象。許多樹枝落在地上，被先前空中不存在的東西給整齊削斷，有的樹幹甚至還被從中切開。同時，地上四處都是鳥屍。

「到處都是死鳥，」詹德隆說，用微微顫抖的雙手調整一下頭上的帽子，臉色十分蒼白。「我從來沒見過這麼多鳥屍。」

「你還好吧？」巴比問。

「如果你問的是身體狀況，呃，我想還可以。不過精神方面，我想我已經八成快失去理智了。你呢？」

「跟你一樣。」巴比說。

在一一九號公路往西的兩英里處，他們抵達了神河路。鮑勃．路克斯的屍體就倒在仍繼續空轉的拖拉機旁。巴比直覺朝地上的屍體奔去，再次碰到屏障……不過他在碰到的前一秒，想起了屏障這回事，於是趕緊減緩速度，以免又撞出了鼻血。

詹德隆跪下來，伸手觸碰農夫那扭成古怪角度的頸子。「他死了。」

「掉在他旁邊那些白色碎片是什麼？」

詹德隆拾起最大的一塊。「我想應該是聽音樂用的隨身聽吧。一定是他撞上這個……」他比了比前方。「你知道的。」

從鎮上那裡傳來警報聲響，在鎮裡聽起來一定更為響亮刺耳。

詹德隆朝那裡瞥了一眼。「火災警報，」他說。「他們總算有反應了。」

「消防隊正從城堡岩那裡趕來，」巴比說。「我聽見警笛聲了。」

「真的？那你的聽力比我好多了。朋友啊，再說一次你的名字好嗎？」

「戴爾．芭芭拉，朋友都叫我巴比。」

「好吧，巴比。現在怎麼辦？」

「繼續走吧，我猜。我們幫不了這傢伙了。」

「說得對，甚至連打電話叫人過來也不行，」詹德隆沮喪地說。「也不可能再跑回去拿我的手機。我猜你也沒手機吧？」

巴比有，只是離開時把手機留在搬離的公寓裡了。他還把一些襪子、襯衫、牛仔褲、內衣褲也留在那裡。當他離開這裡時，只帶著背包裡的幾件衣服，除此什麼也沒帶。除了少數美好的回憶外，卻斯特磨坊鎮沒什麼東西值得他帶走，而那些回憶可不需要行李箱或背包才能帶在身上。要解釋這些給陌生人聽實在太複雜了，所以他只是搖了搖頭。

那輛迪爾牌拖拉機的座椅上披著一條老舊毛毯，詹德隆將拖拉機熄火，抽起毛毯，蓋在屍體上頭。

「我希望事情發生時，他正好聽到一首他喜歡的歌。」詹德隆說。

「是啊。」巴比回答。

「走吧，看我們能不能趕快找到這不知道什麼鬼東西的盡頭。到時我一定要跟你握個手，說不定還打破慣例，給你一個大擁抱都行。」

## 5

發現路克斯的屍體不久後，兩人走到一條小溪旁。他們已十分接近一一七號公路的事故現場，只是此時還不知道罷了。他們兩人在小溪旁呆站了一會兒，各自待在屏障兩側，彼此不發一語，看著眼前這令人驚訝的景象。

最後，詹德隆總算開了口。「我的神奇老天爺啊。」

「你那裡看起來是什麼情況？」巴比問。他能看見他這側的溪水上漲，一路蔓延至草叢中，看起來就像溪水被一座隱形水壩給阻隔了一樣。

「我不知道要怎麼形容，我從來沒見過這種情況。」詹德隆停頓一會兒，雙手放在臉頰兩側，微微往下滑去，模樣看起來有點像愛德華．孟克⓭的畫作〈吶喊〉。「不對，我有看過一次稍微類似的景象。有回我買了兩條金魚當成我女兒的六歲生日禮物，也有可能是七歲吧，我猜。我帶著那兩條包在塑膠袋裡的金魚回家，看起來的感覺就有點像這樣。塑膠袋裡裝著水，水緊貼著透明底部，不會就這麼滴下來。現在溪水看起來就像是緊貼在……這東西上面，然後在你那一側從左右兩邊流走。」

「完全沒有溪水流過去？」

詹德隆彎下腰，雙手扶在膝上，瞇起眼睛看著。「差不多，有些水看起來好像有流過來，但

⓭Edvard Munch（1863 -1944），知名挪威畫家，〈吶喊〉為其最有名的畫作。

很少，差不多就幾滴而已吧，也沒有東西順著溪水流過來，像是樹枝或葉子什麼的。」

他們繼續往前走，詹德隆在他那側，而巴比則在自己那側。雖然他們已經知道哪邊是裡面，哪邊又是外面，但卻依舊沒有想到，這道屏障可能根本就沒有盡頭。

## 6

他們接著來到一一七號公路，那裡同樣發生了嚴重意外。有兩輛汽車撞上屏障，就巴比看到的，這裡至少有兩名死者。那裡還有一個，他想。在那輛幾乎被撞爛的老舊雪佛蘭裡，還有另一個往前倒在方向盤上的人。但這裡有個倖存者，就低頭坐在撞爛的賓士車旁。保羅．詹德隆急忙跑至她身旁，而巴比僅能站在原地觀看而已。那女人看見詹德隆，掙扎著想站起來。

「別動，女士，別亂動，坐著就好了。」他說。

「我想我沒受傷，」她說。「只是……你知道的，受到了驚嚇而已。」雖然她哭腫了臉，但由於某種原因，這句話使她開始笑了起來。

這時，有另一輛汽車朝此處駛來，開車的是名老人，時速非常慢，後頭還跟著三、四輛司機顯然已相當不耐煩的車子。老人看見事故後停了下來，後頭的車子也隨之停下。

艾爾莎．安德魯斯已站了起來，問了個今天已經出現過夠多次的問題：「我們到底撞到什麼了？諾拉已經繞過那輛車了，而且這裡又沒有其他車在。」

詹德隆老老實實的回答：「我也不知道，女士。」

「問她有沒有手機。」巴比說，然後對附近的旁觀者大喊：「嘿！有人有手機嗎？」

「先生，我這裡有。」一個女人說，但她還沒來得及多說什麼，他們便聽見了嗡嗡嗡的聲音。是架直升機。

巴比與詹德隆互望一眼，知道大事不妙。

那架直升機的機身是藍白色的，飛行高度相當低。直升機朝著一一九號公路前進，以紙漿工廠卡車燃燒而上升的煙柱作為辨識方位。雖說如此，周圍的空氣仍十分清澈，就與新英格蘭州北部會有的好天氣一樣，使濃煙反而變得更為醒目。巴比可以輕易看見直升機側面寫著一個大大的藍色13，以及CBS電視台的大寫標誌。這是架新聞直升機，從波特蘭市一路飛來這裡。他們一定得在這裡拍到什麼才肯離開，巴比想著。今天是個為六點整點新聞安排一些血腥車禍畫面的好日子。

「喔，不，」詹德隆呻吟著說，用手遮住眼睛上方，開始大喊：「回頭！你這個蠢蛋！快回頭！」

巴比跟著喊了起來。「別往前！快停下來！離那裡遠一點！」

想也知道，這起不了任何作用，就算他雙手使勁揮舞，做出「離開這裡」的手勢，也同樣徒勞無功。

艾爾莎望向詹德隆，又看了看巴比，一臉困惑。

直升機下降至樹頂高度，開始原地盤旋。

「我想應該會沒事的，」詹德隆喘著氣。「那些人應該是要回頭降落，駕駛員肯定看見——」

但直升機隨即轉向北方，顯然與奧登．丹斯摩有截然不同的看法，然後直接撞上屏障。巴比看到其中一具螺旋槳斷裂，直升機開始下降，大幅偏離原本方向。接著，這架直升機突然爆炸，形成一片火雨，落在屏障另一側的道路及田野上。

詹德隆的那一側。穹頂的外側。

## 7

雖然小詹．雷尼已經長大了，但仍像個小偷般躡手躡腳地走進屋裡，就跟個鬼魂似的。當然，家裡並沒人在。自從四年前，法蘭辛・雷尼搭上那輛朝慈藹山公墓去的直達車後，他父親就幾乎老是待在一一九號公路那個占地甚廣的二手車停車場裡。而小詹的朋友法蘭克，有時會稱那個地方為「沒錢就別想進來的神聖大禮拜堂」。此時，鎮上的警報器已經關了，警笛聲也消失在南方某處，屋子裡安靜到令人不禁感到幸福。

他吃了兩顆止痛藥，脫掉衣服沖了個澡。當他出來時，看見襯衫與褲子上沾有血跡。他現在無法處理這件事，所以只是把衣服踢進床下，拉起房間窗簾，爬進置物櫃中，用被子蓋住頭部，就像他小時候害怕衣櫥裡的怪物時所會採取的舉動一樣。他躺在那裡不停發抖，腦袋中像是有整座地獄的鐘同時作響。

當他快睡著時，消防車的警笛聲自屋外呼嘯而過，把他給嚇醒了。他又開始發起抖來，但發抖至少比頭痛好。他得先小睡片刻，接著再想想該如何是好。自殺似乎仍是目前的最佳選擇。他無法回去清理命案現場，時間不夠，肯定來不及在亨利與勒唐娜每週六固定的回家時間前清理完成，所以勢必會被警方逮捕。他也可以逃跑，說不定還真能逃掉，但得先等頭痛停下來才行。當然，他還得帶點衣服走，你總不可能在亡命生涯中，就這麼赤身裸體的留下一堆目擊線索。

綜觀全局，自殺可能是最好的選擇。只不過這麼做的話，那個操他媽的打工廚師就贏了。只要仔細思考整件事的經過，就會發現這一切全是那個王八蛋廚師害的。

不知不覺中，消防車的警笛聲已消失無蹤。小詹就這麼將被子蓋在頭上睡去。當他醒來時，時間已是晚上九點，就連頭也不痛了。

而屋子裡仍空無一人。

爛泥攤子

外號大吉姆的老詹・雷尼用力踩下煞車，讓他那輛H3 Alpha悍馬車停了下來。這輛車是黑珍珠色的，只要是你想得到的配備，肯定樣樣齊全。他足足比警車早了三分鐘抵達現場，也很享受領先的感覺。永遠維持住領先的競爭力，正是雷尼的座右銘。

厄尼・卡弗特還在通話中，但他舉起手做了個半敬禮的手勢。他的頭髮一片凌亂，看起來興奮到快瘋了。「嘿，老詹，我聯絡上他們了！」

「聯絡到誰？」雷尼隨口問問，並不真的關心。他望向仍在燃燒中的紙漿工廠卡車，又轉向看起來顯然是飛機墜機造成的殘骸。這真是場大災難，肯定會成為鎮上的醜聞，尤其兩輛新的消防車偏在此時被派去了城堡岩。那場演習是他批准的……不過在審核表上簽名的卻是老安・桑德斯，畢竟他才是那個掛著首席行政委員頭銜的人。這是件好事。雷尼是個完全相信凡事都得留後路這項處事規則的人，讓自己只當上次席行政委員，便是他貫徹這種精神的典型範例。只要首席行政委員是桑德斯這種沒用的傢伙，你就能完全掌握權力，同時也不會因事情出了岔子，而得負擔起實際上的責任。

雷尼在十六歲時開始全心信奉耶穌，從此不說半句髒話，所以眼前這幅光景，正是他通常會稱之為「爛泥攤子」的情況。他得加緊腳步，趕緊控制住一切。他不指望霍華・帕金斯那老傢伙能把這件事處理好。帕金斯在二十年前，或許是個非常稱職的警長，但如今可是個全新的世紀。

雷尼眉頭深鎖，環視整個現場。太多旁觀者了。沒錯，這種事件發生時，總是會演變成這情況。人們最愛這種血腥與災難的場面了，而且有些人看起來就像是在玩什麼奇怪的遊戲，看他們能把身體傾斜到什麼程度之類的。

真是奇怪。

「你們給我後退一點！」他大喊，聲音具有十足的權威感，既嘹亮又自信。「那裡是事故現場！」

厄尼・卡弗特拉著他的衣袖，模樣看起來從未如此興奮。他也是個白癡，鎮上全都是這種笨蛋。雷尼猜想，八成每個小鎮都是這樣吧。「我聯絡上空防隊了，老詹，他們——」

「誰？什麼隊？你說什麼？」

「空軍國民防衛隊！」

事情越來越糟了，一群人把這當成遊戲，而這個笨蛋竟然打給——

「厄尼，你打給他們幹嘛？搞什麼鬼啊你？」

「因為他說……那傢伙說……」但厄尼想不起巴比究竟說了些什麼，只好跳過這段。「呃，總之，我把狀況跟空防隊的上校說了，接著他幫我轉到波特蘭的國土安全局，叫我把狀況再說一遍！」

雷尼以雙手用力拍打自己的臉。每當他被激怒時，總會做出這個動作，使他看起來像是眼神冷酷無情版的傑克・班尼⓮。就像班尼一樣，老詹時常說笑話給人聽（而且絕非黃色笑話）。他之所以這樣，是因為他是個車商，同時也很清楚，當個政客就是得要時常說笑，尤其在選舉將至時。所以，他總會想法子讓自己有新笑話可講，並將笑話稱為「趣梗」，總是不時來句：你們想聽點好笑的事嗎？接著說出他熟記於心的笑話，例如有個身處異鄉的觀光客高舉牌子，上頭寫著「廁所在哪？」或「這個村子裡有可以上網的旅館嗎？」之類的。

⓮Jack Benny（1894-1974），美國知名喜劇明星，為日後的情境式喜劇帶來了極大的影響。

但他沒有心情說笑。「國土安全局！他麻的為什麼？」「他麻的」是雷尼最愛的語助詞。

「因為那個年輕人說有東西擋住了公路。就在那裡，詹姆士！有個看不見的東西！那些人就靠在那東西上頭！你看見沒？就是那些人正在做的事。要不然……你朝那裡丟塊石頭看看，石頭還會反彈呢！你看著！」厄尼撿起一顆石頭扔了出去。雷尼根本就懶得看石頭朝哪裡飛去，他猜，要是石頭砸到那群鄉巴佬，肯定會有人痛得大叫。「那輛卡車就是撞上了……這個不知道是什麼東西的玩意兒……就連這架飛機也是！所以那個人才叫我——」

「說慢一點，我們現在到底是在討論哪位仁兄？」

「是個年輕人，」羅瑞・丹斯摩說。「就是在薔薇蘿絲餐廳當廚師的那個，如果你想吃五分熟的漢堡，找他就對了。我爸說，你很難吃到那種煎到剛好五分熟的漢堡，因為根本就沒人可以把火候抓得那麼準，但那傢伙就辦得到。」他露出一個異常滿足的微笑。「我知道他叫什麼名字。」

「閉嘴啦，羅兒。」他哥哥警告說。雷尼先生的臉色暗了下來，從奧利・丹斯摩的經驗來看，只要老師臉上出現這種神情，那麼你馬上會被藤條給痛打一頓，外加一個星期的課後輔導。

但羅兒根本沒聽進去。「他的名字跟女生一樣，叫做芭芭拉！」

我還以為再也看不到那傢伙了，他麻的竟然會給我在這種時候冒了出來。雷尼想。那個可惡又沒用的窮鬼。

他轉向厄尼・卡弗特。警方已經快到了，但雷尼認為還有時間阻止這場芭芭拉引起的另一場麻煩，還搞得大家就跟瘋了一樣。雷尼看了看四周，沒看見芭芭拉的身影，同時卻也打從一開始就沒指望會看見他。情況看起來像是芭芭拉挑起了群眾的不安，搞得一團混亂後，人就這麼跑了。

「厄尼，」他說。「你顯然是誤報了。」

奧登．丹斯摩走上前。「雷尼先生，我不認同你說的話，你還不瞭解現在的狀況呢。」

雷尼對他笑了笑，盡力讓嘴唇往上揚起。「我知道戴爾．芭芭拉這個人，奧登。我知道的夠多了。」他又轉向厄尼．卡弗特。「好了，如果你——」

「噓，」卡弗特說，手裡握著手機。「我在跟別人說話。」

老詹．雷尼不喜歡被噓，尤其對方還是個雜貨店的退休經理。他從厄尼手中搶過手機，彷彿厄尼是他的助理，不過只是幫他拿著手機一下罷了。

一個聲音自手機中傳來。「現在說話的是哪位？」不過才八個字，便足以讓雷尼知道對方肯定是個狗娘養的官僚。老天垂憐，他在任職鎮上行政官員的三十年間，早已應對過無數這類型的人，而其中最討厭的，就是聯邦政府的官員了。

「我是詹姆士．雷尼，卻斯特磨坊鎮的次席行政委員。請問長官是？」

「唐納．伍茲尼克，隸屬國土安全局。我知道一一九號公路上出了點問題，道路好像被封鎖起來了，是嗎？」

封鎖？封鎖？這個國土安全局的人到底在說些什麼啊？

「都是誤會罷了，長官。」雷尼說。「我們這裡有架本地的民航機，嘗試降落在公路上時，撞上了一輛卡車。情況已經完全在控制中了，所以不需要國土安全局的協助。」

「雷尼先生，」那個農夫說。「事情根本就不是你說的那樣。」

雷尼朝他手一揮，朝第一輛抵達現場的警車走去。亨利．莫里森走出車外，他的身材高大，身高約六呎五吋，但基本上是個一無長才的人。第二輛警車裡，是個有著一副大胸部的姑娘，名字叫賈姬．威廷頓。她比一無長才更糟糕，明明是個笨蛋，卻長了張自以為聰明的嘴。但她後頭那輛警車，開車的人則是助理局長彼得．蘭道夫。蘭道夫是站在雷尼這邊的，無論什麼事都能幫忙搞定。可惜蘭道夫不是那一晚的值班人員，否則小詹在酒吧搞出那場愚蠢至極的麻煩時，老詹敢說，今天戴爾．芭芭拉可就沒機會搞出這些事情了。說真的，要是真是如此，芭芭拉先生搞不好現在已經被關進城堡岩的牢房裡了呢。這麼一想，倒是讓雷尼覺得舒坦了些。

在此同時，那個國土安全局的人仍在自顧自地說個不停。真好奇，他們現在還有臉以探員自居嗎？

雷尼打斷了他的話。「感謝您的關心，伍茲納⑮先生，但我們可以處理的。」他切斷電話，連句再見也沒說，便把手機丟還給厄尼．卡弗特。

「詹姆士，我不認為這樣是明智之舉。」

雷尼沒理他，只是看著蘭道夫把車停在威廷頓那姑娘的警車後方，車頂上的閃光燈不斷旋轉閃爍。他想走過去找蘭道夫，但又隨即把這個念頭完全趕出腦袋。讓蘭道夫自己過來找他，這才是正確的方式，就與上帝行事的風格一樣。

## 2

「老詹，」蘭道夫說。「這裡是怎麼回事？」

「事情很明顯，」老詹說。「查克．湯普森的飛機跟這輛紙漿工廠的卡車打了一架，結果顯然是鬥了個兩敗俱傷。」這時，他聽見城堡岩方向傳來了警笛聲。消防隊總算有反應了，而且救護車與警察一定就跟在後頭。雷尼希望那兩輛貴得離譜的新消防車也在隊伍的行列中，這樣一來，或許就沒人會注意到這場爛泥攤子發生時，這兩輛新車根本就不在鎮上的事了。

「事情根本不是那樣，」奧登．丹斯摩固執地說。「我當時就在屋外的院子裡，親眼看見那架飛機——」

「你不覺得該讓這些人往後退一點嗎？」雷尼問蘭道夫，指向那些好奇群眾。其中有許多人聚集在紙漿工廠的卡車處，小心翼翼地與事故殘骸保持一段距離，就連磨坊鎮這側的人也一樣，看起來像是什麼慶典上的習俗。

蘭道夫叫莫里森與威廷頓去處理。「亨仔。」他說，指向磨坊鎮這側的旁觀者。其中有些人在湯普森那架炸得粉碎的飛機殘骸中探頭探腦，只要每發現一個屍塊，便會引發一陣恐懼尖叫。

「瞭解。」莫里森說，馬上開始行動。

蘭道夫轉向威廷頓，指著紙漿工廠卡車旁的圍觀群眾。「賈姬，妳去處理……」蘭道夫的聲音逐漸變小。

在事故現場的南邊，有群看熱鬧的人站在公路旁的牧場裡，至於另一群則站在高度及膝的灌木叢旁。他們全都一副張目結舌的蠢樣。雷尼對這種表情早就習以為常。他每天都得面對不同對象所表露出的相同神情，而在每年三月的鎮民大會上，這神情更是多不勝數。然而，只有那群人不是在看燃燒中的卡車，就連沒那麼笨的蘭道夫（但也不算聰明，沒那麼優秀，不過至少他還知道自己麵包上的奶油是塗在哪一面）也與他們看著相同地方，同樣一副張目結舌的模樣。接著，就連賈姬．威廷頓也加入了他們。

他們全都看著因卡車燃燒而升起的濃煙。

濃煙看起來既黑又油，他們站在南邊，風勢朝北吹，站在順風處的人肯定覺得快窒息了。雷尼找到了讓他們如此驚訝的原因，雖然難以置信，但他總算看見了。最初，濃煙朝北飄散，但隨

⑮Wozner，此處為雷尼剛才沒有用心聽對方說話的口誤。

即往奇怪角度幾乎轉了九十度彎，滾煙直直往上竄去，像是從煙囪中冒出一樣。同時，濃煙還留下深褐色殘渣，而那條長型污漬，像是就這麼飄浮在半空不動。

詹姆士・雷尼用力搖了搖頭，想把這個錯覺趕出腦海，但當他停下時，眼前景象卻依然如故。

「那是什麼？」蘭道夫困惑地問，音量十分微弱。

那個叫丹斯摩的農夫走到蘭道夫前。「那傢伙，」他指著厄尼・卡弗特。「用手機打給了國土安全局。而這傢伙，」他又用如同法庭裡會用的誇張手勢指著雷尼，但雷尼根本沒注意到。「把手機搶了過去，就這麼掛了電話！他不該這麼做的，彼得，因為飛機跟卡車根本就沒相撞，那架飛機完全沒接近地面。我全都看見了。當時我正在幫農作物披上防凍套，看見了整個經過。」

「我也看見了——」這回羅瑞才剛開口，就被兄長奧利打了一下後腦杓，於是不禁抱怨起來。

奧登・丹斯摩說：「那架飛機撞上了什麼東西，那輛卡車也是。那東西就在那裡，你可以直接伸手摸摸。那個年輕人，也就是那個廚師，說這裡應該被設為禁飛區，他說的一點也沒錯。不過呢，雷尼先生，」他又再次指向雷尼，彷彿自己是偉大的派瑞・梅森⑯，而非那個每天都得把擠乳器湊到乳牛奶頭上，藉此換得三餐溫飽的傢伙。「甚至連話都沒講一句，就把電話給掛了。」

雷尼沒打算自貶身價去反駁他。「你是在浪費時間，」他靠近蘭道夫，以耳語稍稍說。「局長就要來了。我建議你最好加緊速度，在他抵達之前，先掌控好整個局面。」他用冷酷的眼神迅速瞥了農夫一眼。「你可以晚點再找目擊者採證。」

只是，奧登・丹斯摩還是補上了幾句讓他憤怒不已的話。「那個叫巴比的傢伙說得沒錯。他是對的，而雷尼錯了。」

雷尼在心中記下奧登・丹斯摩一筆。遲早，農夫總得脫掉帽子、恭恭敬敬地來找行政委員，可能是想要申請地役權⑰，或是在遇到農地劃分糾紛時，前來尋求解決之道什麼的。所以，等丹斯摩先生又出現在他面前時，他肯定會拒絕他的要求，如果可以的話，還會向丹斯摩表達他的遺憾之意，就像他平常的處事方法一樣。

「控制局面！」他告訴蘭道夫。

「賈姬，叫這些人後退，」副局長說，指著那群站在紙漿工廠卡車那側的圍觀群眾。「設一塊禁止進入的區域。」

「長官，我想那些人的位置算是莫頓鎮的轄區──」

「我不管，叫他們後退。」蘭道夫轉頭看去，此時，公爵・帕金斯正走出那輛綠色的局長座車。蘭道夫渴望能早日看見那輛車停在他家的車道上。一定會的，到時老詹・雷尼肯定會幫他一把，頂多再等個三年就行了。「等城堡岩警方抵達現場時，他們一定會相當感謝妳的，相信我。」

「我們該拿那東西怎麼辦才好？」她指著那塊仍在四處蔓延的煙燻痕跡。透過那東西往外看去，十月的繽紛樹木全變成一模一樣的灰暗色彩，而天空則被染成一種病態的黃藍色。

「晚點再清理。」蘭道夫說，準備去協助在卻斯特磨坊鎮這頭疏散人群的亨利・莫里森。但

⑯Perry Mason，作家E. S.賈德納（Erle Stanley Gardner）筆下「梅森探案」系列作品的主角，為法庭推理小說的代表作。

⑰Easement，指在他人土地上的通行權。

首先，他得趕快振奮起精神才行。

賈姬朝聚集在紙漿工廠卡車旁的人群走去。先前那些人一直拿手機對著事故現場拍個不停，還有些人跑到火勢不大的灌木叢那裡，急著發送相片簡訊。離那裡遠點是件好事，只不過，他們沒打算就這麼離開，而是站在原地不斷傻傻地看著現場。她擺出跟亨利在磨坊鎮這頭相同的驅趕手勢，開始大聲念起同樣的台詞。

「各位鄉親，麻煩請往後退，一切都結束了，沒什麼好看的，消防車跟警方要準備開始清理路面了。請往後退，我們要淨空這個區域，大家回家吧。麻煩請往後——」

她撞到了東西。雷尼不知道那是什麼，但卻看見了過程。她頭上那頂帽子的帽簷處撞上了什麼，先是向後彎曲，隨即掉落在身後。接著，她那對驕傲的奶子——真他麻的巨大——被壓平，然後就連鼻子也被撞扁，鼻血朝前噴去……沾到了某個東西上頭，開始往下滑落，就像朝牆壁潑灑油漆一樣。她坐倒在地，一副震驚的模樣。

那個該死的農夫又得寸進尺地說：「你看吧，我剛不是就說了？」

蘭道夫和莫里森沒看見事發經過，就連帕金斯也是。他們三個正聚集在局長座車的車頭處商討處理方式。雷尼本來想去扶起威廷頓，但想想還是算了，反正會有其他人過去。再說，她現在顯然還相當靠近那個她撞到東西的地方。於是，他趕緊轉向人群，調整臉部表情，挺起了肚子，展現一副讓權威人士來的模樣，還快速朝那個叫丹斯摩的農夫怒氣沖沖地瞪了一眼。

「局長。」他說，打斷了莫里森與蘭道夫的談話。

「老詹，」帕金斯朝他點點頭。「我看你還真是有效率得很啊。」

這話可能是在刻意嘲諷，但雷尼這條老奸巨猾的魚兒可不會輕易上鉤。「我怕這裡會聚集越來越多好奇民眾，我想，最好還是有人先聯絡一下國土安全局，」他停了一會兒，想藉此加深這些話給人的印象。「我不敢說這一定跟恐怖攻擊有關……但也不排除這樣的可能性。」

# 3

公爵．帕金斯望向老詹身後。在加油站商店工作的強尼．卡佛與厄尼．卡弗特正扶著賈姬走來。她一臉茫然，流著鼻血，但看起來並無大礙。然而，整件事還是怪異得很。當然，所有意外事故都會給人這種感覺，但這回特別不對勁。

舉例來說，飛機殘骸實在碎成了太多塊，分布範圍也過於廣泛，讓他深信這架飛機根本沒有試圖降落過。還有那些旁觀群眾，他們給人的感覺也不太對勁。蘭道夫沒發現，但公爵．帕金斯留意到了。按照常理，這些旁觀者應該會圍成一大群，因為只有這樣，才能在死亡事故前維持一副輕鬆自若的模樣。但這些人卻分成了兩群，其中一群站在莫頓鎮的鎮界標示牌那裡，離那輛還在燃燒中的卡車很近。那裡應該沒有危險，他如此判斷……但那群人怎麼都沒移動到這裡探頭探腦？

第一輛消防車轉過路口，朝南方駛來。過來的消防車總共有三輛。公爵很慶幸看見第二輛消防車的側面部分，以金漆漆著「卻斯特磨坊鎮消防局二號消防車」幾個大字。人群向後退至矮灌木叢中，讓消防車得以停車。公爵把注意力轉回雷尼身上。「這裡是怎麼一回事？你清楚嗎？」

雷尼才正想回答，卻被厄尼．卡弗特搶先開了口。「有道屏障橫跨在公路上。你看不見它，但它就在那裡，局長。卡車就是撞上了那道屏障，連那架飛機也是。」

「就是這樣！」丹斯摩大喊。

「威廷頓警官也是撞上了那玩意兒，」強尼．卡佛說。「不過還好她走得很慢。」他用單手摟著仍一臉茫然的賈姬。公爵注意到她的鼻血已滴到了卡佛身上那件寫著「我在磨坊鎮加油有折扣」的外套袖子上。

在莫頓鎮那側，另一輛消防車已然抵達。前兩輛消防車停成V字型以便封鎖路口，消防員已從車上下來，展開了水龍帶。公爵可以聽見一輛救護車的警笛聲自城堡岩方向傳來。那我們的呢？誰知道呢，會不會也被派去參加那場愚蠢的該死演習了？他還真不願這麼想，畢竟，哪個心智正常的人會叫一輛救護車去空無一人的燃燒房子處救人？

「那裡好像有道隱形屏障——」雷尼開始說。

「嗯，我知道，」公爵說。「雖然我不清楚那究竟是什麼意思，不過我知道這件事。」他從雷尼身邊離開，朝他那仍流著鼻血的部屬走去，沒看見次席行政委員那因為話被打斷，進而氣到滿臉通紅的模樣。

「賈姬？」公爵問，把手輕輕放到她肩上。「妳還好吧？」

「還好。」她摸了一下鼻子，鼻血已經變少了。「鼻梁看起來像是被撞斷了嗎？感覺起來好像沒有。」

「沒有，不過倒是腫起來了。看起來沒什麼事，只要別在收割時被人當作成熟的果實給摘下來就行了。」

她虛弱地笑了。

「局長，」雷尼說。「我認真覺得我們應該向上通報。如果慎重一點的話，或許找國土安全局是有點太過頭了，但我們倒是能通知州警——」

公爵用手輕輕將他推開，然而力道雖輕，意圖卻很明顯，只差一點點就稱得上是用力了。雷尼雙手握緊拳頭，隨即又鬆開來。他窮盡一生，讓自己成為一名毒販而非毒蟲，但縱使如此，也不會改變只有白癡才動不動便出手打人這件事。這點從他兒子身上就能獲得明證。但縱使如此，被人輕視還是件值得留心，並必須加以解決的事。只是通常得晚點再說……而且，有時晚點還更好。會讓復仇的滋味更甜美。

「彼得！」公爵朝蘭道夫叫道。「打電話到醫療中心問問，我們見鬼的救護車是跑到哪兒去了？然後叫他們快點過來！」

「我會叫莫里森處理。」蘭道夫說，抓起自己車上的照相機，轉身想去拍攝事故現場。

「我要你現在就處理。」

「局長，我想賈姬沒撞得那麼嚴重，何況現場也沒人──」

「如果我需要你提供意見，那麼就會直接問你，彼得。」

蘭道夫朝他看了一眼，這才看見他此刻臉上的神情。他把相機扔在警車前座上，拿起了手機。

「到底怎麼回事，賈姬？」公爵問。

「我不知道。一開始感覺像是電到，就像不小心碰到還插在牆上的插頭金屬部分一樣。那感覺一下子就不見了，但接著我就撞上……天啊，我不知道我究竟是撞上了什麼東西。」

從旁觀群眾那裡傳來了一陣驚呼。消防員將水龍帶的龍頭對準燃燒中的紙漿工廠卡車，但水柱噴到高度超過卡車的地方時，卻反彈出陣陣水花，如同撞上了什麼東西，往後反濺，使空氣中出現一道彩虹。公爵畢生從未看過這種景象……除了在洗車時，高壓水柱往擋風玻璃上噴灑的時候。

他在磨坊鎮這側看著那道小彩虹。此時，一名旁觀者──鎮立圖書館的館員梅麗莎．傑米森──朝彩虹走去。

「小梅，離那裡遠一點！」公爵大喊。

她沒理會他，模樣像是被催眠了一般。她位於距離高壓水柱於淡淡氣層間反濺回來的幾英尺處，朝前方伸出了手。他能看見閃閃發光的水霧落在她頭髮上，流至臉龐與後腦杓的圓髮髻處。

那道小彩虹先是裂成兩半，隨即又在她身後併攏。

「只有霧而已！」她大叫，聲音聽來興高采烈。「水灑過來後，到這裡就變成霧了！就像從加溼器冒出來的水氣一樣。」

彼得．蘭道夫舉起手機，搖了搖頭。「這裡還有一格訊號，但電話就是接不通。我猜都是因為這些圍觀者──」他用手臂畫了個大圓。「害得手機沒辦法接通。」

公爵不知道是否真的如此，但他眼前所見的每個人，的確幾乎全在講電話或用手機拍照。只有小梅除外，她仍在繼續表演她的森林女神秀。

「過去那裡，」公爵告訴蘭道夫。「最好在她決定要好好展露自己那副水晶身體或什麼東西之前，先把她拉走再說。」

蘭道夫一副這差事不該由領他這種薪水的人去幹的模樣，但最後還是乖乖去了。公爵忍不住噗哧一笑，笑聲雖短，但卻出自真心。

「是什麼開心事讓你笑成這樣？」雷尼問。越來越多城堡郡的警察出現在莫頓鎮那側。要是帕金斯稍不留神，最後城堡岩那裡就會完全接管整件事，搶走該死的功勞。

公爵止住笑聲，但臉上仍舊掛著滿不在乎的微笑。「這是場爛泥攤子，」他說。「你不就是這樣說的嗎？老詹？在我的經驗裡，有時要處理這種爛泥攤子的唯一方式，就是大笑一場囉。」

「我不知道你到底在說什麼！」雷尼幾乎是用吼的。那兩名丹斯摩家的男孩自他身邊退開，躲到父親身後。

「好吧，」公爵溫和地說。「沒關係。你只需要知道，現在我還是執法人員的負責人，至少到郡警長抵達前都是如此，而你只是個鎮上的行政委員，在這裡沒有管轄權，所以我希望你能夠退後一點。」

公爵提高音量，指派亨利．莫里森警員在現場圍起黃色封鎖帶，並將封鎖帶綁在兩個最大的飛機殘骸上。「麻煩全部往後退，讓我們可以開始工作！大家跟著雷尼委員，他會帶你們退到黃色封鎖帶外面。」

「我不認為你該這樣做，公爵。」雷尼說。

「老天保佑，我可沒打算要鳥你。」公爵說。「從我的事故現場離開，老詹，而且退到封鎖區外面去，別讓亨仔再喊第二次了。」

「帕金斯局長，給我記住你今天這些話，因為我一定會好好記住的。」

雷尼高視闊步地朝封鎖帶走去，其他圍觀群眾則跟在他身後。其中大多數人都不斷回頭張望，看著屏障上的機油痕跡被水柱沖洗下來，在公路上形成一條溼線。有幾名觀察力較敏銳的人（例如厄尼．卡弗特），此時已注意到那條溼線與莫頓鎮及磨坊鎮的分界線完全貼合。

雷尼浮現一股幼稚的渴望，想用胸口把亨利．莫里森小心翼翼串起的封鎖帶給撞掉，但最後還是克制住了。畢竟他可不想刻意繞到旁邊，最後還害他那條海角牌的休閒褲被樹枝給勾破。那條褲子好歹也花了他六十元。他用單手往上移開封鎖帶，就這麼走了過去。以他肚子的大小而言，要他彎腰走過實在不太可能。

在他身後，公爵正緩緩朝賈姬撞傷的地方走去。他往前伸出手，模樣就像盲人正小心翼翼地走過一間陌生房間。

她跌倒在這兒……然後這裡就是……

他感受到賈姬所說的觸電感，但那感覺卻並未消退，反倒更為加強，變成一股灼熱疼痛，穿進他左心窩中。他最後來得及想起的事，便是布蘭達叫他要小心心臟起搏器。接著，心臟起搏器便在他胸中爆炸，力道足以撕裂他身上那件野貓隊運動衫。他在今天上午穿上了這件衣服，準備為下午開打的比賽吶喊助陣。鮮血、衣服碎片、炸開的肌肉組織全濺在了屏障上頭。

人群開始尖叫。

公爵試著想念出妻子的名字，但卻沒能成功。不過，他仍在腦海中清晰地看見了她的模樣。她正微笑著的模樣。然後，世界一片黑暗。

## 4

那孩子的名字是班尼・德瑞克，今年十四歲，是剃刀俱樂部的成員之一。剃刀俱樂部是個人數雖少，卻相當認真的滑板俱樂部。當地警方聽到他們總是會皺起眉頭，但卻並未禁止他們活動，就算身為行政委員的雷尼與桑德斯多次要求警方也一樣（在去年三月舉辦的鎮民大會上，生龍活虎的兩人則成功提交了一個預算案，將在鎮立公園的音樂台後方，搭建一個安全的滑板運動區）。

至於另一名成年人則是艾瑞克・艾佛瑞特，外號是生鏽克，今年三十七歲，是朗・哈斯克內科醫生的助手。他的外號來自於《綠野仙蹤》裡那名生鏽鐵人，如果對方是個就像他妻子般讓他信任的人，那麼生鏽克通常會解釋說，這外號是因為他的工作就與那個鐵人一樣，總是在幕後負責收拾爛攤子。

現在，他正在確認年輕的滑板大師德瑞克最後一支破傷風針究竟是什麼時候打的。是二〇〇九年秋天，好極了。考慮到年輕大師德瑞克在水泥地上玩滑板時把小腿給劃破了，這時間讓人寬心許多。雖然這本身不是件好事，但看似單純的路疹⑱，卻常常會引起比這更為嚴重的傷勢。

「電力恢復了耶，老兄。」年輕大師德瑞克說。

「是發電機供的電，老弟，」生鏽克說。「醫院跟健康中心都會有。很原始對吧？」

「有夠老派的。」年輕大師德瑞克同意。

有一會兒的時間，這一大一小兩人組都沒開口，只是專心在班尼．德瑞克小腿那條六吋長的傷口上，小心清除髒污與血漬，原本有些嚇人的傷口，沒多久後便沒那麼可怖了。鎮上的警報器已然關閉，但他們仍能聽見遠方傳來的警笛聲。接著，當火災警報響起時，他們全都跳了起來。救護車馬上就得出發了，生鏞克想。想也知道，這回抽筋敦與艾佛瑞特又要出動了，而且最好是馬上動身。

但那孩子的臉色仍有些蒼白，生鏞克覺得自己好像看見他眼眶泛淚。

「害怕？」生鏞克問。

「一點點。」班尼．德瑞克說。「畢竟我媽要過來接我了。」

「你就是在怕這個？」他猜，班尼．德瑞克以前應該因為這樣而被罰過好幾次禁足，說不定還常常這樣呢，老弟。

「呃……主要是受傷的原因啦。」

生鏞克先前把針筒給藏了起來，現在，他在針筒裡注入三毫升苦息樂卡因注射液⑲與腎上腺素。這是他的私人的混合配方，並將其命名為現在已很少人使用的牙科麻醉藥奴佛卡因（Novocain）。他小心翼翼地在傷口上擦藥，以免讓這孩子受到沒必要的疼痛之苦。「只要再打這一針就好了。」

「哇喔，」班尼說，「這也太突然了，寶貝，我心臟病都要發了。」

⑱Roadrash，為美國俚語，代表因玩滑板時摔倒的各種傷勢。
⑲Xylocaine，具有止痛及麻醉效用。

生鏞克笑了起來。「你是在挑戰圓管時摔傷的？」身為一個隱退已久的滑板玩家，他是真心的對這件事感到好奇。

「是U型滑道啦，不過那滑道的設計根本就有問題！」班尼說，眼神都亮了起來。「你覺得我會縫多少針？諾莉．卡弗特去年夏天在牛津鎮那裡摔傷，縫了十二針耶！」

「沒那麼多針。」生鏞克說。他知道諾莉。她是個小歌德，最大的心願似乎是在她長到可以未婚生子的年紀前，便玩滑板玩到害死自己為止。他拿著注射器，將針頭插進傷口旁。「有感覺嗎？」

「有，老兄，完全感覺到了。你有聽到，呃，像是一聲槍響的聲音嗎？」班尼穿著內褲坐在診療台上，血滲透了傷口上的醫用不織布，朝著偏向南方的方位指去。

「沒聽見。」生鏞克說。其實他聽見了兩道聲響，但並非槍聲，而是爆炸聲，讓他感到有些緊張。看來得趕快搞定這裡了。魔法師到哪兒去了？維維說他去巡房了，這可能表示他跑去凱薩琳．羅素的醫師休息室裡打盹了吧。那可是偉大的魔法師巡房時最喜歡待的地方了。

「現在有感覺了嗎？」生鏞克再次把針頭刺進傷口旁邊。「別看，看了就不準了。」

「沒耶，老兄，什麼感覺都沒有。你是要我的吧？」

「我沒有，是麻醉藥生效了。」能麻醉你的東西可不只這個呢。生鏞克想。「好了，我們開始吧。向後躺，放輕鬆點，好好享受這趟凱薩琳．羅素航空公司的旅程。」他用生理食鹽水擦拭傷口藉以消毒，接著拿起他最信賴的十號手術刀清整傷口。「我要用最棒的四號尼龍線幫你縫上六針。」

「讚。」這孩子說，接著又說：「我有點想吐耶。」

生鏞克遞給他一個嘔吐盆，在這種情況下則通常會被稱為噁心鍋。「吐在裡面，免得暈倒了全吐在自己身上。」

班尼沒有暈倒，最後也沒嘔吐。當生鏞克把消毒紗布蓋在傷口上時，傳來了幾聲頗為隨便的敲門聲響，接著維吉妮亞．湯林森探頭進來。「我可以跟你講一下話嗎？」

「別擔心，」班尼說。「我還生龍活虎得很。」真是個愛面子的小渾球。

「生鏞克，到大廳那邊說好嗎？」維維說，連看都沒看那孩子一眼。

「我馬上就回來，班尼。好好坐著，放輕鬆點。」

「自爽嘛，我瞭的。」

生鏞克跟著維維走進大廳。「救護車要出動了？」他問。除了維維外，在灑滿陽光的等候室裡，還有班尼的母親在場。她正嚴肅地低頭讀著一本封面畫了個漂亮原始人的平裝書。

維維點點頭。「地點是一一九號公路，靠近塔克鎮鎮界那邊。公路上還發生了另一場意外，位置是在另一個鎮界那裡，也就是莫頓鎮那邊。大家都說那裡亂成一團，現場還死了人。據說是有架飛機試著降落時，撞上了一輛卡車。」

「妳是唬爛我的吧？」

愛爾娃．德瑞克皺著眉頭看了看四周，隨即又回頭繼續讀她的平裝書，或說至少想嘗試讀進去，在心裡不斷思索自己的老公究竟會不會支持她把班尼給禁足到十八歲為止。

「不是唬爛，事情就是這樣。」維維說。「我還接到了其他車禍意外的通知，實在是——」

「太詭異了。」

「——不過在塔克鎮鎮界出事的傢伙還活著，我想開的應該是貨車吧，因為現場一直有嗡嗡聲。抽筋敦已經在等你了。」

「妳會搞定那孩子吧？」

「對，快出發吧。」

「雷彭醫生呢？」

「他在史蒂芬紀念醫院那裡還有病患得處理。」那是挪威暨南巴黎鎮的鎮立醫院。「他會趕過去的，生鏽克。出發吧。」

他在離開前停了一下，告訴德瑞克太太班尼的情況並無大礙。愛爾娃聽見這個消息，並未表現出欣喜若狂的模樣，但仍向他表達了感激之意。外號是「抽筋敦」的道奇．敦切爾，正坐在一台舊型救護車的保險桿上，詹姆士．雷尼與他那群行政委員始終不願花錢更換新車。抽筋敦此刻正一面抽著菸，一面趁機會曬曬太陽。他手上拿著一台攜帶型收音機，裡頭傳出精力十足的對話，聲音聽起來就像爆米花一樣彈跳有力，不斷你來我往。

「把那根會致癌的東西給丟掉，然後開車上路。」生鏽克說。「你知道我們要去哪裡吧？」

抽筋敦關掉收音機。儘管他有這樣一個外號，但生鏽克還真沒看過像他這麼多話的隨車救護人員。「我知道，小維維都告訴我了。塔克鎮跟卻斯特的鎮界線那裡，對吧？」

「對，有卡車翻倒在路邊了。」

「沒錯，不過呢，計畫有些改變，我們得改走另一條路才行。」他指向南方的地平線處，黑色濃煙不斷往上飄揚。「你從來沒想過要親眼見識看看飛機失事的現場嗎？」

「我看過，」生鏽克說。「在工作的時候。那回有兩個人死了，你可以看見屍塊噴得到處都是。這樣你還想去朝聖嗎？對我來說一次就夠了。維維說那裡被捲進意外事故的人全死了，所以我們應該——」

「也許全死了，也許還沒。」抽筋敦說。「不過帕金斯也出了事，他搞不好還沒死呢。」

「帕金斯局長？」

「你只說對了一半。彼得．蘭道夫對外宣稱，說帕金斯的心臟起搏器把他的胸膛給炸開了，所以我想他的狀況應該很不妙。總之呢，現在的局長是蘭道夫了，可真是個大無畏的領導者啊。」

「抽筋兄弟，心臟起搏器是不會爆炸的，完全不可能。」

「那他可能就還活著吧，所以我們還幫得上他。」抽筋敦說，繞過救護車車頭準備上車，同時掏出一包香菸。

「救護車上不能抽菸。」生鏽克說。

抽筋敦一臉哀傷地望著他。

「除非分我抽，這樣就沒問題了。」

抽筋敦嘆了口氣，把菸盒遞給他。

「喔，萬寶路，」生鏽克說。「我的氣管最愛這牌子了。」

「你快笑死我了。」抽筋敦說。

## 5

他們按著喇叭，闖過一一七號公路與一一九號公路那個三岔路口的紅燈。警笛聲不斷作響，而他們兩人則像是癮君子般地不斷抽菸（但窗戶是開著的，這是工作時的抽菸規定），同時聽著收音機傳來的吵雜人聲。生鏽克不太清楚現場的實際情形，但他相當確定，他肯定得加班加到四點之後了。

「老兄，我不曉得到底是怎麼回事，」抽筋敦說。「不過事情是這樣的，我們可以去看正宗的飛機失事現場耶。說真的，雖然沒辦法看到墜毀經過，不過乞丐本來就不能挑三揀四嘛。」

「抽筋敦，你真的有夠變態耶。」

路上有不少車輛，其中大多數朝著南下方向前進。裡頭的少數人可能有正經事得做，但生鏽克覺得，大多數人可能只是像蒼蠅聞到了血腥味，意欲湊湊熱鬧罷了。抽筋敦毫不遲疑的開到對向車道，一一九號公路的北向車道沒有半台車子，感覺有些古怪。

「快看！」抽筋敦說，朝窗外指去。「新聞直升機！我們要上六點新聞了，生鏽克！醫療英雄正準備要去作戰——」

但這時發生的事，讓道奇·敦切爾從此斷了對飛行的憧憬。在他們前方，也就是生鏽克認為是事發現場的位置處，那架直升機突然迅速打轉了一下。有這麼一瞬間，他還能看見機側上CBS新聞台的標誌以及十三這個數字。接著直升機爆炸了，在萬里無雲的午後天空裡灑下陣陣火雨。

抽筋敦大喊出聲：「老天爺啊，對不起！我不是這個意思！」接著他所喊出的話雖然有些幼稚，但仍足以讓被眼前光景給震驚的生鏽克感到難過。「我收回我說過的話！」

## 6

「我得回去了，」詹德隆說。他脫下那頂海狗隊的棒球帽，擦了擦滿是血漬與灰塵的蒼白臉龐。他的鼻子腫了起來，看起來就像是巨人的拇指，雙眼隱約浮現出黑眼圈。「不好意思，可是我的鼻子實在痛得厲害，而且……呃，我也沒那麼年輕了，所以……」他舉起雙手往下一甩。他們正面對彼此，如果可以的話，巴比一定會拍拍他的手臂，幫他打打氣。

「連身體也大受打擊，對嗎？」他問詹德隆。

詹德隆邊咳邊笑了出聲。「那架直升機是壓垮駱駝的最後一根稻草。」說完，他們一同朝新竄起的那道濃煙望去。

巴比與詹德隆在一一七號公路上，確定有人可以幫忙唯一的倖存者艾爾莎·安德魯斯之後，便這麼離開了事故現場。起碼她看起來傷得不重，只不過對於失去好友一事感到傷心欲絕就是了。

「那你先回去吧。慢慢來，路上小心點，累了的話就休息一下再走。」

「你要繼續往前走？」

「對。」

「你還是覺得可以找到屏障的終點？」

巴比沉默片刻。一開始時，他還如此確信，但如今——

「希望能找到吧。」他說。

「好吧，祝你好運。」詹德隆用帽子朝巴比揮舞一下，接著戴回頭上。「希望之後要是有機會的話，能跟你好好握個手致意一下。」

「我也是。」巴比說。他頓了一會兒，心裡一直在想著這件事。「如果你拿到手機的話，可以幫我個忙嗎？」

「當然。」

「幫我聯絡班寧堡的陸軍基地，跟聯絡官說你要找詹姆士・歐・寇克斯上校，告訴他們事態緊急，就說是戴爾・芭芭拉隊長請你幫忙聯絡的。你記得住嗎？」

「你是戴爾・芭芭拉，他是詹姆士・寇克斯，沒問題。」

「如果你聯絡到他的話……我不確定行不行，但如果可以的話……就告訴他這裡發生的事吧。要是沒人聯絡上國土安全局的話，就請他幫忙聯繫。這樣沒問題吧？」

詹德隆點點頭。「要是連絡得上他，我一定會幫你轉告的。祝你好運了，阿兵哥。」

巴比從未想過自己竟然還會被人如此稱呼，但他仍把手指放到前額上做出敬禮姿勢，接著繼續上路，尋找著不久前他還以為自己可以找到的東西。

## 7

他發現了一條與屏障大約呈平行線的林間小道。雖然這條路上雜草叢生，四處都是廢棄物，但比起得用手撥開那些有刺植物才能往前走的情況顯然好多了。有時他會往西方走，確定那道隔離卻斯特磨坊鎮與外頭世界的那堵牆是否還在，但每次的結果全都一樣。那堵牆始終都在。

巴比走到位於一一九號公路上，磨坊鎮與它的姊妹鎮塔克磨坊鎮的交界處時停下腳步。在屏障的另一側，有輛貨車橫倒在路上，看起來像是具大型野獸的屍體。卡車司機早先已被幾個好心人載離現場，只留下後門因撞擊力而彈開的卡車在原地。柏油路上到處都是惡魔狗巧克力夾心蛋糕、歡笑牌瑞士卷、小圓鐘夾心蛋糕、享受牌奶油蛋糕以及花生醬夾心餅。一名身穿喬治・史崔特⑳肖像T恤的年輕人，正坐在樹樁上吃著花生醬夾心餅，手上還握著一支手機。他抬頭望向巴比。「嘿，你是從那裡來的？」他朝巴比身後大概的方位指去，看起來十分疲憊，既恐懼又絕望。

「對，」巴比說。「我是從鎮上的另一頭過來的。」

「所有道路都被隱形的牆壁給擋住了？整個小鎮的邊界都是？」

「對。」

年輕人點了點頭，按下手機的一個按鍵。「達斯提，你還在那裡嗎？」他聽了一會兒，然後說：「好吧。」他結束通話。「我和我的朋友達斯提從東邊那裡開始分頭出發，他是往南走的，我們路上一直用手機保持聯絡，尋找有沒有可以通行的地方。他現在人在直升機墜毀那裡，說那邊到處擠滿了人。」

巴比倒是不難猜到。「你們那裡也沒有可以穿過這道隱形牆的地方？」

年輕人搖了搖頭，沒多說什麼，也沒必要說些什麼。他們有可能真錯過了一些缺口，巴比知道很有可能。那缺口可能只不過像扇窗戶或門扉一樣大，但他還是懷疑是不是真有這樣的缺口存在。

他覺得，這裡被完全封鎖住了。

⑳George Strait，美國歌手，被譽為鄉村音樂之王。

# 我們全是
# 同一隊的

# 1

巴比沿著一一九號公路回到鎮中心，約莫走了三英里遠。當他抵達鎮中心時，時間已是下午六點。主街上幾乎空無一人，但仍能聽得見發電機運作的聲響，從聲音聽起來，數量還不少。一一九號公路與一一七號公路路口的紅綠燈是暗著的，但薔薇蘿絲餐廳的燈光卻仍亮著，依舊照常營業。從餐廳外側的大窗戶往內望去，巴比能看見裡頭的每張桌子都坐有客人。但當他走到門口時，卻沒聽見平常客人們大聲討論的各種話題。包括了政治、紅襪棒球隊、當地經濟狀況、愛國者美式足球隊、新推出的轎車及貨卡車、塞爾提克籃球隊、汽油價格、棕熊冰上曲棍球隊、新買的電動工具、雙坊野貓隊等等。就連平常有的笑聲也沒了。

每個人全盯著櫃檯上的電視看。巴比觀察著這個帶有一些錯置與難以置信的場面，覺得每個人其實都只不過是在試著要在電視上播放的災難現場畫面中，找尋自己的身影罷了。電視裡，CNN記者安德森．庫柏㉑就站在一一九號公路上，畫面背景是仍在冒煙的巨大紙漿工廠卡車殘骸。

今天負責招待客人的是蘿絲自己，偶爾還得飛奔回櫃檯接受顧客點餐。有幾綹頭髮自她綁頭髮的橡皮筋中鬆脫，就這麼垂掛在臉龐側邊，看起來既疲累又忙碌。從下午四點一直到關店這段時間，原本該由安安・麥卡因負責站櫃檯的，但今晚巴比沒看見她。或許她在屏障落下之前便已離開鎮內，要是真是如此，那麼她可能會有好長一陣子都沒法子回到櫃檯後方上班了。

負責烹飪的是安森・惠勒，讓巴比忍不住擔心起他是否有辦法煮出比豆子及煎香腸更複雜的菜餚，更別說是想處理薔薇蘿絲一直以來的星期六特餐了。蘿絲通常會用「小鬼頭」來稱呼安森・惠勒，縱使他至少已經二十五歲了也一樣。對於那些在晚餐時段點了早餐的男女顧客來說，最為不幸的，便是他們得面對安森那帶有蛋殼的炒蛋。不過縱使如此，這個時候有他在場，對於這間餐廳來說仍是件好事。畢竟除了安安外，好像就連生來特別、不需要一場災難好讓自己不必上班的桃樂絲‧桑德斯也沒來工作。正確地說，她並不懶惰，但卻十分容易分心。而當得要動腦筋處理事情時……天啊，你還能怎麼說呢？她的父親是磨坊鎮上的首席行政委員老安‧桑德斯，是個永遠也不會成為門薩學會㉒成員的傢伙，但在小桃面前，他簡直就像是艾伯特‧愛因斯坦這種天才。

電視中，有幾架直升機降落在安德森‧庫柏後方，吹亂了他的一頭白髮，幾乎把他的聲音淹沒。直升機的機型看來像是「低鋪路」特種作戰直升機，巴比在伊拉克的日子裡，有段時間便時常搭乘這種直升機。一個陸軍軍官走進畫面，用戴著手套的手摀住庫柏的麥克風，在他耳旁說了幾句話。

薔薇蘿絲裡的顧客開始交頭接耳。巴比可以理解他們憂心忡忡的心情，就連他自己也感受得到。當一名穿著軍服的人什麼也不說，便伸手摀住知名電視記者的麥克風時，那無疑宣告了世界末日的降臨。

那個陸軍的傢伙是名上校，雖然不是他認識的那個，卻仍使巴比有種看見了寇克斯的心理錯覺。那個上校對庫柏說完話，手套移開麥克風時，還讓麥克風發出了一聲雜音。他走出鏡頭外，臉上不帶任何感情，巴比從他的表情中，確知他不過是個聽令行事的人罷了。

庫柏接著報導。「軍方要求我們全部退到半英里外，到一個叫『雷蒙路邊店』的地方。」店

㉑ Anderson Cooper，真有其人，為美國知名記者，曾多次獲頒新聞獎項。

㉒ Mensa，為國際知名的組織，以智商測驗作為唯一的入會標準。

裡的老主顧又開始交頭接耳。他們都知道這間位於莫頓鎮的商店，窗戶上還寫著「這裡有冰啤酒與熱騰騰的三明治，讓你好好休息片刻」的標語。「在不到一百碼的前方區域，已經被一道難以形容，我們只能稱之為『屏障』的東西封鎖住了，而官方也正式公布，將這個地區設為國防安全區。我們會儘速為您報導相關訊息，現在，先讓我們把鏡頭轉回華盛頓，由沃夫主播繼續為您報導。」

在新聞標題下方，有條紅色的跑馬燈，上頭寫著：新聞插播，緬因州小鎮遭到神祕封鎖。畫面右上角則以紅色標示著「重大新聞」，同時字體還不斷閃爍，就像酒吧的霓虹燈招牌一樣。喝酒可是件大事。巴比想著，差點就笑出聲來。

沃夫．布里澤㉓在畫面上取代了安德森．庫柏。蘿絲很迷戀布里澤，每個工作日下午播出《時事觀察室》的時段裡，她從來不會中途轉台，總是叫他作「我的小沃夫」。今晚小沃夫打了條領帶，但結卻打得很差，巴比認為他星期六在家整理庭院時，可能就是這副打扮。

「為各位重新整理一下情況，」蘿絲的小沃夫說。「今天下午大約一點——」

「發生的時間應該比一點還早一些吧。」有人說。

「蜜拉．伊凡斯的事是真的嗎？」某個人問。「她真的死了？」

「對，」福納德．鮑伊說。他有個比他年長許多的兄長，叫做史都華．鮑伊，是鎮上唯一的殯喪業者。有時，只要福納德沒有喝醉，便會幫他哥哥的忙。而今晚他看起來十分清醒，因為太過震驚而酒意全消。「現在先閉上嘴，我要看新聞怎麼說。」

巴比也想聽聽新聞內容，因為小沃夫可能會提及巴比先前最擔心的問題。沃夫果然提及了巴比想知道的事：卻斯特磨坊鎮的上空已被設置為禁飛區。事實上，緬因州西部與新罕布什爾州東部，從路易斯頓．奧本到北康威之間的區域，均已完全禁止飛行。這項命令由總統直接頒布，而這是九年來，國家安全警報首度上升到橘色警戒的位置㉔。

身兼《民主報》老闆與總編輯的茱莉亞．夏威，朝桌子前方的巴比迅速瞥了一眼，臉上閃過一個幾乎不露聲色的淺笑。這是她的招牌表情，就快稱得上是她的特色了。「看起來卻斯特磨坊鎮並不想讓你離開，芭芭拉先生。」

「似乎是這樣沒錯。」巴比同意。他對她知道他要離開的事並不意外，畢竟她也知道整件事的來龍去脈。他在磨坊鎮待得夠久，清楚茱莉亞．夏威認為每件事都有值得深入了解的價值。

蘿絲端著豆子與香腸（還有塊正在冒煙、疑似豬排的焦黑玩意兒），走至一張擠著六名客人的四人桌前，這才看見巴比。她雙手各端著一個盤子，連手臂上都放了兩個盤子，就這麼呆立不動，雙目圓睜，接著露出微笑，笑容中滿是發自內心的開懷與安心，讓他有種雨過天晴的感覺。

這就是家的感覺，他想。肯定就是這樣。

「好夥計，我真沒想到竟然還能再看見你，戴爾．芭芭拉！」

「你還留著我的圍裙嗎？」巴比有些不好意思的問。畢竟當初他只不過是個四處飄泊的人，背包裡放著幾張筆跡潦草的推薦函，蘿絲便接納了他，還給了他一份工作。她當時告訴他，她完全能理解他為何想離開這個小鎮。畢竟，小雷尼的老爸可不是那種你想與他為敵的傢伙。然而，當巴比腳步蹣跚的離開時，卻始終覺得自己這麼做是拋棄了她。

蘿絲把手上的所有盤子找個地方放下後，便急忙跑到巴比身旁。她是個體態豐滿的小女人，得踮起腳尖才能好好地擁抱他，但她還是努力這麼做了。

㉓Wolf Blitzer，美國知名記者。

㉔美國國家安全警報共分為五個色彩層級，由低至高分別為：綠色低警戒狀態、藍色觀察警戒狀態、黃色提昇警戒狀態、橘色高度警戒狀態、紅色最高警戒狀態。

「該死！我真高興能再見到你！」她輕聲說。巴比回抱著她，吻了一下她的頭頂。

「老詹和小詹可不這麼想，」他說。但至少此時此刻，雷尼家的人沒一個在場，這點倒是值得慶幸。巴比注意到，至少有個瞬間，他把這場鎮民聚會的視線，從全國性電視台裡頭自家鎮上的景象，給吸引到了自己身上。

「那就叫老詹來揍我一頓啊！」她說，讓巴比笑了出來。雖然她喜形於色，卻依舊小心謹慎，盡量壓低聲音。「我還以為你已經走了呢！」

「差點就走了，只是太晚出發了些。」

「你看到了……那個東西？」

「對。晚點再告訴妳詳細經過。」他放開她，握著她的雙臂保持一定距離，心想：蘿絲，如果妳再年輕個十歲……甚至五歲就好的話……

「所以我可以再穿上我那條圍裙嗎？」

她擦了擦眼角，點點頭。「拜託你快穿上吧，快把安森從廚房裡趕出來，免得他害死了我們大家。」

巴比向她敬了個禮，繞到櫃檯後方，走進廚房，叫安森．惠勒去櫃檯那裡幫客人點餐，有空的話就幫蘿絲整理外場。安森從烤架前退後幾步，鬆了口氣。在他朝櫃檯走去前，還用雙手握著巴比的右手上下擺動。「感謝上帝。老兄──我從來沒這麼忙過，都不曉得自己到底在幹什麼了。」

「別擔心，我們還得餵飽五千個人呢。」

安森顯然不是什麼聖經學者。「啊？」

「當我沒說。」

櫃檯上的鈴響了。「有單子來囉！」蘿絲喊。

巴比一把抓起鍋鏟，從頭頂套上他的圍裙，繫好背帶。烤架上簡直就是一團混亂，全是安森所謂的烹飪引發的高溫災難。他打開水槽上方的櫥櫃，裡頭放滿各種圖案的棒球帽，包括了蘿薇蘿絲的吉祥物：一隻帶著廚師帽的燒烤猴。他挑了頂海狗隊棒球帽作為對保羅·詹德隆的致意（巴比希望，他此刻已在他最親密、深愛的人的懷抱裡），抓著帽子後方將其抽出，扳了扳指關節。

接著，他拿起第一張菜單開始做事。

## 2

時間是九點十五，離他們星期六晚上正常打烊時間的一個多小時後，蘿絲才送走最後一桌客人。巴比鎖上大門，把寫著「營業中」的牌子翻至「休息中」那面。他望向四、五個路口外的鎮立廣場，那裡有多達五十個人正在交談。他們全都面向南方，看著一一九號公路那裡的強烈白色光芒。巴比猜，那並非電視新聞採訪用的燈光，而是軍隊為了建立營地所架設的燈光。你們為什麼要在晚上架設營地？當然，肯定是為了要設立哨口，以及照亮這片死亡區域。

死亡區域。他不喜歡這個詞聽起來的感覺。

主街的另一側籠罩在不尋常的漆黑之中。有些建築物由於發電機仍在運作，所以燈仍亮著。在主街山山腳處的波比百貨店、加油站商店、磨坊鎮新書及二手書店、美食城超市，以及另外六間商店，均能看見以電池供電的緊急照明燈所發出的燈光。但路燈是暗的。大多數主街上的雙層公寓裡，還有燭光在窗中閃爍著。

蘿絲坐在餐廳中央的一張桌子前抽菸（這在公共場所中可是違法的，但巴比永遠不會告發她）。她扯下頭巾，向坐在對面的巴比露出一個疲憊笑容。在他們身後，安森已將那頂紅襪隊棒球帽脫了下來，此刻正披著他那頭及肩長髮擦拭櫃檯。

「我還以為國慶日那天就夠慘了，沒想到今天更糟。」蘿絲說。「要是你沒回來的話，我一定會躲在角落裡，尖叫著想找媽媽。」

「有個開輛F-150貨卡車的金髮女孩差點就讓我搭便車了，」巴比一面回想，一面微笑著說。「要是她這麼做的話，我可能已經離開這裡了。不過換個角度來說，發生在查克・湯普森，還有飛機上另一個女人身上的事，也可能會發生在我身上。」湯普森的身分已在CNN新聞中獲得確認，而那個女人的身分依舊不明。

但蘿絲知道她是誰。「那個女的是克勞蒂特・桑德斯，我幾乎可以肯定是她沒錯。小桃昨天才告訴我，說她媽今天要上飛行課。」

在桌面上，他們之間放了盤薯條。巴比原本要拿起一根，但聽了這話之後，便打消了念頭。現在他一點也不想吃薯條了，完全沒了胃口。盤子旁的那攤紅色，此刻看起來不像番茄醬，而是像是一灘鮮血。

「這可能就是小桃沒來上班的原因吧。」

蘿絲聳聳肩。「或許吧，我也不確定。我還沒接到她的消息，也沒指望她會打給我，親口告訴我這件事。」

巴比猜她指的應該是市內電話。就算他人在廚房，還是能聽見客人們抱怨手機無法使用的事。大多數人認為，手機之所以無法使用，是因為大家都在同一時間使用手機，因此干擾了訊號。而有些人認為，這全是大量湧入的電視記者害的。幾百個記者帶著他們的諾基亞、摩托羅拉、iPhone與黑莓機，這才造成了無法通訊的問題。至於巴比的猜測則較為悲觀。畢竟，這是個偏執於恐怖主義的時代，所以這可是個關乎國家安全的警急狀況。有些手機還打得通，但隨著夜晚來臨，能撥通的則越來越少。

「當然啦，」蘿絲說。「從小桃那傻腦袋來看，也可能是忘了今天要上班，所以跑去奧本商場玩了。」

「桑德斯先生知道克勞蒂特也在飛機上？」

「我不確定，不過要是他到了現在還不知道，那我應該會很驚訝吧。」她開始唱起歌來，音量雖低，但卻十分動聽。「這是個小鎮，你懂我的意思吧？」

巴比笑了一下，接著唱出後面的歌詞。「不過是個小鎮，寶貝，我們全是同一隊的。」這是首詹姆士．麥克穆提的老歌，不知為何，在去年夏天的兩個月間，緬因州西部有兩個電台很流行播放這首歌。當然，裡頭並不包括ＷＣＩＫ電台。詹姆士．麥克穆提可不是那種會受基督教電台歡迎的創作者。

蘿絲指著薯條。「你還要吃嗎？」

「不要，沒胃口了。」

巴比並未那麼博愛，沒有為了總是笑口常開的老安．桑德斯感到痛心。就連傻小桃也是。畢竟，她一定有幫助她的好朋友安安散播謠言，使巴比捲進了北斗星酒吧那場麻煩。但只要想到那些屍塊（他腦海不停湧現那條穿著綠色褲子的斷腿）是小桃母親的一部分……也是首席行政委員妻子的一部分……

「我也是。」蘿絲說，把香菸捻熄在番茄醬上，發出「嘶」的一聲，使巴比想起他以為自己早就拋在腦後的恐怖時刻。縱使主街上一片漆黑，根本沒有東西可看，但他仍轉頭望向窗外。

「總統會在午夜發表聲明。」安森在櫃檯那裡宣布這個訊息，身後傳來洗碗機細微的運作聲響。巴比認為，這台老舊笨重的洗碗機最好得停用一陣子。他會說服蘿絲的。她或許不太情願，但一定能認清事實。她是個樂觀踏實的女人。

小桃・桑德斯的母親。天啊，這種可能性會有多大？

他發現，這種可能性其實也稱不上是什麼壞事。就算那女人不是桑德斯太太，也有可能是巴比認識的其他人。這是個小鎮，寶貝，我們全是同一隊的。

「我今晚可沒打算要把總統放在眼裡，」蘿絲說。「連他自己都只能禱告天佑美國了吧。早上五點一下就到了。」雖說薔薇蘿絲餐廳星期日早上從七點開始營業，但還是得提前做好準備，開店就是這樣。而在星期日，事前的準備工作還包括了做肉桂卷。「你們想看的話，就留下來看轉播吧。只要記得離開前把門鎖好，前門跟後門都是。」說完，她準備站起身子。

「蘿絲，我們得商量一下明天的事。」巴比說。

「管他的，明天又是嶄新的一天，現在就別想那麼多了，巴比。好好休息吧。」但她從巴比的神情中注意到了不尋常之處，因此又坐了下來。「好吧，你幹嘛那麼嚴肅？」

「你上次叫丙烷是什麼時候？」

「上禮拜，幾乎全加滿了。你就是在擔心這個？」

這不是他真正擔心的事，只是他憂心的第一件事而已。巴比在心中開始計算起來。薔薇蘿絲餐廳有兩個相連的儲氣槽，各自有三百二十五或三百五十加侖的容量，他不記得詳細的數字了。他會在早上檢查一下，但如果蘿絲沒說錯，她還有超過六百加侖的丙烷可用。好極了，在整個小鎮遭逢駭人災難的日子裡，還算有些幸運，只是不知道厄運何時又會重返上風。畢竟，丙烷不可能永遠維持在六百加侖。

「燃燒率是多少？」他問她。「有概念嗎？」

「跟這有什麼關係？」

「這裡現在是靠發電機在供電，電燈、爐具、冰箱、抽水幫浦都是。要是今天晚上天氣變冷，就連溫度控制器自動處理的暖氣系統也會多耗電力。而這台發電機得靠丙烷才能發動。」

他們沉默片刻，聽著餐廳後頭那台幾乎全新的本田發電機的運作聲響。

安森．惠勒過來坐下。「把發電量開到百分之六十的話，這台發電機每小時會消耗兩加侖的丙烷。」

「你怎麼知道？」巴比問。

「我讀過說明標籤。今天中午停電時，我們就把發電量調到了百分之百，大概開了三個小時吧。搞不好還更久一點。」

蘿絲立即反應過來。「安森，把電燈全關了，留下廚房的就好。現在就去。把暖氣的溫度控制器也調低到五十度。」她考慮了一會兒。「不要，把暖氣給直接關上。」

巴比微笑，朝她比了個大拇指。她懂了。在磨坊鎮可不是每個人都有辦法馬上弄清楚狀況，而且也並非每個人都能如此當機立斷。

「沒問題。」但安森看起來仍有些遲疑。「你不覺得等到明天早上……或下午有進一步的消息再……」

「美國總統就要在電視上發布聲明了，」巴比說。「還挑了午夜十二點這種時間。你認為呢？安森？」

「我認為我最好還是把燈給關了。」他說。

「還有溫度控制器，別忘了。」蘿絲說。當他快步離開後，她對巴比說：「我上樓後也會馬上把家裡的燈跟暖氣給關了。」在她成為寡婦後的十幾年裡，一直都住在餐廳樓上。

巴比點點頭。他將一張寫著「你有沒有去過這二十個緬因州的知名地標？」的紙餐墊翻至背面，開始計算起來。自從屏障落下後，他們使用了二十七到三十加侖的丙烷，所以還剩五百七十加侖。如果蘿絲每天的使用量可以減少到二十五加侖，理論上來說，便能再撐上三週。要是在早餐到午餐間，以及午餐到晚餐之間能關掉發電機，減到一天只用二十加侖的話，便能撐上將近一個月。

這就夠了，他想。反正，要是這小鎮一個月後還不能通往外界，這裡也沒東西可煮了。

「你在想什麼？」蘿絲問。「這些數字是幹嘛用的？我完全搞不懂這些數字的意義。」

「因為你是倒著看的。」巴比說，並察覺到鎮上的每個人都一樣，從未想過要正面思考這些數字的意義。

蘿絲把巴比這張充當計算紙使用的餐墊轉過來，自己計算了一遍，隨即抬起頭來，一臉震驚的望著巴比。就在此時，安森把所有的燈都給關了。他們兩人在陰暗中看著彼此，使得一切有種駭人的說服力——至少對巴比來說如此。他們真的遇上麻煩了。

「二十八天？」她問。「你覺得我們需要為接下來的四星期預先做好準備？」

「我不曉得我們究竟需不需要這麼做。但我在伊拉克時，有人給了我一本《毛語錄》，我把它放在口袋裡隨身攜帶，讀了一遍又一遍。裡頭大多數的內容都比我們的政客在腦袋清楚時做的事更有意義。我一直記得裡頭的一句話：前途是光明的，道路是曲折的。我想這就是我們——我是說妳——」

「是我們沒錯。」她說，伸手觸碰他的手。他把手心翻了過來，回握住她。

「好吧，我們。我認為這就是我們得做好準備的原因。這代表我們得在三餐間的時段暫停營業，就算我比任何人都喜歡肉桂卷，也得暫停使用烤箱。就連洗碗機也不行用，那台洗碗機太舊太耗電了。我知道小桃跟安森肯定不想用手洗碗……」

「我不認為我們能指望小桃很快就回到工作崗位，說不定她根本就不會回來。這跟她母親死了無關。」蘿絲嘆口氣。「雖然我猜這事明天就會上報了，不過我還真有些希望她真的跑去奧本商場玩了。」

「也許吧。」要是這情況無法立即解決，並有了合理解釋，否則巴比還真不知道卻斯特磨坊鎮能與外界有多少的訊息流通。可能不會太多。他想到影集《糊塗特派員》裡那個罩在大家頭上，以防對話內容外洩的虛構裝置「隔音膠囊」，認為若非這東西僅屬虛構，否則可能早用在他們身上了。

安森回到巴比與蘿絲坐著的桌前，已然穿上外套。「蘿絲，我現在可以下班了嗎？」

「當然，」她說。「明天六點？」

「這樣不會有點晚嗎？」他笑著，又補了一句：「我可不是在抱怨喔。」

「我們會晚點開門。」她有些吞吞吐吐。「而且在每餐之間會暫停營業。」

「真的？酷耶。」他把目光轉向巴比。「你今晚有地方睡嗎？沒有的話可以到我那裡待一晚，莎妲回德利市看她家人去了。」莎妲是安森的妻子。

巴比的確有地方可去，幾乎穿過馬路就到了。

「謝了，不過我會回我租的公寓那裡。我之前把房租付到了月底，幹嘛不住呢？今早我離開前，把鑰匙給了藥房的佩卓．瑟爾斯，不過鑰匙圈上還有把備份鑰匙。」

「好吧。蘿絲，明早見。巴比，你明天還會過來嗎？」

「一定會。」

安森笑得更開了。「好極了。」

他離開後，蘿絲揉了揉雙眼，接著嚴肅地望著巴比。「在最順利的狀況下，你覺得這情形會維持多久？」

「我不知道什麼才是最順利的狀況。因為我根本就不懂發生了什麼事，也不曉得事情什麼時候才會結束。」

蘿絲的聲音非常低沉。「巴比，你嚇到我了。」

「我自己也被嚇到了。我們都需要好好睡上一覺。早上看事情會樂觀得多。」

「經過這番討論，我可能得吞顆安眠藥才睡得著吧。」她說。「我實在累壞了，不過感謝老天，還好你回來了。」

巴比想起他先前一直在思考的物資問題。

「還有件事。要是美食城超市明天有開的話——」

「那裡星期日都有營業，從早上十點到晚上六點。」

「要是明天有開的話，妳得去補貨進來。」

「可是西斯科食品公司會過來補貨——」她停了下來，憂心忡忡地看著他。「但得等到星期四。不過我們不能指望他們，對嗎？想也知道。」

「沒錯。」他說。「就算事情突然好轉，軍方也會持續封鎖這裡，至少維持一段時間。」

「我應該買些什麼？」

「什麼都買，尤其是肉。要是有營業的話，千萬記得買大量的肉。我不確定那裡會不會營業，老詹・雷尼可能會說服美食城超市的現任經理——」

「傑克・凱爾。去年厄尼・卡弗特退休後就由他接手了。」

「嗯，那雷尼可能會說服他，叫他暫停營業，直到有進一步的消息為止。不然的話，也會下令叫帕金斯警長關閉那裡。」

「你還不知道？」蘿絲問，看著他一無所知的模樣。「你真的不知道。公爵．帕金斯死了，巴比。就在事件現場那裡。」她指向南方。

巴比目瞪口呆地看著她。安森忘了關掉電視，在他們後方，蘿絲的小沃夫再度告訴世界，緬因州西部的一個小鎮被無法解釋的神祕力量所封鎖，該區已被軍隊隔離，各參謀長在華盛頓召開會議，而總統將在午夜十二點發表全國聲明。但在此之前，總統希望美國人民能團結一心，與他一同為卻斯特磨坊鎮的民眾祈禱。

## 3

「爸？爸？」

小詹．雷尼朝著樓梯最上方抬頭仔細聆聽。沒人回應，電視也關著。要是他父親已下班回家，這時間通常坐在電視前。每逢星期六晚上，他總是在看動物星球頻道或歷史頻道，而非平常的CNN與福斯新聞台。但今晚顯然沒有。小詹聽了聽手錶，確定手錶仍在滴答作響。手錶沒停。他之所以得用聽的，是因為屋外一片漆黑。

一個可怕的念頭告訴他：老詹可能與帕金斯警長在一起。只需要一分鐘，他們便能討論出以最不張揚的方式來逮捕小子這件事。他們到底還在等些什麼？他們可以趁著黑夜的掩護，把他迅速帶離小鎮，直達城堡岩的郡立監獄。他們會先進行審問，接著呢？

接著把他關進蕭山克監獄。幾年過後，他就會開始簡稱那棟監獄為「山克」，就跟其他的殺人、強盜、雞姦犯一樣。

「這實在太蠢了。」他喃喃自語。但真的如此？他醒來時，覺得自己殺了安安的這件事只不過是場夢罷了。一定是這樣，因為他從來沒殺過任何人。或許動手打過人，但殺人？太荒謬了。他只不過是……是個……呃……一介凡人罷了！

接著，他看見塞在床底下的衣服，看到上頭的血漬，於是所有回憶又再度浮現。包著頭髮的浴巾自她頭上落上。她的私處不知為何激怒了他。當他用膝蓋撞擊她臉部時，身後傳來了電腦斷電的警告聲響。冰箱上的磁鐵掉了下來。她那全身抽搐的模樣。

但這不是我的錯，這是……

「是頭痛害的。」對，這就是真相。但有人會相信嗎？把罪名推到男管家身上，或許還可信得多。

「爸？」

沒回答。他根本就不在家，而且也不可能在警察局裡一同商討逮捕他的方式。他父親不會這麼做，絕對不會。他父親總說家人是最重要的。

但家人真的是他最看重的？他當然這麼說啦。畢竟他是個基督徒，而且還是WCIK電台的半個老闆。小詹認為，對他父親來說，雷尼二手車行的排行勝過他的家人，而成為鎮上的首席公共事務委員，可能也比與金錢打不著關係的虔誠信仰來得重要。

小詹可能只排在第三名而已。

他意識到自己完全無法預測父親會怎麼做（這是他這輩子首度靈光一閃，看穿了事情的真相）。他可能沒想像中那麼了解自己的父親。

他回到房間，打開頂燈。燈泡有點怪，光線忽明忽暗，先是突然變亮，接著又黯淡下來。一開始，小詹還以為自己的眼睛出了問題，隨即才意識自己聽見發電機運作的聲響是怎麼回事。不只他們家這樣，而是全鎮都停電了。他頓時感到如釋重負。這場大停電足以解釋一切，代表他的父親可能正在鎮公所的會議室與桑德斯和格林奈爾那兩個白癡一同討論處理事宜，說不定還在巨大的全鎮地圖上釘著大頭釘，就像喬治・巴頓將軍㉕一樣，對著西緬因電力公司的人大吼大叫，說他們是一群他痲的懶惰鬼。

小詹取出沾有血漬的衣服，倒拿著牛仔褲，把裡頭的東西全抖落出來。包括皮夾、零錢、鑰匙、梳子，以及一顆備用的頭痛藥，接著又把東西全放進身上那條乾淨褲子的口袋裡。他快步下樓，把這堆可作為犯罪證據的衣服丟進洗衣機裡，設定為熱水洗衣模式，接著又在思索過後，想起母親曾在他不滿十歲時告訴他的事：要是衣服沾到了血，得用冷水來洗。當他把轉盤轉至冷水沖洗模式時，小詹不禁納悶，當年父親是否管得住他那根他痲的老二不到外面亂搞，又或者早在當年便有了跟自己祕書搞上的業餘嗜好。

他讓洗衣機開始運轉，思考接下來該如何是好。隨著頭痛消失，他發現自己又能好好思考了。

他做出決定，知道自己非得回安安家一趟不可。雖然他不想這麼做──全能的上帝啊，這是他做過最困難的事了──但他或許還是得先觀察現場，走過她家，看看那裡究竟有多少警車。除此之外，也得確認城堡郡鑑識部的廂型車是不是也到了。鑑識人員才是關鍵，這是他從影集《CSI：犯罪現場》學來的。他以前跟父親去郡法院時，曾看過他們那輛漆成藍白色的廂型車。要是那輛車出現在麥卡因家門前……

那我就得亡命天涯了。

對，還得盡他所能，有多遠逃多遠，而且越快越好。不過在逃走前，他得先回家一趟，從他

㉕George Patton（1856-1927），美國知名軍事將領，戰功無數，但為人處事卻充滿爭議。

父親書房的保險箱裡拿錢才行。他父親不曉得小詹知道保險箱的密碼，但小詹的確知道，正如他也知道父親的電腦密碼，因而得知他父親最愛看他與法蘭克・迪勒塞稱之為「奧利奧夾心餅乾式性愛」的那種A片，也就是一個白種男人大戰兩個黑人妓女那種。保險箱裡裝滿了錢。成千上萬。

要是你看見鑑識部的廂型車，等到回到家後，才發現他已經到家了呢？那麼就得先拿錢。現在就拿。

他走進書房，有那麼一會兒，還以為父親就坐在那張他平常看報與自然頻道節目表的辦公椅上。他可能睡著了，或者……要是他心臟病發作了呢？過去三年裡，老詹的心臟出過不少次問題，大多是心律不整。他通常會去凱薩琳・羅素醫院找哈斯克醫生或雷彭醫生，讓他們以某種機器治療他，使他的心跳恢復正常。哈斯克一直以來都這麼做。至於被他父親稱為「他麻的書呆子」的雷彭醫生，則始終堅持老詹得去路易斯頓的醫院找心臟專科醫生檢查才行。心臟專科醫生說，他只有動手術才能一勞永逸地解決心律不整的問題。而害怕醫院的老詹則說，他只要常常與上帝聊天，用祈禱代替手術就行了。同時，他一直隨身攜帶著藥，在過去幾個月裡，他的狀況還不錯，但現在……說不定他……

「爸？」

沒有回應。小詹打開電燈，天花板上的燈泡同樣忽明忽暗，但卻足以驅除小詹誤以為是他父親的頭部陰影。要是他真的心肌梗塞，小詹倒不會傷心欲絕，不過無論如何，他還是很慶幸這事沒真的發生，否則肯定會讓今晚的情勢更為複雜。

他最後還是邁開步伐，如同卡通裡那種小心翼翼的腳步，走至崁入牆內的保險箱處，留意著窗外是否閃現車燈，以防他父親突然回來。他取下遮掩保險箱用的耶穌講道畫像，將其放到一旁，轉動保險箱密碼。由於他的手不斷顫抖，所以試了兩次才打開保險箱。

保險箱裡塞滿現金，以及一大疊像是羊皮紙文件般的不記名債券。小詹輕輕吹了聲口哨。去年他打開保險箱時，是為了偷拿五十塊好去弗賴堡博覽會㉖玩。當時保險箱裡便有大量現金，但金額可無法與這次相比。更別說，上回還沒有這些不記名債券呢。他想到父親車行辦公桌上那張寫有「耶穌會允許這場交易嗎？」的飾板。即使身處於煩惱與恐懼之中，小詹仍花了點時間思考耶穌是否真會允許他父親這段日子以來所做的買賣。

「別管他那些生意了，我得先搞定自己的事才行。」他低聲說。他拿了幾張五十元鈔票與二十元鈔票，在湊到五百塊後，原本想關上保險箱，卻又在稍加思索後，多拿了幾張百元鈔票。要是他留下太多現鈔，父親說不定根本不會發現金額有所短少。要是他發現的話，就有可能明白小詹為何會這麼做，而且很有可能允許他就這麼拿走。這道理就跟老詹常掛在嘴邊的「天助自助者」是一樣的。

秉持著這樣的精神，小詹決定要好好自助一番，於是又拿了四百塊。他關上保險箱，重新上鎖，接著把耶穌掛回牆上。他在前廳的衣櫥裡拿了件外套，隨即走出屋外。在此同時，發電機仍不斷發出巨響，為洗去他衣服上安安鮮血的洗衣機提供所需電力。

## 4

麥卡因家外頭沒有半個人在。

他媽的一個人都沒有。

㉖Fryeburg Fair，為緬因州一年一度的農牧業博覽會，於一八五一年開始舉辦至今。

小詹躲在街道另一側，站在一堆落下的楓葉中，不知是否該相信自己眼前所見。屋子內一片漆黑，亨利・麥卡因的露營車與勒唐娜・麥卡因的油電混合車也不見蹤影。情況對他太有利了，有利到簡直不像真的。

也許他們全都去鎮立廣場了，今晚有很多人在那裡，或許是在討論停電的事吧。然而在小詹的印象中，過去卻從未有過這種聚會。只要一停電，大家就會直接回家睡覺，等到起床吃早餐時，通常電力就恢復了。除非有什麼強烈的暴風雨來襲，否則事情總是如此。

或許這場停電造成了什麼重大意外，就像電視新聞會突然插播的報導一樣。小詹的記憶有些模糊，開始懷疑自己殺了安安搞不好是沒多久前的事而已。到目前為止，小詹都在過來的路上小心翼翼地不與任何人交談，過程中還低著頭，翻起衣領，就這麼沿著主街一路走來（事實上，他差點就與剛從薔薇蘿絲餐廳離開的安森・惠勒碰個正著了）。路燈全是暗著的，有助於他不被認出。這又是另一份上帝所賜的禮物。

如今，這是第三份大禮了，而且還是最大的一份。安安的屍體真的還沒被發現？還是他正要步入陷阱？

小詹可以想像城堡郡警長或州警局探長發言的畫面。我們只需要睜大雙眼等待，孩子們。兇手總是會回到犯罪現場。這是大家都知道的事。

全是電視劇裡的爛台詞。最後，他仍穿越馬路，一路上拖著腳步，彷彿被人拖著一樣。小詹始終覺得會有聚光燈朝他照來，讓他只能像隻被釘在紙板上做成標本的蝴蝶般束手就擒，也一直覺得會有人大喊──可能還用了擴音器：別動，雙手舉高！

什麼事都沒發生。

當他踏上麥卡因家的車道時，心臟差點就從胸膛裡跳了出來，就連太陽穴的血管也不斷劇烈抽動（但沒頭痛。很好，這是個好兆頭）。屋內一片黑暗，沒有半點聲響，甚至就連發電機的運作聲，也並非出自麥卡因家，而是來自隔壁的格林奈爾家中。

小詹回頭張望，自樹木間看見強烈的白色燈光，燈光的位置應該是鎮上的南邊，說不定還在莫頓鎮那裡。是不是發生了什麼意外，才使得全鎮因而停電？嗯，有可能。

他繞到後門去。要是從安安的事到現在都還沒人回來的話，前門應該還是沒鎖才對。然而，他就是不想從前門進屋。要是非走前門不可的話，他會這麼做的。但說不定他根本無需擔心。畢竟，他現在做什麼都順得很。

後門沒鎖。

小詹把頭探入廚房，立即聞到了血腥味——有點像是滿天飛舞的麵粉味，只不過全過了期。他開口說：「嗨，哈囉，有人在嗎？」他幾乎可以肯定屋裡沒人，但要是有人，要是亨利或勒唐娜發神經，把車停在鎮立廣場然後走路回家（而且不知為何還沒發現自己的女兒死在廚房裡）的話，那麼他肯定會被嚇得尖叫出聲。對！尖叫，假裝發現了屍體。雖然這麼做搞不定鑑識部的人，但至少可以為他爭取一些時間。

「哈囉？麥卡因先生？麥卡因太太？」接著，他又靈機一動。「安安？妳在家嗎？」

要是兇手是他，他還會叫安安嗎？當然不會！但此時一個恐怖念頭突然刺進他的腦海：要是她回答了呢？要是她就這麼躺在地板上回答呢？要是她滿嘴鮮血的回答呢？

「別亂想了。」他喃喃自語。對，他得控制自己。只是在黑暗中，這點卻很難辦到。更別說在聖經裡，這種事總是屢見不鮮。在聖經中，有時人會死而復生，就像電影《活死人之夜》裡的殭屍一樣。

「有人在家嗎？」

一片安靜，沒有任何回應。

他的雙眼已習慣黑暗，但這仍不夠，還需要一盞燈才行。他應該從家裡帶把手電筒來的。只是，當你已習慣一扳開關就會有燈亮起時，的確很容易忘記這種事。小詹走進廚房，停在安安屍體前，打開兩扇門中較遠的那扇。門內是食物儲藏室，眼前全是放滿瓶子與罐頭的置物架。他又打開另一扇門，運氣顯然變得更好了。裡頭是間洗衣房。除非他搞錯，否則從他右方架子上那東西的形狀來看，應該就是他要找的東西沒錯。畢竟他現在可順得很呢。

他沒看錯，那的確是把手電筒，而且還亮得很。他得小心地照亮廚房，而且最好把燈光壓低。不過洗衣房裡相當安全，所以他能隨心所欲地把周圍的東西給看清楚。

洗衣粉、漂白水、衣物柔軟精，以及一個水桶與一支拖把。好極了。這裡沒有發電機，所以只有冷水，而且水龍頭裡剩的水可能足以裝滿水桶，要是不夠，也還有馬桶水箱裡的水可用。冷水最適合清洗血漬，正符合他此刻所需。

他會像個最能幹的管家一樣，正如他母親過去總是牢記丈夫的告誡：「房子乾淨，我們的作為與心靈就會跟著潔淨。」他會把血漬清理乾淨，接著會把還記得自己碰觸的地方全擦過一遍，但首先……

屍體。他得先處理屍體。

小詹決定暫時把屍體移至食物儲藏室。他拖著她的雙臂，在拖進食物儲藏室後放開雙手，讓屍體又重重落在地上，接著開始清理工作。他以氣音哼著歌，先是把磁鐵黏回冰箱，接著又調整了一下磁鐵位置。水龍頭的水量幾乎正好裝滿一桶，又是另一個上帝的恩賜。

他努力刷洗地板，但才動工沒多久，便因前門傳來的敲門聲而停下動作。

小詹抬起頭，雙目圓睜，嘴角往後拉成一個由於恐懼而不具任何幽默感的笑臉。

「安安？」那是個正在不斷抽泣的女孩。「安安，妳在家嗎？」又一陣敲門聲，接著前門便開了。他的好運似乎已經用完了。「安安，拜託，妳一定要在家。我看見妳的車還在車庫裡……」

該死，車庫！他竟然沒檢查他媽的車庫！

「安安？」又傳來一陣抽泣。那聲音是他認識的人。喔，天啊，是小桃．桑德斯那個白痴？就是她沒錯。「安安，她說我媽死了！夏威太太說她死了！」

小詹希望她會先去樓上，到安安的房裡找她。然而，她卻走進客廳，朝廚房走來，腳步十分緩慢，在黑暗中小心翼翼地往前移動。

「安安？妳在廚房嗎？我好像看見那裡有盞燈。」

小詹的頭又開始痛了起來，這全是這群嗑藥的臭婊子害的，不管接下來會發生什麼事，全都是她的錯，就跟安安一樣。

## 5

小桃．桑德斯有些醉，有些恍惚。她處於宿醉狀態，以及失去母親的哀痛裡。她在最好的朋友家中，於一片漆黑的客廳裡摸索著前方緩緩前進。她不知踩到什麼，腳下一滑，差點摔個四腳朝天，於是一把抓住樓梯扶手，力道大到指關節隱隱作痛，哭了出聲。她知道這一切就發生在自己身上，但同時又難以置信，覺得自己像是踏入了某個平行世界，就與那些科幻片裡的情況一樣。

她彎下腰看自己究竟踩到了什麼。看起來像條浴巾，不知哪個傻瓜把浴巾掉在前廳地板上了。接著，她似乎聽見有人在漆黑前方中移動。聲音來自廚房。

「安安，是妳嗎？」

沒人回答。可是她仍覺得有人在廚房裡，但說不定可能根本沒有。

「安安？」她拖著腳步再度往前，右手握緊拳頭靠在身側，覺得自己的手指一定會腫起來，而且可能已經腫了。她朝前伸出左手，於黑暗中摸索前方。「安安，拜託，妳一定得在家！我媽死了，這不是開玩笑的，是夏威太太告訴我的，而且她從來不開玩笑的，我需要妳！」

這一天開始時還如此美好。她起得很早（呃……那時十點，對她來說算早了），原本沒打算蹺班，然而珊曼莎．布歇打電話過來，說她在網拍上買了幾個全新的貝茲娃娃㉗，問小桃要不要過去一起對那些娃娃施予酷刑。貝茲娃娃酷刑遊戲是她們高中時發明的，她們會趁車庫拍賣㉘時購買貝茲娃娃，接著將娃娃吊起，用指甲捏爛它們的頭，最後淋上打火機油，把娃娃給燒了。小桃覺得她們長大了，現在已經成年，也該有個大人的樣子。而這是小孩子才玩的遊戲，更別說當你仔細想想這遊戲的背後意涵，也的確是有些令人毛骨悚然。但事情是這樣的，由於小珊在莫頓路上有自己的住所——雖然只是台拖車而已，但自從她丈夫在春天離家出走後，那便是她唯一擁有的東西了——小華特幾乎整天都在睡覺，加上小珊總是有很棒的大麻，所以她的拖車的確是週末不錯的去處。小桃猜她的大麻是從常常和她聚會的那幾個傢伙手中拿到的。不過，小桃自從那廚子引起的麻煩後，便發下重誓，說以後再也不抽大麻了。而這個「再也不抽」，直到今天小珊打電話給她為止，只維持了一個禮拜就破了功。

「我可以分給妳碧玉跟雅斯敏㉙，」小珊勸誘道。「而且，我這裡還有一些妳知道是什麼東西的好貨色喔。」她總是會這麼說，彷彿有人在偷聽她們的對話，而這麼說對方就不會知道那東西是什麼了。「而且，我們還可以做妳知道的那件事喔。」

小桃也知道後面那個「妳知道的」那件事是什麼事。她覺得在做那件事的時候總會有點痛（就是她那個你知道的部位），不過她覺得這也是小孩子才幹的事，早就不適合她們玩了。

「我還是不去了，小珊。我兩點還得上班，而且——」

「雅斯敏在等妳呦，」小珊說。「妳又不是不知道妳有多恨這個臭婊子。」

好吧，這倒是真的。就小桃來看，雅斯敏是貝茲娃娃中最讓人討厭的角色。而且現在離下午兩點還有將近四小時，再說，遲到一下又怎樣？蘿絲會開除她嗎？誰稀罕這份鳥工作啊？

「好吧，但我只能待一會兒，而且是因為我真的很討厭雅斯敏。」

小珊咯咯咯的笑著。

「不過我沒有要『妳知道的』，兩種都不要。」

「沒問題，」小珊說。「妳快過來。」

於是小桃就這麼開車過去了。當然啦，要是你沒有一點茫的話，貝茲娃娃酷刑遊戲根本就一點也不好玩，所以她還是與小珊分享了一點可以茫的東西。她們合作用水管疏通劑幫雅斯敏動了場整形手術，過程非常有趣。接著，小珊說要給她看一件她在德利市買的可愛小背心，雖然小珊的肚子有點大，但在小桃眼中，她穿起來還是很好看。也許是因為她們全都很開心吧——但那其實是大麻的關係。由於小華特還在睡（他的父親堅持要幫孩子取個老藍調歌手的名字，而且還都是一些已經入土為安的歌手。小桃覺得小華特應該是個弱智，畢竟小珊在帶他時，總是一直在抽大麻，所以會有這種結果倒也不讓人意外），於是她們最後還是上了小珊的床，做了些「妳知道」的事，接著便睡著了。當小桃醒來時，小華特正在喋喋不休地說話——我的媽呀，快叫新聞

❷❼Bratz，為可換裝玩偶，與芭比娃娃分別為同類型玩偶的兩大領導品牌。

❷❽此為美國常見的活動。有些家庭會清理出自己不要的東西，在後院或車庫中以便宜價格販售出去。

❷❾Jade and Yasmin，為貝茲娃娃中的兩名角色。

記者來報導——而時間已過了下午五點。這下去上班可就真的太晚了，再說，小珊又拿出了一瓶約翰走路黑牌威士忌，於是她們又喝了一輪兩輪三輪四輪，接著小珊決定要看看把貝茲娃娃放進微波爐裡會發生什麼事，只可惜那時已停電了。

小桃慢慢開了十六英里的路回到鎮中心，花了一個小時才抵達。她還是很茫，神經質到不行，不停查看後照鏡中有沒有警察的身影，覺得自己一定會被滿頭紅髮的臭婊子賈姬．威廷頓逮著，要不然就是會遇到從店裡回家的父親，被他聞到滿口的酒氣。除此之外，她母親也可能厭倦了愚蠢的飛行課，所以跑去東星賓果中心玩賓果，最後決定回家待著。

拜託，老天爺，她如此祈禱。求祢讓我度過難關，我再也不會「你知道」了，不管是哪種「你知道」都一樣，這輩子再也不會了。

上帝聽見了她的祈禱。她家沒人，而且還停電了。不過以她當時的狀態來說，實在很難發現這點。她躡手躡腳地上樓走進房間，脫下褲子與上衣，就這麼躺在床上，告訴自己只要休息幾分鐘就好。畢竟，她得把沾有大麻氣味的衣服丟進洗衣機，還得洗個澡才行。她能在自己身上聞到小珊的香水味，決定下次到波比百貨店時也要買個一瓶。

由於停電之故，使她無法設定電子鬧鐘，所以當她被敲門聲吵醒時，天色已經暗了。她穿上睡袍，走到樓下，忽地覺得敲門的肯定是那個紅髮大胸部警察，準備要以酒後駕車，或者是偷吃零食之類的罪名逮捕她。小桃沒想過「你知道」那東西也是違法的，她一直不太能確定這點。

敲門的人不是賈姬．威廷頓，而是身兼《民主報》老闆與編輯職務的茱莉亞．夏威。她一隻手拿著手電筒，先是照向小桃的臉——可能是因為她才剛睡飽，臉還有點腫，加上眼睛布滿血絲，頭髮就像是稻草堆一樣亂的原因吧——接著又放了下來。光線仍足以照亮茱莉亞的臉，而小桃在她臉上看見了同情神色，使她感到困惑惶恐。

「可憐的孩子，」茱莉亞說。「妳還不知道對不對？」

「不知道？」小桃問。就是這個時候，她開始有了那種身處平行世界的感覺。「不知道什麼？」

茱莉亞．夏威告訴了她。

**6**

「安安？安安，拜託！」

她摸索著走入客廳，手與頭部全抽痛著。她可以去找父親——夏威太太說可以載她去鮑伊葬儀社——但她只要一想到那地方便會全身發冷。除此之外，安安才是她此刻想找的人。安安才是那個緊抱著她時，不會想到「你知道」那回事的人。安安才是她最好的朋友。

一道人影自廚房走出，朝她迅速移動。

「感謝老天，原來妳在這裡！」她開始大哭起來，伸出雙臂急忙朝人影奔去。「喔，實在太可怕了！這一定是對壞女孩的懲罰，就像我這樣！」

那道黑色人影伸出手臂，但並未回應小桃的擁抱。相反地，那雙手勒住了她的喉嚨。

# 爲了這個鎮好，<br>爲了鎮民們好

# 1

老安．桑德斯的確在鮑伊葬儀社。他用走的到那裡，背負著沉重的負荷：迷惑、哀傷，以及一顆破碎的心。

他坐在追悼廳裡，唯一陪伴著他的，是躺在追憶廳前方棺材中，享年八十七歲的葛楚．伊凡斯（也可能是八十八歲）。她在兩天前過世，死於鬱血性心臟衰竭。雖然葛楚的丈夫已在十年前離開人世，但老安仍捎去了一封慰問信，因此恐怕只有上帝才知道這封信究竟會送到誰手上。不過沒關係，每當他的選民過世，他總會送去一封親手寫的慰問信，在奶油色的信紙上寫下哀悼之詞，並註明「首席行政委員辦公室致上」幾個字，認為這也是他的職責之一。

老詹沒空為了這種事分神。老詹總是忙於他口中所謂「我們的工作」，也就是卻斯特磨坊鎮的大小事宜。就某方面來說，他也的確把這當成處理自己的事業一樣。不過，老安從未對此起過反感。他知道老詹是個聰明人，也很清楚別的事，例如，要是沒有他安德魯．迪路易斯．桑德斯，那麼老詹可能便無法擁有沒收走失或非法家畜的職權。老詹有賣二手車的獨到眼光，利用相當低的融資條件，加上像是廉價韓國吸塵器等贈品，把如意算盤打得叮噹作響。但當他想爭取豐田汽車的經銷權時，豐田汽車卻把經銷權交給了威爾．費里曼。基於他的銷售成績與在一一九號公路上的地緣位置，老詹始終無法理解豐田汽車為何會做出這種愚蠢決定。

但老安可以。他或許不是森林裡最聰明的熊，但他卻清楚老詹一點也不親切。他是個苛刻的人（有些人——也就是被他那融資手段給惡整過的人，則會說他冷酷無情），雖然很有說服力，但卻使人心寒。另一方面來說，老安則樂於分享熱情。當選舉繞鎮宣傳時，老安會告訴鄉親，他與老詹就像是箭牌口香糖的雙胞胎代言人，或者像時鐘與手錶，以及花生醬與果醬這類天作之合，說卻斯特磨坊鎮再也沒有像他們這麼適合管理公共事務的完美組合（至於三席公共事務行政委員則是誰都無所謂，而現在這個人則是蘿絲．敦切爾的姊姊安德莉亞．格林奈爾）。老安一向很享受與老詹間的搭檔關係。對，尤其是過去兩三年裡的財務方面合作。不過，這事他當然只放在心裡沒說出來。老詹知道怎麼把事情做好，也知道他們該怎麼下手。我們得把眼光放長遠，他會這麼說。我們做的事全是為了這個小鎮、鎮民，還有我們自己好。這很好，只要把事情做好，大家都有好處。

但此刻……今晚……

「我打從一開始就恨透了飛行課這件事。」他說，又開始落下眼淚，接著很快的變成了痛哭流涕。不過沒關係，因為先前來看丈夫遺體、默默流淚的布蘭達．帕金斯此時已經走了，而鮑伊兄弟則都在樓下，還有一堆事情得忙（老安隱約知道，似乎有什麼很嚴重的事發生了）。福納德．鮑伊先前去了薔薇蘿絲餐廳吃點東西，當他回來時，老安原本以為老福會踢他出去，但老福只是穿過大廳，看都沒看就坐在那裡，雙手放在膝蓋間，領帶鬆開，頂著滿頭亂髮的老安一眼。

老福直接下樓，走進他與他哥哥史都華稱為「工作室」的房間裡（可怕，真是可怕極了！）公爵．帕金斯的遺體此刻就在裡頭，還有那個該死的老頭子查克．湯普森也是。就算他沒叫老安的妻子去上飛行課，但也肯定沒拒絕他妻子報名。要是他拒絕的話，或許現在躺在那裡的就是別人了。

而克勞蒂特則會安然無恙。

老安又發出一聲啜泣，雙手交握的更為用力。失去妻子使他不知該怎麼活下去，他的生命中絕不能沒有她。這不只是因為他愛她勝過自己的性命，同時也與克勞蒂特讓藥局得以繼續經營下去有關（當然還有老詹．雷尼定期挹注、無需向任何人報告的大量資金）。要是給老安來打理，他肯定會在世紀之交時，便害藥局就這麼關門大吉了。他擅長的是與人打交道，而非管帳與會計。他的妻子才是數字專家，至少還活著的時候是。

由於過去又栩栩如生地在他內心重演，使得老安又再度哭出聲來。

克勞蒂特與老詹甚至還會在政府查帳時一同合作調整帳目。這原本應該是突擊檢查，但老詹總是能提前接獲通知。雖然未必提前很久，但也足以讓他們用克勞蒂特稱為「乾淨先生」的電腦程式來重新編列帳目。而他們之所以會這麼叫那個電腦程式，則是因為那程式總是能讓帳目看起來乾乾淨淨，讓那些能使他們被送進監獄裡的數字，全都藏在清清白白的數字之下（送他們進監獄是件不公平的事，畢竟他們在帳目上動的大多數手腳——事實上，幾乎每筆帳都動過手腳——全都是為了這個小鎮好）。

克勞蒂特．桑德斯這個人其實是這樣的：她是個美麗版本的老詹．雷尼，是個親切版本的老詹．雷尼。老安可以與她同床共枕，也可以告訴她內心的祕密，他的人生要是失去了她，簡直就無法想像。

當老安又開始落淚時，老詹用手拍了拍他的肩膀。老安沒聽見他進來的聲音，但卻沒因此嚇得跳了起來。他幾乎可以預測得到這隻手會出現，因為這隻手的主人總是會在老安最需要他時現身。

「我就知道可以在這裡找到你。」老詹說。「老安，兄弟，我真的非常、非常遺憾。」

老安搖搖晃晃地站起身，用雙臂抱著老詹巨大的身軀，開始對他的外套抽泣起來。「我告訴過她飛行課很危險！我告訴她查克．湯普森是個蠢蛋，就跟他老爸一樣！」

老詹用手掌輕撫著他的背。「我知道。但她現在去了更好的地方了，老安。她今晚會與耶穌基督一同共進晚餐，有烤牛肉、新鮮的豌豆，還有淋了肉汁的馬鈴薯泥！這麼想不是很棒嗎？你應該要這麼想的。你不覺得我們應該一起祈禱嗎？」

「對！」老安抽泣著。「對，老詹！陪我一起禱告！」

他們跪了下來，老詹為了克勞蒂特．桑德斯的靈魂，發表了一段又長又認真的禱告詞（在他們下方的工作室裡，史都華．鮑伊聽見了，於是抬頭望著天花板說：「那傢伙總算要哭完了。」）。

經過了四、五分鐘以後的「我們如今彷彿對著鏡子觀看，模糊不清」和「我做孩子的時候，話語像孩子」等禱告詞後（老安其實不確定這段禱詞出自《聖經》中的哪裡㉚，但也並不在乎。光是能與老詹一同跪在這裡禱告，本身便是一種安慰），雷尼以一句「願耶穌祝福我們」結束了禱告，扶著老安起身。

老詹抓著老安的手臂，望著他的雙眼，兩人面對著面，胸對著胸。「老搭檔，」他說。他每次叫老安「老搭檔」時，就代表事態嚴重了。「你準備好要上工了嗎？」

老安不發一語地看著他。

老詹點點頭，要是老安在這種情況下拒絕他，倒也算是合情合理。「我知道要這麼做很困難，對你也不公平，現在的確不該這麼問你。老天在上，你絕對有資格罵我一聲『他媽的』，然後把我給趕出去。但有時，我們必須把別人的福祉放在第一順位，不是嗎？」

「為了這個小鎮好。」老安說。自從他得知克勞蒂特的事情後，這還是他第一次有看見曙光的感覺。

老詹點頭。他的臉色凝重，但雙眼卻閃閃發光。老安有個奇怪的念頭：他看起來像是年輕了

㉚兩句均出自哥林多前書第十三章。

十歲。「你說得對。我們是監護人，老搭檔。我們是每個鎮民共同利益的監護人。要做得好可不簡單，但我們非做到不可。我派威廷頓那女人去找安德莉亞，叫她把安德莉亞帶到會議室去。如果需要的話，還可以把她銬上手銬，強行押走。」老詹笑了起來。「她會到的。彼得．蘭道夫列了一份可以充當鎮上警隊的人選名單給我。但這還不夠，我們還需要他們的地址，老搭檔。如果這情況持續下去，管理單位可是事情的關鍵。所以你怎麼說？要來幫我嗎？」

老安點點頭。他覺得這麼做或許能把這件事給趕出腦海。就算不行，他也得像一隻蜜蜂般忙碌不休才行。他看著葛楚．伊凡斯的棺材，開始起了種毛骨悚然的感覺，就連警長遺孀那沉默的淚水也給了他相同感覺。這麼做不難，他真正需要做的，就只是坐在會議桌前，等到老詹一舉手，自己也就跟著舉手贊同。就連似乎從來沒睡飽過的安德莉亞．格林奈爾也一樣。要是需要執行什麼緊急措施，會有老詹幫他們看著的。老詹會把所有事都處理妥當。

「我們走吧。」老安回答。

老詹拍了拍他的背，用一隻手摟著老安那單薄的肩膀，帶著他走出追悼廳。那是隻頗具分量的手臂。就算相當有肉，感覺卻很不錯。

他甚至沒想起過女兒。老安．桑德斯沉浸在悲傷中，完全忘了她的存在。

## 2

茱莉亞．夏威就住在聯邦街，鎮上最富有的居民們都集中住在這條街上。她走出家中，朝主街前進。在她開心離婚後的十年裡，她都與荷瑞斯一同住在《民主報》的辦公室中。荷瑞斯是她養的老柯基犬，名字來自於偉大的葛雷尼先生㉛。葛雷尼以「向西部邁進，年輕人，向西部邁進」這句名言為人熟知，但在茱莉亞的心目中，他之所以擁有如此盛名，還是因為報紙編輯的工作之故。要是茱莉亞能做得像葛雷尼為《紐約論壇報》所達成的一半成就，那麼她才敢認為自己是名成功人士。

當然，她的荷瑞斯則始終認為她是個成功人士。畢竟在茱莉亞眼裡，牠可是地球上最棒的一隻狗呢。每次她回家時，總會立即朝牠走去，在狗食裡放上幾塊昨晚剩下的牛排，使她的成功人士地位總是不斷往上攀升。這種關係讓他們彼此都很滿意，她希望自己能有好心情——不管是因為什麼事——因為此刻的她深感不安。

這對她來說不是什麼新鮮事。她這四十三年來的人生都住在磨坊鎮裡，而在過去十年中，家鄉的變化能讓她看得順眼的，開始變得越來越少。她對把所有經費投入下水道系統與污水處理廠的改善工程，但整體運作效能卻仍毫無來由的變差感到憂心忡忡；她也擔心鎮上的滑雪勝地白雲嶺即將封閉一事；而詹姆士・雷尼可能虧空公款的作為，更是讓她疑心了許久（她認為他在這數十年間的貪污金額肯定相當龐大）。當然，她也擔心鎮上的最新情況，這對她來說幾乎超出了理解範圍。每當她試圖掌握整個狀況，她的腦袋似乎就顯得不太夠用。舉個實際例子來說，她的手機越來越難聯絡外界便是其中一個範例。她沒接到半通電話，使她深感不安。住在其他鎮上的朋友與親戚沒試圖聯絡她這點暫且不提，其他如《路易斯頓太陽報》、《波特蘭先鋒報》，甚至是《紐約時報》等等，應該也會打給她調用新聞資料才對。

是不是每個磨坊鎮裡的人都遇到了同樣的問題？

她得親自跑一趟莫頓鎮的鎮界，好確定一下狀況。要是她無法用手機聯絡上她最好的攝影師彼特・費里曼，也能用她稱之為「緊急專用」的那台尼康相機拍些照片。她聽說在屏障另一側的

㉛Horace Greeley，1811-1872，知名美國新聞人，曾參選總統，但最後未獲選。

莫頓鎮與塔克磨坊鎮那裡已經建立了封鎖線——有可能就連其他城鎮也一樣——但她還是可以從這一側接近那些地方。他們大可警告她離開，但若是屏障就像她聽說的一樣滴水不漏，那麼這警告就起不了任何作用。

「棍子和石頭可以打斷我的骨頭，但話語可傷不了我。」她說。這倒是千真萬確。要是話語真能傷害她，三年前她寫在報上那則關於州政府查帳的笑話時，老詹．雷尼早把她攻擊到送進加護病房中了。當然，他當時準備了不少資料想控告茱莉亞，只不過那些資料全是假的；她甚至還一度考慮要就這件事發表社論，但主要的原因，只是由於她幫那篇社論想到了一個了不起的標題：無法成真的可笑誣告。

所以沒錯，她的確憂心忡忡。隨之而來的則是工作。過去她不太會擔心自己的行為正不正確，但此刻她站在主街與鎮立廣場的路口，卻開始擔起心來。她轉回主街方向，望著她剛才走過來的道路，以她平常對荷瑞斯才有的輕聲音調喃喃自語：「我不該把那個女孩單獨留在那裡的。」

要是茱莉亞開車的話，肯定會回頭找她。但她是用走的，更何況，小桃的態度那麼堅持。她身上有股味道。是大麻嗎？有可能。這並不代表茱莉亞相當反對大麻，畢竟她自己也抽過幾年。或許正是大麻才讓那女孩如此平靜，將她原本應有的強烈悲傷給大幅削減。

「別擔心我，」小桃當時這麼說。「我會去找我爸的，但得換個衣服先。」說完，指了指身上的睡袍。

「我可以等妳。」茱莉亞如此回答……雖然她並非真的想等。在她面前還有漫漫長夜得撐過，一切得從照顧她的狗開始。原本她應該在五點時帶荷瑞斯出來散步與上廁所，如今牠肯定很餓，而且就快憋不住尿了。當狗的事處理完，她還得趕去人們口中的「屏障」那裡一趟，好親眼瞧瞧是怎麼一回事。不管怎樣，都得要拍些照片才行。

雖然很有可能來不及，但她還是想發行一份《民主報》的特別增刊號。這對她來說相當重要，認為對這小鎮來說，或許也同樣重要。當然，這一切可能會在明天結束，但茱莉亞有種感覺——其中一部分來自大腦，而另一部分則來自內心——事情不會就這樣結束。

不過縱使如此，她還是不該把小桃．桑德斯單獨留在那裡。她似乎還能控制自己，但也有可能是因為太過驚訝，拒絕承認而構成的虛假冷靜罷了。當然，這也與大麻有關，但她說起話來，的確仍算條理清晰。

「不必等我，不用麻煩了。」

「我不知道把妳一個人拋在這裡到底算不算聰明，親愛的。」

「我會先去找安安。」小桃說。雖然她的眼淚仍不斷滑至臉頰，但這個主意似乎讓她的心情好了點。「她會陪我去找我爸。」她點點頭。「我需要安安陪我。」

茱莉亞覺得，麥卡因家的女兒只比小桃要來得聰明一丁點兒而已。小桃繼承了母親的長相，但不幸的是，卻也繼承了父親的腦袋。要是今晚小桃．桑德斯需要朋友陪伴，那麼安安也的確是唯一人選。

「我可以陪妳過去找她……」只不過不是很想。就算這女孩正處於突如其來的喪親之痛中，八成也能看出她表情下的想法。

「不用了。她家離這裡只有幾條街遠。」

「那……」

「夏威小姐……妳確定？妳確定我媽——？」

就算再不情願，茱莉亞還是點了點頭。她從厄尼．卡弗特口中得知了飛機的尾翼登記號碼，還從他那裡拿到一樣東西，一樣或許還是交給警方會比較好的東西。茱莉亞原本可能會堅持要厄尼把東西交給警方，但令人氣餒的是，公爵．帕金斯死了，而接手處理的人，竟然會是那個不稱職的黃鼠狼藍道夫。

厄尼給她的，是克勞蒂特沾滿鮮血的駕駛執照，當她站在桑德斯家門時，東西就放在口袋裡，最後並未拿出。她原本想在適當時機交給老安，或這個一臉蒼白，頭髮凌亂的女孩……但現在顯然不是時候。

「謝謝。」小桃的聲音很有禮貌，但卻充滿哀傷。「現在請妳先離開。我這麼說可能有點沒禮貌，但我沒這個意思——」她最後沒把話說完，就這麼關上了門。

茱莉亞．夏威還能怎麼辦？也只能任隨這個可能抽了過多大麻的二十歲傷心女孩自己擔起責任了。今晚她還有更為艱辛的責任得扛。荷瑞斯是其中一樣，而報紙則是另一樣。人們可能時常取笑《民主報》那些有關地方慶典的詳盡報導，與彼特．費里曼為報導拍攝的粗顆粒黑白照片。例如磨坊鎮中學畢業舞會的報導便是一例。他們聲稱，《民主報》唯一的用途就是拿來墊貓砂盆。然而當這種不幸的意外發生時，他們還是相當需要這份報紙。茱莉亞希望能在明天發行增刊號，縱使得因此熬夜也一樣。她聘雇的記者們，通常都會到鎮外度過週末，所以她很有可能得靠自己挑燈夜戰才行。

茱莉亞發現自己相當期待這場挑戰，而小桃．桑德斯那張哀傷的臉孔，也就這麼自她腦海中飄開了。

## 3

荷瑞斯以責備眼神看著她走進屋內。地毯上沒有潮溼尿漬，客廳的椅子下也沒有棕色小禮物

——那對荷瑞斯來說是個神奇的地方，牠似乎深信人類的雙眼看不見那個位置。她拉起蹓狗繩，把牠帶到屋外，耐心等待荷瑞斯在牠最愛的下水道處撒尿。已經十五歲，是條老柯基犬的荷瑞斯搖搖晃晃地走到那裡蹲下。當牠上廁所時，茱莉亞凝視著南方地平線方向的燈光。那景象就像史蒂芬．史匹柏㉜的科幻片，而且更為壯觀。她能聽見直升機的咻咻聲，雖然聲音不大，但卻持續傳來，甚至還看見其中一架直升機的黑色輪廓，快速閃過巨大的弧形耀眼光芒。天啊，他們到底在那裡架設了多少探照燈？這簡直讓莫頓鎮北部變成伊拉克的飛機起降區了。

荷瑞斯在牠的地盤上東聞西嗅，踏著最受狗兒們喜愛的便便舞步，想找到一個完美的地方，為今晚的排泄儀式做個結束。茱莉亞趁這時又試著撥了一次手機，但就與今晚不斷出現的情形一樣，只聽見無法通話的嘟聲響……接著一片寂靜。

看來我只能用列印紙印增刊號了。這代表最多只能印七百五十份。

《民主報》有二十年的時間，一直沒有自己的印刷用紙。二〇〇二年以前，茱莉亞每週都得跑趟城堡岩的印刷公司確認印刷狀況，但如今她已不必這麼做了。她只需在星期二晚上將檔案以電子郵件寄過去，對方便會用塑膠繩整齊捆好的精美紙張列印，在隔天早上七點時，寄來一份數位樣讓她確認。茱莉亞只需要用鉛筆在上頭寫下要修改的地方，接著那些部分就會變成鉛字印在成品上，感覺像是什麼魔法似的。而這也就像所有魔法，總給人一點靠不住的感覺。

今晚，這種靠不住的感覺，被證明了並非杞人憂天。她或許還是能用電子信件把檔案寄到印刷公司，但卻不會沒有半張數位樣，能在早上送抵她的手裡。她猜到了早上，依舊沒有半個人能接近磨坊鎮邊界的五英里內。而且還是方圓五英里。幸運的是，她那間老舊的印刷室內，有台功

㉜Steven Spielberg，美國知名電影導演。

能優異的發電機，她的印刷機是台巨大的怪物，可印五百令以上的紙張。要是能找到彼特・費里曼幫她……或者負責體育新聞的湯尼・蓋伊……

此時，荷瑞斯總算選好了位置。牠上完廁所後，茱莉亞拿著上頭貼有「狗便便」標籤的小環保袋走了過去，納悶荷瑞斯・葛雷尼要是知道撿狗屎現在變成了法律規定，而非純屬社會道德問題時，不知會做何想法。她猜他或許會因而舉槍自盡吧。

她把狗屎裝進袋裡綁好，又試了一次手機。無法撥通。

她帶荷瑞斯回到屋內，餵牠吃飯。

## 4

她扣上外套扣子，正準備開車前往屏障時，手機響了起來。她的相機就背在肩上，當她在口袋裡亂掏一通時，差點就給砸在了地上。她看了一眼來電顯示，上頭寫著：來電號碼保密。

「喂？」她說。荷瑞斯已經吃飽了，而且全身都擦得乾乾淨淨，正在門口等她，準備來場夜間冒險。但她的聲音裡肯定透漏了什麼情緒，使荷瑞斯豎起耳朵，直直盯著她看。

「夏威夫人嗎？」對方是個男的，聲音鏗鏘有力，一副官方語調。

「是夏威小姐。你是哪位？」

「我是陸軍上校詹姆士・寇克斯，夏威小姐。」

「我怎麼會有榮幸接到這通電話？」她聽見自己的聲音帶有嘲諷之意，就連自己也不喜歡這種不專業的表現。但她的確有些害怕，而嘲諷則是她過往對待恐懼的自然反應。

「我得跟一個叫戴爾・芭芭拉的人聯絡。妳認識這個人嗎？」

她當然認識，而且今晚稍早時，還很驚訝自己會在薔薇蘿絲餐廳裡遇見他。他一定是瘋了才繼續待在鎮上。蘿絲不是說他昨天就說要離開了嗎？戴爾．芭芭拉那件事，是茱莉亞知道，但卻沒寫成報導的幾百件事裡的其中一件。當你是個小鎮報紙的發行者時，就得多少忍受那些罐頭上的肥大蠕蟲才行。你得選擇好戰鬥對象。就這點來說，她倒是很肯定小詹．雷尼與他的朋友們挑好了戰鬥對象。只不過，她很懷疑芭芭拉與小桃的好朋友安安間的傳聞究竟是不是真的。光就這點來看，她覺得芭芭拉應該會更有品味才是。

「夏威小姐？」簡潔有力，一貫的官方語氣。而且還是來自外界的聲音，光是這點就足以讓她恨起這聲音的主人了。「妳還在線上嗎？」

「還在。嗯，我知道戴爾．芭芭拉是誰。他是個廚師，在主街上的餐廳工作。你找他幹嘛？」

「因為他似乎沒手機，而且餐廳也沒人接——」

「餐廳打烊了。」

「當然，而且市內電話也打不通。」

「今晚這個小鎮，似乎沒什麼東西是有用的，寇克斯上校。就連手機也是。不過我發現你打來找我的這通電話倒是連半點阻礙也沒有，讓我忍不住覺得你們這群傢伙可能根本就沒有處理問題的心思。」她會這麼生氣——正如因恐懼產生的嘲諷——就連自己也大感意外。「你們到底要怎麼做？你們這些人到底要怎麼處理這件事？」

「什麼都不做。就我目前所知，我們打算什麼都不做。」

她沒想到軍方竟然沒有任何後續計畫，不禁驚訝萬分。這與茱莉亞．夏威那些磨坊鎮的老鄰居所想像的完全不同。

「關於手機這件事，妳說得沒錯，」他說。「現在不管從卻斯特磨坊鎮打出去，或是外界打進來的通訊都被我們截斷了。這是為了國家安全利益著想，而且全都是這種情形的正常程序，女士。要是妳站在我們的立場，也會這麼做的。」

「我可不敢保證。」

「是嗎？」他的聲音像是很感興趣，並未生氣。「這情況在全世界的歷史中前所未見，運作的技術遠遠超乎我們與其他國家的科技水平，我們甚至不知道這是怎麼辦到的。」

她又再度發現自己不知該如何作答。

「我要對芭芭拉上尉說的事十分重要。」他說，回到原先的主題。就某方面而言，茱莉亞很訝異他竟然可以如此輕易地迴避了問題重心。

「芭芭拉上尉？」

「他已經退伍了。妳找得到他嗎？帶著妳的手機，我會給妳一個電話號碼。這號碼不會被截斷。」

「為什麼找我，寇克斯上校？你為什麼不打到警局，或是隨便一個公共事務行政委員？我相信他們三個應該都還在鎮上。」

「我連試都不想試。我也是在小鎮裡長大的，夏威小姐——」

「那還真巧啊。」

「——在我的經驗裡，鎮上的官員只認識一小部分居民，警察認識很多人，但要說到認得每一個人的，非當地報紙的編輯莫屬。」

她有些氣惱自己竟然笑了出來。

「要是你們兩個可以面對面談談，幹嘛還那麼麻煩用手機聯絡？當然，我一定要參與這場會面。我本來是要去我這一側的屏障的，但才正要出門，你就打過來了。我會先去找巴比——」

「他還是這麼稱呼自己？」寇克斯的聲音有些困惑。

「我會找到他，接著帶他一起過去。我們可以來場迷你的新聞發表會。」

「我人不在緬因州，在華盛頓特區參加參謀長聯席會議。」

「所以我應該要覺得很榮幸囉？」雖然她的確是有那麼一點。

「夏威小姐，我非常忙，妳可能也是。所以既然我們都想解決這件事——」

「你不覺得這麼做還挺可行的嗎？」

「放棄這念頭吧，」他說。「妳是個編輯，同時也無庸置疑的是個記者，我相信問題對妳來說是很自然的事，不過時間實在太緊迫了。妳辦得到我要請妳做的事嗎？」

「可以，但如果你想找到他，就得連我一同帶上。我們會一起過去一一九號公路那裡，到了之後會打給你。」

「不行。」他說。

「沒關係，」她語氣愉快地說。「很高興能和你聊天，上校——」

「讓我把話說完。一一九號公路那裡根本就是場亂戰，這代表——」

「我知道亂戰是什麼意思，上校，我以前可是湯姆·克蘭西㉝的忠實書迷。不過你說一一九號公路那裡是場亂戰的意思是？」

「我是指那裡看起來的模樣。容我說得粗俗點，簡直就跟新妓院開張，推出免費招待活動會引發的大災難一樣。你們鎮上至少有一半的人，全都開著轎車與貨卡車跑到那裡，把車直接停在

㉝Tom Clancy，知名美國軍事小說家，成名作為《獵殺紅色十月》。

道路兩旁，還有一個農夫的田地裡。」

她把相機放到地上，從外套口袋拿出一本筆記本，潦草寫下「詹姆士．寇克斯上校」以及「就像妓院開幕免費招待」幾個字，接著又補上「丹斯摩農場？」。對，他說的可能就是奧登．丹斯摩的那塊農地。

「好吧，」她說。「那你有什麼建議？」

「呃，我沒辦法阻止妳，妳一定很清楚這點。」他嘆口氣，聽起來像是在怨嘆世界如此不公。「我也無法阻止妳讓這些事見報。不過我不認為這會有什麼問題。畢竟，在卻斯特磨坊鎮外頭，也沒人能看得見那份報紙。」

她臉上的微笑消失了。「你能解釋一下這話的意思嗎？」

「當然可以，說真的，妳如果要寫報導的話，一定馬上就會發現了。我的建議是，如果妳想親眼去看看那道屏障——雖然妳沒辦法真的看見那東西，我想一定已經有人告訴妳這點了——那就帶著芭芭拉上尉一起去三號鎮道。妳知道三號鎮道嗎？」

一時之間，她還真想不起那條路的位置。然而，當她想通他說的究竟是哪裡時，忍不住笑了出來。

「有什麼好笑的？夏威小姐？」

「在磨坊鎮這裡，通常都叫那裡小婊路。因為在雨季時，那條路走起來的確會讓人忍不住大罵『臭婊子』。」

「還真生動。」

「小婊路那裡沒有人潮聚集？」

「至少目前沒半個人。」

「沒問題。」她把筆記本收進口袋，拿起相機。荷瑞斯仍在門口耐心等待。

「好，那我就等妳打來？或者說，等巴比用妳的手機打來？」

她瞥了一眼手錶，發現現在已過十點。天啊，時間怎麼過得那麼快？「如果我找得到他，會在十點半抵達那裡。我想這應該不成問題吧。」

「好極了。跟他說肯尼向他問聲好。這是句——」

「玩笑話，嗯，我知道。那裡會有人與我們碰頭嗎？」

電話那頭停頓了一會兒。當他再度開口時，她可以感受到他的語氣中有些不情願的成分。

「那裡會有探照燈、崗哨，以及架設路障的士兵，但他們奉命不准與鎮民交談。」

「不准——為什麼？我的天啊，為什麼？」

「要是這情況遲遲無法解決，夏威小姐，妳很快就知道為什麼了。妳絕對能憑自己找出原因——妳聽起來像是個非常聰明的女士。」

「那我只能說去你的上校！」她挖苦般地大喊。在門口處，荷瑞斯豎起了耳朵。

寇克斯笑了起來，絲毫沒被激怒。「妳說得對，女士，看來我們之間的通訊狀況好得很。十點半？」

她很想回他一句「門都沒有」，但當然啦，她現在也沒別條路可選了。

「假設我找得到他，那就十點半。到時我再打給你？」

「妳或他都行，總之我得和他說到話。我會一直在電話旁等。」

「那就給我那個神奇號碼吧。」她用耳朵與肩膀夾著手機，再度摸索著那本筆記本。你總是會把筆記本拋到一旁後，才發現自己又得記下一些事。當你是個記者時，這種事會不斷在生命中重演。而她現在的確回到了記者的身分。他給她的這支號碼，區號是０００，不知為何，這件事比他在電話裡透漏的其他事還要讓她感到意外。

「還有一件事，夏威小姐。妳體內有裝心臟起搏器嗎？或者植入式助聽器這類的裝置？」

「沒有。為什麼這麼問？」

她還以為他或許會再度拒絕回答，但這回沒有。「一旦妳接近穹頂，那些儀器就會受到某種干擾。那對大多數人來說無害，感覺就像是低電壓的觸電而已，一、二秒以後，感覺就會消失了。但對電子設備來說，那干擾簡直就是要命。那些儀器會被關閉，舉例來說，大多數的手機只要接近穹頂五英尺的範圍，便會自動關機，有些儀器甚至還會因此爆炸。要是妳帶一台錄音機靠近的話，錄音機會自動關機。但要是妳帶的是iPod或黑莓機那種比較複雜的電子產品，那麼那類儀器就比較容易爆炸。」

「所以帕金斯警長的心臟起搏器就是這樣爆炸的？這就是他的死因？」

「十點半，帶著巴比一起。記得一定要轉告肯尼向他問好的這件事。」

他掛了電話，留下站在小狗身旁的茱莉亞一人，置身於一片靜默中。她試著想打給住在路易斯頓的姊姊，剛開始鈴聲還響了一會兒……接著訊號又被截斷了，只留下一陣寂靜，如同先前一般。

穹頂。她想著。他用來形容那裡的詞不是屏障，而是穹頂。

## 5

巴比脫下襯衫，正坐在床上解開運動鞋的鞋帶時，有人登上桑德斯家鄉藥局旁的戶外樓梯，不停敲著他住所的門。他可不希望此刻還有人來找他。畢竟，他一整個白天幾乎都在不斷走路，而整個晚上則穿著圍裙不停作菜，實在累到不行。

敲門的會不會是小詹和他那幾個朋友，正準備要開一場慶祝他回到鎮上的派對？你可以說這簡直就不可能，甚至還有點偏執；但就今天來說，實在沒什麼不可能的。再說，他今晚也沒在薔薇蘿絲餐廳看見小詹與法蘭克．迪勒塞那群人。他猜他們可能原本待在一一九號公路或一一七號公路那裡湊熱鬧，但或許有人告訴他們巴比回到鎮上的事，於是決定等到今晚晚一點時再出手。多晚？就像現在一樣。

敲門聲又再度傳來。巴比站起身，將一隻手放在攜帶式電視上。這裡沒什麼堪用的武器，但若是抓起這台電視，朝第一個嘗試闖進來的人扔過去，還是能造成些許傷害。屋裡有根木製的吊衣桿，但這公寓裡的三間房間都太小，而吊衣桿又太長，揮舞起來不太方便。他還有把瑞士刀，但他不想動用到刀，除非他被迫——

「芭芭拉先生？」是女人的聲音。「巴比？你在裡面嗎？」

他放開電視，穿過廚房。「妳是哪位？」但他話才剛出口，便認出了聲音。

「茱莉亞．夏威。我幫一個想跟你聯絡的人帶了訊息來。他要我轉告你，說肯尼向你問好。」

巴比打開門，讓她進到屋內。

## 6

郤斯特磨坊鎮公所的會議室位於地下室，牆面以松木鑲崁而成，隔絕了大多數後頭那台發電機（是老舊的家榮華牌發電機）的運作聲響。會議桌位於房間正中央，是張相當漂亮的楓木桌，桌面光可鑑人，全長十二英尺。今晚，會議桌周圍的座椅大部分全是空的。這場由老詹召開的緊急評估會議，與會者只有四個人，集中坐在會議桌的一側。雖然老詹只是次席公共事務行政委員，但卻安排自己坐在首席位置。他的身後有張地圖，上頭繪有這座襪子形狀的小鎮。

在場的人是三名公共事務行政委員，以及暫代警長職務的彼得．蘭道夫。雷尼是裡頭唯一一個看起來已進入狀況的人。蘭道夫看起來既震驚又害怕，老安．桑德斯則還是處於茫然與悲傷的狀態中。至於蘿絲的姊姊安德莉亞．格林奈爾——超重與滿頭灰髮的另一個蘿絲——則一如往常，看起來昏昏沉沉的模樣。

在四、五年前的某個一月早晨，安德莉亞要去信箱拿信時，在結冰的車道上滑了一跤。這一跤摔得很重，使她的背傷得厲害（那些多出來的八、九十磅體重或許並未發揮緩衝效果）。哈斯克醫生開了一種新開發的羥可酮強效止痛藥給她，紓緩了那些讓人難以忍受的疼痛，而且直到今時今日，仍持續開藥給她。不過這點也得感謝他那個開地方藥局的好朋友老安才行。老詹知道安德莉亞每天得服用四十毫克的羥可酮，使她在工作時總是昏昏沉沉的。這對老詹來說，是個相當有用的資訊。

老詹說：「由於老安正處於傷痛中，所以要是沒人反對，就由我來主持這場會議。老安，我們全都深感遺憾。」

「是啊，長官。」蘭道夫說。

「謝謝。」老安說。安德莉亞輕輕握了握他的手，使他又開始眼眶泛淚。

「現在，我們全都知道這裡發生了什麼事，」老詹說。「雖然鎮上沒人知道原因——」

「而且我敢說，現在也沒人離開得了這個小鎮。」安德莉亞說。

老詹沒有理她。「——然而軍隊就在外頭，而我們這些鎮民們選出來的官員，也一直沒能跟他們有適當的溝通管道。」

「長官，這可能是電話不通的關係。」蘭道夫說。他其實大可直呼這些人的名字——更別說他可是值得尊敬的老詹之友——但在會議室裡，他覺得還是稱他們為長官或女士才是明智之舉。帕金斯就這麼做，至少就這點來說，那老頭的做法八成不會有錯。

老詹揮了揮手，彷彿想驅趕惱人的蒼蠅一般。「他們大可從莫頓鎮或塔克鎮那裡聯絡我——我們，但卻沒有半個人這麼做。」

「長官，這是因為情勢依舊非常……呃，難以預測。」

「我知道，我知道，而且這很可能就是電視新聞上還沒登出我們相片的原因。對，這也不是沒有可能，像我就會祈禱事情的答案就是這麼簡單，希望你們也都會一同這麼祈禱。」

他們克盡職責地點了點頭。

「不過現在……」老詹嚴肅地望向眾人。他覺得事情的確相當嚴重，但也因此感到興奮無比，全然準備就緒。他認為自己的相片有機會在今年年底前登上《時代雜誌》封面。一場災難，尤其是恐怖分子引發的災難，可不一定是什麼壞事。不信的話，瞧瞧魯迪．朱利安尼㉞吧。「現在，各位先生女士，我想我們得面對一個很有可能的事實，也就是：我們如今只能依靠自己了。」

安德莉亞用手摀住了嘴，眼神中若非真的閃爍恐懼，就是吃了太多止痛藥之故。也有可能兩者均是。「才不會這樣呢，老詹！」

「懷抱最好的希望，同時做最壞的打算，這是克勞蒂特常掛在嘴邊的話。」老安的聲音聽起來像是進入了深沉的冥想。「她以前總會這麼說。她今天早上幫我弄了一頓很棒的早餐，有炒蛋和昨晚吃剩的起司玉米餅。天啊！」

㉞Rudy Giuliani，於九一一事件時擔任紐約市市長，因危機處理得當而聲名大噪。

眼淚開始緩緩流了出來。安德莉亞再度握著他的手，而這回老安則緊緊回握。老安與安德莉亞，老詹想，露出一個淺笑，在肥厚的下巴處擠出一條皺痕。蠢蛋雙胞胎。

「懷抱最好的希望，做最壞的打算。」他說。「這是個很好的建議。就這件事來說，最壞的打算，就是我們會與外界隔離多久這件事。或許是一星期，甚至可能長達一個月。」他其實不認為會到一個月這麼久，但如果能嚇倒他們，他們肯定會更快乖乖聽話。

安德莉亞重複道：「才不會這樣呢！」

「我們不知道會有多久，」老詹說，至少，這倒是句坦率的真話。「誰知道呢？」

「或許我們該關閉美食城超市，」蘭道夫說。「至少關閉一段時間，要不然大家可能會塞爆那裡，就跟暴風雪來臨前一樣。」

雷尼很生氣。他排定了會議的整個流程，這問題也在議程中，但並非首先要做的決定。

「當然，這也有可能是個餿主意啦。」蘭道夫說，讀出了次席公共事務行政委員臉上的表情。

「說真的，彼得，我不認為這是個好點子。」老詹說。「以相同的觀點來說，我們也不會因為通貨緊縮就宣布銀行得在假日營業。這只會讓大家更往那裡跑而已。」

「我們也要討論關閉銀行的事嗎？」老安問。「我們要怎麼處理自動提款機的問題？布洛尼商店那裡有一台……加油站商店那裡也有……對，我的藥局裡也有一台。」他面無表情的說，然後神色突然一亮。「我記得我好像在健康中心那裡也看過一台，雖然我不確定……」

雷尼覺得老安的狀況，就像安德莉亞分了一點止痛藥給他似的。「那只是打個比方而已，老安。」他盡量讓自己的聲音保持沉穩親切。他早已預料到有人會跟不上會議內容。「準確地來說，在這種情況下，糧食就等於金錢。所以我才說那裡應該要照常營業，這樣才能讓鄉親保持冷靜。」

「喔，」蘭道夫說，這回他聽懂了。「我懂了。」

「不過你還是得跟超市的經理談談。他叫什麼來著？凱迪？」

「凱爾，」蘭道夫說。「傑克．凱爾。」

「你還得去找加油站商店的強尼．卡佛，還有……迪爾．布朗死了以後，是誰接手布洛尼商店的？」

「威兒瑪．溫特。」安德莉亞說。「她是外地人，不過人很好。」

雷尼很高興看見蘭道夫把這些名字抄在小筆記本上。「告訴他們三個，從現在開始禁止販賣啤酒和所有含酒精的飲料，直到接到進一步的通知為止。」他的臉抽動了一下，一副心滿意足的模樣，看起來有點嚇人。「至於北斗星酒吧則暫時勒令停業。」

「應該有很多人不希望看到酒吧關門，」蘭道夫說。「像山姆．威德里歐就是。」威德里歐是鎮上最聲名狼藉的酒鬼，對老詹來說，他是個禁酒法案不該被廢除的最佳範例。

「山姆和其他像他那樣的人，目前也只能忍受沒有啤酒與咖啡白蘭地的生活了。我們不能讓整個小鎮有一半的人都喝得跟跨年一樣醉醺醺的。」

「為什麼不行？」安德莉亞問。「就讓他們把酒喝完，這樣不就一了百了了？」

「要是他們在喝醉時暴動呢？」

安德莉亞沒回答。在糧食充足的情況下，她看不出有誰會幹得出暴動這檔事，但她知道，與老詹．雷尼爭辯往往徒勞無功，只是增添自己的疲憊罷了。

「我會派幾個人去跟他們談談。」蘭道夫說。

「你得親自去找湯米和維洛．安德森。」安德森夫婦是北斗星酒吧的經營者。「要說服他們會比較麻煩。」他壓低聲音。「真是對狗男女。」

蘭道夫點頭應和。「左派的狗男女，他們還在酒吧裡掛了張歐巴馬的照片。」

「一點都沒錯。」何況，他沒必要說出口來。公爵．帕金斯還罩著這兩個他麻的臭嬉皮，讓他們可以大聲的播放搖滾樂，邊跳舞邊喝酒直到天亮為止，說那是法律允許的。都是那鬼地方才害我兒子跟他的朋友們惹上了麻煩。他轉向老安．桑德斯。「除此之外，你必須把所有處方箋藥物鎖上。喔，不包括內舒拿或利瑞卡膠囊那類的藥[35]。總之你應該清楚我指的是哪些。」

「就是那些會讓人暈淘淘的藥，」老安說。「那些藥原本就已經鎖在櫃子裡了。」他看起來像是對討論突然轉到這方向而感到心神不安。雷尼知道原因為何，但他現在一點也不關心老安那間藥局的營業額問題。他們還有更緊急的事得處理。

「你最好再另外加強防護措施。」

安德莉亞看起來有些驚慌。老安拍了拍她的手。「別擔心，」他說。「我們一向都為真正需要的人準備了足夠的存貨。」

安德莉亞朝他一笑。

「我們的底線是，直到危機解除為止，鎮上所有人都得保持在清醒狀態中。」老詹說。「各位同意嗎？我們舉手表決。」

所有人都舉了手。

「現在，」雷尼說。「我可以回到原本的議題上了嗎？」他望向蘭道夫，蘭道夫雙手一攤，同時表達出請繼續與抱歉之意。

「我們必須知道，人們很容易驚慌失措。而當他們感到恐懼時，他們就會變成魔鬼，不管喝醉或沒喝醉都一樣。」

安德莉亞看著老詹右手手中那個可以控制電視、廣播以及錄音系統的遙控器。錄音系統是其中老詹最為痛恨的發明。「你不錄下會議內容？」

「我不認為有那個必要。」

該死的錄音系統（跟理查・尼克森㊱有點像），全是那個多事的醫生提出的點子。那醫生叫艾瑞克・艾佛瑞特，約莫三十來歲，以多管閒事聞名，鎮上的人都叫他生鏽克。艾佛瑞特在兩年前的鎮民大會上提出了這個白癡提議，好像那是什麼偉大的建言似的。雷尼不喜歡這個出乎意料的提議，他很少感到驚訝，更別說讓他驚訝的還是政治方面的外行人了。

老詹以成本高昂的理由提出反對。這策略通常就跟洋基隊一樣百戰百勝，只是那次卻失敗了。艾佛瑞特提出了一些數據，說聯邦政府會補助百分之八十的金額。而給他那些資料的人，很可能就是公爵・帕金斯。那些錢跟一些什麼災難補助金，全都是揮霍無度的柯林頓執政時期遺留下來的規定，害得雷尼根本就是腹背受敵。

這種事並非經常發生，而他也很討厭這種情況。但他多年來，在政治方面累積的經驗，使這個被大家叫作生鏽克的艾瑞克・艾佛瑞特的奇襲就像是搔癢一樣，他知道錄音系統不足以威脅到他失去戰場，更別說會讓他在這場戰爭中落敗。

「那至少也該有人做個筆記？」安德莉亞有些膽怯地問。

「我想以現在的狀況來說，我們或許還是把這場會議當成非正式的會議來看就好。」老詹說。「會議內容只需要我們四個知道就行了。」

㉟內舒拿為過敏性鼻炎用的鼻用噴液劑，利瑞卡膠囊則為緩解纖維肌痛症疼痛之藥物。

㊱Richard Nixon，1913-1994，因水門案成為了美國唯一辭職下台的總統，在水門案中，尼克森保留的對話錄音帶成為了重要證據。

「嗯……如果你這麼認為的話……」

「除非其中一個人死了，否則兩個人是沒辦法保守祕密的。」老安迷迷糊糊地說。

「你說得沒錯，兄弟。」雷尼說，彷彿那句話真有什麼道理似的。他又轉向蘭道夫。「要我來說，我們得為這個小鎮負起責任，而首先要處理的，就是得在這場危機中維持好鎮上的秩序，也就是警力問題。」

「說得對極了！」蘭道夫機伶地搭腔。

「現在，我敢說帕金斯警長一定在天上看著我們——」

「還有我的妻子，」老安說。「克勞蒂特也在看著我們。」他用一隻手捏著鼻子，發出吸鼻涕的聲響。雖然老詹不需要他搭腔，但仍拍了拍老安的另一隻手。

「沒錯，老安，他們兩個一定一起沐浴在耶穌的聖光中。但對於身處地球的我們而言……彼得，你能聚集多少警備人員？」

老詹知道答案。只要是他自己提出的問題，大多數都早就知道答案，這樣做起事來才會方便許多。卻斯特磨坊鎮警局的薪水簿上，總共有十八個警察的名字，其中有十二個正職員工，六個兼職員工（兼職員工全都是六十歲以上的人，這樣要聘請他們才比較便宜）。在這十八個人中，他很肯定有五名正職員警人在城外。其中有的與妻子及家人一同去看今天那場高中美式足球比賽，有的人則去城堡岩那裡參加消防演習。而第六個人，則是死去的帕金斯警長。雖然雷尼從來不說死者壞話，但他覺得帕金斯還是待在天堂裡比較好。畢竟想搞定這場爛泥攤子，肯定遠遠超出了他的能力範圍。

「讓我告訴各位吧，」蘭道夫說。「情況並不樂觀。我手下有亨利．莫里森和賈姬．威廷頓，他們兩個今天都有跟我一起過去事件現場。除此之外，還有魯波．利比、費德．丹頓與喬治・佛雷德瑞克。喬治的氣喘很嚴重，我根本就不曉得他能不能派上用場。畢竟他原本就打算要在今年年底提前退休。」

「可憐的老喬治，」老安說。「他得靠氣喘藥才活得下去。」

「就像你們知道的一樣，馬蒂・阿瑟諾與托比・韋倫這陣子的身體狀況也不好。在我聯絡的所有兼職警員中，身體狀況可以負荷的只有琳達・艾佛瑞特而已。剛好又遇上該死的消防演習與足球比賽，每件事全在錯誤的時機撞在一塊兒了。」

「琳達・艾佛瑞特？」安德莉亞有些感興趣的問。「生鏽克的太太？」

「哼！」每當老詹生氣時，總會發出這樣「哼」的一聲。「她只是個自以為是的傢伙，頂多只能帶小孩過過馬路罷了。」

「沒錯，長官。」蘭道夫說。「不過她去年通過城堡郡的測驗，所以獲准配槍，我們沒理由不准她帶著那把槍繼續執勤。或許是因為她有兩個小孩，所以才沒當正職員警。不過，她的確派得上用場。畢竟現在的狀況十分緊急。」

「當然，這還用說。」但雷尼還是恨透了這情形。艾佛瑞特夫婦就像是個該死的老舊驚奇箱，每次都會突然冒出來礙事。他的底線是這樣的：他不要那個棉花雜碎的老婆加入他這支隊伍。另一方面，她還很年輕，不超過三十歲，而且就跟惡魔一樣漂亮。他肯定這女人一定會對其他人帶來不好的影響。漂亮的女人總是這樣。光是威廷頓和她那對大胸部就已經夠糟了。

「所以，」蘭道夫說。「在這十八個人裡頭，我們只能湊出八個人而已。」

「你忘記算自己了。」安德莉亞說。

蘭道夫用手掌拍了一下額頭，彷彿想把自己的腦袋敲回正確位置。「喔，對，是九個人才對。」

「人數不夠，」雷尼說。「我們得增加更多警力。你知道的，這只是暫時的措施，直到這場風波結束為止。」

「你有想找的人選嗎，長官？」蘭道夫問。

「我的第一個人選是我兒子。」

「小詹？」安德莉亞揚起眉。「他的年紀甚至還投不了票……不是嗎？」

老詹簡短分析了一下安德莉亞的大腦構成：百分之十五留給了她最愛的購物網站，百分之八十留給了止痛藥，百分之二留給記憶，實際上，只有百分之三用來思考。而思考這件事甚至都還得靠他幫忙。何況，他提醒自己。跟愚蠢的人共事，會讓生活更稱心如意。

「他已經二十一，十一月就滿二十二歲了。可能是運氣，或是上帝的恩典，他剛好從學校回家來過週末。」

彼得．蘭道夫知道小詹．雷尼其實是被退學了。這週稍早，他曾在警長辦公室的便條紙上看見這個消息，只是不知道公爵為何會接到這個訊息，也不知為何他會覺得這件事有重要到值得記下來的地步。而便條紙上還寫了另一行字：行為問題？

無論如何，現在或許還不是與老詹分享這些資訊的時刻。

雷尼繼續說著，語調興高采烈，就像是遊戲節目的主持人宣布特別加分回合的超高獎金一樣。「而且，小詹有三個朋友也很適合這份差事：法蘭克．迪勒塞、馬文．瑟爾斯，以及卡特．席柏杜。」

安德莉亞這回看起來更不安了。「呃……他們不就是那群……在北斗星酒吧鬧事的……年輕人嗎……？」

老詹轉向她，臉上擠出的親切微笑仍藏不住其中的兇惡之意，使安德莉亞的身體不禁往椅背縮去。

「事情都過去了，那全是酒精引起的，大多數的麻煩都是這樣來的。再說，先惹起事端的是那個叫芭芭拉的傢伙，這就是這件事後來沒進入訴訟階段的原因，一切都船過水無痕了。我有說錯嗎，彼得？」

「完全沒錯。」蘭道夫說，雖然他也同樣一臉不安。

「這幾個孩子至少都二十一歲了，我記得卡特．席柏杜可能都有二十三了。」

席柏杜的確是二十三歲沒錯，而且最近還在磨坊鎮加油站商店找了份兼職的技工差事。他的前兩份工作最後都以被人解雇告終——蘭道夫聽說是由於情緒上的問題之故——不過他似乎已在加油站商店占有一席之地。強尼說他從來沒見過這麼會處理排氣與電力系統問題的人。

「他們會一起去打獵，所以槍法都很準——」

「老天保佑，我們還要給他們槍？」安德莉亞說。

「沒有人會開槍，安德莉亞，也沒人說要讓這群小夥子當全職員警。我的意思是，我們需要因應警力不足的問題列出候補人選，而且越快越好。你覺得呢，警長？他們可以任職到這場危機過去為止。而我們則可以用緊急應變基金來支付他們的薪水。」

蘭道夫不喜歡這個讓小詹帶著一把槍，在卻斯特磨坊鎮四處閒晃的點子——小詹可能真有什麼行為上的問題——但也一點都不想得罪老詹。這點子或許不錯，雖說他們很年輕，但的確可以為他增加不少額外幫助。他不認為鎮上會出什麼亂子，要是屏障還在，他們倒是可以去各個主要道路的屏障四周，負責管理人群秩序。那要是屏障消失了呢？那麼問題也就解決了啊。

他露出團結一心的微笑。「要我來說，我覺得這是個很棒的點子，長官。你可以請他們到警局集合，時間就訂在早上十——」

「九點可能比較好，彼得。」

「九點比較好。」老安說，聲音像是在說夢話。

「大家還有進一步的意見嗎？」雷尼問。

沒人吭聲。安德莉亞還是一副想開口，卻又忘記自己要說什麼的模樣。

「那就開始表決吧。」雷尼說。「公共事務委員會要求代理警長蘭道夫，以基本薪資聘僱小詹、法蘭克·迪勒塞、馬文·瑟爾斯，以及卡特·席柏杜為臨時警員，他們的任期將持續到這場該死、瘋狂的危機過去為止。贊成這項提案的人請舉手。」

他們全舉了手。

「本項提案通過——」

他的話被兩聲彷彿槍響的聲音打斷，四個人全嚇得跳了起來，接著第三聲才又接踵而來。而生活中有不少時間與汽車一同度過的雷尼，這才意識到那是什麼聲響。

「放輕鬆，各位。只是發電機逆火而已，排氣管被堵——」

那輛老舊的發電機逆火了第四次，接著停止運作。電燈忽地熄滅，讓他們有那麼一刻身處如同地獄般的黑暗之中。安德莉亞尖叫了一聲。

在雷尼左方的老安·桑德斯說：「喔，我的天啊，老詹，丙烷——」

雷尼伸出沒拿東西的那隻手，用力抓住老安的手臂，使老安把話吞了回去。當雷尼稍微放鬆手上的力道時，微弱的燈光再度出現在這間鑲崁松木的長形會議室裡。光線並非來自天花板上的電燈，而是來自安裝在四個角落的緊急用燈箱。微弱光線將群聚於會議桌盡頭的四張臉孔映成黃色。他們神情恐懼，就連老詹也是。

「別緊張，」蘭道夫開朗地說，但聽起來並非發自內心，而是刻意強裝。「不過就是丙烷用完了而已，鎮上還有大量庫存呢。」

老安朝老詹瞥去，兩人在瞬間交換眼色。但雷尼覺得安德莉亞肯定看見了，而這可能會導致她開始心生懷疑。

她再吞顆止痛藥就會忘記了，他告訴自己。明天上午肯定就忘了。

在此同時，他對鎮上的丙烷存量究竟是否夠用這件事失去了興趣。等到有必要時，再來處理這個問題吧。

「好了，各位。我知道大家都急著想離開，我也是，所以讓我們繼續下一項表決吧。我想我們應該在此正式決定，是不是要讓彼得成為我們的代理警長。」

「說得對，是應該這麼做。」老安說，聲音聽起來很疲憊。

「如果沒有其他意見，」老詹說。「我們就開始表決吧。」

他們按照老詹安排好的結果做出選擇。

每次都一樣。

## 7

雷尼家就位於磨坊街上。當老詹那輛悍馬車的大燈燈光灑在車道上時，小詹就坐在屋前的階梯上。小詹相當平靜，頭痛並未再度發作。安安與小桃的屍體全都在麥卡因家的廚房裡，至少有好一段時間，這兩具屍體都不會被發現。他已將那筆錢放回父親的保險箱中，口袋裡放著父親在他十八歲生日時送他的點三八口徑手槍，握柄還以珍珠打造而成。現在他得和父親談談。小詹會仔細聆聽這位崇尚金錢萬能的帝王的每一句話。一旦他覺得父親已經知道自己幹了什麼好事——他覺得應該不太可能，但他父親總是什麼都知道——那麼小詹便會當場殺了他，然後再把槍口轉向自己。畢竟，他現在已無路可逃。今晚不行，明天可能也沒辦法。當他稍早回家時，在鎮立廣場那裡待了一會兒，聽見了大家的談話內容。這事聽起來簡直荒唐無比，但從南方的強烈燈光與一一七號公路通往城堡岩西南方那較弱的光芒看來，讓人不禁認為，今天晚上，無論多麼荒唐的事都會成為現實。

悍馬車的車門打開，一會兒後又被用力關上。父親朝他走來，用公事包拍著大腿，神色沒有任何懷疑與警戒之情，也並未動怒。他不發一語地坐在小詹身旁的階梯上，接下來的舉動完全出乎小詹預料，把手放到這個年輕人的後頸上，輕輕捏了幾下。

「你聽說了嗎？」他問。

「有聽說一點，」小詹說。「不過我還是搞不清楚究竟怎麼回事。」

「我們完全束手無策。我想，在事情解決前，恐怕會有段不太好過的日子。所以呢，我得麻煩你做點事。」

「什麼事？」小詹的手朝塞在臀部的手槍伸去。

「你準備好要扛起責任了嗎？你和你的朋友們？阿法？還有卡特和瑟爾斯這些孩子？」

小詹沒回答，等他繼續說下去。究竟是什麼狗屁事啊？

「彼得．蘭道夫現在成了代理警長。他需要一些人充當臨時警察，一些厲害的人物。你願意在這場該死的爛泥攤子結束前，擔任警察職務嗎？」

小詹有股狂野的衝動，想尖叫與大笑出聲。這也可能是種勝利感，或兩者兼而有之。老詹的手仍放在他的後頸上，但已不再揉捏，反而有點像是……出自疼愛的輕撫。

小詹放開口袋裡那把手槍。這件事讓他察覺自己的運氣還是很好——所有事都這麼稱心如意。

今天，他殺了兩個他從小就認識的女孩。

明天，他卻即將成為一名鎮警。

「當然願意，爸。」他說。「只要你需要，我們肯定幫忙。」於是，在離上回四年以後（或許比這還久），他總算又親了一下父親的臉頰。

祈禱

# 1

巴比與茱莉亞．夏威並未怎麼說話，也沒什麼可聊的。離開鎮中心後，這一路上巴比只看見一輛車而已，倒是路旁農舍的窗戶則幾乎全亮著。在鎮中心以外的居民，總有許多農務活兒得做，也沒人完全信賴西緬因電力公司，因此幾乎每戶人家都有發電機。當他們經過WCIK廣播電台時，屋頂上一如過往，亮著兩盞紅燈，就連播音室前的燈泡十字架也同樣亮著，在黑暗中如同燈塔般閃爍著白色光芒。在建築物上方，布滿天空的星辰依舊散發著亮眼的滿天光芒，不需發電機供電，便能永無止境地釋放無窮能量。

「我常來這裡釣魚，」巴比說。「這裡讓人覺得心平氣和。」

「收穫豐富嗎？」

「很豐富，不過有時空氣聞起來就像是眾神的骯髒內衣褲，可能是肥料或什麼吧。害我從來都不敢吃自己釣到的魚。」

「那不是肥料——是滿嘴屁話的味道，也可以說是自以為是的味道。」

「喔，對不起。」

她指向一道遮住星光的尖塔形陰影。「基督聖救世主教堂，」她說。「剛才經過的WCIK電台，就是有時候也叫耶穌電台那個，就是他們開的。」

他聳聳肩。「我猜我可能看過那座教堂吧。我知道那電台。要是住在這附近，而且又有台收音機的話，實在很難不注意到那電台。他們是基本教義派的？」

「他們是看似溫和的硬蕊浸信會教派。我只去剛果教堂，完全受不了萊斯特．科金斯這種牧師。我恨透那種幸災樂禍，認為非我徒眾的人全都會下地獄的那類傢伙。我猜每個信仰都有這種人吧。不過話說回來，我還真想知道他們為什麼買得起這種大功率調幅電台。」

「信徒捐款？」

她哼了一聲。「說不定我該去問問老詹・雷尼，他可是那裡的執事。」

茱莉亞的車是普銳斯油電車。巴比原本以為一份支持共和黨報紙的發行人不太可能開這種車（他覺得這車可能比較適合第一公理會的信徒）。但這輛車的引擎很安靜，使收音機的聲音十分清晰。唯一的問題是，這裡是磨坊鎮西邊，ＷＣＩＫ電台的訊號過強，使收音機完全收不到其他FM波段的頻道訊號。今晚ＷＣＩＫ電台的主持人不斷播放該死的手風琴音樂，使巴比頭都痛了起來，覺得聽起來就像一個因鼠疫喪生的樂團，正在演奏波爾卡舞曲一樣。

「你幹嘛不轉到AM？」她說。

他照做了，但卻始終只聽見模糊的說話聲，直至最後總算轉到一個體育電台為止。就在紅襪隊與水手隊在芬威公園球場的比賽轉播即將開始前，主持人還請聽眾為了「緬因州西部事變」的遇難者默哀片刻。

「事變，」茱莉亞說。「我還真沒在體育電台裡聽過這個詞。你還不如把收音機給關了。」

經過教堂一英里左右，他們開始可以看見樹林中透出的光芒，而在轉過一個彎道後，燈光則變得像好萊塢電影首映會那般刺眼無比。這地區架設了兩具探照燈，傾斜射向天空。道路上的每個坑洞都投射出明顯影子，樺樹的樹幹看起來就像身形細長的鬼魂。巴比覺得他們彷彿駛入了一九四〇年代後期的黑色電影中。

「停、停、停，」他說。「我們已經很接近目的地了，雖然看起來什麼都沒有，不過相信我，我們已經到了。要是情況沒變，你這輛小車裡的電子儀器很有可能會突然間全部爆炸。」

她停車，兩人一同步出車外。有好一會兒，他們只是站在車子前方，瞇眼望向刺眼光芒，茱莉亞甚至還舉起手來，放在眼睛上方遮光。

在燈光後頭，有兩輛披有褐色帆布車棚的軍用卡車停在那裡，彼此車頭相對。道路上放著許多鋸木架作為路障，支架處還綁著沙包加強固定效果。黑暗中，馬達的運作聲響不斷傳來，聽起來不只一台，而是好幾台。巴比看見探照燈用的粗電纜蜿蜒直入樹林，也就是樹林中透出其餘刺眼光芒的位置。

「他們用燈光圍成陣地，」他說，食指在空中旋轉，像是棒球比賽裁判的全壘打手勢。「燈光繞著全鎮架設，不只朝鎮裡照，也照向上空。」

「為什麼朝上照？」

「如果有飛機獲得准許經過這裡，往上照的燈光就能作為空中交通的警告標誌。我猜他們最擔心的就是今天晚上，到了明天，他們就能完全封鎖整個磨坊鎮上空，肯定會看管得跟史顧己叔叔㊲的錢包一樣滴水不漏。」

由於光線蔓延開來，所以他們仍看得見探照燈位置後方的情況。那裡有六名全副武裝、排列整齊的士兵，背對著他們立正不動。雖然茱莉亞那輛車的引擎聲相當安靜，但士兵一定聽見了車子接近的聲音，然而，他們卻沒有任何人有東張西望之類的反應。

茱莉亞大喊。「你們好啊，阿兵哥！」

沒人轉身。巴比沒想到會遇到這種情形。雖然在來的路上，茱莉亞已將寇克斯說的事全數告訴巴比，但巴比還是決定得自己試試。由於他看得見那些士兵的軍徽，所以知道該如何下手。陸軍很有可能主導這次行動——寇克斯有稍微提及這點——但這群士兵卻並非陸軍。

「嘿！海軍陸戰隊的！」他叫。

沒有反應。巴比又往前靠近，看見在道路上方，有條如同地平線般的黑色線條就這麼懸掛在半空中，最後決定暫且將此事擱置一旁。相比之下，現在他對這群看守屏障的士兵更感興趣。或許該說是「穹頂」吧，夏威說寇克斯就是這麼說的。

「我還真沒想到會在美國本土看見你們這些偵查兵，」他說，又走近幾步。「這跟阿富汗那時有點像，對吧？」

沒反應。他又走得更近，在堅硬的砂礫上，腳步聲顯得格外響亮。

「不過這倒讓我鬆了口氣。我聽說偵查兵有很多人都是娘娘腔，要是這裡的情況真那麼糟，他們應該會派遊騎兵來才對。」

「死老百姓。」其中一名士兵嘀咕了一句。

雖然反應不大，卻足以讓巴比精神一振。「稍息，阿兵哥；放輕鬆點，聊聊這裡的情況嘛。」

又沒反應了。他繼續往前走，已然接近屏障（或穹頂）位置。這回他沒冒出雞皮疙瘩，後頸也沒寒毛直豎，但他知道屏障就在那裡，可以感受得到。

他又看見一條懸盪在空中的線。他不知道那條線在白天看起來會是什麼顏色，但他猜應該是紅色。象徵了危險的紅色。那條線是用噴漆噴上的，他敢用他戶頭裡的全部存款（裡頭剛好超過五千塊一些）打賭，這條線肯定圍繞了整個屏障一圈。

就像袖口上的縫線。他想。

他握緊拳頭，敲打他這一側屏障上的線條位置，發出像是指關節敲打玻璃的聲音，嚇了其中一名海軍陸戰隊士兵一跳。

㊲Scrooge，狄更斯經典小說《小氣財神》中的主角，為人極為苛刻小氣。

茱莉亞開口了。「我不確定這是不是個好——」

巴比沒理她。他感到怒火中燒。就某方面來說，這一整天他都在等待可以好好宣洩怒火的時刻，而此時正是發洩一番的大好時機。他知道這麼做對他們兩邊都沒有好處——他們只不過是哨兵罷了——但就是難以收回這股怒氣。「欸，海陸的！幫個小忙嘛！」

「離開這裡，老兄。」雖然說話的人並未轉身，但巴比知道那個人就是這個快樂小隊的領隊。他認得出這種口氣，畢竟過去曾有許多次，他也是這麼對別人說話的。「我們有任務在身，所以得請你幫我們個小忙，趕緊離開。要是換個時間場合，我要嘛不是開開心心的請你喝杯啤酒，要嘛就是狠狠揍你一頓，不過此時此刻還真沒辦法。所以，可以請你離開這裡嗎？」

「沒問題，」巴比說。「不過看起來我們是不能站在同一邊了。我還真不願意這麼做，」他轉向茱莉亞。「電話帶來了嗎？」

她把手機舉高。「你該買支手機的，這可是趨勢呢。」

「我有一支，」巴比說。「是在電子用品賣場特價區買的可拋式行動電話，幾乎從來沒用過。我要離開鎮上時，還把它放在抽屜裡沒拿走，以為今晚不可能會用得上。」

她把手機遞給他。「恐怕你得負責撥這支電話號碼了，我還有事得處理。」她提高音量，好讓站在刺眼燈光遠處的士兵聽見她的話。「畢竟我身為當地報紙的編輯，非得拍幾張照不可。」她又把音量稍微提高。「更別說在這張照片裡，我還可以拍到幾個士兵背對小鎮，見死不救的畫面呢。」

「這位女士，我希望妳不要這麼做。」那名領隊說。他是個虎背熊腰的壯漢。

「阻止我啊。」她挑釁地說。

「我想妳也很清楚，我們不能這麼做。」他說。「至於我們之所以背對那裡，是因為我們接到的命令就是如此。」

「海陸的，」她說。「你最好把這紙命令捲得緊緊的，然後彎下腰，給我塞進你那氣味不是很好的洞口裡。」在耀眼燈光下，巴比看見了讓他印象深刻的一幕：她口出惡言，說話狠毒無情，但雙眼卻流下淚水。閃光燈在與大型發電機供電的探照燈相比之下，顯得不甚明亮，但巴比看見，每當閃光燈一旦亮起，那群士兵的身子便會微微縮起。可能希望身上那他媽的軍徽不會被拍到吧。他想。

## 2

美國陸軍上校詹姆士．歐．寇克斯曾說，他會在電話旁等到十點半。巴比與茱莉亞．夏威抵達那裡的時間晚了一些，使巴比直到十一點二十分才打了這通電話。但寇克斯肯定一直待在電話旁，因為電話不過才響了半聲，巴比的前任長官便接起電話：「你好，我是肯尼。」

巴比依舊一肚子火，但還是笑了出來。「你好，長官。跟以前一樣，我還是那個占盡便宜的臭女人。」

寇克斯也笑了出聲，兩人間的默契無疑仍在。「芭芭拉隊長，最近還好嗎？」

「我很好，長官。只不過我現在是戴爾．芭芭拉，早就不是什麼隊長了。這些日子以來，我只在當地餐廳裡帶領烤架與油鍋而已。不過我現在沒心情談這個。我很困惑，長官，因為我正看著一群跟死老百姓沒兩樣的海軍陸戰隊隊員，他們沒半個敢回頭看著我的雙眼，讓我快他媽的氣炸了。」

「我了解，不過你也該了解我們這邊的情形。只要這些人能幫得上你們，或者可以解決這種情況時，那麼你就能看見他們的臉，而非只是屁股而已了。你願意相信我嗎？」

「繼續說下去，長官。」這不算是個正面回答。

茱莉亞仍不停拍照。巴比走到路旁，從這個新位置，他可以看見卡車後方有塊搭滿帳篷的區域，還有個像是充當食堂用的小帳篷，以及一塊停著更多輛卡車的停車場。海軍陸戰隊在這裡紮營，而且可能還在一一九與一一七號公路那邊建了更大的營地。他的心往下一沉，知道這代表了會是場長期抗戰。

「報社的那女人也在？」寇克斯問。

「在，正在旁邊拍照。還有，長官，不管你告訴我什麼，我都會全部轉達給她。畢竟我現在是平民這邊的人了。」

茱莉亞此時已拍了不少相片，於是停了一會兒，對巴比露出微笑。

「我了解，隊長。」

「長官，別再叫我隊長了。」

「好吧，就叫你巴比吧。這樣感覺比較好嗎？」

「是的，長官。」

「關於那位女士決定要把多少訊息公諸於眾這部分……為了你那個小鎮的居民著想，我相當希望她會有足夠的判斷力做出抉擇。」

「我想她沒問題的。」

「要是她用電子郵件把相片寄給外界的任何人，例如新聞雜誌或《紐約時報》，那麼你們可能就會發現自己就連想撥接上網都辦不到了。」

「長官，這麼做實在太不——」

「這是上頭的決定，我只是告訴你實話而已。」

巴比嘆口氣。「我會告訴她的。」

「告訴我什麼？」茱莉亞問。

「要是妳嘗試把這些相片用電子信箱寄出去，他們可能就會把鎮上的網路給切掉。」

茱莉亞比了個巴比通常不會跟漂亮的共和黨女士聯想到一塊兒的手勢。他把注意力移回電話上。

「你能告訴我多少訊息？」

「我知道的一切。」寇克斯說。

「謝謝你，長官。」但巴比仍懷疑寇克斯是否真會說出一切。軍隊從來不會說出所有事，不會把所知的一切全盤托出。

「我們把那屏障叫做『穹頂』，」寇克斯說。「但那不是圓形的，至少我們不這麼認為。我們認為那是個容器，邊緣與鎮界的形狀完全一致，我想這點應該沒錯。」

「你知道穹頂的高度嗎？」

「穹頂頂部大約超出四萬七千呎一點。我們不清楚頂部是平坦還是圓形，至少目前還不確定。」

巴比大吃一驚，說不出半句話來。

「至於深度的話……沒人知道。現在我們只能確定超過一百英尺，這是我們目前挖掘的深度。挖掘地點就在卻斯特磨坊鎮的邊界，以及北方的聯合行政區那裡。」

「TR-90聯合行政區。」巴比聽見自己的聲音顯得陰沉而無精打采。

「叫什麼不重要。我們在採砂石的礦坑中往下挖了四十英尺左右，看到的光譜分析圖簡直快把我搞瘋了。兩個地方的變質岩層全都被穹頂切隔開來。雖然岩層沒出現裂口，但可以在分析圖上看見北部有部分岩層已經下降了些許高度。我們調閱了波特蘭觀測站的地震報告，查到了一些東西。在上午十一點四十四分時，那裡發生了一場芮氏規模二點一級的地震，所以那就是事件發生的時間點。」

「太棒了。」他原本想用反諷語氣說出這句話，但由於實在過於驚訝、困惑，結果使這句話聽起來像是出自內心。

「不過這些都還不能完全確定，但可信度還算高。當然，調查才剛開始而已，然而就現在的來看，穹頂的高度似乎可以自由調整，要是高度再上升五英里……」

「你怎麼知道？用雷達？」

「不可能，這東西完全不會顯示在雷達上。除非你一頭撞上，或是十分接近的看，否則完全沒辦法發現它的存在。穹頂出現後的傷亡人數非常少，不過，這東西還是成為了天殺的超強捕鳥器，無論內側或外側都一樣。」

「我知道，我有看見那些鳥屍。」茱莉亞此刻已拍完她所需的相片，於是站在巴比身旁，聽他在說些什麼。「那你們怎麼知道高度的？用雷射？」

「也不是，雷射光會直接穿透穹頂，根本無法計算。我們用的是沒裝彈頭的導彈。今天下午四點，我們從班戈市那裡派了一隊F-15戰鬥機。我還真驚訝你竟然沒聽見戰鬥機的聲音。」

「可能有吧，」巴比說。「只是腦袋被別的事給塞滿了。」例如那架小飛機、紙漿廠卡車、以及在一一七號公路喪生的人們。而那就是所謂傷亡人數很少的其中一部分。

「那些導彈不停反彈回來……直到高度提升到四萬七千呎時，才這麼從上方飛了過去。這話我只對你說，我還真驚訝我們竟然沒有因此犧牲任何一個戰鬥機飛行員。」

「你們有派戰鬥機直接從上空飛過？」

「不到兩個小時前，我們才剛完成這項任務。」

「這到底是誰幹的好事，上校？」

「我們還不知道。」

「是自己人嗎？是某個出了問題的實驗？老天保佑，該不會這整件事都是一場實驗吧？你得告訴我真相，得對整個小鎮的人交代清楚。這些居民全都該死的嚇壞了。」

「我了解，但這事真的與我們無關。」

「你怎麼知道不是？」

寇克斯猶豫片刻。當他再開口時，聲音壓得更低了。「我們部門的消息來源非常可靠。我們有人知道國家安全局那群混蛋掌握的情報，就連中央情報局那裡我們也一清二楚，他們甚至還前所未見地交換了一些情報。」

寇克斯說的有可能是事情真相，但也有可能並非如此。畢竟他也只是個聽命行事的人。要是他在這個寒冷的秋天夜晚裡，被派來這裡與這群沒用的海軍陸戰隊隊員一同站哨，那麼寇克斯肯定同樣會就這麼背對著他站在那裡。他或許不願這麼做，但命令始終是命令。

「這有可能是自然現象嗎？」巴比問。

「會有這種跟人類劃分出來的城鎮邊界完全吻合的自然現象？每個角落跟每個他媽的轉折都完全吻合？你覺得呢？」

「我只是問問而已。穹頂的密度呢？你知道嗎？」

「水可以滲透過去，」寇克斯說。「不過只有一點點。」

「怎麼可能？」雖然他曾與詹德隆親眼目睹河水那古怪的流動情形，知道有些河水的確滲透了穹頂，但還是忍不住這麼問。

「不知道，我們怎麼知道？」寇克斯聽起來像是生氣了。「我們才處理這件事不到十二小時，光是能弄清楚穹頂的高度，就已經開心到互相拍背恭賀了。我們遲早會弄清楚的，只是現在真的不知道。」

「空氣呢？」

「空氣可以滲透的比率高很多。我們在附近的城鎮設立了一個監控站……嗯……」巴比隱約聽見紙張翻動的聲音。「在哈洛鎮那裡。他們做了一種他們稱之為『噴氣測試』的測量，我想應該是測量空氣反彈帶來的空氣壓力變化來確認的吧。總之空氣可以穿過穹頂，而且程度比水高出相當多，只不過科學家說還不到完全流通的地步。這情況會搞亂你那邊的天氣狀況，兄弟，只不過沒人能確定會有多大變化，或是帶來多惡劣的影響。見鬼了，搞不好這會讓卻斯特磨坊鎮的天氣變得像是棕櫚泉一樣。」他發出無力的笑聲。

「那空氣微粒呢？」巴比認為自己知道問題的答案是什麼。

「不行。」寇克斯說。「空氣微粒無法穿透，至少我們這麼認為。不過你得知道，這種影響是雙向的。要是空氣微粒無法穿透進去，同樣也無法排放出來。這代表車輛排放的廢氣……」

「沒人會開車跑那麼遠。卻斯特磨坊鎮的寬度可能只有四英里。至於對角線的話——」他望向茱莉亞。

「最多七英里。」她說。

寇克斯說：「我們也不認為汽車廢氣會是什麼大問題。但我敢說，鎮上的每戶人家肯定都有具功能良好、價格不菲的燃油鍋爐——在沙烏地阿拉伯那裡，這陣子最流行的汽車保險桿貼紙，上頭就寫著：我們把新英格蘭變溫暖了——而新型燃油鍋爐需要電力來啟動點火器。考慮到家庭開暖爐的季節還沒到，所以你們的汽油儲存量可能不會有問題，但我們不覺得這會對你們有什麼特別幫助。如果這情況持續很久的話，就污染角度來看，對你們倒是件好事。」

「你這麼想？你真應該在零下三十度的時候來這裡看看。要是再加上冷風一吹的話——」他停頓片刻。「這裡還會起風嗎？」

「不知道。」寇克斯說。「明天再問我一次，到時我可能才有辦法告訴你理論上會發生的情況。」

「我們可以燒木頭取暖，」茱莉亞說。「告訴他。」

「夏威小姐說我們可以燒木頭取暖。」

「這點才是你們要小心的部分，芭芭拉隊長——巴比。沒錯，你們有很大量的木柴，而且無需電力就能點燃，還可以一直添加柴火。不過木柴會產生灰燼，產生致癌物質，這才是該死的地方。」

「這裡開暖氣的季節開始的時間是……」巴比看著茱莉亞。

「十一月十五日，」她說。「大概在這前後吧。」

「夏威小姐說是十一月中旬。所以你們有辦法在那之前解決這情況嗎？」

「我只能說我們會拚命嘗試。現在讓我進入這場對話的重點。到目前為止，我們召集了許多科學家，他們一致同意，我們面對的是一個力場——」

「就像《星艦迷航記》。」巴比說。「把我傳送到艦上，史考特㊳。」

「你說什麼？」

「別理我。繼續，長官。」

㊳本句為影集《星艦迷航記》中的經典台詞。

「他們一致同意，這力場不是自然形成。要嘛就是有什麼東西在外側附近造成這種效果，再不然那東西就是以城鎮為中心點，往外發散並製造出這種情況。那些科學家覺得後者的可能性較大。其中一個還說，這情況就跟打開一把雨傘類似。」

「所以你們覺得源頭是在鎮上？」

「我們認為有這個可能。而我們正好有一名受勳軍人在這鎮上——」

是退伍軍人，巴比心想。而在墨西哥灣領取勳章，都還已經是十八個月前的事了。他這才總算察覺，不管他願不願意，自己的役期似乎都被延長了。而這就是所謂「為了人民的安危而延長役期」的情況。

「——他的小隊專門負責在伊拉克找尋蓋達組織的炸彈工廠，找到之後，再將其破壞。」

所以，力場的能量基本上仍出自某種類似發電機的東西。他認為，他與茱莉亞．夏威必須離開這裡，在黑暗中開車趕回鎮上，為了能源事先做好準備。丙烷就是個例子。他意識到，丙烷與燃料電池在卻斯特磨坊鎮中，已成為了全新的貨幣標準。他很清楚，人們一定會燃燒木頭。要是天氣變冷，丙烷也用完了，他們便會燃燒許多木柴。無論硬木、軟木，或是枯葉樹枝全都一樣。接著就會帶來許多他媽的致癌物質。

「啟動這個力場的機器，跟今晚你們那裡每戶人家都開著的發電機並不相同，」寇克斯說。「我們不知道哪種儀器才辦得到這種事，也不知道會是誰有這種辦法。」

「所以政府想得到那台儀器，」巴比說，緊緊握著電話，力道幾乎足以將手機捏碎。「這才是真正的重點，對不對？長官？因為那是個足以改變世界的東西，所以鎮上的人只不過排在第二順位罷了，說穿了，就是可以接受的平民傷亡率。」

「拜託，別想得那麼戲劇化。」寇克斯說。「在這件事情上頭，我們的利害關係是一致的。

要是力場發動機真的在鎮上，那就把它找出來，就跟你以前找炸彈工廠的方式一樣，接著只要把機器關掉，問題就解決了。」

「如果真的在鎮上的話。」

「如果真的在鎮上的話，了解。你會試試看嗎？」

「我還有其他選擇嗎？」

「就我看來是沒有，不過我是個職業軍人。對我們來說，自由意志從來不在選項之內。」

「肯尼，這簡直就是一場他媽的大災難。」

寇克斯過了一會兒才回答。雖然這段時間裡，電話那頭一片沉默（只有微弱的嗡嗡聲，可能代表對話內容全都錄了下來），但巴比幾乎可以聽見他思考的聲音。接著，他開口說：「這倒是真的，不過你還是那個占盡一切便宜的臭婊子。」

巴比無法抑制地笑了起來。

## 3

在回去路上，經過基督聖救世主教堂的漆黑輪廓時，他朝茱莉亞望去。在儀表板的亮光之中，她的表情顯得疲憊而嚴肅。

「我不會要求妳封口，」他說。「但有個部分，我覺得妳應該還是先保守祕密比較好。」

「力場發動機有可能在鎮上，也可能不在鎮上。」她一隻手離開方向盤，往座位後方伸去，撫摸著荷瑞斯的頭，彷彿這麼做能使她感到舒服與安心許多。

「對。」

「因為要是鎮上真有台發動機創造了力場——也就是你那個上校口中的穹頂——那麼就一定

有人在控制那台機器，而且還是鎮上的人。」

「寇克斯沒這麼說，但我肯定他一定這麼想。」

「我會保守這部分的祕密。還有，我也不會用電子郵件傳任何相片出去。」

「好極了。」

「無論如何，那些照片都得先刊登在《民主報》上才行。」茱莉亞繼續撫摸狗。通常有人只用單手開車，總讓巴比感到緊張不安，但今晚不會。畢竟，小婊路與一一九號公路上，只有他們這輛車而已。「另外，我也知道，有時真正對大家有益的事，絕對比一則好故事來得重要，才不會像《紐約時報》那樣呢。」

「說得對。」巴比說。

「要是你找到發動機的話，我就不用常常跑去美食城超市買東西了。我恨透了那裡。」她一臉害怕的模樣。「你覺得美食城明天會營業嗎？」

「我覺得會。當情勢突然改變，人們改變過去習慣的速度總是很慢，接著才能好好面對不同的局勢。」

「我想我最好還是趁星期日採買一下才行。」她思索著說。

「妳去買東西時，記得和蘿絲·敦切爾打個招呼。她可能會帶著忠心耿耿的安森·惠勒一起採買。」他想起自己稍早時給蘿絲的意見，於是笑著說：「什麼都買，尤其是肉。」

「你說什麼？」

「要是妳家裡有台發電機的話——」

「當然有，我就住在報社上頭。不是平房，而是棟還不錯的公寓。而且那台發電機還是免稅品。」她驕傲地說。

「那妳還要記得買肉。肉跟罐頭食品，以及更多的罐頭食品與肉。」

她想了一會兒。鎮中心此刻已在眼前，鎮上的燈光比平常來得少，但仍很多。這樣能維持多久？巴比尋思。接著茱莉亞問：「你那個上校有提供什麼尋找發動機的意見嗎？」

「沒有。」巴比說。「過去我的工作就是負責尋找這些狗屁東西，他很清楚這點。」他停了一下，接著問：「你覺得鎮上有可能有輻射計數器嗎？」

「我知道哪裡有，就在鎮公所的地下室裡。正確的說，算是地下二樓啦。那裡有個輻射塵避難所。」

「妳是在唬我吧？」

她笑了。「我才沒唬你，福爾摩斯。我在三年前做過專題報導，還找彼特．費里曼拍了些相片。在地下室裡，有間大會議室與一個小廚房。而廚房裡有段往下走的階梯，避難室就在那裡。那間避難室還挺大的，是在五〇年代時建造的，也就是那本讓大家覺得人類會把自己炸死的書正紅的時候。」

「《核彈末日》㊴。」

「沒錯，這本書之後，接著又是《嗚呼，巴比倫》㊵。那是個會讓人意志消沉的地方，看見彼特拍的照片，總讓我覺得是什麼世界末日時會用到的地下要塞。那裡有個像廚房的房間，一堆貨架上全擺著罐頭食物，以及六張帆布床。還有一些政府提供的設備，裡頭就包含了輻射計數器。」

㊴On the Beach，經典科幻小說，作者為Nevil Shute，出版於一九五七年，並於一九五九年改編為同名電影。

㊵Alas, Babylon，出版於一九五九年，為Pat Frank所寫的科幻小說。

「那些罐頭食物在過了五十年後肯定還是很美味。」

「其實呢，他們每隔一段時間就會換上新的。在九一一事件後，甚至還加裝了一台小型發電機。如果去看施政報告的話，你就會發現每四年左右，便有一筆避難室的支出經費。以前是三百塊，現在則提高到六百塊。總之，那裡有你要的輻射計數器。」她迅速朝巴比瞥了一眼。「當然啦，詹姆士．雷尼看管著鎮公所每樣東西，從閣樓到避難室，全被他當成自己的私人財產，所以他一定會想知道你為什麼需要那東西。」

「老詹．雷尼不會知道的。」他說。

她毫無疑問地接受了這點。「你要跟我一起去辦公室嗎？我在處理報紙樣張時，你可以看總統發表聲明的轉播。我也不怕告訴你，處理樣張的過程很快，而且市儈得很。只有一則報導，六則本地商店的消費廣告，不含波比百貨店的秋季商品促銷傳單。」

巴比考慮著這項提議。他明天會相當忙碌，除了做菜，還得四處打探消息，用過去的那套開始重操舊業。但換個角度來說，要是他回藥局樓上休息，又真能睡得著嗎？

「好吧。我可能不該告訴妳，不過我還挺擅長處理辦公室那類的工作，而且煮的咖啡很好喝。」

「這位先生，你被錄取了。」她自方向盤上舉起右手，與巴比擊了個掌。

「我可以問你一個問題嗎？保證絕不寫成報導？」

「沒問題。」他說。

「你覺得你能找到那個像科幻小說裡描述的發動器？」

巴比思考著這問題，而她則把車停在《民主報》辦公室樓下的店面前。

「不行，」他最後總算開口。「事情不可能那麼簡單。」

她嘆了口氣，點點頭，接著又握住他的手。「如果你覺得有幫助的話，我會祈禱你成功的。」

「當然，反正也沒什麼害處。」巴比說。

## 4

至穹頂日為止，卻斯特磨坊鎮只有兩座教堂；兩者全是新教教堂（雖然彼此間極為不同）。天主教徒會去莫頓鎮的聖母靜水教堂，而當鎮上數十名猶太人需要心靈慰藉時，則會前往城堡岩的平安所教會。鎮上曾有間唯一神教派教會，但早因疏於管理，而於八〇年代末期關閉。反正，鎮上的人也覺得那地方有點嬉皮式的瘋癲調子。至於那棟建築物，現在則成為了磨坊鎮新書及二手書店。

這兩名卻斯特磨坊鎮的牧師，今晚正處於老詹．雷尼常說的「虔誠忠貞」的狀態中。但他們對上帝所說的話、心理狀況、祈禱的事，卻有極大不同。

派珀．利比是簡稱為剛果教堂的第一公理會教堂中負責講道的牧師。雖然她早已不再相信上帝，但當然不曾與教友們提過這事。另一方面，萊斯特．柯金斯則對上帝深信不疑到可以殉教的瘋狂地步（殉教與瘋狂或許是同一件事吧）。

牧師利比身上仍穿著週六烤肉時的衣服——但還是很漂亮。雖說她已四十五歲，但在他們兩人之中還是更漂亮的那個——正跪在祭壇前，周圍幾乎沒有任何光線（剛果教堂沒有發電機）。她那隻叫做苜蓿的德國牧羊犬就趴在她身後，鼻子放在爪子上，雙眼半睜。

「祢好啊，『不存在』。」派珀說。「不存在」是她這陣子私下稱呼上帝的方式。在秋天剛開始時，她的稱呼是「或許很偉大」，而在整個夏季裡，則是「或許很萬能」。她喜歡現在這個稱呼，聽起來還挺不錯的。「祢也知道我們這裡發生的事——祢一定知道，我說過夠多遍了——不過這不是今晚我要找祢談的事情。說不定，這對祢來說也是種解脫吧。」

她嘆口氣。

「我們這裡簡直就一團混亂，我的朋友。我希望祢能了解這點，因為我自己肯定辦不到。不過呢，我們都知道這地方明天一定會人滿為患，希望能夠得到來自天堂的救贖，消弭這場災難。」

教堂裡一片寂靜，就連外面也是。就跟老電影裡常見的台詞「太安靜了」一樣。她曾經在磨坊鎮裡遇過這麼寂靜的週末夜晚嗎？外頭沒有車聲，也沒有北斗星酒吧那些在週末表演的樂團的低音貝斯聲傳來（那些樂團總號稱自己是從波士頓趕來的）。

「我不會要求祢證明給我看，因為我已經不相信祢會有所回應了。不過呢，祢還是有可能會在這裡聽我說話——只是可能而已，我很高興的承認這點——所以我求祢，可以讓我對大家說出有實質幫助的話。不是那些跟天堂有關的事情而是對地球上的這裡有幫助的事。因為……」她發現自己哭了，但卻完全不驚訝。她現在時常放聲痛哭，不過總是在私人時間才會這樣。新英格蘭人對於牧師與政府官員在公開場合落淚一事，總是十分反感。

苜蓿感受到她的哀傷，因而發出低鳴。派珀叫牠安靜，接著又回頭面對祭壇。她時常覺得面前的十字架，看起來就像是宗教版本的雪佛蘭汽車的十字標誌，不過就是個毫無道理的商標，一切只因為一百年前，有個人在巴黎旅館裡的壁紙上看到這個標誌，覺得喜歡，於是就這麼用了。要是你看見這個標誌，能從中感受到神性的話，那你可能不過是個瘋子罷了。

但無論如何，她還是忍了下來。

「因為，我相信祢一定很清楚，地球是我們僅有，也應該努力保護的地方。我想幫助我的教友。這是我的工作，而且我還是希望自己能這麼做。假如祢真的在這裡，那請祢眷顧我們——我承認，這個假設實在毫無根據——也求祢能幫我一把。阿門。」

她站起身，雖說沒帶手電筒，但猜想自己不難找到走出教堂的路，而且也絕不會撞傷小腿。她熟悉這裡的環境，也知道哪裡會有障礙物。她深愛這個地方，也沒騙自己說自己並未失去信仰，但就算如此，她始終深愛這座教堂的事，仍是無庸置疑的事實。

「來呀，苜蓿，」她說。「總統再半小時就要發表談話了，他可是另一個偉大的『不存在』呢。我們可以在車上聽電台轉播。」

苜蓿平靜地跟在後頭，毫無一絲信仰危機。

## 5

小婊路這邊（這條路總是被聖救世主教堂的信眾們稱為三號公路）的情況，相比之下顯然動態許多，而且還有著明亮的電燈光芒照耀。萊斯特．科金斯的禮拜堂擁有一台嶄新的發電機，標籤甚至還沒撕掉，就貼在亮橘色的機身上。這台發電機擁有屬於自己的棚子，棚子外頭還漆成橘色，位於教堂後方的穀倉旁。

萊斯特是名五十歲的男人，身體狀況保持得非常好——出自遺傳與十分賣力地小心照顧自己那虔誠的身體——他看起來不超過三十五歲（他非常謹慎地選用男性專用保養品來幫忙）。今晚，他只穿著一件右腿上印有「奧洛．羅伯茲大學金鷹隊」字樣的運動短褲，幾乎全身上下的肌肉都硬挺著。

在他的工作時間裡（每週五天），萊斯特總是以電視布道節目裡的那種狂喜語調來布道，聽起來就像是嗑藥過度的人，以拉長音的方式呼喊這位大人物的名字。不是上帝，而是上－昂－昂

—昂—帝！而在私下，他有時也會不自覺地以這種語調來祈禱。然而，當他深陷苦惱，需要曾導引過與他同樣深陷水深火熱中的摩西與亞伯拉罕的上帝來指引道路時，萊斯特也總會維持低吼語氣，直至結束祈禱的那一刻為止，聽起來就像隻正準備要攻擊入侵者的狗。由於在他這一生中，從未有人聽過他祈禱之故，所以他未曾發覺過這點。派珀·利比在三年前的一場意外裡，失去了丈夫與兩名年幼的兒子，因而成為寡婦；至於萊斯特·科金斯則因為在青少年時期，由於時常夢見自己手淫，抬頭卻見到聖母瑪利亞站在臥室門口的同一場惡夢，進而終身未娶。

這座教堂以昂貴的紅楓木打造而成，有著一台幾乎全新的發電機，但裡頭也有樸實無華的地方。在萊斯特赤裸的背部後方，有張三個座位一組的教堂長椅，就位於天花板的橫梁正下方。他的前方是講壇，講壇上只有一張放了本聖經的講經台，以及掛在紫紅色布幕上的巨大紅木十字架。唱詩班的站台位於講台右方，至於樂器——包括萊斯特自己有時會彈的那把電吉他——則集中放在角落。

「上帝，請聆聽我的禱告，」萊斯特以他那「我可是很認真在禱告」的聲音大聲說。他以單手握著一條重量不輕的繩索，上頭打有十二個繩結，每個繩結都代表了一個門徒。而第九個代表猶大的繩結，則被塗成黑色。「上帝請聆聽我的禱告，我以被釘上十字架後復活的耶穌之名虔誠發問。」

他開始用繩子鞭打自己的背部，先是左肩後方，接著換成右邊，手臂不斷使勁舉起，動作十分流暢。他那壯碩到難以忽視的二頭肌與三角肌開始冒出汗珠。當打有繩結的繩索打到他早已傷痕累累的皮膚上時，發出了如同拍打地毯所會發出的聲響。他以前曾這麼做過許多次，但從來沒那麼使勁過。

「上帝請聆聽我的禱告！上帝請聆聽我的禱告！上帝請聆聽我的禱告！上帝請聆聽我的禱告！」

啪、啪、啪、啪。就像火吻般刺痛，以及被蕁麻科植物刺傷一樣。痛楚沿著人類可悲的大小神經網絡蔓延開來，每一下都驚人疼痛，也讓他感到驚人的滿足。

「主啊，我們在這個小鎮裡犯下了罪行，而我更是這群罪人中罪孽最深的一個。我聽了老詹・雷尼的話，並且相信了他的謊言。是的，我錯信了他，而這就是我該付出的代價，一如過往一樣。這並非只是為了這項罪行贖罪，而是連同其他人的罪行一起。祢並不輕易發怒，但當祢發怒時，祢的怒火就像是風暴席捲麥田而來，並非只是將麥桿吹彎或留下傷痕，而是將一切都連根拔起。我播下了這場風暴的種子，也該受到這場風暴的報應，不只為了這項罪行，更是為了其他許多罪行。」

在磨坊鎮上還有其他罪衍，以及其他的罪人們──他知道這點，也沒天真到那種地步。那些人口出穢言、跳舞狂歡、做愛取樂，以及吸毒等等，他知道的事情可多了──他們無疑該受到懲罰，被鞭打一頓。但每個城鎮都一樣，這是真的。然而，這卻是世上唯一一個受到上帝那駭人懲罰的小鎮。

難道……難道……這詭異的詛咒並非由於他的罪行而降下？對，是有可能，但機率不大。

「主啊，我得知道該怎麼做才好。我正站在十字路口。如果祢要我明天早上站在講壇上，向大家懺悔那些我與他們一同犯下的罪，以及我自己所犯下的罪，那麼我會照做的。不過，這也代表了我的牧師生涯會就此結束，所以我很難相信在這樣的關鍵時刻，祢會希望我這麼做。如果祢真想如此，我也應該等待一段時間……看看接下來會發生什麼事……於一面等待的同時，帶領我的羊群們一同禱告，減輕他們身上的重擔……然後才向大家懺悔。只要是祢的旨意，主啊，就必定能夠達成，永遠都是如此。」

他停止鞭打自己（他可以感到一陣暖流自赤裸背部徐徐流下，有幾個繩結已變成了紅色），抬起布滿淚痕的臉孔，望向以橫梁支撐著的屋頂。

「因為這些迷途羔羊需要我，上帝。祢清楚的，他們比以往更需要我。所以……如果讓我遠離祢是祢的旨意的話……就請給我一個徵兆吧。」

他等待著。看啊，上帝對萊斯特．科金斯開口了。「我會給你一個徵兆。雖然你小時候曾做過骯髒的夢，但還是可以翻開聖經。」

「就是這一分，」萊斯特說。「就是這一秒！」

他把打有繩結的繩索掛在頸上，讓血跡就這麼印在胸口與肩膀上頭，隨即登上講壇，使更多鮮血沿著脊椎凹陷處流下，濡溼了身上那件短褲的鬆緊腰帶。

他如同要講道般地站在講壇上（就算在最可怕的惡夢裡，他也沒夢見過自己會近乎赤裸地講道），闔著的聖經就放在講經台上頭。他閉上雙眼。「主啊，一切將如祢的旨意——以被釘在十字架上，為祢帶來榮耀的聖子之名起誓。」

上帝開口了。「打開我的話語，讀出那些你看見的東西。」

萊斯特遵從指示（但翻開時，卻小心翼翼地避過這本大聖經較為中間的頁數——畢竟這是本舊約聖經）。他用手指插入某個他不知道的頁面，然後睜開雙眼，彎腰去讀。那是〈申命記〉第二章的第二十八節㊶。他讀了出來：

「耶和華必用癲狂、眼瞎、心驚攻擊你。」

心驚這部分可能還好，但就整段話來看，實在不是什麼值得鼓舞的事，也不太容易理解。接著上帝再度開口：「別停在這裡，萊斯特。」

他又讀了第二十九節。

「你必在午間摸索——」

「對，主啊，就是這樣。」他用氣音說道，又繼續讀著。

「好像瞎子在暗中摸索一樣。你所行的必不亨通、時常遭遇欺壓、搶奪、無人搭救。」

「我的眼睛會受傷瞎掉？」萊斯特問，他那祈禱專用的聲音變高了些。「噢，上帝，請別這麼做——當然，如果這是祢的——」

上帝再度對他開口。「你今天起床時是從比較笨的那邊下床的嗎？」

他雙目圓睜。那是上帝的聲音沒錯，但卻是他母親常掛在嘴邊的話。這是個真正的奇蹟。

「不是，主啊，不是。」

「那就再看一次。我揭示了什麼給你？」

「一些與瘋狂有關的事，還有失明。」

「難道你只看得見這兩件事？」

萊斯特又看了一遍經文，但他只不斷注意著「眼瞎」這兩個字。

「這是……上帝，這是給我的徵兆？」

上帝回答：「對，就是如此，但這不是說你會瞎掉；從現在開始，你的雙眼會看得更清楚。這是在告訴你有個人盲目到瘋狂的地步。當你看到他時，你必須告訴你的信徒，雷尼在這裡到底做了些什麼，還有你與這件事的關係。你必須把一切都說出來。我們之後可以再討論這件事，但現在，萊斯特，上床去吧。你的血都滴到地板上去了。」

萊斯特照做了，但在此之前，他還是先清理了講壇硬木地板上的小片血漬。他用膝蓋抹去血跡，清理時並未再次祈禱，只在心中默念經文。他覺得好多了。

㊶此處應為〈申命記〉第二十八章的第二十八節才對，不知道是否為作者筆誤。

在短時間內，他只會大概提及那道未知屏障之所以會使這個小鎮與世隔絕，與大家的罪行有關；但他還是會持續找尋徵兆，找尋那個因盲目而導致瘋狂的男人或女人。對，這就是真理。

## 6

布蘭達．帕金斯會聽ＷＣＩＫ電台，是因為她的丈夫喜歡（曾經喜歡），但她從未踏入過聖救世主教堂一步。她是剛果教堂的支持者，而且確定她的丈夫與她一樣。

但一切都過去了。霍霍會再度待在剛果教堂，什麼也不知道地躺在裡面，而派珀．利比則在一旁念著她的追悼詞。

這個認知來得如此顯著，絲毫無法改變，就這麼席捲了整個屋內。自從她接到這個消息後，布蘭達首度放任自己大聲哀號。或許是因為她現在總算能這麼做了吧。現在她只剩自己一個了。

電視上，面色凝重，看起來驚人蒼老的總統說：「我的美國同胞們，你們都想知道答案是什麼。我在此保證，當我們得知原因後，就會儘快告訴你們。關於這個事件，我們不會採取任何保密措施。我得到的資訊，就是你們會得到的資訊。我在此慎重保證——」

「是啊，少在那裡搞詐欺了。」布蘭達說。由於這句話是霍霍常掛在嘴邊的話，所以害她哭得更厲害了。她關上電視，把遙控器扔在地上。她想一腳踩爛遙控器，但卻沒這麼做。之所以這樣，是因為她彷彿能看見霍霍搖著頭，叫她別幹出這種傻事。

她走進他的小書房想摸摸他，彷彿就像不久之前，他還待在書房裡一樣。她非得摸摸他不可。外頭，發電機的運作聲響傳來。肯定是隻大蚊子，霍霍總會這麼說。霍霍在九一一事件後買下了這台發電機，當時她曾因價錢昂貴而大動肝火（總得以防萬一才行，他這麼告訴她），但她如今十分後悔當時罵出口的每一個字。在黑暗中，少了他的陪伴只會更加恐怖，也更讓人感到寂寞。

書桌上放著他那台電源仍開著的筆記型電腦，除此之外空無一物。他設定的螢幕保護程式是很久前的少棒賽照片，每張都是霍霍與奇普的合照。當時奇普大約十一、二歲，身穿綠色的桑德斯家鄉藥王隊隊服。那些照片全是霍霍與生鏽克・艾佛瑞特在桑德斯隊打入州決賽那年拍的。奇普環抱著父親，布蘭達則用雙臂擁著他們兩個。那是個美好的一天，但卻如同玻璃高腳杯般易碎。要是當時早知道會發生這些事，她怎麼可能只會輕輕地擁抱他們？

在照片中，她沒被奇普擁抱到，而這個念頭——如果她還有辦法思考的話——讓她完全崩潰，跪在丈夫的書桌旁不斷抽泣。她並未抱著雙臂，而是合起雙掌。當她還是個孩子時，總會穿著法蘭絨睡衣，跪在床邊念出祈禱文：願上帝保佑母親、保佑父親，還有保佑我那隻還沒取名字的金魚。

「上帝啊，我是布蘭達。我沒指望祢讓他回來……好吧，我希望如此，但我知道祢不能這麼做。所以我只求祢賜我足以承受這一切的力量，好嗎？如果可以的話……我不知道這算不算褻瀆，也許是吧，但我還是希望祢能讓我再跟他講講話，也許還能讓他再碰碰我，就像今天早上一樣。」

一思及此——在陽光下，他的手指輕撫過她的肌膚——她哭得更厲害了。

「我知道祢不跟鬼魂打交道——當然聖人的例外——但或許祢能在夢中實現我的心願？我知道這麼要求太過分了，但……噢，上帝，今天晚上，我的心破了個大洞。我不知道一個人竟然可以這麼傷痕累累，讓我害怕自己會這麼一蹶不振。如果祢願意幫我完成心願，我一定會回報祢的，不管祢要我做什麼都行。求求祢，上帝，只要輕輕的一個撫摸就好了，或是一個字也行，就算是夢裡也好。」她涕淚縱橫地深吸一口氣。「謝謝祢，當然，一切仍是謹遵祢的旨意，無論我喜歡與否。」她虛弱地笑了一下。「阿門。」

她睜開雙眼，扶著書桌起身，一隻手輕觸到電腦，螢幕隨即亮起。他老是忘記關機，但至少總插著電源，所以電池的電力始終是滿的。他的電腦桌面遠比她的整齊許多。她的電腦桌面總是凌亂地放著一堆下載的東西，以及作為備忘錄用的文字檔。至於霍依的桌面上，總是有三個俐落簡潔的資料夾圖示，寫有「處理中」的資料夾，放著他正在調查中的一些報告與資料；寫有「法庭」的，則是他保存某些人（包括他自己在內）的證物、地點、犯案動機等上法庭作證時所用的資料清單。第三個資料夾的名稱是「莫蘭街牧師住宅」，他把所有的東西都保存在裡面。要是她打開這個資料夾，可能會找到一些關於她得知道的發電機資料，好使她能讓發電機盡可能地繼續運作。警局的亨利．莫里森可能很樂意幫她更換作為燃料用的丙烷，但要是沒備用的該怎麼辦？要是真的如此，她得在賣完前，到波比百貨店或加油站商店購買才行。

她把指尖放到滑鼠墊上，接著停下動作。螢幕上有第四個資料夾，就藏在左邊底部的角落。在此之前，她從沒看過這個資料夾。布蘭達嘗試回憶她最後一次看見這台電腦的桌面時的景象，但卻想不起來。

那個資料夾的檔名是：維達。

嗯，這鎮上只有一個人會被霍霍取上「維達」這個名字，就是達斯．老詹．雷尼㊷。

出於好奇之故，她把游標移至那個資料夾上，快速點擊兩下，想知道這資料夾是否設定了保護密碼。

的確有。她試著輸入「處理中」資料夾的密碼「野貓」（至於「法庭」資料夾，他則沒有費心以密碼加鎖），結果一試見效。在資料夾中有兩個文件檔，一個檔名是「進行中的調查」，另一個則是名為「緬因州總檢察長信件」的PDF檔。她點開檔案。

布蘭達快速掃視那封總檢察長的信件，感到驚訝不已，就連淚水也停了下來。她第一眼看見的是稱謂的部分。上頭寫的不是「親愛的帕金斯警長」，而是「親愛的公爵」。

雖然這封信的措詞以公文方式寫成，而非霍霍平常說話的方式，但其中有好幾個詞就像被標記為粗體字般，在她的眼前呼之欲出。首先是「侵占鎮屬動產與公共設施」，再來是「桑德斯公共事務委員似乎牽連其中」，然後則是「此項瀆職行為比我們三個月前推測的更為廣泛深遠」。

在接近尾聲處，有段話感覺不只像是粗體字，而是全都用大寫字母寫成的：「生產及銷售非法毒品」。

這封信似乎回應了她的禱告，只是用的是一個她完全意想不到的方式。布蘭達坐進霍霍的椅子，打開「維達」資料夾中的「進行中的調查」文件檔，讓她過世的丈夫開始與她交談。

## 7

總統那場發表於凌晨十二點二十一分的發言，內容大多只是安慰之詞，並未提供多少訊息。生鏽克．艾佛瑞特在位於醫院三樓的休息室裡看完了總統發言，最後再檢查一遍圖表資料後，這才動身回家。在他的行醫生涯裡，比今天下班時還累的情況不算少數，但過去卻從未有過比起今天更加沮喪，或對未來如此憂心忡忡的經驗。

屋子裡一片漆黑。去年他曾與琳達討論要買台發電機（前年也是），因為每年冬天時，卻斯特磨坊鎮總是會停電個四、五天，就連夏天也會停電兩次左右；西緬因電力公司的服務品質絕對稱不上是最可靠的那種。他們的收入不足以買得起發電機。要是琳達轉為全職警員的話或許可

㊷此處的達斯與維達，出自電影《星際大戰》中的知名壞人角色Darth Vader。

以，但由於女兒們年紀還小，所以他們並不打算這麼做。

至少，我們有個不賴的壁爐與不少木柴，還是能派上用場。

車上的置物抽屜裡有個手電筒，但他打開電源後，手電筒不過才發出五秒鐘的微弱光芒，隨後便立即熄滅。生鏽克罵了句髒話，喃喃自語地提醒自己明天得去買新的電池——就現在這個時間來說，算是今天晚一點才對，而且還得假設商店有開才行。

都在這裡住了十二年，要是還找不到路，那我就跟猴子沒兩樣了。

呃，是啊。他今晚的確覺得自己有點像猴子——一隻才剛被捉到、被丟進動物園籠子裡的猴子。他聞起來一定就像猴子一樣，也許睡前還得沖個澡——

別指望了。沒電就沒得沖澡。

今晚天氣十分晴朗，雖然看不見月亮，但屋子上空卻有無數星星，看起來就與過往相同。或許屏障並未擋住正上方。總統沒提及這件事，所以負責調查的人可能也不知道這點。要是磨坊鎮只有周圍被封鎖，而非被一個古怪的鐘型屏障所包圍，那麼事情或許還好處理。政府可以空投物資。要是這個國家可以花數百億來援助企業，當然也能負擔得起用降落傘空投一些夾心餡餅與發電機所需的經費。

他步上門廊前的階梯，取出家門鑰匙，但才走到門口，便看見有東西掛在門鎖上。他瞇著眼，彎腰湊近了些，隨即露出微笑。那是琳達在波比百貨店夏末特賣會上花了五塊六買的小型手電筒。當初他還覺得這是筆無謂的開銷，甚至還記得當時的想法：女人在特賣會上買東西的原因，就跟男人去爬山一樣——只因為他們正好人在現場。

手電筒的金屬柱身底部有個小鑰匙環，他的一條舊網球鞋鞋帶穿過鑰匙圈，上頭捆了張紙條。他把紙條取下，打開手電筒觀看。

哈囉，甜心。希望你沒事。兩個女兒總算願意上床睡覺了。她們兩個都很緊張，但最後還是沒事了。彼得·蘭道夫說（他成了我們的新警長——真噁心）我明天得值一整天的班。我說的是一整天，從早上七點到晚上七點喔。瑪塔·愛德蒙說她會幫忙照顧女兒們，願上帝保佑她。盡量別吵醒我（雖然我可能還沒睡著）。我怕會有段苦日子得熬，但我們肯定能克服難關，感謝上帝，我們就知足常樂吧。

親愛的，我知道你一定很累，但你可以帶奧黛莉出去蹓蹓嗎？她一直奇怪的嗚嗚叫，會不會是她知道有什麼事要發生了？別人都說狗可以感受得到地震，所以搞不好……？

茱蒂與賈奈兒說她們都好愛爹地，我也是。

我們明天再找時間談談，好嗎？聊聊天，還有評估一下現在的狀況。

我有點害怕。

琳達

他也感到害怕。他妻子明天得工作十二個小時，而他得工作十六小時，甚至時間更長也不奇怪。茱蒂與賈奈兒肯定被嚇壞了，卻還得整天交給瑪塔照顧，就連這點也不讓人意外。但得在將近凌晨一點時，帶他們家的黃金獵犬去外頭蹓蹓，的確讓他感到古怪不已。他認為她的確有可能感受到了屏障的出現，清楚狗對於許多即將發生的事會有所感應，而不僅限於地震而已。如果只是這樣，他與琳達用「嗚嗚叫」來形容的行為應該早就停止了，不是嗎？他今晚回家的路上，鎮上的其他狗就如同死般沉寂，沒有吠吼，也沒有嚎叫，他也沒聽見其他狗發出那種「嗚嗚叫」的聲音。

或許她已經在火爐旁的狗床上睡著了。他一面打開廚房門，一面這麼想著。

奧黛莉並未睡著。她只靠近了他一下，動作不是平常那種歡欣鼓舞的跑跳——你回來了！你回來了！噢，感謝上帝，你回來了！——而是小心翼翼，幾乎像是想逃走一樣的夾著尾巴，彷彿覺得自己會被痛毆一頓（她從來沒被這樣對待過），而非被拍拍頭似的。是的，她再度發出了「嗚嗚叫」的聲音。事實上，還自從屏障降下後就沒停過。她之前有好幾個星期都沒這麼叫過了。每當生鏽克開始認為她再也不會發出這種聲音時，她便總會故態復萌，聲音有時虛弱無力，有時則十分響亮。今晚就是響亮的那種——也可能只是由於他身處漆黑廚房，僅有電子爐及微波爐上的液晶數字發出光芒之故。琳達每次幫他留下的燈光，總是如此虛弱黯淡。

「別叫了，小妞，」他說。「你會把全家人給吵醒。」

但奧黛莉沒停下來。她用頭輕輕頂著他的膝蓋，在手電筒的光芒下抬頭看他，眼中神色讓他大可舉起右手發誓，其中肯定帶有懇求之意。

「好啦，」他說。「好了，好了，我們出去散步吧。」

她的蹓狗繩就掛在儲藏室門旁的吊鉤上。當他拿下蹓狗繩時（他把鞋帶掛在脖子上，讓手電筒的燈光照在地上。），她突然躍到他身前，比起狗來，動作更像一隻貓。要是沒有手電筒的話，他可能會被她絆倒。這可真是結束這一天最要不得的方式了。

「再一下，一下就好了，別亂動。」

但她卻朝他吠了起來，同時向後退去。

「噓！奧黛莉，噓！」

這噓聲反而又讓她吠了起來，聲音在這棟沉睡的屋子裡顯得驚人響亮。他被嚇得抖了一下。

奧黛莉朝前一衝，用牙齒咬住他的褲管，試圖拉著他朝客廳去。

出自好奇，生鏞克決定讓她帶路。當她發現他跟著移動時，奧黛莉這才張口朝樓梯奔去。她爬上兩級階梯，回頭看看，又吠了起來。

二樓臥室裡的燈光灑在樓梯上。「生鏞克？」是琳達的聲音，聽起來仍迷迷糊糊的。

「對，是我。」他盡量壓低聲音回答。「其實算是奧黛莉才對啦。」

他跟著狗爬上階梯。奧黛莉不像平常那樣大步奔跑，而是不斷停下來回頭確認。對愛狗人士來說，狗的舉止可以表達出清晰明確的意思，而生鏞克現在看到的，則是焦慮的情緒。奧黛莉的雙耳緊貼頭部，依舊夾著尾巴。如果這也是「嗚嗚叫」的一種表現方式，那麼這肯定被提升到了一個全新等級。生鏞克突然想到，該不會有小偷闖進屋裡了吧？廚房的門是鎖上的，只有琳達與孩子們在家時，琳達總會記得把所有的門全鎖上，但——

琳達一面走到樓梯口，一面綁好白色的毛料浴袍腰帶。奧黛莉看見她後，又開始吠了起來，而且還是那種「別擋住路」的叫聲。

「奧黛莉，別叫了！」她說。但奧黛莉從她身邊奔過，撞到了琳達的右腿，力道重到讓她的背部撞在牆上。接著，這頭黃金獵犬又跑到樓下客廳，朝女孩們依舊一片寂靜的房間奔去。

琳達從浴袍口袋裡撈出她自己的小型手電筒。「我的天啊——」

「我想妳最好先回房裡。」生鏞克說。

「我會才怪！」她在他之前便奔至客廳，手電筒的小光圈不斷閃爍跳動。

兩個女孩分別是七歲與五歲，最近剛進入一個琳達稱之為「女性開始注重隱私」的階段。奧黛莉奔至門前，站起身，開始用前腳抓起門來。

琳達打開房門後，奧黛莉隨即躍入房內，而生鏞克也同時趕上。他們兩人甚至沒朝茱蒂的床看上一眼。反正那個五歲的小女孩總是睡得很熟。

賈奈兒沒有睡，但也沒完全清醒。當兩道手電筒的光芒集中在她身上時，生鏞克這才想通一切，暗罵自己沒早點察覺是怎麼一回事。事情肯定從八月，甚至早從七月就開始了。因為奧黛莉早在那時便顯露了「嗚嗚叫」的跡象，一切早就有跡可循，只不過當真相就在眼前時，他卻視而不見。

賈奈兒的雙眼睜著，但卻只看得見眼白，雖然並未抽搐——感謝上帝——但卻全身顫抖。她的腳可能在病狀發作時，把被子踢到了地上。在兩道手電筒的光芒下，他能看見她睡褲上溼了一塊。她的指尖不斷上下擺動，就像是放鬆地彈著鋼琴。

奧黛莉坐在床上，抬頭望著小主人，把注意力全放在她身上。

「她怎麼了？」琳達尖叫。

在另一張床上，茱蒂醒了過來，開口說：「媽媽？天亮了嗎？我錯過校車了嗎？」

「她的病發作了。」生鏞克說。

「那快救救她啊！」琳達哭了出來。「快做點什麼啊！她會死嗎？」

「不會的。」生鏞克說。他的大腦仍有一部分能夠保持冷靜，知道這狀況幾乎可以肯定不過是輕度癲癇罷了——有不少人有這種症狀，或說大家都知道有這種疾病，但這病一旦發生在你家人身上，感覺可截然不同。

茱蒂坐直身子，床上到處都是絨毛娃娃。她的雙目圓睜，一臉驚恐，就連琳達把她從兒童床上抱起，緊緊擁在懷中，也沒能為她帶來多少安慰。

「讓她停下來！快讓她停下來，生鏞克！」

如果是輕度癲癇的話，症狀會自己停止。

老天保佑，讓症狀自己停止吧。他想。

他把雙掌放在賈奈兒顫抖的頭部兩側輕敲，試著把她的下巴往上抬，確保氣管保持暢通。剛開始他沒能成功——該死的記憶枕讓他無法如願。他把枕頭丟到地上，掉下去前還砸到了奧黛莉，但她沒有畏縮，只是全心全意地凝視著小主人。

生鏞克可以微微勾起賈奈兒的後腦杓了。他聽得見她的呼吸聲，聽起來並不急促，也沒喘不過氣的跡象。

「媽咪，姊姊怎麼了？」茱蒂問，開始哭了起來。「她發瘋了嗎？還是生病了？」

「她沒有發瘋，只是有點不舒服而已。」生鏞克發現自己的語氣竟然如此冷靜，因而大感驚訝。

「妳要不要讓媽咪帶妳去我們的——」

「不要！」她們一同哭喊，形成了完美的二部合音。

「好吧，」他說。「但妳得安靜點。當她醒過來時，別嚇著了她，因為她已經夠害怕了。」

「有點害怕。」他修改用詞。「奧黛莉，好孩子，妳真是個棒到不行的孩子。」

這種讚美通常會讓奧黛莉開心不已，但今晚卻沒有。她甚至連尾巴也沒搖一下。突然間，這頭黃金獵犬發出一聲低嗚，趴了下來，把鼻子放在一隻前爪上。幾秒後，賈奈兒停止顫抖，雙眼依舊緊閉。

「我真該死。」生鏞克說。

「怎麼了？」琳達此刻已坐在茱蒂的床邊，而茱蒂就坐在她膝上。「怎麼了？」

「結束了。」生鏞克說。

還沒。還沒完全結束。當賈奈兒再度睜開眼時，一切像是又恢復了正常，然而，賈奈兒卻沒看見他。

「南瓜王！」賈奈兒哭著說。「都是南瓜王的錯！快阻止南瓜王！」

生鏽克溫柔地搖了搖她。「只是場夢，賈奈兒。我猜八成是場惡夢。但已經結束了，妳沒事了。」

雖然她的雙眼轉動了一下，而他也知道她現在可以看得見他，也聽得到他說的話，但有那麼一瞬間，她卻仍未完全醒來。「我不要過萬聖節了，爹地！快讓萬聖節消失！」

「好，甜心，我會的。不過萬聖節了，不過了。」

她眨了眨眼，抬起一隻手撥開前額那被汗濡溼的頭髮。「啊？為什麼？我還要扮成莉亞公主㊸耶！我做錯了什麼嗎？」她哭了起來。

琳達靠了過來，至於茱蒂則急忙躲到她身後，抓著母親的浴袍下襬。她把賈奈兒擁入懷中。「妳還是可以扮成莉亞公主，我的小甜心，我保證。」

賈奈兒看著父母，滿臉困惑不解，開始感到害怕。「你們怎麼會在這裡？她為什麼起床了？」她指向茱蒂。

「妳尿床了。」茱蒂得意地說。當賈奈兒察覺這點時，開始更大聲地哭了起來。生鏽克真想好好地打一下茱蒂的屁股。他平常是個開明理性的家長（尤其與他在健康中心偶爾看見那些手臂骨折或黑眼圈的孩子們的家長相比），但今晚可不同以往。

「沒關係，」生鏽克說，把賈奈兒抱得更緊了些。「這不是妳的錯。妳只是出了點小毛病，不過現在都過去了。」

「要送她去醫院嗎？」琳達問。

「只需要去趟健康中心就好了，不過用不著今晚，明早再去就行了。我會幫她安排適當的藥物。」

「我不要打針！」賈奈兒尖叫，開始比先前哭得更為厲害。生鏽克愛死了這哭聲。這代表了健康與強壯。

「不用打針，甜心。只要吃藥就好。」

「你確定？」琳達問。

生鏞克看著自家的狗，此刻她已把鼻子放在前爪上，安安穩穩地趴著，完全忘卻了這場戲劇性十足的事件。

「奧黛莉很確定。」他說。「不過她今晚最好還是留在這裡陪孩子們睡覺會好一點。」

「耶！」茱蒂大喊。她跪倒在地，給了奧黛莉一個大大的擁抱。

生鏞克用一隻手摟著妻子。她將頭靠在他肩上，像是頸子厭倦了得撐著頭部這件事。

「為什麼是現在？」她說。「為什麼會發生在這種時候？」

「不知道。但我們得慶幸不過只是輕度癲癇罷了。」

也正因如此，他的祈禱得到了回應。

㊸Princess Leia，電影《星際大戰》中的角色。

癲狂、眼瞎、
心驚

# 1

稻草人小喬並未早睡早起，事實上，他還整晚沒睡。

他的名字是喬瑟夫．麥克萊奇，十三歲，又被稱為駭客大王與骷髏王[44]，住在十九號工廠街。他身高六呎二吋，體重一百五十磅，的確跟具骷髏沒兩樣。他是個貨真價實的聰明人。小喬之所以還在念八年級，只是因為父母堅決反對讓他跳級而已。

小喬不介意。畢竟他的朋友（以一個骨瘦如柴的十三歲天才而言，他的朋友驚人的多）都在念八年級。再說，功課很簡單，還有許多電腦能讓他打發時間；在緬因州，每個初中生都有台電腦。當然，有些比較好玩的網站都被封鎖了，不過小喬通常不消多久便能克服問題。他相當樂意與哥兒們分享資訊，而其中兩個，正是一無所懼的滑板玩家諾莉．卡弗特與班尼．德瑞克（班尼最喜歡在念書時瀏覽一個名為「白內褲金髮女郎」的網站）。毫無疑問，這些資訊分享得以解釋小喬為何會如此受大家歡迎，但原因不只如此。他的背包貼滿了許多寫著「反抗權威」的標語貼紙，讓其他孩子認為他是個酷傢伙，這才是比較能解釋他之所以受到歡迎的真正原因。

小喬是個資優生，也是個值得信賴的人，有時還是初中籃球隊裡最搶眼的中心人物（就像大學代表隊的選手與七年級生比賽一樣），以及一名足智多謀的優秀足球選手。他還會彈鋼琴，兩年前曾以葛蕾．威爾森[45]〈保守女人〉那首詼諧慵懶的曲子，作為跳舞背景音樂，贏得一年一度的鎮立聖誕節才藝比賽第二名，使出席的成年人紛紛鼓掌叫好、開懷大笑。鎮立圖書館館長梅麗莎．傑米森表示，只要他想的話，簡直可以靠此為生。不過長大後變成像拿破崙．炸藥[46]那種人，可不是小喬的人生目標。

「一定是內定的。」山姆．麥克萊奇說，對他兒子那塊亞軍獎章感到耿耿於懷。他說得或許沒錯。那年的冠軍是道奇．敦切爾，也是三席公共事務委員的弟弟。抽筋敦表演的是拋六支瓶子的雜耍，同時還一面唱著老歌〈月河〉。

小喬不在乎比賽是否內定。他對跳舞沒了興趣，就像其餘的大多數事情一樣。只要他掌握了一定的程度後，便會對那些事失去興趣。縱使他深愛籃球，五年級時，還一度認為這會是他永遠的喜好，最終也仍是失去了興趣。

唯一讓他熱情永不削減的，似乎只有網路這個充滿無限可能的電子宇宙。他真正的志願是當美國總統，而他甚至從未告訴父母。或許，他有時會這麼想。我可以在就職典禮上，來個拿破崙．炸藥那招。這爛招肯定可以讓我在YouTube上永垂不朽。

穹頂日當晚，小喬徹夜未眠的上網。麥克萊奇家沒有發電機，但他的筆記型電腦卻電力滿滿，隨時整裝待發。除此之外，他還有六個備用電池，更曾力勸他那個非正式的電腦俱樂部裡的七、八名成員說，手邊隨時要有備用電池，好讓他在真有需要時，知道哪裡有更多備用電池可用。就算他們沒有，學校也有台超屌的發電機。他覺得自己可以利用那台發電機充電，同時不會受到任何阻礙。就算磨坊鎮初中被封鎖，校警歐納特先生也會毫不遲疑地幫他接上電源。歐納特先生也是「白內褲金髮女郎」的支持者，更別說，稻草人小喬還曾教過他如何免費下載鄉村音樂。

小喬在第一天晚上，幾乎不曾讓自己的Wi-Fi網路休息過，焦急地看著一個又一個的部落

㊹Skeietor，為美國卡通《太空超人》（He-man）中的壞人角色。
㊺Gretchen Wilson，美國鄉村歌手，二〇〇三年的〈保守女人〉（Redneck Woman）為其首張單曲。
㊻Napoleon Dynamite，為二〇〇四年的美國喜劇片，其主角名即為拿破崙．炸藥，是名沒什麼朋友，總被同學欺負但仍自得其樂的高中生。劇中高潮戲即為主角在學生會長的政見發表會上，於全校面前跳舞。

格，如同熱鍋上的螞蟻。每個部落格的內容都比上一個還可怕。那些內容沒有多少真實情形，全充滿各式各樣的陰謀論。小喬覺得父母說得沒錯，網路上的確有許多怪胎喜歡散播各種奇怪的陰謀論，然而，他也深信「無風不起浪」這句話。

等到穹頂日後的第二天到來時，所有部落格都提及了同一件事：這場風波與恐怖分子無關，也與太空侵略者或偉大的克蘇魯邪神無關，而是與早已存在許久許久的祕密軍事研究組織有關。每個網頁提及的具體情形均不同，但全都不出三種基本的陰謀論方向。第一種陰謀論說，穹頂其實是某種殘酷冷血的實驗，要把卻斯特磨坊鎮的鎮民當成家畜來飼養。另一種論點說，這是個出了差錯，全然失控的實驗（「就跟《迷霧驚魂》那部片一樣。」其中一個部落格這麼寫）。第三種論點則表示，此事與實驗全然無關，而只是想冷血地嫁禍給美國的敵人們。「我們贏定了！」網路帳號是ToldjaSo87的人這麼寫。「因為有了這項武器後，有誰還擋得住我們？朋友啊，我們成為了世界政府的一分子！！！！」

小喬不知這些論點究竟是真是假，也並不在乎。他在乎的是這些論點的共通處——也就是一切與政府有關。

這自然是他證明自己領導能力的大好時機。但地點不在鎮上，而是一一九號公路。他可以在那裡堅守不動，直接與「那個人」交涉。一開始，那裡可能只有小喬那群人，但人數肯定會越來越多。他對此深信不疑。「那個人」可能還在想辦法讓記者無法靠近那裡，縱使只有十三歲，但小喬仍有足夠智慧知道事情必然如此。因為在那群穿著制服的人裡頭，一定有些願意思考的人，就隱藏在他們面無表情的模樣裡。就算整個軍隊都在「那個人」的掌控下，但其中一定藏著一些特別的個體，有的可能還是祕密的部落客。他們會把這件事寫出來，部分可能還會附上用手機拍的相片：小喬．麥克萊奇與他的朋友們高舉標語，上頭寫著「終止祕密行動，結束實驗，讓卻斯特磨坊鎮重獲自由」之類的內容。

「得在鎮上的四周全貼上標語才行。」他喃喃自語。但這不成問題，他的每個朋友都有印表機，也都有腳踏車。

稻草人小喬在曙光中發送電子郵件。很快地，他就會騎著腳踏車徵召班尼．德瑞克前來幫忙。或許也會找諾莉．卡弗特。通常小喬那幫人在週末時總會睡得比較晚，但小喬認為，今天鎮裡的每個人一定都會早早起床。「那個人」肯定會很快地封鎖網路，就跟他截斷手機訊號一樣。但就現在而言，網路就是小喬的武器，也是人民的武器。

反抗權威的時候到了。

## 2

「弟兄們，舉起你們的手。」彼得．蘭道夫說。他雙眼浮腫的站在這批新部屬前，覺得十分疲累，卻也感受到一股著實的喜悅。那輛綠色警長專車就停在停車場裡，不斷排放廢氣，隨時準備出發。這輛車是他的了。

那群新部屬順從地舉起手。蘭道夫打算在交給公共事務行政委員的正式報告中，稱他們為「特別警員」。他們總共有五個人，其中一個並非什麼弟兄，而是名身材矮胖結實，叫作喬琪亞．路克斯的年輕女子。她是個待業中的美髮師，也是卡特．席柏杜的女友。小詹之前向父親提議，認為他們應該加入一名女性成員，好使每個人都開心，而老詹立即就同意了。一開始，蘭道夫還反對這項建議，然而，讓他當上新警長的老詹不過才對他露出一個可怕的微笑，他便馬上讓步。

這場由他主持的宣誓儀式（裡頭也有些正規成員），使他不得不承認，這些孩子的確夠壯。

小詹從去年夏天至今已瘦了好幾磅，體格遠遠不如擔任高中校隊進攻前鋒時的狀態。但縱使如此，他仍有一百九十磅重。至於其他人，甚至包括那名女孩，體格都相當強壯。

他們站在原地，複述他念出的誓詞。小詹在隊伍的最左邊，再來是他的朋友法蘭克・迪勒塞，接著則是席柏杜與路克斯家的那個女孩，最後，則是馬文・瑟爾斯。瑟爾斯臉上掛著一副心不在焉的傻笑，讓蘭道夫很想抓起一坨屎抹在他臉上。如果他有三週（該死，就算只有一週也好）能訓練這些孩子就好了，但就是偏偏沒有。

唯一一件他沒向老詹屈服的，就是發配槍枝的事。雷尼為他們努力爭取，堅稱他們都是「頭腦清醒，信仰虔誠的年輕人」，還說如果有必要的話，他甚至很樂意自己提供。

蘭道夫當時搖了搖頭。「情勢太不穩定了，我們還是先觀察他們的狀況再說吧。」

「難不成要等到有人受傷，你才——」

「沒人會受傷，老詹，」蘭道夫說，暗自希望自己的看法沒錯。「要是這裡是紐約，情況可能會不同，但這裡可是卻斯特磨坊鎮耶。」

## 3

蘭道夫此刻說：「我會付出全力，努力保護這個城鎮的鎮民，並為他們服務。」

他們大聲複述一遍，像是主日學校中家長日的上課情況一樣，甚至就連掛著一臉傻笑的瑟爾斯也沒念錯。他們看起來挺不錯。雖然沒配槍（目前還沒），但至少還有對講機，就連警棍也有。除了卡特・席柏杜以外，史黛西・墨金（她為了這事，還調動了自己的巡邏時間）把制服發給了每個人。由於他的肩膀太寬，所以警局沒有合身的制服可以給他，但他從家裡帶來的藍色工作衫倒也挺合適，雖然並不正式，卻足夠乾淨，更別說左胸口袋上頭別著的銀色徽章，也足以傳達他的身分為何。

或許這麼做真的可行。

「願上帝保佑我們。」蘭道夫說。

「願上帝保佑我們。」他們重複道。

蘭道夫的眼角瞥見有人開門進來。來的人是老詹。他走至房間後頭，站在亨利・莫里森、氣喘吁吁的喬治・佛雷德瑞克、費德・丹頓，以及一副對此事充滿懷疑的賈姬・威廷頓等人身旁。蘭道夫知道，雷尼是來這裡看他兒子宣誓就職的。他對自己拒絕發給這些新部屬槍枝的事感到心神不寧（拒絕老詹的要求，與蘭道夫一貫的政治態度可說背道而馳），因此這名新警長此刻的即興演出，主要便是為了想討好這位次席公共事務行政委員。

「我們絕對誰也不鳥！」

「我們絕對誰也不鳥！」他們帶著滿腔熱情，一同微笑複述，臉上全都躍躍欲試，準備上街發威。

儘管他用了粗話，但老詹還是點了點頭，朝他豎起大拇指。蘭道夫的心情豁然開朗，不知那句話將於日後縈繞心頭不去：我們絕對誰都不鳥！

## 4

早上九點，茱莉亞・夏威抵達薔薇蘿絲餐廳時，大多數吃早餐的人要嘛去了教堂，要嘛就是跑到鎮立廣場與大家一同討論。顧店的只有巴比一人。雖然小桃・桑德斯與安安・麥卡因還是沒來上班，卻也沒人感到意外。蘿絲與安森一起去美食城超市了。巴比希望他們回來時，能帶著滿滿的食物與日用品。只是，在親眼看見這個好消息前，卻也不讓自己懷抱過度期望。

「我們到午餐前都不營業，」他說。「不過還有咖啡就是。」

「那有肉桂卷嗎？」茱莉亞滿心期待地問。

巴比搖搖頭。「蘿絲沒做，想盡量節省燃料。」

「有道理。」她說。「那就咖啡吧。」

他把整壺咖啡端過去，幫她倒了一杯。「妳看起來很累。」

「巴比，今天早上每個人肯定都一副累到不行的模樣，而且還快嚇死了。」

「報紙什麼時候會出來？」

「我希望十點能搞定，但得等到下午三點吧。自從二〇〇三年普雷斯提溪氾濫後，這還是《民主報》第一次發行增刊號。」

「印製上出了問題？」

「只要發電機能持續保持運作就沒問題。我只是想去雜貨店看看會不會有暴動，要是有的話，還可以寫在報導裡。我已經叫彼特．費里曼去拍些相關照片了。」

巴比不喜歡「暴動」這個想法。「天啊，我希望大家都能安分點。」

「他們會的，畢竟這裡是磨坊鎮，又不是紐約。」

巴比不確定在面對這種壓力的情況下，城市人與鄉下人是否會有那麼大的差別，但仍忍住沒有開口。茱莉亞還是比他來得熟悉這裡。

茱莉亞彷彿看穿了他的念頭。「我也有可能是錯的，這就是為什麼我會叫彼特過去拍點照片了。」她環顧四周。店內還有幾個人坐在櫃檯前享用炒蛋與咖啡。在店後方那張大桌子處——用北方人的說法就是「鬼扯桌」——則坐滿了一群老人，正在努力思索究竟是怎麼回事，接下來又會發生什麼。至於在餐廳的中間處，則只有她與巴比而已。

「我有些事要告訴你，」她壓低聲音說。「別跟蜜蜂一樣飛來飛去了，快坐下談。」

巴比坐了下來，幫自己裝了杯咖啡。那是壺裡的最後一些，味道就像機油一樣……但壺底咖啡的咖啡因可是最猛的。

茱莉亞把手伸進衣服口袋裡拿出手機，放在桌上朝他滑去。「你那個寇克斯早上七點又打了通電話給我。我猜他昨天八成也沒什麼睡吧。他叫我給你一支手機。不過你搞不好本來就有手機了。」

巴比讓手機留在原地。「要是他期望我能現在就向他報告些什麼事，那他顯然太高估我了。」

「他沒這麼說，只說要是得找你談談的話，希望能直接跟你聯絡。」

這話讓巴比做出決定，把手機推了回去。她接過手機，看起來並不意外。「他還說，要是你下午五點還沒接到他的消息，就可以直接打給他，讓他能更新一下資訊。我有個區碼很好玩的電話號碼想給你，有興趣嗎？」

他嘆了口氣。「當然。」

她把號碼寫在一張餐巾紙上，字跡小而整齊。「我覺得他們好像想試著做些什麼。」

「什麼？」

「他沒說，這只是我腦袋裡突然想到的而已。」

「我想也是。那妳還想到什麼？」

「我有說我還想到了別的事？」

「這只是我突然想到的而已。」他咧嘴一笑。

「好吧。輻射計數器。」

「我想我應該去找艾爾·提蒙斯談談。」艾爾是鎮公所的管理員，也是薔薇蘿絲餐廳的常客。巴比跟他還算不錯。

茱莉亞搖了搖頭。

「不要？為什麼不要？」

「你猜是誰讓艾爾無息貸款，讓他最小的兒子能在阿拉巴馬州的基督教傳承學校念書的？」

「老詹·雷尼？」

「沒錯。一罪不二罰，現在讓我們把債務問題拋到一旁。你再猜猜，艾爾那台犁田機的實際持有人是誰？」

「我想也是老詹·雷尼吧。」

「答對了。由於你是雷尼委員心中揮之不去的眼中釘，所以去找欠他人情的人商量，可不是什麼好主意。」她朝前俯身。「不過這個想法，倒是讓我想起了有個人擁有可以開啟這個王國的所有鑰匙。鎮公所、醫院、健康中心、學校，你想得到的地方都沒問題。」

「誰？」

「我們的前任警長。我正好和他的妻子——遺孀——很熟。她對詹姆士·雷尼可沒有半點好感。除此之外，要是拜託她的話，她也能守得住這個祕密。」

「茱莉亞，她的丈夫甚至還屍骨未寒耶。」

茱莉亞想著狹小而陰森的鮑伊葬儀社，做了個悲傷與厭惡並俱的鬼臉。「這可不一定，不過他的體溫現在可能已經降得跟室溫差不多了。對，我知道你的意思，也覺得你的同情心值得讚賞，不過……」她握緊巴比的手。巴比感到意外，卻也沒有不高興的感覺。「現在的情況不比平時，無論布蘭達·帕金斯有多傷心，她都能理解這點。你有任務在身。我可以說服她，說你是個臥底。」

「臥底。」巴比說，突然想起了不愉快的回憶。當時是在費盧杰的一間健身房裡，對方是個不斷哭泣的伊拉克人，身上的長袍被扯破，幾乎赤身裸體。自從健身房那天後，他就再也不想當臥底了。但如今，他卻又重操舊業起來。

「所以我應該——」

以十月而言，今天早上還算溫暖。雖然餐廳的門鎖上了（客人可以出去，但無法進來），但窗戶還開著。在主街街道上，傳來低沉的金屬撞擊聲與痛苦慘叫，隨之而來的，則是一陣驚呼。巴比與茱莉亞的視線在咖啡杯上方交會，兩人均流露出驚訝與憂心的神情。

開始了。巴比想著。他知道這麼想並不正確——事情是在昨天開始的，也就是穹頂降下之後——但同時，他也覺得這麼想並沒什麼不對。

櫃檯前的客人朝門口跑去。巴比起身加入他們的行列，而茱莉亞則緊跟在後。

在鎮立廣場北方盡頭的街道上，第一公理會教堂尖頂的鐘聲開始響起，召喚信徒前去禮拜。

## 5

小詹．雷尼感覺好極了。今天早上，頭痛對他帶來的影響比平常輕微得多，就連早餐也沒讓他反胃，甚至還吃得下一頓午餐。太好了。這陣子他的胃口不佳，有一半時間只要看見食物，便會讓他湧起想吐的感覺。但今早沒這個問題，煎餅與培根最棒了，寶貝。

如果這就是〈啟示錄〉裡預言的災難，他想著，那應該要來得更早一點才對。

每名特別警員都會與一個正規全職警員搭配。小詹的搭檔是費德．丹頓，就連這點也很棒。丹頓雖然有點禿頭，但就五十歲來說仍算苗條，是個認真、嚴謹的人……但也有例外的時刻。小詹擔任高中足球校隊選手的那段時間，丹頓一直都是野貓隊後援會的會長。當時就有傳言指出，他從來不給大學代表隊的選手任何一張公關票。小詹對此倒是無話可說，但他知道費德的確放過法蘭克·迪勒塞一回，就連小詹自己也曾聽過他那套「這次我就不開罰單了，但你要開慢一點」的標準台詞多達兩次。小詹原本有機會與威廷頓搭檔，她搞不好是那種第一次約會就肯讓人脫褲子的女人。她有對雄偉的胸部，所以小詹錯失良機了嗎？從他與法蘭克在宣誓儀式結束後，自她身邊經過，朝街上走去時，她看著他那副冷漠的眼神，就能知道事情並非如此。

要是妳願意跟我打上一炮，我倒是能分點好處給妳，賈姬。他一面想著，一面笑了起來。天啊，溫暖陽光照在臉上的感覺實在太好了！他有多久沒那麼神清氣爽過了？

法蘭克望向他。「什麼事那麼好笑？小詹？」

「沒什麼，」小詹說。「只是迫不及待想執勤而已。」

他們的工作——至少今天早上的工作——是以步行方式巡一趟主街（「去宣示一下公權力的存在。」蘭道夫這麼表示）。先是從其中一側走完整條主街，再從另一側走回。在十月溫暖的陽光下，這倒是個讓人心曠神怡的任務。

當他們經過加油站商店時，正好聽見裡頭傳來的對話。其中一人是身兼經理與股東的強尼·卡佛，至於另一個人的聲音，小詹則沒什麼印象，倒是費德·丹頓聽到後便翻了個白眼。

「肯定是懶惰蟲山姆·威德里歐，」他說。「真該死，現在甚至還不到九點半耶。」

「山姆·威德里歐是誰？」小詹問。

費德的嘴緊緊抿成一條白線，讓小詹想起了過去打美式足球時的日子。這是費德版的「媽的，這下我們慘了」的表情，同時也是「媽的，這可真是大錯特錯」的表情。「你肯定錯過了磨坊鎮那堂了不起的社會課，小詹。不過現在你有機會補上進度了。」

卡佛說道：「我知道已經過九點了，山姆，我也知道你身上有錢，但我還是半瓶酒也不能賣你。早上不行、下午不行，到了晚上也不行。除非這場混亂突然結束，否則搞不好到了明天也不能賣你。這是蘭道夫的命令，他可是咱們的新警察局長。」

「他媽的講得跟真的一樣！」另一個聲音回答，但那聲音實在含糊不清，傳到小詹耳裡時，變成了「湯麻的講得坑撐的蟻樣」。「公爵．帕金斯屁眼裡拉出來的屎都比彼得．蘭道夫來得強。」

「公爵已經死了，而蘭道夫下令禁止賣酒。抱歉了，山姆。」

「只要一瓶雷鳥就好，」山姆哀求著說，聽起來像是「擠要一瓶勒老就搞」。「我需要酒，我會付錢的，拜託，我都讓你們做了那麼久的生意了。」

「唉，真該死。」雖然強尼的聲音聽起來十分不悅，但小詹與費德走進店裡時，他卻已轉過身，望著放有啤酒與廉價酒類的長形壁櫥。他可能暗自決定以一瓶雷鳥作為代價，好讓這個老酒鬼盡速離開他的店裡。畢竟已有一群客人正看著他們，渴望得知這場好戲的發展。

在櫥櫃上頭，貼著一張白紙黑字的手寫標語：在接獲通知以前，禁止任何酒類販售。那張貼在櫥櫃正中間的標語，被一群伸手可及的酒瓶圍繞，像是個娘娘腔會說的話。這裡有一堆廉價酒，就算小詹獲得權力還不到兩個小時，就已經能看出這是個壞主意。要是卡佛屈服於這個滿頭亂髮的酒鬼，其餘沒那麼噁心的客人也會隨即提出相同要求。

費德．丹頓顯然也是這麼想的。「別賣他。」他對強尼．卡佛說，接著又轉向威德里歐。後者此刻正以滿是血絲的雙眼看著他，眼神就像是被抓到的老鼠。「我不知道你那腦袋瓜是不是聰明到看得懂標語，但我知道你一定有聽人提起今天不准喝酒的事。所以呢，你現在就給我出去，離這間店遠遠的。」

「你不能這樣，警官。」山姆說，挺直他那五呎半的身高。他穿著一條骯髒的斜紋棉褲、印有齊柏林飛船樂團的T恤，以及腳後跟磨破的休閒鞋，頭髮看起來像是打從小布希的民意支持度還很高的時候，便再也沒有加以修剪。「我有我的權利，這是個自由的國家，憲法賦予了我這項權利。」

「憲法已經管不到磨坊鎮了，」小詹說，完全不知自己所言竟會成真。「你現在就給我滾。」天啊，這感覺太棒了！才不到一天的時間，他就從灰暗厄運中一舉鹹魚翻身！

「可是……」

山姆呆站了好一會兒，下嘴唇不住顫抖，嘗試擠出更多辯護之詞。小詹感到厭惡，同時卻也興味盎然，還留意到這死老頭的眼眶竟然溼了。他伸出雙手，手顫抖的程度比那張呆呆張開的嘴還嚴重。他只想得出一個為自己辯護的理由。雖然在眾人面前實在難以啟齒，但他非這麼做不可，也的確說出口了。

「我真的很需要酒，強尼。這不是鬧著玩的。只要一點點就好，讓我可以停止顫抖。這是最後一次了，我再也不渾渾噩噩地過日子了，以我母親的名義發誓。我會就這麼乖乖回家的。」懶惰鬼山姆口中的家，是一間坐落在空地的棚屋，那塊空地除了舊汽車零件以外，什麼也沒有。

「也許我應該——」強尼．卡佛開口說。

費德打斷了他的話。「懶惰蟲，你這輩子哪瓶酒不是最後一瓶？」

「別這樣叫我！」山姆．威德里歐大喊。淚水自他眼中流出，滑落在臉頰上。

「你的拉鍊沒拉，老鬼。」小詹說。當山姆低頭望向自己髒兮兮的棉褲褲襠時，小詹伸出手指，先是敲了一下老人鬆弛的下巴，接著又捏了他的鼻子一下。是啊，這是小學生的把戲，但永遠都很好玩。小詹甚至還說出了他們以前這麼做時，會說的那句俏皮話。「骯髒鬼，捏鼻子！」

費德．丹頓與旁觀的部分群眾都笑了出來，甚至就連沒看清楚發生什麼事的強尼．卡佛也露出了微笑。

「快走吧，懶惰蟲。」費德說。「今天天氣很好，你不會想把時間浪費在牢房裡的。」也許是被叫懶惰鬼，或是被人擰了下鼻子，又或者兩者兼是，因此再度點燃了山姆四十年前在加拿大莫瑞蒙契當伐木工人時，曾讓同事們感到敬畏與恐懼的怒火。他嘴唇與雙手的顫抖暫時停了下來，雙眼瞪著小詹，清了清喉嚨，喉間傳來輕蔑的聲音。當他開口時，聲音已不再模糊不清。

「操你媽，小鬼。你根本就不是警察，而且還永遠都當不成足球球員。我聽說你甚至連校隊的板凳球員也當不成。」

他的視線轉移到丹頓警官身上。

「至於你，丹頓副局長。星期日要九點後才能賣酒的法律，早在七〇年代的時候就已經變成古老傳說了。」

接著，他又轉頭看著強尼．卡佛。強尼的笑容消逝無蹤，一旁的圍觀群眾也全都安靜下來，其中一名女子還因驚訝而把手放在自己的喉嚨上。

「我有錢，而且還是這個國家的通用貨幣，我想買什麼就買什麼。」

他邁步想繞進櫃檯，小詹一把揪住他的襯衫後方及褲子臀部處，把他整個人轉了一圈，推向商店前門。

「嘿！」山姆大喊，雙腳像踩著老舊的腳踏車踏板般不停踏步，想止住勢頭。「把你的手拿開！把你那雙他媽的手——」

小詹揪著他身後，穿過前門，走下台階。他輕得像是個裝滿羽毛的袋子。天啊，他竟然還放屁！噗、噗、噗，就像該死的機關槍！

矮胖子諾曼的小貨車就停在路邊，其中一側寫著「家具收購及販售」與「高價收購古董」等字樣。矮胖子就站在車旁，張目結舌地看著眼前這一切。小詹毫不遲疑地抓著那個喋喋不休的老酒鬼，將他的頭撞向卡車側面。金屬薄板傳出一聲沉重的撞擊聲響。

這聲響並未阻止小詹，直到這個臭傢伙像顆石頭般跌倒在地，身子一半在人行道上，一半在排水溝裡的時候，他才警覺到自己可能會錯手殺了懶惰鬼山姆。但有可能會殺了山姆・威德里歐的，還是往卡車側面撞去的那一下。山姆沉默了一會兒，接著哀嚎一聲，開始哭了起來。他跪在地上，割裂的頭皮開始湧出鮮血，流至臉部。他稍微抹了抹臉，難以置信地看著鮮血，然後伸出他被血濡溼的手指。

人行道上的行人們停了下來，模樣可能會讓人誤會成是在玩「一二三木頭人」的遊戲。行人均睜大雙眼，看著這名跪倒在地，手上還沾有鮮血的老人。

「我要告這操他媽整個鎮上的警察執法過當！」山姆大喊。「我一定會打贏這場官司的！」

費德走下商店門前的階梯，來到小詹身旁。

「來啊，說出來吧。」小詹對他說。

「說什麼？」

「說我反應過度。」

「你他媽的才沒有咧。你也聽到彼得是怎麼說的了。我們絕對誰都不鳥。好搭檔，就像現在這件事一樣。」

搭檔！小詹因為這個稱呼而振奮起來。

「我身上有錢！你不能把我從店裡趕出來！」山姆咆哮著。「你也不能動手打我！我是美國公民！我們法庭上見！」

「那就祝你好運囉，」費德說。「法院在城堡岩那裡，我聽說通往那裡的道路都被封住了。」

他用雙腳頂住老人。山姆開始流起鼻血，滴在襯衫上頭，像是條紅色圍兜。費德伸手拿起掛在身後的塑膠手銬（我一定得要學個幾招起來。小詹欽佩地想），不一會兒，手銬便牢牢銬住了山姆的手腕。

費德環顧四周的證人——也就是站在街上，以及擠在加油站商店門口的群眾。「這個人涉嫌擾亂公共秩序，妨害公務及試圖攻擊警務人員！」他那嘹亮的聲音讓小詹想起以前在足球場上的日子。那些場邊的叫囂每次都會讓他動怒，但如今聽起來，卻只讓人覺得心情愉快。

我想我是長大了吧。小詹想。

「他也因為違反蘭道夫警長新頒布的禁酒令而被逮捕。大家看清楚了！」費德搖了搖山姆，鮮血自山姆的臉龐與骯髒頭髮中飛濺而出。「我們正處於危機之中，鄉親們。但鎮上有了個新警長，而他正準備要掌控好整個情勢。我們得習慣這項法令，遵從，並學著去支持。這是我的想法。遵從這項法令，我相信我們一定能安然無恙地度過這場危機。要是違背的話……」他指向山姆被反銬在身後的雙手。

有幾個人竟然開始鼓起了掌。對小詹．雷尼而言，這掌聲就像烈日中的冰水一般。接著，當費德架著流血的老人走上街道時，小詹察覺到有股視線正盯著他，感覺如此清晰，就像有人用手指戳著他的頸背。他轉過身去，發現那人正是戴爾．芭芭拉，身旁還站著一名冷眼看著他的報社編輯。先前有一晚，芭芭拉曾被他在停車場好好揍了一頓。在他們三人決定一起圍攻芭芭拉，最後成功扭轉局勢以前，身上還全都掛了彩。

小詹的好心情開始離他遠去。他幾乎可以感受到原本愉快的情緒就像鳥兒或鐘樓裡的蝙蝠般，自他頭頂開始飛向遠方。

「你在這裡幹嘛？」他問芭芭拉。

「我有個更好的問題，」茱莉亞．夏威說，盡量擠出一個小小的微笑。「你在幹嘛？欺負一個只有你四分之一體重，而且還比你老上三倍的人？」

小詹想不出任何話反擊。他覺得血液衝上臉部，在臉頰上散了開來。他突然想像起這個報社的臭婊子站在麥卡因家食物儲藏室裡的模樣，這樣他就能在解決安安與小桃後，也把她一起宰了。芭芭拉也是。說不定他還能把芭芭拉的屍體放在報社臭婊子的身上，搞得他好像想好好爽一下似的。

費德走到小詹身旁，試著幫他一把，擺出那副全世界都一樣的正經警察模樣，冷靜地開口說：「這位女士，如果妳對警方的政策有任何疑問，應該去找新警長洽詢。同時，妳最好記住，在這段時間裡，我們得管好自己。有時，為了大家好，適當的警告是不可避免的。」

「有時，有些人為了要大家好，總會做出一些日後會後悔的事，」茱莉亞回答。「尤其是之後有人開始調查這件事的時候。」

費德的嘴角往下一撇，隨即架著山姆走上人行道。

小詹就這麼瞪著巴比好一會兒，接著才開口說：「你給我小心你說出口的每一句話，還有你的每個動作。」他故意用大拇指碰了碰閃閃發亮的嶄新警徽。「我是警察，而且帕金斯已經死了。」

「小詹，」巴比說。「你看起來不太好。是生病了嗎？」

小詹瞪著他的雙眼稍微睜大了些，接著轉過身去，跟上了新搭檔，一路上緊握著拳頭。

6

在遭逢危機時，鄉下人總有一種傾向，想尋求自己所熟悉的安慰。對不信教的人來說，這便是宗教的真面目。今天上午，派珀．利比在剛果教堂講述著懷抱希望的重要性，而萊斯特．科金斯則在聖救世主教堂宣揚著地獄之火的說法。在卻斯特磨坊這個信仰堅貞的小鎮裡，兩間教堂全擠滿了人，絲毫不讓人感到意外。

派珀選用了《約翰福音》作為講道經文：我賜給你們一條新命令，乃是叫你們彼此相愛；我怎樣愛你們，你們也要怎樣相愛。她告訴坐滿整間剛果教堂的信徒們，在這種危險時刻，禱告十分重要——禱告能慰藉人心，也能賜予力量——然而，人與人之間的信任及互助，還有彼此相敬相愛這點也同樣重要。

「上帝會用我們無法了解的事物來測試我們，」她說。「有時是疾病、有時是摯愛因意外而喪生。」她同情地望向雙手交握、低垂著頭坐在椅子上，身穿一身黑衣的布蘭達．帕金斯。「現在，出現了一道無法解釋的屏障，把我們跟外界隔離開來。我們不了解這是怎麼回事，但我們也同樣不了解病痛，或是善良人們為何會遭逢意外的緣故。我們想詢問上帝，而在舊約中，祂給了約伯一個答案：『我立大地根基的時候，你在哪裡呢？』至於更為開明的新約裡，耶穌也給了祂的弟子答案：『我怎樣愛你們，你們也要怎樣相愛。』這就是我們今天，也是直到事情結束的每一天裡，得要用心去做的事。我們得彼此相愛、彼此互助，靜待這場試煉的結束，正如上帝過去的試煉一樣。」

萊斯特．科金斯選用的講道經文，則是出自《民數記》（這在《聖經》中是出了名最不樂觀的章節）：倘若你們不這樣行，就得罪耶和華，要知道你們的罪必追上你們。

就跟派珀一樣，萊斯特也提及了測試的概念——在歷史中，每次只要有爛泥攤子得要收拾，教會便會提出這樣的說法——但他的主題與散播罪惡有關，並提及上帝會如何處理這種事，就像祂會用手指擠壓一顆討厭的青春痘，直到膿汁像高露潔牙膏般被擠出來為止。

即使在天氣美好的十月清澈晨光照射下，他仍半信半疑地認為，這個小鎮之所以會被降罪，全是因為上帝要懲罰他之故。萊斯特的說服力相當強，如今已有許多雙眼睛盈滿淚水。從接近講道台的地方開始，高喊著「喔，主啊！」的聲音，逐漸蔓延開來。有時，就算萊斯特正在講道，也會突然收到啟示，激發他偉大的嶄新想法。今天就是這樣，而他馬上就把這想法說了出來，完全沒停下片刻嘗試思考，更認為無需思考。有些念頭來得又快又急，卻不一定是正確的。

「今天下午，我要到一一九號公路那裡，開啟上帝設下的這道神祕門扉。」他說。

「喔！耶穌！」一名哭泣的女人大喊。其他人要不是鼓起掌來，便是跟著高聲讚頌上帝。

「我希望能在兩點抵達那裡，而且還會跪在那片牧草地上。是的，我會祈求上帝解除我們的困境。」

這回「喔，主啊」、「喔，耶穌」與「上帝垂憐」等呼聲同時響起。

「但首先——」萊斯特舉起他那隻在漆黑夜晚裡鞭打自己的手。「我們感到痛苦、焦慮、苦惱，所以得先為了引發這場災難的罪惡祈禱！如果只有我一個人，上帝或許聽不見我的聲音。如果我們有兩、三個人，甚至是五個人，上帝還是有可能聽不見我的聲音，你們說對嗎？阿門！」

他們全都贊同，也高喊了「阿門」。此刻，他們全都高舉雙手，不停左右搖晃，陷入景仰偉大上帝的狂熱之中。

「但要是你們全部一起去的話——要是我們圍成圓圈祈禱，在上帝的草地及藍天之下……還有那群被稱為上帝的正義之手的士兵們注視之下……要是你們全部一起過去，要是我們全部一同祈禱，那麼我們或許就能找到罪惡的根源，並將其拖入聖光中徹底消滅，讓全能上帝的奇蹟因此展現！你們會去嗎？你們會跟我一起跪下祈禱嗎？」

他們當然會去。他們當然會一同跪下祈禱。人們不管遇到好事或壞事，總是樂於誠實地向神祈禱。當樂團演奏起〈上帝話語即是真理〉時（萊斯特負責主音吉他的G大調），他們的歌聲響徹了整間教堂。

當然，老詹．雷尼也在那裡，車輛與乘客的分配，還得交由他來安排。

## 7

公開資訊！

讓卻斯特磨坊鎮重獲自由！

抗議！！！

哪裡？一一九號公路丹斯摩農場（來看看那些卡車殘骸與鎮壓的軍方人員）！

什麼時候？東部標準時間下午兩點！

誰？你，還有你能帶來的每一個朋友！告訴他們，我們要把我們的故事告訴媒體！告訴他們，我們要知道是誰對我們這麼做的！

以及為什麼這麼做！

最重要的是，告訴他們，我們要出去！！！

這是我們的城鎮！我們必須為它奮戰！

我們要奪回我們的城鎮！！！

這裡提供一些範例標語，但也歡迎寫下你自己的抗議標語（記得，髒話只會產生反效果）。

反抗權威！

堅忍不拔！

卻斯特磨坊鎮自由委員會

8

如果鎮上有人會用尼采的名言「那些沒能殺得了我的事情，都使我變得更強壯。」來當成個人座右銘的話，那肯定是羅密歐．波比。他是鎮上的搶眼人物，衣著如同貓王般浮華，腳上還穿著雙附有鬆緊帶的靴子。他的名字是他浪漫多情的法裔美籍母親取的，而姓氏則是承自他那嚴肅無比、腳踏實地，外加一毛不拔的北方人父親。羅密歐撐過被人不斷無情嘲笑、偶爾還會被痛毆一頓的童年存活至今，成為了鎮上最有錢的人（呃……其實不是。老詹才是鎮上最有錢的人，但他得妥善隱藏自己大部分的財產才行）。羅密歐擁有整個州裡最大、收益最高的非連鎖商店。八〇年代，原本要投資他的企業告訴他說，他肯定是瘋了，才會幫自己的店取個像是「波比百貨店」這種難聽到不行的名字。羅密歐回答他們，如果「波比」這名字沒對美國最大的郵購種子公司「波比種子」有所影響，那麼也沒理由會影響他的生意。而如今，他們在夏季中最受歡迎的商品，則是寫有「來杯波比百貨店的思樂冰滿足自己」的T恤。來一杯吧，想像自己挑戰銀行家的模樣！

就很多方面來說，他都是個成功人士，懂得如何辨認何時才是大好時機，並加以準確掌握。

在這個星期日的上午十點左右——也就是他看著懶惰鬼山姆被抓去警局的沒多久後——他又發現了另一個做生意的大好時機，就與過去一樣，只要懂得如何觀察就好。

羅密歐觀察著那些孩子張貼海報的舉動。海報全是電腦做的，看起來非常專業。那群孩子——大多數騎著腳踏車，有幾個則滑著滑板——細心地在主街上貼了許多海報，宣傳著要去一一九號公路抗議的事，讓羅密歐不禁想知道這是誰的點子。

他攔下一個孩子，問了他。

「是我的點子。」小喬．麥克萊奇說。

「你不是在耍我吧？」

「絕對沒耍你。」小喬說。

羅密歐給了那孩子五塊錢，無視於他的拒絕，拿了張海報，捲起來插入後口袋中。資訊值得你付錢購買。羅密歐認為，大家都會參與這孩子發起的抗議活動。他們一定都急著要表達自己的恐懼，以及義憤填膺的怒氣。

在打發掉稻草人小喬不久後，羅密歐也耳聞了人們在討論下午那場由科金斯牧師發起的祈禱大會的事。老天保佑，還是相同的時間與地點。

這當然是個啟示。一個「大好銷售良機」的啟示。

羅密歐走回自己的店中。店內冷冷清清的，大家全趁著週日跑去美食城超市或加油站商店購物。但雖說如此，購物人數只占全鎮的少數而已。大多數的鎮民都去了教堂，再不然就是在家看新聞。陶比．曼寧就待在收銀台後方，用一台電池供電的小電視看著ＣＮＮ新聞。

「關掉電視，把收銀機鎖上。」羅密歐說。

「真的嗎？波比先生？」

「對。去叫莉莉，你們一起把倉庫裡的大帳棚拖出來。」

「夏季特賣會用的帳棚？」

「就是那寶貝兒。」羅密歐說。「我們要去查克．湯普森墜機那裡的草地上搭棚做生意。」

「奧登．丹斯摩的農場？萬一他要收錢才讓我們搭棚怎麼辦？」

「那我們就付錢給他。」羅密歐開始在心裡算計起來。這間店什麼都賣，包括一些出了問題，而以折扣價批進來的生活雜貨。目前他手上有一千包低價購入的「快樂男孩熱狗」，就放在商店後方的冷凍庫裡。這批貨他是直接跟位於羅德島的「快樂男孩」總公司買的（這間公司由於產品裡微生物的問題，現在已然倒閉。感謝上帝，這與大腸桿菌沒有關係），原本準備要在七月四號國慶日大家野餐的時候，拿出來賣給遊客與當地居民，但由於該死的經濟衰退，害他當時未能如願。但無論如何，他還是把這批貨留了下來，就像猴子不願意放棄手中的堅果一樣。如今，或許……

我們可以擺一些台灣製造的小型烤肉架。他想。反正我手上還多得是這種便宜貨。取個討喜點的名字好了，像是熱狗機之類的。還有那些他原本以為會賠錢的一百盒有問題的檸檬汽水粉和萊姆粉。

「我們還得把店裡全部的小型桶裝瓦斯都帶去。」此刻，他的心中迴盪著一聲打開收銀機時的清脆聲響。這正是羅密歐最喜歡的聲音。

陶比注意到他臉上的興奮神情。「你在想什麼啊？波比先生？」

羅密歐跑去翻找存貨清單，找出那些他原本在帳簿裡標記為他永遠賣不掉的商品。有爛到不行的廉價紙風車……國慶日剩下來的煙火……他為了萬聖節而保留的過期糖果……

「陶比，」他說。「我們得把握這個戶外活動日，這可是咱們鎮上前所未有、最大型的野餐派對。快動起來啊，我們還有很多事得做呢。」

9

當生鏽克與哈斯克醫生一同查房時，琳達堅持要他帶著的對講機，忽然在口袋中響了起來。在對講機中，她的聲音聽起來沾上了金屬味，但卻十分清晰。「生鏽克，我還是得過去執勤。蘭道夫說，今天下午可能會有半個小鎮的人跑去一一九號公路的屏障那裡。有的人去參加祈禱大會，有的人則去示威抗議。羅密歐．波比還跑到那裡搭棚賣熱狗，所以今晚八成會有一大堆人因為腸胃炎跑去醫院。」

生鏽克發出一聲呻吟。

「我還是得把孩子交給瑪塔照顧。」琳達的聲音聽起來有些擔心，同時也帶著點防衛性。女人在突然發現自己不能游刃有餘地將事情處理好時，聲音就像這樣。「我會把賈奈兒的狀況向她交代清楚的。」

「好吧。」他知道，要是硬叫她留在家裡，她肯定會照做……但他也清楚，妻子處事一向都比他謹慎。更別說，要是一一九號公路真的湧現大量民眾，那麼她也的確非去不可。

「謝謝，」她說。「謝謝你的諒解。」

「記得把狗一起帶去瑪塔那裡，」生鏽克說。「妳也知道哈斯克是怎麼說的。」

朗．哈斯克醫生──他的外號是天才──為了艾佛瑞特一家人而起了個大早。說真的，從這場危機爆發至今，他還沒什麼睡過。生鏽克從未想過他竟然能撐這麼久，卻也對此感到慶幸不已。他看得出這個老人為此付出的代價。哈斯克的雙眼浮腫，嘴角下垂。對於處理醫療危機來說，這個天才顯然太老了些，這些日子以來，他在三樓休息室裡打盹的次數越來越多。但此刻，除了維絆．湯林森與抽筋敦以外，就連生鏞克與天才都一起待在醫院裡待命。沒辦法，那些不走運的人們，全在美麗的週末早晨時決定出城一趟，最後一頭撞上穹頂。

哈斯克雖然已將近七十，昨晚仍陪生鏞克一同在醫院待到晚上十一點多，最後還是被生鏞克逼著才肯回家。他在早上七點時回到醫院，也就是生鏞克與琳達開著拖車，帶女兒抵達醫院那時。他們還帶著奧黛莉一起。奧黛莉在面對凱薩琳．羅素醫院這個新環境時，表現算是夠鎮靜的了。茱蒂與賈奈兒陪著奧黛莉在大花園裡散步，分站在她的兩側，用手輕撫著她。賈奈兒一副快被嚇死的模樣。

「帶狗來幹嘛？」哈斯克問。在生鏞克向他解釋來龍去脈後，哈斯克則點了點頭，對賈奈兒說：「小甜心，我們來做個檢查吧。」

「會痛嗎？」賈奈兒擔心的問。

「不會痛，要是會痛的話，我就給妳一顆糖果。」

檢查結束後，大人們來到大廳，把兩個孩子與狗留在檢查室裡。哈斯克垂著肩，頭髮似乎在一夜之間又白了不少。

「生鏞克，你自己怎麼診斷？」哈斯克問。

「輕度癲癇。我原本以為是擔心導致的，但奧黛莉對著她嗚嗚叫已經好幾個月了。」

「沒錯。我們得開柴浪丁[47]給她，你同意嗎？」

「好。」生鏞克對他的貼心感到感動，並開始對自己過去怎麼看待哈斯克醫生，以及如何說他的壞話等事感到後悔。

「盡量讓那條狗陪著她，好嗎？」

「當然。」

「朗，她會沒事吧？」琳達問。當時她完全沒準備去執勤，還計畫著要整天陪女兒做些靜態活動就好。

「她沒事的，」哈斯克說。「很多兒童都有輕度癲癇的毛病。大多數人只會發作一、兩次而已，至於剩下的人，則會持續好幾年，接著症狀就停止了。這病很少會帶來什麼後遺症。」

琳達看起來鬆了口氣。生鏞克希望她永遠也不會知道哈斯克沒告訴她的其他事：有時，在經過神經叢檢查後，會發現有些不幸孩子的問題其實更為嚴重，最後還會發展成重癲癇症；而重癲癇則會對孩子帶來傷害，甚至要了孩子的命。

此時，在上午的巡房工作結束（院裡只有六名病患，其中一個還是沒有任何併發症的新生兒母親），他正希望在過去健康中心前能趕緊喝杯咖啡時，琳達便用無線電傳了訊息過來。

「我敢說，瑪塔一定不會對奧黛莉一起過去這件事有任何意見。」她說。

「好極了。妳執勤的時候會帶著妳那台警用無線電？」

「對，當然。」

「那就把妳那台私人無線電給瑪塔，然後保持在公開頻道。要是賈奈兒又有什麼狀況，我會趕過去處理。」

「好，謝了，甜心。你下午有辦法過來一一九號公路這裡嗎？」

生鏞克思考著這個問題，同時看見道奇．敦切爾走進大廳。雖然他在耳朵上夾了根菸，走路姿勢仍是平常那副吊兒郎當的模樣，但生鏞克卻從他的臉上察覺到一絲憂心。

「我大概可以溜出去一小時吧，不過不確定就是了。」

㊼Zarontin，為抗癲癇的藥物。

「知道了。要是能在那邊跟你碰個面就好了。」

「我也這麼想。妳在那裡要小心點。還有，記得叫那些鄉親別買熱狗吃。那些熱狗搞不好在波比百貨店的冷凍庫放了一萬年了。」

「搞不好還是用乳齒象㊽的肉做的呢。」琳達說。「通話完畢，甜心。我會聽你的話，小心點的。」

生鏞克把無線電放回白袍口袋，轉向抽筋敦。「怎麼了？你給我把香菸從耳朵上拿下來，這裡可是醫院耶。」

抽筋敦從耳朵上拿下香菸，看著那根菸。「我正準備去外頭的儲藏室抽呢。」

「這可不是什麼好點子，」生鏞克說。「那裡放了一堆備用丙烷。」

「這就是我來找你的原因。大部分的丙烷槽都不見了。」

「少來，那些丙烷槽都很重耶。裡頭不是存了三千加侖還五千加侖的量？」

「所以是怪我囉？怪我忘記檢查後門有沒有上鎖？」

生鏞克開始揉起太陽穴。「要是真有人偷走——不管到底是誰——頂多三、四天後我們的電力就不足了。我們需要更多燃料才行。」

「還用你說。」抽筋敦說。「按照貼在門上的庫存表來看，應該要有七個丙烷儲存槽，但是裡面卻只剩下兩個。」他把香菸放進白袍口袋中。「我為了要確認清楚，還檢查過其他儲藏室，想說是不是有人移動過丙烷槽——」

「有誰會做這種事？」

「我也不瞭，搞不好是哪個巨人吧。總之，其他儲藏室裡只有一些超重要的醫院設施，也就是園藝工具與美化環境用的那些狗屁東西。但那些東西都跟庫存表上的數量符合，只有他媽的肥料不見了。」

生鏞克不在乎肥料不見的事，只關心丙烷而已。「好吧——要是燃料不夠的話，我們得向鎮公所調庫存才行。」

「雷尼一定會拒絕你。」

「你認為他有辦法拒絕提供醫院的發電用燃料？我想不會吧？你覺得今天下午我有辦法溜出去一趟嗎？」

「這得問天才了。他如今看起來可是一副高級軍官的模樣。」

「他人在哪兒？」

「在休息室睡覺。打呼聲像是瘋子在鬼吼鬼叫。你該不會想叫醒他吧？」

「沒有。」生鏞克說。「讓他睡吧。我以後再也不叫他天才了。事情發生以後，他的確很努力地在工作，我想他是應該好好休息一下。」

「喔，大師。你的修行又達到了另一個新境界。」

「去你的，你這個老菸槍。」生鏞克說。

## 10

現在來看看另一邊的情況，讓我們仔細地看清楚。

現在是下午兩點四十。在不知情的人看來，會以為卻斯特磨坊鎮在舉辦什麼秋季盛會。若是記者沒被隔離在遠方，這可是他們拍攝相片的大好時機——當然，這與那片樹葉已變成火紅色的

㊽mastodon，推估為一萬一千年前絕種的古生物。

美麗樹林無關。被囚禁在這座小鎮裡的人，紛紛一同來到奧登．丹斯摩的牧草地上。奧登從羅密歐．波比那裡拿到了一筆六百元的場租費，而且兩個人都很開心。農夫那邊，是由於波比一開始只提了兩百元價碼，而他最後成功從商人那裡要到了更高的價格；至於羅密歐那邊，則是因為他原本的預算應該是一千元才對。

奧登倒是沒向那些抗議群眾及哭求耶穌的人索取任何一毛場地費，不過呢，這也並不代表他沒收取任何費用，畢竟，丹斯摩這個農夫雖然出生在晚上，但也並非昨晚才出生的嫩小子。隨著機會來臨，他也在前一天便於查克．湯普森飛機殘骸的北方那裡，規劃出一大塊地方作為停車場，並叫他的妻子雪萊、大兒子（奧利，你還記得奧利吧），以及他聘請來的人（曼紐．歐塔葛，他在沒有綠卡的非法居民中，是最像美國人的一個）在那裡看守著。奧登向每輛車收取五塊停車費。這筆錢正好可以償還他兩年前向鎖孔銀行借的貸款，好使農地不至於被銀行收走。收停車費這事引起了一些抱怨，但人數並不太多；畢竟，他們先前去佛萊伯格市集時，那裡收的停車費比這還高。除非鄉親們願意把車停在公路旁——比較早到的人，早就停滿了道路兩側的位置——然後興奮無比地走上半哩路遠，否則他們根本沒有選擇。

這是個多麼奇特，讓人目不暇給的場面！簡直就像個三環馬戲團[49]似的。至於磨坊鎮這些再普通不過的鎮民，則成為了其中的表演者。巴比、蘿絲與安森．惠勒三人抵達後（餐廳再度關門休息，直到晚餐時間才開門營業——只提供冷三明治，不接受任何燒烤食物的訂單），全都目瞪口呆地看著這一切，而茱莉亞．夏威與彼特．費里曼兩個人則不停忙著拍照。茱莉亞停下片刻，對巴比露出一個迷人、但卻意味深長的微笑。

「你不覺得這簡直是場大型表演秀嗎？」

巴比咧嘴笑了。「是啊。」

在這個馬戲團的第一個舞台上，我們可以看見稻草人小喬與他那群委員會成員張貼海報所召募來的鎮民們。前來參加迴響的抗議群眾人數還不少，將近有兩百人。孩子們製作的六十個抗議標語（其中數量最多的標語是：該死，讓我們出去！！），不知何時全都不見了。幸運的是，很多人都帶來了自己的標語牌。小喬最喜歡的一個，是在磨坊鎮地圖上畫著監獄欄杆的抗議牌。小梅・傑米森不僅拿著標語，更充滿幹勁地上下揮舞著。傑克・伊凡斯也在這裡，氣色蒼白憔悴。他的標語牌上，貼著許多張一名昨天因失血而死的女子相片，並用相片組成他的抗議標語：是誰害死了我妻子？稻草人小喬為他深感遺憾……但這實在是個超棒的表語牌！要是記者們看見的話，肯定全會興奮到尿溼褲子。

小喬帶領示威群眾圍成一個大圈，在郤斯特磨坊鎮這側的穹頂前方，利用鳥屍作為辨別邊緣的界線（莫頓鎮那側的鳥屍已被軍方清理掉了），不停地繞著圈子。這個繞圈的舉動，讓小喬那群人——他覺得所有人都在他率領之下——得以有機會讓背對著他們的軍方哨兵看見所有標語牌，甚至還會因此下定決心（就算是因為煩躁也好）轉過身來。小喬甚至還印出了他與班尼・德瑞克心目中的滑板偶像諾莉・卡弗特一同寫出的口號。他們在她的滑板上頭，以最快的速度寫出了這段口號。諾莉寫的口號相當簡單，但全都有押韻：哈－哈－哈！嘻－嘻－嘻！郤斯特磨坊鎮自由去！另一個則是：你做的！你做的！快承認與快放棄！小喬相當不情願地否決了諾莉寫得最好的一句口號：不封口！不封口！讓我們向記者說出口，說你是個死玻璃！「在這件事上頭，我們得保持政治正確才行。」他這麼告訴她。此時，他忽然開始好奇，就諾莉・卡弗特這個年紀來說，接吻這件事是不是還有些太早了？要是他親她的話，她會把舌頭伸進來嗎？他從未吻過女

㊾three ring circus，指擁有三個表演舞台的馬戲團。

孩，但如果他們會餓死，就像被大塑膠碗罩住的蟲子一樣，那麼他可能得趁還有機會的時候，趕緊跟這個女孩接吻才行。

第二個舞台是科金斯牧師的祈禱圈子，每個人全像是真的接收到上帝旨意一般。同時，這也是場教會間的和解秀，有十幾名剛果教堂唱詩班的男女團員，全加入了聖救世主教堂唱詩班的行列中一同合唱。他們高聲唱著〈堅固保障〉，有一大群不偏向任何一個教會的鎮民們知道歌詞，也跟著一同唱了起來。他們的歌聲飄上清澈藍天，間雜著萊斯特告誡式的吼叫，以及祈禱群眾們時而響起的「阿門」與「哈利路亞」等呼聲，共同形成了完美的重唱旋律（不過整體離協調還遠得很）。祈禱群眾的人數持續成長中，不斷有其他鎮民加入他們的行列，並於跪下來後，把他們的抗議標語暫時放到一旁，好讓自己可以舉起握緊的雙手禱告。只是，就算士兵轉身望向他們，但上帝也可能不會這麼做。

不管怎樣，這個馬戲團中央的舞台，才是其中最大、人潮最為洶湧的一個。羅密歐．波比那座夏季季末特賣會專用的斜頂棚子背對著穹頂，位於祈禱群眾東方約六十碼處。這是他考量風向因素考量後決定的位置，希望能確定烤肉爐冒出的香味能傳到祈禱人群與抗議群眾那裡。出自宗教因素的考量，他在這個下午唯一做出的讓步，是叫陶比．曼寧把音響給關了。音響原本大聲播放著一首詹姆士．麥克穆提一首關於小鎮生活的歌。只是，這首歌與〈祢真偉大〉及〈懇求耶穌降臨〉這種歌曲顯然不太協調。他的生意很好，而且只會變得越來越好，羅密歐相當肯定這點。熱狗——在上烤爐時甚至還沒完全解凍——可能在稍晚時會害人鬧肚子，但在下午溫暖的陽光下，那香味簡直堪稱完美，就像監獄裡的犯人聞到園遊會食物時那樣讓人垂涎欲滴。孩子們有的揮舞著風車賽跑，有的則拿著七月四號國慶日那時剩下來的煙火放著玩，讓丹斯摩的草地陷入可能被火舌吞噬的危機之中。地上到處都是原本裝有橘子粉調成的果汁（過期的）或急忙煮出的咖啡（也是過期的）的空紙杯。稍晚以後，羅密歐或許會叫陶比．曼寧找幾個孩子來，說不定就連丹斯摩的孩子也行，以一個人十塊的代價，叫他們把垃圾撿一撿。與大眾維持良好公共關係總是十分重要。但此刻，羅密歐則把注意力完全集中在暫用的收銀機上頭，也就是一個查敏牌衛生紙的紙箱。他不停接過鈔票，遞出找零的銅板，這就是美國做生意的方式，寶貝。他把每根熱狗的價錢訂為四塊，完全不怕大家嫌貴不買。他預計到了日落時分，他至少能淨賺三千，或許還會更多。

快看！那是生鏽克．艾佛瑞特！他還是溜出來了！幹得好！他甚至希望自己出發時，能繞過去帶女兒們一同前來——她們肯定會很開心，看見那麼多人熱鬧地聚在一塊兒，或許能讓她們的恐懼稍加緩解——但對賈奈兒來說，這可能會有些刺激過度便是。

他與琳達在同一時刻看見對方，彼此瘋狂地揮著手，同時不斷跳躍，好讓對方看見。她把頭髮綁成幾乎每次上班時都會綁的「勇敢女警」短辮，看起來像個初中的啦啦隊員。她與抽筋敦的姊姊蘿絲站在一起，身旁還站著餐廳那個年輕的臨時工。生鏽克有些意外，還以為芭芭拉早離開鎮上，使老詹的一肚子壞水就這麼稱了心。生鏽克有耳聞過酒吧那場鬥毆的事，就算相關人等在醫院裡談及這件事的時候他並未值班，卻也沒有任何影響。事件發生後，他從北斗星酒吧的客人那裡聽見了一些不同片段，拼湊出了事情的經過。

他擁抱著妻子，吻了一下她的嘴，接著也在蘿絲的臉頰上輕吻一下，並與那名廚師握了握手，彼此再度自我介紹一遍。

「看看那些熱狗，」生鏽克愁眉苦臉地說。「真糟糕。」

「到時排隊上廁所的人會更多，醫生。」巴比說。他們全都笑了起來。在這種情況下還能大笑，簡直是件神奇的事。但他們不是唯一這麼做的人……天啊，為什麼不呢？要是你無法在事態惡劣的情況下大笑——笑，以及參加小小的園遊會——那才真的是生不如死呢。

「這裡還真好玩。」蘿絲說，還不知道這股好玩的感覺，即將在頃刻間消失無蹤。一個飛盤飛了過來，她在空中接下，拋回給班尼．德瑞克，後者跳起來接住，又拋傳給諾姆．卡弗特，而卡弗特則將手背在身後接住飛盤，真愛現！祈禱人群那裡開始禱告起來。這個由眾人組成的唱詩班，此刻總算真正找到了他們的聲音，以前所未有的最高音量合唱〈基督精兵前進〉。一個年紀還沒比茱蒂大的孩子，搖搖擺擺地走過他們面前，裙襬敲打著飽滿的膝蓋，一隻手拿著煙火，另一隻手則拿著裝有可怕萊姆汁的杯子。抗議群眾持續繞著圈子，圈子越來越大，高呼著「哈－哈－哈！嘻—嘻—嘻！卻斯特磨坊鎮自由去！」的口號。在他們上方，厚重的雲層自莫頓鎮朝北飄來……接著沿士兵看守著的穹頂邊緣切分開來，使天際被直直劃分出一塊萬里無雲的區域，呈現完美無瑕的藍色。在丹斯摩的牧場看著雲層變化的人們，全都感到納悶，不知道之後卻斯特磨坊鎮是不是仍會下雨。只是，這些人全都沒把心裡所想的事說出口來。

「真不知道到了下個星期日，大家是不是還會覺得好玩。」巴比說。

琳達．艾佛瑞特望向他，模樣看起來並不友善。「所以你覺得——」

蘿絲打斷了她的話。「快看那裡。那個開卡丁車的小孩不應該開那麼快的——這肯定會翻車。我恨透了那種全地形輪胎。」

他們全都望向那台裝有加厚型氣胎的卡丁車，看著它傾斜壓過十月的白色乾草。準確地說，那台卡丁車並非朝著他們駛來，但絕對朝著穹頂的方向前進。它的速度太快了，有幾名士兵聽見引擎聲，這才總算轉過身子。

「喔，天啊，別讓他撞上了。」琳達．艾佛瑞特喃喃說。

羅瑞．丹斯摩沒有撞上穹頂。如果他真的撞上了，事情就不會那麼糟了。

## 11

有的念頭就像是感冒病菌，遲早一定會在某人身上產生作用。就在巴比的老長官詹姆士．歐．寇克斯也有出席的那場參謀長聯席會議中，他們從各方面考量了磨坊鎮的事件，因此有人想到了這個點子。而在磨坊鎮裡，遲早也會有人被感染上相同念頭。而羅瑞．丹斯摩之所以會起了這個心，也就因此不讓人感到意外了。羅瑞在丹斯摩一家人裡，是最聰明的一個（「我不知道這是他從哪裡弄來的。」當羅瑞把他第一張全部拿A的成績單帶回家時，雪萊．丹斯摩曾這麼說過……而且她語氣中的憂心，還顯然勝過了驕傲之情）。要是他住在鎮中心——而且有台電腦的話——羅瑞肯定會是稻草人小喬那群人的成員之一。

羅瑞被禁止參加這場園遊會／祈禱大會／示威抗議，原因與不准他吃來源不明的熱狗，或是得幫忙停車場的工作無關。他的父親命令他留在家中，負責餵乳牛吃飯。餵完飼料後，他還得幫乳牛的乳房塗抹防止發炎的藥膏，而這正是他最恨的工作。「等到你把牠們的乳頭塗得閃閃發亮，」他的父親說。「就可以清理一下牛舍，整理乾草堆什麼的。」

自從他昨天伸手碰了穹頂以後，便被父親禁止再接近穹頂。老天在上，他不過就是輕輕敲了一下而已啊。通常他向母親哭訴都會有用，但這次不然。「你可能會丟了小命，」雪萊說。「而且，你爸也不准你再亂說話了。」

「我只是告訴他們那個廚師的名字而已！」當他的父親再度警告他時，羅瑞如此抗議道。至於奧利，則是擺出了一副得意洋洋，暗中認同父親決定的模樣。

「為了你自己好，你還是給我放聰明點。」奧登說。

安全躲在父親背後的奧利朝他吐了吐舌頭。雪萊看見了，於是也罵了奧利一頓……但卻沒禁止他參加下午這場有趣的臨時園遊會。

「還有，你給我離那台該死的卡丁車遠一點，」奧登說，指著那台停在一號牛舍與二號牛舍陰影中的全地形卡丁車。「要是你想搬乾草，就給我用提的，這差事可以讓你長高一點。」不久後，腦袋沒那麼聰明的丹斯摩家族成員們一同離去，以步行方式跨越農地，朝羅密歐的帳棚走去，並在身後的顯眼處，留下了一把乾草叉，以及一罐大如花盆的藥膏。

羅瑞雖然對自己得做的這些農莊瑣事感到悶悶不樂，但卻做得頗為認真；他那敏捷的頭腦有時會為他惹上一些麻煩，卻還是個很乖的孩子，從沒想過要把自己受到的雜務懲罰置之不理。至少一開始沒想到。通常，人們只要放空腦袋，便等同於為豐富的想像力準備好成長的土壤，並藉由我們鮮明的夢境及了不起的靈感（無論靈感是好或糟糕透頂）讓花朵瞬間綻放，充滿在你的腦海之中。而這樣的情況，通常則是種思想上的連鎖反應。

當羅瑞開始打掃牛舍的L形主要通道時（他打算把幫牛的乳房塗抹藥膏這項最討厭的工作留到最後），聽見了一連串快速的爆炸聲。那顯然是串鞭炮的聲音，聽起來有點像槍聲，使他想起了父親那把點三零口徑的獵槍。那把槍就放在前面的櫥櫃裡，小孩通常被嚴格禁止碰那把槍，除非是打靶練習，或者狩獵季節那種在大人嚴格監督下的情況才可以。但櫃子並未上鎖，而子彈就放在獵槍上頭的層架上。

靈感來了。羅瑞心想：我可以在那玩意兒上轟出一個洞。說不定還能讓它整個破掉。他腦中浮現清晰明亮的畫面，就像氣球破掉時的景象。

他扔下掃把跑出牛舍，就像許多聰明人一樣（尤其是聰明的孩子），比起細心思慮，充沛的靈感才是他們的強項。如果是他哥想到了這個念頭（雖然不太可能），奧利肯定會想：要是一架飛機、一輛紙漿廠卡車都撞不破那東西，也沒能對它造成任何損害，何況是一顆子彈？他可能還會做出這種判斷：我都已經被媽媽教訓一頓了，要是再不聽話，肯定會慘到不行。

嗯……不，奧利的數學只能算到簡單的乘法，所以可能不會像羅瑞想得那麼遠。

不管怎樣，羅瑞已經懂得大學程度的代數問題，並且融會貫通。要是你問他，一顆子彈怎麼能辦到一架飛機與一輛卡車都辦不到的事，那麼他會回答你，一顆溫徹斯特菁英XP3子彈的撞擊力絕對超過以上兩者。這說法有理可循。首先，子彈的速度更快，而另一方面，子彈所有的撞擊力道，也全集中在重量僅十一點六克的彈頭上。他認為這一定能成功，有無庸置疑的精準代數方程式可資證明。

羅瑞彷彿可以看見《今日美國》的頭版上印著他微笑的照片（當然是謙虛的那種），他還會上《布萊恩．威廉斯夜間新聞》接受專訪，以及坐在裝飾著花朵的花車上，參加為了慶祝他的壯舉而舉辦的遊行，身旁還圍繞著舞會皇后那型的女孩們（也許穿著露肩禮服，但也有可能會只穿泳衣）。當他對著人群揮手時，空中還不斷飛舞著五顏六色的碎紙花。他就是那個拯救卻斯特磨坊鎮的男孩！

他從櫃子裡一把抓起獵槍，踏上墊腳椅，用手摸索層架，取下一盒XP3子彈。他在彈匣內裝進兩發子彈（一顆是備用的），然後活像個取得勝利的反抗軍似的，獵槍高舉過頭，轉身跑出屋外（他正處於一頭熱之中，完全沒想過這個動作安全與否）。那台他被禁止騎乘的山葉全地形卡丁車的鑰匙，就懸掛在一號牛舍裡的木拴板上。他用牙齒咬著那串鑰匙，用幾條橡皮繩把獵槍捆在全地形卡丁車後頭。他不知道子彈打中穹頂時會不會發出聲響，認為或許得回櫃子那裡拿最上層的射擊用隔音耳塞才對。但為了要拿耳塞而跑回屋裡，簡直就是件不可理喻的事，他必須現在就出發。

這就是他了不起的計畫。

他駕駛那台全地形卡丁車繞過二號牛舍，暫停了片刻，計算牧場中人群的狀況。他內心興奮無比，知道自己最好得一鼓作氣穿過道路，直達穹頂（昨天意外的煙燻痕跡，仍像沒清理過的窗戶污痕般清晰可見）。或許有人會在他朝穹頂開槍前便阻止他，到時，他可就當不成拯救卻斯特磨坊鎮的男孩，而只會變成幫牛的乳房塗了一整年藥膏的男孩了。沒錯，而且在頭一個星期裡，他還會因為屁股被狠揍一頓而無法坐下，因此只能跪著幹活。最後，別人則會想到這個原本屬於他的點子，把功勞給全都搶走。

於是，他從帳棚沿對角線的方位，直接朝五百碼距離遠的穹頂駛去，並選擇乾草堆那裡的撞車事故地點，作為之後的停車位置。他知道，那裡一定能靠著掉下來的鳥屍辨認位置。他看見在那裡站崗的士兵朝著引擎轟轟作響的全地形卡丁車轉過身，聽見周圍群眾與那群祈禱者對他發出的警告呼喊。讚美歌的歌聲，就這麼雜亂無章地停了下來。

最糟糕的是，他還看見父親正朝他揮舞著那頂買農具贈送的骯髒帽子，朝他大喊而來：「該死的羅瑞！你快給我停下來！」

羅瑞已經沒辦法停下——要當個好孩子嗎？——而且也不想停下。全地形卡丁車撞上了小丘陵，反彈力道使他彈離座位，只剩手還抓著方向盤，同時還發出了年輕人才有的笑聲。他頭上那頂帽子早已落在後方，而他甚至還不知道是什麼時候掉的。全地形卡丁車斜向一旁，總算停了下來。幾乎就在同時，一名身穿迷彩服的士兵也高聲叫他停下。

羅瑞照做了，接著差點就以翻筋斗的方式飛越山葉卡丁車的把手。他忘了把該死的排檔桿打到空檔，結果車子朝前方斜去，著著實實地撞上穹頂，就這麼熄了火。當車子撞上時，羅瑞還聽見了金屬撞擊與大燈破掉的聲響。

那些士兵因害怕被全地形卡丁車撞上（畢竟他們的雙眼看不見那個足以抵擋巨大撞擊力道的

物體），全都跑到兩側，在人牆中間留下一個大洞，使羅瑞正好不用開口叫他們讓開，以免穹頂破裂所可能引發的爆炸波及到他們身上。他想當個英雄，但也不希望過程中會傷害、甚至害死任何一人。

他得快點才行。最接近停車地點的人潮，是位於停車場與圍繞在夏季特賣會帳棚這兩個地方的那群人。他們正飛快地朝這裡奔來。他的父親與哥哥也在那群人之中，不斷朝著他大喊，無視於他到底想做些什麼。

羅瑞從橡皮繩中抽出獵槍，槍托頂在肩上，瞄準前方地上躺有三隻麻雀屍體的隱形屏障。

「不要，小鬼，別幹傻事！」一名士兵大喊。

羅瑞完全不在乎他說了什麼，因為他知道這不是傻事。此刻，從帳棚與停車場跑過來的人離他更近了。有人——那個人是萊斯特．科金斯，他跑步的表現要比彈吉他的技巧好多了——大聲喊著：「老天在上，孩子，別這麼做！」

羅瑞扣下扳機，但沒有開槍，只是試射一下罷了，保險裝置還是開著的。他回頭看了一下，看見那個講道時激動無比的高瘦牧師，飛快追過了他那氣喘吁吁、滿臉通紅的父親。萊斯特的襯衫下襬掉了出來，在身後飛舞著，同時雙眼還睜得老大。薔薇蘿絲餐廳的那個廚師就跟在他身後。兩人此刻已離他不到六十碼，那牧師的速度，看起來簡直就像汽車打上四檔一樣。

羅瑞用大拇指關掉保險裝置。

「不，小鬼，別這麼做！」那士兵再度大喊，同時張開雙手，在穹頂另一側蹲了下來。

羅瑞完全沒理他，只專心在自己的偉大計畫上頭，接著開了一槍。

這一槍堪稱完美，但對羅瑞來說，卻是件最為不幸的事。高速射出的彈頭正中穹頂，接著彈飛開來，像是一顆綁有繩索的彈力球往回彈去。羅瑞並未馬上感到痛楚，但當兩塊細小的子彈碎片彈進左眼，穿進他的大腦時，一陣強烈白光頓時漲滿了他的視線。鮮血噴湧而出，當他跪在地上，雙手抓著臉時，鮮血自他指縫間不斷湧出。

## 12

「我看不見了！我看不見了！」那名男孩發出尖叫，讓萊斯特馬上想起了先前他用手指隨意插入的聖經內容：癲狂、眼瞎、心驚。

「我看不見了！我瞎了！」

萊斯特扳開男孩的雙手，只見羅瑞的眼窩一片鮮紅，至於眼球剩下的部分，則在他臉頰上懸盪著。當他把頭轉向萊斯特時，眼球剩餘的部分掉到了草地上頭。

有那麼一會兒，萊斯特用雙手緊抱著男孩，直至男孩的父親抵達現場，把他拉開為止。這就是了，這是必然發生的事。萊斯特犯下了罪，並請求上帝指引。上帝的確這麼做了，還給了他一個明確的答案。如今，他知道該做什麼了。唯有這樣，才能彌補他在詹姆士．雷尼唆使之下所觸犯的那些罪行。

一個眼瞎的孩子，為他顯示了該走的路。

# 這並不算糟糕

# 1

生鏞克．艾佛瑞特後來回憶起當時的情形，只覺得腦海中一片混亂。他所能清楚記得的景象，只有科金斯牧師那膚色如死魚般蒼白的赤裸上半身，以及明顯的肋骨痕跡。

但巴比——或許是因為他身懷寇克斯上校再度交付給他的調查任務——則看到了一切。而他記得最清楚的，並非科金斯脫掉上衣一事，而是馬文．瑟爾斯朝他伸出一根手指，輕輕歪了歪頭——不管是誰，都認得出這動作的含義：我們的事還沒完，老兄。

至於在場每個人都記得的——自己家鄉發生了這種事，或許也使他們無法清楚記得太多事——是那父親擁著自己鮮血滿面的不幸兒子時發出的哭喊，以及母親吃力地拖著那超重六十磅的身軀，一面走向事發現場，一面不停大聲尖叫的話語：「他還好嗎，奧登？他怎麼了？」

巴比看見生鏞克．艾佛瑞特推開圍在男孩四周的人，加入跪在那裡的奧登與萊斯特之中。奧登緊擁著兒子，而科金斯則在一旁看著，嘴巴像是門鏈鬆脫的門板般張得老大。生鏞克的妻子就在他身後。生鏞克在奧登與萊斯特之間跪下，嘗試拉開男孩摀住面孔的雙手。奧登——巴比認為，奧登這麼做並不奇怪——迅速揍了他一拳。生鏞克的鼻血流了出來。

「不！讓他幫忙！」助理醫生的妻子大喊。

琳達，巴比想。她的名字是琳達，是個警察。

「不，奧登！不！」琳達把手放到農夫肩上，他轉過身，顯然準備也想給她一拳。他的臉上沒有任何表情，處於動物保護自己孩子的天性中。巴比往前移動，想在農夫揮拳時接住那拳，接著又想到了一個更好的方式。

「醫護人員來了！」他大喊，插進他們兩人之中，試著不讓琳達待在奧登的視線內。「醫護人員！醫護人員來——」

巴比的襯衫領口被人往後一扯，整個人轉過身去。他認出對方是馬文．瑟爾斯——小詹的死黨之一——並察覺他身上還穿著別有警徽的藍色制服。這可真是最糟的情況，巴比想。瑟爾斯彷彿是想證明巴比是錯的，朝他臉上揍了一拳，就像那天晚上他在北斗星酒吧的停車場裡做的事一樣。他一開始瞄準的可能是巴比的鼻子，但卻沒有打中，只正面擊中了巴比的嘴唇。

瑟爾斯縮回拳頭想再來一記，但賈姬．威廷頓——馬文那天最不想搭檔的對象——在他出手前便抓住他的手臂。「別這樣！」她大喊。「警員，快住手！」

有那麼一刻，事情簡直不知會如何收場。然而，奧利．丹斯摩緊緊跟著他那不斷抽泣、氣喘吁吁的母親走了過來，自他們兩人中間穿過，還撞到了瑟爾斯一下，使他後退了一步。

瑟爾斯放下拳頭。「好吧，」他說。「但你人就在犯罪現場裡，王八蛋。不然就是警方辦案現場，你愛叫什麼都行。」

巴比用手掌抹了一下流血的嘴唇，心裡想著：這並不算糟糕，不算糟糕——而是惡劣到了極點。

## 2

關於上面這件事，生鏞克只聽見巴比喊著「醫護人員」的部分而已。接著，他便自己說了下去。「我是醫護人員，丹斯摩先生。我叫生鏞克．艾佛瑞特，你認識我的。讓我看看你的兒子。」

「讓他看看，奧登！」雪萊哭喊。「讓他救救羅瑞！」

奧登鬆開了他的兒子，羅瑞在他膝上前後晃動，流出的鮮血浸溼了他的藍色牛仔褲。羅瑞又再度用手摀住了臉。生鏞克拉開他的手——盡可能輕輕地、輕輕地。他希望情況沒他擔心的那麼糟，但卻發現那孩子的眼窩傷勢嚴重，裡頭不僅是空的，還在不斷湧出鮮血。眼窩後方的大腦也受到了嚴重的傷害。這情況從他眼窩中空無一物，卻仍毫無知覺地望著天空的模樣便可看出。

生鏞克正準備要脫掉襯衫，但牧師已搶先一步。科金斯的上半身不斷冒出汗水，正面蒼白削瘦，背面則布滿交錯的紅色傷痕。他把襯衫交給了生鏞克。

「不對，」生鏞克說。「撕開，要撕開才行。」

萊斯特一開始還搞不懂他的意思，接著才用力把襯衫中間給扯破。這時，其餘警方人員抵達現場，一些正職警員——亨利·莫里森、喬治·佛雷德瑞克、賈姬·威廷頓、費德·丹頓——正朝那群新的特別警員大喊，叫他們協助圍觀群眾後退，以便讓出更多空間。那群新手充滿熱情地照做不誤。有些好奇的圍觀群眾被推倒在地，其中也包括了知名的貝茲娃娃拷問者珊曼莎·布歇。珊曼莎用育嬰背袋背著小華特，當她跌坐在地時，母子倆都大聲哭了起來。小詹·雷尼跨過她，甚至連看都沒看她一眼，便一把揪住羅瑞的媽媽。要不是費德·丹頓阻止了他，他差點就會拉著這名受傷孩子母親的腳，把她給拖離現場。

「不，小詹，住手！她是那孩子的媽！放開她！」

「警察施暴！」珊曼莎·布歇倒在草地上大喊。「警察施——」

同樣是彼得·蘭道夫掌管的警察局所聘請的新警員喬琪亞·路克斯與卡特·席柏杜一同抵達現場（事實上，他們兩個還手牽著手）。喬琪亞用腳朝珊曼莎的一邊胸口推去——那力道還不算踢——開口說：「嘿，男人婆，給我閉嘴。」

小詹放開了羅瑞的母親，跑去與馬文、卡特、喬琪亞站在一塊兒，四個人一同瞪著巴比。小詹看了自己人一眼，覺得這廚子對他們來說，就像隻揮之不去的討厭蒼蠅。他心想，要是能看見巴比被關在懶惰鬼山姆的隔壁牢房，肯定超爽的。同時他也認為，他命中注定要成為警察。這份工作肯定對他的頭痛有所幫助。

生鏽克接過萊斯特扯破的襯衫，又再度扯成一半，把其中一塊蓋在男孩臉龐外露的傷口上，隨即改變主意，把布交給男孩的父親。「壓著——」

由於他鼻子的傷勢，使血都流進了喉嚨裡，讓他很難開口說話。生鏽克清了清喉嚨，轉過頭去，將半帶著血的痰吐到草地上，再度嘗試開口。「爸爸，壓著他的傷口，要往下壓。然後把另一隻手放到他脖子後面，用力捏緊！」

雖說奧登．丹斯摩一臉茫然，卻仍聽命行事。暫用繃帶馬上變成了紅色，但他似乎不為所動。有事可做讓他冷靜多了。通常都是如此。

生鏽克把剩下那塊襯衫碎片朝萊斯特丟去。「再撕！」他說。萊斯特開始把碎片撕得更小塊。生鏽克放開丹斯摩的手，拿開第一塊碎布，那塊碎布已無法吸血。當雪萊．丹斯摩看見空無一物的眼窩時，尖叫了起來。「喔，我的兒子！我的兒子！」

彼得．蘭道夫用慢跑的抵達這裡，不停地喘著氣。但儘管如此，他仍領先老詹許多。老詹小心留意著他那顆不管用的心臟，吃力走下人群坐著休息的那片草地上的丘陵斜坡，踏上寬廣的道路，同時內心想著，沒想到這場集會變成了一場爛泥攤子。日後鎮上若是要辦集會，一定得事先申請才行。要是他辦得到的話（他可以的，他總是辦得到），一定要讓這些申請難以過關。

「叫這些人退開！」蘭道夫對莫里森警員咆哮道。當亨利轉身執行命令時，他又大喊：「各位鄉親，往後退！讓這裡的空氣流通一點！」

莫里森大喊：「所有警員排成一列！把群眾往後推！要是有人抵抗，就把他們銬起來！」

人群開始緩緩向後移動，但巴比仍留在原地。「艾佛瑞特先生……生鏽克……我有什麼幫得上忙的嗎？你還好嗎？」

「我沒事。」生鏽克說。他的模樣清楚告訴了巴比此刻的狀況為何：助理醫生沒事，只是在流鼻血而已。而那孩子再也不會幹出這種事了，就算他能倖存也是。生鏽克把一塊新的襯衫碎片放到孩子淌血的眼窩上，再度抓起父親的手蓋在上頭。「按住他的頸背，」他說。「用力壓。用力。」

巴比開始往後退，但就在此時，那孩子開口了。

## 3

「今天是萬聖節。你不行……我們不行……」

生鏽克原本正在折另一塊襯衫碎片，準備當成紗布使用，但動作卻忽然隨之凝結。突然間，他像是回到了女兒的臥室中，聽見賈奈兒尖叫著說：都是南瓜王的錯！

他抬頭望向琳達。她也聽見了，因此雙目圓睜，原本滿臉通紅的臉頰頓時刷白。

「琳達！」生鏽克厲聲說。「快用妳的無線電聯絡醫院！叫抽筋敦開救護車——」

「著火了！」羅瑞·丹斯摩尖聲大叫，聲音抖得厲害。萊斯特看著他，模樣可能就像摩西當初看著燃燒的灌木叢一樣。「著火了！巴士著火了！每個人都在尖叫！小心萬聖節！」人群此刻全都沉默下來，聽著這孩子的咆哮。就連才剛抵達那群暴民後方，正準備用手肘撞開一條通道的老詹·雷尼也聽見了。

「琳達！」生鏽克大喊。「快拿無線電！我們得叫救護車！」

此話一出，就像是有人在她面前拍了拍雙手似的，使她回過了神。她自腰間抽出無線電對講機。

羅瑞突然朝前方的草地滾去，開始不斷抽搐。

「這是怎麼回事？」開口的是父親。

「喔親愛的耶穌，他要死了！」這句話是母親說的。

生鏽克把不斷顫抖掙扎的孩子轉至正面（他試著別聯想到賈奈兒，但想也知道，這根本不可能），向上揚起他的下巴，保持空氣流通。

「快來，爸爸。」他告訴奧登。「現在還不能放棄。繼續捏後頸，壓住他的傷口。我們要幫他止血。」

擠壓傷口可能會讓子彈碎片刺進眼窩更深的地方，但生鏽克決定把這個問題留到之後再說。畢竟，這也要這孩子沒當場死在這片草地上才行。

附近——卻又如此遙遠——的一名士兵總算開口了。他才不過十多歲，看起來既恐懼又愧咎。「我們試著要阻止他，但這男孩不聽我們的勸，我們也沒有辦法。」

彼特・費里曼對這名臉上掛著奇異苦笑的年輕士兵表達了認同之意。他那台裝上背帶的尼康相機此刻正懸在雙膝間。「我想我們了解。就算我們先前不懂，現在也知道了。」

## 4

在巴比走進人群前，馬文・瑟爾斯握住了他的手臂。

「把你的手放開。」巴比平靜地說。

瑟爾斯露出獰笑。「別做夢了，臭雞巴。」他提高音量。「警長！嘿，警長！」

彼得・蘭道夫不耐煩地轉向他，眉頭深鎖。

「我想維護現場安全，但這傢伙在阻擾我。我可以逮捕他嗎？」

蘭道夫張開嘴，原本可能回答：別浪費我的時間。但他看了看四周，發現老詹．雷尼總算加入了看著生鏽克幫那孩子急救的一小群人裡頭。雷尼的眼神如同岩石上的爬蟲類動物，冷冷地看著芭比，然後轉頭望向蘭道夫，輕輕點了點頭。

馬文看見了，笑得更為開懷。「賈姬？我是說威廷頓警員？我可以借用妳的手銬嗎？」

小詹與他的其餘夥伴也一樣笑咪咪的。這場戲比看著一個小孩不斷流血精采，也比面對一群祈禱中的教徒，還有高舉抗議標語那些蠢蛋努力維持秩序來得好玩多了。「活該啊，臭婊子芭——比。」小詹說。

賈姬一臉猶豫。「彼得——我是說，警長——我覺得這傢伙只是想試著幫——」

「把他銬起來，」蘭道夫說。「我們晚點再搞清楚他到底想幹嘛。現在，我得先收拾這個爛攤子。」他提高音量。「結束了，鄉親們！大家都玩夠了，也都看夠了！現在全部回家！」

就在賈姬從腰間取出塑膠手銬時（她沒打算把手銬交給馬文．瑟爾斯，決定要親自動手），茱莉亞．夏威開口了。她人就站在蘭道夫與老詹身旁（事實上，老詹還想用手肘擋住她）。

「要是我的話就不會這麼做，蘭道夫警長。除非你們警方想一臉尷尬地登上《民主報》頭版，」她露出一個蒙娜麗莎式的微笑。「讓大家知道你這個局長有多菜。」

「妳是什麼意思？」蘭道夫問。此時他的眉頭皺得更深了，讓臉上出現一堆實在不算可愛的紋路。

茱莉亞舉起相機——與彼特．費里曼那台相比，屬於較舊一點的機型。「我拍了好幾張芭芭拉先生協助生鏽克．艾佛瑞特與那個受傷孩子的相片，還有幾張瑟爾斯警員無故拉開芭芭拉先生的相片……還有一張，是瑟爾斯警員毆打芭芭拉先生嘴巴的相片，同樣也是無緣無故就出手了。我不算是專業攝影師，但那張相片的確很精采。你想看看嗎，蘭道夫局長？我這台是數位相機，可以讓你看一下。」

由於巴比覺得她只是在虛張聲勢，所以對她不禁感到由衷敬佩。要是她真拍下了相片，怎麼會剛才才拿下鏡頭蓋？

「全都是撒謊，警長。」馬文說。「他剛才想把我推開。你可以問小詹。」

「我想從我的相片裡看得出來，這位年輕的雷尼先生當時正在維護群眾秩序，當瑟爾斯揮出那拳時，他根本是背對那裡的。」

蘭道夫一臉陰沉地看著她。「我可以拿走妳的相機，」他說。「當成證據。」

「當然沒問題，」她爽快地應允。「彼特．費里曼還可以拍幾張你沒收相機的相片。然後你可以再拿走彼特的相機……不過，到時每個人都會看見你幹了什麼好事。」

「妳到底想站在哪一邊，茱莉亞？」老詹問，露出他那不帶善意的微笑——就像鯊魚打算朝泳客豐滿的臀部一口咬下時的一樣。

茱莉亞也面帶微笑地轉向他，露出無辜的眼神，彷彿一名困惑的孩子。「你是說我們這一邊嗎，詹姆士？那裡是一邊——」她指向看著這裡的士兵。「我們這裡則是另一邊？」

老詹思索了一會兒，嘴角朝另一頭彎曲，變成了倒過來的微笑，接著朝蘭道夫滿臉厭惡地甩了甩手。

「我想我們就當成沒這件事吧，芭芭拉先生。」蘭道夫說。「大家都在氣頭上。」

「謝謝。」巴比說。

賈姬拉了拉她那滿臉不悅的年輕搭檔的手臂。「走吧，瑟爾斯警員，這事結束了。我們去讓群眾往後退。」

瑟爾斯與她一同離開，但在轉身前，朝巴比做了個動作，用一根手指指著他，輕輕歪了歪頭。我們的事還沒完，老兄。

老羅的助理陶比·曼寧與傑克·伊凡斯一同出現，帶來了一個用帆布與帳棚支架組成的臨時擔架。老羅原本張開了口，想問他們知不知道自己在幹嘛，但最後仍閉上了嘴。反正這場健行活動已經取消了，那就隨它去吧。

## 5

他們開車來參與這場盛會，接著又全都在同一個時刻想開車離去。

預料之中，小喬·麥克萊奇想。完全在預料之中。

大多數警察都在疏通壅塞的交通狀況，就算是一群孩子（小喬、班尼·德瑞克與諾莉·卡弗特三個人站在一塊兒）也看得出這群新手經驗不足、有待改進，對於眼前的狀況不知如何是好。一堆咒罵在如同夏季般燥熱的空氣中此起彼落（「怎麼會他媽的就這樣塞在這裡了？」）。雖然交通亂成一團，但似乎沒什麼人按喇叭。大多數鄉親們可能都很討厭喇叭的聲音吧。

班尼開口說：「看看那些白癡。你覺得他們的排氣管排出了多少加侖的廢氣？好像油都用不完似的。」

「說得對。」諾莉說。她是個堅強的孩子，一個調皮的小鎮女孩，留著一頭被稱為田納西禮帽頭的前短後長髮型。但她如今看起來臉色蒼白，一臉哀傷恐懼的模樣。她牽著班尼的手，讓稻草人小喬的心都碎了，然而，她接著也牽起了他的手，使他這才為之平復。

「那是剛剛差點被抓的傢伙耶。」班尼說，用他空著的手朝前一指。巴比與報社的女士正穿過農地，與其他六、七十個人朝臨時停車場走去，其中有些人的身後還拖著抗議標語，一副無精打采的模樣。

「你知道嗎，那個報社女根本就沒拍照。」稻草人小喬說。「我就站在她後面，真是有夠奸詐。」

「是啊，」班尼說。「不過我一點也不想成為他。直到這場狗屁災難結束前，警察能為所欲為的事可多得很。」

這倒沒錯。小喬深思著。那些新警察可不是什麼和善的傢伙，例如小詹·雷尼就是這樣。懶惰蟲山姆被逮捕的事已經傳開了。

「什麼意思？」諾莉問班尼。

「現在還沒什麼事，情況還算不錯，」他想了一會兒。「簡直就好極了。不過再這麼繼續下去……還記得《蒼蠅王》嗎？」他們在高等英文課中讀過這本書。

班尼朗誦了一段：「『殺了豬，割開她的喉嚨，給她狠狠一擊。』大家都叫警察臭豬，但我告訴你我是怎麼想的。我覺得，事情變得越來越嚴重以後，反而是警察才會把別人當成臭豬。或許這是因為他們也一樣害怕吧。」

諾莉·卡弗特開始流起淚來。稻草人小喬用手臂摟著她，動作十分小心，彷彿覺得自己的動作會害他們全都被炸死。然而，她卻把臉埋在他的襯衫上，擁抱著他。由於她的另一隻手還牽著班尼，所以這是個只有單手的擁抱。小喬認為，在他這輩子裡，還從來沒有被她淚水浸溼襯衫這種古怪而興奮的感受。他的視線越過諾莉頭頂，以責備的眼神望向班尼。

「對不起，夥伴，」班尼說，拍了拍她的背。「別怕別怕。」

「他的眼睛沒了！」她哭著說。由於她的臉還埋在小喬胸前，所以聲音不太清楚，於是又放開小喬。「這已經變得不好玩了，一點也不好玩。」

「沒錯，」小喬說，像是發現了什麼偉大的真理。「是不好玩。」

「快看。」班尼說。救護車來了。抽筋敦開著救護車，顛簸地穿越丹斯摩的農地，車頂紅燈不斷閃爍著。他的姊姊，也就是薔薇蘿絲餐廳的老闆蘿絲，就走在他前方，指揮他繞過地上的坑洞。在十月明亮的午後天空下，一台在乾草地上行駛的救護車，為這場抗議活動劃下了句點。

突然間，稻草人小喬不想再繼續抗議，甚至也沒那麼想回家了。

在這一刻，他在這世上唯一想做的事，就是離開這個城鎮。

## 6

茱莉亞放開手煞車，卻沒啟動引擎；他們還要在這裡待一會兒，所以沒必要浪費汽油。她朝巴比那邊俯身，打開置物抽屜，拿出一包放了很久的美國精神香菸。「緊急物資，」她帶著點歉意說。「要來一根嗎？」

他搖搖頭。

「你介意我抽嗎？反正我可以晚點再抽。」

他又搖了搖頭。她點燃一根菸，把煙吐到打開的窗戶外。天氣依然溫暖——是個貨真價實的秋老虎天氣——但卻不會維持太久。再過一個星期左右，天氣就會變糟，與那些老人家說的一樣。也許不會，她想。見鬼了，誰知道呢？如果穹頂繼續籠罩這裡，她敢說一定會有很多氣象學家考慮把裡頭的天氣變化作為研究主題。但那又怎樣？尤達斯氣象台甚至連一場暴風雪的移動方向都無法預測，就茱莉亞看來，他們預測天氣的準確度，甚至還比不上薔薇蘿絲餐廳那群自詡政治天才的客人們那些瞎掰的聊天內容。

「謝謝妳幫我說話，」他說。「妳從那群兔崽子手中救了我一回。」

「親愛的，我倒是有個新消息——你那群兔崽子還在草地上蹦蹦跳跳的呢。你下次再遇到這種事該怎麼辦？叫你朋友寇克斯聯絡美國自由公民聯盟？他們可能會很感興趣，不過我不認為他們可以很快地從波特蘭的辦公室，趕到卻斯特磨坊鎮來看一下實際狀況。」

「別那麼悲觀。穹頂搞不好今晚就會被吹到海上，或者消失什麼的，誰知道呢？」

「機率低得很。這是政府搞的鬼——至少有一部分是——我敢說你的寇克斯上校清楚得很。」

巴比沉默不語。當寇克斯說政府與穹頂這事無關時，他是相信的。這並非代表寇克斯值得完全信賴，只不過是因為巴比不認為美國有這種科技技術罷了。其他國家也一樣。但他怎麼能確定這點？他最後的任務是威嚇那些伊拉克人，有時還得用槍指著他們的頭。

小詹的朋友法蘭克·狄勒塞在一一九號公路協助指揮交通。他穿著藍色的警察制服與牛仔褲——可能是因為警局裡沒有合他尺寸的制服褲吧。他是個高大的王八羔子。茱莉亞憂心地看著他。他的臀部處掛了把手槍，比磨坊鎮警局配備的克拉克手槍來得小把，或許是他自己的私人物品，但那的確是把槍，光是這樣就夠了。

「要是希特勒青年團要抓你的話，你該如何是好？」她問，用下巴比了比法蘭克的方向。「希望你運氣夠好，能在他們抓你進監獄，或是決定要直接解決掉你時，還有機會能大喊『警察施暴』。鎮上只有兩個律師。一個很老了，而另外一個開的車呢，則是老詹·雷尼打折賣給他的保時捷。我是這麼聽說的。」

「我會照顧好自己的。」

「噢，真有男子氣概。」

「妳的報紙怎麼樣？我昨晚離開時，看來已經差不多了。」

「正確地說，你是今天上午才離開的。還有，對，已經印好了。彼特跟我，還有幾個朋友一起分好了報紙。只不過，整個鎮上有四分之三是空的，讓我實在不知該從何發放。你有興趣當送報義工嗎？」

「我是沒問題，不過我還有數不盡的三明治得做。今晚餐廳不提供任何熱食。」

「也許我會過去光顧吧。」她把只抽了一半的香菸從窗口拋出車外，在思考片刻後，又走出車外把菸踩熄。這時候要是引發草地火災可就不妙了，鎮上那輛新的消防車還在城堡岩那裡呢。「今天稍早，我有過去帕金斯警長家一趟。」她回到駕駛座時這麼說。「不過那裡現在只能說是布蘭達家了。」

「她還好吧？」

「糟透了。不過當我告訴她，我過去的目的是想告訴她你想見她一面時——我甚至還沒說是什麼事——她就馬上同意了。我想晚上過去是最好的時間點，我猜你朋友應該會心急如焚吧。」

「別再說寇克斯是我朋友了。他不是我朋友。」

他們不發一語地看著受傷的男孩被送進救護車後方。那群士兵們仍看著那裡，搞不好已經違反了命令，使茱莉亞覺得他們看起來順眼多了。救護車開始顛簸地穿越草地，駛向回程，警示燈不停閃爍。

「這真是糟透了。」她小聲說。

巴比用單手摟著她的肩。她全身繃緊了好一會兒，接著才放鬆下來。她直視前方——救護車此時轉進一一九號公路中間那個被清空的車道——開口說：「我的朋友啊，要是他們決定要讓我關門大吉呢？要是雷尼和他那些寵物警察決定要關閉我的報社該怎麼辦？」

「不會發生這種事的。」巴比說。但他其實並不確定。如果情況再這麼繼續下去，他猜在卻斯特磨坊鎮裡的每一天，都會成為什麼事都可能發生的日子。

「她好像有什麼話藏在心裡。」茱莉亞・夏威說。

「帕金斯太太？」

「嗯。在對話過程中，她有很多地方都顯得很古怪。」

「她因為丈夫的事感到悲傷，」巴比說。「悲傷會讓人變得很奇怪。傑克・伊凡斯——他的妻子在昨天穹頂落下時死了——從今年春天開始，每個星期三都會來吃我最出名的肉卷餐。但我剛剛向他打招呼，他卻一副不認得我的模樣。」

「我從布蘭達・帕金斯還叫做布蘭達・莫爾斯的時候就認識她了，」茱莉亞說。「都快四十年了。我還以為她會告訴我是什麼事在困擾她……但她什麼也沒說。」

巴比指著道路的方向。「我想現在可以走了。」

茱莉亞才剛啟動引擎，手機便響了起來。她急著想從包包裡拿出手機，差點把包包給摔了下去。她聽了一會兒後，把手機遞給巴比，臉上帶著一絲挖苦的微笑。「找你的，老大。」

是寇克斯。寇克斯有點事要說，事實上，還是很多事要說。巴比被中斷了很久的時間，才說完了那男孩發生的事，以及此刻正送往凱薩琳・羅素醫院的情形。但寇克斯並未提到任何關於羅瑞・丹斯摩的事，或者也根本不想表示什麼意見，只是禮貌性地聽完，就當作沒這回事了。當他把話說完後，他問了巴比一個問題，只不過語氣聽起來更像命令，就像巴比仍在軍隊中，得要遵命行事。

「長官，我懂你的問題，但你不知道的是……我猜你會說這是個政治問題，不過我的確被捲了進去。在穹頂這件事發生前，我就已經惹上了一些麻煩——」

「我們知道整件事的經過。」寇克斯說。「你和次席公共事務行政委員的兒子，以及他的朋友們發生了一場爭執。你差點就被逮捕了，這些在我的檔案裡都有紀錄。」

一份檔案。現在他有一份自己的檔案了。老天保佑。

「那份情報很棒，」巴比說。「但讓我幫你補充一點資料。第一點，那個保住我不被逮捕的警局局長已經死在一一九號公路上了，地點就在我現在與你通話的附近而已，說真的——」

隱約間，在那個他所無法看見的世界裡，巴比聽見了翻頁的聲音。他突然覺得自己想徒手殺了詹姆士．歐．寇克斯上校，而這只不過是因為詹姆士．歐．寇克斯上校可以在任何他高興的時間前往麥當當㊿，而他，戴爾．芭芭拉則沒辦法。

「我們也知道這件事，」寇克斯說。「是心臟起搏器的問題。」

「第二點，」巴比繼續說。「新局長是鎮上唯一一個握有實權的公共事務行政委員會裡的成員，而且他還聘請了一些新夥計。那些人就是在鎮上酒吧的停車場裡想宰了我的那群傢伙。」

「你一定可以克服這問題的，不是嗎？上校？」

「幹嘛叫我上校？你才是上校。」

「恭喜你，」寇克斯說。「不僅是因為你再度成為軍人，為你的國家服務，而且你還獲得了著著實實的跳級擢升。」

「不！」巴比大喊。茱莉亞一臉關切地望著他，但他幾乎沒注意到這點。「不，我不要！」

「呃，你非接受不可。」寇克斯平靜地說。「在我們切斷你那不幸小鎮的網路前，我會先用電子郵件把必要的文件寄到你那個編輯朋友的信箱裡。」

「切斷？你不能切斷！」

「那份文件是總統親自簽署的。你要拒絕他嗎？我很清楚他，只要他一被拒絕時，就會變得像是個脾氣暴躁的小孩。」

巴比沒有回答，思緒一片混亂。

「你得去找公共事務行政委員與警局局長，」寇克斯說。「你得告訴他們，總統下令，表示卻斯特磨坊鎮進入戒嚴狀態，而你就是最高指揮官。我相信你一定會遭遇一些基本反抗，但我給你的資訊，會有助於你建立與外界溝通的管道。我知道你很有說服力，讓他們看看你在伊拉克的表現吧。」

「長官，」他說。「你完全誤判了這裡的情形。」他用一隻手把頭髮往後梳。耳朵在該死的手機擠壓下陣陣作痛。「就算你可以理解穹頂怎麼運作，也無法理解在穹頂之下的這個小鎮裡究竟會發生什麼事。再說，事情不過才開始不到三十小時而已。」

「那就幫助我理解。」

「你說總統要我這麼做。要是我打電話給他，叫他來親我紅潤的屁股呢？」

茱莉亞看著他，一臉嚇壞了的模樣，而這讓他得到了一個靈感。

「假設，我說我是個蓋達組織派來臥底的成員，正計畫要殺了他──砰，一槍爆頭。這樣如何？」

「芭芭拉中尉──我是說芭芭拉上校──你說夠了吧。」

巴比覺得還不夠。「他有辦法派聯邦調查局的人過來抓我嗎？特勤局呢？還是該死的紅軍？不，長官，他沒辦法。」

「我們正在計畫改變現況，就像我剛才解釋的一樣。」寇克斯的聲音不再自在幽默，變成了一個軍人在對另一個軍人說話時的聲音。

「要是成功的話，你隨時都能叫政府組織的人過來逮捕我。但要是我們一直處在隔離狀態，

㊿此處原文用的是「Mickey-D」，為美國年輕人對麥當勞速食店的暱稱，故在此譯為台灣年輕人對麥當勞的暱稱。

這裡會有誰願意聽我的話？牢牢的記住吧，這個小鎮已經獨立了。不只是脫離美國獨立，而是脫離了整個世界獨立。我們根本就什麼也做不了，就連你也一樣無能為力。」

寇克斯平靜地說：「我們正努力想幫助你們。」

「我幾乎完全相信你說的話。但這裡的其他人呢？他們繳了稅，結果得到了什麼幫助？他們只看見一群士兵背對著他們站崗而已。這還真是個糟糕的消息。」

「你說了那麼多，只不過是想拒絕罷了。」

「我不是在拒絕。只是我隨時有可能會被逮捕，而我的指揮官剛剛才告訴我，說他可能暫時幫不上我任何忙。」

「要是我打電話給首席公共事務行政委員……他叫什麼來著……桑德斯……然後告訴他……」

「這就是我說你所知太少的原因。這就像是整場伊拉克戰爭從頭來過，只不過這回你人在華盛頓，而不是親臨現場。你現在缺乏情報的程度，就像坐辦公桌的輕鬆軍人一樣。聽清楚了，長官，只掌握一些情報，比毫無情報要來得糟多了。」

「只學到點皮毛是很危險的事。」茱莉亞咕噥地說。

「要是桑德斯不是帶頭的人，那誰才是？」

「詹姆士．雷尼。次席公共事務行政委員。他才是這裡當家作主的骯髒頭子。」

在暫停片刻後，寇克斯說：「也許我們可以留下網路通訊的部分。反正我們這裡認為應該切斷網路的那群人，也只是出自下意識的反應罷了。」

「你怎麼會這麼想？」巴比問。「難道你們不知道，要是留下網路給我們，莎拉阿姨的蔓越莓麵包食譜遲早會流出去嗎？」

茱莉亞坐直了身子，用唇語說：他們要切斷網路？巴比對她伸出一根手指：稍安勿躁。

「聽我說完，巴比。假設我們打給這個叫雷尼的傢伙，向他表示歉意，告訴他網路會被切斷，但這都是危機情勢中的極端措施之類的話。那麼這下你就可以向他證明，你的確有辦法改變我們的想法了。」

巴比考慮了一會兒。這方法可能有用，至少也能拖點時間。當然，也可能根本無效。

「除此之外，」寇克斯爽朗地說。「你還可以讓他們獲得新的資訊，或許可以讓大家好過一點，肯定能讓鎮民們不用活在恐懼之中。」

巴比說：「電話也得像網路一樣保持暢通才行。」

「這點很難辦到。或許我可以幫你們保住網路，但……聽我說，兄弟。負責處理這場災難的委員會成員裡，至少有五個像是柯提斯．勒梅(51)那型的人，對他們而言，直到獲得證明以前，否則卻斯特磨坊鎮裡的每一個人，都該被當成是恐怖分子看待。」

「這些被假設為恐怖分子的人能對美國造成什麼損害？在剛果教堂引爆自殺式炸彈？」

「巴比，這些話你去對唱詩班說吧。」

當然，這的確有可能成真。

「你會照做嗎？」

「我得晚點才有辦法回答你。在你做任何事以前，先等我的回電再說。我得先和前任局長的遺孀談談。」

寇克斯頑固地說：「你還是要這樣討價還價？」

(51) Curtis LeMay（1906-1990），是第二次世界大戰時，負責規劃及執行對日本城市進行大規模轟炸的美國空軍將領。

又一次地，巴比認為自己仍無法讓寇克斯——就軍方的標準來說，他還算是自由派的了——對穹頂帶給這小鎮的影響有更進一步的理解。在這裡，寇克斯的祕密行動那招根本毫無用處。

我們不能被牽著鼻子走，巴比想。現在可不能被牽著走。除非他們那些瘋狂的點子行得通才行。

「長官，我真的得晚點才能回覆。這支手機快沒電了。」他毫不愧咎地撒了謊。「在你向任何人報告以前，先等我回電再說。」

「記得，他們計畫在明天下午一點進行轟炸，如果你想捍衛生命，最好在那之前回電給我。」

捍衛生命。除非讓大家都有足夠的丙烷可用，否則這又是一個在穹頂之下毫無意義可言的說法。

「我們再聯絡。」巴比說，在寇克斯還沒來得及說話前便掛斷電話。一一九號公路現在已經幾乎沒車了。但迪勒塞還在這裡，手臂靠在他那台復古型的肌肉車上。茱莉亞駛過那台新星汽車時，巴比注意到貼在車尾的標語貼紙上如此寫著：傻瓜、硬漢、告密者——沒人能免費搭車[52]。除此之外，車頂放著的可卸式警示燈仍在不停閃爍。他認為這樣的對比，正足以說明現在卻斯特磨坊鎮的問題所在。

在路上，巴比告訴她寇克斯所說的一切。

「他們要做的事與那孩子有什麼不同？」她說，聲音聽起來相當震驚。

「呃，是有點不太同。」巴比說。「那孩子拿的是獵槍，而他們用的是一排巡弋飛彈，還稱之為大爆炸理論。」

她笑了。笑容與她平常的樣子不同，顯得蒼白虛弱，使她看起來像是六十歲，而非四十三歲。「看來，我得趕快再發一份新報紙了。這比我原先預期中快多了。」

巴比點點頭。「號外，號外，大家快來看啊。」

## 7

「哈囉，小珊。」某個人說。「妳還好嗎？」

珊曼莎．布歇認不出那聲音是誰，於是警戒地轉過身，緊抓著育嬰背帶。體重不輕的小華特睡著了。她的臀部因跌倒撞傷，就連情感也同樣受創——該死的喬琪亞．路克斯，竟敢叫她男人婆。喬琪亞．路克斯曾不只一次到小珊的拖車附近叫囂，試著想找她麻煩，還帶著那個滿身肌肉的傢伙一起。

是小桃的父親。小珊跟他說過上千次話了，卻沒認出他的聲音，甚至還好不容易才認出眼前這人是誰。他看起來衰老而哀傷——簡直整個人都垮了。他甚至沒偷瞄她的胸部，這還是第一次呢。

「嗨，桑德斯先生。喔！我剛剛沒看見你——」她放開背帶，往回走至平坦的農地與大帳棚那裡。大帳棚有一半倒了下來，像是被遺棄了一般，但仍不及桑德斯看起來這麼淒涼。

「我坐在陰暗處那裡，」他的聲音還是一樣畏畏縮縮的，臉上帶著一個既愧咎又受傷的難看微笑。「還是沒找到喝的東西。這個十月還真溫暖，對嗎？天啊，真的，我覺得這是個很棒的下午——一個真正的小鎮時光——直到那男孩——」

喔，這下糟了，他開始哭了。

52 ASS, GAS, OR GRASS - NOBODY RIDES FOR FREE，此句出自毒藥樂團（Poison）歌曲〈Valley Of Lost Souls〉的歌詞。

「我為你的妻子深深感到遺憾，桑德斯先生。」

「謝謝妳，小珊，妳真體貼。我可以幫妳抱孩子，陪妳一起回車子那裡嗎？我想妳現在應該可以走了──路上幾乎沒車了。」

這提議讓小珊難以抗拒，就算他會再哭一次也一樣。她把小華特自育嬰帶中抱了起來──就像捧起一大團溫熱的麵糰──交給了他。小華特睜開雙眼，先是露出昏沉沉的傻笑，接著打了個嗝，又沉沉睡去。

「我想他可能在尿布上大號了。」桑德斯先生說。

「是啊，他簡直是台標準的排糞機。小華特就跟個小老頭一樣。」

「華特是個很棒的老式名字。」

「謝謝。」告訴他說，她兒子的名字其實是「小」這個字，似乎只會招來不必要的麻煩……更別說她確定以前就告訴過他這件事了。反正他就是記不住。跟他一起這樣走路──雖然是他抱著小孩──對這個超級倒楣的下午來說，是個超級倒楣的句點。但至少他對交通狀況的事說得沒錯，塞車的問題總算解決了。小珊不禁納悶，不知道會從什麼時候開始，全鎮的人又會倒退到只剩腳踏車能騎的狀態。

「我從來不喜歡她去上飛行課這個點子。」桑德斯先生說，像是突然開始跟自己對話起來。「有時我甚至會想，不曉得克勞蒂亞有沒有跟那傢伙上床。」

小桃的媽媽跟查克．湯普森上床？小珊既震驚又好奇。

「大概沒有吧，」他嘆了口氣說。「不管怎樣，現在都不重要了。妳有看到小桃嗎？她昨天晚上沒回家。」

小珊差點就開口回答：有，昨天下午才碰面的。但要是小桃昨晚沒回家睡覺，那麼說出來只會讓小桃的老爸徒增擔心，還會讓小珊得跟這個老淚縱痕、一邊鼻孔還懸盪著鼻涕的傢伙聊上更久，到時可就糗了。

他們走到了她的車子那裡。那是台車側邊條搖搖欲墜的老舊雪佛蘭。她抱回小華特，做了個鬼臉。他尿布裡那一大包東西，顯然要優比速與聯邦兩間快遞公司加起來才有辦法運送得了。

「沒有，桑德斯先生，我沒見到她。」

他點點頭，用手背抹了抹鼻子。鼻涕不見了，或者說，至少沾去了別的地方。他沒那麼難過了。「她可能跟安安．麥卡因一起去超市了，結果沒辦法回鎮上後，就跑去她住在沙貝陶斯的佩格阿姨家了。」

「嗯，應該是這樣。」等小桃回家以後，他一定會覺得驚喜萬分。老天垂憐，這是他應得的。小珊打開車門，把小華特放在副駕駛座上。她在幾個月前就放棄讓他坐兒童安全座椅了，那老是讓他的屁股痛到不行。更別說，她開車安全得很。

「很高興見到妳，小珊。」他停了一會兒。「妳可以為我妻子祈禱嗎？」

「呃……當然，桑德斯先生，沒問題。」

她正要坐進車內，便想起了兩件事：喬琪亞．路克斯用她那該死的機車靴在她胸口上踢了一下——搞不好力道大到都瘀青了——而無論老安．桑德斯心碎與否，他都是這鎮上的首席公共事務行政委員。

「桑德斯先生？」

「怎麼了，小珊？」

「有些警察實在太粗魯了，你可能得處理一下才行。在……你知道的，事態變嚴重以前。」

他依舊掛著不開心的笑容。「呃，小珊，我知道你們年輕人是怎麼看警察的——我自己也年輕過——但鎮上的狀況非常糟糕，所以我們得儘快建立新的警力組織，這樣對每個人才有益處。妳明白的，不是嗎？」

「當然。」小珊說。她真正明白的，是一個政客就算處於貨真價實的悲傷中，似乎也不妨礙他們滔滔不絕地說出一堆廢話的本領。「嗯，再見。」

「他們是優秀的團隊，」老安模糊不清地說。「彼得．蘭道夫會讓他們團結一心。他們會戴著同樣的帽子，跳著……呃……同樣的舞蹈。保護鎮民，以及為大家服務，妳知道的。」

「當然，」小珊說。保護與服務的舞蹈，偶爾再來個胸口踼。她坐進車內，躺在座位上的小華特又開始打起呼來。嬰兒的大便臭得嚇人。她搖下車窗，看了後照鏡一眼。桑德斯先生仍站在臨時停車場中，除了他以外，那裡幾乎已經沒人了。他朝她舉起一隻手。

小珊也舉起手向他道別，心中納悶要是小桃昨晚真的沒回家，那會在哪兒過夜呢？接著，她便把這事拋到腦後——她其實一點也不擔心——打開了收音機。這裡唯一能接受到訊號的只有耶穌電台，於是她又把收音機關掉。

當她抬起頭時，法蘭克．迪勒塞就站在道路前方，朝她的車頭舉起了一隻手，就像個真正的警察似的。她用力踩下煞車，以免撞著他，接著把手放到孩子身上，防止孩子滾下座位。小華特醒了過來，開始大叫。

「看你幹的好事！」她對法蘭克大喊（他們在高中時期，曾在安安參加樂隊營的活動時，短暫廝混了兩天）。「孩子差點都摔下去了！」

「他的安全座椅呢？」法蘭克斜靠在她的車窗上，二頭肌鼓了起來。大肌肉，小老二，這就是法蘭克．迪勒塞。珊曼莎認為，這也是安安有機會與他交往的原因。

「關你屁事啊。」

真正的警察可能會開張罰單給她——一面還念著兒童保護法的相關規定——但法蘭克只是傻笑而已。「妳有看見安安嗎？」

「沒有。」這次倒是真話。「她搞不好被誰綁架到鎮外了吧。」雖然小珊根本不認為這鎮上有誰幹得出綁架這種事。

「那小桃呢？」

小珊再度回答沒有。她非這麼說不可，因為法蘭克有可能會與桑德斯先生講到話。

「安安的車還在家裡。」法蘭克說。「我在車庫裡有看見。」

「大驚小怪，她們搞不好是開小桃的車出去的。」

他似乎在思考著這個說法。路上幾乎只剩他們，塞車已成了過去的事。他開口說：「喬琪亞有踢傷妳的奶子嗎，寶貝？」她還沒來得及回答，他便伸手揉捏她的胸部，力道還不怎麼輕。「要我用嘴巴呼呼嗎？」

她拍開他的手。在她右側，小華特仍在叫個不停。有時她真想不通，為什麼上帝會先創造男人？他們只會大叫或吃妳豆腐，再不然就是吃妳豆腐或大叫。

法蘭克現在已經不笑了。「妳最好給我他媽的注意一點，」他說。「情況現在可不同了。」

「你要怎樣？抓我嗎？」

「我倒是有個更好的點子。」他說。「走吧，給我滾。要是妳看到安安的話，跟她說我要見她。」

她開走了，心中感到生氣與——她實在不願承認，但那感覺卻千真萬確——有些害怕。在開了半英里後，她停下車，幫小華特換了尿布。後座有個專門放用過尿布的袋子，但因為她實在太生氣了，心煩之下，便把髒尿布給丟到了路肩上。在不遠處，有個大招牌寫著：

雷尼二手車行
國產車與外國車
可提供貸款！
你有車開
全因跟老詹做了交易！

她經過幾名騎著腳踏車的孩子，再度納悶起不知道會從什麼時候開始，每個人就只剩腳踏車可騎的這件事。搞不好根本就不會發生，會有人在事情演變成那樣前，便先想出解決方法，就像她喝醉時喜歡在電視上看的那些災難片一樣，例如洛杉磯的火山爆發，或是紐約殭屍橫行之類的。當事情恢復正常後，法蘭克和卡特．席柏杜也會變回以前的身分：口袋裡只有一點錢，或者根本沒半毛的小鎮失敗者。不過在這段時間裡，她可能還是得盡量低調為上。

無論如何，她很慶幸自己管住了嘴，沒說出小桃的事。

8

生鏽克聽見血壓監測器發出警示聲，知道他們沒辦法救回那男孩了。事實上，他們在救護車上的時候，就已確定救不回他了——該死，其實是從跳彈擊中他的那一刻才對——但監測器的警示聲，則讓這一切成為了無法動搖的結局。他受到如此嚴重的傷害，本應搭救援直升機直接送到大醫院去。但相反地，他只能被送到一個裝備不足、室溫過高的手術室裡（由於得節省發電機的燃料，所以空調已經關上了）。負責動手術的醫生，早在好幾年前就該退休了；至於助理醫生，則是個從來沒有神經外科手術經驗的人。手術室中唯一一個精疲力竭的護士，在此時開了口。

「心室顫動，哈斯克醫生。」

心跳監測器也響了起來，兩者成為了合奏狀態。

「我知道，維維。我又不是死了。」他停了一會兒。「我是說聾了，天啊。」

他與生鏽克分別檢查男孩的傷口包紮狀況。哈斯克的視力還很好——這點倒是與那些簡陋裝備，以及在凱薩琳．羅素醫院的病房及走廊中不斷穿梭，在經年累月的超時工作後，累得像是幽靈般的工作人員不同——但他此刻看起來還是驚人的蒼老衰弱。

「我們盡力了。」生鏽克說。

事實上，哈斯克不只是盡力而已。生鏽克小時候很愛看體育小說，而哈斯克則讓他想起了其中一本的情節。書中有名老投手，在世界大賽第七戰的時候，總算踏出牛棚，為球隊爭取到無上的榮譽。但這回，在看台上觀戰的只有生鏽克與維維．湯林森兩人，而這名老兵，則沒能迎來一個快樂結局。

生鏽克吊上一袋食鹽水，在裡頭加進甘露醇以減輕腦腫脹的情況。哈斯克離開了手術室，用跑的前往大廳，準備去實驗室進行血液分析，進行完整的血液常規檢查。這工作非由哈斯克負責不可；生鏽克的職權無法進行檢驗，而這裡也沒有實驗室的技術人員能夠負責。凱薩琳．羅素醫院此刻的人力嚴重不足。生鏽克認為，這名丹斯摩家的男孩，可能只是這個小鎮得為人手不足所付出的第一筆代價而已。

情況變得更糟了。男孩的血型是A型陰性血，在他們的小型血液庫中，並沒有這種血型的庫存。然而，他們有O型陰性血——是透過民眾捐血來的——給羅瑞四包的話，他們還剩下九包左右。把血用在男孩身上，可能無異於直接倒在刷手室㊿的排水管裡，但就算如此，他們還是沒人說出這個想法。幫他輸血時，哈斯克叫維維去充當醫院圖書館用的小隔間跑一趟。那個隔間只有一個壁櫥大而已。她回來時，帶了本破破爛爛的《神經外科簡要概論》。哈斯克進行手術時，把那本書放在旁邊，用一支耳鏡壓在攤開的書上，充當書鎮使用。生鏽克認為，他永遠忘不了那可怕的景象，以及骨頭粉末在非正常的溫暖室溫中聞起來的味道；也忘不了哈斯克移開骨塞後，流出來那凝結成凍的血塊。

幾分鐘後，生鏽克又開始敢讓自己抱著一絲希望了。鑽孔緩解了血腫導致的壓力，羅瑞的生命跡象已穩定下來——至少穩定了些。接著，哈斯克試圖確認子彈碎片是否在能碰觸到的地方，而整個情況又開始惡化，並且來得迅速。

生鏽克想到這孩子的父母就在外頭努力懷抱希望的等待。但如今，羅瑞被推出手術室時，將不會朝左邊去——也就是凱薩琳．羅素醫院的加護病房，在那裡，他的家人可以靜悄悄地在他身旁看著他——而是轉向右方，朝太平間直奔而去。

「如果在通常情況下，我會贊成先維持他的生命跡象，詢問他父母關於器官捐贈的事。」哈斯克說。「不過，要是這是正常情況，他人也不會在這裡了。只是就算如此，我還是沒辦法靠一本……一本該死的豐田汽車手冊來幫他動手術。」他一把抓起耳鏡，丟到手術室的另一頭。耳鏡砸在綠色磁磚上，撞出了一個缺口，隨即掉落在地。

「你要施行急救嗎，醫生？」維維問，語調沉著冷靜，並且十分鎮定……但她看起來像是累到隨時都會昏倒。

「當作我昏頭了吧。我不會再延長這男孩的痛苦了。」哈斯克朝人工呼吸器後方的紅色按鈕伸出手。有個愛搞笑的人——也許是抽筋敦吧——在那裡貼了一張寫有「來啦！」的紅色小貼紙。「你會反對嗎，生鏽克？」

生鏽克思索著這問題，緩緩搖了搖頭。巴賓斯基測試[54]顯示為陽性，代表大腦已受到嚴重損傷，就這情況看來，已經沒機會了。不可能了。

哈斯克關掉開關。羅瑞·丹斯摩靠自己吃力地吸了口氣，看起來似乎想試著再吸第二口，接著便沒了動靜。

「病患在……」哈斯克望向牆上的大鐘。「下午五點十五分過世。維維，幫我記錄在死亡證明書上。」

「是，醫生。」

哈斯克拉下口罩，生鏽克不安地注意到，這名老人的嘴唇已變成了藍色。「我們出去吧，」他說。「這裡快熱死我了。」

但其實沒那麼熱，而是他的心臟引起的。他在前往走廊的路上昏了過去，以他的方式為奧登及雪萊·丹斯摩帶來了壞消息。雖然生鏽克立即幫他展開急救，但卻沒有奏效，就連心臟按摩與電擊都沒用。

死亡時間是下午五點四十九分。朗·哈斯克醫生比他的最後一名病患多活了三十四分鐘。生鏽克背靠著牆，坐在地板上，以雙手摀住臉孔。維維自他身邊離開，前去告訴羅瑞的父母手術結果。生鏽克可以聽見母親痛苦與悲傷的哀號，在幾乎空無一人的醫院中迴盪著。她的哭聲聽起來，像是永遠也不會停止一樣。

[53] scrub-room，為醫院進行手術前，執行手術人員刷洗及消毒雙手的房間。
[54] Babinski test，一種神經性測試方法，可測定中樞神經系統是否發生損害。

# 9

巴比認為警局局長的遺孀過去一定是個相當漂亮的女人。就算現在有著明顯的黑眼圈，以及穿著一身不怎麼樣的衣服（褪色的牛仔褲，還有他十分確定是睡衣上半身的上衣），布蘭達．帕金斯依然十分漂亮。他想，或許聰明的人很少會失去他們美麗的容貌──如果他們原本就長得好看的話──他在她眼中看見了明顯的智慧光芒。但她的眼裡還有其他東西。她或許正處於悲痛中，但好奇心卻並未就此抹滅。此時，她好奇的對象就是他。

她的目光越過他，望向茱莉亞的車子，茱莉亞正在車道上倒車。她舉起雙手示意：妳要去哪裡？

茱莉亞把頭探出車窗，大聲說：「我得去確定報紙出了沒！還得去薔薇蘿絲餐廳一趟，告訴安森．惠勒一個壞消息──他今晚得負責做三明治了！別擔心，布蘭達，妳可以相信巴比！」在布蘭達還沒來得及回話或表達抗議前，茱莉亞便駛上莫蘭街，前往執行任務去了。巴比希望自己能跟她一同離開。他唯一想做的事，就是做出四十個起司火腿三明治，以及四十個鮪魚三明治。

茱莉亞離開後，布蘭達又開始打量著他。他們兩人中間隔著一扇紗門。巴比覺得這就像場困難無比的工作面試。

「是嗎？」布蘭達問。

「什麼意思，女士？」

「我可以相信你嗎？」

巴比思索了一會兒。兩天前，他會回答：沒錯，他是個值得相信的人。但今天下午，他覺得自己更像是個身在費盧杰的軍人，而非卻斯特磨坊鎮裡的廚子。他靜下心來，告訴她自己聽話得很，而這回答則讓她笑了。

「好吧，那我只好自己判斷了，」她說。「只是我才剛失去親人，判斷力恐怕不算是巔峰狀態。」

「我知道，女士。我為此深感遺憾。」

「謝謝。他明天就要下葬了。不知道為什麼，那間不怎麼樣的鮑伊葬儀社堅持要這麼做。難怪鎮上的每個人幾乎都會找城堡岩的克羅斯門葬儀社處理親人後事。大家都說史都華．鮑伊那間葬儀社是鮑伊喪牛社。史都華是個白癡，而他的弟弟福納德更蠢。不過，現在也只剩他們，所以也只能這樣了。」她嘆氣的方式，就像女人面臨十分麻煩的苦差事一樣。這是當然，巴比想。親人過世或許代表了很多事，得要負責處理後事，也正是其中的一環。

她走出屋外，站到巴比身旁，令巴比不禁感到意外。「跟我一起到後頭走走，芭芭拉先生。或許晚點我會邀請你進門，但得先確定你沒問題才行。通常我會毫不遲疑地接受茱莉亞對人的評價，但現在可不比平時。」她帶著他走向屋子側面，踏上修剪整齊，以耙子仔細清理過秋季落葉的草皮。在右方，有排劃分出帕金斯家與鄰居家的木籬笆；而左邊則是一個整理完善的花圃。

「花圃是我丈夫負責的。我猜你應該覺得這對執法人員來說，是個很奇怪的嗜好吧。」

「說真的，我不這麼覺得。」

「我也從來沒這麼認為過，看來我們是少數分子。住在小鎮裡的人，通常想像力也好不到哪裡去。葛蕾絲．梅特理爾[55]與舍伍德．安德森[56]就是很好的例子。」

[55] Grace Metalious（1924-1964），美國作家。
[56] Sherwood Anderson（1876-1941），美國作家。

「除此之外，」當他們來到屋子轉角，走進寬敞後院時，她又說道：「這裡就快沒電可用了。我有台發電機，但今天早上就動不了了。我想應該是沒燃料了吧。這裡有桶備用丙烷，只是我不知道該怎麼換。我通常會把發電機的事丟給霍霍處理，他想教我怎麼用，但我卻一直不肯學，老是找他麻煩。」她眼中流下一滴淚水，順著臉龐滑落。她心不在焉地抹去眼淚。「如果可以的話，我現在就願意向他道歉，承認他說的沒錯。不過沒這個機會了，對嗎？」

巴比知道這其實不是問句。「如果是小桶丙烷的話，」他說。「我可以幫妳換。」

「謝謝，」她說，帶著他走到露天餐桌那裡。餐桌旁放著一個冰桶。「我有問亨利．莫里森能不能幫我，也有去波比百貨店打算再買幾桶丙烷。不過今天下午，我過去鎮中心時，波比百貨店卻沒開門，就連亨利也與其他人一起過去丹斯摩的農地了。你覺得我明天可以買到備用的小桶丙烷嗎？」

「或許吧。」他說，但其實有些懷疑。

「我有聽說那小男孩的事，」她說。「住在隔壁的吉娜．巴佛萊有來告訴我。真是遺憾。他會活下來嗎？」

「我不知道，」由於直覺告訴他，誠實是最能獲得這女人信任的方式（儘管可能只是暫時的而已），於是他又補充：「但我不這麼認為。」

「喔，」她嘆了口氣，再度擦了擦眼。「聽起來真是糟糕。」她打開冰桶。「我這邊有水跟健怡可樂，這是我唯一讓霍霍喝的軟性飲料。你想喝哪種？」

「水就好了，女士。」

她開了兩瓶波蘭泉水礦泉水，一人一瓶，用充滿哀傷的好奇眼神看著他。「茱莉亞說你要拿鎮公所的鑰匙，我明白你為什麼需要，也明白你為什麼不想讓老詹．雷尼知道——」

「他可能非知道不可。情況不同了。妳瞧——」

她舉起手，搖了搖頭。巴比停了下來。

「在你告訴我之前，我希望你能先告訴我，你究竟是怎麼招惹上小詹還有他那群朋友的？」

「女士，妳丈夫沒——？」

「霍霍很少提及他手上的案子，但這次他有向我提起。我想這件事的確挺困擾他的。我想看看你的版本是不是跟他的符合。如果是的話，那我們就可以談談別的事。如果不是，我可能就得請你離開這裡。不過呢，你可以把這瓶水帶走就是了。」

「對。」

巴比指向房子左方角落的一座紅色小棚屋。「妳的發電機就在那裡？」

「如果我邊談邊幫妳換丙烷，妳有辦法聽見我的聲音嗎？」

「可以。」

「妳想聽的是整件事的經過，對不對？」

「沒錯，而且你再叫我女士的話，我可能會把你的頭給打破。」

放有小型發電機的棚屋大門是關著的，但也只用一個擦得閃亮的黃銅鉤鎖扣住門板而已。那個直到昨天都還一直住在這裡的男人，對自己的東西照顧得很好……就算裡頭只準備了一桶備用丙烷也一樣。巴比決定，不管這場談話的結果為何，明天他都會盡力幫她多弄個幾桶丙烷。

除此之外，他告訴自己。也得老實告訴她那晚發生的所有事。背對著她或許會使一切比較容易開口；他可不太願意說出自己會惹上這場麻煩，全都是因為安安．麥卡因——這個被人玩玩就丟的女人，想要勾引自己害的。

誠實為上，他提醒自己，接著說出了他的故事。

# 10

他還清楚記得，今年夏天，詹姆士．麥克穆提有首叫做〈聊聊德士古這地方〉的歌，幾乎每個地方都播個不停。這首歌與小鎮生活有關，而他記得最清楚的一句歌詞，就是「我們一定得知道自己地盤上的事」。當安安開始趁他做菜，故意站在離他很近的位置；或者不叫他幫忙，刻意用胸部頂著他手臂，身體靠過來拿東西時，他便會想起這句歌詞。他知道她的男朋友是誰，也知道法蘭克．迪勒塞光靠著與老詹．雷尼兒子的交情，便能算是鎮上權力結構的其中一分子。再說，他戴爾．芭芭拉只不過是個流浪漢。在卻斯特磨坊鎮這個體系裡，根本沒有立足之地。

有天晚上，她伸手環抱著他的臀部，還輕輕捏了他的胯下。他有了反應，接著便從她惡作劇的笑容中，知道她感覺到了他的生理反應。

「如果你想的話，我可以跟你來一炮。」她說。他們當時在廚房裡，她迅速拉起一下裙襬，讓他在瞬間瞥見她那條滾邊的粉紅色內褲。「夠公平吧。」

「我放棄這個機會。」他說，而她則朝著他吐了吐舌頭。

他曾在許多間餐廳的廚房裡見過同樣的事，甚至就連自己也這麼做過幾次。這可能只是個年輕女孩對一名年紀比她大、長得還算可以的廚房同事突然燃起慾火罷了。但等到安安與法蘭克分手，某天晚上餐廳打烊，巴比去後門的垃圾箱倒廚餘時，她則做出了更進一步的舉動。

他轉過身時，她就站在後頭，用手環抱著他的肩膀，開始不停吻他。剛開始他回吻了。安安鬆開一隻手，抓住他的手放在自己的左胸上。這動作讓他清醒過來。胸部的觸感很棒，年輕堅挺，但也會惹來麻煩。她本身就是個麻煩。他嘗試把手移開。接著，當她單手掛在他身上時（此刻她指甲正抓著他的頸背），又嘗試用臀部去磨蹭他。他推開她，力氣用得比原先預期中還再大一些。她絆了一跤，在撞上垃圾箱後瞪了他一眼，揉了揉牛仔褲的臀部位置，眼神變得更為兇狠。

「真是謝了！現在我整條褲子都弄髒了！」

「妳該知道什麼時候得要罷手才行。」他溫和地說。

「你明明就喜歡這樣！」

「或許吧，」他說。「但我不喜歡妳。」當他發現她臉上出現受傷與更加憤怒的神情時，又補充：「我不是這個意思，只是我的喜歡不是那種喜歡。」想當然啦，人們只有在真話脫口而出時，才會用這種澄清式的方法補充說明。

四天之後的晚上，在北斗星酒吧裡，有人在他上衣背後潑了杯啤酒。他轉過頭，看見了法蘭克．迪勒塞。

「爽嗎？芭——比。如果爽的話，我可以再來一次——今天啤酒特價一杯兩塊。當然啦，要是你不爽的話，我們也可以到外面談談。」

「我不知道她是怎麼說的，但事情不是那樣。」巴比說。此時點唱機正好開始播歌——不是麥克穆提那首，但從他聽來，卻像是在唱著「我們一定得知道自己地盤上的事」。

「她告訴我，她已經拒絕你了，但你還是硬上了她。你比她重多少？一百磅？聽起來都可以強姦我了。」

「我沒這麼做。」他知道這麼說可能也無濟於事。

「你跟我到外頭說，王八蛋，還是你沒種？」

「我沒種。」巴比說。出乎意料地，法蘭克就這麼離開了。巴比認為，今晚他喝的啤酒與聽的音樂已經夠了，於是決定離開。就在此時，法蘭克又回來了，這回拿的不是一杯啤酒，而是一大壺。

「別這樣。」巴比說，但法蘭克當然沒理會他，只是把整壺酒往他臉上一潑，給他來場百威淡啤酒澡。有幾個人大笑，並且鼓掌叫好。

「你現在願意到外頭解決這件事了吧？」法蘭克說。「不然我也可以等你。反正最後一輪酒的時間要到了，芭——比。」

巴比意識到他遲早得跟他到外頭去，所以最後還是去了。他相信自己能在短時間內撂倒法蘭克，在吸引許多人過來圍觀前便結束一切。他甚至還能道歉，重申自己從未與安安做過什麼。雖然他覺得應該有許多人知道安安勾引他的事（蘿絲和安森肯定知道），但他並不打算提起。或許流點鼻血可以使法蘭克清醒過來，他到時就會知道這一切不過只是故意整人的報復罷了。

剛開始，事情看似一切順利。法蘭克搖搖晃晃地站在碎石地上，停車場兩側的鈉燈，使他的兩道影子各自朝不同方向延展。他舉起拳頭，動作就像約翰·沙利文㊼一樣了不起，看來十分強悍，同時也愚蠢至極，不過又是另一個小鎮裡酒後鬧事的人罷了。這種人通常只會揮重拳讓對手倒下，接著再把對方拉起，不斷補揍幾拳，直至對手哭著回家為止。

他拖著步伐前進，洩漏出他那不太能算是祕密武器的戰略：一記勾拳。巴比頭部微微往後一揚，輕易躲過那拳，接著以直拳回擊他的太陽穴。法蘭克被擊倒在地，露出目瞪口呆的神情。

「我們沒必要——」巴比才剛開口，小詹·雷尼便從後方打了他腎臟一拳，說不定還不是一拳，而是兩手交握而成的一捶。巴比往前蹣跚走去，而卡特·席柏杜自兩輛汽車中間走出，早在那裡等巴比過來了。席柏杜使盡全力賞了他一拳，所幸巴比舉起手臂阻擋，否則要是這拳打個正著，可能會使他的下巴骨折。這拳也是讓他傷得最重的一記，直到穹頂日那天，他準備要離開這個小鎮時，都還有著難看的黃色瘀青。

他彎向一旁，這才理解這是場早已預謀的伏擊，知道自己得在真的有人受傷前離開。那個人未必是他，而且這想法並非只是出自驕傲而已。但他才跨出三步，便被馬文．瑟爾斯絆倒在地。巴比面朝下地趴倒在碎石地上，接著便被亂踢一通。他摀住頭部，但仍被皮靴不斷瘋狂踹著雙腿、臀部及雙臂。其中一腳還在他準備爬起身時，踢中了肋骨上方，地點就在矮胖子諾曼那台運載二手家具的卡車前方。

他的良好判斷力此刻已消失無蹤，不再思考逃走的事。他起身面對他們，朝他們舉起雙手，手心向上，手指不斷擺動，做出招手的動作。他站在狹長型的空間裡，讓他們只能一個一個上。

小詹是第一個，他的滿腔熱血，換來了正中肚子的一腳。巴比穿的不是靴子，而是一雙耐吉球鞋，但那腳踢得很重，讓小詹在貨車旁蹲了下來，痛苦地喘息著。法蘭克跨過他，被巴比在臉上揍了兩拳——只是兩記刺拳而已，還沒重到會讓人骨折的地步。巴比又恢復了良好的判斷力。

碎石地咔啦作響。他轉過頭時，正好被繞到他身後的席柏杜打個正著，擊中太陽穴，使巴比眼冒金星（「可能是顆彗星。」他這麼告訴布蘭達，打開那桶新丙烷的氣閥）。席柏杜往前移動，巴比狠狠踢向他腳踝，使席柏杜痛到做出齜牙咧嘴的古怪表情。他單膝著地，像是美式足球員嘗試想射門似的，差別只在於踢球的球員通常不會抓著自己的腳踝。

荒謬的是，卡特．席柏杜竟然還大喊：「他媽的賤招！」

「到底是誰——」巴比話才說到這裡，就被馬文．瑟爾斯用手臂勒住喉嚨。巴比以單手手肘往後擊向瑟爾斯的身體，聽見一聲痛苦的吐氣聲，甚至還聞到啤酒、香菸及乾肉條混合的味道。

他轉過身，知道自己在兩輛車中間打出一條能逃走的通道前，席柏杜可能又會衝上前來，於是決

(57) John L. Sullivan（1958-1918），是拳擊比賽訂立了戴手套的規則後的首名重量級冠軍。

定不再留情。他的臉部與肋骨全都感受到一陣抽痛，忽然間做出決定——感覺十分合理——打算把他們四人全部打到送進醫院為止，讓他們好好討論什麼才是打架的賤招，並懂得如何好好區分。

這時，帕金斯警長開車進入停車場——不是湯米就是維洛．安德森打的電話，他們是這間酒館的老闆——車頂的警示燈開著，同時還閃了一下大燈，就像為舞台上飾演角鬥士的演員打燈一樣。

帕金斯鳴響警笛，但才不過只響半聲便又沒了聲音。他走出車外，把槍帶繫在他圓滾滾的腰身上。

「你們這些好傢伙，這禮拜提前幹起架來了是不是？」

小詹．雷尼回答說——

## 11

布蘭達無需巴比再告訴她一次後來的經過。她先前已從霍霍那裡聽過了，而且一點也不驚訝。還是個孩子時，老詹的兒子就已經是個很會扯謊的人了，尤其情況對他不利時更是如此。

「他回答『是廚子先開始的』，對嗎？」

「嗯。」巴比按下發電機啟動鍵，發電機隨即發出運作轟響。雖然他可以感覺到自己的臉又紅又燙，卻還是帶著微笑望向她。他只是說出一段不開心的經驗而已，要他選的話，最不開心的回憶，應該是在費盧杰那棟體育館裡過的每一天才對。「沒問題了——燈光、攝影機全部就緒，可以上戲了。」

「謝謝。燃料可以撐多久？」

「頂多兩天吧，不過到時事情搞不好也結束了。」

「未必。我猜你應該知道，那晚你為什麼沒被送進郡立看守所吧？」

「當然。」巴比說。「妳丈夫看見了事情的經過。四個打一個，這種事很難不注意到。」

「要是隨便一個別的警察可能就不會留意，就算事情發生在眼前也一樣。霍霍在是你運氣好；那晚本來是喬治．佛雷德瑞克值班，但他打電話說他得了腸胃型感冒。」她停下片刻。「你也能說那不是幸運，而是天意。」

「所以我還是有可能被抓進去。」巴比同意。

「你想進屋裡嗎，芭芭拉先生？」

「如果妳不介意的話，我們也可以待在這裡就好。天氣很舒服。」

「我都可以。天氣很快就會變冷了，對嗎？」

巴比回答不知道。

「霍霍把你們全帶回局裡後，迪勒塞告訴霍霍，說你強姦了安安．麥卡因。這就是事情後來的發展，對不對？」

「這是他一開始的說法。接著又說，或許不太算強姦，只是她嚇到了，叫我停下來時，我卻置之不理。這可能算是二等強姦罪吧，我猜。」

她輕輕地笑了。「可別讓任何一個女權分子聽到你說強姦還有程度之分。」

「我猜最好是不要。總之，妳丈夫把我帶進了審訊室——那裡平常應該是放清潔用具的壁櫥吧——」

布蘭達打從心裡大笑出聲。

「他把安安也拉了進去，讓她坐在能正面看著我雙眼的位置。見鬼了，我們的手肘幾乎都快要碰在一塊兒了。要撒什麼瞞天大謊的話，需要做好足夠的心理準備，尤其對年輕人來說更是如此。我在軍中學會了這點，而妳的丈夫也同樣清楚。他說她會被送到法庭，還向她說明了偽證罪的相關刑罰。長話短說，她撤回證言，說根本就沒做愛這回事，更別說強姦了。」

「霍霍有句座右銘：真理勝過法律。這就是他處事的準則。但彼得·蘭道夫不是。有一部分呢，是因為他根本不太動腦，但主要的原因，是他根本無法正直處理與雷尼有關的事。不過我丈夫可以。霍霍說跟你有關的那場……爭執……傳到雷尼先生耳裡時，他堅持一定要你付出什麼代價。他氣壞了。你知道這事嗎？」

「不知道。」但他一點也不意外。

「霍霍告訴雷尼先生，不管這件事為了什麼原因鬧上法院，他都可以預料得到結果。所有事都會在法庭上被抖出來，包括停車場那場四打一的架。他又補充說，一個優秀的辯護律師，甚至還能取得法蘭克與小詹高中時那些惡劣行為的紀錄。他們做過的壞事不少，但沒有一件比得過發生在你身上的事。」

她搖了搖頭。

「小詹·雷尼從來不是什麼好孩子，但相較之下，他以前還不太會傷害別人。過去一年多以來，他變了不少。霍霍注意到這會帶來什麼麻煩。我發現霍霍知道很多他與他父親的事……」她的聲音變小了，巴比看得出她在掙扎是否該繼續說下去。作為一個小鎮中警方官員的妻子，她學會了謹言慎行。這種習慣很難改變。

「霍霍勸你，在雷尼找到別的方式找你麻煩前先離開小鎮，對嗎？我想你應該正準備要離開，只是卻遇上了穹頂這檔子事。」

「完全沒錯。我可以拿瓶健怡可樂嗎，帕金斯夫人？」

「叫我布蘭達。要是你沒意見的話，我也可以叫你巴比就好。自己來，別客氣。」

巴比拿了瓶可樂。

「你想拿輻射塵避難室的鑰匙，是因為想拿輻射計數器。我可以幫你這個忙。不過聽起來，你似乎會把這件事告訴老詹．雷尼，這才是讓我覺得困擾的地方。或許是我心中還蒙著一層傷痛吧，但我真的不懂——為什麼你想與他正面衝突？只要有任何人想挑戰老詹的權威，他總會變得像條瘋狗，更別說他打一開始就討厭你了。他可沒欠你任何人情。要是我丈夫還活著的話，說不定你們兩個可以一起去找雷尼，我猜我應該會覺得這還挺好玩的。」她朝前傾身，用帶著黑眼圈的雙眼認真看著他。「但霍霍走了，你隨時可能被抓進牢房，卻還是要四處找尋某個神祕的發射器？」

「這些我都懂，但如今情況有變。空軍會在明天下午一點，對著穹頂發射巡弋飛彈。」

「喔，我的天啊。」

「他們已經發射過其他飛彈了，但那只是為了要確認屏障高度而已。雷達派不上用場，當時用的也只是假彈頭。不過明天那顆，可是貨真價實的飛彈，還被人稱之為碉堡殺手。」

她的臉頓時刷白。

「他們瞄準什麼地方？」

「撞擊點是小婊路那裡的穹頂邊界。我跟茱莉亞昨晚才去過那裡。飛彈會在距離地面約莫五英尺的地方爆炸。」

她一副目瞪口呆的模樣，失去了原有的優雅。「不可能的！」

「恐怕就是如此。他們會派出一架B-52轟炸機，按照預定的編列程式飛過來。我指的是真的程式。那架飛機會沿著山脊低空飛行，直至下降到目標物的高度為止。那套方法非常嚇人。要是飛彈爆炸後並未破壞穹頂，那代表鎮上的每個人頂多就是被嚇個半死——爆炸聲聽起來會像是世界末日。要是穹頂真的被破壞了，那麼——」

她把手放在喉嚨上。「損害會有多嚴重？巴比，鎮上沒有消防車啊！」

「我確定他們一定有準備消防器材。至於損害會有多嚴重？」他聳聳肩。「整個地區都得疏散，這是一定的。」

「這麼做明智嗎？他們怎麼知道這是個明智的計畫？」

「這是個有爭議性的問題，帕金——布蘭達。他們已經做出決定。但我只怕事情會變得更糟。」在看到她的表情後，他又說：「我是說我自己，並非這個小鎮。我已經晉升為上校了，還是總統頒布的命令。」

她翻了翻白眼。「對你來說還真是個好消息。」

「我應該要宣布戒嚴令，基本上，還得接管卻斯特磨坊鎮。老詹・雷尼聽到這消息八成會不高興吧？」

她爆出一陣大笑，使巴比感到意外。他更沒想到，自己竟然也跟著她一同笑了。

「所以妳知道我的處境了吧？鎮上的人不需要知道我為什麼得借一台舊型輻射計數器，但必須得知道碉堡殺手的事。要是我沒動作的話，茱莉亞・夏威就得把這事寫在報紙上，但鎮上的領導者們，應該從我這裡得知消息才對，畢竟——」

「我知道為什麼。」感謝太陽的紅霞，布蘭達臉上已不再蒼白。但她仍不自覺地揉著手臂。

「要是你在這裡建立起任何管理機構……也就是你上司的命令……」

「我猜寇克斯現在跟我比較接近同事了。」巴比說。

她嘆了口氣。「安德莉亞・格林奈爾。我們可以先告訴她，接著再找雷尼與老安・桑德斯談談。這樣至少在數量方面我們就贏過他們了，三比二。」

「蘿絲的姊姊？為什麼？」

「你不知道她是鎮上的三席公共事務行政委員？」巴比搖了搖頭。她又說：「別一副懊惱的模樣。雖然時間不長，但她也幹了好幾年。她通常只是個幫他們做出的決議蓋章的角色──應該說是雷尼的決議才對，畢竟老安・桑德斯也是個負責蓋章的角色──雖然她有一點……問題……但本性卻是個堅毅的人，嗯，至少過去是這樣的。」

「她有什麼問題？」

他以為布蘭達也會對這件事保密，但她沒有。「藥物依賴，止痛藥的。我不曉得情況有多嚴重。」

「我猜她的藥應該都是去桑德斯藥局拿的。」

「對。我知道這不是完美的解決方案，而且得非常小心才行，不過……老詹・雷尼可能得被迫接受這個權宜之計，至少有段時間得接受你介入才行。至於你會不會有實際指揮權呢？」她搖了搖頭。「不管那到底是不是總統簽署的戒嚴令，他遲早都會把它拿去擦屁股。我──」

她停了下來，雙目圓睜，望向巴比身後。

「帕金斯太太？布蘭達？怎麼了？」

「噢，」她說。「噢，我的天啊。」

巴比轉頭一看，隨即震驚到自己也說不出話來。夕陽會變得如此之紅，通常只會發生在溫暖晴朗、沒有午後陣雨干擾的日子裡。但在他這輩子裡，卻從未見過這樣的夕陽景色。他覺得，恐怕只有曾近距離目睹過巨型火山爆發的人，才看過像是這樣的景象。

不對，他想。就連他們也沒有，這景象沒人見過。

眼前的落日並非球形，而是打結處正在燃燒的巨大紅色蝴蝶結。西方天際像是升起一片薄薄血幕，被血幕遮住的地方，全成了一片模糊的橙紅色。地平線在強光照射之下，幾乎完全沒了蹤影。

「我的老天爺啊，這就像開著一輛擋風玻璃髒到不行的汽車，朝太陽的方向筆直前進一樣。」她說。

事情就是這樣，只不過擋風玻璃被換成穹頂罷了。灰塵與花粉已沾到了穹頂上頭，開始造成影響，接下來一定會越來越嚴重。

我們得清洗穹頂。他想，想像拿著水桶與抹布的志工排成一列的模樣。太荒謬了。他們要怎麼清洗四十英尺高的地方？一百四十英尺呢？一千英尺呢？

「我們得解決這件事。」她喃喃地說。「打給他們，叫他們拿出威力最強的飛彈。不管後果有多嚴重，這事都非解決不可。」

巴比什麼也沒說。就算他真有什麼想說，也不確定自己是否說得出口。眼前這陣塵霧瀰漫的浩瀚光芒偷走了他的話語，看起來就像是透過舷窗，望向地獄似的。

# 呦—呦—呦

# 1

老詹．雷尼與老安．桑德斯在鮑伊葬儀社的台階上看著詭異的夕陽。另一場在鎮公所舉行的「緊急評估會議」定於七點開始，老詹原本想早點過去準備，但此刻卻站在這裡，看著這幅奇異而模糊不清的落日光景。

「這就像是世界末日。」老安低聲說，聲音中充滿敬畏。

「鬼扯！」老詹說，如果要說他的聲音聽起來如此苛刻——就算是他，也聽得出比平常苛刻——也是因為類似的念頭同樣在他腦海閃過。在穹頂落下後，這還是第一次他發現情況可能已超出掌控——他的掌控——而他正努力拒絕承認這點。「你有看見耶穌從天上降臨嗎？」

「沒有。」老安承認。他只看見他這輩子認識的所有鎮民，全都站在主街上不發一語，用雙手遮住陽光，望著古怪的夕陽。

「你看得見我嗎？」老詹固執地說。

老安轉向他。「當然，」他說，聲音十分困惑。「當然看得見，老詹。」

「這就代表我還沒被『提』㊽，」老詹說。「我全心奉獻基督很久了，如果這是末日，我就不會還在這裡了。你也一樣，不是嗎？」

「我想也是。」老安說，卻覺得有些懷疑。如果他們有資格被「提」——以羔羊的血洗清罪孽——為什麼他們還得叫史都華．鮑伊先暫停老詹口中的「小生意」？他們是何時開始幹起這門生意的？為什麼經營一間冰毒工廠的人會有資格被拯救？

要是他問老詹，老安知道答案一定是：有些事要等到最後，才能證明是正確無誤的。就這件事來說，過去有段時間，結果似乎的確值得讚揚：他們建了新的聖救世主教堂（舊的那座只不過是隔板釘成的棚屋，屋頂上還放了個木頭十字架而已），至於電台的成立，更拯救了無數只有上帝才算得出數目的靈魂；同時，他們也把百分之十的金額——小心翼翼從開曼群島的銀行寄出捐款支票——捐給科金斯總是稱之為「黃種兄弟」的上主耶穌傳教會。

但巨大模糊的夕陽，似乎暗示人類的所做所為，全都如此渺小、無關緊要，使老安不得不承認，那些成就根本無法當成什麼正當藉口。要是沒有那些冰毒挹注的現金，他的藥局早在六年前就倒閉了。葬儀社也是，就連雷尼二手車行——或許吧，但站在他身旁的人可能永遠不會承認——也一樣。

「我知道你在想什麼，兄弟。」老詹說。

老安不好意思地看著他。老詹笑了……但並非凶暴那種，而是溫柔、善解人意的微笑。老安也朝他露出微笑，或說試著想微笑。他欠了老詹不少。只是現在，他的藥局、克勞蒂特的寶馬汽車等等，似乎都不重要了。就算那台寶馬配備了自動停車系統與聲控音響設備，但他妻子都死了，再好的車又有什麼用？

等這件事結束，小桃回來後，我就要把那輛寶馬給她，老安這麼決定。克勞蒂特也一定希望這樣。

老詹舉起肥胖的手指，指向太陽。太陽就像顆懷有劇毒的雞蛋，把毒性擴散至西方的整片天空。「不知道為什麼，你覺得這全是我們的錯，覺得在這種難熬的時刻，上帝採用了讓我們撐起這個小鎮的方式來懲罰我們。但事實並非如此，兄弟。這不是上帝做的。要是你說我們在越南打了敗仗是上帝所為，說上帝這是在警告失去崇高信仰的美國，那我倒是得同意你的看法。如果你

58 Raptured，意指末日審判時，信徒被接往天堂之意。

說九一一事件，是上帝這個我們的最高法院，對我們的孩子已不在每天早上禱告所賜下的回應，我也能夠贊同。但上帝之所以懲罰卻斯特磨坊鎮，是因為我們不想讓這裡變成像傑伊或米連諾奇那種垂死的小村落？」他搖著頭。「不是這樣，不是的。」

「可是我們也把不算很少的零錢放進了自己的口袋裡。」老安膽怯地說。

這是真的。他們拿來支撐自己生意上的金額，比援助那些黃種兄弟還來得多；像老安就在開曼群島有一個自己的帳戶，還會把從這裡賺到的每一塊錢，都存進裡頭——鮑依兄弟也是——而他敢說，老詹一定有三個帳戶，說不定還有四個。

「『因為工人得飲食是應當的』，」老詹以親切語氣賣弄了一句。「馬太福音第十章第十節。」他沒舉出前一節的經文內容當作例子：腰袋裡不要帶金銀銅錢。

他看了看手錶。「說到工作，兄弟，我們最好快出發。還有很多事得決定。」他往前走去，老安則跟在後頭，雙眼仍盯著夕陽看。太陽依舊明亮到足以讓他聯想起腐敗的生肉。接著，老詹再度停下腳步。

「反正，你也聽見史都華怎麼說了——我們已經停工了。那個自稱是煮廚的小夥子，不是也在熬夜趕工以後，說『萬事搞定，一切都安全得很』？」

「那個傢伙啊。」老安擔心地說。

老詹笑了笑。「別擔心菲爾。我們已經停工了，而且會維持到危機結束為止。事實上，這可能還是叫我們永遠別再搞這門生意的徵兆。一個上帝賜予的徵兆。」

「那一定很棒。」老安說。但他也沮喪的認知，等到穹頂消失後，老詹就會改變心意，一旦他改變心意，老安也只能聽命行事。史都華．鮑伊與他弟福納德也一樣，但他們肯定會興奮得很。一方面，是由於金錢的魔力實在太大——更別說還免稅——另一方面，則是因為他們涉入過深。他還記得有個很久以前的電影明星曾說：「等到我總算發現其實自己不愛演戲時，已經有錢到可以息影了。」

「別擔心那麼多了，」老詹說。「不管穹頂的問題會不會解決，我們都會開始在幾週內把丙烷搬回鎮上。我們可以用鎮公所的砂石車來載。你會開大型車嗎？會吧？」

「會。」老安悶悶不樂地說。

「嗯，」老詹想到另一個點子，興高采烈的說：「我們還可以用史都華的靈車！這樣我們就可以儘快先運一些丙烷回來了！」

老安沒搭腔。先前，他恨透了這個從鎮上各種設施裡挪用（這是老詹用的詞）那麼多丙烷的點子，但那看起來的確是最安全的方式。他們那麼大量地生產冰毒，也就代表了大量烹煮，以及排放大量廢氣。老詹表示，大量購買丙烷，會讓事情引人側目；就像大量購買各種非處方箋藥物也會讓人起疑，引起不少麻煩一樣。

雖說擁有一間藥局對事情有益，但老安每次向諾比舒咳與舒達飛等藥廠下大量訂單時，還是十分緊張。要是他們垮台，那麼原因一定出在這裡。他先前一直沒去多想藏在ＷＣＩＫ電台後面的大量丙烷庫存，直到現在為止。

「順便說一聲，今晚我們在鎮公所裡會有足夠電力可用。」老詹的語氣充滿一種驚人的愉悅感。「我和蘭道夫派我兒子，還有他的朋友法蘭克去了醫院一趟，叫他們把那裡的丙烷搬走，供我們的發電機使用。」

老安嚇了一跳。「但我們不是已經——」

「我知道，」雷尼安撫著說。「我知道我們有。反正先別擔心凱薩琳．羅素醫院那邊，他們暫時不缺。」

「你可以先從電台那裡拿一桶啊……那裡有那麼多……」

「醫院比較近，」老詹說。「而且安全多了。彼得．蘭道夫是我們的人，但這不表示我想讓他知道我們那些小生意，不管現在或以後都一樣。」

這使老安更加確定，老詹並未真的準備放棄工廠。

「老詹，要是我們把丙烷庫存偷偷運回鎮上，我們該說那是打哪兒來的？我們得告訴鄉親，說這是丙烷仙子拿走的，只是後來改變了主意，決定要還我們？」

雷尼皺起眉頭。「你覺得這很好笑，兄弟？」

「不！我覺得這很恐怖！」

「我計畫好了。我們可以公布，說鎮上有個燃料供應站，我們會從那裡按需求配給丙烷。燃油也是，只要我們能想出沒電的時候怎麼運用就行了。我恨這個配給的想法——這一點也不符合美國精神——不過這就像蚱蜢與螞蟻的故事，你知道的。鎮上那些他麻的傢伙，會在一個月內耗盡所有資源，接著就會對我們鬼吼鬼叫，要我們在第一波寒流快來的時候照顧他們！」

「你該不會真的覺得這情況會持續一個月吧？是嗎？」

「當然不是，但你也知道過去的人怎麼說的：抱最好的希望，做最壞的打算。」

老安想指出，他們早就把足夠整個小鎮使用的燃料拿去製造冰毒了。然而，他也很清楚老詹會怎麼回答：我們怎麼預料得到會發生這種事？

他們當然不行。哪個神智正常的人會預料得到，所有的資源竟會在突然間緊縮到這種地步？在訂立任何計畫時，你會認定所有資源全都綽綽有餘，這才是美國人做事的方式。去擔心資源不足這種事，無異是對於心靈與理智的一種侮辱。

老安說：「你絕對不是唯一一個討厭配給這點子的人。」

「這就是為什麼我們得擁有一支警察部隊。我知道，我們都對帕金斯去世這件事感到哀痛，但他現在已經在耶穌身旁了，而我們還有彼得．蘭道夫可以仰賴。在這種情況下，對鎮上來說，他絕對是個更好的警長人選。因為他夠聽話。」他用手指指著老安。「我們鎮上的人就是這樣——其實每個地方的人都是——只要事情與他們的自身利益息息相關，就會變得跟小孩一個樣。這話我說過多少次了？」

「很多次。」老安說，嘆了口氣。

「那你該怎麼管教孩子？」

「要是他們想吃甜點，就得先把蔬菜吃光。」

「對！這代表了有時候，我們還得狠狠教訓他們才行。」

「這讓我想到另一件事。」老安說。「是小珊．布歇在丹斯摩農場那裡發生的事。她是小桃的一個朋友，她說，有部分警察當時的行徑太粗魯了，簡直就是野蠻。我們或許得跟蘭道夫局長談談這回事。」

吉姆朝他皺起眉頭。「你還希望會是怎樣？兄弟？難不成要他們溫柔點？那都快變成一場暴動了。卻斯特磨坊鎮差點就發生了一場他麻的暴動耶！」

「我知道，你說得沒錯，只是——」

「我知道那個布歇家的女孩，也很清楚，他們全家都是毒蟲、偷車賊那種不把法律放在眼裡的人。欠錢不還，逃稅也不繳。雖然這麼說政治不正確，但他們就是那種會被大家說是可憐窮光蛋的那種人。像這種人，就是我們現在得特別注意的人，全是些特別分子。他們全都逮到機會就想破壞鎮上的和諧。你希望事情變成這樣？」

「不，當然不希望——」

老詹還在滔滔不絕地說著。「每個城鎮都有螞蟻——這是件好事——同時也有蚱蜢。他們那樣雖然不好，但我們還是可以與他們一起生活。因為我們了解他們，可以叫他們去做最符合我們利益的事，就算我們得對他們施加壓力也在所不惜。但是，每個小鎮裡也都有蝗蟲，就像聖經裡頭那種。就像布歇那一家子。對付這種人，我們只能毫不留情。你可能不喜歡這麼做，我可能也不喜歡，但在事情結束前，個人自由一定得多少有所犧牲。我們也有所犧牲啊。我們不就停下了小生意嗎？」

老安不想指出那是因為他們根本別無選擇。畢竟，他們完全沒辦法把毒品運出鎮外。他之所以沒說出口，是因為此刻只要簡單地說句「是」，這場爭執便能結束。他不想再討論任何事，也害怕接下來那場可怕的會議，可能得拖到午夜才結束。他只想回到空無一人的家中，來上一杯烈酒，躺在床上思念克勞蒂特，一個人哭著入眠。

「兄弟，現在最重要的事，就是讓一切保持穩定。這代表了法律、秩序、監督。我們的監督。因為我們不是蚱蜢，我們是螞蟻，而且還是兵蟻。」

老詹尋思片刻。當他再開口時，語氣回到了平常的模樣。「我得再想想我們讓美食城超市照常營業的決定是不是有問題。這不是說我們得勒令他們停業——至少目前不用——但我們得在接下來的幾天裡好好密切觀察，就像隻他麻的老鷹一樣。加油站商店也是。這應該是個好點子。要是我們想保留一些生鮮食物給自己人——」

他停了下來，瞇眼望向鎮公所的階梯處。他舉起一隻手遮住夕陽，不敢相信自己眼前所見，但事實又偏是如此。是布蘭達．帕金斯，還有那個天殺的找碴鬼戴爾．芭芭拉，而且兩人還坐在一起。至於那個坐在他們身旁，正與帕金斯警長的遺孀熱絡交談的人，竟然還是三席公共事務行政委員安德莉亞．格林奈爾。他們似乎在傳閱幾張文件。

老詹不喜歡這樣。

無論哪個部分。

## 2

他開始朝前走去，決定不管他們在討論什麼，都得阻止這場談話。他才踏出幾步，一個孩子就朝他奔來。那是基連家的其中一個孩子。基連家有十幾個人，全都住在塔克鎮邊界那裡一座破爛的養雞場裡。他們家的孩子不太聰明——不過說句老實話，之所以會這樣，全是因為父母親的爛遺傳——但全都是聖救世主教堂的忠實擁護者。換句話說，他們全都會被拯救。這孩子是朗尼……至少雷尼是這麼覺得的，不過也難以確定就是。畢竟，他們全都留著飛機頭，還有一模一樣的凸額頭與鷹鉤鼻。

男孩身穿一件破爛的WCIK電台T恤，拿著一張紙條。「嘿，雷尼先生！」他說。「天啊，我跑遍了整個鎮才找到你！」

「恐怕我現在沒時間聊天，朗尼。」老詹說，依舊看著坐在鎮公所階梯處的三個人。「也許明——」

「我是瑞奇，雷尼先生。朗尼是我弟。」

「喔，對，瑞奇。不好意思。」老詹邁出步伐。

老安從男孩手上接過紙條，在雷尼走向坐在階梯處的三人前，便把他攔了下來。「你最好看一下。」

老詹先是注意到老安一臉憂慮，臉色比先前還難看，隨即才接過紙條。

詹姆士——

我今晚得跟你碰個面。上帝跟我說了一些事。在我告訴全鎮的人以前，得先跟你談談才行。請務必回覆。瑞奇・基連會把你的回覆帶給我。

萊斯特・科金斯牧師

署名不是老萊，甚至不是萊斯特，全都不是，而是萊斯特・科金斯牧師。情況不妙。為什麼每件事偏要撞在一塊兒？為什麼？

男孩就站在書店前看著他，身穿褪色的上衣，與一條鬆到就快掉下來的牛仔褲，簡直像個天殺的孤兒。老詹朝他招手，於是那孩子滿臉興奮地跑上前來。老詹從口袋裡掏出筆（金色筆桿上寫著「你會愛上與老詹做生意的感覺」），寫下了五個字的回覆：午夜，我家見。他把紙條折起來，遞給男孩。

「把這帶回去給他。不准偷看。」

「不會！保證不會！願主保佑你，雷尼先生。」

「你也是，孩子。」他看著男孩跑遠。

「怎麼回事？」老安問，在老詹回答前又說：「是工廠的事？那些冰——」

「閉嘴。」

老安往後退了一步，整個人被嚇壞了。在此之前，老詹從未對他說過「閉嘴」這兩個字。看來事態十分嚴重。

「一次處理一件事。」老詹說，朝下一個問題走去。

3

看著雷尼走來，巴比第一個念頭是：他走路的模樣，就像是個不知道自己有病的人。他也覺得，那走路的模樣像是一個把畢生時間都花在痛整別人的人。當他與布蘭達握手時，臉上掛著肉食性動物的交際型微笑，給了她用力一握。而她則冷靜優雅地容忍著。

「布蘭達，」他說。「我致上最深的哀悼之意。我本來想先去找妳的……當然，也會參加喪禮……不過實在有點忙不過來，大家想必都是。」

「我能理解。」她說。

「我們都非常想念公爵。」老詹說。

「沒錯，」老安插了話，在老詹身後爬上階梯，像是遠洋輪船後方拖著的小拖船。「我們真的很想念他。」

「非常感謝你們。」

「雖然我很樂意加入你們的話題……我有看見你們在討論什麼……」老詹笑得更開了，只是眼神中並未添加相同程度的笑意。「可是我們有個非常重要的會得開。安德莉亞，我可以麻煩妳先過去會議室，分發一下開會要用的文件嗎？」

雖然已年近五十，但在那一刻，安德莉亞看起來就像是被抓到從窗台上偷拿熱餡餅的孩子。她準備要站起身（當她這麼做時，背部傳來一陣抽痛），但布蘭達牢牢抓住她的手臂，於是她只好又坐下。

巴比發現，格林奈爾與桑德斯看起來全都一副快被嚇死的模樣。他們的恐懼與穹頂無關；至少此刻無關，而是全來自雷尼身上。他又再度想著：這並不算糟糕。

「我想，你最好還是花點時間在我們身上，詹姆士。」布蘭達愉快地說。「當然，你也知道，要是這不是什麼重要——非常重要——的事，那我肯定會待在家裡，悼念我的丈夫。」

老詹罕見地說不出話來。在街上看著夕陽的人們，此刻都轉向這場臨時會議。這或許能使芭芭拉不費吹灰之力地便提升了自己的重要性，而一切只不過因為他與鎮上的三席公共事務行政委員，以及警長的遺孀坐在一塊兒罷了。更別說，他們之間還傳閱著幾張文件，彷彿那是羅馬教皇寄來的信一樣。這場故意讓眾人看見的表演究竟是誰的主意？當然，一定是那個姓帕金斯的女人。安德莉亞沒聰明到這地步，也沒種在眾人面前反抗他。

「呃，或許我們是可以跟妳小談一下。對嗎，老安？」

「當然。」老安說。「我們永遠樂意與妳談談，帕金斯太太。我對公爵的事真的深感遺憾。」

「我也為你妻子感到遺憾。」她莊嚴地說。

他們的目光相遇。這是個貨真價實的溫情時刻，使老詹覺得像是有人在扯著他的頭髮。他知道不該讓這種感覺掌控自己——這對血壓不好，而血壓不好，代表了對心臟也不好——但有時實在很難壓抑。尤其你剛剛才接過一張知道太多事的人的紙條，而那個人現在相信，上帝要他對全鎮的人說點什麼。要是他對科金斯的事猜得沒錯，那麼眼前的事情相比之下，簡直無足輕重。

但未必是件無足輕重的事。因為布蘭達·帕金斯從來都不喜歡他，而且布蘭達·帕金斯正是鎮民們心中那個——這實在沒什麼充分理由——英雄的遺孀。他首先得做的事是——

「到裡頭去，」他說。「我們去會議室談。」他瞥了一眼巴比。「你跟這件事有關嗎，芭芭拉先生？因為我實在不知道是怎麼回事。」

「這可以幫上你的忙。」巴比說，舉起那幾張他們剛才傳閱著的文件。「我以前曾在陸軍服役，軍階是中尉。目前看來，我的役期延長了，而且還獲得晉升。」

雷尼接過那幾張文件，僅捏著紙張角落，彷彿很燙似的。這份文件比瑞奇．基連交給他那張髒兮兮的紙條來得乾淨多了，是個大家都認識的記者列印的。信上的抬頭簡單寫著：白宮。上頭壓的日期正是今天。

雷尼摸了摸紙質，皺起濃密的眉毛，在眉間形成一道縱向深溝。「這不是白宮的信件用紙。」

這當然是，你這個傻瓜，巴比很想這麼說。這封信是一個小時前，聯邦快遞的小精靈團隊送來的。只有這些瘋狂的小混蛋才有辦法用空間移動的方式穿過穹頂，這對他們來說不算什麼。

「對，的確不是。」巴比盡量保持聲音愉快。「這是透過網路傳來的，是一份ＰＤＦ的文件檔。夏威小姐幫我下載，然後列印出來的。」

茱莉亞．夏威。另一個找碴鬼。

「快看，詹姆士。」布蘭達平靜地說。「這封信很重要。」

老詹讀了那封信。

## 4

班尼．德瑞克、諾莉．卡弗特、稻草人小喬．麥克萊奇就站在卻斯特磨坊鎮《民主報》的辦公室外，三個人各帶著一把手電筒。班尼與小喬拿在手上，諾莉則塞在連帽T恤的前方大口袋裡。他們全望著街道方向，看著鎮公所前那幾個人——包括三席公共事務行政委員，以及薔薇蘿絲餐廳的廚師——似乎正在開會討論什麼。

「我真好奇他們在說什麼。」諾莉說。

「都是些成年人的唬爛吧。」班尼全然不感興趣地說，敲了敲報社的門。裡頭沒有反應，於是小喬推開他，試圖轉動門把。門才一打開，他便知道為什麼夏威小姐沒聽見敲門聲了。她的影印機正全速運作，同時對著報社的體育記者，還有在農場拍下了許多相片的傢伙說話。

她看見了孩子們，並招手叫他們進來。影印機正迅速印出一堆紙張。彼特．費里曼與湯尼．蓋伊則把印好的紙張堆疊整齊。

「你們來了，」茱莉亞說。「我還真怕你們這些孩子不來。我們差不多好了，只要這台該死的影印機別出包就行了。」

小喬、班尼與諾莉默默不語，心中認為「出包」這詞很妙，三個人都決定儘快在有機會的時候拿來使用。

「你們都有得到家長同意吧？」茱莉亞問。「我可不希望出現一群憤怒的家長找碴。」

「有，女士。」諾莉說。「我們都問過了。」

費里曼用麻繩把紙張捆起，打結固定。諾莉覺得他捆得很醜，結也打得很差。她會打五種不同繩結，甚至還有辦法在蒼蠅身上打結。她父親曾這麼做過給她看，而她則表演在樓梯欄杆上溜滑板作為回報。當她父親第一次嘗試卻跌倒時，還笑到眼淚都流出來了，讓她覺得自己有個全宇宙最棒的老爸。

「要我來捆嗎？」諾莉問。

「如果妳可以捆得更好，當然沒問題。」彼特站到一旁。

她往前走去，開始捆起紙張，小喬和班尼擠在她後頭。接著，她看見印在紙張上的大大黑色號外頭條，停下了動作。「他媽的鬼扯！」

話才一出口，她便以雙手摀嘴，但茱莉亞只是點了點頭。「這的確是貨真價實的鬼扯。我希望你們都有騎腳踏車，而且希望你們的腳踏車都裝了籃子。妳可沒辦法用滑板載著這些報紙跑遍整個小鎮。」

「我們都有騎來，就跟妳先前交代的一樣。」小喬回答。「我那台沒籃子，不過有置物架。」

「我會把他那份捆緊一點。」諾莉說。

彼特．費里曼滿臉佩服地看著這女孩迅速捆起報紙。「我猜一定沒問題，妳捆得真好。」

「嗯，我超強的。」諾莉這可不是自誇。

「都有帶手電筒？」茱莉亞問。

「有。」他們一同回答。

「好極了。《民主報》三十多年來從沒請過報童，我可不希望你們的其中一個人，就這麼把整疊報紙丟在主街或普雷斯提街的街角，害我又得回到以前的老方法。」

「沒問題，那是無賴才會做的事。」小喬同意地說。

「這兩條街的每戶人家，還有每間商店都要拿到一份，懂嗎？還有莫蘭街跟安妮大道也是。發完以後，就盡可能再發到其他地方，但只要時間一到九點，就趕快回家，把剩下的報紙放在隨便一個街角，在上面壓塊石頭就行了。」

班尼又再度望向報紙的頭條標題：

卻斯特磨坊鎮，全面警戒！

屏障周邊將有飛彈引爆！

巡弋飛彈導航系統

建議西部鎮界居民立即撤離

「我敢說一定沒用。」小喬陰鬱地說，研究著那張位於報紙底部的手工繪製地圖。卻斯特磨坊鎮與塔克磨坊鎮的邊界處，以紅色線條加以強調，而小婊路與鎮界的交叉點，則打上了一個黑色的X，標記出飛彈撞擊點。

「別太多嘴了，小鬼頭。」湯尼．蓋伊說。

## 5

白宮

向卻斯特磨坊鎮的公共事務行政委員團隊

致上問候與致敬之意：

安德魯．桑德斯

詹姆士．雷尼

安德莉亞．格林奈爾

親愛的先生與女士們：

首先，請容我致上問候，並表達政府深切的關懷及祝福之意。我已將明天指定為全國祈禱日，全美的教堂將為所有不同信仰的人民開放，為你們進行祈禱，期許上帝能讓我們明白發生在你們鎮界上的事，並予以解決問題。我在此向你們保證，除非卻斯特磨坊鎮的人民重獲自由，以及得為這場監禁行動負責的人獲得懲罰，否則我們絕不懈怠。解決目前的情況——而且儘速處理——是我對你們及卻特斯磨坊鎮人民的保證。在此，我以全國領導者的身分做出嚴正承諾。

其次，這封信的目的，也想為你們介紹美國陸軍的戴爾・芭芭拉上校。芭芭拉上校曾於伊拉克服役，並在那裡獲頒銅星勳章、功績服務勳章，以及兩枚紫心勳章。他在此被重新徵召入伍，並晉升軍職，作為你我之間的溝通管道。我相當清楚，身為忠誠的美國人民，你們將會提供他各種協助。正如你們協助他，我們也同樣會協助你們。

我的想法與參謀長聯席會議、國防部、國土安全局局長的意見一致，打算讓卻斯特磨坊鎮進入戒嚴狀態，並委任芭芭拉上校為臨時軍方指揮官。縱使並非絕對命令，但芭芭拉上校仍應允了我。他告訴我，他希望能得到公共事務行政委員及當地警方的充分合作，並認為他的職位應肩負起諮詢及執行決定事項等責任。我同意他的判斷，並決定按他的方式行事。

第三點，我知道你們均對無法聯絡朋友及親人一事感到憂心。我了解你們的憂慮，但切斷電話通訊乃是不得已的措施，以便降低機密資訊外洩及流入卻斯特磨坊鎮的風險。你們或許認為這樣的顧慮毫無必要，但我在此保證，事情並非如此。在卻斯特磨坊鎮內，很有可能有某人擁有關於圍繞你們城鎮屏障的重要資訊。至於鎮內的電話通訊，則將恢復暢通。

第四點，我們將維持暫時停止供電的措施，但這項問題我們會持續加以討論。恢復供電一舉，雖然有利鎮內官員及芭芭拉上校開設記者說明會，但目前我們深信，儘快結束這場危機，絕對優先於進行無益的記者說明會。

我的第五點與網路通訊有關。參謀長聯席會議強烈建議暫時切斷電子信件通訊，而我則傾向於同意。然而，芭芭拉上校強烈反對此點，認為需讓卻斯特磨坊鎮的居民繼續保有網路通訊。他指出，電子信件之往來，可依法交由國家安全局進行監測，並表示此項監測之可行性會比進行電話監測簡單許多。由於他身為我們當地的負責人，我同意此項提議。其中部分原因，亦是基於人道主義之故。但此項決定亦將接受審核，亦有可能另行改變。芭芭拉上校亦會在各項措施中全程參與審核，我們亦十分期待他能與鎮上官員維持良好關係。

第六點，我在此向你們表明，你們所遭遇的苦難，極為可能最快於東部時間明日下午一點結束。芭芭拉上校將會解釋那個時間點所會進行的軍事行動。他向我保證，他與你們這些傑出官員，以及於當地報社的擁有者及經營者茱莉亞．夏威女士，將會確實通知卻斯特磨坊鎮的鎮民們可能會發生的事情。

最後一點：你們全是美國國民，我們絕不會放棄你們。懷抱最為堅定的理念，我們要鄭重向你們承諾的事情非常簡單：沒有任何男女老少會被遺忘。我們將妥善運用所有資源全力解決你們的困境。只要是該花的任何一塊錢，我們都絕不吝惜。在此也深切希望你們能懷抱信念，以合作態度作為回應。

所有為你們祈禱的人們
以及你們最誠摯的朋友

## 6

無論這封亂寫一通的信是哪個狗屁祕書寫的，那個混蛋都在上頭簽了名，而且還用了完整全名，包括那個與恐怖分子名字相同的中間名在內。老詹當時沒把票投給他，而現在，要是雷尼可以瞬間移動到他面前，他認為自己一定很樂意把他給勒死。

最好還連芭芭拉一起。

老詹此刻最期盼的，就是能吹個口哨把彼得．蘭道夫叫來，讓他把這個廚子上校丟進牢房，告訴他說，他可以待在警察局的地下室裡，當他那天殺的戒嚴時期指揮官，還可以找山姆．威德里歐來當副手。說不定懶惰鬼山姆甚至可以克制一下酒癮，對著他的牢房，拇指緊貼眼睛上方，好好地敬個禮。

但不是現在。還不是時候。那個惡棍下達的最高指令裡的幾句信件內容，又再度浮現在他腦海：

> 正如你們協助他，我們也同樣會協助你們。
> 我們亦十分期待他能與鎮上官員維持良好關係。
> 此項決定亦將接受審核。
> 深切希望你們能懷抱信念，以合作態度作為回應。

最後一句是最具說服力的部分。老詹確定，這個支持墮胎政策的王八蛋根本不知道什麼叫作信念——對他來說，那只是句行話罷了——但他提到「合作」這詞時，他的確知道自己在說什麼。老詹．雷尼清楚得很：看起來是繞指柔，但可別忘記手指下方的，可是副鐵打的手腕。

總統表示了同情與支持之意（他看見那個姓格林奈爾的藥癮婆，居然還在讀信時落下眼淚），但如果你真的讀進了字裡行間，便能發現真相。這是封單純簡潔的威脅信。不合作的話，就沒網路可用。乖乖合作，否則我們就記下一份名單，把調皮鬼跟乖寶寶都記錄起來。當我們衝進來時，你絕對不會希望自己在調皮鬼的名單上。因為我們一定會好好算帳。

合作吧，兄弟。否則後果自負。

雷尼想著：我絕不把我的城鎮交給一個膽敢揍我兒子，還來挑戰我權威的臨時廚師。永遠不會，你這隻臭猴子。絕不。

他同時也想著：溫和點，表現得從容些。

先讓這個廚子上校說清楚軍方有什麼了不起的計畫。要是成功的話，一切不成問題。但要是沒成功，那麼這個新上任的陸軍上校，就會對於「深入敵境」這件事，有了一番全新認識。

老詹露出微笑。「我們進去裡頭聊，好嗎？看起來我們有很多事得談。」

## 7

小詹與他的女友們一同坐在黑暗中。

甚至連他自己也覺得這樣很怪，但這的確有撫慰般的效用。他與其他新警員離開人數真他媽壯觀的丹斯摩農場後，便直接回到警局。一臉疲憊、身上還穿著制服的史黛西．墨金告訴他們，如果他們願意，可以再加四小時班。至少有段時間，警方很需要願意加班的人手，同時，鎮公所方面也會照樣支薪。史黛西說，她確定加班還有額外獎金……而那筆錢可能是政府的特別獎勵。

卡特、馬文、喬琪亞．路克斯與法蘭克．迪勒塞全都同意加班，目的並不是真的為了錢，而是樂在這份工作。小詹也是，無奈另一波頭痛卻在此時發作。在度過像是在雲端上的一整天以後，這實在是件令人感到沮喪的事。

他告訴史黛西，如果可以的話，他就不加班了。史黛西向他表示沒有問題，但也提醒他，明天早上七點輪到他值班。「到時有很多事得做。」她說。

在階梯上，法蘭克繫上槍帶，並說：「我應該會繞去安安家。她可能跟小桃不知道去哪兒了，但我只要一想到她在沖澡時滑倒的可能性就覺得煩——搞不好會全身癱瘓地躺在那裡或什麼的。」

小詹覺得頭部一陣抽痛，有個小白點在他左眼前方飛舞著，像是隨著心跳不停上下跳動，而且速度還越來越快。

「如果你要的話，我跑一趟就行了。」他告訴法蘭克。「我無所謂。」

「真的？你沒問題？」

小詹搖搖頭。當他這麼做時，眼前的小白點瘋狂亂竄，讓人心煩無比，一會兒過後，才又恢復了穩定。

法蘭克降低音量：「在農場的時候，小珊・布歇有對我嗆聲。」

「那個臭婊子。」小詹說。

「說得沒錯。她嗆我說：『你要怎樣？抓我嗎？』」法蘭克提高音調，裝出暴躁的女生假音，讓小詹的神經一陣作痛，跳動的白點幾乎變成紅色。那一刻，他想用手勒住老朋友的脖子，使勁勒死對方，好讓他，小詹，可以永遠不必再聽到那種假音。

「我在想，」法蘭克繼續說。「我下班後或許會過去一趟，給她好好地上個一課。你知道的，讓她懂得怎麼尊敬本地警員。」

「她是個恐龍，而且還是個騷貨。」

「騷貨這點可能會讓事情比較好玩。」法蘭克停了下來，望向詭異的夕陽。「這個叫穹頂的玩意兒也是有它的優點。我們可以想幹嘛就幹嘛。至少目前是這樣。考慮一下吧，老兄。」法蘭克捏了捏褲襠。

「好啊，」小詹回答。「不過我沒那麼想打炮。」

不過現在想了。嗯，有點想。不過這不代表他要過去幹那女人，或是做什麼其他事情——

「不過妳們還是我的女朋友，」小詹在一片漆黑的食物儲藏室裡這麼說。剛開始他還開著手電筒，但後來就關了。黑暗的感覺好多了。「對不對？」

她們沒回答。要是她們回答的話，小詹想著。那我一定得向老爸和科金斯牧師報告這個了不起的奇蹟。

他靠著牆壁，身旁是一排堆有罐頭食品的架子。安安就靠在他身體右邊，而小桃則在左邊。三人行，就跟《閣樓》雜誌㊾的讀者園地裡寫的一樣。在手電筒開著的情況下，他的女友們看起來狀況不佳，不僅臉部浮腫，就連垂落的頭髮也僅能遮住部分她們凸起的雙眼。但當他把手電筒關掉後……嘿！她們兩個變得就跟活人一樣了！

只是氣味除外。乾掉的屎味與腐爛的氣味開始融合在一起了。但這還不算太糟，因為這裡有更多迷人的香氣：咖啡、巧克力、糖蜜、葡萄乾還有——應該是——紅糖的香味。

還有一股淡淡的香水味。小桃的？還是安安的？他不知道，只知道自己的頭痛又再度緩解下來，就連讓人心煩的白點也消失了。他的手向下滑去，握住安安的乳房。

「妳不介意我這麼做吧？對不對，安安？我的意思是，我知道妳是法蘭克的女友，不過畢竟你們都分手了。嘿，我們得跟著感覺走。再說——我實在不想告訴妳這件事，不過我想他今晚應該準備要偷吃。」

他用空著的手摸索著，接著握住小桃的手。摸起來很冰，但他仍把她的手放到自己的褲襠上。「喔，我的小小桃，」他說。「妳真敢。不過想做就做吧，女孩，妳就盡情使壞吧。」

當然，不久之後，他還是得把她們埋了。穹頂可能會像肥皂泡一樣破掉，不然就是有科學家成功找到方法來溶解它。只要這種情況一旦發生，鎮裡就會湧入許多調查員。就算穹頂還在，鎮上也可能會組成什麼食物搜查委員會，挨家挨戶地來找吃的。

不久之後。但不是現在。因為他還需要撫慰。

甚至也需要這種興奮感。當然，人們無法理解這種感覺，但也不需要理解。因為——

「這是我們的祕密。」小詹在黑暗中輕聲說。「不是嗎？女孩們？」

她們沒回答（但遲早會的）。

小詹就這麼抱著被他殺害的女孩，在不知不覺中跌入夢鄉。

## 8

巴比與布蘭達在十一點離開鎮公所時，會議仍在進行當中。他們兩個在主街往莫蘭街的路上並未交談。在主街與瑪波街的街角處，仍有一小疊《民主報》的單頁號外特刊。巴比從防止紙張飄走的石頭下抽起一張，而布蘭達則拿出原本放在手提包裡的小手電筒，朝頭條標題照去。

「看到這件事被實際印出來，原本應該會讓人更容易相信些，但結果卻一點也沒有。」她說。

「是啊。」他同意道。

「你和茱莉亞合作弄出了這份號外，確保詹姆士沒辦法隱瞞消息，」她說。「是這樣沒錯吧？」

巴比搖了搖頭。「他不會這麼做的，因為這根本就辦不到。飛彈擊中目標時，會發出非常驚人的爆炸聲。茱莉亞只是想確保雷尼沒辦法用他的方式來扭曲這件事，不管他到底拿出什麼說辭都一樣。」他彈了彈那張號外。「就算沒什麼用，我還是把這當成一份保險。公共事務行政委員

59 Penthouse，美國知名色情雜誌。

雷尼一定會想：要是他比我先知道這件事，那他究竟還知道哪些我不知道的事？」

「朋友啊，詹姆士．雷尼可是個非常危險的對手。」他們又繼續往前。布蘭達把那份號外折好，用手臂夾著。「我丈夫之前正在調查他。」

「為什麼？」

「我不知道該說多少，」她說。「看來我只有全盤托出，或是什麼都不講兩種選項而已。霍霍還沒拿到絕對性的證據——這部分我可以肯定。但也已經很接近了。」

「這與證據無關。」巴比說。「要是明天飛彈起不了作用，就會變得跟我有沒有辦法避過牢獄之災有關了。要是妳知道什麼可以幫上忙的事——」

「如果不被關進監獄是你唯一擔心的事，那我對你可真是失望。」

這當然不是他唯一擔心的事，巴比猜想，帕金斯的遺孀也很清楚這點。他相當仔細地聽著會議內容，雖然雷尼費盡心機地裝出一副討人歡心、通情達理的模樣，但巴比依舊感到十分驚訝。他認為，在那副裝模作樣的吃驚表現之下，那個男人還是一頭猛禽。他會使出全力控制一切，直至自己擁有優勢為止。他會奪取他所需要的一切，直至甘心罷手為止。他對每個人都很危險，不僅是對戴爾．芭芭拉而已。

「帕金斯太太——」

「叫我布蘭達，還記得嗎？」

「嗯，布蘭達。這麼想吧，布蘭達，要是穹頂沒有消失，這個小鎮絕對需要一個比滿嘴謊言、做事浮誇的二手車販賣員更好的領導者。要是我被關在牢房裡，可就幫不了任何人了。」

「我丈夫認為老詹貪污。」

「怎麼會？為什麼？他污了多少錢？」

她說：「讓我們看看飛彈會帶來什麼結果吧。要是沒用的話，那我就告訴你所有事。要是奏效了，等到一切塵埃落定，我就會去找郡檢察官談談……用瑞奇．瑞卡多[60]的話來說，詹姆士．雷尼可得『好好解釋一下』了。」

「妳可不是唯一一個想等到飛彈這件事結束後再做決定的人。今天晚上，雷尼一直在說些甜言蜜語。要是巡弋飛彈沒能成功打穿穹頂，我想我們就會看見他的另外一面了。」

她關掉手電筒，抬起頭來。「看看這些星星，」她說。「真是明亮。那邊是北斗七星……仙后座……還有大熊座，全都是原本的模樣，這讓我覺得安慰多了。你呢？」

「我也是。」

他們有好一會兒沒說話，只是看著銀河散發出的微弱光芒。「不過這些星星總讓我覺得自己很渺小，生命那麼……那麼的短暫。」她笑了出來，接著又——有點不好意思——說：「不介意我挽著你的手吧，巴比？」

「完全不介意。」

她勾住巴比的手臂，而他則把手放在她手上，陪她走路回家。

9

老詹在十一點二十分結束會議。彼得．蘭道夫向所有人道過晚安後，便先行離開了。他計畫要在早上七點開始疏散鎮上的西邊，希望能於中午前淨空小婊路附近的區域。安德莉亞跟在他後頭緩緩走著，雙手背在身後，展露出他們全都無比熟悉的身體語言。

[60]Ricky Ricardo，為美國影集《我愛露西》（I Love Lucy）的主角。

雖然老詹還清楚記得自己與萊斯特．科金斯有約（而且還得睡一下；他可不介意來場該死的小睡），但他還是問她是否能留下來一會兒。

她滿臉困惑的看著他。老安．桑德斯就在老詹身後粗手粗腳的整理文件，把文件放回灰色鐵櫃中。

「把門關上。」老詹和藹地說。

現在，她看起來有些不安了。雖說老安正在處理會議結束後的整理瑣事，但他仍低垂著肩，彷彿受了傷似的。不管老詹究竟想對她說什麼，老安早就知道了。從他的姿勢來看，絕非什麼好事。

「你想講什麼，吉姆？」她問。

「不是什麼正事，」這就代表了是。「不過對我來說很重要。安德莉亞，在會議前，妳跟那個姓芭芭拉的傢伙聊得還挺開心的，跟布蘭達也是。」

「布蘭達？這真是太……」她本來想說「可笑」，但這用詞似乎太強烈了些。「太傻了。你也知道我跟布蘭達已經認識三十年——」

「如果說吃過一個人做的鬆餅與培根就算是認識對方，那麼妳跟芭芭拉先生也認識了三個月。」

「我想我們現在應該叫他芭芭拉上校才對。」

老詹露出微笑。「看他那副穿著藍色牛仔褲與T恤的模樣，還真是很難讓人認真看待這個稱謂。」

「你也看見總統的信了。」

「我只看見一封茱莉亞輕輕鬆鬆就能用她那台天殺的電腦印出來的東西。不是嗎，老安？」

「嗯。」老安頭也不回地說，仍忙著文件歸檔，接著又把他放好的文件拿起來重讀一遍。

「所以我們要假定那封信真的是總統寫的？」老詹微笑著說。她最討厭看見他那張肥厚的臉孔露出這種笑容了。安德莉亞有些出神地看著他臉頰上的鬍碴，或許這是第一次，她總算理解為什麼老詹總是會一絲不苟地把鬍子給剃乾淨了。因為那些鬍碴，會使他看起來就像是奸詐的尼克森總統一樣。

「呃……」不安已即將成為恐懼。她想告訴老詹說，那只是出自禮貌，但事實卻並非如此。她猜大吉姆也看得出來，畢竟他在一旁觀察了很久。「呃，畢竟他是最高領導者，你知道的。」

老詹輕蔑地哼了一聲。「你知道指揮者該是什麼模樣嗎，安德莉亞？讓我告訴妳吧，那個人得提供資源幫助需要幫助的人，只有這樣，才能讓人付出忠誠，完全服從他的命令。兩者之間應該是公平交易才對。」

「對，」她心急地說。「就像巡弋飛彈之類的資源！」

「如果奏效的話，可就再好不過了。」

「怎麼可能沒效？他說那可能是顆一千磅重的彈頭耶！」

「考慮到我們對穹頂幾乎一無所知，妳，或者是我們之中的任何一個人，又怎麼能那麼確定？我們怎麼知道穹頂會不會被原地炸飛，接著又掉下來蓋住卻斯特磨坊鎮，最後只在地上留下一英里深的爆炸坑洞？」

她一臉沮喪地看著他，背在身後的雙手揉捏著疼痛的傷處。

「所以，這還是只能交給上帝決定。」他說。「妳說得沒錯，安德莉亞——那或許的確有用。但要是沒能成功，我們就只能靠自己了。對我來說，要是一個最高領導者連人民都沒辦法保護，那他就連一個隨便誰都能在上頭撒尿的馬桶都還不如。要是計畫沒成功，要是他們沒辦法為我們彰顯上帝的榮光，那就得有人出面接管這個小鎮才行。妳會選擇只會吹牛的沒用總統選出的流浪漢，還是當地居民投票選出的行政官員？妳現在知道我在擔心什麼了吧？」

「我覺得芭芭拉上校看起來很能幹。」她低嚅著說。

「別再這麼叫他了！」老詹大吼。老安手上的檔案掉落在地，安德莉亞則向後退去一步，同時嚇得驚叫一聲。

接著，她挺直身子，暫時恢復了當時讓她第一次站出來，勇敢競選公共事務行政委員的美國佬硬脾氣。「別對我大吼大叫，老詹．雷尼。我從你一年級，在瑟爾斯目錄上剪照片貼到圖畫紙上頭的時候就認識你了，所以別對我大吼大叫。」

「喔，天啊，她被冒犯了！」此刻他咧開嘴，露出兇狠微笑，換上一副讓人不安的開心模樣。「這真是他麻的糟糕。不過現在很晚，我也累了，已經把一整天甜言蜜語的額度都用完了。所以妳給我聽著，別讓我重複一遍。」他看了一眼手錶。「現在是十一點三十五，我想在十二點前趕回家裡。」

「我不知道你到底要我幹嘛！」

他翻了翻白眼，彷彿對她的愚蠢感到難以置信。「簡單的說，我想確定，要是那個草率的飛彈計畫沒用，妳會站在我——我跟老安——這邊，而不是站在那個只會洗碗的外人那邊。」

她挺起胸，雙肩後縮，盡力看著他的雙眼，只不過嘴唇仍在顫抖。「要是我覺得芭芭拉上校——如果你喜歡的話，叫他芭芭拉先生也行——是個更適合在危機狀況下擔任領導者的人呢？」

「呃，那我的想法就跟《木偶奇遇記》裡那隻會說話的小蟋蟀常說的台詞一樣：讓妳的良心來帶領妳。」他的音量降低至接近喃喃自語的地步，但聽起來卻比大吼大叫還要嚇人。「不過別忘記我們這邊有小藥丸，一些止痛藥什麼的。」

安德莉亞全身一寒。「什麼意思？」

「老安幫妳留了不少庫存，不過呢，要是妳在這場比賽裡選錯邊，那麼那些藥丸可能就這麼不見了。對嗎，老安？」

老安此時正在洗咖啡壺。他看起來不太開心，不敢與淚水盈眶的安德莉亞對看，卻也毫不遲疑地做出答覆。「對，」他說。「在這種情況下，我可能得把那些藥丸丟到馬桶裡沖掉。在鎮上被完全封鎖的情況下，留著這類藥物實在相當危險。」

「你不能這麼做！」她哭了出來。「我有處方箋！」

老詹親切地說：「妳現在唯一需要的處方箋，就是讓自己跟鎮民都知道誰才是鎮上最好的領導者，安德莉亞。就目前來說，這也是唯一對妳有好處的處方箋。」

「老詹，我需要那些藥，」她聽見自己的聲音中有著哀鳴——與她母親晚年臥病在床時的那些痛苦時光一樣——而且痛恨自己這樣。「我真的很需要！」

「我知道，」老詹說。「上帝給妳劇烈的痛苦作為考驗。」更別說妳自己的問題也大得很，他想。

「妳只要做出正確的抉擇就好，」老安說，雙眼中的黑色瞳孔帶著悲傷與誠摯之意。「老詹知道怎麼做才對鎮上有所幫助，一直以來都是。我們不需要一個外來者教我們該如何處理自己的事。」

「如果我照做的話，可以繼續拿到止痛藥？」

老安露出微笑。「當然可以！我甚至還可以把我自己的劑量撥一些給妳。妳一天要吃一百毫克左右對嗎？妳那邊夠嗎？妳看起來很不舒服。」

「我想我應該可以再多吃一點。」安德莉亞無力地說，垂下了頭。自從那場令她傷心無比的高中舞會後，她再也沒喝過任何烈酒，甚至連一杯紅酒也沒喝過，就連菸也不抽。除了在電視上，她從未親眼看過古柯鹼長什麼樣。她是個好人，一個很好的人。她究竟是怎麼落入這步田地的？就因為去信箱拿信時跌了一跤？就因為傷勢變成了一個藥物成癮的人？要是真是這樣，那就太不公平，也太可怕了。「不過一天只要四十毫克就好。我想四十多毫克就夠了。」

「妳確定？」老詹問。

她並不真的確定，而這正是惡魔的把戲。

「也許八十毫克吧，」她說，抹去眼上的淚水。接著，又輕聲補了一句：「你這是在勒索我。」

音量雖低，但老詹還是聽見了。他朝她伸出手。安德莉亞往後縮了一下，但老詹僅是輕柔地拉起了她的手。

「不，」他說。「勒索是種罪。我們是在幫妳，而且我們要求的回報，只不過是要妳同樣幫助我們罷了。」

## 10

某處傳來砰的一聲。

雖然小珊十點時抽了半根大麻，喝了三罐菲爾的啤酒後入睡，但這聲音還是讓她在床上完全清醒過來。她總是會在冰箱裡放兩手啤酒，始終覺得那是「菲爾的啤酒」，就算他早在四月時便離開了也一樣。她有聽到傳聞，說菲爾還在鎮上，不過卻不太相信。要是他真的待在鎮上，這六個月以來，她一定會遇見他，但有遇到嗎？這只是個小城鎮，就跟那首歌唱的一樣。

砰！

這聲音讓她坐起身子，傾聽小華特是否哭泣。沒有哭泣聲，使她開始想：喔，天啊，那張該死的嬰兒床一定垮了！要是他連哭都哭不出聲——

她把棉被甩到一旁，朝房門跑去，沒想到卻一頭撞在門口左側的牆壁上，差點跌倒在地。該死的一片漆黑！該死的電力公司！該死的菲爾，竟然就這麼走了，把她一個人丟在這種處境裡，以至於像法蘭克·迪勒塞那種人對她毛手毛腳時，竟然沒半個人可以依靠，讓她嚇得半死——

砰！

她沿著梳妝台桌面摸索，在找到手電筒後打開開關，匆匆跑出門外。她才正要左轉，朝小華特睡覺的房間奔去，卻又再度聽見了「砰」的一聲。聲音並非來自左邊，而是從她正面凌亂的客廳裡傳來。有人在拖車的前門。現在，還傳來了一陣模糊笑聲，聽起來那些人已經喝醉了。

她大步穿過客廳，身上那件睡覺時穿的T恤下襬，在豐滿的大腿處飄動著（自從菲爾離開後，她胖了一些，約莫五十磅左右，但就在那狗屁穹頂出現前，她原本打算要訂購減肥用的代餐，好讓自己恢復到高中時的體重），用力甩開前門。

手電筒的光芒——總共有四支，而且還是高亮度的——照在她的臉上。手電筒後方傳來更多笑聲，其中一個人的笑聲比較像是「呦-呦-呦」，就像喜劇團體「三個臭皮匠」❻¹裡的科里一樣。她認出了那笑聲，在高中的三年時光裡，她曾聽過許多次了。是馬文·瑟爾斯。

「看看妳！」馬文說。「都穿成這樣了，竟然還沒人想吹口哨。」

更多笑聲傳來。小珊舉起一隻手臂遮在眼前，但沒什麼用，只能看見手電筒後頭的人影形狀。不過，其中一個笑聲是女生的聲音。這或許算是件好事吧。

❻¹The Three Stooges，為二十世紀的三人喜劇團體，其團員曾多次更動。

「在我瞎掉前，快把手電筒關了！閉嘴，你們會把孩子吵醒！」

更多笑聲響起，而且比先前還大聲；不過，四支手電筒裡有三支關上了。她舉起自己的手電筒朝門外照去，但眼前見到的人，卻一點也沒使她感到寬心：法蘭克．迪勒塞、喬琪亞．路克斯，以及用手勾著卡特．席柏杜肩膀的馬文．瑟爾斯。那個叫喬琪亞的女孩，今天下午曾踢了她的胸部一腳，而且還叫她男人婆。她是個女人，但卻並不安全。

他們全都掛著警徽，而且也的確喝醉了。

「你們想幹嘛？現在已經很晚了。」

「想弄點大麻來抽，」喬琪亞說。「妳有在賣，所以賣我們一些吧。」

「我想讓自己爽上天。」馬文說，接著又發出那個笑聲：呦－呦－呦。

「我這邊沒貨了。」小珊說。

「唬爛，這裡到處都是大麻味。」卡特說。「賣我們一點啦，不要那麼婊嘛。」

「對啊，」喬琪亞說。在小珊手電筒光芒的照射下，她的雙眼裡閃爍著銀色光芒。「就把我們當成警察嘛。」

他們全都在大聲嚷嚷，肯定會把孩子吵醒。

「不要！」小珊試圖把門關上，但席柏杜卻把門給推開。他只是平平的伸出手——沒出多大力氣——便讓小珊跌坐在地。在餵完小華特奶以後，她抽得太多了些，導致這已經是她今天第二次摔著屁股了。她的T恤翻了起來。

「哇喔，是粉紅色的內褲耶，妳是在等女朋友嗎？」喬琪亞問，使他們又開始大笑。他們再度全都打開手電筒，把光線聚集在她身上。

珊曼莎把T恤往下一拉，力道大到差點就扯下了自己的脖子。她搖搖晃晃地起身，手電筒的光芒則跟著她的身體移動。

「妳真是個好主人，願意邀請我們進來，」法蘭克說，就這麼闖進門來。「實在非常感謝。」他用手電筒照了照客廳四周。「真是個豬窩。」

「豬就該住在豬窩！」喬琪亞大喊，於是他們又全都爆出大笑。「要是我是菲爾，我可能會特地從樹林裡跑回來，就為了要踹妳他媽的臭屁股一腳！」她舉起拳頭，而卡特・席柏杜則和她輕輕擊了個拳。

「他還躲在電台附近？」馬文問。「還在那邊搞藥？還在那邊說要為了耶穌奉獻？」

「我不知道你在……」她並不覺得生氣，只是害怕而已。那些話聽起來就像是抽了大麻、嗑了點迷幻藥後，最後在作惡夢的同時，會說出那些毫無關聯的夢話一般。「菲爾已經走了！」

她的四名訪客面面相覷，接著大笑起來。瑟爾斯那白痴般的「呦－呦－呦」笑聲還壓過了其他人的音量。

「走了！落跑了！」法蘭克笑個不停。

「說得跟操他媽真的一樣！」卡特回答，然後兩個人也擊了個拳。

喬琪亞從小珊書架頂端上抓起幾本平裝書，看了一下。「諾拉・羅伯特[62]？珊黛・布朗[63]？史蒂芬妮・梅爾[64]？妳都看這些狗屁？妳不知道他媽的《哈利・波特》才最屌嗎？」她把書往前一伸，接著放開雙手，讓那些書全掉在了地板上。

[62] Nora Roberts，美國知名羅曼史小說家。
[63] Sandra Brown，美國知名羅曼史及驚悚懸疑小說家。
[64] Stephenie Meyer，《暮光之城》系列小說作者。

孩子竟然沒被吵醒，簡直是個奇蹟。「要是我賣你們一些大麻的話，你們願意走人嗎？」小珊問。

「沒問題。」法蘭克說。

「快一點。」卡特說。「我們明天還要很早上工，搞些疏散動作什麼的。所以妳這肥屁股快給我動起來。」

「在這裡等一下。」

她走進廚房，打開冷凍庫——現在裡頭溫暖得很，所有的東西全解了凍，出於某種原因，這景象讓她就快哭出來了——從她放在裡頭的幾袋大麻裡抽出一包，這樣裡頭就只剩三包了。

她才正要轉身，便被某個人抓住，甚至還把她手中的夾鏈袋一把扯走。「我得再檢查一次妳那件粉紅色內褲，」馬文在她耳邊說。「看看是不是俏皮風的。」他把她的T恤拉至腰間。「不是，猜錯了。」

「住手！放開我！」

馬文又笑了：呦－呦－呦。

手電筒的光芒刺痛了她的雙眼，但她仍認得出那個拿著手電筒的扁頭頭型。那個人是法蘭克·迪勒塞。「妳今天跟我嗆聲，」他說。「而且妳還打了我一下，打傷了我的小手手。我只不過是摸妳一把而已耶。」他把手伸向前，再次揉捏她的胸部。

她用力一撞，手電筒的光芒從她臉上瞬間斜至天花板，接著又快速下移。她的頭一陣劇痛。他用手電筒打了她。

「噢！噢，很痛耶！快住手！」

「狗屁，這才不痛咧。妳該慶幸我沒有因為妳賣大麻而逮捕妳。要是不想再挨一下，就給我乖乖別動。」

「這大麻聞起來真臭。」馬文以一種就事論事的口吻說。他仍站在她身後，沒放下拉起她T恤下襬的手。

「她也一樣臭啊。」喬琪亞說。

「我們得沒收這些大麻，臭婊子。」卡特說。「抱歉囉。」

法蘭克又伸手去抓她的乳房。「別亂動。」他捏著她的乳頭。「就這麼別動。」他的聲音沙啞，呼吸變得急促。她知道接下來會發生什麼，於是閉上雙眼。只要別吵醒孩子就好，她想。只要他們別再做其他事就好，別讓事情變得比這更糟。

「上啊，」喬琪亞說。「讓她知道自從菲爾離開後，她到底都錯過些了什麼。」

法蘭克用手電筒指著客廳方向。「上沙發去，給我躺好。」

「你不想先宣讀一下她的權利嗎？」馬文問，然後大笑起來：呦－呦－呦。小珊覺得，要是自己再聽見任何一次這個笑聲，那麼頭顱肯定會裂成兩半。然而，她還是低垂著頭，垮肩朝沙發走去。

在她走到一半時，卡特抓住了她，把她整個人轉過來，用手電筒從下方照著自己的臉，一副要嚇人的惡鬼模樣。「妳會把這件事說出去嗎？小珊？」

「不、不、不會。」

惡鬼點了點頭。「最好記住妳的話。因為根本不會有人相信妳。當然，除了我們以外。不過到時候呢，我們會再回來找妳，真的把妳給搞死。」

法蘭克把她推到沙發上。

「上她，」喬琪亞興奮地說，用手電筒照著小珊。「上這個婊子！」

那三個年輕男人全上了她。法蘭克是第一個，當他進入她身體時，還低聲說：「妳得學著把嘴閉緊，除非跪下來幫人口交的時候才准開口。」

卡特是下一個。當他騎在她身上時，小華特醒了過來，開始大聲哭喊。

「閉嘴，小鬼，不然我就得好好教訓你一頓囉！」馬文．瑟爾斯大吼，接著又狂笑起來。

呦—呦—呦。

## 11

時間已近午夜。

琳達．艾佛瑞特躺在她那一側，很快地陷入熟睡。她過了精疲力竭的一天，明天還得早起執行任務（疏—散—行動），就連擔心賈奈兒的心情，也沒能讓她保持清醒。說真的，她從來不會打呼，但此時她躺著的那一邊，卻傳來了微弱鼾聲。

生鏽克同樣過了精疲力盡的一天，但卻睡不著覺。這與他擔心賈奈兒的事無關。他覺得她不會有事，至少也能保持一段時間。只要沒出什麼差錯，他就可以讓她保持在不發病的狀況中。就算醫院藥房裡的柴浪丁用完了，他也能去桑德斯藥房買。

他一直在想哈斯克醫生的事，當然，還有羅瑞．丹斯摩的事。那男孩眼眶不住湧血的景象一直浮現在他眼前，而朗．哈斯克告訴維維說：「我又不是死了。我是說聾了。」的聲音，也同樣在耳邊縈繞不去。

但他的確死了。

他在床上翻了個身，嘗試把回憶拋在腦後，接著卻又想起羅瑞的喃喃自語：今天是萬聖節。他女兒的聲音也重疊在裡頭：南瓜王！快去阻止南瓜王！

他女兒當時正在發病，而丹斯摩家的孩子則是被跳彈射入眼中，子彈碎片刺進了大腦裡。這代表了什麼？

什麼也沒有。那個《LOST檔案》[65]裡的蘇格蘭佬是怎麼說的？別把巧合誤認為命運？

或許這件事就是這樣。或許就是。不過，《LOST檔案》播完已經很久了。那個蘇格蘭佬說的也可能是「別把命運誤認為巧合」。

他又翻向另一邊。這一回，則看見今晚《民主報》單頁特刊的黑色頭條標題：屏障周邊將有飛彈引爆！

多想也無濟於事。睡覺才是遠離這些問題的方式，而在這種情況下，最糟的事，不過也就是這些問題跟著你一同進入夢鄉罷了。

他回家時，在樓下的櫥桌上看見半條琳達拿手的蔓越莓柳橙麵包。生鏽克決定去餐桌那裡吃點麵包，還可以一面翻翻最新一期的《美國家庭醫師》雜誌。要是一篇討論百日咳的文章都沒辦法讓他想睡，那就沒什麼能讓他睡著的了。

他下了床，身上穿著通常拿來當睡衣穿的藍色刷手衣，靜悄悄地離開房間，以免吵醒琳達。走到樓梯一半時，他停下腳步，微微歪頭傾聽。

奧黛莉發出一聲低鳴，聲音十分模糊，自女兒的房間傳來。生鏽克走到女兒們的房間，小心翼翼地打開房門。那頭黃金獵犬看起來只是女孩床中間的一道模糊陰影，正轉過頭來望著他，再度發出幾聲輕輕的低鳴。

茱蒂躺在自己的床上，一隻手放在臉頰下方，呼吸深而緩慢。賈奈兒的情況又是完全不同的

[65] Lost，美國知名影集。

光景。她不斷翻身，在床鋪兩側滾來滾去，連棉被也被踢開，不斷低噥著些什麼。生鏽克跨過那頭狗，坐在她的床邊，位置就在賈奈兒最新一張男孩偶像團體的海報下方。

她正在做夢。從她不安的模樣裡，可以看得出並非什麼好夢。她的夢話聽起來像是在抗議什麼。生鏽克嘗試想聽清楚她說的話，但還沒來得及弄懂，她便停了下來。

奧黛莉再度發出哀鳴。

生鏽克把賈奈兒皺成一團的睡袍拉平，幫她蓋好被子，撥開她黏在額頭上的頭髮。他觀察著她。眼皮下方的眼球不斷快速轉動，但四肢並未顫抖，手指沒有抽動，嘴唇也沒有發病時會出現的抖動。他幾乎可以肯定，這只是睡眠動態中的快速動眼期，而非症狀發作。然而，這引發了另一個有趣的問題：狗連惡夢的味道都聞得到？

他俯身親了一下賈奈兒的臉頰。就在這時，她睜開了雙眼，他無法確定她是否看得見他。這是輕度癲癇的症狀之一，但生鏽克覺得這與輕度癲癇無關。他很肯定，要是真的發病，奧黛莉一定會開始吠叫。

「繼續睡吧，甜心。」他說。

「他有一顆黃金做的棒球，爹地。」

「我知道，甜心，繼續睡吧。」

「那是顆壞棒球。」

「不，那是顆好棒球。棒球是好東西，尤其是金色的。」

「喔。」她說。

「繼續睡吧。」

「好，爹地。」她翻了個身，閉上雙眼。有一會兒，棉被下方沒有任何動靜，接著她便睡著了。奧黛莉原本趴在地板上抬頭看著他們，如今也把頭放在前爪上方熟熟睡去。

生鏽克坐了好一會兒，聽著女兒的呼吸聲，告訴自己沒什麼好怕的。一直以來，人們從夢中醒來時，總是還會說著夢話。他告訴自己一切都沒事——要是擔心的話，只消看看躺在地板上的狗就好了——然而，午夜時分，的確不是個會讓人覺得樂觀的時刻。當黎明離現在還有好幾個鐘頭時，壞念頭會被賦予血肉，開始行走起來。在午夜時分，壞念頭簡直就是殭屍。

他決定還是不吃蔓越莓柳橙麵包了。他只想舒服地躺在溫暖床上，與妻子一同入眠。但在離開女兒們的房間前，他還是拍了拍奧黛莉毛茸茸的頭。「提高警覺啊，女孩。」他輕聲說。奧黛莉睜開雙眼，看了他一下。

他想著：黃金獵犬。接著又想到——完美的連結：黃金棒球。一顆壞棒球。

今晚，儘管女兒們才剛發現自己需要女生的隱私權，但生鏽克離開時，仍是沒把門給關上。

## 12

老詹回到家時，萊斯特．科金斯就坐在雷尼家前的階梯上，正用手電筒讀著聖經。牧師的虔誠並未讓老詹覺得感動，反而只讓他惡劣的心情變得更差了。

「願主保佑你，老詹。」科金斯說，站起身子。老詹伸出手時，科金斯熱情地回握著，還使勁握得緊緊的。

「主也保佑你。」老詹不服輸地說。

科金斯用力搖晃著他的手，接著這才鬆開。「老詹，我會過來是因為我得到了啟示。我在前一天晚上向上帝發問——沒錯，都是因為嚴重不安導致的——結果今天下午，上帝的啟示就降臨了。上帝藉由聖經和那個年輕男孩，告訴了我答案。」

「丹斯摩家的孩子?」

科金斯大聲親了一下自己交握著的雙手，高高舉向天空。「就是他沒錯。羅瑞．丹斯摩。願上帝賜他永生。」

「他此刻一定在與耶穌共進晚餐。」老詹下意識地回答。他用手電筒照著牧師，觀察著他的模樣，覺得眼前的景象不妙。雖然今晚氣溫迅速下降，但科金斯的皮膚仍因汗水閃閃發光。他的雙目圓睜，露出過多眼白，就連那頭難以駕馭的鬈髮也亂成一團。總而言之，他看起來就像剛從耕耘機上摔下來的鄉巴佬，可能馬上就要趕去擠奶了。

老詹想：絕不是什麼好事。

「對，」科金斯說。「肯定就是這樣。一面享用筵席……一面佩戴永恆不滅的武器……」

老詹認為，這兩件事很難在相同時間一起辦到，但現在還是保持沉默為妙。

「他的死是有原因的，老詹。這就是我要說的事。」

「到裡面再說，」老詹說，並在牧師來得及回答前，又再度開口：「你有看見我兒子嗎？」

「小詹？沒有。」

「你到這裡多久了？」老詹打開客廳的燈，再度為了自己擁有發電機而禱告。

「一個小時。或許再短一點吧。我一直坐在台階上……閱讀……祈禱……沉思。」

雷尼在想，不知道有沒有人看見他，但卻沒開口去問。科金斯已經夠混亂了，像是這樣的問題，可能只會讓他變得更瘋而已。

「到我書房去。」他說，走在前頭帶路。他垂著頭，邁開腳步，有些笨重地緩緩走著。從背後看去，他有點像是一頭穿了衣服的熊。雖然是頭動作遲緩、上了年紀的熊，卻依舊危險至極。

13

除了一張背後藏有保險箱的「山中寶訓」耶穌講道圖以外，老詹的書房牆上掛滿數量驚人的獎牌，全都是感謝他熱心於公共服務什麼的。除此之外，還有幾張裱框相片。其中一張是他與莎拉．裴林㊅握手的合照，以及他站在一個大大的「3」字型前，與戴爾．恩哈特㊆握手的照片，地點是在牛津賽車場舉辦的一場為孩童發起的慈善募捐活動。牆上甚至還有一張老詹與老虎伍茲㊇握手的合照，但對老詹來說，他不過就是個看起來人還不錯的黑鬼罷了。

書桌上放著的唯一一個紀念品，是顆置於透明合成樹脂底座上的鍍金棒球。雖然材質是透明合成樹脂，但下方仍刻了親筆書寫的文字：獻給詹姆士．雷尼，感謝你支持二〇〇七年西緬因州慈善壘球錦標賽！下頭的簽名寫著：太空人：比爾．李㊈。

老詹坐在辦公桌後頭的高背椅上，自底座拿起那顆棒球，在兩手間拋來拋去。當你有些不開心時，這東西拋起來順手得很。既順手又有足夠重量，鍍金質感撞在掌心時分外舒服。老詹有時會想，不知整顆純金的棒球拋起來會是什麼感覺。或許等穹頂這檔事結束後，他真的會去弄顆來玩玩吧。

科金斯坐在辦公桌另一側的訪客椅上，也就是有求於他的人會坐的椅子，就與老詹希望他會做的事一樣。牧師的雙眼不斷移動，像是正在看著網球比賽，或者催眠師手上的水晶吊墜。

㊅Sarah Palin，為二〇〇八年美國共和黨的副總統候選人。
㊆Dale Earnhardt（1951-2001），美國知名賽車手，並創辦了以自己名字為名的職業賽車隊，其隊伍的標誌即為一個「3」。
㊇Tiger Woods，美國知名高爾夫球選手。
㊈Bill 'Spaceman' Lee，為美國知名棒球選手，於一九八二年自球員身分引退。太空人為其綽號。

「到底什麼事，萊斯特？說吧，不過長話短說，好嗎？我得小睡一下。明天還有很多事得做。」

「老詹，你願意先跟我一起祈禱一下嗎？」

老詹露出微笑，還是不懷善意那種。那微笑並非他最讓人感到膽顫心驚的類型，至少目前不是。

「我們何不在祈禱前先把事情說清楚？在我跪下以前，總得知道自己是要為了什麼事而祈禱吧。」

萊斯特並未長話短說，但老詹卻幾乎沒注意到。他越聽便越覺得驚慌，幾乎接近毛骨悚然的地步。在牧師的敘述裡，不停穿插與此事無關的聖經內容，但話中的要點卻很明確：他確定上帝受夠了他們的小生意，所以才會用這個巨大的玻璃碗罩住整個小鎮。萊斯特祈問上帝該如何是好，一面鞭打自己（鞭打可能只是形容詞而已——老詹如此希望），而上帝則引領他看見了癲狂、眼瞎、懲罰之類的聖經經文。

「上帝說祂會讓我『坎見』一個徵兆——」

「坎肩？」老詹揚起濃眉。

萊斯特沒有理他，自顧自地說起了另一件事。他就像得了瘧疾一樣不斷冒汗，視線仍盯著那顆鍍金棒球，左右移動。

「這就跟我十幾歲時，躺在床上發生的事一樣。」

「老萊，這……你要說的事情實在有點多。」他在雙手間拋著球。

「上帝說他會讓我目睹眼瞎，但不是指我會瞎掉。接著，今天下午在農場那裡，祂真的這麼做了！不是嗎？」

「呃，我想這只是其中一種解釋——」

「不！」科金斯跳了起來，開始在地毯上繞起圈子，一隻手拿著聖經，另一隻扯著頭髮。

「上帝說要是我看見徵兆，我就得把你做的那些事全部告訴信眾——」

「只有我？」老詹以一種沉思中的聲音問。他雙手拋球的速度此刻變得更快了。啪、啪、啪。球在他多肉的手掌間來回移動，但他依舊接得牢牢的。

「不，」萊斯特呻吟似的說。他走得越來越快，已不再看著那顆球。他的一隻手揮舞聖經，另一隻手則不再急於想把頭髮拔掉，而是黏在了上頭。當他在講道過程中真正進入狀況時，也會有相同舉止。這副模樣在教堂裡看起來沒什麼問題，但在這邊，看起來就只是氣急敗壞罷了。「你、我、羅傑．基連、鮑恩兄弟，還有……」他壓低聲音。「還有一個人。煮廚。我覺得那人根本瘋了。要是他今年春天還沒開始發瘋，現在也肯定已經瘋了。」

看看這是誰在說話，小兄弟。老詹想。

「我們全都參與在內，但你跟我一定得坦誠這一切。這是上帝告訴我的，也是那個男孩之所以會瞎掉的意義，更是他喪命的原因。我們得坦誠一切，還得燒掉教堂後面那個撒旦的穀倉。接著，上帝就會放我們一馬。」

「對，會放過你，萊斯特。把你直接放進蕭山克州立監獄裡。」

「我會接受上帝給我的懲罰，而且相當樂意。」

「那我呢？老安．桑德斯呢？鮑伊兄弟？還有羅傑．基連！他還有九個孩子要養耶！要是我們沒那麼樂意呢？萊斯特？」

「那我也無能為力。」萊斯特開始用聖經敲打著雙肩，不斷左右來回。老詹發現，自己拋著那顆鍍金棒球的節奏，開始變得與牧師的動作一樣。砰……啪。砰……啪。砰……啪。「當然，基連家的孩子肯定很難過，但是……〈出埃及記〉第二十章第五節說：『你的神是忌邪的神，我必追討他的罪，自父及子，直到三、四代。』我們非遵從不可。不管我們會受到怎樣的傷害，都得清理掉毒瘤才行。我們已經犯了錯，所以得改正過來。而改正的方式，就是懺悔與淨化。用火來淨化一切。」

老詹舉起沒拿著鍍金棒球那隻手。「哇、哇、哇。想想你到底在說什麼。平常，這個小鎮仰賴我——當然，還有你——但在這種危機時刻，大家是需要我們。」他站起身，推開椅背。這是個漫長可怕的一天，他很累，如今卻又來了這件事，實在叫人生氣。

「我們犯了罪。」科金斯頑固地說，依舊用聖經敲打自己，彷彿認為上帝的聖書能治好自己。「我們做的，萊斯特，是拯救非洲成千上萬的飢餓兒童，甚至還付錢讓他們醫治那些可惡的疾病。我們還建立了新教堂，還有東北部最具影響力的基督教電台。」

「而且我們還把錢放進了口袋裡，別漏掉這點！」科金斯尖叫著說。這回，他用聖經扎扎實實地打在自己臉上，鼻血自一邊鼻孔中流出。「我們拿了那些賣毒品的骯髒錢！」他又打了自己一次。「而基督教電台正在讓一個瘋子製造毒品，好讓孩子們把毒品注到自己的血管裡！」

「說真的，我想大多數人是用吸的。」

「這麼說很有趣嗎？」

老詹繞過桌子。他的太陽穴不斷悸動，臉頰脹得通紅。他試圖再度讓語調轉為柔和，就像對一個孩子動怒時一樣。「萊斯特，這個小鎮需要我的領導。要是你抖出一切，我就無法帶領大家了。再說，也不是所有人都會相信你——」

「他們全都會信！」科金斯吼著。「一旦他們看見我讓你在我的教堂後頭蓋的那間惡魔工廠，他們就全都會信！老詹——難道你不懂——只要我們坦誠罪行……就可以洗滌我們的罪……上帝會撤除祂的屏障！這場危機就結束了！他們根本不需要你的領導！」

這話讓詹姆士．雷尼失去了控制。「他們一直都很需要！」他大吼，揮出緊握著棒球的拳頭。

正當萊斯特轉向他時，那一下打中了他左側太陽穴，讓鮮血順著萊斯特的側臉泉湧而下。他的左眼球變成紅色，腳步踉蹌地向前走著，雙手往前伸去，手上的聖經就像發條玩具般朝老詹揮舞不止。鮮血滴落在地板上，萊斯特身上那件毛衣的左肩處已被鮮血浸溼。「不，這不是上帝的旨——」

「這是我的旨意，你這隻麻煩的蒼蠅。」老詹又再度出手，這回打中了牧師的額頭，正中致命的中心點。老詹感受到撞擊力傳至肩膀。但令人難以置信的是，萊斯特仍在往前走著，一面揮舞聖經，看起來似乎想開口說話。

老詹握著球的手落至身旁。他的肩膀微微抽痛。此時，大量鮮血已流至地板，那王八蛋卻仍不願躺下，依舊向前走著，努力想要說話，口中噴出鮮紅唾沫。

科金斯撞上辦公桌，上半身的正面倒在桌面上——鮮血濺在沒有任何品牌標誌的吸墨紙上頭——接著轉至側身。老詹想要再度把球舉高，但卻沒了力氣。

我就知道高中時的鉛球比賽，總有一天會害到我。他想。

他把球換至左手，朝斜上方用力一揮。這一下擊中萊斯特的下巴，結結實實地打碎了他的臉部下方，噴出更多鮮血，朝天花板那盞並未完全固定住的電燈濺去，讓幾滴血濺到了乳白色玻璃上頭。

「聽啊！」萊斯特喊著。他仍試圖側身從桌面上爬起。而老詹則躲到了桌子後方。

「爸？」

小詹站在門口，一副目瞪口呆的模樣。

「聽啊！」萊斯特說，用他那未曾用過的全新語調掙扎著說，手上還抓著聖經不放。「聽……聽……天－天－天——」

「不要光站在那裡，快來幫忙！」老詹對他的兒子大吼。

萊斯特搖搖晃地朝小詹走去，大幅度地上下揮舞聖經。他的毛衣溼透了，褲子則變成混濁的紅褐色，臉孔被鮮血遮掩，完全看不出原本長相。

小詹急忙跑上前去。當萊斯特就快倒下來時，小詹抓住了他，把他扶了起來。「我扶住你了，科金斯牧師——我扶住你了，別擔心。」

接著，小詹的雙手緊緊抓住萊斯特遍是鮮血的喉嚨，開始用力勒緊。

## 14

彷彿永無止境的五分鐘後。

老詹坐在辦公椅上——癱在辦公椅上——那條開會專用的做作領帶已然鬆開，就連襯衫鈕扣也打開了。他按摩肥厚的左胸，裡頭的心臟仍跳動著，心律失調並未發作，但感覺心臟隨時都會停止跳動。

小詹離開了。雷尼一開始以為他要去找蘭道夫，簡直大錯特錯，但他實在太喘了，無力打電話叫兒子回來。然而，小詹回來時只有自己一人，還帶著露營車後頭的防水布。他看著小詹把布鋪在地板上——有種奇怪的效率感，彷彿他已經做過這種事上千回了。眼前這一切就像限制級電影，老詹想，一面揉著過去曾一度結實、強壯的鬆弛肥肉。

「我來……幫你。」他喘著氣說，知道自己幫不上忙。

「你坐好，調整好自己的呼吸就好了。」他的兒子跪在那裡，用難以辨別的神情看了他一眼。眼神中或許有愛——老詹當然如此希望——但也有著其他東西。

逮到了把柄？那眼神中有這種意味嗎？

小詹把萊斯特的屍體滾到防水布上，讓防水布啪啪作響。小詹看著屍體，又把它推遠了些，折起防水布蓋上屍體。那塊綠色防水布，是老詹在波比百貨店特價時買的。他還記得陶比・曼寧這麼說：你買的這塊布可管用了，雷尼先生。

「聖經。」老詹說。他仍氣喘吁吁，不過覺得好一點了。心跳慢下來了，感謝上帝。誰能料得到，過了五十歲以後，身體狀況竟會一落千丈到這種地步？他想：我得想方法解決這問題才行，得要好好鍛鍊身體。畢竟上帝只給了你一副皮囊。

「喔，沒錯，你說得對。」小詹喃喃地說。他拿起沾滿血的聖經，塞在科金斯雙腿間，開始裹起屍體。

「他闖了進來，兒子。他瘋了。」

「當然。」小詹似乎對這話題不感興趣，他的模樣看起來對包裹屍體這件事有興趣得多……事實上也正是如此。

「死的不是他就是我。你得——」另一個小謊話卡在他的胸中。老詹喘著氣，咳了一下，敲打自己的胸膛。他的心臟又再度恢復正常。「你得把他載到聖救世主教堂。當他被發現時，或許……那邊有個傢伙可以……」他想到的人是煮廚。只是，或許讓煮廚背這個黑鍋並非什麼好主意。煮廚布歐知道每一件事。當然，他也有可能會拒捕，在這種情況下，說不定還會自殺。

「我會把他載到一個更好的地方。」小詹說，聲音十分平靜。「如果你想陷害誰的話，我也有個更好的人選！」

「誰？」

「操他媽的戴爾・芭芭拉。」

「你知道我一向不認同說髒話——」

小詹站在防水布旁望著他，雙眼閃閃發光，又說了一回：「操他媽的……戴爾……芭芭拉！」

「怎麼做？」

「我還沒想到。不過，要是你想留著那顆該死的鍍金棒球，最好還是洗過再說。還有，那些吸墨紙也得丟了。」

老詹站起身子，現在已經覺得好多了。「小詹，你真是好孩子，幫了老爸一個大忙。」

「你說了算。」小詹回答。此刻，地毯上的防水布已成為一個巨大的綠色墨西哥捲，邊緣還突出一雙人腳。小詹把防水布往內塞好，但卻無法固定。「我需要一些絕緣膠帶。」

「要是你不準備把他載去教堂，那要載去哪——」

「放心吧，」小詹說。「是個安全的地方。直到我們想好要怎麼陷害芭芭拉以前，絕對不會有人發現牧師。」

「在我們動手前，先看看明天的情況再說。」

小詹一臉冷漠，不屑地望了他一眼。在此之前，老詹從未看過他這副模樣。對他來說，這代表他的兒子如今已有足夠的力量掌控住他。他果然是他的兒子沒錯……

「我們得把你那張地毯埋起來。感謝上帝，這不是你平常那張鋪滿整片地板的大地毯，而且大部分血跡都還只流在這張地毯上而已。」他提起那個巨大的墨西哥捲，拖至客廳。幾分鐘後，雷尼聽見露營車發動的聲音。

老詹思考著那顆鍍金棒球的事。我應該把這顆棒球也丟了。他想著，卻知道自己不會這麼做。這顆棒球對他來說，幾乎都能當成傳家之寶了。

再說，那又怎樣？只要洗乾淨後，哪有什麼危險可言？

小詹回來時，已過了一個小時，而那顆鍍金棒球又恢復成閃閃發光的模樣，安放在透明合成樹脂的底座上頭。

# 飛彈攻擊
# 迫在眉梢

# 1

「注意！這裡是郤斯特磨坊鎮警方。這裡是疏散區！要是聽見的話，請朝我聲音的方向來！這裡是疏散區！」

瑟斯頓．馬歇爾與卡洛琳．史特吉聽見這奇怪的廣播訊息後，在床上坐起身，睜大了雙眼面面相覷。他們是波士頓愛默生學院的老師——瑟斯頓是英文教授（也是這期《犁頭》雜誌的客座編輯），而卡洛琳則是同系所的助教。他們在六個月前開始交往，此刻正是脫離不斷送玫瑰花的時間。他們在瑟斯頓那棟位於郤斯特塘的小木屋中，地點就在小婊路與普雷斯提溪之間。他們來這裡準備度過可以盡情賞楓的週末，但打從上週五開始，他們大多數時間都在欣賞彼此的下體。由於瑟斯頓．馬歇爾討厭電視，所以屋內並沒有電視機。雖然有台收音機，但他們也未曾打開。現在是十月二十三日星期一的早上八點半。他們一直沒發現出了什麼事，直到被廣播聲吵醒為止。

「注意！這裡是郤斯特磨坊鎮警方。這裡是——」聲音變得更近，還正在移動之中。

「瑟斯頓！大麻！你把大麻放在哪裡？」

「別擔心，」他說，但聲音卻有點抖，就像他自己也不相信似的。他的身材高瘦，滿頭灰髮，長度近肩。通常，他會把頭髮綁成馬尾，但此刻只是任其披散。他六十歲，卡洛琳則二十三歲。「每年這個時候，會有許多小帳棚被人丟在這裡，所以警方會開車巡邏，接著就會回到小婊路——」

她捶了一下他的肩——這還是第一次。「車子就停在車道上！他們會看見車子！」

他臉上浮現「這下糟了」的表情。

「——疏散區！要是聽見的話，請朝我聲音的方向來！注意！注意！」聲音已十分接近了。瑟斯頓可以聽見廣播裡的其他聲音——有人在使用擴音器，而且還不只一個警察在用——然而，接下來的聲音幾乎從他們上方傳來。「這裡是疏散——」聲音沉默片刻，接著又繼續：「哈囉，小木屋裡的人！快出來！快點！」

喔，這簡直是場惡夢。

「你把大麻放在哪兒？」她又捶了他一拳。

大麻在另一個房間裡。那包用夾鏈袋裝著的大麻，如今只剩下一半的量，就放在一盤昨晚吃剩的起司與餅乾旁。要是有人進來，第一個看見的肯定就是那包該死的大麻。

「我們是警察！不會一直待在這裡！這裡是疏散區！要是有人在裡面的話趕緊出來，否則我們就要進去把你拖出來了！」

豬，他想著。一群小鎮裡的豬玀，長著小鎮特有的豬腦袋。

瑟斯頓跳下床，用跑的穿過房間，頭髮飛舞，削瘦的臀部繃得緊緊的。

他祖父在二次世界大戰結束後蓋了這棟小木屋，裡頭只有兩個房間：一個面對池塘的大臥室，以及附有廚房的客廳。屋內的電力來源，是一台老舊的漢斯克發電機，瑟斯頓在睡前就關了起來，否則刺耳的發動聲實在不怎麼浪漫。昨晚生火的餘燼——並非必需，但卻十分浪漫——仍舊在壁爐中微微閃爍。

說不定我記錯了，說不定我把大麻放回了公事包——

不幸的是，他並未記錯。大麻就放在那裡，就在昨晚那場性愛馬拉松開始前，他們囫圇吞下的布列起司旁。

他朝大麻奔去，同時，大門傳來了敲門聲。不，是捶門聲。

「給我一分鐘！」瑟斯頓大喊，強裝出一副興高采烈的語氣。卡洛琳站在臥室門口，身上只裹著床單，但他幾乎沒注意到她。瑟斯頓的腦子──依舊因昨晚的過度放縱而疼痛著──翻轉著一連串毫無關聯的念頭：被撤銷教授終身職、《一九八四》裡的思想警察、被撤銷教授終身職、他三個孩子對他起了反感（是與兩任前妻分別生的），以及，當然啦，被撤銷教授終身職。「只要一分鐘，一下子就好，讓我先穿衣──」

但門被撞開了──直接違反了約莫九條憲法保障人民的權利──兩名年輕男子大步走進屋內，其中一人還拿著擴音器。他們全穿著牛仔褲與藍色襯衫。牛仔褲使人欣慰，但襯衫上的肩章與警徽卻讓人厭惡。

我們不需要討厭的警徽，瑟斯頓呆呆地想。

卡洛琳尖叫著：「滾出去！」

「快看，小詹，」法蘭克．迪勒塞說。「這根本是《當哈利碰上莎莉》的A片版嘛。」

瑟斯頓一把抓起夾鏈袋，藏到身後，丟進了水槽中。

小詹認得出這些動作背後的涵義。「我還真沒看過這麼老跟這麼瘦的蠢蛋。」他說。他看起來很累，事實上也的確如此──他只睡了兩小時──但他感覺很好，簡直就好極了，完全沒有頭痛的感覺。

這工作太適合他了。

「滾出去！」卡洛琳大喊。

法蘭克說：「妳最好閉嘴，甜心，趕快把衣服穿上。這區的人全部都要緊急疏散。」

「這是我們的房子！他媽的滾出去！」

法蘭克原本正要微笑，但此刻卻收了回去。他邁開大步，走過那個站在水槽旁的瘦削男人

（「畏縮在水槽旁」或許是比較準確的形容），一把抓住卡洛琳雙肩。他輕輕搖了一下她的身子。「少耍嘴皮子了，甜心。我們是在試著別讓你們被炸個稀巴爛。妳和妳的男朋──」

「放開你的手！你會因為這件事坐牢！我爸是律師！」她試著要打他。法蘭克──他不是習慣早睡早起的人，從來不是──把她的手扭至背後。他沒有太用力，但卡洛琳發出尖叫，床單落至地板。

「哇喔！身材真好，」小詹對目瞪口呆的瑟斯頓．馬歇爾說。「你搞得定她嗎，老傢伙？」

「把衣服穿上，你們兩個都是。」法蘭克說。「我不知道你有多蠢，不過從你一直呆呆站著不動的模樣就看得出來，你肯定跟我想得一樣蠢。你難道不知道──」他停了下來，看著那女人的臉，又看向男人的。他們兩個全嚇壞了，完全搞不清楚狀況。

「小詹！」他說。

「怎樣？」

「大奶妹跟臭老頭還不知道發生了什麼事。」

「你竟敢用這種性別歧視的方式叫我──」

小詹舉起雙手。「女士，穿上衣服。妳必須離開這裡。空軍的巡弋飛彈已經瞄準了這裡，」──他看了看手錶──「還有五個多小時就要開火了。」

「你瘋了嗎？」卡洛琳尖叫著說。

小詹嘆口氣，繼續解釋下去。他猜自己現在對警察這份差事的認知更為清楚了些。這是個很棒的工作，但平民百姓卻蠢到不行。「要是飛彈反彈回去，妳只會聽見一聲巨響，說不定還會嚇得妳把屎給拉在褲子上──如果妳有穿褲子的話──但卻不會傷到妳。不過，要是飛彈穿進來的話，妳八成會被燒成焦炭。因為爆炸的威力非常大，而妳現在的位置，離他們所說的撞擊點還不到兩英里遠。」

「反彈什麼？你傻了嗎？」瑟斯頓追問。既然都已經把大麻丟進了水槽裡，所以他現在總算能空出一隻手遮著私處——或說至少試著遮住；他那根性愛機器實在是又長又細。

「穹頂。」法蘭克說。「你說話給我小心點。」他往前跨出一大步，揍了這名《犁頭》雜誌的客座編輯腹部一拳。瑟斯頓悶哼一聲，整個人以難以置信的角度彎下身子，幾乎就快跪坐在地，吐出份量約莫一杯的淡白色黏稠物，聞起來有著布列起司的味道。

卡洛琳舉起她腫起來的手腕。「你會因此坐牢。」她的聲音顫抖，小聲對小詹做出保證。「布希和錢尼已經下台了，這裡可不是北韓。」

「我知道，」小詹說。對於不介意再多勒死一個人的他而言，能按捺住性子真是件驚人的事。他腦中那隻黑暗的毒蜥怪獸正在想著，能用勒死人的方式開始這個嶄新一天，肯定挺不錯的。

但不行。不行。他得處理好自己負責的疏散工作。他對這份工作發了誓，就算那份誓詞根本他媽的狗屁不通也一樣。

「我清楚得很，」他又再度解釋。「搞不清楚狀況的是你們這兩個麻州佬。你們現在是在卻斯特王國裡，而不是美國。我向你保證，要是你們不乖乖聽話，就會被丟進卻斯特的地牢中。那裡沒電話打，沒律師，沒有正當程序。我們是在試著要救你們的小命。你們這兩個他媽的蠢蛋究竟懂不懂？」

她盯著他看，整個人嚇傻了。瑟斯頓試著想站起來，但卻無法控制身體，只能朝她的方向爬去。法蘭克幫了他一把，踹了他屁股一腳。瑟斯頓因驚訝與疼痛叫了出聲。「這腳是為了感謝你願意幫忙，老頭。」法蘭克說。「我很欣賞你挑馬子的眼光，只可惜我們還有很多事得做。」

小詹看著那名年輕女人。她張大了嘴，唇型就像安潔莉娜．裘莉。他敢打賭，這女人肯定很會吹喇叭。「要是他沒辦法自己穿衣服，那就妳幫他穿。我們還有四間小木屋得檢查，等我們回到這裡，你們最好已經開著那輛富豪汽車，在開車前往鎮中心的路上了。」

「我不知道到底發生了什麼事！」卡洛琳哀號地說。

「我可不意外，」法蘭克說，從水槽裡拿起那包用夾鏈袋裝著的大麻。「難道妳不知道這東西會讓妳變笨嗎？」

她開始哭了起來。

「別擔心，」法蘭克說。「我會沒收這東西。只要過了一兩天，哇喔，妳就會又變得聰明起來了。」

「你們沒有先宣讀我們的權利。」她哭著說。

小詹一臉錯愕，接著大笑起來。「妳他媽的權利，就是可以操他媽的閉上嘴，懂嗎？這就是妳在這種情況下唯一的權利。懂了嗎？」

法蘭克研究了一下沒收的大麻。「小詹，」他說。「在這裡很難找到這種貨色。這可是他媽的好貨耶！」

瑟斯頓爬到了卡洛琳身旁。當他站起身時，還放了聲響屁。小詹與法蘭克面面相覷。他們試著想忍住——畢竟他們可是執法人員——但卻沒能成功，兩人同時爆出一陣大笑。

「吹長號的小子回來鎮上囉！」法蘭克大喊，然後彼此擊了個掌。

瑟斯頓與卡洛琳在臥室門口擁抱著，以便能遮住彼此的下體，同時看著不停大笑的兩名入侵者。至於背景音樂，則是那如同惡夢一般、不斷宣布這裡是疏散區的廣播訊息。那聲音正朝小婊路的方向前去。

「等我們回來時，希望已經看不見你們的車了。」小詹說。「否則我一定會搞死你們。」

他們走了。卡洛琳穿上衣服，接著又幫瑟斯頓穿上——他的胃傷得太重，所以無法蹲下穿鞋。當他們穿上衣服後，全都哭了起來。在他們開車沿著露營道路前往小婊路時，卡洛琳嘗試用手機聯絡父親。她無法順利撥通電話，但卻什麼也沒說。

在小婊路與一一九號公路的十字路口，有輛鎮警局的警車就停在路口中間。一名身材結實的紅髮女警指著路肩方向，揮手叫他們沿著路肩往前。但卡洛琳停車走出車外，舉起了腫起的手腕。

「我們被攻擊了！被兩個自稱警察的傢伙！一個叫小詹，另一個叫法蘭克！他們——」

「快給我滾，否則連我都要攻擊妳了。」喬琪亞．路克斯說。「我這可不是在唬爛，小甜心。」

卡洛琳目瞪口呆地看著她。整個世界像是在她睡著時變了個樣，成為了《陰陽魔界》的其中一集。一定就是這樣；再也沒有別的方式可以解釋這一切了，就算是多麼讓人難以置信的解釋也沒有。此刻，他們隨時有可能聽見羅德．瑟林⑩的旁白聲。

她回到車上（保險桿上的貼紙已然褪色，但還是可以看出寫了些什麼：歐巴馬二〇一二！我們還是能辦到！），開車繞過警車。另一名年紀較大的警察就坐在車裡，正看著夾在檔案夾上的檢查清單。她想向他抗議，但卻想到了更好的點子。

「打開收音機，」她說。「確定一下到底是怎麼回事。」

瑟斯頓打開開關，但除了貓王與約旦人樂團合唱的那首收訊不良的〈祢真偉大〉以外，其餘什麼也沒有。

卡洛琳關掉收音機，她原本希望能聽見這場惡夢的官方說法，但卻未能如願。此刻，她只想離開這個詭異的小鎮，而且越快越好。

## 2

在地圖上頭，卻斯特塘的露營道路只是一條細細的曲線，幾乎根本看不到。離開馬歇爾的小屋後，小詹與法蘭克一同在法蘭克的車裡坐了好一會兒，研究著地圖。

「那邊一定沒人，」法蘭克說。「這時間一定沒人。你覺得呢？乾脆就他媽的別管了，直接回鎮上如何？」他用大拇指朝小木屋方向一比。「他們一定會離開，就算沒走好了，也沒人在乎。」

小詹思考了一會兒，搖搖頭。他們全為這份差事立下了誓言。再說，他也不急著回家面對父親，讓他追問自己如何處理牧師屍體。科金斯就在麥卡因家的儲藏室裡陪著他的兩個女友，他父親根本沒必要知道這點。至少，在這個大人物尚未想出要如何陷害芭芭拉以前，還沒有這個必要。小詹相信，他的父親會想出方法的。要說老詹．雷尼有什麼最拿手的事，那就是搞死別人。

現在，就算他發現我被退學也沒關係了，小詹想。因為我知道他更糟糕的事。糟糕多了。被退學這事已不再是重點；與磨坊鎮當前的狀況相比，還去擔心這件事也太傻了些。但他還是得小心，就與之前一樣。除非事態發展到非講不可的地步，否則小詹沒必要讓他父親逮到痛腳。

「小詹？地球呼叫小詹。」

「我在這裡，」他說，有些不太高興。

⑰ Rod Serling（1924-1975），為美國小說家及編劇，亦是影集《陰陽魔界》的旁白員。

「要回鎮上嗎？」

「還是去檢查一下其他的小木屋好了，只剩四分之一哩的路而已。就算我們先回鎮上，蘭道夫也會找別的事給我們做。」

「可是我們可以先去吃點東西啊。」

「去哪兒吃？薔薇蘿絲餐廳？你想讓戴爾．芭芭拉在你的炒蛋裡加老鼠藥？」

「他才沒這個膽咧。」

「你確定？」

「好啦，好啦。」法蘭克發動汽車，在用小樹叢圍出來的車道上倒車。樹上披著鮮豔色彩的葉子仍在，至於空氣則悶熱無比。天氣與其說是十月，反而更像七月。「不過等到我們回來時，那兩個蠢蛋最好已經走了，否則我可能會讓那個大奶妹見識一下我那根復仇者全副武裝的模樣。」

「我很樂意幫你壓著她，」小詹說。「幹到那個臭婊子爽歪歪。」

## 3

前三棟小木屋裡顯然空無一人，因此他們甚至連車都沒下。但眼前這條露營道路則有兩道壓過草丘的胎痕。車道兩旁全是樹木，有些較低的樹枝幾乎都快刮到車頂了。

「我想再過這個彎就可以看見最後一棟小木屋了，」法蘭克說。「只要開過這段爛泥地，就可以看見這條路的盡——」

「小心！」小詹大喊。

他們才剛轉過視角不佳的彎道，便看到一個男孩與一個女孩站在路中間。他們根本沒打算閃到路旁，只是一副受驚呆滯的模樣。要不是法蘭克怕這輛豐田的排氣管會被道路中間的草丘撞傷，沒以平常開車的速度前進，否則肯定會撞上這兩個孩子。此刻他踩下煞車，車子就停在兩名孩子的兩英尺前。

「喔，我的天啊，好險。」他說。「心臟病都快發作了。」

「如果連我父親都沒發作，你也不會發作的。」小詹說。

「啊？」

「沒事。」小詹下了車。兩個孩子仍站在原地。女孩的身高較高，年紀也較大，應該有九歲左右，那名男孩看起來則約莫五歲。他們表情蒼白，臉上髒兮兮的。她握著他的手。女孩抬頭看向小詹，但男孩仍直視前方，像是對那輛豐田駕駛座裡的頂燈很感興趣。

小詹看見她臉上的驚恐神情，於是在她面前單膝跪下。「親愛的，妳沒事吧？」

回答的是男孩，但說話時仍盯著頂燈瞧。「我想找媽媽。我要吃飯飯。」

法蘭克加入了他們。「他們是真人嗎？」這話的語調像是開玩笑，卻又帶著點認真。他伸手碰了碰女孩的手臂。

她跳了一下，看著他。「媽媽沒回來。」她聲音低沉地說。

「親愛的，妳叫什麼名字？」小詹問。「媽媽是誰？」

「我叫愛麗絲．瑞秋．艾普頓，」她說。「他叫艾登．派屈克．艾普頓。我們的媽媽叫薇拉．艾普頓，爸爸叫愛德華．艾普頓，可是他跟媽媽去年離婚了，現在住在德州的皮亞諾。我們住在麻州威仕頓的橡木路十六號。我們家的電話號碼是——」她背誦電話號碼的語調，精確有如查號台的語音播放。

小詹想著：喔，天啊，又是麻州佬。但這一定有什麼意義，否則誰會浪費這些昂貴的汽油，只為了要來看他媽的葉子從他媽的樹上掉下來？

法蘭克仍然跪著。「愛麗絲，」他說。「聽我說，親愛的。妳媽媽到哪兒去了？」

「不知道。」眼淚——大串大串的淚珠——開始滾落至她的臉頰上。「我們是來賞楓的，還要去划小船。我們很喜歡划小船，對不對，艾登？」

「我好餓。」艾登難過地說，跟著哭了起來。

看到他們這副模樣，讓小詹覺得自己也快哭了。他提醒自己，自己是個警察。警察可不能哭，至少執勤時不行。他又問了一次女孩母親到哪兒去了，但回答的卻是小男孩。

「她去買驚驚了。」

「他是說驚奇巧克力派。」愛麗絲說。「因為基連先生沒有把他應該做的管理工作做好，所以她還要順便買別的東西。媽媽說，因為我是個大女孩，所以可以照顧好艾登，說她只是去一趟尤德商店，很快就回來了。她只叫我別讓艾登跑到附近的池塘而已。」

小詹在心中勾勒整件事的情況。顯然，那女人原本希望小屋裡有足夠的存糧——至少也有些可以拿來當主食的東西——然而，要是她早知道羅傑·基連是怎樣的人，她就會知道，靠自己比仰賴他要妥當多了。那人是個典型的蠢蛋，而且一家人的智商全低於平均值。尤德商店是間討厭的小店，專賣啤酒、咖啡白蘭地和義大利麵條，地點就位於鎮界再過去些的塔克磨坊鎮上。照理說，她只需要二十分鐘就能抵達那裡，回來頂多就是再花二十分鐘。但她沒有回來，小詹很清楚其中的原因為何。

「她是星期六早上出門的？」他問。「是不是？」

「我好想她！」艾登哭著說。「而且我想吃飯飯！我的肚子好痛！」

「對，」女孩說。「星期六早上。我們一直看卡通，可是因為停電，結果我們什麼都不能看了。」

小詹與法蘭克對望一眼。他們在漆黑中獨自度過了兩晚。女孩大約九歲，男孩約莫五歲。小詹不願想像他們是怎麼熬過來的。

「你們有吃的東西嗎？」法蘭克問愛麗絲‧艾普頓。「甜心？隨便什麼都好？」

「在蔬果櫃裡面有顆洋蔥，」她小聲地說。「我們一人分了一半，配著糖一起吃。」

「喔，幹，」法蘭克罵，接著又說：「我沒罵髒話喔。你們什麼也沒聽見。等我一下。」他回到車旁，打開副駕駛座的車門，開始翻起置物抽屜。

「你們要去哪兒，愛麗絲？」小詹問。

「去鎮上，去找媽媽還有找吃的。我們想用走的穿過下一個露營區，然後從樹林中間穿出去。」她指著約莫北方的方向。「我覺得這樣比較快。」

小詹露出微笑，但卻心裡一寒。她指的方向並非卻斯特磨坊鎮，而是TR-90合併行政區的方位。那方向有好幾哩路的路上什麼都沒有，只有一片地形複雜的次生林和沼澤坑而已。當然，還有穹頂。愛麗絲與艾登要是往那個方向去，幾乎肯定會餓死在那裡，變成了沒有快樂結局的那對糖果屋小姊弟。

我們還差點就掉頭了，天啊。

法蘭克走了回來，手上拿著一條星河巧克力。巧克力看起來放了很久，外表皺巴巴的，但至少包裝紙還沒破。兩名孩子盯著巧克力的模樣，讓小詹想起了有時在新聞出現的那些小孩。只是，當那些面孔變成美國小孩時，看起來如此的不真實，而且嚇人之至。

「我只找到這條巧克力，」法蘭克說，撕開包裝。「到鎮上之後，我們會讓你們吃些更好的東西。」

他把星河巧克力折成兩半，分給他們一人一塊。才不過五秒鐘的時間，他們便吃個精光。當男孩吃完他那塊巧克力後，還把手指深深插進嘴裡，臉頰有節奏地往內縮去，不斷吸吮手指。就像一條狗舔骨頭上的油脂一樣，小詹想。

他轉向法蘭克。「不用等到那時候。我們可以在老傢伙跟小妞的屋子那裡先停車。不管他們有什麼吃的，全部都先拿給孩子們。」

法蘭克點點頭，抱起男孩，而小詹則抱起女孩。他可以聞得到她的汗味與恐懼之情。他輕撫她的頭髮，彷彿能將這股油膩的臭味撥開似的。

「沒事了，甜心。」他說。「妳和妳弟弟都沒事了。沒事了，你們都安全了。」

「你保證？」

「對。」

她用手臂緊緊摟著他的脖子。這是小詹這輩子體會到最好的感覺。

## 4

卻斯特磨坊鎮西側是鎮上人口最少的地方，在早上九點十五分時，那裡便幾乎淨空了。在小婊路上唯一要離開的警車是第二支隊伍，開車的是賈姬．威廷頓，配備霰彈槍的則是琳達．艾佛瑞特。帕金斯警長是個老派的小鎮警察，絕不會將兩名女性編成一隊，但當然啦，帕金斯警長已管不了事了。而這兩名女人則十分享受這種新奇的經驗。男人，尤其是那些嘴裡永遠帶著牛仔式嘲諷的男性警察實在夠累人的。

「準備要回去了嗎？」賈姬問。「薔薇蘿絲應該關門了，但我們或許可以討杯咖啡來喝。」

琳達沒有回答。她想著穹頂與小婊路的交界處。那裡有種讓人不安的感覺，這不僅是因為她們對那些背對著他們的士兵，透過車頂的揚聲器打招呼時，他們沒有任何反應。之所以會讓人不安，是因為在穹頂上頭，畫著一個巨大的紅色X形標誌。這標誌高掛在空中，像是科幻片裡的立體地圖。那裡就是預設好的射擊點。遠在二、三百英里外發射的導彈可以打中這麼一個小點，似乎不太可能，但生鏽克向她保證絕對可以。

「琳達？」

她的思緒被拉回了現在。「好啊，那就回去吧。」

無線電響起。「第二隊，第二隊，有聽見嗎？完畢。」

琳達拿起呼叫器。「中心，這裡是第二隊。我們聽見了，史黛西，不過這裡的收訊不太好。完畢。」

「每個人都這麼說。」史黛西．墨金回答。「越接近穹頂收訊就越差，等到離鎮上近一點就好多了。不過妳們現在還在小婊路上對不對？完畢。」

「對。」琳達說。「才剛檢查完基連家和波契家，他們全都走了。要是導彈真射穿穹頂，羅傑．基連八成會有一堆烤雞可吃。完畢。」

「那我們就能辦場野餐了。彼得——我是說蘭道夫警長，想跟妳通話。完畢。」

賈姬把巡邏車停在路邊。無線電那頭傳來靜電聲響，沒多久後，蘭道夫的聲音傳來。他用無線電通話都不說「完畢」的，從來沒有。

「第二隊，妳們有檢查教堂嗎？」

「聖救世主教堂？」琳達問。「完畢。」

「就我所知，那裡也只有那間教堂而已，艾佛瑞特警員。除非有印度教的教徒，在一個晚上內在那裡蓋了間清真寺。」

琳達不認為會有印度教教徒在清真寺裡膜拜，但此刻看起來並非糾正這點的時刻。蘭道夫聽起來很累，而且不太開心。「聖救世主教堂不在我們檢查範圍內，」她說。「那裡是新進員警的其中兩個負責的區域。我想應該是席柏杜和瑟爾斯吧。完畢。」

「再檢查一遍，」蘭道夫說，聽起來比先前還煩躁。「沒人看見科金斯，他的教徒裡有對夫妻想找他一起親熱一下，反正大概就是這個意思啦。」

賈姬用食指頂著太陽穴，做了一個開槍自盡的手勢。琳達點點頭。她原本還想回去一趟，到瑪塔·愛德蒙家看看孩子。

「收到，警長。」琳達說。「我們會過去一趟。完畢。」

「順便檢查一下牧師宿舍。」他停了一會兒。「還有廣播電台。那該死的電台還在放送節目，所以一定還有人在。」

「了解。」當她正準備要說「完畢，通話結束」時，又想到了另一件事。「警長，電視新聞有提到什麼嗎？總統還有說什麼嗎？完畢。」

「我沒空聽那傢伙講一堆蠢話。妳們快上路，找到牧師，叫他夾緊屁股給我滾到鎮上。然後，妳們也給我夾緊屁股滾回來。通話結束。」

琳達掛回呼叫器，朝賈姬望去。

「夾緊屁股滾回去？」賈姬說。「夾緊屁股？」

「他才是個老屁股咧。」琳達說。

這話原本挺好笑的，但卻沒引發任何回應。有一陣子，她們只是坐在空轉的車內不發一語。接著，賈姬才以幾不可聞的聲音說：「真是糟透了。」

「妳是說蘭道夫取代帕金斯的事？」

「對，還有新進員警的事。」她說到「員警」這兩個字時就像是個問句。「那群小鬼。妳知道嗎？我打卡的時候，亨利．莫里森告訴我說，蘭道夫今天上午至少又聘了兩個以上的人。其中有兩個是卡特．席柏杜找來的，而彼得就這麼簽了，連半個問題都沒問。」

琳達知道卡特會找哪些人來。一定是從北斗星酒吧或加油站商店找來的。那群人總習慣把那兩個地方當成車庫，調整他們以分期付款買來的機車。「兩個以上？為什麼？」

「彼得告訴亨利，要是導彈沒用，我們可能會需要更多人手。他說這樣能『確保情況不會失控』。妳也知道這是誰出的餿主意。」

琳達清楚得很。「至少他們沒有配給槍枝。」

「有兩個人有。不是局裡提供的，是他們自己的。要是今天還不能解決這事，明天他們就全都會配槍了。今天上午，彼得讓他們自己配成一隊，而不是跟真正的警察組隊。培訓時間？二十四小時就夠了。妳有發現那群小鬼的人數已經超過我們了嗎？」

琳達不發一語地思索著。

「希特勒青年團。」賈姬說。「這就是我一直在想的事。可能有點反應過度吧，但老天保佑，我還真希望這事能在今天結束，否則真不知道接下來會變成怎樣。」

「我還真看不出彼得．蘭道夫有哪裡像希特勒。」

「我也是。我覺得他比較像赫爾曼．戈林[71]。會讓我想到希特勒的是雷尼。」她把巡邏車打到一檔，調過車頭，朝聖救世主教堂駛去。

[71] Hermann Goering（1893-1946），為納粹德國帝國元帥，是納粹黨統治德國期間，權力僅次於希特勒的人物。

# 5

教堂沒有上鎖，空無一人，就連發電機也沒開。牧師宿舍內寂靜無聲，但科金斯牧師的雪佛蘭汽車仍停在小車庫中。琳達望向車庫，能看見貼在保險桿上的兩張貼紙內容。右邊那張寫著：除非今天耶穌復活，否則沒人能搶走我的方向盤！而左邊則是自吹自擂：我另一輛車有十檔變速。

琳達念出第二個標語，好讓賈姬注意到。「他還真的有輛腳踏車——我看他騎過。不過現在好像不在車庫裡，說不定他為了要節省汽油，所以騎去鎮上了吧。」

「或許吧，」賈姬說。「我們最好檢查一下屋裡，確保他沒有在淋浴時滑倒，結果摔斷脖子什麼的。」

「這代表我們有可能會看見他的裸體？」

「沒人說過警察這份工作很完美，」賈姬說。「走吧。」

房子上了鎖，但在這種大多數人口只在特定季節過來居住的小鎮裡，警方總是相當了解進門的方法。她們逐一檢查備用鑰匙常見的放置處，最後，賈姬在廚房的百葉窗裡找到了鑰匙。鑰匙就掛在鉤子上。是後門的鑰匙。

「科金斯牧師？」琳達把頭探進屋內喊。「我們是警察，科金斯牧師，你在家嗎？」

沒有回答。她們走進屋內。一樓的擺設整齊有序，但卻給了琳達一種不舒服的感覺。她告訴自己，這只是因為這是別人的家罷了。尤其還是個宗教人士的家，而她們又是自行闖進來的。

賈姬朝樓上走去。「科金斯牧師？我們是警方，如果你在家的話，麻煩出來一下好嗎？」

琳達站在樓梯底部抬頭望去。不知為何，覺得這房子不太對勁，一種古怪的感覺在她心中浮現。要是賈奈兒此刻也在這裡，一定又會發病。對，還會開始講些奇怪的事。像是萬聖節和南瓜王之類的。

這只不過是座普通階梯，但她卻一點也不想踏上去，只希望賈姬能告訴她樓上沒人，接著她們就可以前往電台。然而，當她的搭檔叫她上樓時，她還是照做了。

## 6

賈姬站在科金斯的臥室中央，其中一面牆上掛著樸素的木製十字架，另一面則掛著上頭寫有「祂既看顧麻雀」[72]的匾額。床上的被單是翻開的，下方還有著血跡。

「還有這裡，」賈姬說。「妳過來看看。」

琳達不情願地走了過去。有條打了結的長繩，就放在床鋪與牆壁間的光滑木質地板上。繩結上也同樣可見血跡。

「看起來像是有人打了他一頓，」賈姬嚴肅地說。「說不定還狠狠打倒在地，接著把他拖到……」她看向琳達。「不是這樣？」

「我敢說妳一定不是在信教的家庭長大的。」琳達說。

「我是啊。我們家是三一教派，信仰聖誕老人、復活節兔子和牙仙。妳呢？」

「自來水浸信會。不過我倒是聽過這種事。我想他是在自己鞭打自己。」

「好噁！他們用這種方式來洗清罪惡，對不對？」

「對。我覺得這種行為肯定還沒完全消失。」

[72] HIS EYE IS ON THE SPARROW，為一首福音歌曲的名字，其典故出自聖經。

「這說法倒是有點道理。妳去廁所瞧瞧，看一下馬桶水箱上的東西。」

琳達沒有移動腳步。打了結的繩索已經夠糟了，而這房子給她的感覺——不知為何，顯得太過冷清——則讓一切雪上加霜。

「快啦，又沒有東西會咬妳。我敢跟妳賭一塊，妳一定見過比那更糟的。」

琳達走進廁所。馬桶水箱上放著兩本雜誌。其中一本是宗教雜誌《居上之處》，另一本雜誌的名稱則是《東方辣妹的鮑魚》。琳達很懷疑，是否大多數宗教書店都會販賣這本雜誌。

「所以，」賈姬說。「我們大概可以想像出這是怎麼回事了？他就坐在馬桶上頭，搓著他那根松露——」

「搓松露？」琳達有點神經兮兮地笑了起來。或許正是太緊張，才會用這種方式大笑。

「我媽都這樣說，」賈姬說。「不管怎樣，他完事之後，就這麼光著他那顆中型屁股開始贖罪，接著懷抱著快樂的亞洲夢上床睡覺。今天早上起床後，覺得神清氣爽，已經贖好罪了，於是在做完晨禱後，騎著腳踏車進城去了。合理吧？」

是很合理，只是無法解釋為何這房子會讓她覺得如此不對勁。「我們去查查電台那裡吧，」她說。「接著就可以掉頭回鎮上買咖啡了。我請客。」

「好極了。」賈姬說。「我好想來杯黑咖啡。最好還是低咖啡因的。」

# 7

那棟低矮、大多數為玻璃材質的ＷＣＩＫ工作室也鎖上了，但架設在屋簷下的音箱正播放著〈晚安，親愛的耶穌〉一曲，而ＤＪ則說明這首歌是由靈魂歌手派瑞・柯莫所演唱。工作室被後方的廣播塔影子籠罩，於強烈的晨光中，隱約可以見到廣播塔頂端的紅燈正在不斷閃爍。廣播塔附近有座像是穀倉的長形建築，琳達猜裡頭大概放著電台的發電機與其餘所需用品，好使電台得以對緬因州西部、新罕布什爾州東部與太陽系裡或許能接受到訊號的行星，持續播放上帝因寵愛世人而創造出的諸多奇蹟。

賈姬先是輕輕敲門，接著則用捶的。

「我覺得裡面應該沒人，」琳達說……但這地方似乎也不太對勁。空氣中有股奇怪氣味，像是有東西壞掉了般難聞。她覺得，就連娘家那間廚房也比這氣味好聞。她母親的菸癮之大如同煙囪，而且相信只有用大量豬油放進熱騰騰的鍋子下去煎炸的食物，才是值得入口的餐點。

賈姬搖了搖頭。「但我們聽見有人在裡頭的聲音，不是嗎？」

由於她說的沒錯，所以琳達並未反駁。她們從牧師宿舍開車到電台的路上，的確聽見了電台ＤＪ說「下一首歌曲也同樣傳達了神愛世人的訊息」。

這次找尋鑰匙花了更長的時間，但賈姬最後還是在貼在信箱下的信封裡找到了鑰匙。裡頭還有張廢紙，有人在上頭寫下了1693這個數字。

那是把備份鑰匙，上頭還有些黏黏的，但在扭轉幾次後，還是打開了門。她們才剛踏進門，便聽見保全系統發出的警報聲。密碼輸入機就固定在牆上。賈姬輸入剛才看見的密碼，警報聲隨之停下，只剩下音樂的聲音而已。派瑞．柯莫的歌聲已然不見，變成一首由樂器演奏的曲子；琳達覺得這曲子聽起來像是〈伊甸園中的花園〉的獨奏部分。在這裡說話比外頭響亮一千倍，就連音樂也十分大聲，如同置身於現場演奏會。

這些人就在這種硬裝虔誠的吵雜聲裡做事？琳達納悶著。就這樣接聽電話？就這樣做生意？他們是怎麼辦到的？

這裡也同樣有什麼不對勁的地方。琳達相當肯定。而且更讓她覺得毛骨悚然，感受到極度的危險氣息。她看見賈姬解開槍套上的扣子，自己也跟著這麼做。把手放在槍柄上的感覺很好。至少我還有警棍和槍，真是值得安慰。她想。

「哈囉？」賈姬大喊。「科金斯牧師？有人在嗎？」

沒人回答，就連接待處也空無一人。接待處左方有兩道關起的門，直走則是一扇長度與房間一樣長的大型玻璃窗。琳達可以看見裡頭有燈光閃爍。是播音室，她猜想。

賈姬用腳推開那兩道關著的門，隨即後退一步站定不動。其中一間是辦公室，另一間則是豪華到讓人驚訝的會議室，中間還放著一台巨大的平面電視。電視是開著的，但調到了靜音。螢幕中的安德森．庫柏幾乎就跟真人一樣大，地點似乎是城堡岩的主街。建築物上掛滿了國旗與黃絲帶。琳達看見一間五金行前頭貼著寫有「放他們出來」的標語，使她不禁覺得毛骨悚然。在螢幕底部有巨大的跑馬燈訊息：國防部宣稱飛彈攻擊迫在眉梢。

「為什麼電視會開著？」賈姬問。

「因為負責管理的人接到通知說要撤離——」

一個巨大的聲音打斷了她的話。「這首〈領導我們的主耶穌〉，是由雷蒙．霍威爾演唱的版本。」

她們兩人全都嚇得跳了起來。

「我是諾曼．德瑞克，在此提醒你三件重要的事：您現在收聽的節目是WCIK電台的《信仰復興時刻》、上帝愛你，而且祂還派遣了祂的兒子，為你在骷髏地上被人釘到十字架上犧牲而死。現在是早上九點二十五分，就像我們時常提醒一樣，時光匆匆，你有把自己的心靈交給上帝了嗎？我們馬上回來。」

諾曼．德瑞克把時間讓給一個辯才無礙的人，開始推銷起收錄整本聖經的DVD。最棒的是，你還可以按月分期付款。要是買了以後，你沒有快樂到像是豬仔在屎堆裡打滾，那麼還能全額退費。琳達和賈姬走至播音室窗戶朝裡看去。無論是諾曼・德瑞克，或者是那個辯才無礙的傢伙全都不在裡面，但當廣告結束後，ＤＪ又回到了節目中，宣布下一首要播放的讚美歌曲名，而一盞綠色的燈變成紅色，另一盞紅色的燈則變為綠色。音樂開始播放時，就連另一盞紅燈也變成了綠色。

「是自動播放的！」賈姬說。「這也太詭異了吧！」

「那為什麼我們會覺得好像有人在？妳可別說自己沒這種感覺。」

賈姬的確也這麼認為。「因為這實在太怪了。播音師甚至不用確認播放時間。親愛的，這些裝置肯定得花一大筆錢！這全是機器裡的鬼在說話而已——妳覺得這裝置可以運作多久？」

「也許一直到丙烷用光，發電機停止運作吧。」琳達注意到另一道關著的門，於是用腳推開，就像賈姬一樣……唯一與賈姬不同的是，她把槍掏了出來，緊緊握著，槍上的安全裝置保持開啟，槍口朝下，緊貼在大腿旁。

那是間廁所，裡頭空無一人。但牆上不知為何掛了張一看就知道是白種人版本的耶穌畫像。

「我不是教徒，」賈姬說。「所以幫我解釋一下，為什麼他們希望耶穌能看著自己拉屎？」

琳達搖搖頭。「我們最好還是在失蹤以前趕緊離開，」她說。「這地方根本就是瑪麗・賽勒斯特號[73]的電台版！」

賈姬不安地環顧四周。「呃，要我來說，這裡的氣氛真的挺像鬼屋。」她忽然提高音量大喊

[73] Mary Celeste，為一艘前桅橫帆雙桅船的船名，於一八七二年被人在大西洋上發現，但當時船上已空無一人，被稱為幽靈船傳說的原型。

一聲，使琳達被嚇得跳了起來。她想叫賈姬別鬼吼鬼叫。畢竟，可能會有人因此聽見她們，過來一探究竟。或者，可能會有什麼並非人類的東西聽見她們。

「嘿！有人在嗎？這是最後一次囉！」

沒有回應。沒有任何人開口。

來到外頭後，琳達深吸了一口氣。「我十幾歲時，有一次和幾個朋友一起去巴港玩。我們在一個風景與視野都很好的地方停下來野餐。我們總共有六個人。那天天氣很好，幾乎可以清楚看見整個愛爾蘭角。吃完東西後，我說我想拍張照。我的朋友全都鬧來鬧去，所以我只好後退，試著讓每個人都能被拍進畫面裡。然後，其中一個女孩——艾菈貝拉，我當時最好的朋友——停止搔另一個女孩癢，大喊說：『停下來，琳達，快停下來！』我停止後退，看了看四周。妳知道我看見什麼了嗎？」

賈姬搖了搖頭。

「大西洋。要是我繼續後退，就會從野餐區的邊緣摔到懸崖底下。那裡有塊警告標誌，但卻沒有籬笆或護欄。只差一步我就會摔下去。我當時的感覺，就像剛才在裡頭的感覺一樣。」

「琳達，裡頭根本沒人！」

「我不覺得。我也不覺得妳真這麼認為。」

「那肯定就是鬧鬼了。不過我們檢查過了房間——」

「不只是工作室裡的感覺，還有開著的電視，以及過於大聲的音樂。妳該不會認為他們平常就把音量開到那麼大聲吧？」

「我哪知道狂熱的教徒會怎麼做？」賈姬問。「搞不好他們很期待啟智咧。」

「是啟示。」

「隨便啦。妳想檢查一下倉庫嗎？」

「當然不想。」琳達說，讓賈姬忍不住笑了一聲。

「好吧。那我們直接回報，就說沒發現牧師的蹤影，如何？」

「就這麼做。」

「然後我們離開這裡，回鎮上喝杯咖啡。」

琳達坐進二號警車的副駕駛座前，又朝那棟被喜樂音樂所籠罩的工作室望了一眼。那裡沒有其他聲音；她意識到自己甚至沒聽見任何鳥叫聲，納悶著鳥兒是否全都一頭撞上穹頂，害死了自己。當然不可能這樣。不是嗎？

賈姬指向麥克風。「要我用擴音器再喊一遍嗎？就說要是有人還躲在裡面，就得靠雙腿走回鎮上了？我只是突然想到而已，不過說不定那些人是在害怕我們吧。」

「我只要妳別再鬼扯，趕緊離開這裡就好。」

賈姬沒有反駁。她沿著短車道倒車到小婊路上，轉過巡邏車車頭，朝磨坊鎮上駛去。

## 8

時間就這麼過去，宗教歌曲繼續播放。諾曼．德瑞克的聲音再度出現，宣布此刻為東部夏令神愛世人時間九點三十四分。接著是雷尼二手車行的廣告，由第二公共事務行政委員親自獻聲。「現在是一年一度的秋季超級特賣，男孩們，我們庫存多得誇張！」老詹用故意搞笑的後悔語氣說。「我們有福特、雪佛蘭、普利茅斯！還有難以入手的道奇大公羊貨卡車，甚至連很難買到的野馬車都有！各位鄉親，我這裡不只有一、兩輛，而是有三輛接近全新的野馬車款，其中一輛還是最棒的Ｖ６敞篷版，而且每一輛車的品質都有最忠貞的基督徒老詹．雷尼掛保證！我們的服務項目有販售汽車、貸款等等，每項服務都只收取超低價格。現在——」他發出了比先前更為懊悔的笑聲。「我們得想辦法清掉這麼多的汽車庫存！所以快趁現在過來！鄰居們，我們的咖啡壺總是為你準備妥當，只要你跟老詹做過生意，肯定會愛上這種感覺！」

在工作室後方的倉庫處，那道兩名女警沒去檢查的門突然開了。門內有更多閃爍著的燈光——就像銀河一樣。房間裡塞滿一堆層架，上頭放有電線、分接線、路由器、電子儀器等物品，會讓你覺得這裡沒有塞進任何人的空間。但煮廚不只是瘦，簡直就是憔悴。他的雙眼在凹陷的眼窩中閃閃發光，滿是斑點的皮膚蒼白無比，嘴唇鬆垮垮地包覆著裡頭的牙齦，其中大多數牙齒都已掉了。他的襯衫和褲子都髒兮兮的，臀部還露了半截出來；對煮廚來說，穿著內衣褲這事，早已全成往事。珊曼莎．布歇如今還有沒有辦法認出她失蹤的丈夫，的確頗為令人懷疑。他一隻手拿著花生果醬三明治（他現在只能吃軟的東西），另一隻手則拿著格洛克九毫米手槍。

他走至窗邊俯瞰停車場，思索是否要衝到外頭。要是那些入侵者還在，乾脆直接把她們殺了。她們還在工作室時，他差點就這麼做了。但他還是覺得害怕。畢竟，你沒有辦法真正殺死惡魔。當被附身的人體死亡後，惡魔就會附身到另一副軀殼中。在移動到另一個人體時，惡魔看起來就像是隻黑鳥。煮廚睡著的時候，曾在生動的夢裡一度看見這個越來越罕見的景象。

但她們離開了。他的靈魂對她們而言太強大了。

雷尼說他得暫時關閉工廠，因此煮廚布歇也被迫暫時停工。但他可能需要再烹製一些毒品才行。因為他們上禮拜才送了一大批貨到波士頓去，使他幾乎出清存貨。他得抽幾口才行，這樣才有辦法繼續餵養他的靈魂，撐過這一陣子。

但現在還不成問題。當他還過著名為菲爾．布歇的那段人生時，藍調音樂對他來說是最重要的事——Ｂ．Ｂ．金、科格與獵犬泰勒樂團、馬迪與咆哮之狼——但他放棄了藍調音樂，全都他媽的拋開了；甚至就連腸子的蠕動也放棄了。從七月到現在，他一直處於便祕的狀態。但一切都不打緊。那些東西只能餵養他可恥的身軀，而無法真正餵養靈魂。

他不只一次地檢查著停車場與馬路，確保惡魔沒有躲在附近，接著才把手槍插回身後的小型槍套中，朝那棟看似倉庫，其實這些日子以來卻變成工廠的建築物走去。雖然工廠停工，但要是有需要，他還是有辦法能解決問題。

煮廚拿起了菸斗。

## 9

生鏽克．艾佛瑞特在醫院後方的儲藏室裡翻找東西。由於他與維維．湯林森——他們現在成為卻斯特磨坊鎮裡的醫界巨頭了，真是瘋狂——決定要關閉所有非必須設施的電源，所以此刻只能用手電筒來照明。他能聽見倉庫左方的大型發電機運作聲響，看來這桶丙烷已經快用完了。

大部分丙烷都不見了，抽筋敦是這麼說的，而且上帝為證，他說的沒錯。依據門上的登記表來看，裡頭原本該有七桶瓦烷，但卻只剩兩桶。關於這點，抽筋敦倒是錯了。這裡只剩一桶。生鏽克的手電筒光芒照在丙烷桶上，丙烷桶上頭印有供應商死河公司的商標，旁邊則貼著「凱薩琳．羅素醫院」的藍色貼紙。

「我就說吧。」抽筋敦在他身後說，讓他嚇了一跳。

「你說錯了。這裡只剩一桶而已。」

「屁啦！」抽筋敦走入門內，朝生鏽克手電筒照著的地方望去。放置燃料的地方就在倉庫的中間，占地甚廣，但如今幾乎全是空的。「你還真的沒唬我。」

「沒有。」

「大無畏的領導者啊，有人偷走了我們的丙烷。」

生鏽克不想相信這點，但看著眼前光景，卻也不得不信。

抽筋敦蹲了下來。「你看這裡。」

生鏽克單膝跪下。去年夏天，醫院後方占地四分之一英畝的區域全鋪了柏油，由於沒遇上寒冷天氣，使柏油地面裂開或變形——至少還沒——所以這裡的黑色地面仍一片平坦。在倉庫拉門前的地上，有著清晰可見的胎痕。

「看起來像鎮公所的卡車。」

「或是其他的大型卡車。」

「說是這麼說，但你最好還是檢查一下鎮公所後頭的儲藏室。我抽筋敦可不相信掌權的老詹。他根本就是個毒藥。」

「他幹嘛要偷我們的瓦斯？行政委員那邊的庫存量已經夠充足了。」

他們一同走至醫院洗衣房的前門處——那裡的門也是關上的，而且至少得維持好一陣子。門旁有張長椅，有塊牌子貼在磚牆上，上頭寫著：至一月一日起，本處禁止吸菸。請即刻離開，並請小心慢行。

抽筋敦掏出一包萬寶路朝生鏽克比了一下。生鏽克先是把菸推開，想了片刻之後，才又拿出一根。抽筋敦幫自己與他點菸。「你怎麼知道？」他問。

「知道什麼？」

「他們的庫存夠充足了。你有看過？」

「沒有。」生鏽克說。「但如果真是他們偷的，幹嘛挑我們這裡？醫院對本地居民來說很重要，挑這裡偷燃料實在太不聰明了。更別說，郵局幾乎就在他們隔壁而已，那邊一定也有庫存。」

「說不定雷尼和他朋友早就偷走了郵局的丙烷。郵局哪能有多少庫存？一桶？兩桶？塞牙縫都不夠。」

「我還是不懂他們為什麼會需要那些燃料。簡直毫無意義可言。」

「本來就不需要什麼意義。」抽筋敦說，打了個大大的呵欠，生鏞克甚至還能聽見他下顎骨頭的聲響。

「我猜你巡完房了吧？」有那麼一刻，生鏞克覺得自己問出這問題實在太超現實了。自從哈斯克過世後，生鏞克便成為了醫院的首席醫師，因此不得不將抽筋敦──三天前他只不過是個護士──升為助理醫師。

「嗯。」抽筋敦嘆了口氣。「卡提先生應該撐不過今天。」

生鏞克對於艾德・卡提的狀況也同樣這麼認為。他患有末期胃癌，但已撐了一星期。「你就說還在昏迷中就好了。」

「收到，師父。」

抽筋敦的確可以做到對患者狀況瞭若指掌的地步──雖然生鏞克又累又擔心，但他心裡依舊清楚，這是件再幸運不過的事。

「至於喬治・華納，我得說他的狀況還算穩定。」

華納住在卻斯特鎮東區，六十幾歲，身材肥胖，在穹頂日當天心肌梗塞發作。生鏞克認為他可以度過難關……至少這次可以。

「至於艾蜜莉・懷特豪斯……」抽筋敦聳肩。「狀況實在不佳，師父。」

艾蜜莉・懷特豪斯四十多歲，體重甚至超重不到一盎司，卻同樣在羅瑞・丹斯摩那場意外的一小時後心肌梗塞。由於她一直瘋狂鍛鍊身體，所以情況反而比喬治．華納嚴重得多，情況一如哈斯克醫生會稱之為「健康俱樂部大崩盤」的說法。

「費里曼家的女孩情況越來越好，吉米．希羅斯也沒啥問題，至於諾拉．科佛藍則是完美，午餐過後就能出院了。就整體來說，情況不算太差。」

「是不差，」生鏽克說。「但我敢向你保證，情況肯定會越來越糟。這麼說吧，要是你頭部受了很嚴重的傷害，你會希望我替你開刀嗎？」

「不太想，」抽筋敦說。「我還是希望由格瑞利．豪斯⑭執刀。」

生鏽克把菸蒂丟進一旁的罐子裡，看著裡頭幾乎空無一物的倉庫。或許他真的應該潛入鎮公所後方的儲藏室偷看才對——反正也不會少塊肉。

這一回，換成他打了個呵欠。

「你能撐多久？」抽筋敦問，聲音中沒了任何戲謔的意思。「我會這麼問，是因為你現在是這鎮上唯一的醫生了。」

「能撐多久就多久。我只擔心自己會累過頭，把事情搞砸了。更別說，我的本領還應付不了現在這些狀況。」他想到羅瑞．丹斯摩……還有吉米．西羅斯。想到吉米讓他的心情更糟了。畢竟，羅瑞的狀況與醫療疏失不會有什麼關聯，但以吉米來說……

生鏽克眼前浮現自己站在手術室裡的背影，耳中聽見手術設備運作的聲音，看著自己低頭望向吉米那隻蒼白的腿，上頭還標有一道他得用手術刀割開的黑線，想著道奇．敦切爾這回得要挑戰自己的麻醉技巧，而維維．湯林森則把手術刀快速遞到他那戴著手套的手上，口罩上方那雙不帶感情的藍色眼睛還直盯著他瞧。

求上帝饒了我吧。他想。

抽筋敦拍了拍生鏞克的臂膀。「放輕鬆點，」他說。「一天一天的撐過去就行了。」

「去你的，我得一小時一小時的撐過去才行。」生鏞克說，站起身子。「我得去健康中心一趟，看看那裡有沒有什麼狀況。感謝老天，這事不是發生在夏天，否則我們還得為三千個觀光客與七百多個夏令營的孩子負起責任。」

「還是我過去就好？」

生鏞克搖頭。「你再去檢查一次艾德．卡提的狀況好了，看看他是不是還活著。」

生鏞克又再度朝倉庫望了一眼，腳步沉重，繞過建築物的角落，沿著凱薩琳．羅素醫院的車道，朝對角線的健康中心走去。

## 10

維維人在醫院中，正準備要幫科佛藍太太做最後的體重檢查，然後讓她滿心歡喜地出院返家。在健康中心值班的接待員，是年僅十七歲的吉娜．巴佛萊，在醫院工作的經驗才不過整整六週，就與醫院的義工沒兩樣。生鏞克走進門時，她望著他的眼神，就像快被汽車撞上的野鹿一樣，讓他心中為之一沉。不過等待室裡空無一人，這點倒是件好事。簡直就是好極了。

「有電話進來嗎？」生鏞克問。

「一通。是范齊諾太太從黑嶺路那裡打來的。她孩子的頭被卡在嬰兒護欄的柵欄中間，想叫救護車過去。我……我告訴她說，她可以用橄欖油塗在孩子頭上，看能不能把孩子的頭拔出來。結果成功了。」

74 Gregory House，為影集《怪醫豪斯》中的主角。

生鏽克笑了。或許這裡能靠這孩子撐過去。吉娜看起來大大鬆了口氣，對生鏽克同樣回以笑容。

「至少這裡沒有任何病人，」生鏽克說。「好極了。」

「不對。格林奈爾小姐在這裡——她的名字是安德莉亞對嗎？我讓她在三號室休息。」吉娜吞吞吐吐地說。「她看起來似乎很難受。」

生鏽克的心臟往上一跳，又重重落下。安德莉亞．格林奈爾很難受。這代表她肯定想拿她的強力止痛藥處方箋。他的良知告訴自己，絕不能給她處方箋，就算老安．桑德斯那裡有足夠庫存可以幫醫院補貨也一樣。

「好吧。」他從大廳朝第三檢查室走去，接著又停下腳步，回頭一看。「妳沒傳簡訊跟我說。」

吉娜的臉紅了起來。「她叫我不用特別通知你們。」

這使生鏽克感到困惑，但也只維持了一秒而已。安德莉亞可能有藥物方面的問題，但絕不是笨蛋。她知道，要是生鏽克從醫院過來，可能會帶著抽筋敦一起。道奇．敦切爾是她最小的弟弟，就算已經三十九歲了，她還是會想保住自己生活中不堪的真相，不讓他有所得知。

生鏽克站在一扇印有黑色數字「3」的門前，努力想振作精神。這事不好處理。安德莉亞不像他常見到的酒鬼，老是宣稱酒精不是問題，進而喝酒毫無節制；以過去一年多來說，她也不像那些毒蟲一樣，出現毒癮頻率越來越高的跡象。安德莉亞得為自身問題背負的責任相當複雜，因此要治療好也更為困難。當然，她的痛苦是在她摔傷後才有的。對她來說，強力止痛藥是對付疼痛，讓她得以入睡並進行療程的最好方法。會對這個有時被醫生稱為「鄉下人的海洛因」的藥物上癮，也並非全是她的過錯。

他打開門走進裡頭，在心中演練拒絕之詞。得要語氣和藹，但卻足夠堅決，他告訴自己。剛柔並濟。

她坐在一張膽固醇宣導海報下方的椅子裡，雙膝併攏，皮包放在大腿上，低垂著頭。她是個身材壯碩的女人，但此刻看來卻極為嬌小，不知為何，像是被縮小了一樣。當她抬頭望向他時，他才發現她的臉孔有多麼憔悴──嘴巴周遭全是深深的皺紋，眼袋幾乎都黑了。他改變了主意，決定先用哈斯克醫生的粉紅色處方箋開藥給她再說。或許等到穹頂危機過去後，他會試著幫她安排戒除藥癮的療程，但無論如何，現在他只能先滿足她的需求。他實在很少看到需要藥物到了如此明顯地步的人。

「艾瑞克……生鏞克……我麻煩大了。」

「我知道，看得出來。我會開藥給妳──」

「不！」她望著他，彷彿看見什麼恐怖的東西。「就算我求你也不要！我是個癮君子，而且非戒不可！我只不過是個該死的老毒蟲！」她的五官皺在一起，試圖要讓表情恢復正常，卻又無法辦到。她用雙手摀著臉，指縫間傳出大聲、粗啞的嚎泣。

生鏞克走到她面前，單膝跪地，用手環抱住她。「安德莉亞，妳想戒掉是件好事──好極了──但現在可能不是適當時機──」

她用淚流不止的泛紅雙眼看著他。「你說得沒錯，這時機不對，但一定得是現在！你絕對不能告訴道奇或蘿絲。你能幫我嗎？可以讓我戒掉嗎？因為我沒辦法，靠自己絕對沒辦法。那些該死的粉紅色藥丸！我把那些藥丟回藥櫃，說我今天絕對不吃了，但是才一個小時後，我又把藥拿了出來！我從來沒有像現在這麼混亂過，這輩子從來沒有。」

她把聲音壓低，像是在說著什麼天大的祕密。

「我想這跟我的背傷已經無關了，我覺得是我的大腦在叫我的背開始疼痛，好讓我可以吃那些該死的藥丸。」

「為什麼是現在？安德莉亞？」

她只是搖了搖頭。「你有辦法幫我嗎？」

「有，但是妳千萬不能馬上完全停藥。還有，妳會很容易……」在那個短暫的瞬間，他看見賈奈兒在床上抽搐，口中喃咕著「南瓜王」的景象。「會很容易有癲癇的狀況發生。」

她要嘛沒聽進去，要嘛就是對此事置之不理。「得花多久？」

「以身體的上癮症狀來說？二或三週。」而且這還是最快的速度，他想著，但卻沒說出口。

她抓住他的手臂，雙手十分冰涼。「太慢了。」

生鏽克腦中浮現一個使人極為不快的念頭。這或許只是因為壓力帶來的偏執想法，但卻極具說服力。「安德莉亞，有人用這件事勒索妳？」

「你是在說笑嗎？這裡是個小鎮，每個人都知道我吃止痛藥的事。」要是讓生鏽克來說，她其實並未真正回答這個問題。「有什麼可以保證最快成功的方法嗎？」

「妳可以注射B12，再加上硫胺素與維生素，或許可以壓在十天以內。但這會相當痛苦，妳會很難入睡，還會出現不寧腿症候群。症狀會很嚴重，妳會無法控制，腳一直亂踢個不停。而且妳還需要有人幫妳保管劑量較低的止痛藥──那個人必須得保管好止痛藥，不能妳一要就給妳。因為妳一定會求他。」

「十天？」她看起來滿懷希望。「所以等到那時候，穹頂這件事可能就已經結束了，對不對？」

「說不定今天下午就結束了。至少我們全都是這麼希望的。」

「十天。」她說。

「十天。」

他在心裡想著，而且妳終其一生，都會為這件該死的事所苦。但他自然也沒把這念頭大聲說出口來。

## 11

一直以來，星期一早上的薔薇蘿絲餐廳總是特別忙碌……但在這小鎮存在的歷史中，卻從未忙碌到像這個星期一早晨一樣。然而，當蘿絲宣布廚房休息，得到下午五點才會繼續提供餐點時，離開的客人們還是全都吃飽喝足了。「要是還吃不夠的話，說不定你們還可以跑去城堡岩的莫西餐廳吃個痛快！」她最後這麼說。儘管莫西餐廳是出了名的油膩骯髒，但這話還是引起了一陣掌聲。

「今天沒供應午餐？」厄尼・卡弗特問。

蘿絲望向巴比，後者只是雙手一攤。別問我。

「那就三明治吧。」蘿絲說。「直到他們肯走為止。」

這話帶來了更多喝采。今天早上，鎮民們似乎出奇地樂觀，店內滿滿均是笑聲與逗趣的話語。也許真正應該掛上鎮立心理健康中心招牌的，其實是餐廳後頭那張大家你一言我一語的主桌才對。

櫃檯上方的電視——頻道鎖定在ＣＮＮ——是個很大的原因。名嘴們提及了不少謠傳，但大多數內容都充滿了希望。接受採訪的幾個科學家都說，巡弋飛彈很有機會可以摧毀穹頂，結束這場危機。其中一個還估計成功率會超過八成。那是因為他人在劍橋的麻省理工學院，巴比想，所以才有辦法樂觀得起來。

　　當他正在清理烤架時，門口傳來了敲門聲。巴比往外一望，看見茱莉亞．夏威與圍在她身旁的三個孩子。那些孩子使她看起來就像個正在進行校外教學的初中老師。巴比朝門口走去，用圍裙擦拭雙手。

　　「要是我們讓每個想吃東西的人都進來，我們的食物肯定馬上就沒了。」安森一面擦著桌子，一面忿忿不平地說。此時蘿絲又去了一趟美食城超市，看看是否能買到更多肉類。

　　「我不覺得她是來吃東西的。」巴比說，而他猜得沒錯。

　　「早安，芭芭拉上校。」茱莉亞露出那她那縮小版的蒙娜麗莎微笑。「我一直想叫你芭芭拉上校，就像——」

　　「戲裡面演的一樣，我知道。」在此之前，巴比已經聽過這話好幾次了，大概有上萬次吧。「這是妳的糾察隊嗎？」

　　其中一個孩子個頭相當高，同時也瘦到不行，深棕色的頭髮還綁了個馬尾。另一個身材矮胖的小伙子，穿著一條垮褲與一件印有饒舌歌手五角照片的褪色T恤。第三個孩子是名漂亮的小女孩，臉頰上還有個閃電標誌。那只是紋身貼紙，而非真的刺青，不過看起來還是很像真的。他意識到，要是他告訴她，她看起來就像初中版的瓊．傑特[75]，她搞不好也不知道那是何方神聖吧。

　　「諾莉．卡弗特。」茱莉亞說，碰了碰那個粗野女孩的肩膀。「班尼．德瑞克。這個又高又瘦的男孩呢，則是喬瑟夫．麥克萊奇。昨天那場抗議活動就是他的點子。」

　　「但我沒那個意思要害人受傷。」小喬說。

　　「那不是你的錯，」巴比告訴他。「別想太多。」

「你真的是扛霸子嗎？」班尼看著他問。

巴比笑了。「不，」他說。「除非非當不可，否則我連想都沒想過。」

「但你也知道那些士兵就在外頭，對吧？」諾莉問。

「呃，他們不是為了我而來的。再說，他們是海軍陸戰隊，我以前是陸軍的。」

「就寇克斯上校的說法而言，你現在可還是陸軍的一分子。」茱莉亞說，臉上掛著一絲冷笑，但眼神卻興奮地閃動著。「我們可以跟你談談嗎？這位年輕的麥克萊奇先生有個想法，要是可以成功的話，肯定很了不起。」

「一定能成功，」小喬說。「只要是跟電腦有關的狗——玩意兒，我就是扛霸子。」

「進我辦公室再談。」巴比說，帶著他們朝櫃檯走去。

## 12

沒錯，那點子的確很了不起，但時間已接近十點半，如果他們真要採取行動，就得儘快才行。他轉向茱莉亞。「妳有帶手——」

在他把話說完前，茱莉亞便動作輕巧地把手機放在他手上。「寇克斯的號碼已經在裡頭了。」

「好極了。我要怎麼從裡頭找到那支號碼？」

小喬把手機拿走。「你是黑暗時期的人嗎？」

「對！」巴比說。「我們那時候的騎士都很勇敢，而且女士全都不穿內衣。」

75 Joan Jett，美國搖滾女歌手。

諾莉大笑起來，當她舉起拳時，巴比則用自己的大手與她的小手擊了個拳。

小喬按下手機上的幾個小按鍵，聽了一會後，把手機遞給巴比。

寇克斯肯定一直握著手機，因為巴比才剛把茱莉亞的手機放至耳旁，他便已接起電話。

「情況如何，上校？」寇克斯問。

「基本上沒問題。」

「這是個很好的開始。」

說得容易。巴比想。「只要飛彈沒反彈，或是穿過穹頂後，引發農場和樹林巨大災害之類的事情，我想基本上都沒什麼問題。卻斯特磨坊鎮的居民都還算欣然接受。你那邊的人有說什麼嗎？」

「不多，沒人敢做出任何預測。」

「這跟我們在電視上聽到的消息不同。」

「我可沒空跟那些名嘴保持聯絡。」巴比能從寇克斯的聲音中聽見他聳肩的模樣。「我們覺得還挺有希望，套句老話來說，我們能開出成功的第一槍。」

茱莉亞雙手交握，接著打開，做出一個「有什麼消息？」的手勢。

「寇克斯上校，我現在和四個朋友在一起，其中之一，是個叫小喬．麥克萊奇的年輕人，他有個很棒的點子。我現在就把電話給他——」

小喬用力搖頭，力道之大，使頭髮都飛舞了起來。巴比沒理他。

「讓他解釋一下。」

他把手機遞給小喬。「說啊。」他說。

「可是——」

「別跟扛霸子爭執，小子。說吧。」

小喬照做了。剛開始，他有些缺乏自信，用了不少「喔」、「呃」及「你了的」這些詞，但當那個點子再度吸引住他時，他的說話速度開始變快，口齒也伶俐起來。接著，他在聆聽一會兒後露出笑容。不久後，他回答：「遵命！謝謝你，長官！」然後便把手機還給巴比。「太棒了，在他們發射飛彈前，會先嘗試加強我們的Wi-Fi訊號！我的耶穌啊，這超屌的！」茱莉亞一把抓住他的手臂，小喬又趕緊說：「對不起，夏威小姐，我的意思是我的天啊。」

「別管這個了，你真的辦得到？」

「妳在開玩笑嗎？當然沒問題。」

「寇克斯上校？」巴比問。「Wi-Fi的事是真的嗎？」

「我們無法阻止你們想做的事，」寇克斯說。「我想，你們的確幫我指出了一個新觀點，所以倒也不妨幫你們這個小忙。你們會擁有這世上最快的網路速度，至少今天如此。再說，那孩子的確聰明得很。」

「沒錯，長官，我也這麼認為。」巴比說，對小喬豎起大拇指。那孩子一副興高采烈的模樣。

寇克斯又說：「如果那男孩成功的話，你得寫份紀錄，確保我們能拿到一份副本。當然，我們這裡也會整理一份紀錄，但負責這件事的科學家，肯定會希望能得到穹頂內側的資料。」

「我想我們還可以做得更好。」巴比說。「要是小喬能整合起來的話，我想，大多數鎮民還能看得見實況轉播。」

話一說完，茱莉亞便舉起了拳頭。巴比露出笑容，與她擊了個拳。

「我的媽呀。」小喬說，臉上敬畏的神情，使他看起來就像個八歲小孩，而非十三歲的少年。原來的俐落自信已從聲音裡消失無蹤。他與巴比站在小婊路上，距離穹頂約有三十碼。雖然那些士兵轉過身來觀察他們，但他卻沒有理會。真正使他看到著迷的，是那些掛起的封鎖帶，以及穹頂上巨大的「X」紅色噴漆字樣。

「我不知道是不是有什麼專用術語，但他們正在移動營地，」茱莉亞說。「帳棚都不見了。」

「當然。大概再——」巴比看了看錶。「九十分鐘以後，那裡就會熱得要命。孩子，你最好趕快行動。」只是，等他們實際來到這條荒涼的道路以後，巴比不禁開始懷疑，小喬是否真能做到那件他所承諾的事。

「呃，可是……你看見那些樹了嗎？」

巴比一開始不懂他的意思，於是望向茱莉亞，而後者只是聳了聳肩。接著，小喬指向一個方向，他才總算看見。在被穹頂隔開的塔克鎮那頭，樹木正在秋季的微風中搖曳，色彩鮮豔的樹葉大量落下，飄至肩負看守任務的海軍陸戰隊腳邊。至於磨坊鎮這頭，樹枝幾乎紋風不動，大多數樹木上依舊滿是樹葉。巴比確定，空氣絕對可以穿透屏障，只是無法引起任何波動。穹頂擋住了風。他想起他與那個戴著海狗隊棒球帽、叫做保羅·詹德隆的傢伙，一同在小溪那裡看見溪水被穹頂阻絕開來的景象。

茱莉亞說：「我們這頭的葉子看起來……我不知道該怎麼說……就是一副無精打采，看起來鬆垮垮的模樣。」

「這只是因為他們那邊的風比較強，而我們這裡的風，就像是用嘴吹了幾口氣而已。」巴比說，連自己都納悶是否真是如此，或者根本錯得離譜。然而，推測卻斯特磨坊鎮的空氣品質這件事，可以等到他們沒別的事能做時再說。「動手吧，小喬，幹活了。」

他們從茱莉亞那台油電車裡，取出先前繞去麥克萊奇家拿的那台筆記型電腦（麥克萊奇太太還叫巴比發誓保護她兒子的安全，而巴比也照做了）。小喬指向馬路。「這裡？」

巴比舉起雙手，靠在臉龐兩側，看著那個紅色的X字樣。「再左邊一點。你要不要先試試看？看看狀況如何？」

「說得對。」小喬翻開筆記型電腦的螢幕，打開電源。這台蘋果筆記型電腦的開機聲音從未如此響亮，而巴比覺得，一台螢幕開著的筆記型電腦放在小婊路的柏油路上，也同樣是他看過最超現實的景象。這光景似乎完美詮釋了這三天以來發生的事。

「電池的電是滿的，應該至少能撐六個小時。」小喬說。

「它不會進入休眠模式吧？」茱莉亞問。

小喬對她做出一個「拜託，媽」的寬容表情，接著回頭轉向巴比。「要是飛彈把這台筆電燒壞的話，你願意做出保證，會買一台還我嗎？」

「政府絕對會買一台還你，」巴比承諾。「我會親自向他們申請。」

「讚啦。」

小喬朝筆記型電腦轉去。螢幕上頭，架有一個銀色的長形管狀物。小喬告訴他們，這是現在最為流行的電腦配件，叫做iSight。他的手指在筆記型電腦的觸控板上移動著，在敲擊「輸入」鍵後，螢幕隨即被色彩鮮明的小婊路景象所占據。螢幕影像的視角與地面同高，柏油路上每一個不整齊的微小隆起，看起來巨大到如同一座山丘。在影像的中景處，巴比還能看見那群海軍陸戰隊的膝蓋。

「長官，那是他之前拍下來的照片嗎？長官？」其中一個軍人問。

巴比抬頭看著他。「讓我這麼說吧，陸戰隊的——要是我來檢查的話，你現在就得開始做伏地挺身了，而且我還會把腳踩在你的屁股上。你左腳的靴子上面有道刮痕，在非戰鬥任務中，這可不是件可以容許的事。」

那名海軍陸戰隊隊員低頭朝靴子一看，還真的有道深深的刮痕。茱莉亞笑了起來，但小喬沒有，只是全神貫注在手上的事。「太低了。夏威小姐，妳車上有什麼東西可以拿來墊嗎？」他舉起手，比出一個離路面約莫三呎的高度。

「有。」她說。

「麻煩順便幫我拿我的小背包過來。」他稍微移動一下筆記型電腦，接著伸出手。「手機？」

巴比把手機遞給他。小喬以驚人的速度按著上頭的小按鍵，接著開口說：「班尼嗎？喔，是諾莉喔。你們到了嗎？……那就好。我敢說你們之前一定沒進過酒吧。你們準備好了嗎？……太棒了。隨時準備開始。」他聽了一會兒，然後露出笑容。「你是在開玩笑嗎？老兄，那跟我設定的一樣，簡直就快翻了，那Wi-Fi超猛的。我們得大幹一場。」他闔上折疊式手機，遞還給巴比。

茱莉亞拿著小喬的運動背包，以及裝著沒發完的《民主報》周日特別增刊號的紙箱走了回來。小喬把筆記型電腦放在紙箱上（螢幕上的畫面突然從地面高度快速上升，讓巴比有些頭暈），然後檢查一下，確保完全放穩。他翻著運動背包，從中拿出一個附有天線的黑盒子，將其連到電腦上。士兵在穹頂的另一側聚集成群，好奇地看著他們。現在我知道魚缸裡的金魚是什麼感覺了。巴比心想。

「看起來沒什麼問題，」小喬喃喃自語。「我這邊亮綠燈了。」

「你不打給你的——」

「要是成功的話，他們會打給我。」小喬說。接著又說：「喔，不，這下麻煩了。」

巴比以為他說的是電腦，但男孩甚至沒朝電腦看上一眼。巴比順著他的視線，看見綠色的警長座車。車子的速度並不快，但卻開著警示燈。彼得・蘭道夫自駕駛座下車，而自乘客座（當那人的重量離開避震器時，警車還因此搖晃一下）下車的，則是老詹・雷尼。

「你們到底是在搞什麼名堂？」他問。

巴比手中的手機響起。他把手機遞給小喬，雙眼始終盯著走上前來的公共事務行政委員與警長兩人。

## 14

北斗星酒吧的前門掛著一塊牌子，上頭寫著：歡迎光臨緬因州最大的舞池！這間酒館營業至今，還是第一次在上午十一點四十五分便擠滿了人。每當一有人進門，湯米和維洛・安德森就會朝著店門大聲招呼，有點像是教堂負責歡迎教徒前來的神職人員。但在這個例子裡，情況比較像是波士頓那邊，由搖滾樂團演奏聖歌的第一教堂那樣。

剛開始，客人還很安靜，因為當時的大電視中，除了藍色的「稍待片刻」字樣外，什麼也看不見。班尼和諾莉接好設備，把電視轉至「輸入4」，小婊路的彩色生動影像便忽然出現在電視裡，就連色彩鮮豔的落葉在海軍陸戰隊四周飛舞的畫面也沒錯過。眾人爆出一陣掌聲及喝采。

班尼和諾莉擊了個掌，但對諾莉來說，這還不夠，於是又狠狠地親了他的嘴一下。這是班尼這輩子裡最開心的時刻，甚至比在圓形管道裡玩滑板還棒。

「快打給他！」諾莉說。

「馬上打。」班尼說。他覺得自己的臉頰像是著火般燒了起來，但還是笑得十分開心。他按下重播鍵，把手機舉至耳旁。「兄弟，我們成功了！畫面超穩的——」

小喬打斷了他的話。「休士頓，我們有麻煩了。」

## 15

「我不知道你們到底以為自己在做什麼，」蘭道夫局長說，「但我需要一個解釋，在你們講清楚前，先把它給關了。」他指著電腦。

「不好意思，先生，」其中一名身穿少尉制服的海軍陸戰隊隊員說。「他是芭芭拉上校，是經過正式政府批准前來執行這項任務的。」

老詹因為這句話而露出自己最具諷刺效果的微笑，脖子上的血管還在不斷顫動。「這個上校除了製造麻煩，根本什麼也不會。他只是個本地餐廳裡的廚師而已。」

「先生，我的命令——」

老詹對那名少尉搖了搖手指。「就我們所知，現在卻斯特磨坊鎮唯一的正式管理單位就是鎮公所，士兵，而我就是其中的代表。」他轉向蘭道夫。「局長，要是那小子不關機，就把插頭拔了。」

「那台電腦看起來好像沒插電。」蘭道夫說。他的視線從巴比身上轉至那名海軍陸戰隊的中尉，接著又望向老詹，不斷冒汗。

「那就一腳踹破可惡的螢幕！砸了電腦！」

蘭道夫朝前走去。小喬看起來一臉驚恐，但卻堅定地站起身子，擋在紙箱上頭的筆記型電腦前。他的手中仍握著手機。「你最好別這麼做！這台電腦是我的，我可沒有犯法！」

「退後，局長。」巴比說。「這是命令。如果你還承認這個國家的政府，就得遵守這個命令。」

蘭道夫看了看四周。「老詹，或許——」

「沒有什麼或許，」老詹說。「現在，這裡就是你的國家，把那台他麻的電腦給我砸了。」

茱莉亞走上前，一把抓起筆記型電腦，將電腦上的iVision攝影機對準剛抵達的兩人。幾綹髮髮自她嚴謹的小圓髻髮型上鬆落，垂在她粉紅色的臉頰旁。巴比覺得，此刻的她格外美麗。

「問諾莉他們看見沒！」她對小喬說。

老詹臉上的笑容凝結，像是個鬼臉一般。「臭娘們，把電腦放下！」

「問他們看見沒！」

小喬對手機說了幾句話，聽了片刻後，才開口說：「看見了，他們全都有看見雷尼先生和蘭道夫局長。諾莉說，大家想知道這裡到底發生了什麼事。」

蘭道夫的表情驚恐，老詹則是憤怒之至。「誰想知道？」蘭道夫問。

茱莉亞說：「我們在北斗星酒吧設了轉播站——」

「可惡！」老詹說，雙手緊緊交握。巴比估計，這男人可能超重了一百磅，他移動右手臂時，臉上那副痛苦的模樣——有點像是扭傷——彷彿像是在說自己還能打。此刻，他一副氣得想找人動手的模樣……可能會找上他、茱莉亞，或是那名男孩，他也不知道。當然，雷尼也可能根本就不會動手。

「大家十一點四十五分就集合了，」她說。「消息傳得很快，」她把頭歪向一旁，露出微笑。「你想對自己的選民們揮揮手嗎，老詹？」

「妳這是虛張聲勢。」老詹說。

「我幹嘛要拿這麼容易確認的事來虛張聲勢？」她轉向蘭道夫。「打給你的手下，問他們，今天早上大家都跑到鎮上的哪裡去了。」她又把頭轉向老詹。「要是你把電腦關了，就會有好幾百人知道是你阻止了這場轉播，不讓他們得知他們最關心的事會有什麼最新狀況。說真的，這可能還是件關係到他們生命的事。」

「你們沒得到批准！」

巴比通常善於控制情緒，但此刻卻覺得壓抑不住自己的脾氣。這個男人並不是笨蛋，顯然不是。正是這點才使巴比動了怒。

「說真的，你到底是怎麼回事？你在這裡看見了什麼危險的事嗎？我看不出來。我們只是把電腦架在這裡，讓電腦能轉播實況，馬上就離開了。」

「要是飛彈沒用，可能會因此引發恐慌。知道失敗是一回事，親眼看見失敗又是另一回事。他們可能會因此做出一些可惡的蠢事。」

「你對於自己管理的民眾顯然有很低的評價，公共事務行政委員。」

老詹張嘴想反駁——像是想說些「因為他們過去一直都這樣」之類的話，好讓巴比的猜測得以印證——但又突然想起鎮上有許多人正透過電視的大螢幕觀看這場爭執，說不定還是高畫質的。

「我希望你臉上別再掛著那種嘲諷的微笑，芭芭拉。」

「現在連我們的表情都要受到管制？」茱莉亞問。

稻草人小喬摀著嘴，但蘭道夫與老詹早已看見他的笑容，並聽見自他指縫中流出的竊笑聲。

「各位，」那名少尉說。「你們最好趕緊離開現場，時間就快到了。」

「茱莉亞，把攝影機轉向我。」巴比說。

她照做了。

## 16

北斗星酒吧從未如此人滿為患，人數甚至還超過二〇〇九年跨年，酒吧邀來讓人印象深刻的梵蒂岡性感小貓樂團那次。同時，店內也不曾如此安靜過。超過五百個人，就這麼肩並肩、臀並著臀，看著小喬那台筆記型電腦傳來那令人頭暈的旋轉影像，接著，畫面停在了戴爾·芭芭拉身上。

「我的好傢伙。」蘿絲·敦切爾喃喃自語，露出微笑。

「各位鄉親，你們好，」巴比說，由於畫質實在太好了，讓好幾個人甚至回了句「你好」。「我是戴爾·芭芭拉，我再度被美國陸軍軍隊徵召，以上校身分執行這個任務。」

這話引發了人群間一陣驚喜的細微騷動。

「在小婊路上進行這場視訊轉播，完全是我的意見。你可能早就與大家聚在一塊兒，看見我與雷尼公共事務行政委員對於這場轉播是否應該繼續，抱持了各自不同的意見。」

這話在人群中引發的反應更大，而且還是不開心的那種。

「今天早上，我們沒空爭論誰才擁有指揮權這類細節。」巴比繼續說。「我們會把攝影機對準導彈預計射擊的地點。是否能繼續這場轉播，由你們的次席公共事務行政委員決定。要是他決定中斷轉播，那麼後果將由他負責。謝謝各位。」

他走到畫面外頭。有好一陣子，除了樹林的景象以外，聚集在舞池中的人群看不見任何東西。接著，影像再度旋轉，往下一沉，對準了X形的噴漆。在遠景處，原本看守的士兵們，正把他們最後打包好的一批裝備搬上兩輛大型卡車。

當地豐田汽車經銷店的老闆兼經營者威爾·費里曼（他當然不是詹姆士·雷尼的朋友），直接對著電視大聲說：「給我滾遠點，老詹，否則這個星期結束以前，磨坊鎮就要換一個新的公共事務行政委員了。」

這話在人群間引發一陣熱烈的認同聲。接著，鎮民們安靜地站著看電視，全都表情呆滯，但又難掩興奮，等著看轉播是否會繼續下去，或是就這麼被迫中斷。

## 17

「你要我做點什麼事嗎，老詹？」蘭道夫問。他從後口袋掏出一條手帕，擦著頸部後方。

「你覺得該怎麼辦才好？」老詹回答。

自從他接手那把局長專用的綠色警車的鑰匙後，彼得·蘭道夫還是第一次希望自己能把這把車鑰匙交給別人。他嘆了口氣：「我想，就把這台電腦留在這裡好了。」

老詹點了點頭，像是在說「那責任就你扛了」。他露出微笑——如果嘴唇向後拉緊可以算是微笑的話。「好吧，畢竟你才是局長。」他轉向巴比、茱莉亞與稻草人小喬。「看來這回是你們的陰謀贏了，對不對，芭芭拉先生？」

「我向你保證，這件事根本就不是什麼陰謀，先生。」巴比說。

「放……氣。這是場簡單純粹的權力較量。我這輩子見得可多了。我看過有人獲得成功……也看過有人一敗塗地。」他朝巴比走去，依舊扶著疼痛的右臂。他靠得很近，巴比可以聞到古龍水與汗水的氣味。雷尼的呼吸相當大聲。他壓低了音量。或許茱莉亞聽不見他接下來說的話，但巴比可以。

「你把賭注全押在這裡了，孩子。全押上去了。要是飛彈射穿穹頂，你就贏了。要是飛彈被彈開……你就給我小心點。」在那一刻，雖說他的雙眼幾乎全被埋在肥厚皺紋中，但裡頭閃現的冷酷，卻依舊清晰無比，緊緊盯著巴比不放。他轉過身去。「走吧，蘭道夫局長。多虧了芭芭拉先生和他的朋友們所賜，這裡的狀況實在太複雜了。回鎮上吧，我們還得聚集你的部屬，處理這件事所會帶來的暴動。」

「我從來沒聽過這麼荒謬的事！」茱莉亞說。

老詹只是朝她揮了一下手，並未轉過身去。

「你要去北斗星酒吧嗎，老詹？」蘭道夫問。「我們還有時間過去那裡。」

「我才不會踏進那個鬼地方。」老詹說，打開警車副駕駛座的車門。「我只想打個盹，但卻沒有辦法。因為，我還有很多事得處理，肩負了重責大任。我從沒主動要求，但卻得一肩擔起。」

「有些人很偉大，有些人則是假裝自己很偉大，你說對不對，老詹？」茱莉亞問，掛著一絲冷笑。

老詹轉向她，臉上帶有毫不掩飾的憤恨之意，使她後退了一步。雷尼沒回答她。「走吧，局長。」

巡邏車朝磨坊鎮的方向駛了回去，車頂的警示燈依舊在彷彿夏季的陽光中閃爍著，顯得朦朧而古怪。

「哇，」小喬說。「真是個可怕的傢伙。」

「你說的跟我想的一模一樣。」巴比說。

茱莉亞仔細打量巴比，臉上的笑容全然消失無蹤。「你有個敵人了，」她說。「而且現在還成了血海深仇。」

「我想妳也是。」

她點了點頭。「為了我們好，我還真希望飛彈這招能有用。」

那名中尉開口說：「芭芭拉上校，我們要離開了。如果我能親眼看見你們三個離開的話，會讓我覺得比較安心。」

巴比點點頭，在相隔多年後，首度行了軍禮。

## 18

早在星期一凌晨，便有架B-52轟炸機飛離卡斯威爾空軍基地。到了上午十點四十分，那架轟炸機便已停駐在佛蒙特州的柏靈頓（空軍認為，還是讓編程軟體盡早運作會比較好）。這場任務的代號是「巨島」，領航飛行官是金．雷伊少校，曾參與過波斯灣戰爭與伊拉克戰爭（在一次私人對話中，他曾提及後者根本是布希老大搞出來的猴戲）。在他的彈艙裡，裝了兩枚快鷹巡弋飛彈。快鷹是很棒的飛彈，不僅更為可靠，威力也勝過舊型的戰斧飛彈。只不過，目標被設定在美國本土，還是讓他不免覺得奇怪。

十二點五十三分，控制面板上的紅燈變成琥珀色，電腦通訊設施自雷伊少校手中接管，控制了整架飛機，航向轉往目的地去。在他下方，柏靈頓的景象於機翼下消失無蹤。

雷伊對著頭戴式通話器開口。「長官，好戲上演了。」

人在華盛頓的寇克斯上校說：「收到，少校。祝你好運，能炸掉那混帳東西。」

「一定沒問題的。」雷伊說。

十二點五十四分，琥珀色的燈泡開始有節奏地閃爍。到了十二點五十四分五十五秒時，燈光變成綠色。雷伊彈下標有數字「1」的開關。除了下方傳來的微弱嘶嘶聲響，他並沒有任何感覺。不過，他還是從視訊螢幕上看見了發射出去的快鷹飛彈。飛彈很快地加速到最高速度，後頭留下的噴射軌跡，就像是用指甲抓破天空似的。

金．雷伊交握雙手，親吻自己的拇指根部。「上帝與你同在，我的孩子。」他說。

快鷹飛彈的最高時速為三千五百英里。發射地點距離目標五十英里，位置在新罕布什爾州的康威市西方三十英里，也就是白山市的東側。這位置是經由電腦估算過後，最後獲得認可的地點。發射後，飛彈的時速從三千五百英里下降至八百五十英里，飛行路線鎖定在三〇二號公路上方。飛彈飛經北康威的主街時，街上行人紛紛不安地抬起頭來，看著飛越他們上空的快鷹飛彈。

「會不會飛得太低啊？」一個用手遮住陽光的女人，就站在賽特勒葛倫暢貨中心的停車場裡，這麼問陪她前來購物的友人。如果快鷹飛彈的導航系統能說話的話，它可能會這麼回答：「妳還沒看到真正厲害的呢，甜心。」

飛彈自緬因州與新罕布什爾州州界上空的三千英尺高度飛過，經過之處引發一陣音爆，讓人牙關作響，還震破了玻璃。當導航系統來到一一九號公路時，先是下降至一千英尺高度，接著又來到五百英尺。此時，電腦開始全速運算，導航系統根據數據所做出的修正，高達每分鐘一千次之多。

在華盛頓，詹姆士．寇克斯說：「最後階段了，各位。咬緊假牙吧。」

快鷹飛彈抵達小婊路後，幾乎下降到地面高度，同時維持將近二馬赫的速度向前推進，藉由導航系統讀取每座山丘與彎道的位置。飛彈的尾部熾烈燃燒，顯得極為明亮，沿途留下有毒且惡臭的燃料痕跡，並扯下了樹上的樹葉，讓有些葉子甚至還燒了起來。停在塔克谷路旁的攤車都炸了開來，木板與破裂的南瓜全飛至空中。隨著巨大聲響掃過，使人們全都趴在地上，用雙手摀住頭部。

一定能成功，寇克斯心想。這怎麼可能失敗？

## 19

北斗星酒吧已聚集了八百人，其中沒有半個人開口說話。小梅．傑米森的嘴唇無聲動著，手中緊緊握著一顆水晶，藉由向新世紀教派的超靈體禱告，使自己從現在正發生的事情裡盡量分散注意力。至於派珀．利比牧師，則是緊握著她母親的十字架，緊緊靠在唇前。

厄尼．卡弗特開口。「來了。」

「哪裡？」馬蒂．阿瑟諾問。「我什麼也沒看──」

「聽！」布蘭達．帕金斯說。

他們聽見飛彈接近的聲音：小鎮西方傳來彷彿不屬於這世間的嗡嗡聲響，而且聲音越來越大，不過才幾秒鐘，聲音便從嗡嗡嗡變成了轟轟轟轟轟。他們幾乎無法從電視螢幕上看見任何東西，直到半小時之後，飛彈行動確定失敗為止。班尼．德瑞克為了那些還留在酒吧的人重播了先前錄下的內容，並放慢速度，逐格播映影像。他們看見飛彈以距離地面不到四英尺的高度，繞過小婊路彎道，幾乎就快碰到飛彈投射在地上的模糊影子。在下一格畫面中，快鷹飛彈撞上預計的撞擊點，彈頭爆炸的碎片四射，海軍陸戰隊留在那裡的帳棚被炸飛起來，靜止在空中不動。

下一格畫面中，螢幕上滿是明亮之至的光芒，使觀眾紛紛遮住雙眼。接著，白色開始淡出，他們才總算看到導彈的眾多碎片──從中心點擴散出許多顏色由深至淺的黑色衝擊波線條──巨大的紅色X標誌已然燒焦。飛彈極為精確地正中目標。

之後，北斗星酒吧的人就這麼看著塔克鎮樹林燃燒著的光景。他們看著穹頂外側的柏油路面先是變形，然後開始融化。

## 20

「發射另一枚飛彈。」寇克斯沉聲說，金．雷伊則遵命行事。第二顆飛彈震破了更多玻璃，也嚇著了更多新罕布什爾州東部與緬因州西部的人們。

除此之外，結果一模一樣。

踏入陷阱

## 1

錄影播放結束後，在工廠街十九號的麥克萊奇家中的每個人，都有好一陣子沒開口說話。諾莉．卡弗特突然掉下眼淚。班尼．德瑞克與小喬．麥克萊奇的視線在她低垂的頭部上方交會，兩人流露出「現在該怎麼辦」的神情，一起用手臂摟住她顫抖的雙肩，並交握住對方手腕，像是發自內心的握手致意。

「就這樣？」小喬的母親克萊兒．麥克萊奇難以置信的問。她並未流淚，只是雙眼閃著光芒，也差不多了。她在小喬與朋友帶著那片ＤＶＤ回家沒多久後，便從牆上取下一張丈夫的照片，一直用雙手抱著。「全部就這樣而已？」

沒人回答。茱莉亞坐在安樂椅裡，巴比則靠坐在同張椅子的扶手上。我可能麻煩大了，他想。但這並非他第一件想到的事；他最先想到的，是這個小鎮的麻煩大了。

麥克萊奇太太站起身，仍抱著丈夫的照片。山姆去了牛津賽車場，除非天氣太冷，否則那裡每週六都會舉辦跳蚤市場。他的嗜好是整修家具，而且經常在那裡的攤子發現好東西。三天過去了，他依舊還在牛津，與一群記者和電視台的人待在賽道汽車旅館的公共空間裡。他無法用電話聯絡克萊兒，但目前為止，兩人還能透過電子郵件保持聯繫。

「你的電腦怎麼了，小喬？」她問。「被炸掉了？」

小喬仍摟著諾莉的肩膀，手中握著班尼的手腕，搖了搖頭。「我想應該沒有，」他說。「可能融化了吧。」他轉向巴比。「熱氣可能會讓樹林燃燒起來，應該有人得去處理一下。」

「我猜鎮上應該沒半輛消防車了，」班尼說。「呃，頂多只剩一、二輛舊型的吧。」

「讓我看看能幫上什麼忙。」茱莉亞說。克萊兒的身高比茱莉亞高，讓人能輕易看出小喬的身高其來有自。「巴比，這件事交給我處理可能會比較好。」

「為什麼？」克萊兒看起來一臉茫然。一滴淚水總算溢了出來，順著臉頰流下。「小喬說，政府把指揮權交給芭芭拉先生——而且還是總統親自下令的！」

「我因為視訊轉播的事，和雷尼先生與蘭道夫局長起了爭執，」巴比說。「吵得有些過頭。現在，我很懷疑他們是否還願意接受我的任何意見。茱莉亞，我也不覺得他們會接受妳的意見，至少目前不會。要是蘭道夫的能力有到那職位應有的一半，那麼他就會派一群警員，帶著消防隊留下來的設備前往現場。再怎麼樣，那裡應該也有水龍帶和舊型唧筒滅火器。」

茱莉亞思索著他的話，接著才開口說：「你可以跟我到外面一下嗎，巴比？」

他看了一眼小喬的母親，但克萊兒已經沒在聽他們說話了。她把兒子挪到一旁，坐在諾莉身邊，讓諾莉把臉靠在她肩上。

「老兄，政府欠我一台電腦。」巴比與茱莉亞朝前門走去時，小喬這麼說道。

「記下來了，」巴比說。「謝謝你，小喬。你幹得很好。」

「比那些該死的飛彈好多了。」班尼喃喃地說。

巴比與茱莉亞走至麥克萊奇家的前廊，不發一語地站著，就這麼望著鎮立廣場、普雷斯提溪及和平橋。一會兒過後，茱莉亞用憤怒的語氣低聲說：「他沒有，這才是麻煩的地方，才是問題之所以會那麼該死的原因。」

「誰沒有什麼？」

「彼得．蘭道夫的能力連應有的一半都沒有，甚至連四分之一也不到。我和他從幼稚園開始就是同學，他在幼稚園的時候，可以說是尿褲子世界冠軍。到了十二年級，他則變成會去拉女生胸罩的那種人。他的智力測驗成績只有C-，後來之所以能拿到B-，是因為他爸是地方教育委員會的成員，而不是他的智商變高了。圍繞在咱們雷尼先生四周的人，全都是一群蠢蛋。安德莉亞．格林奈爾算是例外，不過就連她也有強力止痛藥的藥癮問題。」

「蘿絲有告訴過我，」巴比說。「說是因為背傷的關係。」

廣場上頭那些樹木的樹葉掉落狀況，足以使巴比與茱莉亞從縫隙間看見主街。現在街上還空無一人──大多數人仍待在北斗星酒吧，討論著他們親眼目睹的一切──但人行道很快就會擠滿準備回家的鎮民，他們全會一臉目瞪口呆、充滿懷疑的模樣。屆時，無論是男是女，絕對沒人敢問彼此接下來會是什麼情況。

茱莉亞嘆了口氣，用雙手把頭髮往後撥去。「老詹．雷尼認為，只要他能繼續抓著控制權不放，事情最後就會好轉，至少對他和他的朋友們來說會是如此。他是最惡劣的那種政客──自私，做事過於自我中心，只為自己那群人著想。在他那副虛張聲勢，彷彿無所不能的外表下，只不過是個懦夫而已。要是事態變得惡劣之至，他甚至願意把整個小鎮送給魔鬼，只要能保護自己就好。懦弱的領導者是最危險的，所以你才是那個應該負責處理這件事的最佳人選。」

「我很感謝妳信任──」

「但這是不可能的。就算你那個寇克斯上校或美國總統希望你掌管一切、就算有五萬人揮舞著有你相片的標語牌，在紐約第五大道上示威遊行也不行。只要這個該死的穹頂還罩在我們頭上，就完全沒有辦法。」

「我只要一聽妳開始發表意見，都會覺得妳聽起來沒那麼共和黨。」巴比回答。

她用讓人嚇一跳的力道，捶了他的二頭肌一拳。「我不是在開玩笑。」

「對，」巴比說。「我也不是在開玩笑，應該說是選舉術語才對，我認真建議，妳應該站出來競選次席公共事務行政委員這個位置才對。」

她一臉同情地看著他。「只要穹頂還在，你覺得老詹．雷尼會允許大家舉辦選舉嗎？你到底是住在什麼世界啊，我的朋友？」

「別低估了整個小鎮的意願，茱莉亞。」

「你才別低估了詹姆士．雷尼。他掌管這裡很久，大家早就認可他了。再說，他在找代罪羔羊這件事上頭實在很有才華。一個外地人——事實上，還是個流浪漢——會是現在這情況最完美的選擇。我們還有認識另外的這類人選嗎？」

「我比較期待妳提出什麼點子，而不是政治分析。」

有這麼一刻，他以為她會再打他一拳。但她只是深深吸了口氣，接著緩緩吐出，露出笑容。

「你看起來一副無害的模樣，但是卻很有兩把刷子，對吧？」

鎮公所的警報器開始發出一連串短鳴，在溫暖而無風的空氣中迴盪。

「有人通報火災了，」茱莉亞說。「我想我們都很清楚位置在哪兒。」

他們望向西方，升起的煙霧燻黑了晴朗天空。巴比認為，煙霧一定來自穹頂外側的塔克鎮，但就算如此，那股熱氣也難免會在卻斯特磨坊鎮引發一場小型火災。

「你想要點子？好吧，我倒是有一個。我去找布蘭達——她不是在家，就是和大夥兒聚在北斗星酒吧——然後建議她發起滅火行動。」

「要是她拒絕呢？」

「我敢說她絕對不會。現在沒風——至少穹頂裡沒有——所以可能只燒到草地和灌木叢而已。她會去找一些應付得了這件事的正確人選，人選肯定跟霍霍親自挑的一樣。」

「我敢說，裡面絕對沒有那些新進員警。」

「這我就不敢說了，不過我的確不認為她會找卡特．席柏杜或馬文．瑟爾斯。也不會找費德‧丹頓。他當了五年警察，但布蘭達跟我說過，說公爵準備要資遣掉他。費德每年都會在小學裡扮聖誕老人，孩子們都很喜歡他——他學聖誕老人的笑聲很像。不過呢，他也有脾氣暴躁的那一面。」

「接著妳會過去雷尼那裡。」

「對。」

「妳可能只會換來一聲婊子而已。」

「如果情非得已，我的確能讓自己像個臭婊子。要是布蘭達恢復以前的模樣，就連她也可以。」

「加油。順便請她先問一下波比百貨店那傢伙。要是火勢燒到灌木叢，我相信他那邊會有派得上用場的東西，而且肯定比消防隊留下的東西還多。他那間店什麼都有。」

她點點頭。「這是個好點子。」

「妳確定不用我跟？」

「你還有其他事得做。布蘭達有給你公爵那把輻射塵避難室的鑰匙嗎？」

「給了。」

「那這場火災或許能幫你轉移注意力，讓你順利拿到輻射計數器。」她朝自己那輛油電車走去，隨即又停下腳步，轉過身來。「找到穹頂發射器——要是真在裡頭的話——那台發射器可能是對鎮上最有幫助的東西，說不定還是唯一能指望的事。還有，巴比？」

「是，女士。」他說，臉上掛著一絲微笑。

但她沒有。「除非你親耳聽過老詹‧雷尼的競選演說，否則千萬別小看他。他能一直連任是有原因的。」

「我敢說，效果肯定就跟揮舞烈士先驅的血衣相差無幾。」

「對。而且這回衣服上的血可能還是你的。」

她開車找布蘭達與羅密歐．波比去了。

## 2

那些目睹空軍嘗試摧毀穹頂，卻慘遭失敗的人們，離開北斗星酒吧的模樣就跟巴比想像得差不多：腳步遲緩，低垂著頭，彼此不太交談。許多人靠在一起，有些人甚至還哭了出來。有三輛警車停在北斗星酒吧對面的路上，還有六名警察面對酒吧，站在一塊兒，預防有麻煩的狀況發生。但什麼事也沒有。

綠色局長用車停在更遠一點的布洛尼商店前（櫥窗貼著一張手寫標語，上頭寫著：停止營業，直至可以補貨，大家重獲自由為止！），蘭道夫局長與詹姆士．雷尼坐在車內觀察一切。

「你瞧，」老詹一副顯然志得意滿的模樣。「我希望他們全都開心得很。」

蘭道夫好奇地看著他。「你不希望飛彈成功？」

老詹露出一個痛苦表情，就像肩膀痠痛引發的疼痛一樣。「當然希望，但我早就知道不會成功。那個名字跟小妞一樣的傢伙，還有他的新朋友茱莉亞，搞得每個人都那麼激動，滿懷希望，不是嗎？喔，沒錯，就是這樣。你知道她那份破爛報紙從來沒有認同過我嗎？一次都沒有。」

他指向朝鎮中心走去的人潮。

「看清楚了，伙計——這就是無能、帶著錯誤希望，還有過多資訊所會給你的下場。他們現在滿肚子不高興，失望透頂，不過一旦他們走出這種情緒，全都會變得瘋狂起來。我們需要更多警力。」

「更多？非正職的人手再加上新警員，我們已經有十八個人了。」

「還不夠，我們得——」

鎮上的警報器開始發出短鳴。他們望向西方，看見煙霧升起。

「我們要讓芭芭拉和夏威為這件事負起責任。」老詹把話說完。

「或許我們該做點什麼來撲滅火勢。」

「那是塔克鎮的問題。當然，也是美國政府的問題。他們那顆他麻的飛彈引發了這場火災，讓他們自己處理就行了。」

「要是熱氣在我們這邊引發火星——」

「別像個老太婆般嘮叨，載我回鎮上。我得去找小詹，有些事得跟他聊聊。」

## 3

布蘭達．帕金斯和派珀．利比牧師在北斗星酒吧的停車場裡，一同站在派珀那輛速霸陸旁。

「我一直不認為飛彈能奏效，」布蘭達說。「但要是我說自己不覺得失望，那就是騙人的。」

「我也是，」派珀說。「真讓人難過。要不是我得去探望一個教友，否則我就可以順便載你回鎮中心了。」

「我希望他家不是住在小婊路那裡。」布蘭達說，用大拇指朝升起的煙霧一比。

「不是，在另一頭，在卻斯特東區那邊。我要去找傑克．伊凡斯。他在穹頂日那天失去了妻子。那是場詭異的意外。不過就現在這情況來說，也不算太詭異吧。」

布蘭達點點頭。「我在丹斯摩農場那裡有看到他，還帶著一塊印有他妻子相片的標語板。可憐，真是可憐。」

派珀打開駕駛座的車窗，苜蓿就坐在駕駛座上，看著離去的人群。她從口袋中翻出一塊零食給牠：「走開，苜蓿——你又不是不知道你上次駕照路考沒過。」接著，她又對布蘭達說：「牠在路邊停車的部分搞砸了。」

這頭牧羊犬跳到副駕駛座去。派珀打開車門，看著煙霧方向。「我想塔克鎮樹林那邊的火勢一定延燒得很快，不過我們這裡倒是不用擔心。」她對布蘭達苦笑一下。「我們有穹頂保護。」

「祝妳好運，」布蘭達說。「幫我向傑克致意。」

「我會的。」派珀說，接著開車離去。布蘭達雙手插在牛仔褲口袋裡，走出停車場，想著自己該怎麼打發今天接下來的時間。就當這個時刻，茱莉亞．夏威開車抵達，幫她解決了這個問題。

## 4

飛彈撞上穹頂的爆炸聲並未吵醒小珊．布歇。讓她醒來的，是不牢靠的木製嬰兒床崩塌後，小華特傳來的疼痛哭喊。

卡特．席柏杜與他的朋友離開時，拿走冰箱裡的全部大麻，但他們並未搜遍這裡，所以那個畫有骷髏頭與交叉骨頭的鞋盒，還好好地安放在衣櫥中。鞋盒上有著菲爾．布歇以潦草粗體字寫下的訊息：我的東西！敢碰你就死定了！

鞋盒裡並沒有大麻（菲爾總是嘲笑說，大麻是雞尾酒派對才會拿出來抽的玩意兒）。她對安非他命沒興趣，但確定那些「警察」肯定很愛。小珊認為，安非他命這瘋玩意兒只有瘋子才愛——否則誰會想把紙火柴打火處那泡過丙酮的殘渣一起吸進肺裡？鞋盒裡還有個小袋子，但裡頭只放了六顆夢船。卡特那群人離開後，她用放在床底下的溫啤酒，配著服下一顆。除非她把小華特帶到床上一起睡，或是小桃過來陪她……否則如今她只能孤單入眠。

她想吞下所有安眠藥，一勞永逸地結束這糟糕、不開心的生活；要不是為了小華特，她可能早就這麼做了。如果她死了，有誰會照顧他？他可能會就這麼餓死在嬰兒床上，光想到這點就令人害怕。

自殺的念頭離開了，但她這輩子卻從來沒有這麼沮喪、難過、受傷的感覺。她還覺得自己很骯髒。天知道，她以前是個喜歡多人性愛的人，有時是菲爾主導（在他還沒完全失去性趣前，很喜歡在嗑藥後來場三人行），有時是其他人，有時甚至還是她自己——小珊．布歇從來沒有建立起要好好保護自己的觀念。

當然，她也有過許多一夜情的經驗。有一次是在高中。當時野貓籃球隊贏得D組冠軍，在慶功宴上，她和四名先發球員都做了愛，一個接一個的來（第五個先發球員已經醉倒在角落裡了）。那次就是她自己提出的傻點子。過去，她也曾在卡特、馬文和法蘭克．迪勒塞強迫下，收錢讓他們上過。其中最常跟她做愛的，就是布洛尼商店的老闆費里曼．布洛尼。由於布洛尼商店願意讓她賒帳，所以她大多會去那裡買東西。他年紀很大，身上氣味不太好聞，但他非常好色，這點正是值得加分的部分，也使他總會迅速完事。他在儲藏室裡的床墊上頭，頂多在抽插六下後，便會氣喘吁吁地一瀉千里。和他上床從來不會成為她那週的生活亮點，但是在月底手頭短缺，小華特需要幫寶適尿布時，卻能讓她確定自己還有地方賒帳，因此感到安心。

更別說布洛尼從來不曾傷害過她。

昨天晚上的事不同以往。迪勒塞還沒那麼糟，但卡特打傷了她的頭頂，還讓她的下體流血。更糟糕的還在後頭。馬文．瑟爾斯脫下褲子時，他那根東西看起來就像菲爾的毒癮還沒完全追過性趣時，會看的那些色情片裡的道具一樣。

瑟爾斯對她非常粗暴，雖然她試著回憶兩天前與小桃做愛的那次體驗，卻一點用也沒有。她的下體原本和八月的無雨季節一樣，一直都是乾的，直到卡特·席柏杜在她體內磨破一個大傷口，讓那裡變得潤滑為止。她覺得下體一陣燒灼，開始變得溼熱，就連臉上也一樣，淚水緊貼面頰滑下，流至耳窩之中。輪到馬文·瑟爾斯時，時間彷彿變得永無止境，讓她覺得自己可能會這麼死在他手中。要是她真的死了，小華特又會發生什麼事呢？

喬琪亞·路克斯不停鬼吼鬼叫的聲音，衝散了她的所有念頭：上她，上啊，搞死這個婊子！讓她尖叫出來！

於是，小珊這下非叫不可了。她一直不停尖叫，也讓小華特在嬰兒房中不斷哭喊。

結束時，他們警告她，要她不准說出去，並把受傷、但還活著的她留在染有血跡的沙發上。她看著他們的車燈光芒掃過客廳天花板，隨即消失無蹤，朝鎮中心的方向前去。接著，屋子裡只剩下她與小華特兩人。她抱著孩子不斷來回走動，中途只停下來穿上內褲（不是粉紅色那條；她再也不想穿那條內褲了），並用衛生紙墊在褲襠。她有衛生棉條，但那時要把任何東西塞進體內的念頭，全讓她感到畏縮不已。

最後，小華特的頭沉沉地靠在她肩膀上，她感覺到他的口水沾溼了皮膚——這是他真正睡著的跡象。她把他抱到嬰兒床上（一面祈禱他今晚不會再醒過來），從衣櫥裡拿出那個鞋盒。夢船——她一直搞不清楚，這其實是種強力鎮靜劑——先是削弱了她下體的痛楚，然後阻絕一切。她足足睡了超過十二個小時。

直到現在。

小華特的哭喊像是一道穿破濃霧的強光。她跌跌撞撞地下床，跑進他的臥室，知道菲爾在嗑藥後的恍惚狀態下所組裝的那具該死嬰兒床，總算還是塌了。昨晚那群「警察」忙著強姦她時，小華特就已經被嚇得屁滾尿流了，所以今天早上，當他起床時，一定更容易受到驚嚇——

小華特躺在地板上的嬰兒床殘骸裡。他朝她爬去，額頭上還有一道不停流血的傷口。

「小華特！」她尖叫著，將他一把擁入懷中。她轉過身，被壞掉的嬰兒床絆了一下，單膝落地，又旋即站起身來，抱著在她懷中嚎啕大哭的寶寶衝進浴室。她轉開水龍頭，由於沒有電力啟動抽水馬達，所以自然沒有半滴水。她抓起一條毛巾，就這麼乾擦著他的臉頰，以便能看清傷口——傷口不深，但卻很長、不平整，顯然會因此留下疤痕。她用她敢使出的最大力道，以毛巾緊壓傷口，試著不理會小華特因另一波刺激發出的疼痛與生氣尖叫。如同硬幣般大小的血珠滴落在她赤裸的腳上。她低頭時，看見她在「警察們」離開後所換上的那條藍色內褲，已被浸溼成為混濁的紫色。一開始，她還以為是小華特的血，卻不曉得自己的股間也早已流下了許多血。

## 5

不知為何，她一直抱著小華特不放，以這樣的姿勢，幫他沿著傷口貼了三個印有海綿寶寶[76]圖樣的ＯＫ繃，接著幫他穿上內衣，以及他剩下唯一一件的乾淨吊帶褲（圍兜上還用紅色縫線寫著：媽咪的小惡魔）。她換衣服時，小華特就在她臥室裡的圍欄裡爬來爬去，原本的哭吼已變成有一搭沒一搭的抽泣。她把被血浸溼的內褲丟進垃圾桶，換上一條新的，在褲襠處墊了塊折過的抹布，並多拿一條，作為稍晚的備用品。她還在流血。並非泉湧而出，但也比過去量最大的生理期情形來得嚴重。血已流了一整晚，把床都弄溼了。

她背上小華特的包包，抱起他來。他很重，讓她覺得下面又開始痛了起來，感覺像是吃壞了東西，因而腹部抽痛一樣。

「我們要去健康中心，」她說。「放心，小華特，哈斯克醫生會醫好我們。再說，男生不需要在意疤痕。有時女孩反而覺得這樣才性感。我會盡量開快一點，一下子就到了。」她打開門。「一切都會沒事的。」

但她那輛又老又舊的豐田，可離沒事遠得很。那群「警察」沒對後輪動手腳，但卻把兩個前輪都刺破了。小珊看著車子好長一段時間，情緒被更深的沮喪所淹沒。有個念頭在她腦中一閃而過，但畫面卻清晰無比：她可以跟小華特一同吞下剩下的夢船。先幫他磨碎，放進那個他稱為「饅饅」的奶瓶裡，接著用巧克力牛奶蓋過藥味。小華特最愛巧克力牛奶了。隨著這個想法浮現的，則是菲爾一張舊唱片的專輯名稱《就算如此，又有什麼大不了的？》[77]。

她把這個念頭拋開。

「我不是那種媽媽。」她告訴小華特。

他瞪大眼睛看著她的模樣，使她想起了菲爾，不過是好的那一面：在離她而去的丈夫臉上，這像是搞不清楚狀況的蠢樣子，但在她兒子臉上，則變成惹人憐愛的傻氣。她親了一下他的鼻子，讓他露出微笑。很好，是個很棒的笑臉。但他額頭上的ＯＫ繃開始變成紅色。這點就沒那麼棒了。

「計畫有點小小的改變。」她說，回到屋中。一開始她還找不到育嬰背帶，後來才想起來，原來是放在那張之後只要她一想起，便會聯想到強暴這件事的沙發後頭。她好不容易才把不斷亂動的小華特放進裡頭，只是背起他時，又著實地疼了一次。她有不祥預感，覺得內褲裡那條抹布

[76] SpongeBob，美國知名卡通《海綿寶寶》的主角。

[77]《Nothing Matters and What If It Did?》，為搖滾歌手 John Mellencamp 發行於一九八〇年的第五張專輯。

溼了，然而當她檢查褲子的褲襠時，卻沒看見血漬。好極了。

「準備好要去散步了嗎，小華特？」

小華特只是把臉頰依偎在她的肩窩裡。有時，他不太講話這件事，會讓她感到憂心忡忡——她那群朋友的小孩，在十六個月大時，就能不太清楚地說完一句完整句子，但小華特至今只會說九到十個單字——但現在不是想這些的時候。今早，她還有別的事得擔心。

以十月最後一週來說，今天倒是出乎意料的溫暖，頭頂上的藍天像是被東西遮住，顯得十分黯淡，陽光則不知為何有些模糊。她覺得臉上及頸部的汗水像是一口氣全流了出來，胯下抽痛得厲害，每跨出一步似乎就會更痛，而她不過也才剛走了幾步路而已。她想回頭拿阿斯匹靈，但吃了之後，會不會反而使出血更為嚴重？再說，她也不確定自己是不是還有阿斯匹靈。

同時，另一個想法也阻止了她，而她甚至難以承認自己竟會有這種念頭：要是她走回屋裡，她不確定自己是否還有再度踏出屋外的意願。

那輛豐田的左側雨刷夾了張白色紙條。紙條最上方寫著「只有小珊能看」，四周還用潦草的圓圈給圈了起來。這張紙是從她的餐巾紙墊上撕下的。這個發現又使她起了一股疲憊的憤怒感。在圈起來的文字下方，潦草寫著：要是告訴任何人，妳身上的游泳圈會比輪胎還慘。而在下方，有另一個筆跡寫下的內容：或許下次我們會把妳轉過來，從另外一邊玩妳。

「操你媽，做你的大頭夢吧。」她說，聲音虛弱而疲憊。

她把紙條揉爛，丟到其中一個破掉的輪胎旁——這輛可憐的舊車看起來幾乎就與她一樣疲憊哀傷——繼續朝車道盡頭走去，中途還靠著信箱休息了幾秒。貼在她皮膚上的金屬信箱熱呼呼的，熾熱陽光照在她頸子上，幾乎連一絲微風都沒有。十月的天氣應該涼爽到足以讓人振奮精神才對。也許是因為全球暖化的關係，她想。她還是第一次有這種念頭，但也並非最後一次。只是，這個詞後來從「全球」變成了「本地」。

她眼前的莫頓路一片荒涼，死氣沉沉。在她走了一哩路後，左邊出現了郤斯特東區那些漂亮的嶄新住宅，屋主全是那些生活水平較高的雙薪家庭。等他們從路易斯頓奧本的辦公室、銀行、工作室下了班後，才會回到這裡，結束一天的生活。在她的右方的，則是郤斯特磨坊鎮的商業區與健康中心。

「準備好了嗎，小華特？」

小華特沒有回答好了沒，只是靠在她的肩窩打鼾，口水滴落在她那件印有唐娜水牛樂團⑱相片的T恤上。小珊深吸一口氣，試圖忽略下體的抽痛，抓緊育嬰背帶，開始朝鎮中心走去。

當鎮公所屋頂的警報器響起象徵火警的短鳴時，她還以為是腦中的幻聽，同時對這看法有種異樣的堅信，接著這才看見煙霧。不過，火勢在遙遠的西邊，所以不會有人注意到她和小華特……除非有人走過來，想看清楚火勢。要是這情況真的發生，他們一定會很親切地載她去健康中心，而且還激動得很。

她開始唱起詹姆士．麥克穆提那首今年夏天十分流行的曲子，唱到了「我們在七點四十五分聚在人行道上，這是個小鎮，怎麼能不賣啤酒」時停了下來。如果要唱歌的話，那麼以她的嘴巴來說，實在太乾了些。她眨了眨眼，這才突然發現，自己走在水溝的邊緣，隨時有可能摔進去。而且，從她出發至今，路上甚至沒遇到過半個人。她搖搖晃晃地跨越馬路，實在很有可能突然被來車撞個正著。

她回頭望去，希望能看見有車經過，但卻未能如願。郤斯特東區的路上一片空曠，柏油路面

⑱Donna the Buffalo，為美國鄉村搖滾樂團。

則閃爍著不算太熱的微光。

她又繼續朝原本方向前進。她的腳步搖晃，覺得雙腿就像果凍一樣。喝醉的水手，她想。喝醉的水手啊，清晨的時候你該怎麼辦才好？79但現在不是早上，而是下午，她足足睡了十二個小時。她低頭望去時，發現褲襠已變成紫色，就像她稍早穿的那條內褲。不會流出來的，再說，我也只剩下兩條合身的褲子而已了。接著，她突然想起其中一條早在臀部處破了個大洞，於是開始哭了起來，淚水流經滾燙的臉頰，讓她感到一陣冰涼。

「沒事，小華特，」她說。「哈斯克醫生會醫好我們的。沒事，就跟化妝一樣。就跟——」

她的眼前開始一陣發黑，雙腿失去碩果僅存的力氣。小珊可以感受到氣力自肌肉中如同河水般流失。她昏倒時，最後一個念頭是：正面向下，正面向下，別壓到寶寶！

她做得還不錯，往前倒在莫頓路的路肩，就這麼趴在一片朦朧、像是七月般的陽光裡一動不動。小華特醒了過來，開始大聲哭喊。他試著從育嬰背帶中掙脫，但卻徒勞無功；珊曼莎仔細地包起了他，使他無法動彈。小華特開始哭得更大聲。有隻蒼蠅停在他額頭上，品嘗著從海綿寶寶與派大星80的圖案中滲出的鮮血，接著又趕緊飛走，像是想回蒼蠅總部回報這場美食饗宴，召喚人馬前來大快朵頤。

蚱蜢在草叢中唧唧叫著。

鎮上的警報器不停作響。

小華特與他不省人事的母親全都動彈不得。他在熱氣中嚎啕大哭了一陣子後，總算放棄抗議，靜靜地趴在原地，百無聊賴地看著四周，任憑自他纖細頭髮中冒出的清澈汗水不斷滴落。

# 6

巴比站在全球戲院的售票口旁，就躲在入口的遮雨棚下方（全球戲院在五年前就停業了），得以清楚看見鎮公所與警察局的位置。他的好兄弟小詹就坐在警局前的台階上，不斷按摩著太陽穴，彷彿具有節奏的警報器聲響，使他的頭開始疼痛起來似的。

艾爾．提蒙斯走出鎮公所，用小跑步的方式奔至街上。他仍穿著灰色的管理員制服，但脖子上掛著一個以背帶固定的雙筒望遠鏡，背上則背著一具唧筒式滅火器——從他背著的輕鬆模樣來看，裡頭並沒有水。巴比猜想，艾爾只能靠吹氣的方式來撲滅火災了。

快走，艾爾，巴比想。快走好嗎？

六輛卡車在街上呼嘯而過。前兩輛是貨卡車，第三輛則是小貨車。這三輛領頭的車子，全漆上明亮到幾乎讓人覺得刺眼的黃色。那兩輛貨卡車的車門上印有「波比百貨店」的字樣，而小貨車的貨艙鐵板上頭，則印有那句傳說中的宣傳詞「來杯波比百貨店的斯樂冰滿足自己」。最前方的卡車，是羅密歐本人駕駛的。他的頭髮仍是一貫的酷老爹造型，被風吹到上下飄動的模樣令人驚嘆不已。布蘭達．帕金斯坐在副駕駛座。在貨卡車的車斗上，載有草坪修剪鐘、水管等物品，還有一具製造商貼紙都還貼在上頭的全新抽水馬達。

羅密歐停在艾爾．提蒙斯旁。「坐在貨斗上，搭檔。」他說，而艾爾則上了車。巴比往後退到戲院遮雨棚下方的陰影裡。他可不想被叫去小婊路幫忙撲滅火災，他在鎮上還有別的事得做。

⑲此處為民謠〈喝醉的水手〉（Drunken sailor）的歌詞。
⑳Patrick，為動畫《海綿寶寶》中的角色。

小詹依舊坐在警局前的台階上，沒有任何動作，只是用雙手抱著頭，揉著自己的太陽穴。巴比等到卡車全都離開後，這才匆匆穿越馬路。小詹沒有抬頭，片刻後，他的所在處已看不見巴比站在鎮公所牆上有著大量常春藤的那個位置。

巴比走上台階，中途停下來看了一眼公告欄上的告示：若是危機尚未解除，將於星期四晚上七點召開鎮民大會。他想起茱莉亞說的那句話。除非你親耳聽過老詹·雷尼的競選演說，否則千萬別小看他。星期四晚上他或許就能見識一下了，雷尼肯定會竭盡全力，使自己能繼續掌控整個局勢。

他還會爭取更大的權力，茱莉亞的聲音在他腦中說道。沒錯，他一定會這麼做。這是為了整個小鎮好。

鎮公所是用一百六十年前開採的石頭所建造的，前廳陰涼昏暗。由於裡頭沒人，無需用電，所以發電機是關著的。

但大會堂裡有人。巴比聽見有兩個人在對話，而且還是孩子的聲音。巨大的橡木門半掩著的。他朝內望去，看見一個滿頭白髮的瘦子坐在公共事務行政委員的桌前。在他對面的，則是一個約莫十歲的漂亮小女孩。兩人中間放了個棋盤，長髮男人用單手撐著下巴，思考下一步棋該怎麼走。再深一點，也就是座椅之間的通道上，則有一名年輕女子與一個四、五歲的男孩在玩跳背遊戲。下棋的兩個人十分專注，而年輕女子與那男孩則在高聲大笑。

巴比正要退後，但為時已晚。那年輕女子抬起頭來。「哈囉？有人嗎？」她抱起男孩朝他走去。下棋的兩人也抬頭望了過來。就一場祕密行動而言，看到他的人實在太多了些。

年輕女子伸出沒托著男孩臀部的那一隻手。「我是卡洛琳·史特吉，那位先生是我的朋友瑟斯頓·馬歇爾，這小傢伙則是艾登·艾波頓。打招呼啊，艾登。」

「嗨。」艾登小聲地說，接著把拇指塞進嘴裡。他睜大了雙眼看著巴比，眼珠是藍色的，帶有一絲好奇。

女孩跑過通道，站在卡洛琳．史特吉身旁，長髮男人則在後頭緩步跟上，看起來一臉疲憊，同時飽受驚嚇。「我是愛麗絲．揣秋．艾波頓，」她說。「艾登的姊姊。不要含拇指啦，艾登。」

艾登沒有理她。

「呃，很高興認識你們，」巴比說，沒介紹自己的名字。事實上，他還有些希望自己此刻戴著假鬍子。但或許問題不大。他幾乎可以肯定，這些人全是外來客。

「你是鎮公所的官員嗎？」瑟斯頓．馬歇爾問。「如果是的話，我想向你投訴。」

「我只是管理員而已，」巴比說，接著才想到，他們在艾爾．提蒙斯離開前肯定見過他。該死，說不定還跟他交談過呢。「另一個管理員。你們一定都見過艾爾了。」

「我想找媽媽，」艾登．艾波頓說。「我超想她的。」

「我們有遇到他，」卡洛琳．史特吉說。「他說政府朝罩著我們的那東西發射飛彈，但是完全沒用，還引發了火災。」

「他說的沒錯，」巴比說，但在他說下去前，馬歇爾又再度抱怨起來。

「我要提出申訴。事實上，我還要控告他們。我被那群所謂的『警察』施暴。他揍了我腹部一拳。我的膀胱從好幾年前就有問題了，這下恐怕又得了內傷。除此之外，卡洛淋也被他們用言詞侮辱。她認為那根本就是性別歧視。」

卡洛琳把手放在他手臂上。「在我們做出任何指控前，瑟斯頓，你得記住我們帶著ㄉㄚㄇㄚ的事。」

「大麻！」愛麗絲一下就念出了這個詞。「我媽有時候也會抽大麻，因為大麻可以幫助她度過ㄋㄢㄍㄨㄢ。」

「噢，」卡洛琳說。「說得對。」她露出虛弱的微笑。

馬歇爾挺直身子。「藏有大麻是輕罪，他們對我的人身傷害才是重罪！他們把我傷得很重！」

卡洛琳朝他瞥去又愛又氣的一眼，使巴比突然明瞭他們兩人的關係。性感的五月小姐遇上了十一月的博學先生，如今他們雙雙受困，變成了《間隔》81那齣劇裡頭，新英格蘭地區難民版的男女主角。「瑟斯頓……我不確定輕罪這種說法在法庭上會不會有用。」她對巴比露出一個帶有歉意的笑容。「我們的量還不少，但是全被他們拿走了。」

「或許他們會把證據給抽掉。」巴比說。

她因為這回答而笑了起來，但她那滿頭白髮的男友卻沒有，只是皺起了濃密的眉毛。「不管怎樣，我都打算要控告他們。」

「要是我的話，就會等到……」巴比說。「這裡的情況……呃，這麼說吧，只要我們還在穹頂之下，被人揍了腹部一拳這種事，在他們眼裡絕不是什麼嚴重的問題。」

「我覺得很嚴重，年輕的管理員朋友。」

看起來，年輕女子此刻的怒火壓過了愛意。「瑟斯頓——」

「從好的一面來看，這也代表不會有人因為持有大麻而惹上什麼麻煩，」巴比說。「就跟賭徒說的一樣，算是打平了。你們怎麼會跟這兩個孩子在這裡？」

「那兩個闖進瑟斯頓小屋的警察在餐廳裡看見我們，」卡洛琳說。「店裡的女人說，他們會休息到晚餐時間才營業，但我們提起我們是麻州人的時候，她很同情我們，還給了我們三明治跟咖啡。」

「她給我們花生果醬三明治和咖啡，」瑟斯頓糾正道。「根本沒有其他選擇，連鮪魚都沒有。我告訴她我不想吃花生醬，但她說，他們現在得定量配給食物。你說這是不是你聽過最神經的事？」

巴比不認為這事有何神經可言，畢竟這是他的點子，所以什麼也沒說。

「我看見警察走進來時，已經做好了招惹上更多麻煩的心理準備，」卡洛琳說。「但他們看起來似乎對艾登和愛麗絲挺好的。」

瑟斯頓哼了一聲。「沒有好到願意道歉。還是說我漏聽掉那個部分了？」

卡洛琳嘆口氣，轉向巴比。「他們說，平安所教會的牧師或許可以找間空屋子給我們四個人住，直到這事結束為止。我猜，我們至少有段時間得充當養父養母了吧。」

她輕撫著男孩的頭髮。瑟斯頓．馬歇爾看起來對接下來要當養父母這件事沒那麼開心，但他還是以手臂摟住女孩的肩膀，使巴比因此比較喜歡他了些。

「其中一個警察是小薑，」愛麗絲說。「他人很好，而且很帥。法蘭克沒那麼帥，但是人也很好，給了我們一條星河巧克力。媽媽說，我們不能拿陌生人的糖果，可是——」她聳了聳肩，表示事情與瑟斯頓說的不同，她與卡洛琳都比瑟斯頓要來得清楚事實。

「他們先前可沒那麼好心，」瑟斯頓說。「尤其是揍我肚子的時候，卡洛琳。」

「凡事都有苦有樂，」愛麗絲充滿哲理地說。「這是我媽媽說的。」

卡洛琳笑了起來，讓巴比也跟著笑了。一會兒過後，就連馬歇爾自己也是。他笑的時候，還

㉛No Exit，為存在主義大師尚．保羅．薩特於一九四四年推出的劇作。

得扶著腹部，以帶著些責怪的眼神，望著自己的年輕女友。

「我走到街上去敲教堂的門，」卡洛琳說。「沒人回應。由於門沒上鎖，所以我走了進去，但裡頭也沒半個人在。你知道牧師什麼時候會回來嗎？」

巴比搖搖頭。「如果我是你們，就會帶著棋盤去牧師宿舍，地點就在後頭而已。你們要找的，是個叫派珀．利比的女人。」

「我們得找出那個神祕客才行。」瑟斯頓說。

巴比聳聳肩，接著又點頭說：「她是個好人，老天保佑，磨坊鎮多得是空屋，你們甚至還有得挑呢。再說，不管你們挑了哪間，裡頭可能都還有生活用品可用。」

這讓他再度想起輻射塵避難室的事。

在他說話時，愛麗絲已把棋子塞進口袋，手上還拿著棋盤。「玩到現在，馬歇爾先生每盤都贏，」她對巴比說。「他說會故意讓小孩的人，就跟小孩子沒兩樣。可是我下得越來越好了，對不對，馬歇爾先生？」

她微笑著抬頭看他，而瑟斯頓．馬歇爾則回以微笑。巴比認為，這四個看起來不太搭軋的人，或許可以處得很好。

「年輕人得找到自己的興趣，」他說。「不過也不用那麼急。」

「我要找媽咪。」艾登愁眉苦臉地說。

「看來只有一種方式可以聯繫得到她，」卡洛琳說。「愛麗絲，妳確定妳不記得她的電子信箱帳號？」她又轉向巴比。「媽咪把手機留在小木屋裡了，所以那也派不上用場。」

「她用的是hotmail，」愛麗絲說。「我只知道這樣。有時候，她會說她以前也是個辣妹，讓爸爸總是很小心。」

卡洛琳望向她年長的男友。「要先去看看嗎？」

「好。我們不如全部一起過去牧師宿舍，希望那位女士已經結束了慈善工作，然後早點回去。」

「牧師宿舍可能也沒上鎖，」巴比說。「要是上鎖的話，可以試著在門墊下找找鑰匙。」

「我才不會那麼沒禮貌。」他說。

「我會。」卡洛琳說，咯咯笑著，聲音聽起來像是個小男孩。

「牧師注射！」愛麗絲．艾波頓大喊，雙臂朝前伸直，跑到過道中間，用單手揮舞著棋盤。「牧師注射，牧師注射，快點啦，大家一起去牧師注射！」

瑟斯頓嘆了口氣，準備跟在她後頭。「要是妳摔破棋盤的話，愛麗絲，妳就再也贏不了我了。」

「我一定會贏，因為年輕人得找到自己的興趣！」她回頭大喊。「再說，我們還可以用膠帶黏起來！快走啦！」

艾登焦急地在卡洛琳的懷抱中扭動著。她把他放了下來，好讓他追在姊姊身後。卡洛琳伸出手來。「謝謝你，請問你叫——」

「別客氣了。」巴比說，與她握了個手，接著便轉向瑟斯頓。他用力與巴比握了個手，顯然已恢復了一定程度的理智，走出了低潮的情緒。

他們一同走在孩子身後。走至門口時，瑟斯頓．馬歇爾轉過頭來。一道朦朧陽光自氣窗照在他臉上，使他看起來年紀更大，像是八十歲似的。「我是這一期《犁頭》雜誌的客座編輯，」他說，聲音因憤怒與難過而不斷顫抖。「那是一本很優秀的文學雜誌，是全國最好的之一。他們沒有權力打我腹部，或是像那樣子的嘲笑我。」

「沒錯，」巴比說。「他們當然沒有權力。照顧好這兩個孩子。」

「我們會的。」卡洛琳說。她握住男子的手臂，輕輕捏了捏。「走吧，瑟斯頓。」

巴比一直等到聽見外頭大門關上的聲音，才接著去找通往鎮公所會議室與廚房的下樓樓梯。茱莉亞說，輻射塵避難室就在那裡再下樓的位置。

## 7

派珀一開始還以為有人在路旁丟了包垃圾，直到靠近一點，才看清那原來是個人。她停下車，由於急著衝出車外，還跌了一跤，磨破了膝蓋。她站起身時，發現那不是一個人，而是兩個：一個女人和一個年幼的孩子。至少那孩子還活著，仍有氣無力地揮動著手臂。她跑至兩人身旁，把趴著的女人轉了過來。那是名年輕女子，看起來有些面熟，但並非派珀教堂中的教友。她的臉頰與額頭撞傷的頗為嚴重。派珀解開孩子身上的育嬰背帶，當她抱起孩子，輕撫他被汗濡溼的頭髮時，他開始嘶啞地哭了起來。

女人的雙眼隨著哭聲而顫抖地睜開，派珀發現，她的褲子已被鮮血濡溼。

「小華特。」女子聲音沙啞，使派珀聽錯了意思。

「別擔心，我車上有水[82]。好好躺著，我就抱著妳的寶貝，他沒事。」但她其實並不肯定。

「小華特。」穿著那條染血牛仔褲的女人又說，閉上雙眼。

「我會照顧他的。」

派珀跑回車上，一顆心狂跳不止，感覺心臟都撞到了眼球上，舌間嘗到一股銅味。上帝請幫幫我，她祈禱著，但又想不出什麼具體的內容，只好再重複一遍：上帝啊，喔上帝請幫幫我能幫幫那個女人。

那輛速霸陸上有空調系統，但就算天氣這麼熱，她還是沒開空調，覺得這麼做比較環保。但此刻她打開了冷氣，並且開到最強。她把嬰兒放在後座，將車窗搖上，關起車門，正準備回頭奔向躺在塵土上的年輕女人時，一個可怕的念頭忽地升起：要是寶寶爬到前座去，不小心按到了按鈕，把她鎖在車外怎麼辦？

主啊，我真笨。在這種貨真價實的危機狀況中，我還真是個世上最爛的神職人員。保佑我別再那麼蠢了。

她又衝回車旁，再度打開駕駛座車門，朝後座看去。男孩依舊躺在原本的位置上，只是現在正吮著大拇指。他瞥了她一眼，接著又看向車頂，彷彿那裡有什麼有趣的東西。或許是只有在他腦袋中上演的卡通吧。連身褲下方的小T恤已被汗水浸溼。派珀緊握著電子鑰匙的鑰匙圈左右轉動，把鑰匙從鑰匙圈上取下。她又跑向女人那邊，那女人正試著要坐起身。

「別急，」派珀說，跪在她身旁，用一隻手臂環抱著她。「我覺得妳最好還是——」

「小華特。」女人沙啞地說。

真該死，我忘了拿水！主啊，祢怎麼會讓我忘了拿水？

這女人努力想站起來。派珀不喜歡這點子，違背了她所知的所有急救相關知識，但現在哪還有什麼選擇？路上沒有半個人，她也不能把這女人丟在熾烈的太陽下，這樣只會使她的情況更為惡化。於是，派珀並未強迫她躺下，而是準備扶著她站起身子。

「慢一點，」她說，扶著那女人的腰部，並盡力引導她邁出步伐。「慢一點，輕輕的，放輕腳步慢慢來，這樣才能成功。車上很涼，而且還有水可以喝。」

㉜小華特（Little Walter）與「一些水」（little water）的發音接近。

「小華特！」女子的腳步搖晃，但卻變穩了些，接著試圖想走快一點。

「對，」派珀說。「有水。我還可以帶妳到醫院去。」

「健……中心。」

派珀知道她在說什麼，用力搖了搖頭。「不行。妳得直奔醫院。妳和妳的寶寶都是。」

「小華特，」女子氣若游絲地說。當派珀打開副駕駛座時，她就這麼腳步不穩地站在一旁，頭髮垂在面前。派珀讓她坐進車內。

派珀從中控台那裡拿起波蘭泉水礦泉水的瓶子，扭開瓶蓋。在派珀把水拿給那女人前，她已伸手搶了過去，開始貪婪地喝著。流出的礦泉水順著頸部流下，自下巴處滴落，使T恤的頂端因此被水淋溼。

「妳叫什麼名字？」派珀問。

「小珊．布歇。」水才一流進小珊的胃裡，她眼前又再度變得一片漆黑。當她昏過去時，水瓶自手中滑落到腳踏墊上，裡頭的水流了出來。

派珀盡可能地開快，由於莫頓路上仍沒有人影，所以很快就到了。然而，當她抵達醫院後，才知道哈斯克醫生已在昨天過世，而助理醫師艾佛瑞特卻又正好不在醫院。

於是，幫小珊檢查及診斷的這份差事，便落到了知名的醫界老手道奇．敦切爾手上。

8

當維維試著幫小珊．布歇的陰道止血，抽筋敦則幫嚴重脫水的小華特打點滴時，生鏽克．艾佛瑞特正靜靜坐在鎮立廣場靠近鎮公所邊緣的公園長椅上。那張長椅就在一株枝葉茂盛的高大杉樹下，他認為，在濃密的樹蔭中，只要不亂動的話，便能有效地遮掩蹤跡。

眼前發生的事還挺有趣的。

他原本計畫要直接殺到鎮公所後方的倉庫（抽筋敦說是儲藏室，但其實卻是棟長形木製建築，裡頭還放著磨坊鎮所屬的四台鏟雪機，比所謂的「儲藏室」來得大多了），確認那裡的丙烷數量，但有輛警車就停在旁邊，而法蘭克．迪勒塞則坐在駕駛座上。小詹．雷尼把頭探進副駕駛座，兩人說了一會兒話後，迪勒塞才自行開車離去。

小詹踏上警察局前的台階，但並未走進警局，只是坐在那裡揉著太陽穴，像是頭痛得厲害。生鏽克決定等一陣子再說。他不想在前去檢查鎮公所燃料庫存的時候被人發現，更別說那個人還是次席公共事務行政委員的兒子。

有那麼一下子，小詹從口袋掏出手機，翻開面板後，先是聽了一會兒，接著說了些什麼，又聽了一陣子，然後繼續說話，最後才掛斷電話，繼續揉著太陽穴。哈斯克醫生曾提起這年輕人的事。是偏頭痛嗎？看起來很像。這個判斷與他揉太陽穴的動作無關，而是由他垂頭的方式推測的。

試著別去看刺眼的強光，生鏽克心想。家裡一定要準備英明格或佐米格⑧。哈斯克一定是這麼說的。

生鏽克半站起身，準備橫切過聯邦巷，前往鎮公所後方——小詹的注意力顯然離最佳狀況遠得很——但此時卻又看見了另一個身影，於是又坐了下來。那人是戴爾．芭芭拉，臨時約聘的廚師，據說已經被升為陸軍上校（有人說還是由總統親自下令的）。他就站在全球戲院的布幕下方，那裡的陰影甚至比生鏽克的位置還要深邃。芭芭拉的視線也集中在年輕的雷尼先生身上。

⑧英明格（Imitrex）與佐米格（Zomig）均為抗偏頭痛之藥物。

有意思。

芭芭拉顯然也得到了相同的結論：小詹不會看見他，但顯然是在等待什麼，或許是等誰來接他吧。芭芭拉快速穿過街道，直到抵達從小詹那裡看不見的地方，才稍作停留，在看完公告欄上的訊息後，走入了鎮公所。

生鏽克決定再坐一陣子。在樹蔭下還挺舒服的，再說，他也很好奇小詹究竟是在等誰。到了現在，還是有人陸續離開北斗星酒吧，朝回家的方向前進（有些人或許還會待得更晚，在那裡埋頭苦喝），而大多數就跟坐在台階上的那個年輕人一樣，一路低垂著頭。不是頭痛，生鏽克猜，而是情緒低落。說不定小詹也是這樣。至少情緒低落這件事，是他唯一可以肯定的。

此時，一輛四四方方的黑色吃油怪物駛來，生鏽克很清楚那輛車是誰的。是老詹．雷尼的悍馬車。那輛悍馬車的喇叭不耐煩地對三個走在街上的鎮民們直響，而那三個人就像綿羊般地分散兩旁。

悍馬車停在警局前。小詹抬起頭來，但卻沒有起身。車門打開。老安．桑德斯自駕駛座下車，而雷尼則從副駕駛座走了出來。雷尼肯讓桑德斯開他那輛心愛的黑珍珠？生鏽克坐在長椅上，揚了揚眉，從未想過自己能看見除了老詹以外的人駕駛那台吃油怪物。或許他決定要把老安從長工擢升為司機了。他想。但當他看見老詹登上他兒子坐著的台階時，卻又改變了想法。

身為一個經驗老到的醫護人員，生鏽克可以從遠距離便清楚看出一些問題。他從來不會依據這種方式做為判定症狀的基礎，但你還是可以從一個男人走路的姿勢，知道他在六個月前動過了髖關節置換手術以及簡單的割除痔瘡手術；也可以從一個女人得要轉過全身，而非輕鬆轉頭望向後方的模樣，得知她扭傷了脖子；更可以從一個孩子不停搔頭的動作，知道他在參加夏令營時，被一群虱子視為大快朵頤的目標。老詹走上台階時，手臂一直靠在碩大的肚子上頭，這樣的肢體語言相當典型，要嘛不是最近扭傷了肩膀或上臂，要嘛就是兩者兼具。這麼一來，桑德斯會被委以駕駛這台怪物的重責大任，也就沒那麼讓人驚訝了。

他們三人交談著。小詹沒站起來，反而是桑德斯在他身旁坐下，翻找口袋，取出一樣在朦朧的午後陽光中，顯得閃閃發光的物品。生鏞克的視力很好，但他離那裡至少有五十碼遠，所以依舊看不清楚那東西。他頂多只能確定，那東西不是玻璃做的，就是個金屬製品。小詹把那東西收進口袋，接著三個人又說了一會兒話。雷尼朝悍馬車比了一下——用的是狀況良好的那隻手——小詹則是搖了搖頭。接著桑德斯也指向悍馬車，而小詹則再度拒絕，垂下頭來，又開始按摩起太陽穴。兩名男人對望一眼，由於桑德斯還坐在台階上，所以得仰頭看向雷尼。他被籠罩在老詹的身影中，讓生鏞克覺得這倒是挺符合他們之間的關係。老詹聳聳肩，雙手一攤——是個「還能怎麼辦」的手勢。桑德斯站起身，接著兩人一同朝警局走去。老詹停下片刻，拍了拍兒子的肩膀，但小詹卻沒有任何反應。他就這麼坐在原地，彷彿打算一輩子都會這麼坐定不動。桑德斯為老詹充當門房，先是幫他開門，接著才跟在他身後走了進去。

兩名公共事務行政委員才離開現場沒多久，便有四個人從鎮公所裡走出，分別是一名老先生、一名年輕女子，以及一個女孩與一個男孩。女孩牽著男孩的手，還拿著一塊棋盤。那男孩看起來幾乎就像小詹一樣悶悶不樂。生鏞克這麼想……真該死，他竟然還學著用空著的那隻手揉太陽穴了。他們四人越過聯邦巷，就這麼筆直來到生鏞克那張長椅前。

「你好，」小女孩爽朗地說。「我是愛麗絲，這是艾登。」

「我們要去住在熱情宿舍。」[84]叫艾登的小男孩悶悶不樂地說，仍在揉著太陽穴，看起來十分沒精神。

[84]此處艾登將parsonage（牧師宿舍）說成了passionage。

「這真是太棒了，」生鏞克說。「有時我也很希望自己能住在一間熱情宿舍裡。」

男人與女人手牽著手，追上兩名孩子。他們是父女，生鏞克猜。

「其實我們只是要找利比牧師談談，」那女人說。「你知道她什麼時候會回去嗎？」

「不清楚。」生鏞克說。

「好吧，那我們只好過去等了。去熱情宿舍那裡。」她這麼說時，還露出微笑朝老人看了一眼，讓生鏞克覺得，還是先別認定他們是父女為妙。「就跟管理員說的一樣。」

「艾爾．提蒙斯？」生鏞克也看到了艾爾跳上波比百貨店的卡車那一幕。

「不是，是另一個。」老人說。「他說牧師或許可以幫我們解決住處的問題。」

生鏞克點點頭。「他的名字是戴爾？」

「他沒有講起名字。」那女人說。

「快走啦！」男孩放開姊姊的手，轉而拉著那女人。「妳說我們要去那裡玩別的遊戲。」但他的聲音聽起來並不想玩，比較像是在發著牢騷。或許是輕度休克，或是什麼生理疾病。如果是後者的話，生鏞克希望只是著涼而已。磨坊鎮此刻可無法再承受爆發流行性感冒這種事。

「他們和母親分開了，至少暫時如此。」那女人低聲說。「我們得照顧他們。」

「我真為你們感到開心。」生鏞克由衷地說。「孩子，你會頭痛嗎？」

「不會。」

「喉嚨痛？」

「不會，」名為艾登的男孩說。他用嚴肅的眼神盯著生鏞克。「你知道嗎？就算今年玩不到『不給糖就搗蛋』的遊戲，我也不在乎了。」

「艾登．艾波頓！」愛麗絲大叫，聲音聽起來極為震驚。

生鏽克無法克制地在長椅上顫抖一下。接著露出微笑。「不在乎？為什麼？」

「因為媽媽把我們帶到這裡，然後去了餐墊。」

「他的意思是商店，」叫作愛麗絲的女孩寵愛地說。

「她去買驚奇巧克力棒。」艾登說。他看起來就像個小老頭——一個憂心忡忡的小老頭。

「我不能和媽媽一起過萬聖節了。」

「走吧，卡洛琳，」那男人說。「我們該——」

生鏽克從長椅上站了起來。「這位小姐，我可以跟妳談談嗎？只要到旁邊一下子就好了。」

卡洛琳滿臉疑惑，神情有些警戒，但還是跟著他一同走到了杉樹旁。

「那男孩有什麼疾病發作的跡象嗎？」生鏽克問。「可能包括動作突然暫停……妳知道的，就是突然站在原地不動好一會兒……或是視線固定不動……嘴唇緊閉——」

「全都沒有。」那男人說，加入了他們的對話。

「沒有。」卡洛琳同意道，但看起來嚇壞了。

那男人注意到了她的反應，嚴肅地皺著眉，轉向生鏽克。「你是醫生嗎？」

「助理醫師。我認為或許——」

「嗯，我們很感謝你的關心。你該怎麼稱呼？」

「艾瑞克．艾佛瑞特，叫我生鏽克就好了。」

「我們很感謝你的關心，艾佛瑞特先生，但我相信這只是多慮而已。要記住，這兩個孩子的身旁沒有母親陪伴——」

「而且有兩天的時間沒吃什麼東西，」卡洛琳補充。「當他們試著要自己到鎮上找食物時，遇到兩個……警察。」她皺起鼻子，彷彿這兩個字很臭似的。

生鏽克點點頭。「我想，這倒是說得過去。雖然小女孩看起來還是很有精神就是了。」

「孩子們的反應本來就不同。我們最好還是走了。他們離我們越來越遠了，瑟斯頓。」

愛麗絲與艾登用跑的穿過公園，將顏色鮮豔的落葉踢飛起來。愛麗絲拍打著棋盤，用盡全力大喊「熱情宿舍！熱情宿舍！」男孩緊跟著她，一同邁開大步，同樣大吼大叫著。

小孩子有時總會出現神遊的狀況，就是這樣而已。生鏽克想著。剩下的只是巧合。就算不是的話——有哪個美國小孩到了十月中，不會滿心掛念著萬聖節？但有件事可以肯定：要是之後這些人被問到的話，他們一定都會清楚記得自己在哪裡遇見了生鏽克，也就是艾瑞克・艾佛瑞特。這實在對他太不利了。

頭髮灰白的男人提高音量。「孩子們！慢一點！」

年輕女人想了一會兒，朝生鏽克伸出手來。「多謝你的關心，艾佛瑞特先生。我是說生鏽克。」

「可能只是我過度擔心，算是職業病吧。」

「完全不用在意。千萬別忘了，這週末可是有史以來最瘋狂的一個週末。」

「說得對。如果有需要的話，可以到醫院或健康中心找我。」他指著凱薩琳・羅素醫院的方向，要是剩下的樹葉也從樹上落下，那麼便可以從這裡直接看見醫院了。要是樹葉真的會落下的話。

「或是來這張長椅找你。」她說，臉上仍掛著微笑。

「或是來這張長椅找我，沒錯。」他也笑了。

「卡洛琳！」瑟斯頓的聲音不太耐煩了。「走吧！」

她對生鏽克輕輕揮了揮手——差不多就是指尖動了一下而已——接著用跑的跟上其他人。她緩緩跑著，動作十分優雅。生鏽克感到納悶，心想瑟斯頓不知是否了解，這女孩遲早會從這場年齡相差懸殊的戀情中抽身而去，動作就像此刻般輕盈優雅。或許知道吧，說不定還早就有過經驗了。

生鏽克看著他們一同穿過鎮立廣場，朝剛果教堂方向跑去，最後身影被樹木遮住，自視線中消失。當他回頭望向警局時，小詹．雷尼已經離開了。

生鏽克又在長椅上坐了一會兒，用手指敲打大腿，接著下定決心，站起身來。到鎮公所儲藏室檢查醫院被竊的丙烷是否在那裡這件事可以之後再說。他現在更好奇的是，磨坊鎮上那位唯一的陸軍軍官，進鎮公所的目的到底是什麼。

## 9

當生鏽克穿過聯邦巷，朝鎮公所走去時，巴比讚賞地吹了個口哨。這間輻射塵避難室簡直是火車的餐車車廂，層架上滿滿全是食物。大多數看起來都是罐頭：沙丁魚、鮭魚，還有一大堆叫作油炸小雪蛤的罐頭，使巴比由衷希望自己永遠沒有機會品嘗。裡頭還有許多箱乾糧，包括了許多大型塑膠桶，上頭標記著：白米、小麥、奶粉與糖，以及數量驚人，有著「飲用水」標誌的瓶子。他算了一下，除此之外，裡頭還有十箱寫有美國政府餅乾過剩品，以及兩個寫有美國政府巧克力棒過剩品的大紙箱。在這些東西的後方牆上，貼著一張泛黃標語：避難期間，請克制飲食，每日補充七百卡路里即可。

「癡人說夢。」巴比喃喃自語。

在盡頭處有一扇門。他打開門，走進如同地獄般的漆黑中，於摸索附近後，找到了電燈開關。這房間沒有外頭那麼大，但也並不算小。雖然看起來有些老舊，像是被人廢棄已久，但卻不算骯髒。至少，艾爾．提蒙斯一定知道這房間的存在，因為還是有人清掃過層架上的灰塵，並用乾拖的方式拖過地板——但這裡還是個沒人在意的地方。裡頭放有許多裝著水的玻璃瓶，而他自從短暫駐紮在沙烏地阿拉伯的經驗後，便再也沒見過這種景象。

在這第二個房間中，有六張摺疊床，以及被壓縮起來，放在乾淨塑膠套中的素色藍色毯子及床墊，以備隨時使用。裡面還有其他物資，包括六個寫有盥洗用具組，以及一打標示著防毒面具的硬紙筒。還有一台小型的輔助發電機，可以提供最基礎的電力。發電機正在運作中，想必是他打開電燈時開始運作的。在小型發電機的兩側各有一個層架，一個上頭放有收音機，看起來像是C．W．麥克寇[85]藉由新歌〈車隊〉一炮而紅那年代的產物。另一個層架上，放著兩個加熱板與漆成亮黃色的金屬盒狀物。從盒狀物旁的標誌來看，這東西的製造日期差不多是CD還叫做雷射唱片的時代。而這正是他來這裡找的東西。

巴比拿起輻射計數器，差點就失手摔到了地上——這東西很重。計數器正面的儀表板上，貼有一張寫著「以秒計數」的標籤。當你開啟這台計數器，指向一些電子儀器時，指針可能從停留在綠色的區域，上升至位於刻度板中間的黃色區域……或是直接往上竄到紅色區。巴比猜，只要這種情況一旦發生，那麼事情可就不妙了。

他打開電源。小型電源指示燈仍是暗的，而指針則靜靜停在0的位置。

「電池沒電了。」有人在他身後說，使巴比差點嚇破了膽。他回頭一看，發現一名身材高大、體格魁梧的金髮男子就站在連接兩個房間的門口處。

他一時想不起對方的名字，但這傢伙幾乎每個星期日早上都會過去餐廳，有時還帶著妻子，至於他的兩個女兒，則總會與他一同前來。巴比想起了他的名字。「牛鏞克．艾佛斯，對嗎？」

「很接近，不過是艾佛瑞特才對。」這名新訪客伸出了手。巴比有些小心翼翼地走上前，與他握了個手。「我有看見你進來。至於這東西——」他用頭朝輻射計數器一比。「倒是個不錯的點子，有些東西就是得交給適當的人來保管。」他沒把話說得太明，但也無需這麼做。

「很高興你能認同我的做法。你差點把我嚇得心臟病發作，不過我猜，就算發作好了，你也有辦法處理。你是醫生，是吧？」

「助理醫師，」生鏞克說。「就是——」

「我知道。」

「好吧，答對了，你可以得到一個鍋子。」生鏞克指向輻射計數器。「這東西可能需要一顆六伏特的電池。我之前在波比百貨店看過一台，只不過我可能沒比你懂這東西。所以……或許我們應該再追查的深入一點？」

「還有哪裡好深入的？」

「後面的儲物室。」

「這麼做的原因是？」

「這得取決於我們發現什麼。要是那裡放著醫院被偷的東西，你跟我或許就可以交換一下情報了。」

「你願意說一下被偷的東西是什麼嗎？」

「老兄，被偷的是丙烷。」

巴比思索著這話。「我們去看看究竟是怎麼回事吧。」

85 C. W. McCall，美國知名鄉村歌手，〈車隊〉（Convoy）為其於一九七六年推出的成名曲。

# 10

小詹搖搖晃晃地走上桑德斯家鄉藥局旁的樓梯，想著自己是否有辦法在劇烈的頭痛中爬到最上面。或許吧。有可能。但另一方面，他卻覺得自己會在走到一半時，頭顱就像新年晚會的煙火一樣炸開。那個圓點又在他眼前飛舞，隨著心跳不斷上下擺動。但現在已經不是白點了，而是鮮豔無比的紅點。

只要到漆黑的地方就沒事了，他想。和我的兩個女友一起待在儲藏室裡。

如果順利的話，他可以過去一趟。普雷斯提街麥卡因家的儲藏室，似乎是最讓人嚮往的地方。當然，科金斯也在那裡，那又如何？小詹可以把那個講道時鬼吼鬼叫的混球拖到一旁。至少還有段時間，得繼續這麼藏著科金斯。小詹對於保護父親這事不感興趣（同時也對那老頭能做出這種事，沒有任何意外或失望的感覺；小詹原本便一直覺得，老詹是個可以動手殺人的人），但卻對報復巴比這事有興趣得很。

要是處理得好，我們就可以讓他比離開這裡更慘。老詹今早這麼說。我們可以利用他，讓整個小鎮上下一心，好好面對這場危機。還有那個他麻的報社女人。我也想好了對付她的方式。他把溫暖肥胖的手放到兒子肩上。我們會合作無間的，兒子。

雖說不是永遠的，但暫時來說，他們的確有著相同目標。他們會一起解決芭—比。小詹甚至認為巴比得為他的頭痛負責。要是巴比真去過海外打仗——聽說是伊拉克——那麼他有可能會帶回來一些稀奇古怪的中東紀念品。例如毒藥。小詹在薔薇蘿絲快餐店吃過好幾次飯。芭芭拉可以輕易用那些玩意兒在他的食物裡下毒，再不然就是在他的咖啡裡動些手腳。就算不是巴比親自下廚，他也能交代給蘿絲處理。那個蕩婦肯定被他下了咒。

小詹爬上台階，走得很慢，每走四步便會停下。他的頭並未爆炸，而當他抵達樓梯頂端時，在口袋中摸索老安．桑德斯給他的公寓鑰匙。一開始他找不到，覺得可能弄丟了，但最後，他的手指在一堆零錢中摸索到了鑰匙。

他環顧四周。路上還有幾個從北斗星酒吧離開的人，但卻沒人望向巴比那間公寓的門口，自然也不會因此看見他。他用鑰匙開門，悄悄走進屋內。

雖然桑德斯的發電機很可能同樣為這間公寓提供了電力，但他仍沒有開燈。微暗的環境可以讓跳動的圓點自他眼前消失。他好奇地環顧四周。屋內有許多裝滿書的書架。芭－比之前準備離開鎮上時，打算就這麼把書留在這裡？還是他早就安排好——對方或許是在樓下工作的佩卓．瑟爾斯——叫她寄到某個地方去？如果真是如此，他或許會做好類似安排，運走客廳地板上的那條地毯——那東西或許是巴比趁沒有嫌犯可以施以水刑，或是沒小男孩能夠雞姦的空檔時，在中東市場裡，向那些穿著回教服飾的人買的手工織品。

他一定沒有運走這些東西的安排，小詹這麼認為。不需要這麼做，因為他根本沒打算離開這裡。這個念頭才一浮現，小詹便納悶自己先前怎麼沒想到這點。芭－比喜歡這裡；所以絕不會甘心離開。他在這個地方，快樂的就像條住在狗的嘔吐物裡的蛆一樣。

挑那些他無法推卸的東西。老詹如此指示。只有他才有的東西，懂嗎？

老爸，你眼裡的我究竟是什麼樣子？蠢蛋嗎？小詹此刻這麼想。要是我真是個蠢蛋，昨天晚上怎麼還有辦法救你一命？

但無法否認的是，他的父親的確對他的瘋狂行徑有很大的影響。在他還是個孩子時，老詹從不曾甩過他巴掌，或是打他屁股什麼的。關於這件事，小詹過去一直歸功於他那過世的母親。但如今，他懷疑這是因為他父親內心其實了解得很，要是一旦動起手來，可能就再也無法制止了。

「果然是父子。」小詹說，咯咯笑了起來。這種笑法會使他頭痛，但他依舊沒有理會的這麼笑著。不是有句老話，說什麼笑聲是最好的良藥嗎？

他走進巴比的臥室，看著整齊的床鋪，心想要是能在正中間拉一大泡屎，肯定是件無比痛快的事。對，還要拿他的枕頭套擦屁股。你喜歡這招嗎？芭-比？

他朝附有鏡子的櫃子走去。在最上層的抽屜中，有三、四條牛仔褲與兩件卡其短褲。在短褲底下，則有一支手機。他原本認為這就是他要找的東西了，但思考一會兒後，卻又覺得不行。這手機是折扣店的特價品，大學裡的孩子都說，這種貨色是用完就丟的玩意兒。巴比可以堅稱手機根本不是他的。

第二個抽屜中，有六件男性內衣與四、五雙白色運動襪；第三個抽屜中則什麼也沒有。

他看了看床底，用頭在地板上用力撞了一下，只是頭痛似乎沒有因此變得好些。床底下什麼都沒有，甚至連毛球都不見一個。芭-比是個愛乾淨的人。小詹考慮著，是否要從零錢包裡拿顆英明格出來吃，但最後還是沒這麼做。他先前吃了兩顆，但除了在他喉嚨裡留下一股金屬餘味外，什麼用也沒有。他知道自己需要什麼：他要在普雷斯提街那間漆黑的儲藏室裡，與他的女友們待在一塊兒。

但此時此刻，他卻只能待在這裡，直到找到什麼為止。

「小玩意兒，」他喃喃自語。「一定有什麼小玩意兒的。」

他走回客廳，抹去抽動的左眼角的水滴（沒注意到其中摻著鮮血），接著停下腳步，想到了一個點子。他又回到衣櫥那裡，再度打開放有襪子與內衣的抽屜。裡頭的襪子捲成一球一球。小詹在念高中時，有時會把大麻或幾顆搖頭丸藏在捲成球形的襪子裡，甚至有一回還藏在皮帶中。襪子是個藏東西的好地方。他逐一拿起排列整齊的襪子，用摸的來找尋。

他在第三球襪子裡找到了可用之物，摸起來像是一塊平滑的金屬片。不，是兩塊才對。他解開那雙襪子，抓著較重的那隻，在櫃子頂部上下搖動。

戴爾．芭芭拉的軍籍牌掉了出來。雖然小詹的頭疼得厲害，但他還是笑了。

芭－比，你中計了。他想。你踏進了他媽的陷阱裡了。

## 11

小婊路上的塔克鎮那側，快鷹飛彈引發的火勢仍在延燒中，但看起來情況已受到控制，四個城鎮派出的消防隊，以及一支前來支援、由緬因州特遣隊與陸軍組合而成的隊伍已投入救災行動中。要是那邊的消防隊沒受到強烈的風勢影響，火勢原本應該可以更快撲滅才是，布蘭達．帕金斯如此做出判斷。而在磨坊鎮這頭則沒有這個問題。就今天而言，這是件幸運的事，但之後是否會成為詛咒，卻也沒人預料得到。

今天下午，布蘭達不受這個問題所苦，因為，她只覺得神清氣爽多了。要是今天早上有人問她，認為自己的心情何時才會輕鬆些，布蘭達肯定會回答：也許明年，也許永遠不會。她很聰明，知道這種感覺或許不會持續下去。九十分鐘的賣力運動對此幫助很大，無論這項運動是慢跑，或者用一把鏟子撲打火星，都能釋放出足夠的腦內啡㊻。但這不只因為腦內啡，真正重要的是，她找到了一件可以做的事情。

其餘志願者也來到煙霧旁。十四個男人與三個女人站在小婊路兩側，有的人拿著鏟子與橡皮墊，可以用來撲打地上的火苗。還有些人則背著唧水式滅火器前來，但此刻均已放了下來，坐在

㊻endorphin，大腦所分泌具有鎮痛及鎮定效果的氨基酸。

沒有舖設柏油的堅硬路面上。艾爾．提蒙斯、強尼．卡佛與妮爾．湯美正在捲著水管，拋到了波比百貨店的卡車車斗上。北斗星酒吧的湯米．安德森與小梅．傑米森——她是個心靈教派的信徒，但還是強壯得跟匹馬一樣——則一同搬著他們剛才用來抽取小婊溪溪水的抽水馬達，放到其中一台卡車上。布蘭達聽見了笑聲，這才意識到她不是唯一一個享受著腦內啡分泌的人。

道路兩旁的灌木叢已被燻黑，仍在冒煙當中，旁邊還有幾棵樹已被燒毀，但災情也只有這樣罷了。穹頂隔開了風勢，以另一種方式幫上了他們，除此之外，部分被隔開的溪水也流向了那個區域，使那裡變成一片溼地。另一側的火勢完全不同。透過熱氣與堆積在穹頂上的灰燼望去，那些努力滅火的人，就像是發著光的鬼魂一般。

羅密歐．波比悠閒地朝她走去，一隻手拿著泡過水的掃把，另一隻手則拿著一塊橡膠墊，墊子底部的價格標籤還貼在上頭。橡膠墊正面已被燒黑，但仍看得出上頭的字樣：每天都是到波比買東西的好日子！他把墊子丟在地上，朝她伸出一隻髒兮兮的手。

布蘭達雖然驚訝，但仍樂意接受。她與他緊緊地握了個手。「幹嘛這樣？羅密歐？」

「因為妳處理得相當好。」他說。

她笑了，雖然不好意思，但卻十分開心。「只要有機會的話，每個人都能處理得很好。這只是場小火災，有可能在日落之前就自己滅了。」

「或許吧，」他說，朝樹林方向，一面搖搖欲墜的岩壁旁的清晰小路指去。「但或許火勢會延燒到草叢區，然後燒到另一面的樹林，接著就會引發大麻煩。在沒有該死的消防隊的情況下，這火可以燒上一星期或一整個月。」他把頭轉至一旁，吐了口口水。「就算沒風好了，只要有足夠的可燃物，火勢就會繼續延燒下去。我曾經在《國家地理雜誌》上看過，南方那裡有場礦坑火災燒了二、三十年，更別說地底下可沒有風。再說，誰知道會不會有強風？畢竟我們也不知道這東西會不會突然就升了起來。」

他們一同望向穹頂。上頭的灰燼還算清晰可見，看得出高度將近一百英尺，使塔克鎮那側的景象變得模糊不清，讓布蘭達覺得不太舒服。這感覺並非出自深思熟慮後的結果，也與可能會奪走她因為下午這事帶來的好心情無關。對，她就是單純不喜歡眼前這景象而已，使她想起了昨天那個詭異、模糊的日落光景。

「戴爾·芭芭拉得聯絡他在華盛頓的朋友，」她說。「叫他們在撲滅火勢後，用水管把那鬼東西給清洗乾淨。我們這頭可沒辦法做到這件事。」

「好主意。」羅密歐說，但心裡還想著其他事。「這位女士啊，妳應該認得出妳這裡所有成員吧？畢竟連我都可以了。」

布蘭達一臉驚訝。「他們才不是我的成員。」

「喔，是，他們是。」他說。「妳是指揮者，就這麼帶領著妳的成員。妳有看見半個警察嗎？」

她看了周圍一眼。

「一個都沒有。」羅密歐說。「蘭道夫沒來，亨利·莫里森沒來，老費·丹頓或老魯·利比都沒來，喬治·佛雷德瑞克沒來……就連那些新加入的孩子也全都沒來。」

「他們可能忙著……」她不知該說些什麼。

羅密歐點了點頭。「對。忙著計畫什麼？妳不清楚，我也不知道。不過無論他們在忙些什麼，我都不確定自己會不會喜歡，連光是想一下也不喜歡。星期四晚上會召開鎮民大會，要是這情況持續下去，我想鎮上應該需要一點改變。」他停頓一會兒。「我是可以什麼事都裝作不知道，但我想，妳或許應該出來競選消防局與警察局的領導人才對。」

布蘭達思考著他說的話，想起自己發現的那個名為「維達」的資料夾，接著緩緩搖了搖頭。「現在說這些太早了。」

「如果只是消防局局長呢？挑其中一個就好？」他那路易斯頓特有的講價語氣變得更強了。

布蘭達看著四周悶燒的灌木叢與燒焦樹木。真慘，就跟我那些第一次世界大戰的戰場照片差不多了，不過，至少危機已經過去了。現在就連那些過來支援的人也開始看著此刻的光景。這群成員。她的成員。

她露出微笑。「這樣我或許會考慮一下。」

## 12

維維．湯林森還是第一次在醫院走廊上用跑的，響亮的蜂鳴聲聽起來就是個壞消息，使派珀找不到機會與她交談，甚至連試都沒試。她一直在等待室裡待著，對於醫院目前的狀況因此有所了解。這裡只有三個人——兩名護士與一名叫作吉娜．巴佛萊的青少年義工，一肩扛起整間醫院的工作。他們還撐得住，只是十分勉強。當維維回來時，她的腳步緩慢，低垂著肩，手上拿著一份病歷。

「維維？」派珀問。「妳還好嗎？」

派珀覺得維維可能會突然對她發火，但她並未大吼抱怨，只是露出一個疲憊的微笑，在她身旁坐下。「還好，只是累了而已，」她停了一會兒。「再加上艾德．卡提剛剛過世了。」

派珀握住她的手。「我很遺憾聽到這個消息。」

維維捏了捏她的手指。「不用難過。妳知道女人是怎麼說生小孩這回事的嗎？不過就是分娩而已，這有什麼難的？」

派珀點頭。

「死亡也是這樣。卡提先生陣痛了很久，但他現在總算順利分娩了。」對派珀來說，這個說法十分美麗，讓她甚至覺得可以在講道時使用……只是她猜，這個星期日，大家肯定不想聽見與死亡有關的講道內容。只要穹頂還罩著這裡就不想。

她們坐了好一會兒，派珀試圖用最恰當的方式來問她想問的那個問題，但直到最後，她還是沒能想出法子。

「她被強姦了，」維維說。「可能還不只一次。我原本很擔心最後得讓抽筋敦試試他的縫合技巧，但還好我最後還是止住了血，幫她把陰道包紮好了。」她停了一下。「我都哭了。幸運的是，那女孩神智不清，所以沒什麼感覺。」

「那寶寶呢？」

「基本上，還算是個十八個月大的健康寶寶，但他還是嚇著了我們。他有點小中暑，可能是因為暴露在陽光下的關係，加上脫水……飢餓……以及身上原本就有的傷口這些因素吧。」她在額頭上畫了條橫線。

抽筋敦走至大廳，加入這場談話。他看起來與平常那副輕鬆自在的模樣差了幾光年之遠。

「那群強姦她的人也傷害了寶寶？」派珀的聲音依舊平穩，但心裡卻像裂開了一道口子。

「小華特？我想只是因為跌倒而已。」抽筋敦說。「小珊說了些關於嬰兒床塌掉的事。她沒說得很清楚，但我肯定那只是場意外。總之，至少這部分是這樣。」

派珀呆呆地看著他。「原來她是在說名字。我還以為她是想喝點水。」

「我敢說她一定想喝水，」維維說。「不過那個寶寶名字，還真的是『小』，華特則是他的中間名。我相信他們會取這名字，一定是跟一個藍調口琴家有關。她和菲爾——」維維做了一個抽大麻和吐煙的動作。

「喔，菲爾還不只抽大麻而已，」抽筋敦說。「他後來開始嗑藥後，菲爾．布歇試過的東西可多了。」

「他死了嗎？」派珀問。

抽筋敦聳聳肩。「我從春天後就沒看過他了。要是他真的死了，倒是好事一樁。」

派珀以責備的眼神看著他。

抽筋敦的頭往旁邊稍微閃了閃。「抱歉，牧師。」他轉向維維。「有生鏽克的消息嗎？」

「他有點事得處理，」她說。「我叫他儘管去忙。我想，他應該馬上就回來了。」

派珀坐在他們中間，外表看來平靜，但內心那道紅色的口子正越來越大。她嘴裡冒出一股酸味。她想起以前有一晚，由於父親禁止她去商場的溜冰場，所以她出言頂撞母親（在她十幾歲時，派珀．利比可懂得如何出口傷人了）。當時她跑到樓上，打給原本跟她約好的朋友，以一種毫無破綻的愉快平靜口氣告訴對方，因此突然有點事，所以無法和她過去。下星期？當然好，嗯，沒問題，祝妳玩得開心，沒有，我很好，再見。接著，她開始在房間裡亂砸東西，最後還一面大吼，從牆上扯下她心愛的那張綠洲樂團87海報，將其撕個粉碎。那時她吼啞了嗓子，雖然並不傷心，但那股青少年的怒火卻像五級颶風般席捲著她。她的父親不知何時便在門口看著她亂砸東西。當她總算發現父親時，惡狠狠地回瞪著他，一面氣喘吁吁，一面在心裡想著自己有多麼恨他，以及多麼恨他們兩人。要是他們死了，她就可以搬到紐約與露絲阿姨住。露絲阿姨知道怎麼找樂子，不像有些人那樣。父親對著她舉起張開的雙手，手心對著她。那是一種莫名的讓步姿態，一舉粉碎了她的憤怒，也讓她的心幾乎都碎了。

要是妳沒辦法控制脾氣，就會被脾氣控制。他這麼說，然後轉身離開，低頭朝走廊走去。她沒有在父親背後用力甩門，而是輕輕地關上房門。

那一年，她把改掉壞脾氣視為首要任務。完全改掉，等於是抹滅了她的一部分，但她認為，要是她沒做出根本性的轉變，那麼這部分就會成為她很重要的一部分，自十五歲開始，一直到很久很久以後。她都嘗試著控制脾氣，大多時候也成功了。當她覺得快控制不住時，便會去想她父親當時的話、張開雙手的動作，以及在她成長的房子裡，那副緩緩朝樓梯走去的模樣。九年後，她在父親的喪禮致詞時，是這麼說的：我父親教導了我這輩子最重要的事。她沒有說出是什麼事，但她的母親知道。後來，她被授以聖職時，她的母親同樣坐在教堂最前排的位置。

在過去二十幾年，每當她覺得就要對某人發火時——這股衝動幾乎總是難以控制，因為那些人總是那麼笨，那麼裝瘋賣傻——她便會回憶起父親的聲音：要是妳沒辦法控制脾氣，就會被脾氣控制。

但如今，那道紅色的口子不停擴大，讓她再度升起過去那股想要亂砸東西的衝動，想要搔著自己的皮膚，直至流出鮮血為止。

「妳有問她是誰幹的嗎？」

「有，當然有。」維維說。「她很害怕，不肯說。」

派珀憶起她剛開始還以為這對躺在路邊的母子是一大袋垃圾的畫面。這些事情，當然全是那些人害的。她站了起來。「我要去找她談談。」

「現在可能不太適合，」維維說。「她打了鎮靜劑，而且——」

「讓她試試看。」抽筋敦說。他的臉色蒼白，雙手在膝間扭在一塊兒，不停扳弄指關節。

⑧⑦Oasis，英國搖滾樂團。

「希望妳有所斬獲，牧師。」

# 13

小珊的雙眼一直半閉著，但是當她完全睜開時，派珀就坐在床邊。「妳……就是那個……」

「對。」派珀說，握住了她的手。「我的名字是派珀．利比。」

「謝謝。」小珊說。她的視線又移到旁邊，再度閉上。

「要感謝我的話，就告訴我強姦妳的那群人是誰。」

昏暗的病房中——由於醫院的空調關著，所以十分暖和——小珊搖了搖頭。「他們說，要是我說出去的話，就會傷害我。」她朝派珀看去，眼神像是個只敢乖乖聽話的懦夫。「他們可能還會傷害小華特。」

派珀點點頭。「我知道妳很害怕，」她說。「告訴我他們是誰，說出他們的名字。」

「妳沒聽到嗎？」她把視線從派珀身上移開。「他們說會傷害——」

派珀沒時間浪費下去，這女孩又要神智不清了。她一把抓住小珊的手腕。「我要知道那些人的名字，妳一定得說。」

「我不敢說！」小珊開始泛淚。

「妳非說不可，因為要不是我，妳現在可能早就死了。」她停了一會兒，決定把這一刀刺得更深。她之後可能會感到後悔，但現在不是時刻。就此刻來說，這個躺在床上的女孩，只不過是個她追求真相的阻礙。「妳的孩子可能會死，妳也可能會死。我救了妳一命，也救了他一命，所以我有權知道他們的名字！」

「不。」但那女孩退縮了。派珀．利比牧師心中的某部分，其實相當享受這種感覺。稍晚以後，她會厭惡自己的行為，覺得自己跟那些男孩沒什麼兩樣，等於是在強暴那名女孩。但此刻，沒錯，這很有趣，就跟從牆上扯下珍貴的海報，接著撕成碎片一樣有趣。

因為它苦，所以我喜歡，她想。也因為它是我的心。[88]

她朝哭泣的女孩俯身。「把耳朵掏乾淨，小珊，因為妳得聽清楚我的話。他們肯定會再犯一次。當他們再犯一次，讓另一個全身是血的女人躺在醫院，說不定還懷了強姦犯的孩子時，我就會去找妳，而且我會說——」

「不！別說了！」

「妳就是共犯。妳這麼做，就跟幫他們歡呼沒兩樣。」

「不！」珊曼莎哭著說。「不是我，是喬琪亞！喬琪亞才是那個幫他們歡呼的人！」

派珀起了股惡寒的作嘔感。一個女人。有個女人就在現場。在她心中，那道紅色的口子裂得更開了。很快地，裡頭就會開始噴發熔岩。

「告訴我他們的名字。」她說。

珊曼莎說了。

## 14

賈姬．威廷頓與琳達．艾佛瑞特的車就停在美食城超市外。超市會在下午五點打烊，而非平時的八點。蘭道夫派她們來這裡，認為提早打烊的事可能會引發什麼麻煩。這個想法荒謬之至，因為超市裡幾乎空無一人。停車場的車子甚至還不到十幾台，其餘幾名客人則是一臉茫然地緩緩

[88]此句出自美國小說家史蒂芬．克萊恩的詩作。

走著，彷彿共享著相同的惡夢。這兩個警察發現，超市裡只有一個收銀員，是個叫布魯斯．亞德利的青少年。這孩子只收現金與簽名支票，而不接受用信用卡付帳。紅肉類的商品櫃裡幾乎全空了，但雞肉還有很多，罐頭與乾糧的架上也還放著滿滿的商品。

她們在等最後一群客人離開時，琳達的手機響了起來。她看了一下來電顯示，覺得胃裡彷彿被輕戳了一下。是瑪塔．愛德蒙打來的。琳達與生鏽克都要上班時，總會把賈奈兒與茱蒂交給她照顧。而打從穹頂出現後，他們幾乎一直工作個不停。她按下接聽鍵。

「瑪塔？」她說，在心中祈禱著沒發生什麼事，瑪塔只是打電話問她能不能帶孩子去鎮立廣場走走之類的。「沒事吧？」

「呃……對。我想應該沒事。」琳達恨透了瑪塔聲音中的擔憂。「只不過……妳知道癲癇的事嗎？」

「天啊——她發作了？」

「我想應該是，」瑪塔說，又趕緊補充：「她們現在已經完全沒事了，在別的房間裡畫畫。」

「到底是怎麼回事？快說啊！」

「她們在盪鞦韆，而我在弄花，好讓花可以撐得過冬天——」

「拜託！瑪塔！」琳達說。賈姬把手放在她手臂上。

「對不起。奧黛莉開始叫了起來，所以我轉過身去。我說：『親愛的，妳還好嗎？』她沒回答，只是下了鞦韆，坐在鞦韆底下——妳知道那鞦韆只比腳高一點吧？她沒摔下來或什麼的，只是坐在地上而已。她盯著前方看，嘴唇緊緊閉著，就跟妳要我注意的狀況一樣。我跑過去……稍微搖了她一下……然後她說……我想想……」

又來了。琳達想。阻止萬聖節，你必須阻止萬聖節。

但不是。她說的完全是另一回事。

「她說：『粉紅色的星星掉下來了。粉紅色的星星拖著尾巴掉下來了。』又說：『好黑，每個東西都好臭。』接著她就醒了，現在已經沒事了。」

「感謝上帝，」琳達說，隨即問起她另一個五歲的孩子。「那茱蒂還好嗎？她有沒有被嚇到？」

電話那頭靜默了很長一段時間，接著瑪塔才總算開了口。「噢。」

「噢？這聲噢是什麼意思？」

「發作的是茱蒂，琳達。不是賈奈兒。這次是茱蒂。」

## 15

我想玩妳說的其他遊戲。艾登對卡洛琳說。當他們在鎮立廣場與生鏽克交談時，卡洛琳是這麼答應她的。雖然她只記得一點點規則，但當時她心中想的遊戲的確是木頭人沒錯——這並不奇怪，畢竟，自從她六、七歲以後就再也沒玩過這遊戲了。

然而，當她背靠著「熱情宿舍」寬敞庭院中的一棵樹木時，馬上就想起了遊戲規則。出乎意料的是，瑟斯頓似乎不只願意一起玩，甚至還一副很想玩的模樣。

「記住，」他告訴孩子們（不知為何，他看起來十分懷念木頭人曾帶給他的樂趣），「她數到十的速度，可以要多快就多快，當她回頭時，只要抓到你有在動，那你就得回到起點那裡。」

「她才抓不到我咧。」愛麗絲說。

「我也是。」艾登堅定地說。

「那就走著瞧吧，」卡洛琳說，轉頭面對樹木。「一、二、三、四……五、六、七……八九十木頭人！」

她迅速轉頭。愛麗絲臉上掛著微笑，一條腿往前跨出老大一步。瑟斯頓也在笑著，十指像是《歌劇魅影》的歌劇院幽靈那樣張開著。她看見艾登輕輕動了一下，但從未想過要讓他回到起點。他看起來很開心，讓她不想破壞他的情緒。

「好，」她說。「真是漂亮的小雕像。第二回合來囉。」她轉向樹木，再度數了起來，小時候那種清楚等一下轉過身時，每個人就會變得更近的有趣恐怖感，再度浮現在她心中。「一二、三四、五六、七八九十木頭人！」

她迅速轉頭。愛麗絲現在只離她二十步，艾登則落後愛麗絲十步，一隻腳還顫抖著，膝蓋上有個十分明顯的疤痕。瑟斯頓就在男孩後方，像是個演說家一樣，把一隻手放在胸前，面露微笑。愛麗絲會是第一個碰到她的人，但沒關係；下一盤就換這女孩當鬼，而她的弟弟則會贏得勝利。她和瑟斯頓會看著他贏。

她又再度轉頭面向樹木。「一二三四──」

愛麗絲發出尖叫。

卡洛琳回過頭去，看見艾登．艾波頓倒在地上。一開始，她還以為他還在玩著遊戲，一隻膝蓋彎起──有疤痕的那隻──就像他正準備要翻身似的。他雙目圓睜，盯著天空直瞧，嘴唇噘成一個小小的圓形。在他短褲上，有灘黑色正逐漸蔓延開來。她朝他奔去。

「他怎麼了？」愛麗絲問。卡洛琳可以從她臉上看出那個可怕週末對她所造成的強大壓力。「他還好嗎？」

「艾登？」瑟爾斯問。「你還好嗎，大個子？」

艾登抽搐著，嘴唇像在吸著一根隱形的稻稈。他彎起腿……接著往下一踢，肩膀不斷痙攣。

「他有某種癲癇症，」卡洛琳說。「可能是過度興奮引起的。我想只要過幾分鐘，他應該就沒——」

「粉紅色的星星掉下來了，」艾登說。「星星的後面有很多線。很漂亮，很恐怖。每個人都在看。沒有糖果，只有搗蛋。喘不過氣。他叫自己煮廚。都是他的錯，都是他害的。」

卡洛琳和瑟斯頓面面相覷。愛麗絲跪在弟弟前，緊握著他的手。

「粉紅色的星星，」艾登說。「全都掉下來了，全都掉——」

「醒一醒！」愛麗絲對著他的臉大叫。「不要嚇我們啦！」

瑟斯頓．馬歇爾輕輕拍了拍她的肩膀。「親愛的，我不確定這樣有用。」

愛麗絲沒有理會。「醒一醒，你……你這個討厭鬼！」

艾登醒了過來。他看著姊姊滿是淚水的臉頰，一副茫然模樣。接著，他又望向卡洛琳，露出微笑——她這輩子從未見過如此甜美的笑容。

「我贏了嗎？」他問。

## 16

鎮公所儲藏室裡的發電機保養工作十分差勁（有人在發電機下方塞了一個老舊的錫製洗臉盆，藉此接住漏出來的機油），生鏽克猜，這台發電機的效能就跟老詹．雷尼那輛悍馬車一樣厲害。但他更感興趣的是連接到發電機的那座銀色丙烷槽。

巴比看了一下發電機，由於氣味皺起了臉，接著又移動到丙烷槽那裡。「這丙烷槽沒我想像中那麼大。」他說……雖然比起他們在薔薇蘿絲餐廳用的那個大得多，也比他幫布蘭達．帕金斯換的那個大。

「這就是所謂的『公務尺寸』，」生鏽克說。「我還記得去年鎮民大會，桑德斯和雷尼搞了個叫『能源昂貴的時代』的議題，說是要讓我們免於用更貴的價錢去購買那些小桶丙烷。所以每個丙烷槽因此都有八百加侖的儲存量。」

「所以代表一桶的重量是……多少？六千四百磅？」

生鏽克點點頭。「加上丙烷槽本身的重量。要是有叉式起重機或液壓起重機的話，還有辦法抬得起來，只是不能移動。一台貨卡車的載重量，最高是六千八百磅，所以有可能載得了。再說，這種丙烷槽的大小，也與車斗的大小正好符合，頂多就是尾端會超出一點點。」生鏽克聳聳肩。「反正只要貼個危險標誌，你就可以載著上路了。」

「這裡只有這一個而已，」巴比說。「只要一用完，鎮公所就沒電可用了。」

「除非雷尼和桑德斯知道哪裡還有更多丙烷，」生鏽克同意。「我敢說他們一定清楚得很。」

巴比把手放在丙烷槽寫有「凱薩琳．羅素醫院」的藍色文字上。「所以這就是你們弄丟的東西。」

「我想，那並非我們弄丟，而是被偷的。由於我們一共被偷走了六座丙烷槽，所以這裡應該還要有另外五座才對。」

巴比環顧長形的儲藏室。儘管裡頭放著幾台鏟雪機，以及裝有備用物品的許多個紙箱，但這裡還算相當空曠。尤其發電機附近更是明顯。「先別管他們怎麼把丙烷從醫院運過來，問題是，鎮公所剩下的丙烷庫存究竟到哪兒去了？」

「我不知道。」

「他們到底是拿去做什麼用了？」

「不知道，」生鏽克說。「但我準備要查個清楚。」

# 粉紅色的星星
# 掉下來了

# 1

巴比與生鏞克走至外頭，深吸一口戶外的空氣。空氣中有著火災撲滅後的氣味，全是由城鎮西方傳來的。只是，與儲藏室裡的廢氣相比，還算是清新的了。微風無力地吹拂在他們臉上。巴比把輻射計數器放在他從輻射塵避難室找到的棕色紙袋裡。

「這件狗屁不通的事，實在讓我難以忍受。」生鏞克沉著臉說。

「你打算怎麼辦？」巴比問。

「現在？什麼也不做。我得先回醫院值班。不過呢，今晚我打算去敲老詹·雷尼他家的門，叫他給我該死的解釋清楚。他最好能說出原因，而且丙烷最好還剩很多，否則後天一到，醫院就沒電可用了，甚至就連最不耗電的設施也用不了。」

「說不定後天就沒事了。」

「你真的這麼認為？」

巴比沒回答。「現在去逼雷尼公共事務行政委員，是件很危險的事。」

「只有現在？這句話你還是去跟那些剛搬到鎮上的人說吧。他掌管這個小鎮已經許多年了，而我早就聽過這種說法一萬次以上了。他要嘛不是讓鎮民搞不清狀況，要嘛就是叫大家拿出耐心。『為了這個小鎮好。』他最常拿這句話說嘴了。三月那場鎮民大會根本是場笑話。要核准建造新的下水道系統？抱歉，鎮上沒有足夠稅金可以拿來運用。要建立更多商業區？這點子很棒，鎮上需要更多稅收，所以就在一一七號公路那裡建一座沃爾瑪超市吧。緬因大學的小鎮環境研究中心說卻斯特塘的污水量太高了？交給公共事務行政委員開會討論就好，因為大家都知道，科學研究全是那些激進人文主義的假好人外加無神論者搞出來的東西。不過，醫院是對鎮上真正有幫助的設施，你不這麼認為嗎？」

「對，我也這麼想。」巴比被他的怒火嚇了一跳。

生鏽克盯著地上，雙手插在褲子後方的口袋裡，接著抬起頭來。「我聽說總統欽點你接管這個小鎮。我覺得，現在就是你接管的最佳時機。」

「這是個好點子，」巴比笑了。「只是……雷尼和桑德斯有他們的警力，那我呢？」

生鏽克還沒回答，手機便先響了起來。他打開手機，看著上頭的小螢幕。「琳達？怎麼了？」

他聽了一會兒。

「好，我知道了，只要確定她們兩個現在沒事就好。妳確定是茱蒂？不是賈奈兒？」他又聽了一會兒，接著說：「我想這算是好消息吧。今天早上，我有幫另外兩個孩子看診，他們全都短暫出現了癲癇的症狀，很快就退掉了，甚至在過來找我看診前就好了，每個人後來都沒什麼事。除此之外，我還接到三通相關的電話詢問，維維也有接到另外一通。這可能是穹頂能量所帶來的副作用吧。」

他又聽了一會兒。

「因為我沒機會說。」他說，語氣具有相當的耐心，沒有任何針對之意。巴比可以從回答裡想像出問題的內容：整天下來，有那麼多孩子出現癲癇的症狀，你竟然現在才告訴我？

「妳接孩子們了嗎？」生鏽克問，又聽了一會兒。「好，那就好。要是妳覺得不對勁，就立刻打給我，我會馬上趕回去。還有，一定要讓奧黛莉待在她們旁邊。對。嗯。我也愛妳。」他把手機插回腰帶，用雙手把頭髮往後撥，力量大到讓他都變成了丹鳳眼。「我的老天爺啊。」

「誰是奧黛莉？」

「我們家的黃金獵犬。」

「跟我說說癲癇的事。」

生鏽克告訴了他，就連賈奈兒提到萬聖節，茱蒂提到粉紅色星星的事也沒漏掉。

「萬聖節的事，跟丹斯摩家那孩子在神智不清時說的話很像。」巴比說。

「對，可不是嗎？」

「其他的孩子呢？有人提到萬聖節嗎？還是粉紅色星星？」

「那些帶孩子過來看診的父親說，他們的孩子在癲癇發作時，曾經模模糊糊地說了些什麼，但他們嚇壞了，所以沒仔細聽。」

「孩子們自己也不記得？」

「孩子們根本不知道自己發作了癲癇。」

「這算正常嗎？」

「不算正常。」

「會不會有可能是你的小女兒在模仿大女兒。說不定……我不知道……想要爭取你們的注意？」

生鏽克沒想過這點——說真的，還真沒時間想到這點。現在，他倒是認真思索了一會兒。

「有可能，但可能性不大。」他朝紙袋裡的舊型黃色輻射計數器點了一下頭。「所以你要用那東西去勘查？」

「不是我，」巴比說。「這寶貝是鎮上的資產，而鎮上的公權力恨死我了。我可不希望跟這東西一起被逮到。」他朝生鏽克舉起紙袋。

「不行，我現在太忙了。」

「我知道。」巴比說，接著告訴生鏽克該怎麼辦。生鏽克仔細聽著，露出了微笑。

「沒問題，」他說。「就交給我吧。我幫你跑腿時，你打算做什麼？」

「回薔薇蘿絲餐廳煮晚餐。今晚的特餐是芭芭拉特製奶油雞。要我送一點去醫院嗎？」

「好極了。」生鏽克說。

## 2

生鏽克在回去凱薩琳．羅素醫院的路上，轉到《民主報》辦公室停了一下，把輻射計數器交給了茱莉亞．夏威。

她聽著生鏽克轉達巴比的指示，嘴角微微上揚。「我得說，那男人還真是會分配工作。我倒是挺樂觀其成的。」

生鏽克想警告她小心點，別讓鎮公所的人看見輻射計數器在她這裡，但他根本無需多言。那紙袋早在瞬間便被收到辦公桌下頭去了。

回醫院的途中，他用手機聯絡維維．湯林森，並問她有沒有再接到任何關於癲癇的電話。

「有個叫做吉米．威克的孩子。是他祖父打來的。你知道比爾．威克吧？」

生鏽克知道。比爾是負責投遞他們家信件的郵差。

「當時是他在照顧孩子，男孩的母親開車加油去了。他們幾乎每次都去加油站商店加油。對了，那個不要臉的強尼．卡佛把油價漲到一加侖十一塊錢。十一塊耶！」

生鏽克耐心地聽著她的抱怨，心想他可以待會再與維維面對面聊聊。他幾乎快到醫院了。當她抱怨時，生鏽克問她小吉米發作時是否說了些什麼。

「有，比爾說他一直胡言亂語，好像說了什麼粉紅色星星或萬聖節的事。不過，說不定是我把他說的話跟羅瑞．丹斯摩被槍傷時說的話搞混了。大家一直在討論這件事。」

他們當然會聯想到那件事，生鏽克冷冷地想。要是發現這點的話，肯定還會互相熱烈討論。這事很可能發生。

「好吧。」他說。「謝了，維維。」

「你什麼時候回來，紅騎士？」[89]

「就快到了。」

「好極了。因為我們又有了新病人。小珊．布歇被強姦了。」

生鏽克呻吟了一聲。

「她狀況好多了。是派珀．利比帶她來的。我沒從那女孩口中問出是哪些人幹的好事，不過派珀問出來後，就像頭髮著火一樣，夾著屁股──」維維停下片刻，打了個足以讓生鏽克聽見的大呵欠。「──夾著屁股跑了出去。」

「維維，親愛的──妳最後一次瞇一下是什麼時候的事？」

「我沒事。」

「回家吧。」

「你是在開玩笑吧？」聲音十分驚訝。

「不是。回家睡一覺吧，別設鬧鐘了。」接著他想到一個點子。「不過呢，回家路上記得在薔薇蘿絲餐廳停一下。我從可靠的消息得知，他們今晚的特餐可是雞肉喔。」

「那個布歇家的女孩──」

「我五分鐘內就會過去檢查她的狀況。妳唯一要做的，就是幫我散播一點消息。」

他在維維還沒來得及再度抗議前，便掛上電話。

3

老詹．雷尼在前一晚殺了人以後，明顯覺得今天好多了。有一部分，是因為他沒有將那件事視為謀殺，甚至比起他當時看著亡妻死去這件事，還更加不像謀殺。她得了癌症，當時已到了無法動手術的地步。對，他的確在最後一週時，給了她過量的止痛藥，但到了最後，他還是得把枕頭壓在她臉上，幫助她走完最後一程（但是力道很輕，他從來沒有如此地放輕力道，最後才緩緩地使她的呼吸越來越慢，投入了耶穌的懷抱之中）。但他是為了愛與仁慈才這麼做的。無法否認的是，他對科金斯牧師做的事的確較為殘酷，但那傢伙實在太胡來了，完全無法把小鎮的福祉放在自己之上。

「嗯，今晚，他就可以與主耶穌一同共進晚餐了，」老詹說。「烤牛肉、淋上肉汁的洋芋泥，還有清脆的蘋果當甜點。」他自己的晚餐，是一大盤史陶夫牌的微波起司奶油口味義大利寬麵。他覺得膽固醇應該很高，不過，現在哈斯克醫生可沒辦法對著他囉嗦個不停了。

「我的命可比你長，你這個老傻瓜。」老詹在空無一人的書房裡自言自語，怡然自得的大笑出聲。他那盤義大利麵與一杯牛奶（老詹不喝酒）就放在書桌的吸墨紙上。他經常在書房吃飯，也不認為自己得因為萊斯特．科金斯死在這裡，就得因此改變習慣。再說，書房裡的東西早已全部歸位，恢復原有的乾淨整齊。喔，他預期可能會有某個像電視影集裡的調查單位，拿著那種可以鑑定血跡反應的化學藥劑，或是特殊燈光之類的東西四處搜索。但短時間內，那些單位根本無法過來追查這事。要是蘭道夫開始偵查這件事的話……但這想法實在引人發噱。蘭道夫只不過是

89 此句為知名舞台劇《When You Comin' Back, Red Ryder?》的劇名，此劇為馬克．米多夫（Mark Medoff）所寫。

個白癡罷了。

「不過呢，」老詹在空蕩的書房中，以如同講課的語氣說。「這白癡可是我的人馬。」

他唏哩呼嚕地吞下最後幾口麵，用餐巾紙擦拭肥厚的下巴，接著又開始在放在吸墨紙旁的黃色記事本上寫下筆記。他從星期六開始便寫下大量筆記。有太多事得處理了。只要穹頂仍籠罩這裡，筆記內容只會越來越多而已。

老詹其實有些希望穹頂能持續籠罩這裡，至少維持一段時間。穹頂所帶來的挑戰，讓他覺得自己一定能再往上爬（當然，這也需要上帝的幫助）。首先要處理的，就是得鞏固自己掌握這個小鎮的權勢。為了這麼做，他需要一個替死鬼，需要一個壞人的角色。芭芭拉是顯而易見的人選，畢竟，這傢伙可是民主黨派來要取代他詹姆士·雷尼這個領導者的人。

書房的門打開了。老詹從筆記裡抬起頭，看見他的兒子滿臉蒼白、面無表情地站在門口。最近小詹似乎不太對勁。就算老詹忙於處理鎮上的事（還有他的其餘事業，這部分也一直讓他處於忙碌中），依舊能察覺得到。不過，他對兒子也有相同的信心。就算小詹讓他失望，老詹也確定自己有辦法處理一切。他花了一輩子的時間來維持自己的好運，就算現在也不會因此改變。

再說，這孩子搞定了屍體的事，讓他成為了老詹計畫中的一環。這是件好事——說真的，這就是小鎮生活的本質。在小鎮裡，每個人都應該要參與每一件事。那首蠢歌是怎麼唱的？我們全是同一隊的。

「兒子？」他問。「你還好吧？」

「沒事。」小詹說。他並非沒事，但的確好多了。那場惡毒的頭痛，在他兩名女友的幫忙之下，總算還是過去了，正如他早就知道的一樣。麥卡因家的儲藏室氣味並不好聞，然而，他在那裡坐著，握著她們的手一陣子後，也就逐漸習慣了。他甚至覺得自己喜歡上了那氣味。

「你有在他公寓裡找到什麼嗎？」

「有。」小詹告訴他自己找到了什麼。

「太棒了，兒子。真是太棒了。你現在準備好要告訴我，你把那具屍……你把他安置在哪兒了嗎？」

小詹緩緩地搖著頭，但視線卻完全停留在他盯著的地方——也就是父親的臉孔，模樣有些古怪。「我說過了，你不需要知道。那地方很安全，知道這樣就夠了。」

「所以，你這是在教我哪些事該知道，哪些事不該知道？」他這麼說，但卻沒有平時的火爆模樣。

「就這件事來說，沒錯。」

老詹小心地審視著兒子。「確定沒事？你臉色蒼白得很。」

「我很好。只是頭痛而已，現在已經沒事了。」

「幹嘛不吃點東西？冰箱裡還有幾盒冷凍義大利寬麵，這可是微波爐最了不起的功用。」他笑了。「能吃的時候就該好好享受。」

他那陰沉、像是在思索什麼的雙眼，朝老詹那只剩下白醬的盤子看了一會兒，接著又回到他父親臉上。「我不餓。我應該要什麼時候發現那幾具屍體？」

「那幾具屍體？」老詹瞪大雙眼。「哪幾具屍體？」

小詹露出微笑，但嘴唇只微微上揚一些，露出了一丁點兒牙齒。「別擔心。這會使你就跟別人一樣驚訝。這麼說吧——只要我們一扣下扳機，整個小鎮就會準備把芭-比吊死在蘋果樹上。你打算什麼時候動手？今晚如何？反正我已經準備好了。」

老詹思索著這問題。他低頭看著黃色筆記本，上頭寫滿密密麻麻的筆記（還濺到了義大利麵的醬汁），但其中只有一段文字被圈了起來：報社的婊子。

「今晚不行。要是我們處理得當，還可以在打出科金斯這張牌以前，先利用一下他。」

「要是穹頂在你利用他的時候消失了呢？」

「我們不會有事的。」老詹說，同時心中想著：要是芭芭拉先生逃出了這個陷阱——不太可能，不過只要電燈一打開，蟑螂總是可以找到縫隙逃生——那就是你來扛了。你和你的那些屍體。「現在先去吃點東西，就算只吃沙拉也好。」

但小詹沒移動腳步。「別等太久，老爸。」他說。

「不會的。」

小詹思索著，陰沉的雙眼似乎察覺到什麼不對勁之處，接著卻又像是完全失去了興趣。他打了個呵欠。「我先上樓，回房裡小睡一下，晚點再吃。」

「記得吃就好，你太瘦了。」

「現在就流行瘦。」他兒子回答，露出一個空洞的微笑，甚至比他那雙眼睛還叫人不安。對老詹而言，看起來就像個微笑的骷髏頭，使他想起那個現在只叫自己「煮廚」的傢伙——彷彿他過去叫菲爾．布歐這個名字的生命經歷，全都被一筆抹滅似的。小詹離開書房時，老詹著實鬆了口氣，只是甚至就連他自己也沒注意到這點。

他拿起筆來。太多事得做了。他要搞定這些事，而且盡善盡美。等到這件事結束後，他的相片說不定還能登上《時代雜誌》封面呢。

## 4

多虧了發電機仍在運作——除非她能找到更多丙烷，否則可能也撐不了太久——才使布蘭達．帕金斯得以用丈夫的印表機，把那個命名為「維達」的資料夾裡的文件全都印出來。霍霍整理了一堆數量驚人的老詹犯罪內容——顯然是在他死前那段時間整理的——她看著印出來的紙張，覺得這一切比用電腦螢幕看來得真實許多。她越是看著那堆紙，就越覺得這些資料正符合她這輩子對老詹．雷尼的印象。她一直知道他是頭怪物，只是不知道這頭怪物原來如此巨大。

就連帳目部分，甚至也與科金斯那個搞笑耶穌教堂符合……如果她看到的全屬真實，那麼那其實不是教堂，而是規模龐大的神聖洗衣店，只不過洗的是錢，而非衣服罷了。那筆製造毒品的獲利金額，用她丈夫的話來形容，就是：「也許是美國有史以來最大的一筆數目。」

但這些資料，依舊有個人稱「公爵」的警局局長霍霍．帕金斯，以及緬因州檢察總長都不得不承認的問題。為什麼「維達計畫」需要花費那麼久的時間，停留在搜查證據與資料的階段？因為，老詹．雷尼不只是頭大怪物，而且還是頭聰明的怪物。這就是為什麼他一直甘於次席公共事務行政委員這個位置，好讓老安．桑德斯可以幫他擦屁股。

這也等於帶了個擋箭牌在身上。有很長一段時間，老安都是那些證據所指向的元兇，甚至就連他自己可能也不知道自己就是那個人頭，逕自活在虛情假意的狗屁恭維中。老安是首席公共事務行政委員、聖救世主教堂的首席執事，也是鎮民心中的首選，更是那幾間位於拿騷與大開曼島，帳目模糊不清的金融公司文件中，所能追蹤到的最後一個人。要是霍霍和檢察總長的動作太快，他可能就會是第一個拿著囚犯編號牌拍照的人了。老詹肯定會對他做出什麼承諾，要是老安深信不疑，因此保持沉默，那麼他還可能會是因為這件事唯一坐牢的人。他很有可能會這麼做。傻人就是會做出傻事。

今年夏天，霍霍處理的這件事，已朝最後的目標邁進。雷尼的名字已經出現在一些檢察總長所拿到的資料中，尤其是那些在內華達州建立，名為「小鎮創投公司」的相關文件。「小鎮創投公司」的錢不再流向西邊的加勒比海，而是朝東邊的中國大陸流去。那是個可以成批購買毒品原料的國家，而且風險更低。

雷尼為何願意承擔這種風險？霍霍．帕金斯只能想到一個原因：對那個洗錢教堂來說，錢進來的速度已變得太快，金額也太大了。雷尼的名字隨後又出現在許多東北部其餘基本教義派的教堂文件中。「小鎮創投公司」與其他教堂（更別說一堆規模沒有WCIK電台大的其餘宗教電台，以及AM電台的部分了）是雷尼犯下的第一個真正錯誤。而線索就這樣麼一條接著一條，遲早會被拼湊起來——通常還很快——就此揭開所有內幕。

你就是放不了手，對不對？布蘭達坐在丈夫的辦公桌前，一面讀資料一面想著。你賺了幾百萬——甚至是上千萬——而風險越來越難控制，但你卻還是放不了手。就像猴子無法放棄食物，因而步入自己設下的陷阱中一樣。你坐擁著那些該死的財富，卻始終住在一棟三層樓的老房子裡，還在一一九號公路賣你那些二手車。究竟為什麼？

但她知道原因。這與錢無關，而是與小鎮有關。他把這裡視為他所擁有的城鎮。要是他寧可坐在哥斯大黎加的沙灘，或是住在納米比亞某棟滿是守衛的莊園裡，那麼老詹的那個「老」字就可以拿掉了。要是一個男人沒有目標，就算銀行帳戶裡滿滿是錢，也始終是個小鬼。

要是用手上的資料來迎戰老詹，她有可能與他達成協議嗎？強迫他放手，藉此換取她的沉默？她不確定，而且也害怕與他當面對質。情況會鬧得很難看，可能還十分危險。她希望茱莉亞．夏威能幫忙，還有巴比也是。現在，只有戴爾．芭芭拉有擋箭牌。

霍霍沉穩平靜的聲音在她腦中響起。可以過一陣子再說——我也一直在等待最後的關鍵證據，好證明我的那些想法——但要是我就不會等上太久。因為，要是被圍困的情況持續下去，他就會變得越來越危險。

她想起霍霍原本要倒車駛出車道，卻又停了下來，在陽光下吻她的那一刻。她對他嘴唇的熟悉度，正如對自己的一樣，而且也深愛那種感覺。他輕撫她頸側的方式，彷彿知道離別的時刻已然到來，於是，這最後的一次碰觸，便足以抵過所有。這肯定是個過度容易編織出的想像，但她卻幾乎如此確信，使雙眼再度盈滿了淚水。

突然間，那些印出來的資料，以及上頭的陰謀詭計似乎已不再重要。甚至就連穹頂也似乎沒那麼重要了。真正重要的，是她的生活突然出現了黑洞，一口氣吸走她那些原本視為理所當然的幸福。她納悶著，不知那個可憐的傻瓜老安・桑德斯是否也會有同樣感覺。她猜應該是吧。

我會再等二十四小時。要是明晚穹頂還在，就會帶著資料去找雷尼——帶著影印本去——叫他非得辭職不可，並且還得公開支持戴爾・芭芭拉。同時還會告訴他，要是他不這麼做，就會在報上讀到這些關於他這些販賣毒品的所有事情。

「明天。」她喃喃自語，閉上雙眼。兩分鐘後，她在霍霍的椅子上睡著了。此時正是卻斯特磨坊鎮的晚餐時間。鎮上的一些人家，由於發電機還在運行，所以晚餐是用電磁爐或瓦斯爐煮的（也包括了那一百多份的法式雞肉特餐），但也有些人因為想節省發電機燃料，或是只剩木柴可用，選擇用火爐烹調晚餐，因而使炊煙自數百個煙囪中，飄到了靜止的空氣裡。

接著蔓延開來。

## 5

在拿到輻射計數器後——她樂於接受，甚至十分熱中，答應從星期二早上開始探勘——茱莉亞用狗繩牽著荷瑞斯前去波比百貨店。羅密歐告訴她，他倉庫裡有兩台全新的彩色複合影印機，還都放在原本運來的紙箱裡，而且兩台全都任她使用。

「我還有一個小瓦斯烤爐，」他說，拍了拍荷瑞斯。「我會提供妳所需的任何東西——只要是可以提供的都行。我們得讓這份報紙保持發行狀態，我說的沒錯吧？這份報紙比起過去任何時刻都還來得重要，妳不這麼覺得嗎？」

這正是茱莉亞心中所想，也是這麼告訴他的事。她還在他臉頰上印下一吻。「我欠你一回，羅密歐。」

「等到這事結束以後，我每週向妳買廣告時，肯定可以得到一個超低折扣吧。」他用食指輕敲一下鼻側，彷彿他們間有個大祕密似的。也許的確有。

她離開時，手機正好響了起來。她從褲子口袋裡掏出手機。「哈囉，我是茱莉亞。」

「妳好啊，夏威女士。」

「喔，寇克斯上校，聽到你的聲音真是太棒了。」她開心地說。「你一定無法想像，在我們這個老鼠屎一樣大的地方裡，能接到外頭的電話有多麼開心。穹頂外的生活怎麼樣啊？」

「普通人的生活可能還不錯，」他說。「至於我，則是生活在醜陋的那一面。妳知道飛彈的事嗎？」

「我看著飛彈擊中目標，彈開之後，還在你們那邊引起一場大火——」

「這不是我的——」

「接著在我們這邊也引發一場還算可以的火災。」

「我要找的是芭芭拉上校，」寇克斯說。「他現在應該要帶著那支該死的電話才對。」

「你說的真他媽沒錯！」她大喊，聲音還是一副開心的模樣。「活在他媽的地獄裡的人，應該都要有他媽的冰水可以喝才對！」她在加油站商店前停下。店鋪大門如今緊緊關著，一張手寫標語就貼在窗上：本店明天營業時間為上午十一點至下午兩點，請趁早光顧！

「夏威小姐——」

「我們待會再談芭芭拉上校的事，」茱莉亞說。「現在我想先知道兩件事。第一件事，記者什麼時候才能獲准靠近穹頂報導？因為美國人民有權得知政府處理這件事的更多訊息，你不覺得嗎？」

她猜他會回答自己沒想過這點，不過在可以預見的未來一陣子中，穹頂的這一側肯定不會有任何《紐約時報》或CNN的記者出現。但寇克斯的回答出乎她意料之外。「要是我們這邊沒耍什麼不可告人的把戲，可能會在星期五開放。夏威小姐，妳想知道的另一件事是什麼？簡短一點，因為我不是新聞發言人，他們領的薪水是另一個等級的。」

「是你打來的，所以你就得過我這一關。多苦都得吞下去，上校。」

「夏威小姐，請做到應有的尊重，妳並不是卻斯特磨坊鎮唯一有手機的人，也不是我唯一能接觸到的人。」

「我確定這是真的，不過你要是把我甩開，我可不認為巴比會跟你說話。他對於自己的新職責是未來的典獄長這件事，可有點不太高興。」

寇克斯嘆了口氣。「妳還有什麼要問的？」

「我想知道穹頂南方或東方的溫度——真實的溫度，也就是你們這群傢伙現在駐地的溫度。」

「為什麼——」

「你有沒有這部分的資訊？我想一定有，至少一定能弄得到。我想你現在應該就坐在電腦螢幕前，所以可以獲得任何資訊，搞不好還包括我的內衣尺寸。」她停了一下。「如果你說十六號的話，我現在就會把電話掛掉。」

「夏威小姐，妳是在展現幽默感，還是本來說話就這樣？」

「我又累又怕，請記住這點。」

寇克斯那頭靜默了一陣子。她覺得自己聽見敲打鍵盤的聲音。接著他說：「城堡岩那裡是華氏四十七度。這樣可以了嗎？」

「可以了。」這數字沒有她擔憂的那麼糟糕，但還是有著相當差距。「我現在正看著磨坊鎮加油站商店的溫度計，上面顯示是五十七度。兩個相隔二十哩的地方，溫度差了十一度。除非今天傍晚正好有個大暖流穿過緬因州西部，否則我得說，我們這裡肯定出了什麼問題。你同意嗎？」

他沒回答這個問題，但接下來說的話，的確讓茱莉亞忘了這件事。「我們打算再嘗試別的方式。時間大概是今晚九點。這就是我要告訴巴比的事。」

「大家肯定希望B計畫比A計畫有用得多。這個時間，我相信總統任命的人選，正在薔薇蘿絲餐廳裡負責填飽大家的肚子，聽說今晚的特餐是奶油雞。」她能看見街道另一側的燈光，肚子叫了起來。

「妳願意聽我說完，然後傳個訊息給他嗎？」她可以聽出他沒說出的那句話：妳這個愛吵架的臭婊子？

「樂意得很。」她面露微笑的說。只要她需要的話，的確可以讓自己變成一個愛吵架的婊子。

「我們要嘗試一種實驗中的腐蝕劑，是一種人造的氫氧酸化合物。腐蝕性比平常的腐蝕劑高出九倍。」

「化學作用讓人活得更快活了。」

「我得告訴妳，就理論上來說，這東西可以在岩床上腐蝕出一個兩英里深的洞。」

「你的工作伙伴還真會逗人開心，上校。」

「我們會在莫頓路和——」那裡傳來一陣翻閱紙張的聲音。「哈洛鎮的交會處嘗試看看。我想應該是那裡沒錯。」

「所以接著我就要告訴巴比，請別人接下去洗碗了。」

「妳和妳的公司可以再幫我們一個忙嗎，夏威小姐？」

當她張口想回答「我絕對不會錯過這件事時」，卻聽見街上爆出了一陣爭執。

「那裡發生什麼事了？」寇克斯問。

茱莉亞沒有回答。她掛上電話，把手機放回口袋，朝著喊叫聲直奔而去。那裡還有別的聲音。聽起來像是狗吠。

當她離那裡還有半個街區遠時，傳來一聲槍響。

## 6

派珀返回牧師宿舍時，發現了卡洛琳、瑟斯頓，與艾波頓家的兩個孩子就等在那裡。她很高興看見他們，因為這可以讓小珊．布歇離開她的腦海，至少暫時如此。

她聽卡洛琳描述了艾登．艾波頓癲癇發作時的經過，但男孩現在似乎沒事了——他正狼吞虎嚥地吃著一堆無花果夾心餅乾。當卡洛琳問她是否應該帶男孩去看醫生時，派珀回答：「除非再次復發，否則我想，妳應該可以當成那是飢餓與玩遊戲過度刺激才引發的情況。」

瑟斯頓後悔地笑了笑。「我們全都太興奮了，只顧著玩。」

派珀在想著可能的臨時住所時，首先想到的是離這裡很近的麥卡因家。只不過，她不知道他們是否藏有備用鑰匙。

愛麗絲·艾波頓坐在地板上，餵苜蓿吃著無花果夾心餅乾的碎屑。這頭牧羊犬做出那套「我把鼻子放在妳腳踝上，因為我是妳最好的朋友」的常見動作，與她一同分享餅乾。「這是我看過最棒的狗，」她告訴派珀。「我希望我們也能有一隻狗。」

「我有一隻噴火龍。」艾登舒舒服服地坐在卡洛琳的腿上說。

愛麗絲露出一個放任的微笑。「那是他的隱形ㄆㄙㄧㄡ。」

「原來如此。」派珀說。她想他們還是能打破麥卡因家的窗戶，有時，你就是得使點壞才行。

然而，她起身去看咖啡的狀況時，想到了一個更好的主意。「杜瑪金家。我早就該想到他們了。他們去波士頓參加一個會議，出門前，卡拉李·杜瑪金還拜託我幫她的植物澆水。」

「我就在波士頓教書，」瑟斯頓說。「在艾默生學院。我還編了這一期的《犛頭》雜誌！」他嘆了口氣。

「鑰匙就在門左邊的花盆底下，」派珀說。「我不認為他們有發電機，不過廚房裡有個火爐。」她猶豫了一下，想起他們是城市人。「你會用火爐，然後又不會讓房子燒起來嗎？」

「我是在佛蒙特州長大的，」瑟斯頓說。「專門負責屋子與穀倉裡的火爐隨時點著，一直到我上大學為止。這可真是場輪迴啊，不是嗎？」他又嘆了口氣。

「我確定儲藏室裡一定有食物。」派珀說。

卡洛琳點點頭。「鎮公所的管理員也這麼說。」

「還有小薑也是，」愛麗絲插嘴說。「他是個警察，而且還很帥。」

瑟斯頓的嘴角往下撇去。「愛麗絲那個帥警察揍了我一頓，」他說。「他和另一個。我搞不清楚他們誰是誰。」

派珀揚起了眉。

「他們打了瑟斯頓腹部一拳，」卡洛琳小聲說。「還叫我們『麻州佬』——我想，就技術上來說我們的確是——然後嘲笑我們。對我來說，他們嘲笑我們是最可惡的部分。他們帶著這兩個孩子的時候好多了，只是……」她搖了搖頭。「他們顯然失控了。」

就這樣地，派珀又想起了小珊。她覺得頸動脈又開始劇烈跳動，節奏非常緩慢，力道卻沉得很。然而，她還是維持自己的聲音不變。「另外那個警察叫什麼名字？」

「法蘭克，」卡洛琳說。「小詹叫他法蘭克。妳認得這兩個傢伙？一定認得，對不對？」

「我認得他們。」派珀說。

## 7

她把杜瑪金家的方向告訴這個新組成不久的臨時家庭——那房子有個優點。要是男孩的癲癇又發作，地點正好就在凱薩琳．羅素醫院附近——接著，在他們離開後，她在廚房桌前坐著喝了好一會兒的茶。她慢慢地喝，喝了一口，杯子放下一次，接著又喝一口，再度放下杯子。苜蓿對她哀鳴了幾聲，她認為，牠肯定感受到她的怒火了。

也許那改變了我的氣味。變得更辣或什麼的。

一幅景象形成，而且不是太美好那種。這麼多的新警員，這麼多過於年輕的警員，在不到四十八個小時前宣誓就職，現在就已經在外頭惹事生非了。他們對小珊．布歇與瑟斯頓．馬歇爾濫用公權力的方式，並不會傳染到亨利．莫里森或賈姬．威廷頓那種老手身上——至少她不覺得——但費德．丹頓？托比．韋倫？也許。有可能。在公爵指揮下，那些傢伙還算可以。不是很棒，就是那種在臨檢站時，會對你說些沒禮貌的話，根本不管有沒有必要的傢伙，但勉強還算可以。他們也是鎮上的經費所能聘到的最好人選。但這就跟她母親老掛在嘴邊的話一樣：「便宜的價格只能買到便宜貨。」而在彼得・蘭道夫的指揮下——

她得做點什麼才行。

只不過，她得控制自己的脾氣。要是辦不到，就會被脾氣給控制住。

她從門上的釘子處取下狗繩。苜蓿馬上站了起來，搖著尾巴，豎起耳朵，眼中閃閃發光。

「走吧，大塊頭。我們要去提出申訴了。」

派珀帶著牧羊犬出門時，牠仍在舔著自己嘴旁的無花果夾心餅乾碎屑。

## 8

派珀牽著緊跟在她右後方的苜宿走過鎮立廣場，原本還覺得自己能控制得了脾氣，直到接近警察局，聽見裡頭傳來的笑聲為止。她從小珊・布歇那裡問清楚了每個傢伙的名字。迪勒塞、席柏杜、瑟爾斯。甚至連喬琪亞・路克斯也在，還慫恿了他們那麼做。據珊曼莎的說法，她當時大喊：上這個婊子！費德・丹頓也在警局前。他們坐在警局的石階最上方，一面喝著汽水一面閒聊。公爵・帕金斯肯定不會容許這種情形，派珀認為，要是他能在某個地方看見這一幕，他的遺體勢必會在墳墓裡氣到冒出火來。

馬文・瑟爾斯說了些話，讓他們又再度開懷大笑，引發了熱烈迴響。席柏杜以單手環抱那個路克斯家的女孩，指尖就在她胸部旁搔弄著。她說了些什麼，使他們全部笑得更為厲害。

他們的笑聲在派珀耳裡聽來，肯定與強姦有關——那真是讓人回味無窮——在那之後，她父親的忠告便在她腦海中消失無蹤。此刻，她只能眼睜睜看著另一個十五歲時，在房裡亂砸東西，流下憤怒而非悲傷淚水的另一個派珀，把這個樂於照顧窮人與病患，為大家主持婚喪喜慶，並在星期日宣揚慈善與寬容精神的她給粗暴地推進內心深處，使她只能透過一扇扭曲、晃動的玻璃窗，看著接下來發生的這一切。

在外觀主要是紅磚牆的警局與鎮公所之間，有一塊以石板鋪成，被稱為戰爭紀念廣場的地方。廣場中心處有個因為韓戰時的英勇行為，被追授銀星徽章的紀念雕像，那人是厄尼．卡弗特的父親，路西安．卡弗特。在雕像的基座上，刻有卻斯特磨坊鎮在戰爭中的死難者姓名，最早可追溯至南北內戰的時代。廣場上還有兩根旗杆，一根旗杆上的是星條旗，另一根則是上頭畫有農夫、水手與駝鹿的州旗，兩者全在泛紅的夕陽光芒中軟弱無力地垂盪著。派珀．利比像是個夢遊的人，從兩根旗杆間穿過，苜蓿則依舊豎著耳朵，緊緊跟在她右腳膝蓋後方。

台階上的那群「警察」又爆出另一陣開心的大笑，使她想起父親有時會讀給她聽那些童話故事裡的巨人。那些巨人總是躲在山洞中，得意洋洋地守著奪來的不義之財。接著，他們看到了她，全都安靜下來。

「晚安啊，牧師。」馬文．瑟爾斯說，站了起來，彷彿自己是什麼重要人物似的模樣。看見女士就起身致意。派珀心想。這是他媽教他的？有可能。不過，那套強姦的功夫，則可能是從別的地方學來的吧。

派珀走到台階那裡時，他臉上原本還掛著微笑，但笑容隨即開始動搖，有些躊躇不前的模樣。所以，他一定看見她的表情了。那表情的模樣，可能就連她自己也不知道。從內心來看，她只覺得自己面無表情，完全固定不動。

她看見他們睜大了雙眼望著自己。席柏杜面無表情的模樣，就跟她自己的一樣。他就像苜蓿，她想。聞到了我身上的怒火。

「牧師？」馬文問。「妳還好吧？有什麼事嗎？」

她登上台階，速度不疾不徐，茴蓿依舊穩穩地跟在右膝後方。「你也知道出了問題。」她說，抬頭看著他。

「什麼——」

「你，」她說。「你就是那個問題。」

她推了他一把。馬文完全沒料到會有這種情況發生，手中還拿著他那杯汽水。他栽了個跟斗，跌到喬琪亞．路克斯的膝蓋處，雖說雙臂揮舞，但卻無助於平衡。那一刻，灑出的汽水就像一件朝泛紅天空揮舞的暗色外套。當馬文摔在喬琪亞身上時，她驚訝地大喊出聲，被撞個四腳朝天，汽水同樣灑了出來，沿警局門前花崗岩石板地的縫隙流竄。派珀可以聞到威士忌與波本酒的味道。他們的可樂裡加了鎮上其他人被禁止購買的東西。難怪會笑個不停。

她腦中的那道紅色口子裂得更開了。

「妳不能——」法蘭克說，準備要站起身。她同樣推了他一把。在遙遠的銀河系裡，茴蓿——通常牠是狗裡頭最乖巧的那種——開始吠了起來。

法蘭克仰天摔倒在地，雙眼因驚嚇而圓睜，在那個瞬間，看起來就像他還是小男孩時，曾經在主日學校裡念過書一樣。

「強姦就是問題！」派珀大喊。「強姦！」

「閉嘴，」卡特說。雖然喬琪亞畏縮在他身旁，但他還是坐著，一副冷靜的模樣。他藍色短袖制服的袖口下方，手臂肌肉正微微顫動著。「閉嘴，現在就給我滾。要是妳不想今晚在樓下牢房裡度過的話——」

「你才是那個要進牢房的人，」派珀說。「你們全部都是。」

「叫她閉嘴，」喬琪亞說。她還不到抽噎的地步，但也接近了。「叫她閉嘴，卡特。」

「女士——」說話的人是費德．丹頓。他的制服沒扣上，呼吸中有著波本酒的氣味。公爵只消看到他這副德行，肯定會炒他魷魚，炒他們所有人的魷魚。他開始站起身，而這一回，他則成了那個四腳朝天的人，臉上驚訝的表情，要是換成其他的情況肯定會十分滑稽。這種每個人都坐在地上，只有她站著的感覺很好，會讓事情容易一點。但是，喔，她的太陽穴不斷抽動著。她把注意力放回最危險的席柏杜身上。他還是以一副讓人發火的冷靜態度看著她，彷彿她是他付錢去雜耍帳棚裡看的什麼怪胎秀似的。但他得抬頭看著她，這正是她的優勢。

「但可不是樓下的牢房，」她直接對著席柏杜說。「是蕭山克監獄的，那些惡霸會對你們做的事，就跟你們對那女孩做的事一樣。」

「你這個蠢婊子，」卡特說，口氣彷彿是在談論天氣。「我們根本就沒到過她家附近。」

「沒錯，」喬琪亞說，又再度站了起來。她一邊臉頰上濺到了些可樂，此刻正沿著她過去一度慘不忍睹的青春痘疤痕流下（但有些青春痘還是堅守著不願離去）。「再說，每個人都知道小珊．布歇只是個愛說謊的同性戀蕩婦。」

派珀的嘴唇往上一提，露出一個微笑。她轉向喬琪亞，後者被這個他們原本正享受美好日落時分，卻突如其來出現在台階上的瘋女人嚇退了一步。「妳怎麼會知道是那個愛說謊的同性戀蕩婦？我可沒提過喔。」

喬琪亞的嘴巴因驚慌變成了O字型，也使得卡特．席柏杜的冷靜首度為之動搖。或許是因為恐懼，不然就是惱羞成怒吧，派珀並不確定。

法蘭克．迪勒塞小心翼翼地站了起來。「妳最好別到處散播一些妳收不回來的指控，利比牧師。」

「而且也不應該襲警，」費德・丹頓說。「這次我可以就這麼算了——每個人都有壓力——但妳必須停止這些指控，管好自己。」他停了一下，接著又無力的補充一句：「當然，也別再推人了。」

派珀的視線依舊固定在喬琪亞身上，右手不斷顫抖，緊抓著苜蓿那條狗繩的黑色塑膠握把。那隻狗依舊壓低了頭，朝前伸出前爪，不斷低吠，聲音就像是一輛馬力十足的機車正在空轉，頸上的毛足以遮住頸圈。

「妳怎麼知道是誰，喬琪亞？」

「我……我……我只是用猜的……」

卡特抓住她的肩膀用力一捏。「閉嘴，寶貝。」他維持坐著的模樣（因為他不想被推倒，這個懦夫），又對派珀說：「我不知道妳是不是從耶穌那裡聽到了什麼閒言閒語，不過我們昨晚全都在丹斯摩農場，試著看能不能從站崗的阿兵哥那裡套到什麼話。那裡和布歐家完全不同方向。」他朝朋友們掃視一眼。

「沒錯。」法蘭克說。

「沒錯。」馬文跟著說，以提防的眼神看著派珀。

「就是這樣！」喬琪亞說。卡特再度勾著她肩膀，她原本的疑慮此刻已完全消失，以一副挑釁的模樣看著派珀。

「喬琪亞猜，妳會跑來這裡鬼吼鬼叫的原因是小珊，」卡特以同樣的冷靜口吻說。「是因為小珊是這個鎮上最愛說謊的大飯桶。」

馬文・瑟爾斯鬼吼鬼叫地大笑起來。

「但是你們沒用保險套。」派珀說。這是小珊告訴她的。當她看見席柏杜表情為之一繃時，便確信了此事。「你們沒戴保險套，就射在她身體裡。」她不知道事情是否真是如此，卻也毫不在乎。她可以看見他們睜大雙眼，相信了她的話，並且足夠相信。「等他們拿你們的DNA來比對——」

「夠了，」卡特說。「閉嘴。」

她的表情變成憤怒的微笑。「不，席柏杜先生。我們才剛開始而已，孩子。」

費德．丹頓朝她伸出手來，而她再度把他推倒，接著便發現自己的左臂被人抓住，扭到身後。她轉頭望向席柏杜的雙眼，現在裡頭已沒有冷靜，只剩閃爍的怒火。

好啊，我的兄弟。她毫無邏輯地想著。

「操你媽，妳這個他媽的婊子。」他說。這一回，被推倒的人變成了她。

派珀背部朝下地往階梯倒去，本能地試著彎起身子，避免讓頭部撞上任何一級石階，知道頭骨可能會因此而被撞碎，導致死亡或——更糟糕的是——變成植物人。她的左肩撞在石階上，一陣突如其來的劇痛傳來。那是種熟悉的痛楚。二十年前，她在高中踢足球時曾有過脫臼經驗，要是這回再來一次，那可就糟了。

她的腿飛至頭上，整個人往後翻了一圈，脖子扭了一下，接著膝蓋與磨破的皮膚一同落地，最後則是腹部與胸部，這才總算停下。她幾乎快跌到了台階底部，臉頰、鼻子、嘴唇全都是血，頸部疼痛，但是，喔，天啊，肩膀才是最糟的部分，那往上拱起的模樣，就與她記憶中一模一樣。她最後一次看到這樣的隆起時，身上還穿著紅色尼龍材質的野貓隊球衣。儘管如此，她還是努力移動雙腳。感謝上帝，她還能控制得了自己的腿，畢竟，她實在很有可能會這麼因此癱瘓。

她手中已不再握著狗繩，苜蓿跳向席柏杜，牙齒朝他襯衫下的胸膛與腹部猛咬，還把襯衫扯破，將他撞倒在地，並朝這年輕人的命根子繼續攻擊。

「把牠拉開！」卡特尖叫。此刻聲音中已沒了任何冷靜。「牠會把我咬死！」

沒錯，苜蓿的確試著要咬死他。牠的前爪刺進卡特大腿，不停上下狂扯，痛擊著卡特，看起來就像一隻正在騎腳踏車的德國牧羊犬。牠把攻擊角度與撕咬深度移至卡特的肩膀，引發他的另一陣尖叫。接著，苜蓿又朝喉嚨攻去。卡特用雙手撐住狗的胸膛，在千鈞一髮時拯救了自己的氣管。

「快阻止牠！」

法蘭克伸手去抓蹓狗繩，苜蓿則轉頭朝他手指咬去，讓法蘭克急忙抽手。苜蓿又把注意力放回那個把主人推到台階下的傢伙。牠張開嘴，露出閃著白光的兩排牙齒，朝席柏杜頸子衝去。卡特舉起手來，接著便被苜蓿咬住了手，痛苦地尖叫著。苜蓿開始扯著他的手，就像玩心愛的破舊布娃娃一樣，差別只在於牠的布娃娃不會流血，卡特的手會。

派珀腳步搖晃地走上台階，左臂就抱在腹部前方。她像是戴了一張血面具，有顆牙齒還黏在嘴角，像是沾到了食物碎屑。

「把牠拉開，天啊，快把妳那隻他媽的狗拉開！」

派珀才正要張口叫苜蓿停下，便看見費德·丹頓舉起了槍。

「不！」她尖叫。「不，我可以讓牠停下！」

費德轉向馬文·瑟爾斯，並用沒握槍的手朝狗指去。馬文走上前，由下往上重重踢了苜蓿臀部一腳，就像他以前（不久之前）踢足球的方式一樣。苜蓿被踢至一旁，放開了牠原本咬著不放的殘破手掌。席柏杜的手掌血流不止，上頭有兩根手指如今已指向不自然的方向，就像彎曲的路標一樣。

「不！」派珀又再度尖叫，聲音十分響亮，用力到眼前的世界都變成了灰色。「別傷害我的狗！」

費德充耳不聞。就連彼得．蘭道夫露著襯衫下襬、褲子拉鍊沒拉、一隻手還拿著剛才拉屎在看的《戶外雜誌》衝出大門，費德也同樣視若無睹。他用那把警局發放的配槍指著那頭狗，接著扣下扳機。

槍聲在四周被建築物圍繞的廣場中顯得震耳欲聾。苜蓿的頭頂噴出血霧與頭骨。牠朝不斷尖叫、血流不止的女主人跨出一步──再一步──然後倒了下來。

費德仍握著槍，大步朝前走去，一把揪住派珀受傷的手臂。她肩膀上的隆起傳來一陣抗議似的劇痛，但她卻始終看著那具她從小狗時便開始養起的愛犬屍體。

「妳被逮捕了，妳這個瘋婆子。」費德說。他把自己那副滿頭大汗、面色蒼白、雙眼似乎隨時會從眼眶裡彈出來的面孔，貼近到足以讓她感受到唾液被噴在臉上的距離。「妳說的所有話，都會成為妳是個瘋婆子的呈堂證供。」

街道的另一側，薔薇蘿絲餐廳的客人蜂擁而出，其中包括了身上仍穿著圍裙，頭上頂著棒球帽的巴比。茱莉亞．夏威是第一個抵達現場的人。

她來到現場，眼前的細節無法讓她建立起事件的完整架構：死狗、一群警察、一個血流不止、一邊肩膀明顯比另一邊隆起的尖叫女人、一個光頭警察──該死的費德．丹頓──正扭著那女人的手臂、遍是血跡的台階，代表派珀剛才從上頭跌了下來。說不定還是被人推下去的。

茱莉亞做了一件她這輩子從沒做過的事。她把手伸進手提包中，翻開皮夾，一面向前舉高，一面攀上台階，同時大喊：「記者採訪！記者採訪！記者採訪！」

至少，這舉動抑制了她的緊張。

9

十分鐘後，在不久前還屬於公爵．帕金斯的辦公室裡，卡特．席柏杜就坐在公爵掛著的那些裱框相片與警長證書下方的沙發上，肩膀捆有剛包紮好的繃帶，手上還包著紙巾。喬琪亞坐在他身旁。席柏杜的額頭仍冒著因疼痛而流出的大粒汗珠，但在說完那句「我想應該有什麼地方骨折了」以後，他便再也沒出過聲。

費德．丹頓坐在角落的一張椅子上。他的槍放在警長辦公桌上，把槍交出去時，態度還算情願，只說了句：「我非這麼做不可——你看卡特的手就知道了。」

派珀坐在現今屬於彼得．蘭道夫的辦公椅上。茱莉亞用了更多的紙巾，才抹去了她臉上大部分的血。這女人因震驚與劇痛而不斷顫抖，但她就像席柏杜一樣不發一語，但眼神依舊清晰。

「苜蓿會攻擊他，」她抬起下巴朝卡特一比。「是因為他把我推下台階。這一推讓我鬆開了狗繩。我的狗會這麼做情有可原，牠是想在暴力攻擊中保護我而已。」

「是她攻擊我們！」喬琪亞大喊。「這個瘋婆子攻擊我們！她爬上樓梯說了一些狗屁不通——」

「閉嘴。」巴比說。「你們全都閉嘴。」他看向派珀。「這不是妳第一次肩膀脫臼，對不對？」

「我要你離開這裡，芭芭拉先生。」蘭道夫說……但口氣卻沒什麼威信可言。

「我可以解決這個問題，」巴比說。「你能嗎？」

蘭道夫沒回答。馬文．瑟爾斯與法蘭克．迪勒塞站在門外，看起來滿臉憂心。

巴比轉向派珀。「這是關節輕微位移——部分移位而已，不算太嚴重。我可以在妳去醫院前，就把關節移回原位——」

「醫院？」費德．丹頓大聲抗議。「她被逮捕——」

「閉嘴，老費，」蘭道夫說。「沒有人被逮捕，至少目前還沒。」

巴比與派珀仍看著對方。「不過要是妳肯的話，我現在就得趕緊動手，以免腫得更嚴重。要是妳決定等去了醫院，再由艾佛瑞特幫妳處理，他們就得幫妳打麻醉才行了。」他身子往前一傾，在她耳旁輕聲說。「要是妳馬上就離開，他們就會開始說他們版本的事件經過，而妳就再也說不了妳的版本了。」

「你跟她說了什麼？」蘭道夫生氣地問。

「這麼做會痛。」巴比說。「決定好了嗎，牧師？」

她點頭。「來吧。葛姆雷教練當初也是在場邊這麼做的，她厲害得很。只要你動作快點就好，然後拜託別去扭到它。」

巴比說：「茱莉亞，從急救箱裡拿個吊腕帶，幫我讓她躺下。」

茱莉亞一臉蒼白，覺得有些想吐，但還是照做了。

巴比坐在派珀左邊的地板上，脫下一隻鞋，用雙手抓住她手腕上方一點的前臂部分。「我不知道葛姆雷教練的方式，」他說。「不過，這是個我在伊拉克認識的軍醫的方法。妳先數到三，然後大喊一聲『如願骨』好嗎？⑩」

「如願骨，」派珀說，縱使在疼痛中，還是感到有些困惑。「呃，好吧，你是個醫生？」

不，茱莉亞想——生鏽克．艾佛瑞特可能是現在鎮上最接近醫生的人。她有聯絡琳達，想要

⑩wishbone，為西方的傳說，相傳只要有兩個人分別手持鳥類叉骨的兩段，在拉扯斷裂後，拿到較長一段的人即可實現願望。

他的手機號碼，但電話卻被直接轉入了語音信箱。

辦公室裡沉默下來，甚至就連卡特．席柏杜也在看著。巴比對派珀點點頭。她的額頭滲出汗珠，但看起來已做好準備，讓巴比打從心裡敬佩不已。他把只穿著襪子的腳伸進她左腋下方，緊緊貼住，隨即緩慢而穩定地拉著她的手臂，以腳作為施力重心。

「好了，開始吧。等妳倒數。」

「一……二……三……如願骨！」

派珀才一喊出來，巴比便用力一拉。關節回到原位時，辦公室裡的每個人全聽見了響亮地「喀」的一聲。派珀上衣裡的隆起處奇蹟似地消失無蹤。她張口尖叫，但卻沒叫出聲來。他幫她把吊腕帶繞過頸部，包住手臂，並盡量使其固定不動。

「好多了？」他問。

「好多了，」她說。「好太多了，感謝主。還是會痛，可是沒那麼痛了。」

「我的包包裡有些阿斯匹靈。」茱莉亞說。

「把阿斯匹靈給她，然後離開這裡。」蘭道夫說。「除了卡特、費德、牧師和我以外，全部出去。」

茱莉亞難以置信地看著他。「你是在開玩笑嗎？牧師得去醫院。妳能走嗎，派珀？」

派珀顫抖著站了起來。「我想應該可以，慢慢走就行了。」

「坐下，利比牧師。」蘭道夫說，但巴比知道她一定走得成。他可以從蘭道夫的聲音裡聽得出來。

「你幹嘛不把我抓起來算了？」她小心翼翼地抬起掛在吊臂帶上的左臂。她的左臂還在顫抖，但已經可以動了。「我確定你一定可以再把這隻手弄脫臼一次，還簡單得很。來啊。表現給這些……這些男孩們看……看你跟他們有多像。」

「然後我就會把這些全寫在報上。」茱莉亞大聲說。「發行量還會加倍！」

巴比開口了。「我建議你把這件事延到明天再處理，局長。讓這位女士可以去拿一些藥效比阿斯匹靈強的止痛藥，然後讓艾佛瑞特檢查她膝蓋的擦傷。反正有穹頂在，她也很難跑得了。」

「她的狗想咬死我。」卡特說。雖然疼痛無比，但聲音又恢復了冷靜。

「蘭道夫局長，迪勒塞、瑟爾斯、席柏杜犯了強姦罪。」派珀站不太穩——茱莉亞伸手環抱住她——但聲音堅定清晰。「路克斯則是強姦案的從犯。」

「我他媽才不是！」喬琪亞大聲抗議。

「他們得立即停職。」

「她在說謊。」席柏杜說。

蘭道夫局長的模樣，就像是在看網球比賽的人。最後，他總算把視線停在巴比身上。「你剛剛是在教我要怎麼做嗎，小子？」

「沒有，長官，那只是依據我在伊拉克的實際經驗做出的建議，你可以自行決定。」

蘭道夫放鬆下來。「那就好，好吧。」他低下頭，皺起眉頭思考。他們全都看著他，注意到他的拉鍊還沒拉上，只是一心忙著處理眼前的問題。接著，他再度抬起頭，開口說：「茱莉亞，妳帶派珀牧師到醫院去。至於你呢，芭芭拉先生，我不管你要去哪兒，總之我要你離開這裡。今天晚上，我會先錄我手下的口供，明天再輪到利比牧師。」

「等一下，」席柏杜說。他朝巴比伸出彎曲的手指。「你可以處理我的手指嗎？」

「我不知道。」巴比說——希望語氣足夠開心。一開始的醜陋面已經過去了，現在則到了政治性的餘波盪漾階段。席柏杜坐在沙發上，其他人則擠在門口圍觀，讓他不禁覺得，這與他過去和伊拉克警方合作的往事沒啥不同。他得對著那些自己想吐口水的對象，勉強裝出一副與人和善的模樣。「你會說『如願骨』吧？」

## 10

在生鏽克敲老詹家的大門前，先把手機關了起來。此刻，老詹正坐在他的書桌後方，生鏽克則坐在前頭──正好是申辦者與受理人的位置。

書房裡（雷尼可能會在報稅表上，填報為家庭辦公室）充滿一種讓人神清氣爽的松木氣味，彷彿最近才好好刷洗了一番。但生鏽克還是不喜歡這裡。這與那張侵略性十足的白人耶穌在山上講道的圖片、自我表揚的那些獎牌，或是那片需要地毯加以保護的硬木地板等物品無關，而是前面提及的所有事物，以及其餘東西相加後的感覺。生鏽克．艾佛瑞特很少會聊到超自然的事情，甚至也不太相信，但就算如此，這間書房還是給了他一種接近鬧鬼的感覺。

這是因為你有些害怕，他想著。就是這樣而已。

在生鏽克告訴雷尼那些醫院被偷走的丙烷槽時，由衷希望這種感覺並未展露在聲音或表情上。他說，自己發現其中一座丙烷槽在鎮公所後方的儲藏室裡，正為鎮公所發電機提供燃料，同時也提到了那座丙烷槽是儲藏室裡唯一一座的事。

「所以我有兩個問題，」生鏽克說。「為什麼供應醫院電力的丙烷槽會在那裡？剩下的又到哪裡去了？」

老詹在椅子裡左右晃動，雙手放在脖子後頭，望著天花板陷入沉思。生鏽克發現，自己正盯著雷尼辦公桌上的一個棒球獎座看。底座前方的文字，是過去曾一度為波士頓紅襪隊選手的比爾．李寫的。他能看得見那些文字，是因為獎座面對的是外側。當然啦。這是擺給客人看的，好讓他們驚嘆不已，就像牆壁上的那些照片一樣。在棒球場的頒獎典禮中，老詹與那些名人並肩站在一塊兒：看看我的那些親筆簽名，對你們來說多麼有說服力，也使你們多麼絕望。對生鏽克來說，那顆棒球以及面向外側的文字說明，似乎正足以總結他對這間書房的不好印象。這一切只不過是做做門面，全都是為了他在鎮裡的名望與權力，所加以構成的一張空心表揚狀。

「我不知道你獲得誰的許可，跑去刺探我們的儲藏室。」老詹對著天花板說，肥胖的手指依舊在後腦杓處交錯。「說不定你是個鎮上的官員，而我卻一直沒注意到？要是這樣的話，那是我的錯——就像小詹說的一樣，是我不好。我還以為，你基本上只是個幫忙拿藥的護士而已。」

生鏽克認為這些話的目的，主要是種手段——雷尼想貶低他，然後藉此控制住他。

「我不是鎮上的官員，」他說。「但我是醫院的雇員，也是納稅人。」

「所以？」

生鏽克可以感到臉上熱了起來。

「所以那多少算是我的儲藏室。」他等著看老詹是否會有所回應，但這個坐在辦公桌後方的人，仍是一副無動於衷的模樣。「再說，那裡也沒上鎖。這也是個重點，不是嗎？我看見了我所看見的事，而且身為一名醫院雇員，我希望能得到一個解釋。」

「你也是個納稅人，別忘了這點。」

生鏽克靜靜看著他，甚至連頭都沒點一下。

「我無法解釋。」雷尼說。

生鏽克揚起眉毛。「真的？我還以為你掌握了這個小鎮的一舉一動。這不就是你上次在競選公共行政事務委員時說的嗎？結果現在你告訴我，你無法向我解釋鎮上的丙烷槽到哪兒去了？我還真不相信。」

雷尼首度展露出不高興的模樣。「我不在乎你相不相信。我之前也不知道這件事。」但他這麼說時，雙眼往旁邊瞥了一下，像是想確定那張老虎伍茲的簽名照是否仍掛在牆上；一個典型騙徒說話的模樣。

生鏽克說：「醫院的發電用燃料幾乎快用完了。要是沒有燃料，我們幾個人的工作就會變得跟內戰時期的戰場手術帳棚裡沒兩樣。如果沒電的話，我們目前的患者——包括一個冠心病患者，與一個可能非得截肢不可的嚴重糖尿病患者——就會身陷相當嚴重的狀況之中。那個可能需要截肢的人是吉米．希羅斯。他的車就停在停車場裡，保險桿上還貼著一張寫有『老詹當選』的貼紙。」

「我會調查這件事，」老詹說，語氣中有著恩賜的意味。「鎮公所的丙烷槽可能放在其餘的城鎮設施那裡。至於你們的，我可就不敢說了。」

「哪些其餘的城鎮設施？這裡還有消防局、神河路上的沙鹽堆(91)——但那裡甚至連個棚子都沒有——這些就是我全部知道的城鎮設施了。」

「艾佛瑞特先生，我很忙。很抱歉，我現在還有別的事得處理。」

生鏽克站了起來，雙手緊握著拳，但他不會讓拳頭就這麼揮出去。「我再問你一次，」他說。「就讓我們直接一點。你究竟知不知道那些不見的丙烷槽到哪兒去了？」

「不知道。」這一回，雷尼的視線飄到了戴爾．恩哈特的照片上。「我不會把你這個問題的言外之意放在心上，孩子，因為要是我這麼做的話，一定會十分憤慨。現在，你幹嘛不先離開這裡，好去檢查吉米．希羅斯的狀況？跟他說，老詹向他致意，希望他的病況能馬上好轉。」

生鏞克還在努力與自己的怒火搏鬥中，但這場抗爭是他輸了。「離開？我想你忘了，你是個公僕，而不是什麼私人機構的獨裁者。就暫時來說，我是這個小鎮的最高醫療管理人員，我需要一個答——」

老詹的手機響起。他拿起手機接聽，嘴唇線條開始向下抿緊。「天殺的！每次我才一轉頭——」他又聽了一會兒，然後說：「要是你都把人抓進辦公室了，彼得，你就應該趕緊收網，抓得牢牢的。打給老安。我會過去那裡，我們三個一起把這事給處理掉。」

他掛掉電話，站起身來。

「我得過去警察局一趟，那邊有個或許更加緊急的狀況得處理，除非我先到那裡一趟，否則什麼都無法告訴你。我想，你最好還是快回醫院或健康中心去，利比牧師似乎出了點事。」

「為什麼？她發生了什麼事？」

老詹瞇起了眼，以冰冷的雙眼盯著他瞧。「我確定你一定會聽到她的故事。我不知道那有幾分可信度，但我確定你一定會聽到。所以，去忙你的吧，年輕人，讓我也去忙我的。」

生鏞克沿前廳走至屋外，太陽穴一陣抽動。西方的落日像是一片火紅血霧。空氣幾乎凝止不動，但燒焦的臭味依舊傳了過來。踏上階梯時，生鏞克伸出一根手指，指向那個等他比自己先離開屋內的公僕，也就是站在他左邊的雷尼。雷尼繃著臉看著那根手指，但生鏞克並未把它放下。

91 沙與鹽通常會用來灑在結冰的路面上，使路面解凍，故為美國冬季維護道路的必備儲存。

「沒有任何人，有這個必要命令我去做我該做的事。所以，我會繼續找那些丙烷槽。要是我發現那些丙烷槽在不該出現的地方，你的事到時就會換別人來做了，雷尼公共事務行政委員。我向你保證。」

老詹朝他輕蔑地揮了揮手。「離開這裡，孩子。快上工去。」

## 11

在穹頂出現的前五十五個小時內，有超過二十四個孩子出現了癲癇症狀。有些人，例如艾佛瑞特家的女孩們，是有紀錄在案的情況。還有更多人沒被記錄下來。在之後的日子裡，癲癇發作的頻率迅速朝完全消失的方向前進。生鏽克後來曾針對少數觸碰過穹頂的人，比較他們觸電的經驗。第一次，你會覺得後頸的頭髮像是被電擊一樣的豎起，在那之後，大多數人都會變得沒有感覺，就像是接種了疫苗一樣。

「你是說穹頂就像水痘那樣？」琳達後來這麼問他。「得了一次，之後就終身免疫？」

賈奈兒發作了兩次，還有另一個叫諾曼·索耶的孩子也是，但在他們兩人的情況中，第二次發作均比第一次輕微，也沒了胡言亂語的情形。生鏽克診療過的大多數孩子，都只發作過一次，之後似乎也沒出現什麼後遺症。

在最初的五十五個小時裡，只有兩個成年人發作過，發作的時間都在星期一的日落時分，而發作的原因都十分明確。

就以被稱為「煮廚」的菲爾·布歇來說，發作的原因是因為他吸了太多自己製作的東西。約莫就在生鏽克與老詹扯破臉的同時，煮廚布歇坐在WCIK電台後方的儲物室外，迷迷糊糊地看著夕陽（這裡十分接近飛彈的射擊點，被燻黑的穹頂上方，是一大片緋紅色的天空），手上還鬆垮垮地握著他那根吸毒用的菸斗。他一臉苦惱地看著或許有一百英里高度的電離層[92]。在血紅色光芒照耀的幾片較低雲朵中，他看見了自己的母親、父親、祖父的臉孔，也看見了小珊與小華特。

每張雲朵構成的臉孔，全都流著血。

當他右腳開始痙攣，左腳也接著抖動時，他並未太過在意。抽搐是恐慌的正常反應之一，每個人都知道這點。然而，他的雙手緊接著開始顫抖，菸斗掉落在草地上（由於這間工廠的運作，因此草地一片枯黃）。沒多久後，就連他的頭也開始左右抽搐起來。

來了，他的感覺有些鬆了口氣，平靜地想著。我總算太超過了，這下得說拜拜了。或許這樣也好。

但他並沒有說拜拜，甚至也沒昏倒。他緩緩地倒在路上不斷抽搐，看著一顆黑色彈珠浮現在紅色天空之中。那顆彈珠脹到保齡球般的大小，接著又變成一顆充氣過度的海灘球。那顆圓球不斷擴張，直到吞食了紅色天際為止。

世界末日，他想。或許這樣最好。

片刻後，他覺得自己錯了，因為星星開始出現了。只不過星星的顏色不對，全都是粉紅色的。接著，喔，天啊，粉紅色的星星開始掉了下來，在後頭留下長長的粉紅色尾巴。

接著出現的是火燄。一座火勢熊熊的火爐，彷彿有人打開了卻斯特磨坊鎮那道通往地獄的隱藏暗門。

[92] ionosphere，地球大氣層被太陽射線電離的部分，為地球磁層的內界，對高頻電波的傳播有所影響，其範圍約離地表五十至兩千公里的高度。

「這就是我們的糖果，」他喃喃自語。他的菸斗緊貼在手臂旁邊，只是他得之後才會發現，並感受到被燙傷的痛楚。他躺在黃色草地上不斷抽搐，雙眼往上望著映射在紅色落日中的無毛白色人影。「我們的萬聖節糖果。先搗蛋……然後才有糖果吃。」

火勢變成一張橙色臉孔，正如他倒下來以前，在雲朵上看見的流血面孔一樣。那是耶穌的臉，正皺眉看著他。

那張臉孔說話了，而且還是對著他說話，並告訴他說，帶來火燄是他的責任。他的。火燄，還有……還有……

「純淨，」他躺在草地上喃喃自語。「不對……是淨化。」

耶穌現在看起來沒那麼生氣了，而且逐漸消失無蹤。為什麼呢？因為煮廚知道了。先是粉紅色的星星會出現，再來是洗淨之火，接著，這場審判就結束了。

煮廚就在他這幾週、可能還是幾個月以來，首度真正入睡的情況下，度過了癲癇發作的過程。當他醒來時，天空已變成一片漆黑，每一道紅色光曳均已消失無蹤。他覺得寒氣刺骨，但卻一點也不潮溼。

穹頂之下，已不再有露珠滑落。

## 12

當煮廚在詭異的日落時分看著耶穌的臉孔時，三席公共事務行政委員安德莉亞．格林奈爾就坐在沙發上，試著想要看書。她的發電機已經停了下來——還是其實仍在發動？她不記得了。但她有個免插電的小檯燈，是她妹妹蘿絲去年送給她的聖誕禮物。在此之前，她一直沒機會用到這個檯燈，但檯燈的功能依舊正常。你只需要把燈夾在書上，打開開關就行，就是那麼簡單。所以，光線不是問題。不幸的是，文字才是問題所在。那些文字不停在書頁上蠕動著，有時甚至還會相互調動位置，就算諾拉．羅伯特的文筆清晰易懂，也沒有什麼言外之意，還是令她難以理解。不過，安德莉亞依舊一直試著想讀進去，一切只因為想不出還有什麼別的事可做。

就算打開窗戶，房子裡還是臭氣沖天。她拉肚子，廁所卻不能沖水；她肚子餓，卻無法吃下東西。她在下午五點時，試著想吃三明治——只是個無害的起司三明治——更別說那個三明治還是她幾分鐘前才丟進廚房垃圾桶的。她覺得十分羞愧，因為，要吞下那個三明治實在非常困難。她大量流汗——先前已因此換了一次衣服，要是她辦得到，可能還得再換一次——雙腳還不斷抖動及抽搐。

我根本無法控制自己的腿，她想著。要是老詹召開緊會議，我也不可能參與得了。

就她上次與老詹及老安．桑德斯見面的結果來說，或許這是件好事；要是她出現，他們也只會用更多方式來欺負她，讓她做些她不想做的事。她最好離他們遠一點，直到搞定這……這……

「這一團混亂。」她說，濡溼的頭髮拂過眼睛。「我身體的這一團他媽的混亂。」

只要她再度找回原本的自己，便能起身反抗老詹．雷尼。已經拖太久了。就算她那可憐的背還在痛，深陷沒有止痛藥可吃的悲慘狀態中（但沒她預期的那麼痛——這倒是件令人驚喜的事），她也得這麼做。生鏽克要她拿點美沙酮[93]。美沙酮，老天爺啊！那就是又叫作海洛因的東西啊！

但是妳千萬不能馬上完全停藥。他曾這麼告訴她。妳會很容易有癲癇的狀況發生。

但他也說，照他的方法行事，或許會在十天內解決這事，而她不認為自己能等得了那麼久。

[93] Methadone，主要用於鎮痛、戒除藥癮的治療方面。

只要可怕的穹頂還籠罩著這小鎮就不行。所以，最好還是完全停藥。得到這個結論後，她把全部的藥丸——不只美沙酮，就連她在床頭櫃後面找到的強力止痛藥也一樣——全丟進馬桶裡沖掉。那是在馬桶沒辦法沖水前的事，還沖了兩次才沖完。此刻，她坐在沙發上顫抖著，試圖說服自己，她的做法並沒有錯。

這是唯一的方式，她想著。是那種無法以對錯來衡量的事。

她想翻過書頁，但笨拙的手卻把小檯燈撞到地上。燈光照在天花板上。安德莉亞抬頭望去，突然覺得自己飄了起來，而且速度很快，就像搭上一座透明的高速電梯。她只有一瞬間可以往下看，看見身體依舊在沙發上，無助地抽搐著，口中冒出的唾沫沿著下巴滑落。她看見身上那件牛仔褲的褲檔，有尿漬蔓延開來，心想：沒錯——我非改變不可，就是這樣。要是能撐過這次，非得這麼做不可。

她穿過了天花板，穿過樓上的臥房，穿過堆疊在閣樓裡的箱子與無法打開的電燈，自那裡直奔夜空。銀河就在她的上方，但卻不太對勁。銀河全變成了粉紅色。

接著開始墜落。

在某處——在離她很遠很遠的下方——安德莉亞從她留在原地的身體中，聽見了尖叫的聲音。

## 13

他們離開鎮中心時，巴比還以為自己會與茱莉亞討論派珀·利比身上發生的事，然而，他們大多數時間卻沉默不語，沉浸在自己的思緒中。當那不自然的落日紅暈總算褪去時，他們兩人都沒說出自己總算鬆了口氣的事，然而，他們的確都有同樣的感覺。

茱莉亞又試著要找尋其他電台，但除了WCIK爆出那句「讓我們一起祈禱」外，她什麼電台也沒找到，於是再度關上收音機。

巴比在路上只說過一次話。那時他們才剛駛離一一九號公路，開始沿莫頓路狹窄的柏油路面朝西方駛去，茂盛的樹木離車子兩側十分接近。「我做的事是正確的嗎？」

就茱莉亞的觀點來看，他在局長辦公室裡頭對質時，的確做了不少正確的事——包括幫兩名脫臼患者急救成功這件事——但她知道，他說的是另一件事。

「是。這時候要嘗試主張自己握有指揮權，可以說是錯誤之至的時機。」

他也同意這點，但卻覺得疲憊沮喪，看不出自己有辦法可以處理好這項已經開始的任務。

「我相信希特勒的敵人也說過差不多的話。他們在一九三四年這麼說，一點錯也沒有。在三六年，還是沒錯。就算到了三八年，他們也說：『現在還不是挑戰他的時刻。』當他們總算意識到時機來臨時，也只能在奧斯威辛和布痕瓦德集中營裡頭抗議了。」

「情況不一樣。」她說。

「妳覺得不一樣？」

她沒回答，但卻理解他的想法。希特勒曾是個貼壁紙的工人，至少傳說如此。而老詹．雷尼則是個二手車經銷商。兩者的確相差無幾。

在車子前方，樹木中透出亮眼的強光，陰影則被投射在莫頓路狹窄的柏油路上。

有幾輛軍用卡車停在穹頂的另一側——位置在哈洛鎮與這裡的交界——還有三、四十名軍人朝他們的方向移動，腰帶上全都掛著防毒面具。一輛車上印有「極度危險，請保持距離」的銀色油罐車正在倒車，一直到差點撞到穹頂上一塊噴漆門形標記才停了下來。一條塑膠管緊緊連在油罐車後頭的閥門上。有兩個人看守著管子末端那個不比原子筆筆桿粗的管狀注射器，身上全穿著閃亮的防護衣與頭盔，甚至還背著氧氣罐。

在卻斯特磨坊鎮這裡，只有一名觀眾。小梅．傑米森，鎮上的圖書館館員。她就站在一台後座裝有牛奶箱的老式淑女車旁，牛奶箱的後頭寫著：當愛的力量勝過對於權勢的愛慕，世界就學會了和平──吉米．韓崔克斯[94]。

「妳在這裡幹嘛，小梅？」茱莉亞問，走出車外。她把手舉至眼前，好遮住強烈燈光。

小梅緊張地拉著脖子那條銀色項鍊上的古埃及十字架項墜。她的視線從茱莉亞身上移至巴比，接著又轉回茱莉亞身上。「只要我一生氣或擔心時，就會騎腳踏車。有時我還會一直騎到午夜。這樣可以撫慰我的靈魂。我看到了燈光，還有那裡傳來的光芒。」她說這話時，像是在念著咒語一般，同時還放開了一下埃及十字架項墜，想探查空氣中是否有什麼難以理解的徵兆。「那你們到這裡幹嘛？」

「來看這場實驗。」巴比說。「要是有用的話，妳就可以成為第一個離開卻斯特磨坊鎮的人了。」

小梅露出微笑，雖說看起來有些勉強，但巴比仍是很高興她還願意擠出笑容。「要是我離開的話，就會錯過薔薇蘿絲餐廳的特餐了。星期二晚上通常是肉餅對不對？」

「預定是肉餅沒錯。」他同意道，但他沒說，要是下週二穹頂還在的話，那麼餐廳裡的主菜可能只端得出南瓜派了。

「他們不會開口的，」小梅說。「我試過了。」

一名身材矮壯的男子，自油罐車後方走進燈光之中。他身上穿著卡其軍服、府綢外套，還戴著一頂印有緬因州黑熊隊標誌的帽子。巴比心中浮現的第一件事，就是詹姆士．歐．寇克斯變胖了。再來，則是他那件厚重外套的拉鍊，往上拉到差點就夾到他雙下巴的高度。巴比、茱莉亞與小梅全都沒穿外套。對他們這些在穹頂裡的人而言，沒有穿外套的必要。

寇克斯敬了個禮，而巴比則回敬一個，覺得再度行軍禮的感覺，其實還算不錯。

「哈囉，巴比。」寇克斯說。「肯尼還好吧？」

「肯尼很好，」巴比說。「我還是那個占盡所有好處的臭婊子。」

「這回可不是，上校。」寇克斯說。「看來這回你只有他媽的得來速能吃了。」

## 14

「他是誰？」小梅低聲問，仍扯著埃及十字架項墜。茱莉亞認為，要是她再這麼扯著的話，項墜很快就會從鍊子上被扯下來了。「他們究竟在哪裡幹嘛？」

「試著讓我們可以出去。」茱莉亞說。「在今天稍早那場十分壯觀的失敗後，我得說，低調一點顯然是個明智的做法。」她走上前去。「哈囉，寇克斯上校——我就是那個你最喜歡的報紙編輯。晚安啊。」

寇克斯露出的微笑——出自禮貌，她想——只有帶著一點厭煩的感覺。「夏威女士。妳比我想像中還漂亮。」

「我得告訴你一件事，你還真是會隨口鬼扯——」

巴比在她離寇克斯三碼時，抓住她的手臂，把她攔了下來。

「怎麼了？」她問。

「相機。」直到巴比指著相機那刻，她幾乎忘了自己脖子上還掛著相機這事。「是數位的

㊾ Jimi Hendrix，美國知名搖滾樂手。

吧？」

「當然，是彼特．費里曼的備用相機。」她正準備要問原因時，便突然理解了。「你認為穹頂會把相機弄壞。」

「這還是最好的情形，」巴比說。「想想帕金斯局長的心臟起搏器發生了什麼事。」

「可惡，」她說。「可惡！說不定我得從後車廂拿我那台老柯達相機來用了。」

小梅與寇克斯打量著對方的模樣，讓巴比有種他們兩情相悅的感覺。「你們要做什麼？」她問。「要在這裡引發另一場爆炸？」

寇克斯猶豫著，沒有立即回答。巴比說：「不妨就說清楚吧，上校。就算你不告訴她，我也會說的。」

寇克斯嘆了口氣。「你就是堅持要讓所有資訊都透明化，對嗎？」

「為什麼不呢？要是這事成功了，卻斯特磨坊鎮的人肯定都會對著你大唱讚美詩。除非你們習慣了讓這些人被關在裡頭。」

「不行，這是上級下的令。」

「他們人在華盛頓。」巴比說。「記者們都在城堡岩，搞不好大多數人現在還在看按次計費的色情頻道。現在在這裡的，只有我們這些膽小鬼而已。」

寇克斯嘆口氣，朝門形噴漆一指。「穿著防護衣的那些人，會在那塊地方塗上實驗化合物。要是我們走運的話，酸劑會腐蝕過去，接著我們就能用玻璃切割器，像是切割玻璃窗一樣，在穹頂上切出一個洞口。」

「要是不走運呢？」巴比問。「要是穹頂分解，釋放出什麼毒氣，害死我們呢？這就是你們戴著防毒面具的原因？」

「事實上，」寇克斯說。「科學家認為，情況更有可能是酸劑會產生化學效應，使穹頂整個燒起來。」他看見小梅大受打擊的表情，又補充說：「他們覺得這兩種可能性都很低。」

「他們當然這麼想，」小梅說，捲著她的埃及十字架項鍊。「他們又不是會吸到毒氣或者被烤焦的那些人。」

寇克斯說：「我知道妳很擔心，女士——」

「梅麗莎，」巴比糾正道。突然間，讓寇克斯認識這些生活在穹頂之下的人，而不是僅將其視為幾千個沒有名字的納稅人，對他來說似乎變成了很重要的事。「梅麗莎．傑米森。她的朋友都叫她小梅。她是鎮立圖書館的館員，也是初中的輔導老師，我記得還兼任瑜伽老師。」

「我放棄了那份工作，」小梅露出有些煩躁的微笑。「有太多其他事得做了。」

「很高興能認識妳，傑米森小姐。」寇克斯說。「聽我說——這是個值得考慮的機會。」

「要是我們不這麼認為，有方法可以阻止得了你嗎？」她問。

寇克斯沒有直接回答這問題。「目前沒有任何徵兆，顯示事情會演變到那地步，不管穹頂到底是什麼東西，都只會被削弱或分解而已。除非我們破壞這東西，否則我們相信，你們會被困在這裡頭相當久。」

「你們對這件事的起因有任何想法嗎？任何想法都好？」

「沒有。」寇克斯說，但他的雙眼就像老詹與生鏽克．艾佛瑞特交談時同樣飄移了一下。

巴比心想，你為什麼說謊？是下意識的反應？覺得這些平民百姓就跟蘑菇一樣，只要繼續把他們拋在黑暗中，澆澆屎就好了？或許真的是這樣吧。但這想法還是讓他緊張了起來。

「夠強嗎？」小梅問。「你們的酸劑——效用很強嗎？」

「據我們所知，這是腐蝕性最強的東西。」寇克斯回答，讓小梅往後退了兩大步。

寇克斯轉向穿著防護衣的那群人。「你們準備好了嗎？」他們戴著手套的手豎起大拇指。在他們身後，所有動作均已停止。士兵們駐足觀看，手全放在自己的防毒面具上頭。

「動手吧。」寇克斯說。「巴比，我建議你護送這兩位漂亮的女士，後退至少五十碼遠——」

「快看那些星星。」茱莉亞聲音細微的說，語氣震驚不已。她的頭向上抬起，從困惑的表情中，巴比看見了她三十年前還是個孩子的模樣。

他抬起頭來，看見北斗七星、大熊座、獵戶座。所有星星都在原本的位置上……除了此刻看起來比較模糊，而且變成了粉紅色。整座銀河都變成了灑落在穹頂上方，夜空裡頭的泡泡糖。

「寇克斯，」他說。「你看見了嗎？」

寇克斯抬頭望去。

「看見什麼？星星？」

「你那邊看起來是什麼狀況？」

「呃……非常明亮，當然——這地區沒有光源污染——」接著，一個念頭自他心中浮現，他打了幾個響指。「你們看見什麼了？星星的顏色改變了？」

「看起來很漂亮，」小梅說，閃閃發亮的雙眼圓睜著。「但也很嚇人。」

「星星是粉紅色的，」茱莉亞說。「這是怎麼回事？」

「沒什麼，」寇克斯說，但聲音中有種奇怪的不情不願。

「怎麼了？」巴比問。「說啊。」接著又不假思索地補了一句：「長官。」

「我們在晚上七點時，接到一份天氣報告，」寇克斯說。「其中特別強調了風勢。以防要是……呃，這只是以防萬一而已，千萬別想太多。高速氣流正朝西方吹，會一直吹到內布拉斯加州或堪薩斯州那裡，接著轉向南方，然後朝東部沿海地帶吹去，是十月下旬常見的天氣模式。」

「那星星怎麼會變成這樣？」

「因為氣流最後會朝北方去，穿過許多城市與工業城鎮。而氣流夾帶的東西，全都被吹到了穹頂上頭，而不是被吹到北邊的加拿大與北極。現在累積的狀況，足以使穹頂變成一種濾光器。我敢說這沒有危險……」

「目前沒有而已。」茱莉亞說。「但一個星期或一個月後呢？等到穹頂讓這裡一片漆黑，你要從我們領空上方三萬英尺的高度沖洗穹頂嗎？」

在寇克斯回答前，小梅．傑米森便尖叫起來，指向天空，摀住了自己的臉。粉紅色的星星掉了下來，在後頭留下明亮的尾巴。

## 15

「再來點藥。」派珀說，說話聲音就像生鏽克聽見她的心跳般朦朧。生鏽克拍了拍派珀的右手——她的左手有嚴重的擦傷。「不能再給妳藥了，」他說。「妳已經開始恍惚了。」

「耶穌希望我能得到更多藥，」她用同樣朦朧的聲音說。「我想要跟糖霜蛋糕一樣高。」

「我想應該是跟『大象的眼睛』一樣高才對[95]，不過我得再考慮看看再說。」

她坐起身。生鏽克試著想讓她躺下，但卻只敢推她的左肩，因此無法阻止。「我明天有辦法

[95]此處的典故出自音樂劇《奧克拉荷馬》（Oklahoma!）的開場曲〈Oh, What a Beautiful Mornin'〉之歌詞。

出院嗎？我得去見蘭道夫局長。那群男孩強姦了小珊．布歐。」

「他們還差點就害死妳了。」他說。「先不論脫臼與否，妳那一跤實在是非常幸運。小珊的事就交給我擔心吧。」

「那些警察很危險，」她把右手放在他手腕上。「他們沒資格當警察。他們會傷害別人。」她舔舔嘴唇。「我的嘴好乾。」

「我可以解決，不過妳得先躺好。」

「你有從小珊身上取出精液樣本嗎？你可以跟那些男孩比對嗎？要是可以的話，我會一直逼彼得．蘭道夫，直到他讓他們提供ＤＮＡ樣本為止。我可以不分晝夜的逼他。」

「我們沒有比對ＤＮＡ的設備，」生鏞克說。再說，我們也沒有精液樣本。因為在小珊自己的要求下，吉娜．巴佛萊幫她沖洗過了。「我會給妳一些喝的。除了實驗室那台冰箱因為要存放果汁，其餘的冰箱全都關了電源。不過，在護理站那裡還有個保冷箱。」

「果汁，」她說，閉上雙眼。「好，果汁很好。橘子或蘋果都行。不要是Ｖ８牌的就好。太鹹了。」

「蘋果汁，」他說。「妳今晚得喝透明一點的東西。」

派珀低喃著：「我好想我的狗。」接著轉過頭去。生鏞克認為，等到他拿鋁箔包果汁回來時，她八成已經睡著了。

他才走到走廊的中間，抽筋敦便從護理站的轉角急奔而來。他雙目圓睜，神色古怪。「到外面來，生鏞克。」

「我先幫利比牧師拿——」

「不行，就是現在。你得親眼看看。」

生鏞克急忙回到二十九號病房看了一下狀況。派珀正以最不淑女的方式打鼾——考慮到她腫起的鼻子，這也算是正常了。

他跟在抽筋敦身後通過走廊，幾乎得不停邁出大步才跟得上他。「怎麼了？」他話裡的意思更像是：現在又怎麼了？

「我無法解釋，說了你可能也不相信我。你得親自看看才行。」他用力往外推開大廳的門。在接送病患的遮雨棚那裡，外頭車道上站著三個人，分別是維維・湯林森、吉娜・巴佛萊，還有吉娜找來醫院幫忙的一個朋友哈麗特・畢格羅。他們三人就像是在安慰對方似地抱著彼此，抬頭凝視天空。

天空中全是散發強光的粉紅色星星，有許多顆正在下墜中，在後頭留下了相當長、幾乎是螢光色的尾巴。生鏞克的背脊升起一陣寒意。

茱蒂預言了這件事，他想。「粉紅色的星星拖著尾巴掉下來了。」

而且的確發生了。的確發生了。

看起來就像是天國崩塌下來似的。

## 16

粉紅色的星星開始墜落時，愛麗絲與艾登已睡著了，但瑟斯頓・馬歇爾與卡洛琳・史特吉並沒有。他們站在杜瑪金家後院，看著星星拖著粉紅色的尾巴墜下。有些尾巴互相交錯，而當這種情況發生時，那粉紅色的奇異現象，則會在消失前多堅持了一會兒。

「是世界末日嗎？」卡洛琳問。

「不，」他說。「這是流星雨，在秋季的新英格蘭地區常常可以見到。我想，對於英仙座流星雨來說，這場流星雨算晚的了，所以，這批流星可能偏離了軌道——或許還是百萬兆年前，一顆小行星爆炸產生的塵埃與碎石塊。別亂想了，卡洛琳！」

她辦不到。「流星雨都是粉紅色的嗎？」

「不，」他說。「我想在穹頂外側，看起來應該是白色的，但我們透過了一層灰塵與微粒物質看到這幅景象。這是因為污染物的關係，換句話說，那改變了光的顏色。」

她思索著這點，同時，兩人持續看著沉默而狂暴的粉紅色天空。「瑟斯頓，那個小男孩……艾登……他發病或什麼的時候，說……」

「我記得他說的話。『粉紅色的星星掉下來了，星星的後面有很多線。』」

「他怎麼會知道？」

瑟斯頓只是搖了搖頭。

卡洛琳把他抱得更緊。像這種時刻（雖然她這輩子還沒有真正遇過眼前這種情況），她很慶幸瑟斯頓的年紀大到足以當她父親。此刻，她還真希望他就是她父親。

「他怎麼知道這件事會發生？怎麼知道？」

# 17

艾登說出那些預言時，他還說了些別的事：每個人都在看。星期一晚上九點半，當流星雨最為頻繁時，這件事也成真了。

這個消息透過手機與電子信件傳遞，但大多數的情況中，仍是藉由老方式傳播，也就是口耳相傳。大約在十五分鐘後，主街上擠滿人群，看著這場無聲的煙火大會，而大多數人同樣不發一語，甚至有幾個還哭了出來。一個名為里歐·萊蒙恩，同時也是已故科金斯牧師那間聖救世主教堂的信徒，大喊著這是世界末日，說他看見了天空中的天啟四騎士，被提的時刻即將來臨等等的話。懶惰鬼山姆．威德里歐——他在下午三點被放回街上，神智清醒暴躁——告訴里歐再不停止鬼叫那些狗屁末日的事，就要揍得他頭冒金星。身為警察的老魯．利比把手放在槍托上，叫他們兩人全閉上該死的那張嘴，別嚇到了其他人，彷彿其他人還沒感受到恐懼一樣。維洛與湯米．安德森人在北斗星酒吧的停車場，維洛把頭靠在湯米肩上哭著。在薔薇蘿絲餐廳外頭，蘿絲．敦切爾站在安森．惠勒身旁，兩人身上還穿著圍裙，同樣抱著對方。諾莉．卡弗特與班尼．德瑞克與他們的父母在一起，當諾莉的手偷偷滑進班尼手裡時，班尼緊緊握住，感受到一股就連親眼見到那些粉紅色星星掉下來的畫面，也無法與其比擬的興奮。美食城現任經理傑克．凱爾就在超市的停車場中，叫前任經理厄尼．卡弗特快出來看看這幅景象。下午稍晚時，他問厄尼是否能過來幫他列一份他們現在手頭上有的完整貨物清單。他們一直在處理這件事，當一切可望在午夜完成時，卻聽見主街那裡傳來一陣騷動。此時，他們站在一塊兒，看著粉紅色的星星掉了下來。史都華與福納德．鮑伊站在葬儀社外抬頭凝視。亨利．莫里森、賈姬．威廷頓與在高中教歷史的查茲．班德就站在葬儀社對面。「這只是透過一層污染物來看的流星雨而已。」查茲這麼告訴賈姬與亨利……只是，他的聲音同樣畏懼不已。

事實的確如此，累積的空氣微粒改變了星星的顏色，導致人們得從一個全新角度來看待自己的家鄉，而落下眼淚的人也越來越多。哭泣聲十分輕柔，幾乎就像雨聲一樣。

老詹對於天空那些毫無意義的光芒不感興趣，比起來，他對人們會怎麼解釋這件事有興趣多了。他認為，今晚每個人都會乖乖回家。不過到了明天，事情可能就不同了。他在大多數人臉上看見的恐懼未必是件壞事。恐懼的群眾需要強壯的領導者，如果要老詹舉出一件他能為大家奉獻的事物，那就是強而有力的領導能力。

他與蘭道夫局長及老安．桑德斯就站在警局門口。在他們下方，是他那群擠在一起的問題兒童：席柏杜、瑟爾斯、蕩婦路克斯，以及小詹的朋友法蘭克。老詹走下那個稍早前利比滾落的階梯（要是她摔斷脖子的話，那才真是幫了我們大忙。他如此想著。），拍了拍法蘭克的肩膀。

「在看什麼節目嗎？法蘭克？」

男孩恐懼地睜大雙眼，讓他看起來像十二歲，而非二十二歲，或是他現在的歲數。「雷尼先生，這是怎麼回事？你知道是怎麼回事嗎？」

「流星雨。只不過是上帝向祂的子民問好而已。」

法蘭克．迪勒塞放鬆了些。

「我們要回警局裡了，」老詹說，用大拇指朝仍望著天空的蘭道夫與老安比了一下。「我們會先談一會兒，接著會叫你們四個進來。等到我一叫你們，我要你們全都能說出他麻的一模一樣的事件經過。懂嗎？」

「知道了，雷尼先生。」法蘭克說。

馬文．瑟爾斯看向老詹，雙目圓睜，一副張口結舌的模樣。老詹認為，這男孩看起來像是智商突然提升到了七十。不過，這也不一定是件壞事。「這看起來就像世界末日，雷尼先生。」他說。

「胡說八道。你被上帝拯救了嗎，孩子？」

「我想應該是吧。」馬文說。

「那就沒什麼好擔心的。」老詹一個一個地看著他們每個人，最後對卡特．席柏杜說：「小夥子們，要是你們想平安度過今晚，就得套好證詞。」

並非每個人都有看見粉紅色星星。正如艾波頓家的小孩，生鏽克的兩名女兒也在熟睡之中。派珀也是，還有安德莉亞．格林奈爾。就連趴在枯萎草地上，位於或許是美國最大的冰毒工廠旁的煮廚也一樣。同樣狀況的人，還有布蘭達．帕金斯。她自己一個人哭著在沙發上入睡，一旁的咖啡桌上，還放著那些從「維達」資料夾裡列印出的文件。

死去的人也沒看見這幅光景，除非今晚，他們能在比這片無知的人們相互衝突的黑暗平原更為明亮的地方看著這一切才行。屍體在鮑伊葬儀社裡的，有蜜拉·伊凡斯、公爵•帕金斯、查克·湯普森，以及克勞蒂亞·桑德斯。哈斯克醫生、卡提先生與羅瑞·丹斯摩，則待在凱薩琳·羅素醫院的太平間裡。至於萊斯特·科金斯、小桃·桑德斯與安安·麥卡因，則依舊還在麥卡因家的儲藏室中。就連小詹也是。他坐在小桃與安安中間，握著她們的手。他的頭仍在痛，但只剩一點點而已。他覺得，今晚或許還是睡在這裡好了。

在卻斯特東區的莫頓路上（那裡離企圖用實驗性酸劑化合物破壞穹頂的地方不遠，就算在如此詭異的粉紅色天空之下，他們的行動依舊沒有停下），曾是蜜拉丈夫的傑克·伊凡斯，就站在他家後院，一隻手拿著一瓶傑克·丹尼威士忌，另一隻手則拿著他仔細考量後所挑選的防護居家安全武器，一把魯格ＳＲ９手槍。他一面喝酒，一面看著粉紅色的星星掉了下來。他知道這是怎麼回事，也為每個人祈禱，同時希望自己能死去。由於失去蜜拉，他的生活跌至了谷底。或許他可以在沒有她的情況下活下去，也可能活得像是隻生活在玻璃缸裡的老鼠，只是，他卻完全無法接受這兩種情形同時發生。當落下的流星雨變得更為頻繁時——當時大約九點四十五分，也就是流星雨開始約四十五分鐘後——他一口吞下剩餘的威士忌，將瓶子丟到草地上，一槍射穿自己的腦子。他是磨坊鎮第一個被法律認定為自殺的人。

而他並不是最後一個。

## 18

巴比、茱莉亞與小梅·傑米森默默看著那兩名穿著防護衣的士兵，移動著塑膠管末端的細長噴嘴。他們把噴嘴放入一個上端有夾鏈的不透明塑膠袋，然後把袋子放進上頭印有「有害物質」四個字的金屬箱中。他們以各自的鑰匙分別鎖上箱子，接著脫下頭盔，看起來又熱又疲憊，一副沒精神的模樣。

兩名年紀較大的男子——對士兵來說太大了——從放置實驗性酸劑那裡，推著一台附有輪子、看起來結構複雜的儀器前進。這過程已反覆了三次之多。巴比猜想，那兩個老傢伙可能是國家安全局的科學家，正在做一些光譜分析之類的事，或者想嘗試這麼做。他們在測試過程中一直戴著防毒面具，此時則將其推至頭頂，像是戴著一頂奇怪的帽子。巴比可以直接問寇克斯測試的結果為何，而寇克斯也可能會給他一個直截了當的答案，只是，此刻就連巴比也同樣感到精神不濟。

在他們頭上，最後幾顆粉紅色流星正劃過天際。

小梅回頭指向卻斯特東區。「我聽見像是槍聲的聲音。妳有聽到嗎？」

「可能是汽車逆火，或者有孩子在放沖天炮吧。」茱莉亞說。她也同樣一臉疲憊。有一度，當這場實驗——可以稱之為酸劑測試實驗吧——看起來顯然無法奏效時，巴比注意到她在揉眼睛的模樣。只不過，這依舊無法阻止她繼續用柯達相機不斷拍照的舉動。

寇克斯走向他們，兩座位於不同地方的探照燈投射出他的影子。他指向穹頂上頭，以噴漆標示出的門形區域。「我猜，這場小冒險花了美國納稅人七十五萬美金左右，其中不包含研究與開發這個酸劑化合物的費用，而只是我們把酸劑塗在上頭，做出這他媽的一切所花的費用罷了。」

「小心用詞，上校。」茱莉亞說，露出一絲她特有的微笑。

「多謝提醒，編輯女士。」寇克斯酸溜溜地說。

「你真的覺得這會有用？」巴比問。

「不，不過我也同樣覺得，我應該沒辦法活到親眼見到有人登上火星才對。但是俄國人說，他們要在二〇二〇年的四月，派一組人登陸火星。」

「喔，我懂了，」茱莉亞說。「這一定是火星人聽見風聲，然後氣炸了。」

「如果是這樣，他們可就找錯國家復仇了。」寇克斯說……而巴比在他眼神裡看見了什麼。

「你有多確定，詹姆士？」他低聲問。

「你說什麼？」

「我是說外星人把穹頂架設在這裡的事。」

茱莉亞往前邁出兩步。她的臉色蒼白，眼神中卻閃爍著怒火。「該死！快告訴我們你知道的事！」

寇克斯舉起手。「等等。我們什麼也不知道。不管如何，這只是其中一種理論而已。就是這樣。馬蒂，你過來一下。」

一個正要對穹頂開始進行測試的老人跑了過來，雙手還抓著防毒面具的帶子。

「你的分析結果是？」寇克斯問。當他看見那名老人的猶豫時，又說：「儘管直說。」

「好吧……」馬蒂聳聳肩。「有微量的礦物質，土壤與空氣裡的污染物，除此之外就沒有別的東西了。根據光譜分析來看，這東西根本不存在。」

「那HY-908呢？」他又對巴比與兩名女性補充：「也就是那個酸劑。」

「消失了。」馬蒂說。「被不存在的東西吞噬掉了。」

「就你所知來看，這事可能發生嗎？」

「不。不過就我們所知來說，穹頂本身就是個不可能存在的東西。」

「所以你認為，穹頂可能是具有更先進的物理學、化學、生物學等知識的生命形式創造出來的？」當馬蒂再度猶豫時，寇克斯重複了剛才所說的話。「儘管直說。」

「這是其中一種可能。但也有可能是地球上某個超級惡棍弄出穹頂這東西的。一個真實世界版的雷克斯・路瑟⑯，或者某個敵對國家搞的鬼，像北韓什麼的。」

「這樣還會有誰辦不到？」巴比懷疑地問。

「我傾向於外星人的說法，」馬蒂說。他毫無畏懼地敲了敲穹頂；先前他便已經被輕微電過了一次。「現在，大多數處理這件事的科學家都這麼認為──如果在這種我們沒辦法實際做出什麼事的情況下，還能說是在處理這件事的話。這就跟福爾摩斯的規則一樣：當你消除了所有可能性後，無論剩下的結果多麼不可能，都會是正確答案。」

「有任何人或任何生物駕駛飛碟降落，要求要見我們的領袖嗎？」茱莉亞問。

「沒有。」寇克斯說。

「要是真有這情形發生，你會知道嗎？」巴比問，心裡想著：我們是真的在討論這個？還是我只是做夢而已？

「不一定。」在經過短暫的猶豫後，寇克斯這麼說。

「穹頂也有可能是一種氣象學的狀況。」馬蒂說。「見鬼了，甚至是生物學的狀況──根本就是個生命體。有一派說法認為，這東西其實是某種大腸桿菌的混合體。」

「寇克斯上校，」茱莉亞平靜地說。「我們身處於什麼實驗中嗎？因為這就是我現在的感覺。」

就在同時，小梅・傑米森回頭望向卻斯特東區那些漂亮房子。那裡大多數房子都沒有開燈，要嘛不是因為住在那裡的人沒有發電機，要嘛就是想要節省發電機燃料。

「是槍聲沒錯，」她說。「我敢說一定是槍聲。」

⑯Lex Luthor，為漫畫《超人》中的壞人角色，是超人的最大勁敵。

# 感應

# 1

老詹．雷尼與鎮上其他官員不同。他只支持一項運動，也就是高中女子籃球賽——正確地說，是只支持野貓女子籃球隊才對。他從一九九八年開始，便固定購買季票，每年至少都會去看個十來場比賽。二〇〇四年，野貓女子籃球隊獲得當年的全州D組冠軍，而他每一場都有去看。雖然被邀請到他書房裡的人，都只會注意到老虎伍茲、戴爾．恩哈特與太空人比爾．李的親筆簽名，但他最自豪的——也是他的珍藏之一——其實是漢娜．康普頓的親筆簽名。她是野貓女子籃球隊的球員，是名高中二年級的控球後衛，也是隊上唯一榮獲金球獎的成員。

如果你是個會購買季票的人，就會知道自己身邊有哪些人也同樣購買季票。會讓人成為球迷的原因很多，許多人是球員親屬（通常還是後援會的忠實成員，會推動賣餅乾的活動，以及發起一連串金額越來越高的捐款活動等等）。其他人則是純粹的籃球支持者，他們能提出一些正當理由，證明女子高中籃球賽比其他籃球賽事好看多了。年輕的女性選手比起只喜歡跑轟戰術、灌籃，以及來個大遠射的男性選手更具團隊精神。女籃的節奏較慢，讓你可以融入球賽，享受每一個擋拆配合或傳切戰術。女籃的愛好者喜歡低比分比賽，因此常被男籃支持者嘲笑，聲稱女籃中只看得到防守與罰球，只有老一輩的人才看得下去。

當然，還有一些喜歡看長腿少女穿短褲奔跑的傢伙。

老詹喜愛女籃的原因可以說以上皆是。但他真正的熱情來源，其實源自一個全然不同的原因，一個當他與球迷朋友討論球賽時，從來不曾說出口的因素。老謀深算的人，絕不會輕易就說出來。

女孩在打球時，帶有更多私人恩怨，這使得她們更像是一群心懷怨恨的人。

沒錯，男孩也想贏球，所以要是對上死對頭的話，的確會使比賽熱血沸騰起來（像磨坊鎮野貓隊便很瞧不起城堡岩火箭隊）。但大多數的情況中，籃球對男孩而言，也與個人成就有關，換句話說，也就是想炫耀罷了。當比賽結束後，一切就過去了。

另一方面，女孩憎恨輸球的感覺。她們輸球後，更衣室會籠罩在低迷的情緒中。更重要的是，她們就連厭惡與憎恨這種情緒的狀況，也十分具有團隊精神。老詹經常看見那股恨意延續下去，蔓延在打成平手的下半場比賽中，使她們處於一種「別夢想了，妳這個臭婊子，這球是我的」的狀態裡。他看出了這點，並且滿足不已。

在二〇〇四年前，成立二十年的野貓女子隊只打進過一次州立大賽，最後在淘汰賽中輸給了巴克菲爾德的隊伍。接著，漢娜．康普頓出現了。老詹認為，她是有史以來恨意最為強烈的球員。

就像他的女兒一樣，戴爾．康普頓這個塔克磨坊鎮的裁紙工人同樣十分削瘦。他總是醉醺醺的，老愛與人爭辯，因此每當漢娜擺出那副「給我滾遠一點」的表情時，自然也具有相當的說服力。當她仍是新人時，球季的大多數時間中都只是個板凳球員，到了最後兩場比賽，教練才總算派她上場。她的得分超過了所有球員，還甩開了里奇蒙山貓隊那個守備嚴密，動作也遵守規則的防守球員，使她在球場上感到痛苦萬分。

那場比賽結束後，老詹抓著伍德海德教練。「要是那個女孩明年無法成為先發球員，那你肯定是瘋了。」他說。

「我可沒瘋。」伍德海德教練只好這麼回答。

漢娜開始變得熱門，而且越來越受歡迎，還留下讓野貓隊球迷可以在多年後依然津津樂道的輝煌成績（單一球季的每場比賽平均得分為二十七點六分）。只要她想的話，隨時都能來個定點跳躍，拋出一記三分球。但老詹最喜歡的，還是看她撕裂對方的防守，進而直闖籃下，憤怒至極的臉孔上掛著一絲專注冷笑，明亮的黑色眼眸無所畏懼地看著所有想阻止她的人，後腦杓的短馬尾看起來就像豎起的中指一樣。磨坊鎮的次席公共事務行政委員，以及首屈一指的二手車經銷商，就這麼陷入了迷戀之中。

二〇〇四年的冠軍賽，當漢娜因犯規下場時，野貓女子籃球隊已領先十分之多。對野貓隊來說，幸運的是，這只是場高中籃球，使她們最後仍以一分之差取勝。在全隊八十六分的得分裡，漢娜．康普頓一人便拿下了讓人驚嘆的六十三分。那年春天，詹姆士．雷尼扣除掉成本，以四折的價格，賣給她那個喜歡與人爭執的老爸一輛全新的凱迪拉克。賣高檔新車並非老詹的營業項目，但當他想走後門弄到一輛時，也總是能辦得到。

他坐在彼得．蘭道夫的辦公室裡，外頭那些最後一批的粉紅色流星雨還在往下墜著（他的那群問題兒童正在等待——老詹希望他們焦急難耐——他的傳喚，以便知曉他們的命運為何），老詹回憶起那場精采絕倫，完全可以稱之為神話的籃球比賽。尤其是下半場的前八分鐘，野貓女子隊原本還落後九分的緊張時刻。

漢娜以單打獨鬥的方式，殘暴地掌控著整場比賽，正如史達林掌握俄羅斯一樣。她的黑色雙眼閃爍著光芒（彷彿進入某種籃球的涅槃之境，超越了凡人的視野），臉上始終掛著永恆不變的冷笑，彷彿在說：我比妳厲害，我是最強的，別想擋我，否則我就讓妳他媽的倒地不起。在那八分鐘裡，她投出的每一球都進了籃框，其中還包括一記誇張的半場射籃，那時她的雙腳絆了一下，在差點就要被吹判走步的情況下，搖搖晃晃地投出了那一球。

如果要用什麼話來形容，最常見的說法，應該就是「顛峰狀況」了。不過老詹更喜歡稱之為「感應」，像是「她現在真的感應到了」，彷彿那場比賽有什麼超越其他凡人球員所能理解的神性（縱使有時就算是平凡球員也會有所感應，使他們在短暫瞬間成為了神明與女神，每個身體上的缺陷，都在短暫的神威中消失無蹤），讓人可以在一些特別的夜晚裡得以接觸那股力量，就像北歐神話的英靈神殿裡，那令人驚嘆的奢華布幔就掛在球場上似的。

漢娜．康普頓高中三年級那年，從來沒有打過任何一場球。那場冠軍賽就是她的告別作。那年夏天，由於酒後駕車，使她的父親害死了自己、妻子與所有的三個女兒。他們當時正在從布洛尼商店回塔克磨坊鎮的路上，會去那裡，也不過就是想買加了冰淇淋的飲料罷了。而那台作為獎勵用的凱迪拉克，也因此成為了他們的棺材。

這場多人死亡的車禍消息，上了緬因州西部所有的報紙頭條——茱莉亞．夏威的《民主報》當週也發行了一份印有黑色邊框的特刊——但老詹並未傷心欲絕。他原本便懷疑漢娜打不了大學籃球隊；那裡的女孩更厲害，可能會使她淪落到變成一名非主力球員，肯定永遠無法獲得滿足，恨透那種只能站在場邊，不斷等人餵球的情況。老詹完全能理解這種感覺，也同情得很。而這正是他從未想過要離開磨坊鎮的主要原因。在更加遼闊的世界裡，他或許能賺得到更多；但財富只是杯不夠味的啤酒，唯有權力才是香檳。

平常的日子裡，管理磨坊鎮是件很棒的事。而在這種危急時刻中，這感覺則更為完美。你可以完全放任直覺的翅膀自由飛翔，知道自己不會搞砸一切，絕對不會。你可以在敵人尚未組起防禦陣式前便先行看穿，進而在每次接到球時都順利得分。你能夠感應得到。再也沒有比冠軍賽這種場合更適合這種事發生的時機了。

現在就是他的冠軍賽，沒有任何東西能阻擋住他。他有這種感覺——並且深信不疑——沒有任何壞事有機會突圍而出；就算看起來似乎不太好的事，也會轉變成機會，就像漢娜那記出於絕望的半場射籃，最後使整座德利公民中心震動不已，磨坊鎮的球迷大聲歡呼，支持城堡岩的人則難以置信的發出怒吼一樣。

感應。這就是儘管他已精疲力竭，卻仍不覺得累的原因；也是小詹刻意有所保留，似乎提防著他，但他也絲毫不會擔心的原因。同時，這更是他完全不擔心戴爾．芭芭拉與他那群朋友——尤其是那個報社婊子所帶來的麻煩的原因。這就是為什麼當彼得．蘭道夫與老安．桑德斯目瞪口呆地看著他時，他只是一笑置之的緣故。他感應到了。

「關閉超市？」老安問。「這不是會讓一堆人焦慮得很嗎？老詹？」

「是超市與加油站商店。」老詹糾正，臉上依舊掛著微笑。「我們不用擔心布洛尼商店，那裡已經停業了。這也算是件好事——那間小店髒得很。」還賣著一些下流的黃色雜誌。他沒補上這句。

「老詹，美食城那裡還有大量物資，」蘭道夫說。「我今天下午和傑克．凱爾談過。紅肉剩不多，但剩下的東西數量都很充足。」

「我知道，」老詹說。「我知道存貨數量，也知道凱爾有列出清單。他是應該這麼做，畢竟他可是個猶太人呢。」

「呃……我的意思只是在說，目前每件事還算挺有秩序，因為大家的儲藏室裡還有足夠的物資。」他開心地說。「至於現在，我看得出美食城的存貨會很快開始短缺。我想應該可以說服得了傑克，他搞不好早就想過這件事了。」

老詹搖搖頭，依舊掛著微笑。這又是另一個當你有所感應時，有事情會想阻止你的例子。公爵．帕金斯會說這是個錯誤決定，尤其在今晚這個令人感到不安的天文現象後，更會為全鎮帶來額外壓力。不管怎樣，公爵已經死了，這只會讓事情變得更好辦，是個天賜的大好良機。

「叫他們全部停業。」他又重複一遍。「把門關得緊緊的。他們再開張的時候，會由我們負責發放物資。這樣物資可以撐得更久，才能平均分配。我會在星期四的會議上宣布這項配給計畫。」他停了一會兒。「如果到時候穹頂還沒消失的話。」

老安躊躇不決的說：「我不確定我們有可以勒令商店停業的權力，老詹。」

「像在這種危機狀況中，我們不僅有權力，還有責任得要一肩扛起。」他充滿熱忱地拍了拍彼得．蘭道夫的背。磨坊鎮的新警長沒預料到他會有這個動作，被嚇得輕呼一聲。

「要是導致恐慌怎麼辦？」老安皺著眉。

「嗯，這也有可能，」老詹說。「要是你朝老鼠窩踢上一腳，那群老鼠全都會亂竄一通。要是短時間內這場危機無法結束，那我們可能還得擴增一定程度的警力。對，得再擴增才行。」

蘭道夫看起來嚇了一跳。「我們現在已經有二十個人了，包括——」他用頭朝門的方向一比。

「沒錯，」老詹說。「是該跟他們好好談談。最好還是讓他們趕緊進來，局長。我們一起解決掉這件事，好讓他們可以回家睡覺。我想，他們明天會忙得很。」

要是他們能因此學到一點教訓，那就更好了。他們是該為了管不好褲子裡那根玩意兒，受到一點懲罰才對。

## 2

法蘭克、卡特、馬文與喬琪亞坐立不安的模樣，就像嫌疑犯排成一排供人指認似的。他們表情呆板，帶著點反抗神色，只是後者的神情相當微弱，漢娜．康普頓肯定會嘲笑他們。他們低垂著頭，看著自己的鞋子。在老詹眼中，他們明顯認為自己會被解雇，或是得到更慘的下場，使他覺得愉快得很。恐懼是最好操弄的情緒了。

「好啦，」他說。「我們勇敢的警員來了。」

喬琪亞用氣音喃喃說了些什麼。

「大聲點，小姑娘。」老詹的手彎成杯形，靠在耳邊。

「我說我們並沒有做錯事。」她說，聲音依舊是那種「老師別罵我」的低喃。

「那你們到底做了什麼？」當喬琪亞、法蘭克與卡特等人，全都在同一時間開口時，他指向法蘭克。「你先說。」天殺的，給我表現好一點。

「我們的確有過去那裡，」法蘭克說。「可是是她約我們過去的。」

「對！」喬琪亞喊著，雙手抱在巨大的胸部下方。「她——」

「閉嘴。」老詹以粗肥的手指指著她。「你們一個一個來。這才是團隊合作的方式。你們是團隊沒錯吧？」

卡特·席柏杜看出了事情會如何發展。「是的，雷尼先生。」

「很高興能聽到你這麼說。」老詹對法蘭克點點頭，示意他繼續說下去。

「她說她那邊有些啤酒，」法蘭克說。「這就是我們過去的唯一原因。現在鎮上不行買酒，你們也知道這點。總之，我們坐在一起喝啤酒——一個人只喝一罐，而且那時候差不多已經快下班——」

「已經下班了，」局長插口。「你指的是這個意思吧？」

法蘭克恭敬地點了點頭。「是的，長官，我的意思就是這樣。我們喝完啤酒，然後說最好還是先走了，但她說，她很欣賞我們做的事情，每個人都很棒，想向我們表示謝意，接著就張開了腿。」

「把她的洞口給我們看。」馬文解釋，露出一個大大的蠢笑。

老詹抽搐一下，在心中無聲地感謝上帝，幸好安德莉亞．格林奈爾此時不在這裡。不管她有沒有藥物上癮的問題，都有可能像在這種狀況裡忽然政治正確起來。

「她把我們一個一個帶進臥室裡。」法蘭克說。「我知道這是個錯誤的決定，我們全都對此感到抱歉，不過她完全是自願的。」

「肯定如此，」蘭道夫局長說。「那女孩在這方面還挺出名的。她丈夫也是。你們有在那裡發現任何毒品嗎？」

「沒有，長官。」四個人一同說。

「你沒有傷害她？」老詹問。「我知道她有聲稱自己被打或什麼的。」

「沒人傷害她，」卡特說。「我可以說說我的推測嗎？」

老詹做了個同意的手勢，開始思考起席柏杜先生的培育價值。

「我們離開後，她可能跌了一跤，說不定還是好幾跤。她醉得很厲害。兒童福利機構應該要在她害死自己的小孩前，就把那孩子帶走才對。」

沒人會帶走那個孩子。就鎮上目前的處境而言，位於城堡岩的兒童福利機構就跟在月球上沒兩樣。

「所以，你們基本上都是清白無辜的。」老詹說。

「完全清白。」法蘭克回答。

「好吧，我想我們全都相信你們，」老詹環顧其他人。「我們都相信他們吧？各位？」

老安與蘭道夫一同點了點頭，看起來全都放下了心頭大石。

「好。」老詹說。「今天是漫長的一天，也是多災多難的一天，我相信大家都需要好好睡上一覺，尤其是你們這些年輕警員。畢竟，你們明天早上七點還得回來值班。超市與加油站商店在危機尚未結束的期間內，都得暫時停業。蘭道夫局長認為，應該要派你們去看守美食城超市，以防有民眾不願意接受這項新措施。你認為你們辦得到嗎？席柏杜先生？在你……因公受傷的狀態下？」

卡特彎了彎手臂。「我沒問題。她那條狗完全沒傷到肌腱部分。」

「我們還可以派費德．丹頓一起去，」蘭道夫局長強振起精神。「加油站商店那裡有威廷頓和莫里森應該就夠了。」

「老詹，」老安說。「或許我們該派經驗豐富的警員去美食城，至於經驗不足的人，則去比較小——」

「我不這麼認為，」老詹微笑著說，感應到了。「這些年輕人就是我們該派去美食城的人選，他們再適合不過了。還有另一件事。我有聽到風聲，說你們有人在車上放了武器，還有一對情侶在徒步巡邏的時候，隨身攜帶武器。」

一片沉默。

「你們是實習警員，」老詹說。「要是你們自己有槍，那是你作為美國人的權利。不過，要是我聽見任何消息，說你們明天帶著槍去美食城超市，威嚇我們那些善良鎮民的話，那麼你們的警察生涯就到此告一段落了。」

「沒錯。」蘭道夫說。

老詹掃視法蘭克、卡特、馬文與喬琪亞。「有任何問題嗎？」

他們看起來對這事不太高興。老詹沒指望他們會乖乖聽話，但他們卻輕易屈服了。席柏杜不斷伸展肩膀與手指，測試自己是否能活動自如。

「如果不裝子彈呢？」法蘭克問。「如果只是帶在身上，你知道的，就像是警告用的而已？」

老詹伸出一根手指，像是在教導他們。「我要告訴你一件以前我父親講過的事，法蘭克——槍就是要拿來裝子彈的。我們這裡是個很棒的小鎮，大家全都奉公守法，這就是我的期望。要是他們變了，那我們也得改變。懂了嗎？」

「是的，雷尼先生。」法蘭克聽起來還是不太高興，但老詹並不在意。

老詹站起身，但卻不是要帶他們出去，反而只是攤開了雙手。他看見他們面露猶豫，於是點了點頭，臉上依舊掛著微笑。「來吧。明天是個大日子，我們可不能在沒禱告的情況下就這麼散會。抓著我的手。」

他們手牽著手。老詹閉起雙眼，低下頭來。「親愛的主——」

他們花了好一會兒的時間禱告。

## 3

離午夜十二點尚有幾分鐘時，巴比一腳踏上公寓樓梯，雙肩疲憊地低垂著，心中在想，此刻，他在這世上唯一想要的，就是在鬧鐘響起、得去薔薇蘿絲餐廳準備早餐前，得以享有能夠拋開所有事情的六個小時。

那股疲憊感在他打開電燈後，馬上便消失了——由於老安．桑德斯的發電機還在運作，所以這裡仍有電力。

有人來過。

跡象如此細微，讓他剛開始時還找不出問題的癥結所在。他先是閉上雙眼，接著睜開，掃視結合廚房功能的客廳，試著看清楚每樣東西。他原本打算留下來的書全在書櫃上，沒有移動過的跡象，椅子也在原本位置，一把位於電燈下方，另一把位於屋子唯一的窗戶旁，讓他可以看見巷弄內的景色。咖啡杯與吐司盤仍放在水槽旁的濾水盤上。

接著，他找到了癥結點，就像有時你得不讓自己刻意去找，才能找到那個東西一樣。問題出在地毯上，讓他憶起了那條「非林賽」地毯的事。

那條「非林賽」地毯約五呎長、兩呎寬，上頭有重複出現的藍、紅、棕三色菱形圖案。這條地毯是在巴格達買的，不過一名他信任的伊拉克警察保證說，這條毯子是庫德族製造的。「很久，很漂亮。」那個警察說。他的名字叫做拉蒂夫．阿卜杜勒•哈利克．哈珊，是個好士兵。「像土耳其的，但不是、不是、不是。」他露出笑容，牙齒潔白。一週後，一顆狙擊手的子彈射進拉蒂夫．阿卜杜勒•哈利克．哈珊的腦袋，從後腦杓直接穿出。「不是土耳其，是伊拉克！」

那名地毯商穿著一件黃色T恤，上頭寫著：別對我開槍，我只是個鋼琴師。拉蒂夫聽他說了幾句話，點點頭，兩人一同笑了起來。那商人做出一個令人驚訝的美國式自瀆手勢，讓他們笑得更厲害了。

「他在說什麼？」巴比當時這麼問。

「他說美國參議員買了五條這種地毯。林賽．葛拉罕[97]。五條地毯，五百美金。五百美金是假的，給記者看的。私下給了更多。但參議員的地毯全都假的。對、對、對。這條不是假的，是真的。我，拉蒂夫．哈珊，告訴你，巴比。不是林賽．葛拉罕的地毯。」

拉蒂夫舉起了手，而巴比則跟他擊了個掌。那是個美好的一天，雖然熱，但卻很棒。他花兩百美金買了那條地毯與一台全區ＤＶＤ播放器。「非林賽」是他的伊拉克紀念品，所以從來沒踩在上頭，總會刻意繞過。他在離開磨坊鎮時，打算把這條地毯留在這裡——他猜，或許在他內心深處，覺得可以就這樣把那些伊拉克的回憶順便留在磨坊鎮裡。只是，他最後還是無法如願。無論你走到哪裡，自己始終都在。在這個時代，這的確是偉大的禪理。

他從來不曾踩在上頭，他對這點有些迷信，總是繞道而行，彷彿只要一踩上去，就會啟動華盛頓特區的電腦，接著發現自己又回到巴格達或他媽的費盧杰那裡。但有某個人踩了上去。「非林賽」被弄亂，起了一些皺褶，位置也歪了點。他今早出門時，這條地毯還是平整的，現在回憶起來，彷彿已經是一千年以前的事了。

他走進臥室。被單還是一樣整齊，但有人闖進來的感覺卻同樣強烈。是因為仍留在這裡的汗水氣味，還是心理上的影響？巴比不知道，也不在乎。他走到衣櫃前，打開最上層抽屜，發現原本應該在最上面的褪色牛仔褲，現在跑到了最下面。那幾條卡其短褲也是。他收起褲子時，拉鍊是拉上的，但現在拉鍊卻打開了。

他立即打開第二個抽屜檢查襪子。才不過五秒，他便確認自己的軍籍牌不見了。他並不意外。不，一點也不。

他抓起原本同樣打算留在這裡的拋棄式手機，回到客廳。塔克鎮與卻斯特鎮的合併電話簿就放在門口旁邊的桌子上，電話簿很薄，幾乎只能算是本小冊子。他翻著電話簿，但也沒真的期待能從上頭找到號碼。警局局長可沒必要在上頭列出自己的家用電話號碼。

只是，在這種小鎮裡，的確有這種可能存在。雖然並不醒目，但至少這個小鎮就是這樣沒錯：莫蘭街二十八號，霍華與布蘭達·帕金斯家。雖然時間已過午夜，但巴比仍毫不猶豫地撥打那支電話號碼。他沒有多餘時間可以浪費。他有個念頭，同時覺得事情可能很快就會發生。

97 Lindsay Graham，美國參議員，曾於二〇〇七年四月及八月短暫於伊拉克當地處理被拘留者的相關法律問題。

## 4

她的電話響起。一定是霍霍打電話回來，說自己會晚點回家，然後叫她鎖上門窗，自己先上床睡——

她又再度被驚覺霍霍已死的感覺所包圍，就像巫毒娃娃帶來的不好訊息一樣。她不知道有誰會在——她看了看手錶——過了午夜十二點這種時候打給她，但絕對不是霍霍。

她痛苦地坐起身，揉了揉頸子，暗罵自己竟然會在沙發上睡著，也順便暗罵了那個挑錯時間吵醒她的人，竟然就這麼喚醒了那個才剛出現沒幾天的特殊痛苦感受。

然後，她想到有人會這麼晚打來的原因只有一種：穹頂消失，或是被打破了。她的小腿撞到了咖啡桌，力道重到讓桌上的文件發出聲響，接著一拐一拐地走到霍霍椅子旁的電話那裡（她看向那張空椅時，再度感到一陣心痛），拿起話筒。「怎麼了？怎麼回事？」

「我是戴爾·芭芭拉。」

「巴比！打破了嗎？打破穹頂了嗎？」

「沒有。我希望我是為了這件事打來的，可惜不是。」

「那是為了什麼？現在都快晚上十二點半了！」

「妳說妳的丈夫在調查老詹·雷尼的事。」

布蘭達安靜了一會兒，這才領悟了這通電話的重點。她把手掌放在喉嚨旁，也就是霍霍最後一次輕撫她的地方。「對，不過我也告訴過你，他沒有絕對的——」

「我記得妳說過什麼，」巴比告訴她。「妳得聽我說，布蘭達，好嗎？妳醒了嗎？」

「現在醒了。」

「妳丈夫有記錄下來嗎？」

「有，在他的筆記型電腦裡。我印出來了。」她看向那堆咖啡桌上攤開的「維達」文件。

「好極了，我要妳明天早上把印出來的資料裝進信封，拿給茱莉亞·夏威，叫她把資料放在安全的地方。如果她有保險櫃的話，能放在裡頭最好。要是她沒有的話，像是現金保險箱或可以上鎖的文件櫃也行。記得告訴她，要是妳、我，或是我們兩個一同發生什麼事的話，馬上打開來看。」

「你嚇到我了。」

「除非發生我說的那種情況，否則她絕對不能打開文件看。要是妳這麼說的話，她會照做嗎？我覺得應該會。」

「當然會，但為什麼不能給她看？」

「因為，要是本地報紙編輯知道妳丈夫在追查老詹哪些事，而老詹也知道她看過的話，那我們的後路就斷了。妳懂我的意思嗎？」

「懂、懂了……」她發現自己很希望此時霍霍也在，可以在午夜時分陪她好好聊聊。

「我曾經說過，要是飛彈沒用的話，我可能今天就會被逮捕起來。妳還記得我說過的話嗎？」

「當然。」

「好吧，我還沒被抓。那個該死的胖子知道該怎麼等待時機，但他不會等太久。我幾乎可以確定，這件事明天就會發生——我是指今天晚一點。要是事情真的發生，妳也不能用威脅要把妳丈夫查到的事公諸於世的方式制止他。」

「你覺得他們會用什麼罪名逮捕你？」

「不知道，但肯定不是在店裡偷東西。要是我進了監獄的話，八成會出什麼岔子。我在伊拉克時，這種事見多了。」

「這太瘋狂了。」這就與她有時做惡夢會感受到的那股真實恐懼感一樣。

「仔細想想，布蘭達。雷尼需要遮掩某些事，所以需要代罪羔羊，而新上任的警局局長則在他的掌控之下。所有條件全都到位了。」

「不管怎樣，我原本就打算去找他，」布蘭達說。「為了安全起見，我會帶著茱莉亞一起去。」

「別找茱莉亞，」他說。「但也別一個人去。」

「你真的認為他會──」

「我不知道他會怎麼做，也不知道他會做到什麼地步。除了茱莉亞以外，還有妳信得過的人嗎？」

她想起下午火勢差不多快被撲滅時，她站在小婊路旁，雖然仍處於悲痛的情緒中，但由於腦內啡分泌之故，感到心情愉快的事。當時羅密歐．波比說，她至少也該出來競選消防局局長。

「羅密歐．波比。」她說。

「好，那就是他了。」

「我該告訴他霍霍查到的──」

「不要，」巴比說。「他只是保險措施而已。妳還有另一個保險措施得做，就是把妳丈夫的筆記型電腦鎖起來。」

「好吧……但要是我把電腦鎖上，又把印出來的資料交給茱莉亞，我該拿什麼東西給老詹看才好？我想我可以再印一份──」

「別這麼做。讓他知道有這件事就夠了。至少現在如此。讓他敬畏是一回事，但要是把他嚇壞了，就會使他變得完全無法預測。布蘭達，妳相信他的確幹了什麼骯髒事嗎？」

她毫不猶豫地說：「全心相信。」因為霍霍也信——對我來說，這理由已經夠充分了。

「妳還記得資料裡的內容嗎？」

「裡頭沒有確切的金額，也沒有他們使用的所有銀行名字，不過已經夠了。」

「他會相信妳的，」巴比說。「不管妳有沒有帶著另一份列印資料，他都會信的。」

## 5

布蘭達把「維達」文件放進牛皮信封，並在上頭印了茱莉亞的名字。她把信封放在餐桌上，接著走進霍霍的書房，把他的筆記型電腦放進保險箱。保險箱不大，讓她只得把那台蘋果電腦立起來試試看，但不管怎樣，最後還是放進去了。最後，她不止設定了一道密碼組合，而是設定了兩道之多，正如她死去的丈夫教她的一樣。當她設定密碼時，電燈暗了下來。有那麼一瞬間，她直覺認定之所以會停電，全是因為自己多設了一道密碼害的。

接著，她才意識到發電機的燃料又用完了。

## 6

小詹在星期二早上六點五分進門時，蒼白的臉上滿是鬍碴，頭髮像稻草一樣凌亂；至於老詹，則穿著一件大小像是船帆的白色睡衣坐在餐桌前，喝著一罐可樂。

小詹朝那罐可樂點了點頭。「美好的一天就從豐盛的早餐開始。」

老詹舉起罐子，喝了一口，又放回桌上。「沒咖啡了。嗯，應該說還有，只是沒電了。發電機的燃料用完了。你要喝一罐嗎？可樂還挺冰的，想喝可以自己拿。」

小詹打開冰箱，凝視著黑暗的冰箱內部。「所以你沒辦法隨心所欲的拿到丙烷？我應該這麼想嗎？」

老詹被這話稍微嚇了一跳，接著放鬆下來。這是個合情合理的問題，並不代表小詹知道了些什麼。這是心中有鬼，自己嚇自己。老詹提醒自己。

「倒不如說，在這個時間點這麼做的話，顯然也太不精明了。」

「嗯。」

小詹關上冰箱門，在桌子另一側坐了下來。他看著自己的老爸，裝出一副饒富興趣的模樣（好讓老詹有所誤解）。

我們這一家全殺過人，竟然還能這麼站在同一陣線，小詹想。至少現在如此，至於之後嘛……

「精明。」他說。

老詹點頭，看著他那一大清早就喝可樂與吃牛肉條的兒子。

他沒問「你到哪裡去了？」，也沒問「你究竟怎麼了？」。就算無情的曙光照亮了整間廚房，他明知有發生過什麼事，卻也還是連問都沒問。他問的是另一個問題。

「那些屍體。不只一具，對不對？」

「對。」小詹咬了一大口牛肉條，用可樂沖進胃裡。廚房裡有種古怪的寂靜，沒有冰箱嗡嗡作響，也沒有咖啡機的汩汩流動。

「所有屍體都能算在芭芭拉先生帳上？」

「對，全部。」又咬一口，吞下去。小詹從容地看著他，一面揉著左太陽穴。

「你有辦法在今天中午左右，合情合理的發現那些屍體嗎？」

「沒問題。」

「還有指向我們那位芭芭拉先生的證據？」

「有。」小詹微笑。「那可是個很棒的證據。」

「今天早上就別去警局了，兒子。」

「我好多了，」小詹說。「要是沒去的話，事情反而不太對勁。再說，我不累。我有睡了一下，跟……」他搖了搖頭。「總之有睡。」

老詹同樣沒問「你跟誰一起過夜？」這個問題，比起他的兒子跟誰鬼混，還有更值得他關心的事；再說，他也十分慶幸，自己兒子沒跟他那群朋友跑到莫頓路那輛破爛拖車裡，幹出那些下流勾當。跟那種女人做那檔事，肯定是染上某些疾病的絕佳途徑。

他早就病了，一個聲音在老詹腦中喃喃說著，聽起來像是他那已然離世的妻子。看看他的模樣就知道了。

那聲音或許說得沒錯，但今天早上，他有比小詹．雷尼飲食不正常這種小事更值得關心的事。

「我沒打算叫你睡覺，是要你去開車巡邏一下，有件差事得交給你辦。不過，記得巡邏時離美食城遠一點。我想那裡應該會出什麼亂子。」

小詹的雙眼亮了起來。「哪種亂子？」

老詹沒直接回答。「你找得到山姆．威德里歐嗎？」

「當然。他一定又窩在神河路上那個小棚子裡。他通常都在那裡睡得死死的，不過今天，他肯定會因為沒酒喝，酒癮又開始發作，自己醒了過來。」小詹因為這個想像感到一陣竊喜，隨即又臉部抽搐一下，再度揉起太陽穴。「你真的要叫我去跟他談？他現在可沒那麼支持我，說不定還把我從他的臉書朋友名單裡給刪了。」

「我不懂你的意思。」

「只是句玩笑話，老爸。當我沒說。」

「要是你給他三夸脫威士忌的話，他不就又友善起來了？要是你告訴他，只要事情幹得妥當，之後還會給他更多酒呢？」

「只要給他半杯便宜紅酒，那個討厭的老渾球一定就會變得對我友善得很。」

「你可以去布洛尼商店那裡拿威士忌，」老詹說。布洛尼商店是磨坊鎮上三間酒類公賣局的經銷商裡的其中一間，而福利社與書報攤則是另外兩間。警局有這三個地方的鑰匙。老詹把鑰匙滑過桌面。「從後門走，別讓任何人看見你進去。」

「懶惰鬼山姆得做什麼事換酒喝？」

老詹向他解釋。小詹面無表情的聽著……唯一有反應的，只有他那布滿血絲、不斷顫動的雙眼。他只有一個疑問：這真的會成功嗎？

老詹點點頭。「會成功的。我感應到了。」

小詹又咬一口牛肉條，配著另一口汽水吞了下去。「我也是，老爸。」他說。「我也是。」

## 7

小詹離開以後，老詹走進書房，身上的浴袍如同海浪般翻騰著。他從書桌的中間抽屜裡拿出手機，只要可以的話，他通常總會把手機放在裡面。他認為手機是個邪惡的東西，除了鼓勵人更常閒聊與說廢話以外，根本毫無用處——有多少工作時數就這樣消失在這種沒用的七嘴八舌裡？有多少可惡的電磁波，就在你鬼扯時射進了你的腦袋裡頭？

但就算這樣，這東西還是相當便利。他猜，山姆．威德里歐應該會照小詹的指示去做，但他也知道，沒事先做好保險措施，是件再愚蠢不過的事。

他在手機那個設定了密碼的隱藏目錄裡找出一支號碼。鈴聲響了六聲後，對方接起電話。「幹嘛？」基連家眾多孩子的父親大吼。

老詹皺著臉，把電話從耳朵旁移開一會兒。當他把電話放回耳旁時，聽見那裡隱約傳來咯咯的聲音。「羅傑，你人在雞社？」

「呃……對，老詹，我在雞舍沒錯。天塌下來了，雞也還是得餵嘛。」羅傑．基連的態度，從老大不高興的狀況，一百八十度地轉變為畢恭畢敬的樣子。畢竟，老詹讓他成為了天殺的百萬富翁。要是他為了每天黎明時都能起床餵雞，因此放棄了用投資方式就能換來的富裕生活，那肯定是上帝的旨意。羅傑笨得可以。這是他的天性，也讓他願意毫不遲疑地幫老詹做事。

還有幫這個小鎮做事，他想。我是為了這個小鎮才這麼做的，是為了這個小鎮好。

「羅傑，我有份差事要交給你和你三個最大的兒子去做。」

「只有兩個在家而已。」羅傑說。在他那濃重的北方佬口音中，家聽起來就像掐。「瑞奇和藍道爾在，不過羅蘭在天殺的穹頂掉下來那時候，正好去了牛津市買飼料。」他停了下來，思索剛才所說的話，背景中還聽得見雞群發出的咯咯聲。「抱歉，我說了些對上帝不敬的話。」

「我相信上帝一定會原諒你。」老詹說。「那就你跟你那兩個最大的兒子吧。你可以帶他們過來鎮上嗎？時間大概是——」老詹陷入思索著，但時間並未太久，當你有所感應時，做什麼判斷都是對的。「就九點吧，最晚九點十五？」

「我得把他們叫醒才行，不過當然沒問題。」羅傑說。「我們要做什麼？要散播一些——」

「不，」老詹說。「上帝愛你，先別說話。聽我說就好。」

老詹告訴了他。

受到上帝疼愛的羅傑．基連靜靜地聽著。

在後方，約莫有八百隻雞正一面咯咯叫著，一面狼吞虎嚥著那些加了類固醇的飼料。

**8**

「啊？什麼？為什麼？」

傑克．凱爾坐在美食城超市那個狹窄的經理辦公室中。辦公桌上散布著他與厄尼．卡弗特弄到凌晨一點才整理完的存貨清單，要不是那場流星雨，他們原本預計應該會更早完成。此時，他一把抓起那疊清單——全都是用手寫方式，寫在長形的黃色拍紙簿表格上頭——在彼得．蘭道夫面前搖晃著。蘭道夫就站在辦公室門口。這位新上任的警局局長為了此行，還特地穿上整套的標準制服。「彼得，在你做出傻事前，先看看這份清單。」

「抱歉，傑克。超市得先停業。超市會在星期四重新開放，作為糧食庫使用，讓大家有福同享，有難同當。我們會把一切全都記錄下來，美食城超市不會損失任何一毛錢，我向你保證——」

「這不是重點，」傑克的聲音幾乎算得上是呻吟。他擁有一副看起來三十幾歲的娃娃臉，以及一頭濃密粗硬的紅髮，但此刻卻顯得神情憔悴，幾乎抓不住手上的黃色紙張……但就算如此，彼得．蘭道夫還是沒露出任何「這件事可以商量」的跡象。

「這裡？這裡？我天殺的老天爺啊，你到底在說什麼啊，彼得・蘭道夫？」

厄尼・卡弗特從地下儲藏室裡衝了上來。他有一個肥肚子與紅通通的臉頰，灰白的頭髮剃成了平頭，這輩子也沒留過其他髮型，身上穿著一件綠色的美食城防塵外套。

「他想叫超市停業！」傑克說。

「老天在上，食物還充足得很，你幹嘛非做這種事不可？」厄尼氣憤地問。「你幹嘛要做這種事把每個人都給嚇壞？要是事情再這樣發展下去，大家肯定會擔心受怕得很。這到底是哪個人的笨主意？」

「這是公共事務行政委員投票的結果。」蘭道夫說。「要是你對這項措施有任何意見，到了星期四情況還沒改變的話，你可以在那天召開的特別鎮民大會上發表想法。」

「什麼措施？」厄尼大喊。「你是說安德莉亞・格林奈爾也贊成這麼做？她一定知道該怎麼做才正確！」

「我只知道她得了流行性感冒。」蘭道夫說。「所以不知道這項決議。這是老安的意見，而老詹也附議了。」沒人叫他得這麼說，也沒人需要這麼做。蘭道夫很清楚老詹會怎麼處理這種情況。

「配給措施在某些特定時候可能有意義，」傑克說。「但為什麼要是現在？」他再度搖晃著手上的清單，臉頰脹得就像髮色般通紅。「為什麼得在我們還有那麼多存貨的時候？」

「現在就是開始節約資源的最佳時刻。」蘭道夫說。

「對於一個在賽巴戈湖那裡有艘遊艇，後院還有輛豪華ＲＶ車的人來說，這話可真是說得冠冕堂皇啊。」傑克說。

「別忘了把老詹那輛悍馬車算進去。」厄尼補充。

「夠了，」蘭道夫說。「這是公共事務行政委員的決定——」

「呃，是其中兩個人的決定而已吧。」傑克說。

「我想你指的是其中一個才對，」厄尼說。「而且我們都知道是哪個。」

「——我只不過是來傳達消息的，所以討論到此結束。放塊牌子在櫥窗裡，就寫『超市停業，直至另行接獲通知為止』就好了。」

「彼得，聽我說，我們講講道理。」厄尼似乎不再那麼生氣了，如今的口氣近乎哀求。「這會把大家都嚇壞的。要是你非這麼做不可，那我把標語寫成『超市因盤點暫停營業，很快便會重新開張』如何?或許我們還可以加句『抱歉暫時造成您的不便』，然後把『暫停』這兩個字用紅色特別標註起來如何？」

彼得．蘭道夫緩慢而用力地搖了搖頭。「不行，厄尼。就算你跟他一樣，還算是正式員工也不行。」他用頭朝傑克．凱爾比了比。此時，後者已放下手上的清單，好讓雙手可以不停扯著頭髮。「『停業直至另行接獲通知為止』，這就是公共行政事務委員的交代，也是我要轉達的命令。再說，說謊只會害你們被反咬一口而已。」

「嗯，好吧，要是公爵．帕金斯的話，肯定會叫他們把這種荒唐命令拿去擦自己的屁股。」厄尼說。「你應該要感到羞恥，彼得，連這種狗屁不通的話都說得出口。他們叫你跳，你頂多只會問句『要我跳多高？』而已。」

「要是你知道該怎麼做才沒壞處，那你現在就該去關門了。」蘭道夫指著他說，手指還輕輕晃了幾下。「要是你不想因為不敬的罪名，而在監獄裡度過餘生，那就給我閉上嘴，聽命行事。這可是緊急狀態——」

厄尼難以置信地看著他。「不敬的罪名？這是畜生來著！」

「就是這樣。要是你不信的話，大可試試看。」

## 9

到了稍晚以後——也就是晚到有辦法做任何事的時候——茱莉亞．夏威才開始整合美食城暴動的所有訊息。只是，她始終沒機會把這個消息印在報上。就算可以，她也會把這件事當成單純的新聞事件處理：也就是「何人」、「何事」、「何地」、「何時」、「為何」，以及「該怎麼處理才好」。要是訴諸情緒來寫這則報導，她肯定會深感迷惘。要怎麼去解釋那些她認識了一輩子的人——她尊重、深愛的那些人——竟然會變成暴動分子呢？她告訴自己：要是我從事情開始時，就在現場目睹一切的發生經過，就能用更好的方式來寫這篇報導了。然而，那會是一篇過度訴諸理性、拒絕面對失序情況的文章，會變成是一則形容受到驚嚇的民眾，在憤怒推波助瀾下，變成失去理性的野獸的新聞。她曾在電視新聞中看過這種野獸，而且地點通常是在別的國家。她從來不希望自己居住的鎮上發生這種事。

這裡不需要這種事。這就是她堅持回到這裡的原因。整個小鎮的資源開始被嚴格控管，不過才過了七個小時而已，更別說糧食其實還充足得很；頂多只有丙烷在不知不覺中，開始變得供不應求罷了。

後來她會這麼表示：就是這個時刻，這個小鎮總算意識到發生了什麼事。這個想法或許真實不假，但卻說服不了她自己。她幾乎可以完全肯定（當然是對著自己說而已），自己看見了這個小鎮失去理智，而從此之後，她再也不會是過去的那個自己了。

# 10

最早看到那塊牌子的兩個人，分別是吉娜．巴佛萊與她的朋友哈麗特．畢格羅。兩個女孩全穿著一身白色護士服（這是維維．湯林森的點子；她覺得白色比彩色條紋的連身裙更能鼓舞病患），看起來相當可愛。儘管她們年輕、活力充沛，但此刻模樣依舊十分疲憊。這兩天相當難熬，她們前一晚只睡了一下下，接下來幾天似乎也會同樣如此。她們是來買糖果棒的——打算分給每個患者吃，除了可憐的糖尿病患者吉米．希羅斯以外——同時還一面聊著那場流星雨的事，而這場交談，在她們看見門上掛著的標語時告一段落。

「超市怎麼能停業？」吉娜難以置信地說。「今天可是星期二早上耶。」她把臉湊向玻璃，用雙手擋在兩側，以便遮住明亮的晨光。

正當她忙著這麼做時，載著蘿絲．敦切爾的安森．惠勒開車駛進超市。在早餐時間結束後，他們便讓巴比先離開薔薇蘿絲餐廳了。在安森尚未熄火前，蘿絲便從小廂型車印有她名字的那一側走出車外。她拿著一疊以釘書機釘起來的購物清單，打算能買多少就買多少，而且動作越快越好。接著，她便在門上看見寫有「超市停業，直至另行接獲通知為止」的告示。

「這是什麼鬼？我昨晚還遇到傑克．凱爾，他連半個字都沒提過這事。」

她這話是對自她身後走上前的安森說的，但回答的卻是吉娜．巴佛萊。「店裡的東西還是滿的，每個架子上都還放著東西。」

其他人也抵達了超市的停車場。超市原本再五分鐘就要開張，而蘿絲並非唯一一個準備趕緊補貨的人；全鎮的人在醒來後，發現穹頂依舊還在，於是決定要開始囤積物資。要是之後問蘿絲會如何解釋這突如其來的規定，她會說：「每年冬天，只要氣象局發布警報，提高暴風雪等級的時候，這種事情都會發生一次。桑德斯和雷尼怎麼能挑上這種錯誤日子，來公布這樣的狗屁命令？」

首先抵達現場的，是卻斯特磨坊鎮警局的二號與四號警車。緊接而來的，則是開著他那台新星汽車的法蘭克．迪勒塞（他事前撕掉了那張寫有「本車提供伴聊、性愛與大麻」的貼紙，覺得內容實在不適合執法人員）。二號警車裡的是卡特與喬琪亞，四號警車內則是馬文．瑟爾斯與費德．丹頓。他們先前一同停在勒克萊爾花店前的街道上，完全按蘭道夫局長的命令行事。「沒必要太早過去，」他這麼做出指示。「等停車場裡有十幾輛車的時候再過去。嘿，說不定他們看到標示後，就會自己回家了。」

當然，這事不會發生，就像老詹．雷尼預料的一樣。警察出面——尤其那些年輕、乳臭未乾的孩子們還占了其中的大多數——只會煽動大家的情緒，而不會有任何讓人冷靜的效果。蘿絲是第一個開始對他們滔滔不絕的人。她指向費德，讓他看了她那份長長的購物清單，接著又比向窗戶另一側，指著那些整齊放有她所需物品的貨架。

費德一開始還很客氣，知道大家（目前人數還不能算是「群眾」，還不算）都在盯著他看。但任憑這個站在他面前的矮女人大放厥詞，實在讓人很難壓抑脾氣。難道她不知道他只是奉命行事嗎？

「你覺得是誰撐起這個小鎮的，費德？」蘿絲問。安森把一隻手放在她肩上，但蘿絲把他的手甩開。她真正的感覺是不安恐懼，但也清楚費德眼裡的她只是充滿怒火而已。不過這也是沒辦法的事。「你覺得食品公司那些裝滿食物的貨櫃會這樣掛著降落傘從天而降？」

「這位女士——」

「喔，是這樣嗎？什麼時候我變成你口中的女士了？這二十年來，你每週都會有四、五天在我那裡吃藍莓鬆餅與軟趴趴的培根，然後一直都只叫我蘿絲不是嗎？不過你明天別想吃到鬆餅了，除非我能買到麵粉、酥油、糖漿……」她停了下來。「總算！這才對嘛！感謝老天爺！」

傑克．凱爾打開了一扇門。馬文與法蘭克就站在門前看守，讓他只得從他們之間擠過。那些準備要買東西的人——縱使離超市開門營業的早上九點仍有一分鐘，但現在已聚集了二十人左右——原本一湧而上，但傑克從繫在腰帶上的一串鑰匙裡挑出一支，把門再度鎖上，使他們又停了下來。每個人全發出了一聲哀鳴。

「你這是在幹嘛？」比爾．威克憤怒地叫。「我老婆叫我來買蛋耶！」

「去問公共事務行政委員與蘭道夫局長。」傑克回答，頭髮亂成一團。他朝法蘭克．迪勒塞瞪了一眼，怒氣甚至連馬文．瑟爾斯都感覺得到。馬文沒能成功掩飾臉上的笑容，甚至還發出了他那知名的呦－呦－呦笑聲。「我是一定會去問個清楚，但現在，我受夠了。我跟這事沒關係。」他低頭大步穿過擁擠人群，臉頰脹得甚至比頭髮還紅。小梅．傑米森才剛騎著單車抵達（她購物清單上的東西，用裝在後擋泥板上的牛奶箱就裝得完；她要買的都是些小東西而已），轉了個彎，避免直接撞上他。

卡特、喬琪亞與費德在巨大的玻璃櫥窗前站成一排，也就是平時傑克放手推車與化學肥料的位置。卡特的手指還包著繃帶，襯衫底下則包著更厚一層。在蘿絲持續對著費德嘮叨的期間，費德的手一直放在槍柄上，而卡特則暗自希望自己能反手甩她一巴掌。他的手指還好，但肩膀疼到不行。想買東西的人數逐漸增多，有更多車輛駛進停車場中。

在席柏杜警員真正察覺到人數有多少以前，艾登．丹斯摩便已走到了他面前。奧登看起來十分憔悴，在他兒子過世後，似乎瘦了二十磅。他左臂繫著一條黑紗，看起來神情茫然。

「我得進去，孩子。我老婆叫我來買罐頭，放在家裡做好準備。」奧登沒說是什麼罐頭，或許每種都行。或者，他只是不斷想著樓上那張再也不會有人躺在上頭的床鋪，那張再也沒有人會朝它看上一眼的幽浮樂團[98]海報，而那架放在桌上的模型飛機也永遠不會完成，就連清掃房間這件事，也會被這麼完全遺忘。

「抱歉，丹斯戴爾先生，」卡特說。「你不能進去。」

「是丹斯摩。」奧登茫然地說。他開始朝門走去。門是鎖上的，他根本無法進去，但卡特還是重重地推了這個農夫的背後一把。這是卡特第一次對高中那些叫他放學後留校反省的老師感到同情，那根本是種無意識的煩躁舉動。

除此之外，天氣也熱得很，他吃了兩顆母親給他的止痛藥，但肩膀依舊疼痛不已。在十月裡，上午九點還會出現華氏七十五度這種溫度，實在罕見得很。褪色的藍色天空，像是在說到了中午只會更熱，而且還會持續到下午三點為止。

奧登絆了一下，背面朝吉娜・巴佛萊撞去，要不是佩卓・瑟爾斯穩住他們——她的體重可不屬於輕量級——只怕他們全都會跌倒在地。奧登看起來並不憤怒，只是迷惑不解。「我老婆叫我來買罐頭。」他對佩卓解釋。

群眾響起一陣抱怨。那並非憤怒的聲音——現在還不是。他們是來這裡買生活雜貨的，但此刻門卻鎖上了。現在竟然還有人被一名上禮拜還是汽車維修工的高中輟學生給推了一把。

吉娜睜大雙眼看著卡特、馬文與法蘭克・迪勒塞。她指著他們。「這幾個傢伙強姦了她！」她這麼告訴她的朋友哈麗特，絲毫沒降低音量。「這幾個人就是強姦了小珊・布歇的傢伙！」

馬文臉上的笑容消失無蹤，那股想發出「呦－呦」笑聲的衝動已離他而去。「閉嘴。」他

[98] Foo Fighters，美國搖滾樂團。

說。

在人群後方，瑞奇與藍道爾．基連開著一輛雪佛蘭貨車抵達。山姆．威德里歐就在他們不遠的後方；當然，他是用走的，他的駕照早在二〇〇七年時就沒了。

吉娜往後退了一步，睜大雙眼望著馬文。在她身旁，奧登．丹斯摩就像個電量耗盡的農夫機器人一樣。「你們這些傢伙有資格成為警察嗎？有嗎？」

「那些什麼強姦的事都是假的，只是蕩婦騙人而已。」法蘭克說。「在妳被用擾亂治安的罪名逮捕前，最好還是別嚷嚷這件事。」

「他媽的沒錯，」喬琪亞說。她朝卡特移近了些。他沒注意她的舉止，只是觀察著群眾。人數現在已經可以稱為群眾了，如果五十人可以稱之為群眾，那麼這就是了。還有更多人在路上。卡特希望身上有帶著自己那把槍。他可不喜歡眼前散發出的敵意。

經營布洛尼商店的威兒瑪．溫特（或說在停業之前曾經營過），與湯米與維珞．安德森是一起來的。威兒瑪是個體格壯碩的女人，髮型梳得就像巴比．達林⑲，看起來像男人婆國度的戰士女王。但她曾埋葬兩任丈夫。你可以在薔薇蘿絲餐廳的胡扯桌上聽到這個故事，說她是把他們兩個給操死的，而且每週三都會到北斗星酒吧尋找第三個對象；那天可是卡拉OK之夜，去的都是些年紀較大的人。此刻，她就聳立在卡特面前，雙手扠在多肉的臀部上。

「停業是吧？」她以公事公辦的聲音說。「讓我們看看你的文件。」

卡特感到迷惑，而迷惑則讓他開始憤怒。「後退，婊子。我們不需要任何文件。是局長派我們過來的，這也是公共事務行政委員的命令。這裡要變成糧庫了。」

「所以要開始配給了？你的意思是這樣嗎？」她哼了一聲。「在我家鄉可沒這種事。」她從馬文與法蘭克之間擠了過去，開始敲起門來。「開門！裡面的人給我開門！」

「沒人在裡面，」法蘭克說。「妳還是早點離開吧。」

但厄尼．卡弗特並未離開。他沿著兩側放有麵條、麵粉與糖的通道走了過來。威兒瑪看見了他，開始大聲敲門。「開門，厄尼！開門！」

「開門！」群眾認同地喊著。

法蘭克望向馬文，點了點頭。他們一同抓住威兒瑪，使勁把她兩百磅重的身軀自門前拉開。喬琪亞．路克斯轉過身，揮手要厄尼回去。厄尼停下腳步，因為驚嚇而呆立原地。

「開門！」威兒瑪大喊。「開門！把門打開！」

湯米與維洛加入了她。就連郵差比爾．威克、臉上散發著光輝的小梅——在她這一生中，總希望能成為示威群眾的一分子，而此刻正是她的機會——也加入了這個行列。她舉起握緊的拳頭，開始有節奏的揮舞著——喊「開」的時候輕輕揮動兩下，喊「門」的時候則用力揮舞一下。其他人開始模仿起她。「開門」的呼喊聲變成了「開－ㄞ－門！開－ㄞ－門！開－ㄞ－門！」。此刻他們全都舉起拳頭，以兩下、一下的節奏揮舞著——人數或許有七、八十人，隨著抵達的人越多，加入的就越多。超市前的細長藍色封鎖線看起來從未如此脆弱。四名年輕警察全看著費德．丹頓，等他想方法解決這件事，但費德根本無計可施。

不管怎樣，他身上至少有槍。你最好儘快朝空中鳴槍，禿子，卡特想。不然這些人肯定會衝過來，把我們撞倒在地。

另外兩個警察——魯伯特．利比與托比．韋倫——自警局沿主街開車駛來（他們原本在局裡一面喝著咖啡，一面看ＣＮＮ新聞台），經過了以小跑步前進的茱莉亞．夏威。她的肩上還掛著

99 Bobby Darin（1936-1973），美國知名歌手。

一台相機。

賈姬・威廷頓與亨利・莫里森也開始朝超市前去，但亨利腰間的無線電隨即響起。蘭道夫局長告訴亨利與賈姬，他們得固守在加油站商店那裡。

「可是我們聽見——」亨利開始說。

「這是你的任務。」蘭道夫說，沒補充任何任務內容，就這麼跳過說明——只因為他擁有更高的權力。

「開ㄧㄞㄧ門！開ㄧㄞㄧ門！開ㄧㄞㄧ門！」群眾在溫暖的空氣中，如同敬禮般用力揮舞拳頭。他們依舊害怕，但也同樣興奮，兩者同時融合在動作裡。要是煮廚看見他們的話，會覺得他們是群剛開始學吸毒的傢伙，只需要再來首死之華樂團的曲子當配樂，那麼畫面就堪稱完美了。

基連家的男孩與山姆・威德里歐從人群中擠出一條路來。他們一同呼喊口號——並非為了偽裝，而是群眾逐漸變成暴民的氣氛實在強大到難以抵抗——但卻沒揮舞拳頭；他們還有任務在身。沒有任何人特別留意到他們。之後，也只有少數幾個人記得曾在這裡看見他們而已。

護士維維・湯林森也正在人群中擠出一條路。她是來叫另外兩名護士女孩回凱薩琳・羅素醫院的。那裡來了個新病人，而且情況危急。那人是住在郤斯特東區的汪達・克魯萊。克魯萊一家就住在伊凡斯家隔壁，同樣位於莫頓鎮的邊界上。當汪達今天早上去查看傑克的狀況時，發現他已死在距離妻子被穹頂切斷手的位置不到二十呎處。傑克成大字形倒在地上，身旁放著一個瓶子，草地上有腦漿凝固的痕跡。汪達跑回家裡，哭喊著丈夫的名字，還沒來得及碰到丈夫，冠狀動脈就先破裂了。汪德爾・克魯萊非常幸運，沒在開著他那台小速霸陸前往醫院的路上發生車禍——他的時速高達八十英里。生鏽克現在正施行急救，但維維認為汪達撐不過去——她五十歲了，體重超重，還是個老菸槍。

「兩位，」她說。「你們得先回醫院一趟。」

「就是他們，湯林森太太！」吉娜大喊。由於群眾的聲響，她必須得用喊的才能讓對方聽見。她指向警察，開始哭了起來——一部分是因為恐懼與疲倦，但大部分是出自憤怒。「就是那些人強姦了她！」

維維看見遠處那些穿著制服的人，這才懂了吉娜的意思。維維．湯林森不像派珀．利比生氣到了無可復加的地步，但也的確動怒了，而加深她怒火的還有另一個原因：維維與派珀不同，她親眼看見布歇家那個女孩脫下褲子後的模樣。她的陰道因撕裂而腫脹，得要先沖掉大量的血，才看得見她股間的巨大傷口。血就是流得那麼多。

維維忘了兩個女孩得先回醫院去這件事，也忘了帶她們離開這個動盪的危險之地，甚至忘了汪達．克魯萊的心臟病。她大步走向前，用手肘撞開擋在身前的人（那人是在收銀區負責裝袋的布魯斯．亞德利，他正與其他人一樣揮舞著拳頭），走到馬文與法蘭克面前。他們全都盯著敵意高漲的群眾看，以至於沒注意到她。

維維舉起雙手，看起來就像西部片壞人向警長投降的場景。接著，她揮動雙手，同時賞了兩個年輕人一巴掌。「你們這群混蛋！」她大喊。「你們怎麼可以這麼做？你們怎麼會孬種成這樣？怎麼那麼下三濫？你們會因此坐牢，全都會——」

馬文並未多加思索，便直覺地出手反擊。他一拳朝她臉部正中央打去，打破了她的眼鏡與鼻子。她往後一倒，鮮血流了出來，哭喊出聲。她頭上那頂老式護士帽原本以髮夾固定，但此刻卻從頭上滑落下來。年輕的收銀員布魯斯．亞德利，原本試著要接住她，但卻沒能接到。維維撞上一排購物推車，使推車就像一列小火車般滑開。她的雙手與雙膝撞在地上，由於疼痛與驚嚇哭了起來。她的鼻子——鼻梁不只斷了，而且還傷得厲害——湧出鮮血，滴落在地面巨大的「此處不得停車」黃色字樣上。

吉娜與哈麗特朝維維跪倒在地的地方衝去時，群眾短暫陷入了沉默之中，全都震驚無比。

小梅．傑米森的聲音響起，如同清亮完美的女高音：「你們這些該死的豬！」

群眾開始扔起東西。情況已讓人無法辨識出誰才是第一個開始丟東西的人，而也這可能是懶惰鬼山姆的犯罪歷史中，唯一沒被抓到的一次。

小詹帶著他前往小鎮的邊緣地帶，山姆雖然醉眼醺醺，但仍在普雷斯提溪的東岸細心挑選適當的石頭。必須得夠大，但又不能太大，否則他根本丟不準，就算過去有一次——有時，那似乎已是一個世紀前的事情；對別人來說也差不多是那麼久沒錯——他曾在緬因州錦標賽的第一場比賽中擔任磨坊鎮野貓隊的先發投手也一樣。最後，他總算在不遠的和平橋處找到了適當石頭：重量約莫在一磅到一磅半重之間，滑得就像顆鵝蛋似的。

還有一件事，小詹拉著懶惰鬼山姆的時候這麼說。這並非小詹的意思，但小詹沒告訴山姆這麼多，正如蘭道夫局長命令威廷頓與莫里森駐守在原地時的命令一樣，根本無需重視什麼行政程序。

目標是那個女的。這是小詹在離開懶惰鬼山姆前說的最後一句話。這是她活該，所以千萬別失手。

就在身穿白色制服的吉娜與哈麗特兩人，跪倒在不斷抽泣、雙手與膝蓋都流著血的護士身旁時（那時所有人的注意力全在她們身上），山姆揮動手臂，就像他在遙遠前的一九七〇年那時一樣，把石頭扔了出去。相隔四十年後，他總算再度投出了第一顆球。

那可不只是擊中目標而已。那顆二十一盎司重的花崗石重重打中喬琪亞．路克斯的嘴部，擊碎了她的下顎與四顆牙齒。她朝後面的玻璃櫥窗倒去，下顎落下來的程度可用怪異形容，幾乎垂至胸口，張得老大的嘴巴則湧出血來。

又有兩顆石頭飛出，分別是瑞奇與藍道爾．基連丟的。瑞奇那顆朝威廉．歐納特的後腦杓飛去，最後落在警衛室地上，距離維維．湯林森的位置沒有多遠。該死！瑞奇想。我明明就瞄準了那個他媽的警察！這不僅是奉命行事，而是他原本就一直想這麼做。

藍道爾準多了。他的石頭正中馬文．瑟爾斯的額頭，讓馬文就像被扔出去的郵局包裹般倒了下來。

群眾陷入寂靜，全都倒抽了一口氣，內心擺盪不定，無法決定是否跟進。你可以看見蘿絲．敦切爾環顧四周，感到困惑與害怕，搞不清發生了什麼事，更別說要決定怎麼做。你也能看見安森摟著蘿絲的腰，同時聽見喬琪亞．路克斯那張闔不上的嘴巴中發出哭喊，古怪的哭聲就像從錫罐與蠟繩做的傳聲筒裡傳來的風聲一樣。當她哭喊時，鮮血不斷自她撕裂的舌頭泉湧而出。你看見了增援抵達。托比．韋倫與魯伯特．利比（他是派珀的表親，但她對兩人間的關係絲毫不感驕傲）是首先抵達現場的人。他們觀察了一下局勢……接著畏縮不前。隨即抵達的是琳達．艾佛瑞特。她與另一個兼職警員馬蒂．阿瑟諾用跑的前來，一副氣喘吁吁的模樣。她用推的穿過人群，但馬蒂——他今早甚至來不及換上制服，只是匆忙下床，隨便套上一件老舊的牛仔褲——抓住了她的肩膀。琳達差點甩開了他的手，但接著又想起了女兒。她以自己的懦弱為恥，但也只能讓馬蒂帶著她走到魯伯特與托比觀察局勢的地方。他們四個人中，只有魯伯特帶著槍。他會開槍嗎？會才有鬼。他可以看見自己的妻子也在人群之中，同時還握著她母親的手（就算是岳母，魯伯特也不會因此開槍）。你可以看見茱莉亞就在琳達與馬蒂之後抵達，雖然上氣不接下氣，但已舉起相機，急忙拿下鏡頭蓋以便開始拍照。你還能看見法蘭克．迪勒塞為了閃避另一顆飛來的石頭，迅速跪在馬文身旁。石頭自他頭上颼颼飛過，把超市的門給打破了一個洞。

接著……

接著有人大喊起來。這個人的身分始終沒人知道，就連性別也幾乎沒有共識，大多數人充其量只認為是個女人的聲音，而蘿絲則在之後告訴安森，她幾乎可以確定那是小梅・傑米森的聲音。

「抓住他們！」

又有某個人大喊一聲「物資！」接著群眾便蜂湧向前。

費德・丹頓再度對空鳴槍。他把槍放下，由於發現這麼做對群眾無法造成嚇阻，因而陷入恐慌。在他恢復鎮定前，有人從他手中奪走了槍。他被撞倒在地，疼得叫了出聲，一隻穿著大號老舊農夫靴的腳——腳的主人是奧登・丹斯摩——踢著了他的太陽穴。丹頓警員眼前並未完全陷入黑暗，但也灰濛濛的一片，直到好一陣子後，眼前才重現光明，而那時，這場事態嚴重的超市暴動已經結束了。

鮮血自卡特・席柏杜肩上的繃帶滲出，在他藍色襯衫上綻放出小小的紅色花朵，但他卻——至少暫時如此——沒意識到疼痛感。他並未試圖逃走，反倒站定位置，想擋住第一個意圖衝撞他們的人。那個人是矮胖子查爾斯・諾曼，他在一一七號公路接近鎮界那裡開了間古董店。矮胖子被擋了下來，卡特抓住他那張不停大喊的嘴。

「操他媽的給我後退！」卡特咆哮著。「後退，混蛋！不准搶劫！後退！」

生鏽克的保母瑪塔・愛德蒙試著想幫矮胖子，卻換來了法蘭克・迪勒塞打在她臉頰上的一拳。她腳步不穩，撫著自己的臉頰，滿臉不可置信地看著打她的這個年輕人——接著倒了下去，壓在矮胖子身上，而原本只是想購物的人潮，則成群衝上前去。

卡特與法蘭克開始對人群動粗，但他們不過才出了三拳，注意力便被一陣古怪的嚎叫聲給吸引了過去。是鎮上的圖書館員，她的頭髮垂盪在平常極為溫和的臉孔前。她推著一排購物車，同時似乎還高喊著「萬歲」。法蘭克跳至一旁，但那排推車最後仍撞上卡特，把他整個人都撞飛了起來。他揮舞雙臂，試著想站穩腳步，他原本有可能成功，但卻絆到喬琪亞的腳，背部向下跌倒在地，被眾人踩了過去。他彎起身子，用雙手護緊頭部，等待一切過去。

茱莉亞．夏威不斷拍照。或許照片中會有她認識的人的面孔，但透過取景窗觀看，她卻只看見了一群陌生人。一群暴民。

魯伯特．利比掏出手槍，朝空中連開四槍。槍聲在悶熱的晨空中飄盪，聲音既響亮又充滿力道，像是聽覺中的驚嘆號似的。托比．韋倫回到車裡，過程中還撞到了頭，寫有「卻斯特磨坊鎮警察」的黃色帽子被撞了下來。他從後座中一把抓起擴音器，舉至嘴邊大喊：「停下來！往後退！警察！停止！這是命令！」

茱莉亞朝他拍下相片。

群眾沒理會槍聲或擴音器，也沒注意到厄尼．卡弗特自建築物側面繞了出來，手上提著的綠色吸塵器就垂落在顫抖的雙膝旁。「從後門進來！」他大喊。「你們不需要這麼做，我已經打開後門了！」

人群執意破門而入。他們撞擊著上頭貼有「入口」、「出口」與「天天特價」的門。門一開始還撐得住，但在人群重量的擠壓下，門鎖先是折斷，站在最前方的人則撞碎了門，還因此受了傷。兩個人的肋骨骨折，一個人扭傷脖子，還有兩個人則是手臂骨折。

托比．韋倫再度舉起擴音器，隨即又放了下來，小心翼翼地把擴音器放在他與魯伯特開來的警車車頂。他拾起警帽拍了拍，戴回頭上。他與魯伯特朝商店走去，接著停下腳步，一臉無助。

琳達與馬蒂．阿瑟諾加入了他們。琳達檢查了瑪塔的狀況，帶著她走回這幾名警察處。

「發生什麼事了?」瑪塔問,一副頭暈目眩的模樣。「有人打我嗎?我的臉有一邊熱辣辣的。是誰在顧茱蒂與賈奈兒?」

「妳妹妹顧著她們,」琳達說,抱了抱她。「別擔心。」

「柯菈?」

「是溫蒂。」柯菈是瑪塔的姊姊,搬到西雅圖已好幾年了。琳達猜瑪塔可能腦震盪了,覺得自己應該帶她去給哈斯克醫生檢查一下,接著才又想起,哈斯克現在人在醫院太平間或鮑伊葬儀社裡。如今生鏽克只能靠自己了,今天他肯定會忙碌之至。

卡特扶著喬琪亞朝二號警車走去,她依舊不停發出如同麋鹿般的恐怖哭喊。馬文·瑟爾斯已恢復意識,但模樣仍渾渾噩噩的。法蘭克帶著他朝琳達、瑪塔、托比與其他警察的方向走去。馬文想抬起頭,但隨即又垂至胸前。他額頭上的傷口不斷流血,把襯衫都浸溼了。

人群湧進超市。他們在走道上奔馳著,不是推著購物車,就是拿著從木炭擺設區(標語上寫著:來場秋天的戶外烤肉吧!)旁邊拿的購物籃。奧登·丹斯摩聘用的員工曼紐·歐塔葛,與他的好友戴夫·道格拉斯直接衝到結帳區的收銀機,按下「結帳」鍵,把裡頭的錢塞進自己口袋,兩人傻笑的模樣,就像他們會做出這種傻事一樣愚蠢。

超市裡塞滿了人,就與特價日的情況一樣。在冷凍食品區,有兩個女人為了最後一個培珀莉農場檸檬蛋糕大打出手。在熟食區,有個人用一條波蘭香腸狂打另一個男人,叫他留下點該死的午餐肉給別人。那個要買午餐肉的人轉過身,一拳打向揮舞波蘭香腸的人的鼻子。他們在地板上扭成一團,彼此不斷互毆。

其餘的爭執也陸續爆發。身為「康洛伊西緬因電器行」老闆與唯一一名工作人員的蘭斯·康洛伊(店的標語是「微笑是我們的專業態度」),揍了退休的緬因大學科學教授布蘭登·艾勒比一拳，當時艾勒比正為了最後一包大包糖粉對他動手動腳。艾勒比倒了下來，但仍緊緊抱著那包十磅重的達米諾糖粉。當康洛伊彎腰想拿走那包糖時，艾勒比大吼了聲「要就給你！」把整包糖朝他臉上一砸。糖粉的包裝炸了開來，讓蘭斯．康洛伊彷彿被白色雲霧所籠罩。電器行老闆朝一個貨架摔去，白色的臉孔就像個默劇演員，不斷大吼自己看不見了，就快瞎了。在放置白米的貨架前，背著孩子的卡菈．范齊諾一把推開亨麗塔．克拉法，而她的孩子則在她肩上瞪大雙眼，不斷環顧四周。她的寶貝史蒂芬最愛米飯，也最愛玩空的塑膠碗盤，所以卡菈非得確保自己有足夠的白米才行。至於一九八四年一月出生，體型瘦弱的亨麗塔，則這麼一屁股重重地跌坐在地。小梅．傑米森推開面前豐田汽車經銷商的威爾．費里曼，以便讓自己可以順利拿到冰櫃裡最後的雞肉。但在她拿到雞肉前，一個穿著寫有「龐克風暴」T恤的少女卻先她一步，還朝小梅吐了吐舌頭，高興地拿著雞肉離開。

玻璃破碎的聲音傳來，接著是一陣男人（但並非全都是男人）的歡呼聲。放啤酒的冰箱被打破了。許多購物者可能都計畫要「為自己來場秋天的戶外烤肉會」，一窩蜂地湧至這個區域。先前「開ㄧㄞㄧ門！」的高喊聲，此刻已變成了「啤酒！啤酒！啤酒！」

其他的人則湧入地下室與後頭的倉庫中。沒多久後，無論是男是女，全拿著一瓶或一箱的酒走了出來。其中有些拿整箱酒的人，還把箱子頂在頭上，就像老探險片裡的土著搬運工一樣。

茱莉亞的鞋子踩著玻璃碎片，在沙沙的聲響中不斷按下快門。

超市外，剩下的鎮警已撤離崗位，包括賈姬．威廷頓與亨利．莫里森，全都跑到彷彿受大家公認的根據地，也就是加油站商店那裡。他們走到那群憂心忡忡的警察身旁，就這麼看著事態繼續發展下去。賈姬看見琳達．艾佛瑞特那副受挫的神情，於是把琳達擁入懷中。厄尼．卡弗特也加入他們，不斷大喊「沒必要這樣！完全沒這個必要！」同時，淚水則沿著他肥胖的臉頰滑落。

「我們現在該怎麼辦？」琳達問，臉頰靠在賈姬肩上。瑪塔就站在她身旁，目瞪口呆地望著超市，用手掌按著已然黑青，迅速腫脹起來的臉頰。在他們前方，美食城超市人滿為患，不停傳來叫聲與笑聲，偶爾還有因疼痛發出的哭喊。有東西被扔了出來；琳達看見在日常用品區的走道那裡，有一捲捲筒衛生紙正不斷滾動，就像是派對上的彩帶。

「親愛的，」賈姬說。「我也不知道。」

## 11

安森一把搶過蘿絲的購物清單，在她還沒來得及阻止他前，便衝進了超市中。蘿絲猶豫不決地站在餐廳的廂型車旁，雙手不斷反覆握緊放鬆，不知是否該跟在他後頭。在她才剛決定要留在原地時，一隻手臂攬住了她的肩。她嚇了一跳，轉過頭去，這才看見巴比。突然放鬆下來的感覺，使她雙膝突然沒了力氣。她抓住他的手臂——有一部分是為了感到寬慰，但主要還是因為不想讓自己就這麼暈了過去。

巴比面帶微笑，但卻沒什麼笑意。「真熱鬧啊，對吧？」

「我不知道該怎麼辦，」她說。「安森進去了……每個人都……那些警察只是站在旁邊看而已。」

「我不怪他們，他們可能只是不希望自己會落得一個比被痛毆一頓還慘的下場吧。這是個精心策劃的情況，而且還執行得很好。」

「你在說什麼？」

「別管我。妳想在情況變得更糟前阻止這一切嗎？」

「怎麼做？」

他自車頂拿起擴音器，也就是托比．韋倫剛剛放著的地方，扯長電線。當他想把擴音器遞給蘿絲時，她往後退了一步，雙手舉至胸前。「還是你來吧，巴比。」

「不行。妳才是那個多年來幫他們弄東西吃的人，妳才是那個他們熟悉的人，妳才是那個他們願意聽從的人。」

雖然有些遲疑，但她仍接過了擴音器。「我不知道該說什麼。我想不出有什麼事可以讓他們停下來。托比．韋倫已經試過了，但他們根本聽不進去。」

「托比是在命令他們，」巴比說。「對一群暴動的人發號施令，就像是在對一座蟻丘發號施令一樣。」

「我還是不知道——」

「我會告訴妳該說什麼。」巴比冷靜地說，讓她也隨之鎮定下來。他停了一會兒，叫了一下琳達．艾佛瑞特。她與賈姬一同上前，兩人互摟著對方的腰。

「妳能聯絡得到妳丈夫嗎？」巴比問。

「只要他手機開著就可以。」

「叫他過來——如果可以的話，開救護車來。要是他沒接手機的話，就搶輛警車，開車到醫院去。」

「他還有病患得……」

「這裡就有需要他的病患，只是他還不知道罷了。」巴比指向維維．湯林森，此刻她正背靠超市磚牆，雙手按著流血的臉龐。吉娜與哈麗特．畢格羅蹲在她兩旁，然而，當吉娜想用一條摺疊過的手帕按壓維維那完全變了形的鼻子，試圖幫她止血時，吉娜卻疼得哭喊出聲，把頭扭開。

「如果我沒弄錯的話，他手下只剩兩個受過專業訓練的護士，而其中一個就是那群病患之一。」

「你打算怎麼做？」琳達問，自腰間抽出手機。

「蘿絲和我要阻止他們。對不對，蘿絲？」

## 12

蘿絲站在門內，彷彿被眼前的一團混亂給催眠了。空氣中有著刺鼻的醋味，夾雜著鹹味與啤酒氣味。在三號走道的地板上，芥末與番茄醬濺得到處都是，就像校友會上的嘔吐物一樣。在五號走道處，則有一團混合了糖粉與麵粉的白色雲霧。人們推著裝滿東西的購物車穿過雲霧，有許多人還因此不斷咳嗽，擦拭自己的眼睛。另外有些推車，則是突然轉彎，以便避過撒在地上的乾豆。

「在這裡等一下。」巴比說。但蘿絲原本就沒有任何移動腳步的跡象，只是把擴音器抱在胸前，一副被催眠的模樣。

巴比找到了正在拍攝被洗劫的收銀機相片的茱莉亞。「出來，跟我來。」他說。

「不行，我得拍照，沒有人手了。我不知道彼特．費里曼人在哪裡，還有東尼——」

「妳要做的不是拍照，而是要在事情變得更惡劣以前，成功阻止這一切。」他指向福納德．鮑伊。老福一隻手拿著裝滿東西的購物籃，另一隻手則拿著一罐啤酒。他的眉毛有道傷口，鮮血滴至臉上，但看起來卻依舊一副怡然自得的模樣。

「怎麼做？」

他帶著她回到蘿絲那裡。「準備好了嗎，蘿絲？該上場了。」

「我……呃……」

「記得，口氣要平穩一點。別試圖阻止他們，只要試著讓他們冷靜一點就好。」

蘿絲深吸一口氣，把擴音器舉至嘴邊。「嗨，大家好，我是薔薇蘿絲餐廳的蘿絲．敦切爾。」

在她的努力下，那語氣聽來的確十分平穩。人們聽見她的聲音後，開始環顧四周──巴比知道，這並非由於她的聲音聽起來相當緊急，一切正好相反。他在費盧杰的塔克瑞那裡就曾看過相同的事。地點大多是在人滿為患的公共場所，時間則是炸彈爆炸，警方與軍車抵達現場時。「請大家儘快結束自己的購物行程，並盡可能的冷靜下來。」

有幾個人笑了出聲，彼此面面相覷，好像這話是對方說的。在七號走道那裡，卡菈．范齊諾羞紅了臉，扶亨麗塔．克拉法站了起來。這裡的白米夠我們分的了，卡菈想著。天啊，我到底在想什麼啊？

巴比對蘿絲點頭，示意她繼續，同時用嘴型說了「咖啡」二字。他聽見遠方傳來救護車令人欣慰的警笛聲響。

「當你們買完東西後，記得過來薔薇蘿絲餐廳喝杯咖啡。咖啡很新鮮，而且免費招待。」有幾個人鼓起掌來，而有個人則大聲喊：「誰要咖啡啊？我們有啤酒了！」這句話隨即引發一陣笑聲與驚呼。

茱莉亞扯了一下巴比的袖子，眉頭深鎖。巴比覺得她的模樣看起來十分「共和黨」。「他們那才不是買東西，是偷東西才對。」

「妳是想寫篇社論，還是在有人為了一罐藍山咖啡被打死以前，讓他們全都離開這裡？」他問。

她想了一下，接著點了點頭，皺眉神情逐漸轉為微笑。他喜歡這個表情多了。「你抓到重點了，上校。」她說。

巴比轉向蘿絲，做了個「繼續」的手勢，於是她又再度開口。他開始帶著兩位女士在走道裡穿梭，從放熟食與乳製品的地方開始，找尋任何一個暴躁到或許會因此干擾到他們計畫的人。沒有這樣的人。這使蘿絲因此更具自信，超市也逐漸安靜下來。人們開始離去。就算有許多人推著裝滿戰利品的推車，但巴比仍將其視為好徵兆。他們越早離開越好，不管拿走多少狗屁東西都無所謂……關鍵是讓他們聽見，進而想起自己是消費者，而不是個賊。這可以讓這些男女老少找回自尊，在大多數情況下——不是全都，但的確是大多數——你還能讓那些人找回至少清晰一些的思考能力。

安森．惠勒也推著裝滿東西的購物車加入他們。他看起來有些慚愧，手臂還流著血。「有人用一罐橄欖打我，」他解釋。「現在我聞起來就像個義大利三明治。」

蘿絲把擴音器遞給茱莉亞，茱莉亞則開始用同樣平靜悅耳的聲音，散播著相同訊息：結束、消費者，有秩序的離開。

「我們不能就這樣拿走那些東西。」蘿絲說，指著安森的推車。

「但我們需要這些商品，」他說，聲音中帶有歉意，但卻依舊堅持。「我們真的很需要。」

「那我們就把錢留下來。呃，」她說。「要是沒人把我放在卡車裡的錢包偷走，那就這麼做吧。」

「呃……我不覺得這麼做有什麼用，」安森說。「有些傢伙把收銀機裡的錢全偷走了。」他知道那些人是誰，但卻不想說。至少，不該在本地報紙的編輯就在他身旁時說。

蘿絲被嚇著了。「這裡到底發生了什麼事？我的天啊，到底怎麼了？」

「我不知道。」安森說。

外頭，救護車抵達了現場，警笛聲在巨響後沉寂下來。一、二分鐘後，巴比、蘿絲與茱莉亞仍在走道中用擴音器持續遊說群眾（此時人潮已變少了），有個人在他們身後說：「夠了，把擴音器給我。」

巴比發現那個人是穿著一身制服，只會虛張聲勢的代理局長蘭道夫，卻一點也不感意外。他就這麼姍姍來遲，時間抓得精準無比。

蘿絲依舊拿著擴音器，宣傳薔薇蘿絲餐廳提供免費咖啡的事。蘭道夫從她手中搶過擴音器，立刻開始語帶威脅地發號施令。

「馬上離開！我是彼得．蘭道夫局長，在此命令你們馬上離開！放下手上的東西，馬上離開！只要你們放下東西，馬上離開，我們就不會逮捕你！」

蘿絲沮喪地望向巴比。他聳聳肩。這不重要。那股如同暴動的氛圍已經消失了。還可以走動的警察們——就連腳步不穩的卡特．席柏杜也站了起來——開始驅趕人群。只要「消費者」不放下裝有東西的購物藍，警察們就會把他們壓倒在地。法蘭克．迪勒塞甚至還推倒了一輛裝滿東西的購物車，面目猙獰，充滿了冷漠與憤怒。

「你有打算要阻止那些孩子嗎？」茱莉亞問蘭道夫。

「不，夏威小姐，沒有。」蘭道夫說。「這些人全是搶劫犯，他們這是在處理問題。」

「那又是誰的錯？是誰要超市停業的？」

「閃遠點，」蘭道夫說。「我還有工作要作。」

「真可惜，當他們闖進來的時候，你竟然不在現場。」巴比說。

蘭道夫看著他。視線雖不友善，但卻有些志得意滿的模樣。巴比嘆了口氣。情況越來越緊急了。他知道這點，蘭道夫也是。很快地，危機就會降臨。要不是因為穹頂，他就能逃離這裡。當然啦，要不是因為穹頂，這事也根本不會發生。

在他們前方，馬文．瑟爾斯試圖搶走艾爾．提蒙斯手中的購物籃。艾爾不願給他，於是馬文扯了過來……然後把老人推倒在地。艾爾因疼痛、羞憤交加而哭出聲來，蘭道夫局長則笑了起來。笑聲短促、不連貫，聽起來讓人十分不快——哈！哈！哈！——讓巴比覺得，只要穹頂仍未消失，那麼這笑聲便與卻斯特磨坊鎮即將陷入的困境相同。

「走吧，女士們。」他說。「我們離開這裡。」

## 13

巴比、茱莉亞與蘿絲走出超市時，生鏽克與抽筋敦正讓傷者排成一列——總共有十幾個人——沿超市的磚牆站好。安森站在薔薇蘿絲餐廳的廂型車旁，用紙巾壓著手臂上流血的傷口。

生鏽克的表情凝重，但看見巴比時，稍微安心了些。「嘿，老兄。今天早上你就跟著我吧。說真的，你已經是我的新護理人員了。」

「你嚴重高估了我的專業技能。」巴比說，但還是朝生鏽克走去。

琳達．艾佛瑞特從巴比身旁跑過，投入生鏽克的懷抱之中。他快速擁抱了她一下。「我幫得上什麼忙嗎？親愛的？」她一臉驚恐地看著維維。維維與她對望一眼，無力地閉上雙眼。

「不用了，」生鏽克說。「妳處理自己的事就好了。我這裡還有吉娜與哈麗特幫忙，而且還有芭芭拉護士在。」

「我會盡力而為。」巴比說，差點又補上一句：直到我被逮捕為止。

「你一定沒問題的，」生鏽克說，又降低音量補充：「吉娜和哈麗特是世界上最棒的義工，只是她們除了發藥與包紮，其實也沒什麼幫得上忙的地方。」

琳達朝維維彎下腰去。「真對不起。」她說。

「我沒事。」維維說，但卻沒睜開眼。

琳達飛快給了丈夫一個吻與苦惱的一瞥，朝手上拿著寫字板，正對厄尼．卡弗特問話的賈姬．威廷頓走去。厄尼講話時，還不斷擦著淚水。

生鏽克與巴比就這麼肩並肩工作了一個多小時，這段時間裡，警方則在超市前圍起黃色封鎖線。不知何時，就連老安．桑德斯也來到這裡查看損害狀況，一面搖頭，一面發出驚呼。巴比聽見他問某個人說，鄉親們竟然會幹出這種事，這是什麼世道啊？除此之外，他還與蘭道夫局長握了手，告訴他，這差事可不好處理了。

可難了。

## 14

當你「感應」到時，所有的不順都會消失，無論惹上什麼糾紛都能得勝，連惡運也會變成大賺一筆的機會。就算你不同意這個看法，甚至不為此懷抱感激之意（就老詹．雷尼來看，這種情緒只有軟弱的輸家才有），但事實就是如此。「感應」這回事，就像坐在神奇的鞦韆上，一不小心（這又是另一個老詹的見解）就會從上頭毫不留情地摔了下來。

要是他早一點或晚一點，從主街那棟歷史悠久的雷尼大宅出來的話，就不會看見自己幹的好事，因此有可能會以截然不同的方式處理布蘭達．帕金斯的事。但他出來的正是時候。這就是你有所「感應」時會發生的事，敵方守勢全然崩潰，而你就這麼找到了神奇的空隙，輕鬆上籃得分。

他因為聽見群眾高喊「開—ㄞ—門！開—ㄞ—門！」的聲音離開書房。他原本在裡頭寫著他打算稱為「災害管理計畫」的筆記……而個性開朗，總是笑臉迎人的老安．桑德斯則是名義上的指導者，老詹只要在背後掌控一切就行。「要是東西沒壞，就別去修它」是老詹政治操作手冊裡的頭號規則，交給老安出面總是沒問題，就像掛了護身符似的。卻斯特磨坊鎮大多數的人都曉得他是個白癡，但不打緊。你可以對人們施展一次又一次的相同把戲，因為其中有百分之九十八的人全都是更蠢的白癡。雖說老詹從未籌劃過規模如此巨大的政治行動——這等於是在宣布獨立，建立獨裁政權了——但他仍堅信這計畫必定能奏效。

他並未把布蘭達．帕金斯列入可能會對他計畫有所阻擾的名單中，但這無關緊要。當你感應到了的時候，會造成阻礙的因素自然會消失無蹤。這點任誰也無法否定。

他踏上人行道，肚子有節奏地上下晃動，朝工廠街與主街路口走去，距離他家不到一百步。鎮立廣場就在路口前方。在街道稍遠的另一側下坡處，就是鎮公所與警察局的所在地，而戰爭紀念碑就位於兩者之間。

他看不到街角的美食城超市，但卻能看到主街的商業區部分。他看見了茱莉亞．夏威。她正急急忙忙地走出《民主報》辦公室，一隻手還拿著相機。她用慢跑方式朝群眾高喊的地方前去，試圖一面前進，一面把相機背帶掛在肩上。老詹緊盯著她。真有趣，真的——她有多急著想報導最新的災情啊！

事情變得更有趣了。她停下腳步，轉身跑了回去，確認一下報社辦公室的門，這才發現門還沒關，於是又鎖上了門。她又再度匆忙離開，急著想去看看她的朋友與鄰居如何惹事生非。

她總算體會，只要野獸一旦逃出籠子，就可能會在任何地方，狠狠咬上任何人一口了。老詹想著。但別擔心，茱莉亞——我會照顧妳的，就像以前一樣。妳可能得讓那份煩人的破報紙安靜一點，但這樣可以換來安全，代價豈不是便宜得很？

當然啦。不過要是她還不放棄……

「有些時候，總會有意外發生。」老詹說。他面露微笑的站在街角，雙手就插在口袋裡。等到他聽見第一聲尖叫……玻璃破掉……槍聲等聲音時，笑得更開心了。那些意外與小詹幹的好事並不相同，但老詹認為，就政治手段來說，其實也相差無幾——

他看見布蘭達．帕金斯，表情從微笑變成了皺眉。主街上大多數人都朝美食城超市走去，想看看這場騷動究竟是怎麼回事，但布蘭達沒有下坡，而是朝上坡方向走。說不定還想直奔上坡的雷尼家……代表有事情不對頭了。

她今早找我幹嘛？還有什麼事能比因超市而起的糧食暴動重要的？

布蘭達或許根本沒把他放在心上，這點的確很有可能，但他的雷達仍持續發出警訊，因此看著她越走越近。

她與茱莉亞各自在街道兩側擦身而過，兩人都沒注意到彼此。茱莉亞仍試著掛好相機，一面用跑的前進；布蘭達則看著波比百貨店那棟搖搖欲墜的紅色建築，手上的帆布袋在膝蓋旁前後晃動著。

布蘭達走到波比百貨店時，試著想推開門，但卻沒有成功。她後退一步，環顧四周，就像人們發現自己原本的計畫遇到出乎意料的阻礙時，開始思考起下一步該如何是好一樣。要是她望向身後，或許還會看見夏威，但她沒這麼做。布蘭達望向左右兩側，接著又轉向主街另一側，看著《民主報》的辦公室。

她又回頭看了一眼波比百貨店，這才穿過馬路，朝《民主報》走去，試著想推開門。當然，這裡的門也鎖上了，還是老詹看著茱莉亞這麼做的。布蘭達又試了一次，但門把仍紋風不動。她敲了敲門，就這麼等了一會兒。她又再度後退，雙手扠在臀部上，帆布袋就這麼晃啊晃的。當她再度朝主街上坡前進時——腳步有點不穩，但並未東張西望——老詹已腳步輕盈地躲回了家中。他不知道自己為何要確保布蘭達沒發現自己盯著她看的行徑……但也不需要知道。當你一旦有所感應，只需順著直覺行動就好，再美妙不過了。

他只知道，要是布蘭達敲了他家的門，那麼不管她到底想幹嘛，自己都已準備好了。

## 15

我要妳明天早上把印出來的資料裝進信封，拿給茱莉亞．夏威。巴比是這麼告訴她的。但《民主報》辦公室上了鎖，裡頭的燈也是暗的。茱莉亞八成去超市查看那團混亂了。彼特．費里曼與湯尼．蓋伊應該也在那裡。

她到底該拿霍霍那份「維達」文件怎麼辦才好？要是門上有投信孔的話，她或許會把帆布袋裡的牛皮信封直接投進裡頭，只是門上並沒有投信孔。

布蘭達猜，她最好還是去超市找茱莉亞，再不然就是先回家，等事情平靜下來，茱莉亞也回到辦公室以後再說。這想法並非特別經過邏輯思考，但也沒多吸引人。以第一個念頭而言，美食城超市的聲音聽起來像是完全失控的暴動，布蘭達不想被捲入其中。至於第二個想法……

顯然會是更好的抉擇，而且也明智多了。只要付出耐心，事情自然水到渠成。這不正是霍霍最愛掛在嘴邊的其中一句話嗎？

但耐心從來不是布蘭達的優點，更何況，她的母親也說過另一句話：要做就做，而且還要一口氣完成。這就是她此刻想做的事。站在他面前，等他開始用咆哮的方式否認，提出一堆藉口，接著給他兩個選項：馬上辭職，全力支持戴爾．芭芭拉；或是讓他幹過的骯髒事全都登在《民主報》上。當面對質對她而言，就像是顆苦藥，而若是想吞下苦藥，就得越快越好，然後馬上跑去漱口。她打算用雙倍的波本威士忌來漱口，而且不準備等到中午才行動。

只是……

別一個人去。巴比那時也這麼說。當他問她還有誰可以信賴時，她回答了羅密歐．波比。但波比百貨店的門也鎖上了。還有誰可以找呢？

最大的問題，是老詹會不會真的傷害她。布蘭達認為不會。不管巴比在擔心什麼，她都認為老詹不會對她造成任何人身傷害——巴比會那麼擔心，部分原因肯定與他在戰場上的經歷有關。她的計畫在這裡犯下了一個可怕的錯誤，但這可以理解；畢竟，她並非唯一一個在穹頂落下以後，還以為世界會如同往常般運轉的人。

## 16

「維達」文件的事還是沒能解決。

比起身體上的傷害，布蘭達可能還更怕老詹的言語傷害。但她也相當清楚，想要站在他家門前，拒絕把這份文件交給他，簡直就是瘋狂之舉。就算她告訴他，這並非唯一一份副本，他可能還是會硬搶過去。只是，她絕不會輕易交給他的。

她走到鎮屬坡山腰的普雷斯提街，沿鎮立廣場的上緣前進。第一棟房子是麥卡因家，旁邊則是安德莉亞．格林奈爾的家。雖然安德莉亞的光芒總是被她那些公共事務委員會裡的男性同仁壓了過去，但布蘭達知道她相當誠實，而且也對老詹不抱絲毫敬重之情。說來奇怪，安德莉亞反倒對老安．桑德斯唯命是從。為什麼會有人真把他當成一回事，才是布蘭達無法理解的地方。

或許他用什麼方式控制了她。霍霍的聲音在她腦中說。

布蘭達差點笑出聲來。這太荒謬了。安德莉亞在嫁給湯米．格林奈爾前，可是敦切爾家的人。敦切爾那一家子一向作風強硬，有時甚至還令人退避三舍。布蘭達認為，只要安德莉亞家沒鎖，裡頭也有人在，倒是可以把裝著「維達」文件的信封袋交給安德莉亞。布蘭德覺得她一定在家。先前，她不是從誰那裡聽說，安德莉亞因為流行性感冒病倒在家嗎？

布蘭達穿過主街，暗自排練著要說的話：妳可以幫我保管一下嗎？我大概半小時左右回來拿。要是我沒回來的話，就幫我拿去報社交給茱莉亞。除此之外，記得也讓戴爾．芭芭拉知道有這件事。

要是她反問信封裡放了什麼祕密文件呢？布蘭達決定誠實以對，說裡頭裝了她打算拿來逼老詹辭職的資料，而這或許能讓安德莉亞比吃了兩倍的止痛藥還開心。

雖然布蘭達渴望能儘快結束這件討厭的差事，但仍在經過麥卡因家的大門時，停下了腳步。屋子看來很冷清，但這也沒什麼奇怪的——穹頂降下時，有許多戶人家早已離開鎮上辦事了。奇怪的是另一件事。一股淡淡的氣味，像是食物腐壞的味道。今天的天氣感覺更炎熱，空氣沉悶，不管美食城超市那裡究竟發生了什麼事，聽起來都十分遙遠。布蘭達感覺到了什麼，認為有人正看著她。她站在原地，覺得陰暗的窗戶看起來就像一雙雙閉著的眼睛。但窗戶並未完全緊閉。沒有。就像正在偷窺的眼睛。

別亂想了，女人。妳還有事情得辦。

她朝安德莉亞家走去，中途又停下來回頭望了一眼。除了坐落在那股淡淡腐壞氣味中的陰暗房子，以及房子本身的陰影以外，便沒有別的東西了。只有肉才會壞得那麼快，味道那麼難聞。亨利與勒唐娜一定在冰箱裡放了很多肉，她想。

## 17

看著布蘭達的人正是小詹。他跪在地上，僅穿著一條內褲，頭部如同轟然巨響般地疼痛著。他在客廳裡監視著她，就躲在陰影的邊緣地帶，一直等到她離開後，才又回到廚房。他必須儘快把他的兩名女友帶離這裡。這點他清楚得很。但此時此刻，他還需要她們，也需要這股黑暗。他甚至希望這股從她們發黑皮膚中散發出的味道還能更濃重一些。

不管什麼都好。只要能減緩他那劇烈的頭痛，不管什麼都好。

## 18

三聲舊式的門鈴聲響後，布蘭達轉過身去，打算放棄回家，卻又聽見蹣跚的緩慢腳步聲逐漸接近大門。她臉上一個小小的「妳好啊，鄰居」的微笑已準備就緒，但卻在看見安德莉亞後為之凝結。她的臉色蒼白，黑眼圈十分明顯，頭髮亂成一團，緊握腰間的浴袍腰帶，裡頭只穿著睡衣。房子裡味道很重——不是腐壞的肉類，而是嘔吐物的氣味。

安德莉亞的微笑就跟她雙頰及氣色一樣虛弱。「我知道自己看起來是什麼模樣，」她說，聲音低沉沙啞。「所以最好還是別邀請妳進門。我好多了，但還是有可能傳染給妳。」

「妳有給醫生——」沒有，當然沒有。哈斯克醫生死了。「妳有給生鏽克看過嗎？」

「我還真的有，」安德莉亞說。「很快就沒事了，他是這麼說的。」

「妳在流汗。」

「還有點發燒，不過燒快退了。我有什麼幫得上忙的地方嗎？布蘭達？」

她差點就說不出口——她不想在一個女人顯然還在生病時麻煩對方，尤其是像她帆布袋裡那種重責大任——但安德莉亞接下來說的話改變了她的想法。重要的事件，往往正因小齒輪而扭轉了方向。

「關於霍霍的事，我深感遺憾。我相當敬重他。」

「謝謝，安德莉亞。」不只是因為她的同情心，更是為了她喊他霍霍，而非公爵。對布蘭達來說，他永遠都是霍霍，她親愛的霍霍，而「維達」文件是他最後一件工作。可能還是他最重要的工作。布蘭達突然覺得得推動這件工作完成，不得再有任何延誤。她把手伸進帆布袋，拿出印有茱莉亞名字的牛皮信封。「妳可以幫我保管一下嗎，親愛的？只要一下子就好？我還有件事得處理，不想把這東西帶在身上。」

布蘭達做好了回答安德莉亞任何問題的準備，但安德莉亞顯然沒什麼想問的，只是以一種心不在焉，但卻不至於失禮的態度接過厚重信封。很好，節省了不少時間。除此之外，這也可以使安德莉亞不會被捲到這件事裡，或許還能讓她在之後的政治風暴中倖免於難。

「我很樂意，」安德莉亞說。「現在……不好意思……我想我最好還是去躺一下。但我不是要睡覺喔！」她又補充，彷彿布蘭達會反對似的。「這樣妳過來拿的時候，我就聽得見妳了。」

「謝謝，」布蘭達說。「妳有喝點果汁嗎？」

「都喝了一加侖了。去忙吧，親愛的——我會顧好妳的信封。」

布蘭達想再次感謝她，但磨坊鎮的三席公共事務行政委員已關上了門。

## 19

安德莉亞與布蘭達的交談接近尾聲時，胃又開始翻騰起來。她想努力抗衡，但這顯然是場必輸無疑的戰爭。她胡亂回答了些喝果汁的問題，並叫布蘭達去忙自己的事，接著便當著那可憐女人的面把門關上，衝進那間臭氣沖天的廁所裡，喉嚨深處還發出「噁-噁」的聲音。

客廳沙發旁有個茶几，她飛快經過時，看也不看地把牛皮信封丟到上頭。信封滑過拋光桌面，從另一側掉了下去，落入沙發與茶几間的黑暗縫隙。

安德莉亞在廁所裡吐了出來，但卻沒吐在馬桶裡……反正兩者也差不多，整間廁所幾乎全是揮之不去的嘔吐臭味，全多虧剛結束的漫漫長夜裡，她體內那堆不停嘔出的東西所賜。她靠在洗臉台上，不停吐到覺得食道夠鬆為止，潑灑在陶瓷上的嘔吐物依舊溫熱，正在不斷流動。

這並未真的發生，但她眼前的世界變成了灰色，覺得自己彷彿步伐不穩地穿著一雙高跟鞋，鞋跟越來越小，隨著身體晃動而逐漸消失。她試圖不讓自己暈倒，等到感覺好些以後，才用像是橡膠般的雙腿緩緩走進客廳，一隻手還扶著木牆保持平衡。她渾身發抖，聽見牙關打顫的聲音，聽起來恐怖無比，彷彿那聲音並非耳朵聽見，而是從雙眼後方傳來。

她甚至沒考慮回到樓上的臥室，反而走到門廊後方的紗門處。十月底這時間，門廊那裡通常有點太冷，但今天的空氣十分悶熱。她原本沒打算躺在那張就快塌掉，並且滿是霉味的老舊躺椅上頭，但不知為何，這時躺在上頭，卻令人感到如此慰藉。

只要躺一分鐘就好，她告訴自己。接著去冰箱拿最後一瓶礦泉水，把嘴裡的臭味給沖掉……

就在此刻，她的意識流逝而去，陷入了深沉無比的睡眠中，甚至就連雙手與雙腳那無法抑止的痙攣也沒能吵得醒她。她做了很多夢。在其中一個可怕的夢境裡，有群著火的人不斷奔跑，一面咳嗽乾嘔，尋找任何一個空氣或許還算涼爽潔淨的地方。在另一個夢裡，布蘭達．帕金斯來到她家門前，交給她一個信封。當安德莉亞打開時，粉紅色的止痛藥丸從裡頭無限湧出。當她醒來時，時間已是傍晚，那些夢也全都被她忘了。

就連布蘭達．帕金斯來過的事也忘了。

# 20

「進來我書房談，」老詹開心地說。「還是妳想喝點什麼？我有可樂，只是可能有點溫。我的發電機昨晚就停下來了，丙烷沒了。」

「我想你應該很清楚可以去哪裡補貨。」她說。

他一臉詫異地揚起眉毛。

「就是你用來製造毒品的那些，」她充滿耐心地說。「我看過霍霍的筆記，知道你得大量烹製毒品才行。他用的形容方式是『數量令人驚訝』，所以那一定得用上很多丙烷。」

現在，她真正進入了狀況，發現自己的緊張情緒已消失無蹤。她甚至還能帶著一股冷靜的愉悅感，觀察到他的臉頰正開始漲紅，一路延伸至額頭處。

「我不知道妳在說什麼。我想妳是傷心過度了……」他嘆了口氣，僵硬地攤開雙手。「進來吧。我們討論一下，我會讓妳放鬆點的。」

她面露微笑。她還能笑得出來這件事，就像是一種啟示，可以助她想像霍霍仍在照看著她——從某個地方照看著她。而且還叫她小心點。這正是她需要的忠告。

在雷尼家前面的草地上，有兩張木質沙灘椅就置放在落葉之間。「我坐那裡就好。」她說。

「我比較喜歡在屋裡談。」

「你也喜歡在《民主報》的頭版上看見自己的相片嗎？我可以幫你安排。」

他退縮了一下，就像她揍了他一拳似的。在那個瞬間，她看見恨意在他深沉、細小如同豬仔的雙眼中一閃而過。「公爵從來都不喜歡我，我猜他的感覺自然也影響到妳——」

「他叫霍霍！」

老詹把手一甩，動作彷彿在說，有些女人就是不可理喻，接著帶她走到可以俯瞰工廠街的兩張椅子那裡。

布蘭達．帕金斯說了約莫半個小時，語氣越來越冷酷憤怒。她提及了冰毒工廠、老安．桑德斯和——她幾乎能確定他也參與其中——萊斯特．科金斯這兩個他沉默的合夥人，還有事件的驚人規模、可能的相關地點、中盤商承諾提供情報以交換豁免、金錢流向、由於計畫越來越龐大，是以當地藥劑師無法安全提供足夠原料，導致需要從海外進口等許多事情。

「那些原料全由標記著『基甸聖經公會』的卡車運進鎮裡，」布蘭達說。「霍霍評論說：『這實在是聰明得過了頭。』」

老詹坐在椅子上，看著寂靜的住宅區街道。她可以感受到憤怒與恨意正炙烤著他。那股熱氣就像在煮一道砂鍋菜似的。

「妳證明不了任何事情。」他最後說道。

「要是霍霍這份檔案上了《民主報》，證不證明根本無關緊要。這不是正當程序，但要說有誰可以理解偶爾需要抄抄捷徑，那麼我想那個人肯定就是你了。」

他揮了揮手。「噢，我敢說妳的確有那份檔案，」他說。「但我的名字肯定不在上頭。」

「你的名字在城鎮投資公司的文件上，」她說。老詹在椅子上晃動一下，就像她揮拳打向他太陽穴一樣。「城鎮投資公司，註冊於內華達州的卡森市，其中有筆款項可以追蹤到中國省會重慶市的一間藥物公司。」她露出微笑。「你以為你很聰明？太聰明了。」

「這份檔案在哪兒？」

「今天早上，我留了一份副本給茱莉亞。」除非情不得已，否則她完全不想把安德莉亞牽扯進來。再說，讓他認為檔案此刻已在報社編輯手上，可以讓他屈服得更快，更別說他可能覺得自己或老安．桑德斯有辦法控制得了安德莉亞。

「還有其他副本嗎？」

「換作是你呢？」

他思考了片刻，接著說：「我會把一份副本放在鎮外。」

她什麼也沒回答。

「這是為了整個小鎮的福祉。」

「你已經為鎮上謀了很多福祉，老詹。我們有跟一九六八年一樣的下水道系統、骯髒的卻斯特塘、面臨垂死邊緣的商業區……」她坐直身子，緊緊抓住椅子扶手。「你這隻他媽的自以為是的蛆。」

「妳想要什麼？」他筆直凝視著前方空蕩的街道，太陽穴的血管劇烈跳動著。

「我要你宣布辭職，讓巴比根據總統的──」

「我絕對不會辭職，讓位給那個他麻的傢伙。」他轉頭看著她，露出一個駭人笑容。「妳沒留下任何東西給茱莉亞，因為茱莉亞跑去超市採訪搶奪糧食的事情了。妳可能把公爵那份檔案鎖在什麼地方，但卻沒給任何人副本。妳先去找羅密歐，接著去找茱莉亞，然後就過來我這裡了。我親眼看著妳走上鎮屬坡。」

「我有，」她說。「我的確這麼做了。」要是她說出自己把副本留在哪裡呢？這樣倒楣的只是安德莉亞而已。她準備站起身來。「我給過你機會了，現在我要走了。」

「妳犯下的另一個錯，就是妳以為在外頭就安全了。街上根本沒人。」他的語氣幾乎稱得上親切。當他伸手碰觸她的手臂時，她轉身望向他。他一把抓住她的臉，接著用力一扭。

布蘭達．帕金斯聽見一聲喀嚓悶響，就像有人折斷一枝凍結的樹枝。隨著這道聲響，她陷入全然的黑暗裡，過程中不斷試著呼喊丈夫的名字。

# 21

老詹走進屋內，從客廳櫥櫃拿出一頂印有「雷尼二手車行」字樣的鴨舌帽、一雙手套，接著又從儲藏室裡拿了顆南瓜。布蘭達仍垂著頭，坐在原先那張木製沙灘椅上。他環顧四周，沒看到任何人影。世界仍掌握在他手上。他把帽子戴到她頭上（盡量壓到最低），雙手套上手套，接著又把南瓜放到她雙膝之間。這樣就行了，他想，接著就等小詹回來，把她帶到某個地方，把這件事推到戴爾·芭芭拉那個蠢蛋頭上。在此之前，她只不過是又一個萬聖節的填充物裝飾品罷了。

他檢查了她的帆布袋，裡頭有她的皮夾、梳子與一本平裝小說。事情簡單得很，只要藏在地下室酒窖那具無法啟動的暖氣爐後頭就行了。

他離開那具戴著帽子、雙膝間放著南瓜的屍體，走進屋內，藏好她的帆布袋，等待兒子回家。

牢房之中

## 1

公共事務行政委員雷尼認為沒有一個人看見布蘭達今早到過他家。他猜得沒錯，因為看見她今早行動的人不是一個，而是三個，其中還有一個正是同樣住在工廠街上的人。要是知道這點，會不會讓老詹決定不要痛下殺手？這很難說，他相信自己做得沒錯，再說要回頭也太遲了。但這也讓他開始省思（他的確是個願意省思的人，只是總以他自己的方式罷了）謀殺與樂事洋芋片間的相似之處：只吃一片實在很難停住。

## 2

由於他們原本就不希望被人看見，所以老詹走到工廠街與主街街角時，並未發現任何人；就連布蘭達走上鎮屬坡時也沒有。他們躲在和平橋，也就是那個被大家所厭惡的地方裡頭。但這還不是最糟的。要是被克萊兒·麥克萊奇發現他在偷抽菸的話，那才真的是麻煩大了。事實上，可能還會一次惹上兩個麻煩。他肯定再也不能與諾莉·卡弗特當朋友，就算鎮上的命運得仰賴他們這個小團體也一樣。因為香菸是諾莉給的——一包扭成一團，味道差勁透頂的溫斯頓香菸。她在車庫的架子上找到了這包菸。她的父親在一年前戒了菸，所以這包菸的包裝上布滿厚厚一層灰塵，但就諾莉看來，香菸本身可沒什麼問題。裡面只有三根，但三根正好是個完美數字：一人一根。可以把這視為祈福儀式，她這麼告訴其他兩人。

「我們像印第安人祈求狩獵順利那樣抽菸，接著保證萬事如意。」

「聽起來還不賴，」小喬說。他一向對抽菸十分好奇。他看不出這件事的吸引力在哪兒，但其中一定有些什麼。畢竟，有很多人都在抽菸。

「要向哪個神祈禱？」

「隨你。」諾莉回答，神情彷彿他是宇宙間最愚蠢的生物一樣。「只要你高興，就算上帝的上帝也行。」她穿著褪色的牛仔短褲與粉紅色無袖上衣，頭髮並非平常在鎮上閒晃時，綁在後頭左右搖擺的馬尾巴，而是放了下來，垂落在漂亮的臉蛋旁。對兩名男孩來說，她看起來美極了，事實上，簡直就是不可方物。「我要向神力女超人祈禱。」

「神力女超人又不是女神，」小喬說，拿起一根走味的溫斯頓香菸直接聞了聞味道。「神力女超人是超級英雄。」他想了想。「也許該說是超級女英雄才對。」

「她就是我的女神，」諾莉回答，狠狠瞪了他一眼，讓他無法反駁，更別說想取笑了。她小心地撫平她那根菸，班尼則讓自己的菸保持原狀，認為一根彎曲的香菸一定有什麼很酷的存在原因。「在我九歲以前，原本有個神力女超人的能量手環，但後來不見了。我想一定是被伊芳・納德那個賤人偷走的。」

她點燃一根火柴，先是幫稻草人小喬點菸，接著則是班尼。當她正要點自己那根菸時，班尼卻把火柴吹熄了。

「你幹嘛啦？」她問。

「用一根火柴點三支菸會帶來壞運。」

「你真的相信這種事？」

「不是很信，」班尼說。「但我們今天會需要所有能得到的好運才行。」他瞥了一眼自行車籃子裡的購物袋，接著抽了口菸。他才不過吸了一小口，便把煙咳了出來，雙眼泛滿淚水。「這味道就像花豹屎！」

「你是不是吸太大口了？」小喬問。他抽了口自己的菸，不希望看起來一副膽小如鼠的模樣，但也不想咳出來，或是把菸丟掉。煙很燙口，但還算可以。也許裡頭真的有什麼道理，只不過，他現在已經覺得有點頭暈了。

吸進去很簡單，他想著。吐煙才真的讓人想吐，沒那麼酷。除非，他有機會能昏倒在諾莉．卡弗特腿上，或許才真的能算是酷事一件。

諾莉把手伸進短褲口袋，拿出一個果汁瓶的蓋子。「我們可以用這個當菸灰缸。我想來場印第安的吸菸儀式，但不想燒了和平橋。」她閉上雙眼，嘴唇開始默念，指間的香菸逐漸燒成菸灰。

班尼望向小喬，聳了聳肩，接著也閉上雙眼。「萬能的特種部隊⑩，請你聆聽虔誠一等兵德瑞克的禱告——」

諾莉踢了他一下，連眼睛都沒睜開。

小喬站起身（有點暈，但狀況還可以；當他站直時，又抽了一口菸），走過停放單車的地方，朝鎮立廣場盡頭那裡設有遮雨棚的人行道走去。

「你要去哪兒？」諾莉問，還是沒睜開雙眼。

「看見大自然可以讓我祈禱得認真點。」小喬說，但他其實只是想呼吸些新鮮空氣。這與燃燒的香菸無關，再說他還算喜歡那味道。會這麼做，主要是因為橋裡頭的其他氣味。腐朽的木頭、陳年酒味，以及似乎從他們底下普雷斯提溪飄散出的化學香料的酸味（那可是好味道，煮廚可能會這麼告訴他，你會愛上這味道的）。

外頭的空氣沒那麼好，有點讓小喬想起去年他與父母到紐約玩的回憶。地下鐵的空氣就有點像這樣，尤其在一天稍晚，人們擠在地下鐵裡，全都想儘快回家的時候。

他把菸灰彈在手上，在撒掉菸灰時，正好看見布蘭達．帕金斯爬上坡道。

問。

沒多久後，一隻手放到他肩上。與班尼的手相比，這隻手光滑細緻多了。「那是誰？」諾莉

「看過，但不知道名字。」他說。

班尼加入了他們。「那是帕金斯太太。警長的未亡人。」

諾莉用手肘頂他。「是局長啦，笨蛋。」

班尼聳肩。「隨便啦。」

他們看著她，主要是因為附近也沒別人可看。剩下的鎮民全去了超市，顯然是場史上最大規模的糧食戰爭。這三個孩子看見了超市的情形，但始終保持遠遠觀望。他們無需任何人勸他們離那裡遠一點，畢竟，他們身上可是被人託付了十分值錢的設備。

布蘭達穿過主街，走到靠近普雷斯提溪這側，在麥卡因家外頭停了一會兒，隨即又走到格林奈爾太太家去。

「我們行動吧。」班尼說。

「還不行，除非她離開為止。」諾莉說。

班尼聳聳肩。「這有什麼大不了的？就算她看見我們，也會覺得我們跟那些在鎮立廣場閒晃的其他小孩沒兩樣。你知道嗎？搞不好她根本就對我們視若無睹。大人全都不把小孩放在眼裡。」他的確這麼認為。「除非小孩在玩滑板。」

「或抽菸。」諾莉同意道。他們全都瞥了一眼手上的菸。

⑩ GI Joe，原為美國玩具廠商推出的軍事玩具人偶，後來被改編為電視動畫《大英雄》，並於二〇〇九年改編為真人電影《特種部隊：眼鏡蛇的崛起》。

小喬用大拇指比了一下，指向班尼單車手把前面那塊置物板上的購物袋。「要是孩子們載著昂貴的鎮公所設備到處晃，他們應該也看得見。」

諾莉用嘴角叼著菸，使她看起來有種驚人的強悍、美麗，以及驚人的成熟。

男孩們又回頭繼續觀察。警察局長的遺孀此刻正與格林奈爾太太交談。對話時間不長。帕金斯太太走上台階時，從帆布袋裡拿出一個大大的棕色信封，他們看著她把信封交給格林奈爾太太。幾秒過後，格林奈爾太太就當著訪客的面，幾乎是用甩的把門關上。

「哇喔，也太粗魯了。」班尼說。「這禮拜留校察看。」

小喬和諾莉大笑起來。

帕金斯在原地站了一會兒，彷彿有點困惑，接著又走下台階。此刻她正面對廣場，三個孩子出自本能地往前躲到人行道的陰影裡。這舉動使他們因此看不見她的蹤影，但小喬在木板上找到一個缺口，又透過缺口繼續觀察。

「又走回主街，」他報告著。「好了，她又繼續上山……現在又再次走過馬路……」

班尼假裝舉起麥克風。「切換到十一號攝影機。」

小喬沒理會他。「現在她走到我家那條街上了。」他轉向班尼與諾莉。「你們覺得她會去找我媽嗎？」

「工廠街有四個街區那麼長耶，老兄，」班尼說。「你覺得機率是多少？」

就算小喬沒理由認為帕金斯太太去找他媽一定是什麼壞事，但還是有種鬆了口氣的感覺。他母親還是相當擔心人在鎮外的父親，而小喬也不希望看見媽媽比現在還傷心的模樣。她差點就禁止他加入這個探險隊了。感謝老天，還好夏威小姐親自找她談這件事，還告訴她說，戴爾．芭芭拉特別指名要小喬成為這件差事的人選之一（對小喬——還有班尼與諾莉——來說，他們更喜歡

「任務」這個字眼）。

「麥克萊奇太太，」茱莉亞說。「要是有誰適合操作這個工具，巴比認為，八成非妳兒子莫屬。這事或許十分重要。」

這話給小喬的感覺良好，但看著他母親的面孔——擔心、苦惱——卻又使他感覺一陣難受。穹頂降下至今，甚至還不到三天之久，但她卻已經瘦了。她一直抱著爸爸的相片，這點也使他相當難受，感覺就像她認為爸爸已經死了，而非只是待在類似汽車旅館的地方，一面喝著啤酒，一面看著電影頻道也說不定。

她還是答應了夏威小姐。「好吧，他在操作工具這方面的確是個聰明的孩子，一直都是。」她從頭到腳地打量了他，接著嘆了口氣。「兒子啊，你什麼時候長那麼高了？」

「我也不知道。」他誠實回答。

「要是我讓你去的話，你會答應我要小心點吧？」

「帶你朋友一起去。」茱莉亞說。

「班尼和諾莉？當然。」

「還有，」茱莉亞有些謹慎的補充。「你知道這代表了什麼吧，小喬？」

「嗯，女士，我當然知道。」這代表了千萬不能被抓到。

## 3

布蘭達的身影，消失在工廠街路邊的行道樹間。「好了，」班尼說。「出發吧。」他小心翼翼地在菸灰缸代用品裡捻熄香菸，從單車置物板上拿起購物袋。袋子裡裝著老式的黃色輻射計數器，經手的人包括巴比、生鏽克、茱莉亞……最後則是小喬與他的朋友們。

小喬接過果汁瓶瓶蓋，捻熄手上的菸，心想要是之後時間更加充裕，可以專注感受的話，肯定要再抽一次試試。但換個角度來說，還是別這麼做會比較好。他沉迷於電腦、布萊恩．K．沃恩[101]的圖像小說及滑板，讓人上癮的事，恐怕這些就已經夠了。

「我們還是會遇到其他人，」他對班尼與諾莉說。「要是他們在超市玩累了，說不定還會遇到更多。我們只能希望他們不會注意到我們。」

他心中又再度響起夏威小姐對他媽媽說，這事對整個小鎮有多麼重要的話語。她無需對他多說什麼；關於這件事，他可能比她們了解的還要透徹。

「不過，要是遇到警察的話……」諾莉說。

小喬點頭。「那就把東西放回袋子，從裡頭拿飛盤出來假裝一下。」

「你真的認為會有外星人的發電裝置埋在鎮立廣場？」班尼問。

「我說的是『有可能』，」小喬回答，語氣比自己預期中還重。「什麼事都有可能。」

事實上，小喬認為可能性比他預期中還高。要是穹頂的起因與超自然力量無關，那麼肯定就是某種力場。力場需要能源，這問題對他來說，完全無需別的事務加以證明。但他不希望害他們期望過高，甚至就連自己也是。

「那就開始找吧，」諾莉說。她彎腰繞過垂著的黃色警用封鎖線。「我希望你們兩個剛才都有認真祈禱。」

小喬不相信祈禱真能對他要做的事有所幫助，但剛才卻還是祈求了另一個小小願望：要是他們真找到發電裝置，希望諾莉．卡弗特能再吻他一次，而且還要吻得更久一點。

## 4

上午稍早時，在麥克萊奇家客廳的行前會議裡，稻草人小喬脫下右腳的運動鞋與白色運動襪。

「不給糖，就搗蛋，讓你聞我的臭腳丫，給我好吃的東西嘗。」班尼開心地說。

「閉嘴啦，笨蛋。」小喬回答。

「別罵你的朋友笨蛋。」克萊兒・麥克萊奇說，但卻責備似地看了班尼一眼。

諾莉沒加入對話，只是饒富興味地看著小喬把襪子放在客廳地毯上，用手撫平。

「這是卻斯特磨坊鎮，」小喬說。「形狀一樣，對吧？」

「完全正確，」班尼同意。「這就是我們的宿命，全都住在一個看起來像小喬・麥克萊奇的運動襪的小鎮裡。」

「也像老女人的鞋。」諾莉插口說。

「有個老女人住在一隻鞋子裡，」麥克萊奇太太背誦著。她坐在沙發上頭，丈夫的相片就放在腿上，一如昨天下午夏威小姐帶著輻射計數器前來的模樣。「她有那麼多孩子，不知該如何是好。」

「答得好，媽。」小喬說，試著別笑出來。在他的初中課本裡，已經把這段塗改成「她有那麼多孩子，從她陰道裡掉出來」了。

他再度低頭望向襪子。「所以這襪子有中心點嗎？」

[101] Brian K. Vaughan，美國知名的漫畫及電視編劇。

班尼與諾莉開始思索起來。小喬讓他們自己去想，事實上，會對這樣的問題產生興趣，正是他欣賞他們的原因之一。

「這不像圓形或方形有中心點，」諾莉最後說。「這是個幾何圖形。」

班尼說：「我猜這襪子的確是幾何圖形——從技術上來說——但我不知道該怎麼形容才好。腳角形？」

諾莉笑了出聲，就連克萊兒也稍微笑了一下。

「從地圖來看，磨坊鎮接近六角形，」小喬說。「但先別管這個，只要憑感覺就好。」諾莉指向襪子腳背與小腿的交接處。「這裡，這就是中心點。」

小喬用筆在那裡畫上一點。

「我不確定那是不是洗得掉，先生，」克萊兒嘆了口氣。「不過，我想你也差不多需要一雙新襪子了。」在他還沒來得及問出下一個問題時，她又說：「從地圖上看，那裡應該是鎮立廣場。你們要去那裡找嗎？」

「那是我們第一個會去的地方。」小喬說，因為要說的話被搶先一步而有些洩氣。

「要是真有發電裝置，」麥克萊奇太太思索著說。「你覺得位置應該會在鎮上的中心點，或是那裡附近。」

小喬點頭。

「酷，麥克萊奇太太。」班尼說，舉起一隻手。「好兄弟的娘親，快跟我擊個掌。」

克萊兒．麥克萊奇露出虛弱微笑，依舊拿著丈夫的照片，與班尼擊了個掌，接著又說：「至少鎮立廣場是個安全場所，」她停下來想了一會兒，微微皺眉。「至少我希望如此，不過誰知道呢？」

「別擔心，」諾莉說。「我會盯著他們。」

「答應我，要是你們真的找到什麼東西，讓專家處理。」克萊兒說。

媽，小喬想。我想，我們可能就是專家了。但他沒說出口，知道這話對她沒有任何作用。

「同意，」班尼說，再度舉起手來。「再來一次，我好兄弟的——」

這回她用雙手捧著相片。「我愛你，班尼，但有時你讓我覺得好煩。」

他露出苦笑。「我媽也這樣說。」

## 5

小喬與朋友一同走下坡，來到廣場中心的演奏台。在他們身後，普雷斯提溪發出潺潺聲響。水位現在變低了，西北方上游流經卻斯特磨坊鎮的溪水，已被穹頂擋住去路。要是明天穹頂仍未消失，小喬覺得溪水會完全不見，只剩泥漿而已。

「好了，」班尼說。「別胡鬧了，該是滑板客拯救卻斯特磨坊鎮的時候了。讓我們拿出那寶貝玩意兒吧。」

小喬小心（充滿真誠的敬畏之心）拿起裝有輻射計數器的購物袋。裡頭的電池是十分古老的產物，電極處還有一層厚厚的黏稠物，但只要一些小蘇打就能清除鏽垢，更別說諾莉還在她父親的工具櫃裡，找到了三個六伏特的乾電池。「只要提到電池，他簡直是個怪胎，」她曾這麼透露。「他有一次為了要學滑板，還差點害死自己，不過我還是很愛他。」

小喬把拇指放在開關上，嚴肅地看著他們。「跟你們說，這東西可以讀到我們身邊任何一個微小的輻射線，而且這裡可能就是發電設備的所在地，不只會散發 $\alpha$ 或 $\beta$ 波——」

「天啊，打開啦，」班尼說。「別再吊我胃口了。」

「他說得對，」諾莉說。「打開吧。」

但這其實有趣得很。他們早在小喬家便測試過許多次，輻射計數器的運作沒有問題——當他們拿一支老舊電子錶測試時，指針明顯動了，而且他們每個人都試了一遍。但如今，他們身在此處——你能說就在現場——小喬卻起了一種心底發寒的感覺。他的額頭滲出汗水，能感覺到汗水凝結成珠，正準備要滑落下來。

要是諾莉沒把手放在他的手上，他可能會站在原地發呆好一陣子。班尼也把手放了上來，三人一同打開開關。每秒指數的指針立刻跳到「+5」的位置，讓諾莉不禁緊緊抓著小喬的肩膀，接著，指針又回到「+2」，這才把手鬆開。他們沒有使用輻射計數器的經驗，但全認為這是個正常指數。

小喬拿著輻射計數器，把連著電線的接收器舉至身前，慢慢在演奏台上繞了一圈。電源指示燈發出明亮的琥珀色，指針一次又一次地輕微晃動，但大多接近「0」的位置。他們認為，有些較為明顯的晃動，可能是因為自己的動作造成的。他並不感到意外——有部分的他相當清楚，這差事不可能那麼簡單——但同時也深感失望。這感覺很驚人，的確如此，失望與意料中的感覺不斷相互拉扯，兩種情感就像歐森雙胞胎[102]似的。

「讓我來，」諾莉說。「說不定我運氣比較好。」

他沒有抗議便交給了她。接下來的一個小時左右，他們在鎮立廣場不斷交錯走動，輪流拿著輻射計數器。他們看見有輛車開到工廠街上，卻沒注意到司機是小詹·雷尼——他的感覺又好多了。他也沒注意到他們。一輛開著閃光燈，鳴著警笛的救護車飛快經過鎮屬坡，一路駛至美食城超市。他們看了一會兒，但當小詹再度出現，這回變成開他父親的悍馬車時，他們早已專心回到了手上的任務裡。

由於太過專心，所以他們始終沒用到帶來偽裝的飛盤。但不打緊。在鎮民回家的路上，只有相當少數的人苦惱地朝鎮立廣場望了一眼。其中有幾個人還受了傷。大多數人全搶了食物，有些人甚至還推著購物推車。幾乎每個人看起來，都對自己的行為感到羞愧。

到了中午，小喬與朋友已打算放棄，就連肚子也餓了。「先回我家好了，」小喬說。「我媽會幫我們弄點吃的。」

「好極了，」班尼說。「希望是炒麵，你媽做的炒麵超好吃。」

「我們可以穿過和平橋，先試試另外一邊？」諾莉問。

小喬聳了聳肩。「好啊，不過那裡除了樹林就沒東西了。再說，那裡離中心點更遠。」

「是啦，可是……」她的聲音變小了。

「可是什麼？」

「沒事，只是一種感覺而已，或許是個笨想法吧。」

小喬望向班尼，後者聳聳肩，把輻射計數器遞給她。

他們回到和平橋，彎腰繞過垂著的警用封鎖線。步道裡有些昏暗，但當他們走到橋中間時，光線並未昏暗到使小喬無法從諾莉頭上看見輻射計數器指針的晃動情況。他們排成直線前進，沒打算測試腳下的腐朽木板可以承受多少重量。他們從橋的另一側走出步道，前方有塊牌子寫著：你正離開建立於一八〇八年的卻斯特磨坊鎮立廣場。那裡有條向上的斜坡舊徑，兩旁均是橡樹、白蠟樹與山毛櫸。樹上的楓葉無力地垂著，顏色看起來不但不鮮豔，反而還陰沉不已。

他們才一踏上小徑，指針便在每秒指數的「+5」與「+10」間晃動，接著超過「+10」，迅速跳

⑩²BOlsen Twins，美國知名的雙胞胎姊妹演員，並創立了自己的時尚服飾品牌。

到不同等級的「+500」，接著抵達「+1000」的位置，隨即又跳了回去。儀表的最高指數區被標為紅色。指針離那區還有一段距離，但小喬十分確定，目前的指數絕對不算正常情況。

班尼看著微微晃動的指針，但小喬卻直接望向諾莉。

「妳怎麼想？」他問她。「別怕，直說就好，畢竟這看起來可不是什麼笨想法。」

「沒錯。」班尼同意。他敲了敲每秒指數的儀表板，指針跳動一下，又回到了「+7」與「+8」附近。

「我覺得，發電裝置和發射台其實是差不多的東西，」諾莉說。「發射台不需要在中心點，只要夠高就行。」

「WCIK廣播塔就不是，」班尼說。「那裡只是一塊空地而已，不停播放一些耶穌的事。我有去過那裡。」

「對，可是那裡，呃，電力超強，」諾莉說。「我爸說那裡的電力有十萬瓦特左右。或許我們要找的是範圍沒那麼大的東西。所以我才會開始在想，鎮上最高的地方是哪裡？」

「黑嶺。」小喬說。

「黑嶺。」她同意道，舉起了小小的拳頭。

小喬與她擊了個拳，然後用手一指。「這條路有兩英里長，或許還有三英里。」他把輻射計數器的接受器移向那個方向，當指針上升到「+10」時，他們全都一臉著迷地看著。

「我要大搞一場。」班尼說。

「等到你四十歲再說吧。」諾莉依舊粗魯的說……但也有點不好意思。只有一點點而已。

「黑嶺路那裡有個舊果園，」小喬說。「你可以從那裡看見整個磨坊鎮——就連TR-90合併行政區也可以，至少我爸是這麼說的。可能就是那裡沒錯。諾莉，妳是個天才。」這回他沒被動的等她親他，雖然頂多只敢親嘴角而已，但他還是充滿敬意地親了她一下。

她看起來很開心，但還是微微皺著眉頭。「這可能不代表什麼。指針沒有真的往上飆。我們可以騎單車過去看看嗎？」

「當然好！」小喬說。

「吃完午餐就去。」班尼補充。他覺得自己是個相當實際的人。

## 6

就在小喬、班尼與諾莉在麥克萊奇家吃午餐（的確是炒麵沒錯），生鏞克・艾佛瑞特在巴比與兩個少女的協助下，在凱薩琳・羅素醫院治療在超市暴動中受傷的人時，老詹・雷尼就坐在書房裡，忙著列出需要確認的事項清單。

他看見自己的悍馬車駛上車道，於是在另一件事項前打勾：把布蘭達跟其他屍體一起處理掉。他覺得一切已準備就緒——至少也已盡了全力。就算穹頂在今天下午消失無蹤，他也認為自己可以安全無虞。

小詹走了進來，把悍馬車鑰匙丟在老詹書桌上。他臉色蒼白，比以往更需要好好地刮個鬍子，但至少他看起來已經不像吸毒過量死去的毒蟲了。他的左眼泛紅，但並未太過嚴重。

「兒子，都處理好了？」

小詹點頭。「我們會坐牢嗎？」他的語氣裡只有好奇，幾乎像是事不關己。

「不會。」老詹說。他從未想過自己有可能坐牢這件事，縱使帕金斯那個老巫婆來到這裡，開始她那些指控時也從未想過。他笑了。「不過戴爾・芭芭拉會。」

「沒人會相信他殺了布蘭達・帕金斯。」

老詹持續笑著。「會的。他們全嚇壞了，所以一定會信。事情總是這樣。」

「你怎麼知道？」

「因為我從歷史裡學到了不少，你有機會應該試試。」他差點就問小詹為何離開鮑登大學的事了——是不想念？考試沒過？還是被退學了？但無論時間或地點，都不是討論這事的時機。相反地，他問兒子是否還能幫他處理另一件事。

小詹揉著太陽穴。「應該可以，反正一不做二不休嘛。」

「你需要幫手。我想你可以帶法蘭克一起，要是席柏杜那小子今天還能走動，我會更屬意他。但別找瑟爾斯，他是個好傢伙，只是太笨了。」

小詹沒吭聲，讓老詹再度納悶這孩子究竟是怎麼回事。但他真的想知道嗎？或許，還是等到這場危機過去再說好了。在此同時，他還有很多事得預先做好準備。現在離上菜時間已經不遠了。

「你要我做什麼？」

「讓我先確認一件事。」老詹拿起手機。每次他這麼做時，總會認為手機應該已經沒辦法打了，然而卻一直可以。至少還能撥通鎮內號碼，這就夠他用了。他撥了警察局的號碼。就在鈴聲響了三聲，即將轉到電腦語音之前，史黛西·墨金接起了電話。她的聲音聽起來十分忙碌，不像平常那副簡潔、充滿效率的口吻。經過早上這場盛會，這事並不讓老詹感得意外；他可以聽見電話那頭一片吵鬧。

「警察局，」她說。「如果並非緊急狀況，請先掛斷電話，稍晚來電。我們現在非常忙碌——」

「我是老詹·雷尼，親愛的。」他知道史黛西不喜歡別人叫她「親愛的」，而這正是他這麼做的原因。「把電話轉給局長，快點。」

「他現在正試著阻止櫃檯前的一場拳擊賽，」她說。「或許你可以晚點再打——」

「不行，我晚點沒空。」老詹說。「妳覺得要是沒什麼重要的事，我會打來嗎？把電話轉過去，親愛的，事情非常緊急。叫彼得進他的辦公室接——」

她沒讓他把話說完，也沒叫他等一下。電話那頭傳來話筒敲在桌面上的聲音。老詹並未不悅；當他故意惹惱別人時，總是喜歡能實際感受到對方的憤怒。在遠方，他聽見有人罵另一個人「狗娘養的」，使他露出了微笑。

史黛西完全沒跟他多說些什麼，就把電話轉了過去。老詹聽著警方的廣告歌曲好一會兒後，電話才被接了起來。是蘭道夫，聲音上氣不接下氣。

「說快點，老詹，這裡就跟瘋人院一樣。有人斷了肋骨又不去醫院，另外還有些人就跟瘋狗一樣。每個人都在大罵其他人。我試著盡量不要把他們關進下面的牢房，但有一半以上的人，像是巴不得想進去一樣。」

「看來今天對你來說，加強警力規模倒成了好主意，不是嗎？局長？」

「天啊，沒錯。我們遭受攻擊。有個新警員——那個姓路克斯的女孩——人在醫院，整張臉的下半部全骨折了，看起來就像科學怪人的新娘。」

老詹笑得更開懷了。山姆．威德里歐完成了任務。當然，這又是另一個「感應」靈驗的明證。在某些罕見的時刻裡，你無法親自上陣，得假他人之手完成事情，總是能把球傳到正確的人選手上。

「有人用石頭打中了她，就連馬文．瑟爾斯也中了。他昏迷了好一陣子，但現在似乎沒事了。不過他的情況還是很糟，所以我把他送到醫院治療去了。」

「嗯，這真是太可惡了。」老詹說。

「有人瞄準了我的警員，我想還不止一個。老詹，我們真的有辦法找到更多新成員嗎？」

「我想，你會發現鎮上還有許多正直年輕人願意加入我們，」老詹說。「說真的，我還知道聖救世主教會就有幾個。例如基連家那些孩子。」

「老詹，基連家的孩子比豬還蠢。」

「我知道，但他們強壯得很，而且會乖乖聽命。」他停了一會兒。「他們還懂得怎麼用槍。」

「我們要發派武器給新的警力人員？」蘭道夫的聲音同時帶有希望與懷疑。

「在今天的事之後？當然。我想大概就先挑十來個值得信賴的年輕人好了。法蘭克與小詹可以幫忙挑選。要是這事到了下週還沒結束，我們會需要更多人手。開始配給物資的時候，我們就用物資代替薪水，讓他們和家人擁有優先權。」

「好吧。你可以叫小詹過來嗎？法蘭克在這裡，席柏杜也是。他在超市那邊受了點傷，肩膀上的繃帶得換新的，不過傷勢不妨礙行動。」蘭道夫壓低音量。「他說是芭芭拉換的繃帶，而且包紮得很好。」

「那很好，不過我們的芭芭拉先生包不了太久的繃帶。我有另一項工作得交給小詹。席柏杜警員也有份，派他過來一趟。」

「什麼工作？」

「如果你有必要知道的話，我就會告訴你。派他過來就是了。小詹和法蘭克可以晚一點再幫你列出新成員的名單。」

「好吧……你都這麼說了——」

蘭道夫的聲音被另一場騷動打斷。有什麼東西掉到地上或砸到牆上，傳來東西破掉的聲響。

「把他們分開！」蘭道夫大喊。

老詹面帶微笑，把手機自耳旁移開。他還是聽得非常清楚，沒有任何差別。

「抓住那兩個人……不是那兩個，你這個白癡，是另外兩個……不，我不是要逮捕他們！真該死，我是要他們離開這裡！要是他們再這樣的話，就把他們踹走！」

一會兒過後，他又再度回到與老詹的交談中。「快提醒我，告訴我自己為什麼想得到這份工作，否則我都快忘了。」

「事情會過去的，」老詹安慰道。「明天就會有五個新人來幫你——五個年輕力壯的傢伙——另外五個會在星期四報到。這還是最低人數而已。現在，先派席柏杜過來，確保樓下最裡面那間牢房沒人。芭芭拉先生今天下午會用得著。」

「什麼罪名？」

「四樁謀殺案，外加在本地超市煽動暴亂怎樣？夠了吧？」

他在蘭道夫還沒回答前，便掛斷了電話。

「你要我跟卡特幹嘛？」小詹問。

「下午嗎？先來點偵查與規劃的活動，規劃這部分我會幫忙，然後參與逮捕芭芭拉的事。我想你一定會很享受這件事。」

「對，我的確會。」

「等到芭芭拉一進牢房，你和席柏杜警員就去吃頓豐盛的晚餐。因為，真正的工作得在今天晚上處理。」

「什麼工作？」

「把《民主報》辦公室燒了——聽起來怎樣？」

小詹睜大了眼。「為什麼？」

自己的兒子竟然會問這問題，實在太叫人失望了。「因為，眼前的將來，報紙可不適合作為我們鎮上最佳的娛樂來源。你還有什麼反對意見嗎？」

「爸——你有想過自己可能瘋了嗎？」

老詹點點頭。「我也困惑得很。」他說。

# 7

「我老是待在這個房間裡，」維維·湯林森以過去從未有過的模糊聲音說。「但卻從來沒想到自己會躺在這張檯子上。」

「就算有，妳可能也想像不到，竟然會是早上幫妳煎牛排和雞蛋的傢伙在照顧妳。」巴比試著表現出精神奕奕的模樣，但打從第一趟救護車抵達凱薩琳·羅素醫院至今，他一直在忙著上藥與包紮，的確累了。但他懷疑，其中最主要的原因，可能是因為壓力影響，才使他覺得那麼累。他很怕自己會把別人的傷勢弄得更糟，而非好轉過來。他可以在吉娜·巴佛萊與哈麗特·畢格羅臉上看見相同的焦慮，只是，她們不用擔心緊迫盯人的老詹·雷尼會跑出來攪局。

「我想，我恐怕得過好一陣子才能再吃塊牛排了。」維維說。

生鏽克去看其他病患以前，先治療了她的鼻子。巴比幫忙扶住她頭部兩側，動作盡可能輕柔，還輕聲說了些鼓勵的話。生鏽克把浸有藥用古柯鹼的紗布塞入她鼻孔，等了十分鐘好使麻醉劑生效（這段時間還幫一個胖女人治療了嚴重扭傷的手腕，以及用彈性繃帶包紮起她腫起的膝蓋），接著才用鑷子取出紗布條，拿起一把手術刀。助理醫生的動作快得驚人。在巴比叫維維說句「如願骨」

前，生鏽克已把手術刀的刀柄滑入她的鼻孔中撐起隔膜，將其作為槓桿，開始了清理工作。

就像撬起輪框一樣。巴比想，聽見維維的鼻子傳來一陣細微，但確實能聽得到的嘎吱聲響，顯示鼻骨正逐漸回到原本位置。她沒有尖叫，但指甲卻在覆蓋檢查檯的紙張上撕裂了好幾個洞，淚水不斷順著臉頰滑下。

她現在已平靜下來——生鏽克給了她兩粒止痛藥——但淚水仍自她稍微消腫的雙眼中徐徐流著。她的雙頰仍瘀青浮腫，使巴比覺得她看起來有點像是洛基與拳王阿波羅打完拳後的模樣。

「妳得往好處想。」他說。

「有這種東西嗎？」

「當然有。那個姓路克斯的女孩，看起來得喝上一個月的湯和奶昔才行。」

「喬琪亞？我聽說她被砸中了。情況多糟？」

「還活得了，但得花上很長一段時間，才能恢復原本的模樣。」

「那可就永遠沒辦法去競選蘋果花小姐了。」她放低音量。「這是她在尖叫？」

巴比點了點頭。喬琪亞的慘叫似乎不斷迴盪在整棟醫院之中。「生鏽克給了她嗎啡，但也沒能讓她安靜多久。她的身體肯定跟馬一樣壯。」

「良心也跟短吻鱷一樣。」維維模糊不清的補充。「我不希望會有人遇到跟她一樣的事，但這證明了該死的因果報應的確存在。我在這裡待多久了？我那可惡的錶壞了。」

巴比瞥了一眼自己的錶。「現在是下午兩點半，我猜，再過五個半小時妳就會好多了。」他轉動一下臀部，聽見關節的喀啦聲響，覺得輕鬆了些。他覺得湯姆．佩蒂[103]（所言不虛：等待才

[103] Tom Petty，美國知名歌手。

是最困難的部分。他猜，要是自己真被關進牢房，可能還會覺得輕鬆點。只要他沒有先死在外頭就好了。這念頭才一閃過腦海，他便覺得自己倒是挺有可能會被人以拒捕名義當場打死。

「你在笑什麼？」她問。

「沒事。」他舉起一組鑷子。「現在安靜點，讓我把事情做完。越早開始，越快完成。」

「我站起來好了，這樣你比較方便做事。」

「要是妳真這麼做，只會整個人跌倒在地。」

她看著鑷子。「你真的知道這工具要怎麼用？」

「知道，我還得過奧運搬玻璃項目的金牌。」

「你鬼扯的功力甚至比我前夫還厲害。」她露出一絲微笑。巴比猜那一定會痛，就算止痛藥已發揮藥效也一樣，使他因此對她有了好感。

「妳該不會是只要患者是自己，就會變成暴君的那種討厭醫護人員吧？」他問。

「哈斯克醫生才是。有一次，他的大拇指指甲裂了道大口子，當生鏞克說要幫他拔掉時，巫師則說他希望能交給專業的來。」她大笑出聲，接著一陣抽痛，呻吟出聲。

「打妳的警察被一顆石頭砸中了頭，希望這消息會讓妳感覺好些。」

「又是因果報應。他可以下床走動嗎？」

「嗯。」馬文．瑟爾斯的頭上包著繃帶，兩小時前便已離開醫院。

巴比手上拿著鑷子，朝她彎下腰去。她本能地轉過了頭。他用手——動作十分輕柔——壓著她臉頰沒那麼腫的地方，把她的頭轉了回來。

「我知道你非這麼做不可，」她說。「但我的眼睛就跟嬰兒一樣脆弱。」

「從他打妳的力道來看，妳實在幸運得很。玻璃碎片只傷到眼睛周圍，而沒刺到裡頭。」

「我知道。只要別弄痛我就好，可以嗎？」

「好，」他說。「馬上就沒事了，維維。我會儘快完成。」

他擦了擦手，確保雙手乾燥（他不想戴手套，不相信戴著手套還能握緊鑷子），接著彎得更近。大概有六、七塊鏡片碎片刺入了她的眉毛與雙眼四周，但他最擔心的，是她左眼眼角下方那塊細小碎片。巴比相當確定，要是生鏞克看見的話，一定會把碎片拔出來，只是，他剛才完全專注在她的鼻子上。

動作要快，他想。只要一個猶豫，通常就會把事情搞砸。

他夾起碎片，丟進長桌上的塑膠盆裡。一粒細小血珠從碎片原本的位置中流了出來。他鬆了口氣。「好了。接下來就沒什麼了，好辦多了。」

「那就祝你好運囉。」維維說。

生鏞克打開檢查室的房門時，他正好把最後一塊碎片夾了出來。生鏞克問他能不能幫個小忙，手上還拿著一個原本用來裝喉片的錫盒。

「什麼小忙？」

「一個走起路來，像是長了痔瘡的人。」生鏞克說。「這個屁眼疼痛的傢伙，一心想帶著搶來的東西離開這裡。在正常情況下，我會很高興看著他淒慘的背影走出門外，但現在，他或許還派得上用場。」

「維維？」巴比問。「妳沒問題吧？」

她朝門口揮了揮手。他知道她的意思，於是準備跟生鏞克一同離開。當她喊了句「嘿，帥哥」時，巴比轉過身去。她給了他一個飛吻。

巴比伸手抓住。

8

卻斯特磨坊鎮只有一個牙醫，名字叫喬·巴克斯。他的診所位於史特勞巷的盡頭，診療室裡可以看見普雷斯提溪與和平橋的風景。要是你坐著的話，風景倒是賞心悅目，只不過大多數客人都是後傾著的，除了貼在天花板上那十幾張喬·巴克斯養的吉娃娃相片之外，也沒有別的東西能看。

「其中有張相片，那隻該死的狗看起來像是在拉屎。」道奇·敦切爾在某回看牙以後，這麼告訴生鏞克。「或許那是某種狗坐下的動作吧，但我可不這麼認為。我足足花了半小時，讓巴克斯從我下巴裡拔掉兩顆智齒，過程中一直想找條抹布，好擦掉我眼前那一泡屎。他用的八成是螺絲起子吧，感覺起來就是那樣。」

掛在巴克斯醫生診所外的招牌，就像一條大到可以給童話中的巨人穿的籃球短褲。招牌漆著濃豔的綠色與金色——也就是磨坊鎮野貓隊的顏色，文字寫著「喬·巴克斯牙科博士」，而低一點的位置，則寫有「巴克斯的動作最快！」這幾個字。每個人都同意，他的動作的確十分迅速，但他不接受醫療保險，只收現金而已。要是有個裁紙工人，臉頰腫得像是嘴裡塞滿堅果的松鼠，帶著化膿的牙齦走進診所，開始與他談起牙醫保險的事，那麼巴克斯就會叫他先找保險公司要錢，接著再回來找他。

如果鎮上有競爭對手的話，或許會逼他放寬這條規矩。但過去那六間願意在磨坊鎮裡試試看的牙醫診所，早在九〇年代初的時候，就都宣布放棄了。有些揣測指出，喬·巴克斯的好友老詹·雷尼，可能幫他在減少競爭對手這件事中出了點力，只是卻沒有任何證據可以證明這點。同時，巴克斯還可能會在隨便一個日子，突然暫停營業，開著保時捷跑車四處遛達。跑車保險桿上的貼紙寫著：我的另一輛車也是保時捷！

巴比尾隨生鏽克來到大廳時，巴克斯正走向大門，或者說，正試著想這麼做。抽筋敦抓著他一隻手，而巴克斯的另一隻手則掛著一個裝滿家樂氏鬆餅的籃子。裡頭沒有別的東西，只有一包又一包的鬆餅。巴比納悶——不是第一次了——他是不是還躺在北斗星酒吧停車場的水溝裡，被人打成一灘爛泥，由於腦震盪作著可怕的惡夢。

「我不要留下來！」巴克斯大喊。「我得把這些東西放進家裡的冰箱！反正你的提議根本不會成功，所以快把手放開。」

巴比觀察他眉毛上那塊把眉毛一分為二的蝴蝶繃帶，以及右前臂那塊更大的繃帶。看來，這牙醫似乎為了那些冷凍鬆餅好好打了一架。

「叫這傻子放開我的手，」他看見生鏽克時說。「我已經沒事了，現在只想回家。」

「還不行，」生鏽克說。「你既然都接受了免費治療，我希望你也能付出點熱忱。」

巴克斯是個小個子，身高不超過五呎四吋，但他此刻把身體挺到最高程度，猛吸了一口氣。「希望個鬼。我幾乎從來沒聽過用口腔外科手術——補充一下，緬因州政府可沒說我一定要這麼做——來當作兩塊繃帶的代價。我是為了討生活才工作的，艾佛瑞特，我希望做了事就能拿到報酬。」

「你會在天堂裡得到報酬的，」巴比說。「這不就是你朋友雷尼會說的話嗎？」

「他跟這件事沒有——」

巴比逼近一步，凝視巴克斯的綠色塑膠購物籃，手把上還印有「美食城所有」的字樣。巴克斯試著要擋住籃子，但卻沒有太大作用。

「說到報酬，你有付這些鬆餅的錢嗎？」

「太可笑了，每個人都拿了一堆東西，我只拿了這些而已。」他挑釁地看著巴比。「我有一個很大的冰箱，會好好享用這些鬆餅的。」

「『每個人都拿了一堆東西』這套說詞，在你被控搶劫時，可不會起什麼保護作用。」巴比和顏悅色的說。

巴克斯實在不可能再把自己的身子挺高，但不知為何，他卻辦到了。他的臉脹得通紅，幾乎成了紫色。「那就到法院告我啊！這裡哪有什麼法院啊？結案！哈！」

他準備再次轉身離開。巴比伸手抓住他，但抓的是籃子而非手臂。「那我只好沒收了，可以嗎？」

「你不能這麼做！」

「不行？那就把我告上法院啊。」巴比露出微笑。「喔，我忘了——哪有什麼法院啊？」

巴克斯醫生怒視著他，嘴唇向下扯緊，露出了完美無瑕的細小牙齒頂端。

「我們只好去休息室烤那些鬆餅了，」生鏞克說。「美味又好吃！」

「嗯，趁我們還有電力可以烤的時候快動手，」抽筋敦嘀咕著說。「不然之後也可以用叉子叉著，用醫院後頭的焚化爐來烤。」

「你們不行這麼做！」

巴比說：「讓我把話說清楚：除非你完成生鏞克交代的事，否則我不準備放開你的鬆餅。」

查茲．班德有些壞心的大笑起來。他的鼻梁與脖子其中一邊各貼著一塊ＯＫ繃。「付錢，醫生！」他大喊。「你不是老這樣說嗎？」

巴克斯先是怒瞪班德，接著又瞪向生鏞克。「你要我做的事我八成不會答應，你得先弄清楚這點。」

生鏽克打開喉片盒，往前一伸。裡頭有六顆牙齒。「多莉．麥唐納在超市外撿起了這些牙齒。她跪在地上，從喬琪亞．路克斯的血裡頭找了出來。醫生，如果你希望接下來還有鬆餅早餐可以吃，就得把這些牙齒裝回喬琪亞的嘴裡。」

「要是我就這麼走了呢？」

身為歷史老師的查茲．班德往前站了一步，緊握著拳。「我嗜財如命的朋友啊，要是這樣的話，我就會在停車場裡揍到你脫肛。」

「我也加入。」抽筋敦說。

「我不會加入，」巴比說。「不過會在旁邊看。」

周圍傳出笑聲與一些掌聲。巴比同時感受到開心與反胃的感覺。

巴克斯的肩膀垮了下來。他只是個小個子，卻再一次捲入對他體型來說太大了點的狀況。他接過喉片盒，望向生鏽克。「在最理想的狀況下，口腔手術或許可以幫她把這些牙齒重新植回牙根，只是，我們通常會小心一點，不對病人做出任何保證。要是我這麼做，幸運的話，她可以植回一兩顆牙，但她更有可能會把這些牙吞進氣管，然後噎著。」

一個滿頭濃密紅髮，身材矮胖的女人與查茲．班德肩並著肩。「我會坐在她身旁，確保這事不會發生。我是她媽。」

巴克斯嘆了口氣。「她是清醒的嗎？」

在他得到進一步的資訊前，包括綠色局長座車在內的兩輛卻斯特磨坊鎮警局警車，在回轉道那裡停了下來。費德．丹頓、小詹．雷尼、法蘭克．迪勒塞、卡特．席柏杜等人走出前面那輛車。蘭道夫局長與賈姬．威廷頓則從局長座車的前座下車，生鏽克的妻子則從後座出來。每個人都佩有武器，當他們接近醫院大門時，還全把武器掏了出來。

幾個原本在旁邊看喬．巴克斯吵架的人開始竊竊私語，紛紛往後退開，其中有些人還深信自己會因竊盜罪而被逮捕。

巴比轉向生鏞克．艾佛瑞特。「看著我。」他說。

「什麼意——」

「看著我！」巴比高舉手臂，轉動了一下，以展示內外兩側，跟著又拉起上衣，先是露出平坦腹部，隨即轉身展示背部。「有看到傷痕嗎？任何瘀青？」

「沒有——」

「確保他們知道這點。」巴比說。

他的時間只夠這麼做而已。蘭道夫領著他的警員走進門來。「戴爾．芭芭拉？向前一步。」在蘭道夫有機會舉槍指向他前，巴比就先照做了。畢竟，總是會有意外發生，而有時意外才是目的所在。

巴比看見生鏞克臉上的困惑，甚至像比自己還相信他的清白。他也看見吉娜．巴佛萊與哈麗特．畢格羅睜大雙眼。但他大多數的注意力，仍集中在蘭道夫與他的手下身上。他們全都面無表情，但在席柏杜與迪勒塞臉上，他看見無庸置疑的心滿意足。對他們來說，這一切都是為了要報復北斗星酒吧那晚的事。報復心就像個臭婊子。

生鏞克站到巴比身前，彷彿要保護他。

「別這麼做。」巴比低聲說。

「生鏞克，別這樣！」琳達大喊。

「彼得？」生鏞克問。「這是怎麼回事？巴比是在幫我們的忙，而且做得好極了。」

巴比不敢把助理醫生推到一旁，甚至連碰他一下都不敢。他只是極為緩慢地舉起手臂，掌心向外。

他們才一看見他舉起手，小詹與費德・丹頓便朝巴比走去，速度非常快。小詹在前進時撞到了蘭道夫，讓局長手上的貝雷塔手槍因此走火。掛號區響起的槍聲震耳欲聾。子彈射進距離蘭道夫右腳三吋的地板裡，炸開一個驚人的大彈孔。火藥氣味隨即飄散而出，令人震驚不已。

吉娜與哈麗特一面尖叫，一面奔進主要走道，機伶地跳過被嚇倒在地，往後爬行，同時用手護住頭部的喬・巴克斯。他那通常梳理整齊的頭髮，此刻全落在臉前。才剛治好下巴輕度脫臼的布蘭登・艾勒比，在嚇得逃走時，踢到了牙醫的前臂。喉片盒自巴克斯手中飛出，撞上總服務台，盒蓋就這麼因此打開，讓多莉・麥唐納小心翼翼撿起的牙齒掉得四處都是。

小詹與費德架起生鏽克，生鏽克並未試著抵抗，只是一臉茫然。他們把他推到一旁，生鏽克腳步不穩地越過大廳，試圖讓自己不要跌倒。琳達抓住了他，兩人一同趴倒在地。

「這他媽的是怎麼回事？」抽筋敦大吼。「到底是他媽的怎麼回事？」

走起路來還有點跛的卡特・席柏杜走近巴比。巴比知道會發生什麼事，但依舊高舉雙手。把手放下來只會害他被殺，說不定死的還不只他而已。再加上那聲槍響，害其他人牽連進來的機率變得更高了。

「哈囉，渾球，」卡特說。「你可真是個大忙人啊。」他重擊巴比的腹部。

雖然巴比預測到了這拳，早就繃緊肌肉以待，但這拳還是讓他痛彎了腰。這王八蛋實在是孔武有力。

「住手！」生鏽克大吼。他看起來仍一臉茫然，但卻也看得出十分憤怒。「現在就給我該死的住手！」

他試著想站起來，但琳達用雙手環抱著他，不讓他起身。「不要，」她說。「不要這樣，他很危險。」

「什麼？」生鏞克轉過頭去，不可置信地看著她。「妳瘋了嗎？」

巴比依舊舉著雙手，讓警察能看得見。由於他仍彎著腰，所以看起來像是在敬大禮似的。

「後退，」蘭道夫說。「席柏杜，夠了。」

「把槍拿開，你這個白癡！」生鏞克朝蘭道夫喊。「你想殺人不成？」

蘭道夫瞥了他一眼，眼神中有明顯的輕蔑之意，接著轉向巴比。「站直，孩子。」

巴比照做。還是很痛，但他仍設法挺直身體，知道要是剛才沒有防範的話，席柏杜那拳肯定會讓他痛倒在地，氣喘如牛。到時蘭道夫會不會試圖用腳踢他？其他警察會不會加入？大廳裡還有人正在看著，其中有一部分的人還爬了回來，以便看得更清楚點，但他們會在乎這點嗎？當然不會，因為他們血氣上湧，事情總是如此。

蘭道夫說：「我以殺害安琪拉．麥卡因、桃樂絲．桑德斯、萊斯特．科金斯與布蘭達．帕金斯的罪名逮捕你。」

每個名字都像打了巴比一拳，但最後一個尤其嚴重，簡直就是一記重拳。那個好女人。她忘了要小心一點。巴比並不怪她——她仍因為丈夫的事身陷沉痛之中——但卻怪自己竟然會讓她去找雷尼對質，甚至還鼓勵她這麼做。

「發生什麼事了？」他問蘭道夫。「天啊，你們到底做了什麼？」

「好像你不知道一樣。」費德．丹頓說。

「你到底是哪種變態來著？」賈姬．威廷頓問。她的表情像是一張扭曲且充滿厭惡的面具，瞇起的眼睛中帶著熊熊怒火。

巴比沒理他們。他盯著蘭道夫的臉，雙手依舊高舉過頭。他們不會放過任何一個再小不過的藉口。就算賈姬這個通常最討人喜愛的女性成員，也可能會加入他們之中。雖然對她來說，這不是藉口，而是真正的原因，但也說不定並非如此。有時，就算好人也會突然不受控制。

「換個好一點的問題，」他對蘭道夫說。「你讓雷尼做了什麼？這是他搞出來的爛攤子，你清楚得很。他的指紋一定到處都是。」

「閉嘴。」蘭道夫轉向小詹。「把他銬起來。」

小詹走至巴比身旁，但當他才快碰到巴比舉起的手腕時，巴比便先把手放了下來，背到身後，自行轉過身去。生鏽克與琳達．艾佛瑞特仍坐在地板上，琳達用雙手環抱著丈夫的胸膛，不讓他輕舉妄動。

「記得。」巴比對生鏽克說。他的手穿過塑膠束帶……接著束緊，直到束帶勒進手腕的肉裡。

生鏽克站了起來。當琳達試圖抱著他時，他把她推至一旁，朝她望去的眼神，是她過去從未見過的模樣。裡頭有嚴厲的神色、譴責的意味，但也有著憐憫存在。「彼得，」他說。蘭道夫正準備要轉身離開時，他又提高音量大喊：「我在跟你說話！你看著我，讓我把話說完！」

蘭道夫轉身，面如磐石。

「他知道你會過來抓他。」

「他當然知道，」小詹說。「他或許瘋了，但可不是笨蛋。」

生鏽克沒理會這句話。「他讓我看他的手臂、臉孔，掀起上衣讓我看他的腹部與背後。他身上沒有半點傷，只除了他舉起手時，被席柏杜打的那一拳而已。」

卡特說：「三個女人？三個女人和一個牧師？這是他應得的。」

生鏽克沒把視線從蘭道夫身上移開。「這是安排好的。」

「放尊重點，艾瑞克，這不在你的管轄範圍裡。」蘭道夫說。他把手槍放回腰側的槍套。

「沒錯，」生鏽克說。「我是個多管閒事的傢伙，不是警察或律師。我要告訴你的是，要是他被羈押的這段期間，我還有機會再看見他的話，他身上最好不要有任何傷痕或瘀青，上帝保佑你。」

「你打算怎樣？打給公民自由聯盟[104]？」法蘭克．迪勒塞問。他的嘴唇氣到都發白了。「你朋友打死了四個人。布蘭達．帕金斯的脖子斷了。其中一個女孩是我的未婚妻，而且還被性侵了。這事很有可能不是發生在她死前，看起來像是死後才發生的。」

大多數被槍聲嚇得亂竄的人，此時已躡手躡腳的走了回來，在一旁觀看。人群因為這句話而發出了驚恐的細微呻吟。

「你想保護這傢伙？那就連你也應該要被關進監獄！」

「法蘭克，閉嘴！」琳達說。

生鏽克望向法蘭克．迪勒塞，他曾幫這男孩治療過水痘、痲疹、在夏令營染上的頭蝨，以及滑向二壘時折斷的手腕。有一次，當他十二歲時，還在有人故意整他的情況下，幫他處理過被毒藤刺傷的情形。他幾乎看不出那個男孩與這個男人的相似性。「要是我被關起來呢？接著該怎麼辦，法蘭克？要是你母親的膽囊又發作，就跟去年一樣呢？我得在監獄裡等到探望時間才有辦法醫治她嗎？」

法蘭克走上前，舉起一隻手想給他一巴掌或一拳。小詹抓住了他。「他跑不掉的，別擔心。每個跟芭芭拉同一隊的人都一樣。總有機會的。」

「同一隊？」生鏽克的聲音中有著厭惡的困惑感。「你在說什麼啊？同一隊？這可不是該死的足球比賽。」

小詹臉上掛著的微笑，彷彿知道什麼祕密似的。

生鏽克轉向琳達。「這就是妳同事說的話。妳覺得聽起來像是什麼樣子？」

有好一會兒，她無法直視著他。但在一番努力後，她還是辦到了。「他們瘋了，就這樣，而且我不怪他們。我也一樣。四個人啊，艾瑞克——你沒聽見嗎？他殺了他們，而且幾乎可以肯定還強姦了其中至少兩個女人。我有去鮑伊葬儀社幫忙把他們移出靈車，還看見了屍體上的痕跡。」

生鏽克搖著頭。「我跟他忙了一個早上，親眼看著他幫助別人，而不是傷害別人。」

「算了吧，」巴比說。「退後，老兄。現在不是時——」

小詹重重戳了一下他的肋骨。「你有權保持沉默，王八蛋。」

「是他幹的，」琳達說。她朝生鏽克伸出手，發現他沒打算握住，於是只好放回身側。「他們在安安·麥卡因手裡發現了他的軍籍牌。」

生鏽克說不出半句話，只能看著巴比被推出去，走至局長座車旁，鎖進後座中，雙手依舊銬在身後。有那麼一瞬間，巴比與生鏽克四目相交。巴比只是輕輕搖了搖頭，但動作卻無比堅定。

接著，他就被載走了。

大廳裡一片死寂。小詹與法蘭克已跟著蘭道夫離開。卡特、賈姬與費德·丹頓則朝另一輛警車走去。琳達站在原地，以懇求與憤怒的神色看著丈夫。沒多久後，憤怒消失了。她朝丈夫走去，舉起雙臂，想要擁抱一下，就算只有幾秒也好。

「不要。」他說。

104 Civil Liberties Union，為美國的大型非營利組織，成立目的為捍衛美國憲法與法律中認可的個人權利與自由。

她停了下來。「你到底怎麼回事？」

「妳才怎麼回事？妳沒看見剛才發生的一切嗎？」

「生鏞克，她握著他的軍籍牌！」

他緩緩地點頭。「還真方便，妳不這麼覺得嗎？」

她臉上原本一直掛著受傷與懇求的表情，但此時卻僵住了。她像是突然發現自己的手臂還朝他伸去，於是放了下來。

「四個人，」她說。「其中有三個幾乎被打得面目全非。這裡的確分成了兩隊。你得思考一下自己要站在哪邊。」

「妳也是，親愛的。」生鏞克說。

賈姬在外頭大喊：「琳達，走吧！」

生鏞克突然意識到旁邊有一群觀眾，其中還有很多人，一次又一次地把票投給了老詹·雷尼。「好好地想一想，琳達。想想彼得·蘭道夫是在幫誰做事。」

「琳達！」賈姬叫道。

琳達·艾佛瑞特低頭離去，一路上完全沒回頭。在她坐進警車以前，生鏞克都還能撐得住，但接著便開始發起抖來。他覺得，自己要是不趕快坐下，可能會直接跌倒在地。

一隻手落在他的肩膀上。是抽筋敦。「你沒事吧，老大？」

「嗯。」彷彿這麼說就能成真一樣。巴比被抓進了監獄，而他與妻子在——多久？四年？是將近六年才對。他們在將近六年的時間裡，這次還是首度起了真正的衝突。不，他才不會沒事呢。

「有個問題，」抽筋敦說。「要是那些人被殺了，為什麼他們會把屍體載去鮑伊葬儀社，而不是送來這裡驗屍？這是誰下的指示？」

在生鏽克回答以前，燈便暗了下來。醫院的發電機燃料終於用完了。

## 9

在看著他們把她做的炒麵（裡頭還放了她最後一點漢堡肉）吃得一乾二淨後，克萊兒在廚房裡叫三個孩子站在她面前。她嚴肅地看著他們，而他們則回望著她——看起來如此年輕，如此堅決。她嘆了口氣，把小喬的背包遞給他。班尼望向裡頭，看見三個花生奶油果醬三明治、三個惡魔蛋[105]、三瓶甜茶與六片燕麥葡萄乾餅乾。雖然肚子裡裝滿了午餐，他還是十分高興。「太棒了，麥太太！妳真的是——」

她沒理他，所有的注意力都在小喬身上。「我知道這事可能很重要，所以還是決定讓你們去。如果你需要的話，我甚至還可以開車載你——」

「不需要，媽，」小喬說。「騎上去輕鬆得很。」

「而且也很安全，」諾莉補充。「路上根本就沒什麼人。」

克萊兒依舊用一種母親才有的眼神凝視兒子。「不過我要你答應我兩件事。第一件事，天黑前回家……我指的不是最後一道日落的陽光，而是還有太陽的時候。第二件事，如果你真發現了什麼，在那裡做個記號，接著馬上給我走得遠遠的。我承認，你們三個可能是尋找那個不知道什麼東西的最佳人選，但處理那東西是成年人的工作。所以，你可以答應我嗎？向我做出保證，否則我就要跟你與你的朋友一起去。」

[105] deviled eggs，一種美式開胃菜。

班尼滿臉懷疑。「我從來沒有沿著黑嶺路往上走，但有經過幾次。我想妳的車可能開不進去，應該會有點困難。」

「那就向我保證，否則就留在家。怎麼樣？」

小喬做出了保證。另外兩個人也是。諾莉甚至還發了誓。

小喬背起背包。克萊兒拿出了她的手機。「別弄丟了，先生。」

「不會的，媽。」小喬向後一轉，急著動身。

「諾莉？要是他們兩個不受控制，我可以相信妳會阻止他們嗎？」

「可以，女士。」諾莉．卡弗特說，彷彿去年她沒有因為玩滑板差點摔死或毀容一千次似的。「絕對可以。」

「希望如此，」她說。「希望如此。」克萊兒揉了揉太陽穴，像是頭都痛了起來。

「超棒的午餐，麥太太！」班尼說，舉起了手。「跟我擊個掌！」

「老天爺啊，我到底是在幹嘛啊？」克萊兒問，接著與他擊了掌。

## 10

警察局大廳的櫃檯後方就是等候室，裡頭有許多人在抱怨各種問題，包括竊盜、破壞公物，以及鄰居的狗叫個不停等等。等候室裡有幾張桌子、儲物櫃及茶水處。茶水處還貼著一張口氣不太高興的紙條：咖啡與甜甜圈並非免費供應。這房間同時也是登記處。巴比在這裡讓費德．丹頓拍了照，接著當亨利．莫里森讓他按指紋時，彼得．蘭道夫與丹頓就拿著槍站在一旁。

「放鬆就好，不要太用力！」亨利大喊。這個人不像那個會在薔薇蘿絲餐廳一面吃午餐（他總是點火腿生菜三明治佐蒔蘿泡菜），一面與巴比愉快討論紅襪隊與洋基隊賽事的人。此刻，這個人更像會滿臉高興地痛擊戴爾．芭芭拉鼻子一拳。「不用動手指，我幫你就好，所以放輕鬆點！」

巴比想告訴亨利，當你身旁站著拿槍的人，而且知道他們不介意開槍，實在很難放鬆雙手。但他只是保持安靜，集中精神放鬆雙手，好讓亨利順利採得指紋。他並未被亨利惹火，完全沒有。在其他情況下，巴比可能會問亨利為何如此惱怒，但在這種情形，還是管住自己的嘴會比較好些。

「好了，」亨利判斷指紋足夠清晰時這麼說。「帶他下樓。我想去洗個手。碰到他讓我覺得髒死了。」

賈姬與琳達一直站在一旁，在蘭道夫與丹頓相繼把槍收入皮套，抓住巴比的手臂以後，則換成這兩個女人把槍掏了出來。她們的槍指向地面，全都做好了開槍準備。

「要是可以的話，我會把你煮的東西全部吐出來。」亨利說。「你讓我作嘔。」

「不是我幹的，」巴比說。「好好想想吧，亨利。」

莫里森只是轉身就走。看起來，今天這裡每個人都不願意好好思考一下。巴比心想。他很確定，這狀況就是雷尼要的。

「琳達，」他說。「艾佛瑞特太太。」

「別跟我說話。」她的臉像紙一樣白，只有眼睛下方的新月形暗紫色眼圈例外，看起來就像瘀青似的。

「走吧，寶貝，」費德說，用指關節輕輕抵住巴比背部，位置就在腎臟那裡。「你的套房已經準備好了。」

# 11

小喬、班尼與諾莉各自騎著單車，沿一一九號公路北行而上。今天下午如同夏天般炎熱，空氣沉悶潮溼，沒有任何一絲微風吹拂。路旁兩側的草叢裡，蟋蟀的叫聲讓人昏昏欲睡。地平線那邊有塊黃色的東西，小喬一開始還以為是雲，接著才意識到其實是穹頂表面花粉與灰塵的混合物。穹頂外側的公路旁邊，是流淌的普雷斯提溪。由於溪水會快速轉往東南方，朝城堡岩流去，渴望加入巨大的安德羅斯科金河，是以他們原本會聽見河水的聲音才對。然而，他們卻只聽見蟋蟀的鳴叫，以及樹上幾隻烏鴉無精打采的叫聲。

他們穿過深切路，來到離黑嶺路約莫一英里遠的地方。地上滿是灰塵，路面坑坑疤疤，一旁還有兩個由於土壤凍漲現象而變得傾斜的標示。左邊那個寫著「建議四輪驅動車通行」，右邊那個則補充一句「橋梁限重量四噸以下車輛通行」。兩個招牌上全有著彈孔。

「我還真喜歡住在居民會定期練習打靶的小鎮，」班尼說。「讓我覺得就像有蓋里達保護一樣安全。」

「是蓋達組織啦，笨蛋。」小喬說。

班尼搖搖頭，露出寬容的微笑。「我說的是艾爾．蓋里達，就是那個搬到緬因州西部避免被抓的恐怖墨西哥搶匪——」

「我們來試試輻射計數器。」諾莉說，停下單車。

輻射計數器就放在班尼的單車後座上頭。他們從克萊兒的抹布籃裡，拿了幾條舊毛巾把它包了起來。班尼拿起輻射計數器遞給小喬。在混濁的景色中，黃色的輻射計數器是最顯目的東西。班尼的微笑消失了。「你來吧。我太緊張了。」

小喬想了一會兒，又把它遞給諾莉。

「膽小鬼。」她並未太兇的說，接著打開開關，指針馬上跳到了「+50」的位置。小喬盯著指數看，覺得心臟突然跳上了喉嚨，而非原本所在的胸口。

「哇喔！」班尼說。「我們要起飛了。」

諾莉看著穩定的指針（但離紅色區域還有一半的刻度距離），對小喬說：「繼續前進？」

「當然。」他說。

## 12

警局內並未電力短缺——至少還沒。日光燈散發令人沮喪的單調光芒，照在地下室鋪著綠色油布的磁磚走道上。無論清晨午夜，燈光總是讓這裡如同中午一樣。蘭道夫局長與費德．丹頓護送巴比走下台階（如果握緊拳頭，夾著他的雙臂能以「護送」形容的話）。兩名女警則槍口朝下，跟在他們身後。

樓梯口左方是檔案室，右方則是五間牢房，其中四間兩兩相對，另一間則在最深的盡頭處。最後那間是最小的一間，只有一張狹窄的架式床鋪，以及無法坐下的鐵製便盆。這就是他們準備把他架進去的牢房。

這是彼得．蘭道夫接到的命令——下令的人是老詹——就連在超市暴動中最惡劣的人，也在說了幾句以後保證不會再犯的話就被釋放了（誰管他們要去哪裡？），所以他們一心認為這幾間牢房應該全是空的才對。正因如此，當埋伏在四號牢房的馬文．瑟爾斯衝出來時，他們全都嚇了一跳。他頭上包紮傷口的繃帶鬆脫開來，臉上戴著墨鏡好遮掩明顯的黑眼圈，手裡則拿著一隻足尖裝有重物的運動襪，成了一個自製的流星錘。巴比首先閃過的念頭，就是自己被隱形人襲擊了。

「混蛋！」馬文大喊，揮舞著他的流星錘。巴比躲開攻擊，流星錘自他頭頂掠過，打中費德．丹頓的肩膀。費德大叫一聲，放開巴比。在他們身後，兩名女警大喊起來。

「他媽的兇手！你買通了誰來砸我的頭？啊？」馬文再度攻擊，打中巴比左臂的二頭肌處。他的手看來是暫時無法舉起了。裡頭裝的不是沙子，而是紙鎮之類的東西。說不定是玻璃或金屬材質，但至少還是圓的，要是那東西有硬角的話，肯定會讓他血流如注。

「你他媽的操他媽！」馬文大吼，再度揮舞裝有東西的襪子。蘭道夫局長向後躲去，同樣放開了巴比。巴比一把抓住襪子頂端，表情因襪子底部的東西撞到手腕而抽搐了一下。他用力往後扯，設法奪走馬文．瑟爾斯的自製武器。就在此時，馬文的繃帶落了下來，遮住墨鏡前方，就像眼罩一樣。

「別動，不許動！」賈姬．威廷頓大叫。「停下來，嫌犯，我只警告你一次！」

巴比感覺到肩胛骨之間被一個冰涼的圓柱頂著。他沒看到那是什麼，但不用看也知道，賈姬已舉起了槍。要是她開槍的話，子彈就會穿過那裡。她的確很有可能開槍，因為這是個小鎮，真正的麻煩幾乎都是陌生人引起的，就連專業人士在他們眼中，也跟業餘的沒兩樣。

他放開襪子，沒理會那東西砸在地板油布上的聲響，隨即高舉雙手。「女士，我已經放手了！」他大喊。「女士，我沒有武器，請把妳的槍放下！」

馬文把滑落的繃帶撥開，繃帶就像印度頭巾的末端，在他後方垂盪著。他揍了巴比兩拳，一拳太陽穴，一拳則又朝腹部打去。這回巴比沒有準備，肺裡的空氣被擠了出來，讓他發出痛苦的喘息聲。他彎腰跪倒在地。馬文用拳頭捶向他的頸背——動手的也有可能是費德，同時巴比也清楚，這甚至有可能是他們那大無畏的領導者親自出的手——使他趴倒在地，眼前的世界變得模糊不清，只能看見地板油布上的一塊缺口，清楚的程度令人驚嘆。當然啦，怎麼會不清楚呢？那個缺口離他雙眼不到一英寸而已。

「住手，住手，別再打了！」一聲音彷彿自十分遙遠的地方傳來，但巴比相當肯定，出聲的人是生鏽克的妻子。「他已經趴下了，你沒看見他已經趴下了嗎？」

有好幾隻腳圍繞著他，像是在跳著複雜的舞步。有個人一腳踩上他的屁股，喊了聲「操！」然後又在髖部補上一腳。這一切彷彿離他十分遙遠，之後或許會痛得很，但就現在來說，情況還不算太糟糕。

有幾隻手抓住了他，把他硬扯起來。巴比試著想抬起頭，但整體來看，這動作只會更容易讓他的頭保持繼續垂著而已。他被帶進大廳，朝盡頭那間牢房前進，雙腳滑過綠色油布。丹頓剛才在樓上說了什麼？你的套房已經準備好了。

不過我很懷疑這裡是不是會提供免費薄荷糖，或是鋪床服務什麼的。巴比想。不過他不在意這點，只希望能獨自一人養傷就好。

有某個人在牢房外朝他屁股踹了一腳，好讓他快點進去。他撲向前方，舉起右手，不讓臉部成為第一個撞上綠色磚牆的東西，同時努力想舉起左手，但手肘以下依舊動彈不得。他設法護住頭部，也成功了，身子搖搖晃晃地反彈回來，在床鋪旁再度跪倒在地，彷彿要開始祈禱似的。在他身後，牢房大門沿軌道關了起來。瑟爾斯怒瞪著巴比（燈光的強度，使此刻斜掛在他鼻子上的墨鏡遮掩度變得較弱了些），而丹頓則在幫他解開剩下的繃帶。在男性警員後方，兩名女警正朝樓梯口走去。她們全都散發出相同的困惑與沮喪感。琳達．艾佛瑞特的臉色比先前更為蒼白，巴比覺得自己在她睫毛間看見了一滴淚水。

巴比振作起自己剩餘的意志，對她大喊：「艾佛瑞特警官！」

她身子略微抖動，嚇了一跳。之前有人叫過她艾佛瑞特警官嗎？或許在路口站崗時，有被小學生這麼叫過吧。一直到這週以前，那原本算是兼職員警最為重大的責任呢。

「艾佛瑞特警官！女士！拜託，女士！」

「閉嘴！」費德．丹頓說。

巴比完全沒理他。他原本以為自己的語氣會很正常，至少也只是有些陰沉而已，但此刻，他的聲音聽來卻如此駭人。

「叫妳丈夫驗屍！尤其是帕金斯太太的！女士，他非得驗屍不可！他們不會把屍體送到醫院！雷尼不會讓他們——」

彼得．蘭道夫大步走上前。巴比看見他自費德．丹頓腰帶間抽出一個東西，於是想用雙手護住頭部，只是，他的手臂實在重到抬不起來。

「你說夠了吧，小子。」蘭道夫說。他拿著防身噴霧，把手探進牢房鐵欄，另一隻手還緊握著槍柄不放。

## 13

騎到生鏽的黑嶺橋一半時，諾莉停下單車，在原地看向遠方的另一頭。

「我們最好趁還有陽光的時候繼續往前。」小喬說。

「我知道，可是你看那邊。」諾莉說，用手一指。

在另一側岸邊，普雷斯提溪的溪水在穹頂降下前原本應該流經的地方，水位已快速下降，變成乾涸的泥地。那裡有四具鹿屍，一具公鹿，兩具母鹿，還有一具是幼鹿的。四具屍體的體積都不小；牠們一定在磨坊鎮度過了很棒的夏日時光，被餵得飽飽的。小喬可以看見成群蒼蠅圍繞在屍體旁，甚至聽得見催眠般的嗡嗡聲。要是在先前的正常時光中，這聲音一定會被水聲蓋過。

「牠們發生了什麼事？」班尼問。「你覺得會是我們要找的那東西害的嗎？」

「如果你說的是輻射的話，」小喬說。「我不認為會影響得那麼快。」

「除非是很強的輻射。」諾莉不安的說。

小喬指向輻射計數器的指針。「或許吧，但這還不算很高。就算輻射值到了紅色區域，我也不覺得會在三天內就讓鹿那麼大的動物死掉。」

班尼說：「那隻公鹿斷了條腿，從這裡就可以看得見。」

「我確定其中還有頭母鹿斷了兩條腿，」諾莉說，用手遮住陽光。「前面那隻。你有看到彎得有多厲害嗎？」

小喬覺得，那頭母鹿看起來像是在死前試著做一些高難度的體操動作。

「我覺得牠們是自殺的，」諾莉說。「應該就像老鼠之類的東西跳崖自盡一樣。」

「女鼠。」班尼說。

「是『旅』鼠，豬腦。」小喬說。

「牠們是試著想逃離什麼嗎？」諾莉問。「是嗎？」

兩個男孩都沒回答。此刻，他們看起來都比上週還年輕，就像孩子被迫聽了過度恐怖的鬼故事一樣。他們三人站在各自的單車旁看向死鹿，耳邊圍繞蒼蠅那催眠般的嗡嗡聲響。

「繼續前進？」小喬問。

「我想我們非這麼做不可。」諾莉說。她的腿往後一揮，踢起停車桿，跨坐在單車上。

「說得對。」小喬說，騎上了他的自行車。

「哎呀呀，」班尼說。「你們又把我拉進了另一個嚴重的爛攤子裡。」

「啊？」

「算了，」班尼說。「走吧，我的好兄弟，上路吧。」

在橋的另一側，他們這才發現那四隻鹿的腿全斷了。其中那頭幼鹿還撞碎了頭蓋骨，或許是在跳下來時，撞上了先前被溪水遮蓋住的大石頭吧。

「再試試看輻射計數器。」小喬說。

諾莉開啟開關。這回指針只比「+75」略低一些。

## 14

彼得．蘭道夫從公爵．帕金斯的辦公桌抽屜裡翻出一台老舊的磁帶式錄音機，在測試過後，發現電池還有電。小詹．雷尼走進來時，蘭道夫按下錄音鍵，把這台新力牌的小型錄音機放在桌子角落，讓這名年輕人可以看得見它。

小詹先前的頭痛，此刻已轉為頭部左側的悶沉聲響。他先前與父親已經討論過了，知道該說什麼，也覺得自己足夠冷靜。

「這就跟硬式壘球一樣，」老詹說。「只是個形式罷了。」

的確就是這樣。

「你是怎麼發現屍體的，孩子？」蘭道夫問，在辦公桌後方的旋轉椅上左右晃動。他清掉帕金斯所有的私人物品，放在房間另一側的檔案櫃中。如今，隨著布蘭達已死，他覺得自己大可把那些東西當成垃圾直接丟掉。沒什麼近親，也就不會有什麼值錢的東西留下來。

「呃，」小詹說。「我又回去一一七號公路巡邏——從頭到尾都錯過了超市的事件——」

「那是你的運氣，」蘭道夫說。「如果你不介意我說粗話，我會說那根本是件雞巴事。咖啡？」

「謝謝，不用了，長官。我很容易偏頭痛，咖啡會使情況更嚴重。」

「反正也是個壞習慣。沒抽菸壞，但也不好。你知道我在受洗前本來有抽菸的習慣嗎？」

「不知道，長官，我還真的不知道。」小詹希望這個白癡能停止這些廢話，讓他能把故事說完，盡早離開這裡。

「嗯，是萊斯特．科金斯幫我施洗禮的。」蘭道夫把雙手放在胸前。「全身都浸在普雷斯提溪裡，就這麼把心獻給了耶穌。我不像有些人虔誠到經常去做禮拜，也肯定不像你爸那麼虔誠。不過呢，科金斯牧師是個好人。」蘭道夫搖搖頭。「戴爾．芭芭拉真是沒天良，還老是裝出一副自己很有良心的模樣。」

「沒錯，長官。」

「我還有很多問題要問他。我用噴霧整了他一次，這在他之後會遇到的事情裡，只能算是小小的預付款而已。所以，你又回去巡邏，然後呢？」

「我記得好像有人告訴我，說看見安安的車還在車庫裡。你知道的，當然是麥卡因家的車庫。」

「誰告訴你的？」

「法蘭克？」小詹揉了揉太陽穴。「我想應該是法蘭克吧。」

「繼續。」

「總之，我從車庫的窗子往裡看，她的車的確停在裡面。我走到門口按電鈴，但沒人應答，接著因為有點擔心，所以又繞到後頭，聞到了……一股味道。」

蘭道夫同情的點點頭。「基本上，只要跟著鼻子就對了。這是很好的辦案方式，孩子。」

小詹打量著蘭道夫，納悶他到底是在說笑，還是刻意想套話。但局長的眼神只有坦率的欽佩而已。小詹發現，他父親或許真找到了一個好幫手（其實他想到的第一個詞是幫兇），而且甚至比老安．桑德斯還蠢。他原本還以為這根本不可能。

「繼續，把話說完。我知道這對你來說很痛苦，對我們每個人來說也全都一樣。」

「是，長官。基本上就跟你說的一樣。後門沒上鎖，於是我跟著味道，去了儲藏室那裡。我簡直無法相信自己發現了什麼事。」

「接著你就看見軍籍牌了？」

「對。不對，是類似的東西。我看見安安手上握著什麼東西……上頭附著鍊子……但我不確定那是什麼，而且也不想碰任何東西。」小詹謙虛地望向下方。「我知道自己只是個菜鳥而已。」

「幹得好，」蘭道夫說。「非常聰明。你知道的，在正常情況下，我們可以從州立檢察總長辦公處找來一整隊鑑識小組——可以完全逮到芭芭拉的把柄——但現在並非正常情況。不過我得說，我們的證據已經夠了。只有傻瓜才會忘了自己的軍籍牌。」

「我用手機打給我父親。因為根據無線電通訊來看，我想你應該忙得很——」

「忙？」蘭道夫翻了個白眼。「孩子，那可不只是忙。你打給你爸是正確的決定，畢竟他是鎮公所的成員。」

「爸聯絡了兩名警官，分別是費德．丹頓與賈姬．威廷頓，接著他們便抵達了麥卡因家。琳達．艾佛瑞特在費德拍攝犯罪現場相片的時候抵達現場。接著史都華．鮑伊和他弟也開著靈車到了。我爸覺得這麼做比較好，畢竟，醫院那邊因為暴動的事情忙翻了。」

蘭道夫點了點頭。「就是這樣。讓醫院幫助活著的人，同時讓死者有地方可去。是誰發現軍籍牌的？」

「賈姬。她用鉛筆撥開安安的手指，軍籍牌就這麼掉到地上。費德有拍下過程中的相片。」

「這對審訊很有幫助，」蘭道夫說。「要是穹頂沒消失的話，我們只能靠自己處理這件案子。但一切不成問題。你也知道聖經是怎麼說的：只要有信心，我們連山都可以移走。你是什麼時候發現屍體的，孩子？」

「中午左右。」在我花了一點時間與女友們道別之後。

「你馬上就聯絡你父親了？」

「沒有馬上。」小詹一臉真誠地看著蘭道夫。「我忍不住先到外面吐了一遍。他們被打得太慘了，我這輩子從來沒看過這種情況。」他長長地嘆了口氣，小心翼翼地在嘆息聲中加入一個微微顫抖。錄音機可能錄不到那個顫抖，但蘭道夫一定會印象深刻。「當我吐完以後，才打電話給我爸。」

「好，我想這樣就夠了。」沒有其他關於時間順序，或是他那趟「晨間巡邏」等問題；甚至沒叫小詹寫份報告（不過這是件好事，這幾天若是要他寫東西，肯定會讓他的頭又開始疼痛起來）。蘭道夫俯身關掉錄音機。「謝謝，小詹。接下來你要先回去休息嗎？回家休息好了，你看起來很累。」

「我想留在這裡看你審訊芭芭拉，長官。」

「呃，別擔心自己會錯過這場好戲。我們會給他二十四小時，讓他實際感受一下擔心受怕的滋味。這是你爸的點子，棒極了。我們會在明天下午或晚上審訊他，我向你保證，到時你可以在場參與。我們要養足精神，好好的審訊他。」

「是，長官。太好了。」

「我們絕不會輕易放過他。」

「絕不，長官。」

「這得要感謝穹頂，至少我們不用把他轉交到郡警署那裡。」蘭道夫充滿熱情地看著小詹。「孩子，這可真是『這裡事這裡畢』的實際案例啊。」

小詹不知道該回答「是，長官」或「不，長官」，因為他根本聽不懂這個辦公桌後頭的白癡到底在說些什麼。

蘭道夫就這麼熱情洋溢地看了小詹好一會兒，彷彿像是在對自己擔保，他們彼此都很了解對方，接著才拍了個手，站起身來。「回家吧，小詹。你一定有點害怕。」

「是，長官，的確如此。你說得對，我想我是該好好休息一下。」

「科金斯牧師幫我洗禮時，我的口袋裡還放了包菸，」蘭道夫以一種呵護般的口吻回憶。他用一隻手摟著小詹的肩，與他一同走到門口。小詹裝出一副認真傾聽的神情，但心裡卻在對那隻沉重的手臂尖叫，感覺就像繫了一條肉做的領帶似的。「當然，那些菸全毀了。不過，從此我再也沒買過任何一包菸。上帝的親生子把我從惡魔的菸草裡拯救出來。這是多麼了不起的恩典啊！」

「太神奇了。」小詹隨口應付。

「當然，布蘭達和安安會吸引大多數人的注意，這很正常——一個是鎮上的名人，一個則是本來還有大把光陰可以揮霍的年輕女孩——不過科金斯牧師也有他的支持者，這還不包括那群為數眾多的信徒呢。」

小詹可以從左眼看見蘭道夫那隻手指粗短的手，不禁納悶起來，要是他突然轉頭咬他手指，會發生什麼事？或許他還能把其中一根手指咬斷，吐在地板上。

「別忘了小桃。」他不知道自己為什麼會這麼說，但這話的確起了作用。蘭道夫把手從他肩膀上放下，看起來像是被雷打到一樣。小詹發現，他根本忘了小桃的事。

「喔，天啊，」蘭道夫說。「小桃。有人聯絡老安，告訴他這件事嗎？」

「我不知道，長官。」

「你爸爸應該有打吧？」

「他一直都忙得很。」

這是真的。老詹一直待在家裡的書房，寫著星期四晚上鎮民大會用的演講稿。他要說服鎮民，投票讓公共事務行政委員在這段危機期間擁有緊急狀況的執政權。

「我還是打給他好了。」蘭道夫說。「不過或許該先祈禱一下。你要跟我一起跪下禱告嗎？孩子？」

小詹寧可把打火機油灑在他褲子上，一把燒掉他的睪丸，但卻沒說出口。「自己一個人對上帝說話，這樣會更能清楚聽見祂的回答。我爸總是這麼說。」

「說得對，孩子。這是個好建議。」

在蘭道夫再度開口前，小詹便趕緊離開辦公室，走出警局。他用走的回家，心情沉重，哀悼著失去女友的事，納悶自己是否還能找到另一個女友。說不定還不只一個。

穹頂之下，什麼都有可能。

# 15

彼得・蘭道夫的確有嘗試祈禱，但心裡實在亂得很。更何況，天助自助者，他不認為這話出自聖經，但也堪稱真理。他自牆上公告欄釘著的通訊錄裡找到老安・桑德斯的號碼，並撥了電話給他。他希望對方不會接聽，但鈴聲才剛響起，這傢伙就接了電話——凡事好像總是如此。

「哈囉，老安。我是蘭道夫局長。我有個不幸的消息要告訴你，我的朋友。你最好先坐下來。」

這是場難熬的對話，就跟身處地獄沒兩樣。當這通電話總算結束以後，蘭道夫用手指不停敲打著辦公桌。他開始在想——再度想起——公爵・帕金斯坐在這張辦公桌後頭時，是不是曾經感到後悔過。或許不會吧。這份差事比他想像中更加困難與麻煩，一間私人辦公室根本不值得這麼做。甚至就連綠色的局長座車也是；每次他進到前座，屁股坐在被公爵肥厚雙腿壓出的凹痕裡時，總會浮現相同的念頭：你高攀不起這份差事。

桑德斯要過來一趟，當面見見芭芭拉。蘭道夫試著勸他別這麼做，建議老安最好還是把時間花在跪下來為妻子與女兒的靈魂祈禱上頭，但話才說到一半——還來不及提到十字架的力量時——老安便已掛斷電話。

蘭道夫嘆了口氣，打了另一支電話號碼。在兩聲鈴響後，老詹暴躁的聲音傳進他的耳內。

「喂？什麼事？」

「是我，老詹。我知道你在忙，也不想打擾你，但你可以過來一趟嗎？我這裡有件事需要你幫個忙。」

## 16

三個孩子站在午後的陽光中，光線不知為何顯得黯然無光，天空的顏色明顯偏黃。他們看著電話線杆下方的一具熊屍。彎曲傾斜的電話線杆有四呎高，漆有木餾油的木材裂了開來，鮮血濺在四周。那裡還有其他東西。小喬猜，那些白色東西應該是骨頭碎片，而灰色斑點則是腹──

他轉過身，試著不讓自己吐出來。他差點就成功了，只是班尼卻吐了出來──還伴隨著一聲巨大溼黏的「嘔」──諾莉隨之跟進，使小喬因此無法抑止，加入了他們的行列之中。

當他們又能控制自己以後，小喬放下背包，拿出三瓶茶來，遞給他們。他用第一口甜茶漱口，把茶吐了出來，諾莉與班尼也同樣這麼做，接著三個人才真的喝了起來。甜茶是溫的，但對於小喬刺痛的喉嚨來說，感覺就像甘露一樣。

諾莉小心朝電話線杆下頭那群嗡嗡作響的黑色蒼蠅跨出兩步。「就跟鹿一樣，」她說。「這隻可憐蟲沒有河岸能跳，所以只好一頭撞死在電話線杆上。」

「或許牠得了狂犬病，」班尼無力地說。「或許那些鹿也是。」

小喬覺得這說法的確有可能，但卻不太相信。「我一直在思考這件自殺的事。」他痛恨聽見自己的聲音不斷顫抖，但也無能為力。「鯨魚與海豚也會這樣──牠們會跳到岸上，我在電視上看過。我爸說就連章魚也會。」

「魚，」諾莉說。「是章魚。」

「隨便。我爸說，當牠們的生存環境被污染時，就會吃自己的觸鬚。」

「老兄，你要我再吐一遍嗎？」班尼疲累地問，像是在發牢騷。

「所以這裡的情況就是這樣？」諾莉問。「環境污染？」

小喬瞥了一眼黃色天空，指向西南方，也就是導彈射中穹頂那塊浮在空中的黑色污痕。那塊污痕看起來有二、三百英尺高，寬則一英里。或許範圍還更加廣闊。

「好吧，」她說。「但這裡情況不同，不是嗎？」

小喬聳了聳肩。

「要是我們突然想自殺的話，或許就該趕快回頭，」班尼說。「我還得活著做很多事。我還沒玩完《戰鎚》[106]呢！」

「要朝熊那裡試試看輻射計數器嗎？」諾莉說。

小喬朝熊屍舉起計數器。指針並未下降，但也沒有上升。

諾莉指向東邊。在他們前方，有條道路就在黑橡樹林之間，這座山的名字正是因為這塊樹林。只要穿過這座樹林，小喬認為他們就能看見山頂那片果園。

「至少穿過那片樹林再說，」她說。「我們在那邊再測一次，要是指數還在上漲，就回鎮上告訴艾佛瑞特醫生或芭芭拉，不然就是兩個人一起通報，讓他們自己處理。」

班尼看起來有些遲疑。「我不太確定耶。」

「要是我們發現有什麼不對勁的話，就馬上回頭。」小喬說。

「如果對事情有幫助，我們就該堅持下去，」諾莉說。「我想在我腦袋完全壞掉前，還能自由離開磨坊鎮。」

她面露微笑，表示這只是句玩笑話，但聽起來卻不像玩笑，小喬也不這麼認為。許多人愛開玩笑說，磨坊鎮只是個小村落——這可能就是詹姆士．麥克穆提那首歌會在這裡那麼受歡迎的原因——仔細想想，這裡的確是，他如此想著，就算從人口統計學的角度來看也一樣。他唯一可以想到的亞裔居民，只有帕米拉．陳。她有時會在圖書館裡幫梅麗莎．傑米森的忙。自從拉維提一家人搬到奧本鎮後，便沒有半個黑人居民。這裡沒有麥當勞，更別說是星巴克，就連電影院也倒閉了。然而，他原本還覺得這裡大得很，有足夠的空間讓他流浪，直到此時此刻為止。一旦他意識到父母無法再開著休旅車到處跑，還有開到路易斯頓的尤達餐廳去吃炒蜆與冰淇淋，才發現這個鎮突然縮小了太多太多。除此之外，鎮上雖有足夠的資源，但也無法永遠持續下去。

「你說得對，」他說。「這件事很重要，值得冒這個險。至少我這麼認為。要是你想的話，可以留在這裡，班尼。接下來的任務，需要夠嚴肅的志願者。」

「不要，我要加入。」班尼說。「要是我讓你們這兩個傢伙就這麼拋下我，以後一定會被你們當成小狗使喚。」

「你早就是了！」小喬與諾莉一起大喊，看著對方笑了起來。

## 17

「對，哭啊！」

這聲音來自遙遠的地方。巴比努力想找到聲音來源，但卻難以睜開灼熱的雙眼。

「你得為了許多事大哭特哭！」

說這話的人，聲音聽起來像是同樣在哭，而且聲音耳熟得很。巴比想睜開雙眼，卻覺得眼皮腫脹沉重。他的雙眼隨著心跳顫動，由於鼻腔被完全塞住，所以在他吞口水時，便會於他耳中形

⑯ Warhammer，一款由桌上遊戲改編而成的電腦遊戲。

成巨大聲響。

「你為什麼要殺她？為什麼要殺了我的寶貝？」

有個王八蛋用防身噴霧噴我。丹頓？不，是蘭道夫。

巴比試著用雙手手掌貼緊眉毛，往上一提，這才總算把眼皮撐開。他看見老安．桑德斯站在牢房外，兩頰全是滾落的淚水。在桑德斯眼裡，這看起來會是什麼情況？有個傢伙在牢房裡，而且在牢房裡的人，看起來往往有罪。

桑德斯大喊出聲。「我只剩下她了！」

蘭道夫就站在他身後，一臉尷尬不安，像是一個在廁所門口等了二十分鐘的孩子。就算他的雙眼灼痛，鼻腔滿是鼻水，巴比依舊沒對蘭道夫讓桑德斯過來這裡的事感到驚訝。這與桑德斯是鎮上的首席公共事務行政委員無關，只是因為蘭道夫根本無法拒絕他罷了。

「好了，老安，」蘭道夫說。「夠了。雖然我認為這樣不好，但因為你想親眼見他，所以我還是讓你來了。他被關得滴水不漏，遲早會為他的所作所為付出代價。我們上樓吧，讓我幫你倒杯——」

老安抓住蘭道夫的制服。老安比他矮了四吋，但蘭道夫看起來仍是滿臉驚恐的模樣。巴比並不怪他，雖然他的眼前全是一片暗紅，但仍足以讓他看出老安．桑德斯的滿腔怒火。

「把你的槍給我！這才是最適合他的審判！反正他會被判死刑！老詹說他有位高權重的朋友！讓我報仇！這是我應得的，把槍給我！」

巴比不認為蘭道夫會答應他的請求，在把槍交給他後，走得遠遠的，讓老安可以對身困牢房裡的他開槍，彷彿他是隻受困在水桶裡的老鼠。但他不敢完全肯定。畢竟，除了這個懦夫無法拒絕桑德斯的請求以外，或許還有其他理由，讓蘭道夫把桑德斯帶來這裡。

他掙扎著站起來。「桑德斯先生。」部分噴霧噴進了他的嘴裡，他的舌頭與喉嚨腫脹，在帶著鼻音的情況下，顯得毫無說服力可言。「我沒殺你女兒。我沒殺任何人。只要仔細想想，你就會發現你的好朋友雷尼需要一個替死鬼，而我就是那個最適合——」

但老安完全無法思考。他把雙手伸至蘭道夫的槍套，想掏出那把葛洛克手槍。蘭道夫掙扎著不讓他拿走。

就在此時，一個挺著大肚子的人走下樓梯，就算身材臃腫，卻仍動作優雅。

「老安！」老詹大喊。「老安，好兄弟——快過來！」

他張開雙臂。老安停止奪槍，朝他跑了過去，就像一個哭泣的孩子朝父親懷裡奔去一樣。老詹擁抱著他。

「我要槍！」老安模糊不清地說，臉上滿是淚痕與鼻涕，與老詹正面相望。「給我一把槍，老詹！現在！現在就要！我要為他幹的好事殺了他！這是一個父親的權力！他殺了我的寶貝女兒！」

「或許不只她而已，」老詹說。「或許不只安安、萊斯特，以及可憐的布蘭達。」哭聲戛然而止。老安呆若木雞地凝視老詹肥厚的臉孔，被他的話給吸引住了。

「或許還有你老婆、公爵、蜜拉．伊凡斯，其他所有的人。」

「什……」

「有人得為穹頂的事負責，兄弟——我說得對嗎？」

「對……」老安無法開口說話，但對老詹認同地點著頭。

「要我來說，幹下這件事的那群人，至少要有一個待在穹頂裡。有人得要搧風點火。還有誰會比一個短期約聘廚師更適合搧風點火的？」他用一隻手摟著老安的肩，帶著他朝蘭道夫局長走去。老詹轉頭看了一眼巴比紅腫的臉，彷彿在找尋什麼把柄似的。「我們會找到證據的。我完全不懷疑這點。他已經證明了自己不夠聰明，無法湮滅證據。」

巴比把注意力集中在蘭道夫身上。「這是刻意安排的，」他用模糊不清的鼻音說。「或許一開始，是因為雷尼需要保護自己，但現在，這件事變成了赤裸裸的權力鬥爭。你現在還不會成為犧牲品，局長，但等到一切都來不及時，你也會有同樣的下場。」

「閉嘴。」蘭道夫說。

雷尼輕撫老安的頭髮，讓巴比想起以前家裡養的可卡犬丫頭。丫頭年紀大了以後，變得比較笨，還會出現失禁狀況，當時他的母親就是這麼輕撫牠的。「他會付出代價，老安——我向你保證。但我們得先問出所有細節：怎麼做的？為什麼？在哪裡？還有誰參與？絕對不只他一個人，我可以拿自己那根樹枝來打賭。他還有同夥。他會付出代價的，但我們得先把他知道的事給榨乾才行。」

「什麼代價？」老安問。他一直抬頭望著老詹，現在幾乎變得興奮起來。「他會付出什麼代價？」

「呃，要是他知道怎麼讓穹頂消失——我不會讓他混過這件事——我猜，我們可以心滿意足的看著他被送進蕭山克監獄，終身不得假釋。」

「這還不夠好。」老安喃喃地說。

雷尼仍繼續輕撫老安的頭。「要是穹頂沒消失呢？」他露出微笑。「那麼這件事就只能讓我們自己處理了。只要一旦確定他的罪行，我們就判他死刑。這樣你滿意了吧？」

「好多了。」老安低噥著說。

「我也是，兄弟。」

拍拍頭。拍拍頭。

「我也是。」

## 18

他們三個並肩穿過樹林，接著停下單車，抬頭望向果園。

「那裡有什麼東西！」班尼說。「我看到了！」他的聲音聽起來很興奮，但在小喬耳裡，卻也有種強烈的古怪感。

「我也看到了，」諾莉說。「那看起來像是一……一個……」她原本想說無線電標示，但卻沒能說出口來。她只發出「呃——」的一聲，就像還在學步期的孩子在沙堆裡玩著玩具卡車一樣，隨即從單車上摔了下來，四肢著地。

「諾莉？」小喬低頭看著她——困惑的情緒大於察覺事情不對勁——接著抬頭望向班尼。他們的視線不過才剛剛交會，班尼便跟著倒了下來，整輛單車還壓在身上。他開始抽搐，雙腳亂踢，像是想把地面給踢到一旁。輻射計數器掉進路旁水溝，儀表板那面朝向下方。

小喬驚慌的跑過去，努力伸長手臂，就像是橡膠被拉長一樣，撿起了輻射計數器。他把黃色計數器轉過來，指針此刻已跳至「+200」的位置，就在紅色危險區的邊緣下方而已。他看著指針，隨即墜入滿是橘色火光的黑洞中。他覺得那東西像是從巨人的南瓜田裡來的——而且還是裡頭閃爍火光的萬聖節南瓜頭。某處有聲音呼喊著：昏倒吧，害怕吧。接著，黑暗便吞噬了他。

## 19

茱莉亞離開超市，回到《民主報》辦公室時，湯尼．蓋伊這個原本是體育記者，現在成為整份報紙唯一一個記者的人，正在筆記型電腦前不斷打字。她把相機遞給他。「停下手邊的工作，把相片印出來。」

她坐在自己的電腦前，開始寫起報導。她一直努力記住在主街時想到的文章開頭：美食城超市的前任經理厄尼．卡弗特叫群眾從後方進去，說他已為大家打開了門。但一切為時已晚。暴動已經開始了。這是個好開頭。問題是她寫不出來，一直不斷按錯字母。

「上樓躺一會兒吧。」湯尼說。

「不行，我得寫——」

「妳寫不出平常的水準。妳就像片樹葉一樣抖個不停。這件事太嚇人了。去躺個一小時左右吧。我會把相片印出來，檔案放在妳電腦桌面上，還會幫妳把筆記打成文字檔。上樓吧。」

她不喜歡這提議，但也承認他這話的確充滿智慧，只有她睡著的時間最後遠超過一小時這點說錯了而已。她從星期五晚上開始就沒睡過，感覺像是上個世紀的事。因此，在她的頭還沒碰到枕頭以前，便已陷入熟睡之中。

她醒來時，驚恐的發現臥室中的陰影變得很長，時間已經是傍晚了。荷瑞斯！牠一定會尿在某個角落，最後一臉羞愧地看著她，彷彿這是她的不對，與牠無關似的。

她穿上運動鞋，匆忙走進廚房，發現她的柯基犬並未在門邊哀鳴著想出去，而是一臉安詳地睡在爐子與冰箱間的毯子上。廚房桌上有張紙條，用鹽罐與胡椒罐壓著。

下午三點

茱莉亞——

彼特．費里曼跟我一起去採訪超市的事。這份報導不會偉大到哪裡去，但足以讓妳順利發刊。還有，妳的相片拍得不錯。羅密歐．波比有來過，說他那邊還有足夠的紙，所以這部分同樣不成問題。他還說，妳得寫篇關於這件事怎麼發生的報導。他說：「那些人相當不稱職，除非他們本來就希望事情會演變至此，否則超市停業的決定『完全沒有必要』。我不會就這樣放過那傢伙，而且我指的可不是蘭道夫。」彼特跟我都同意應該要有篇社論，不過我們得小心行事，直到所有事情都查出來為止。我們也一致認為，妳需要好好睡上一覺，才有辦法寫出那篇稿子。妳的眼皮就像掛了個行李箱一樣，老大！我會先回家陪陪老婆跟孩子。彼特過去警察局了，說好像有什麼大事發生，要過去看看是怎麼回事。

湯尼．蓋伊

PS！我帶荷瑞斯出去過了，牠把該拉的都拉了。

茱莉亞不希望荷瑞斯遺忘她是她生命中的一部分，所以吵醒了牠，餵牠吃了半條寵物肉乾，接著下樓寫報導，以及湯尼與彼特建議她寫的那篇社論。她才剛開始動工，手機便響了起來。

「《民主報》，我是夏威。」

「茱莉亞！」是彼特．費里曼。「我想妳最好過來一趟。馬蒂．阿瑟諾負責看守，他一直不讓我進去，只叫我到旁邊慢慢等，真該死！他明明不是警察，只是個夏天靠指揮交通賺點小錢的笨蛋而已，但現在卻一副自己是什麼了不起的酋長似的。」

「彼特，我還有一大堆跟山一樣高的事得做，除非——」

「布蘭達．帕金斯死了。還有安安．麥卡因、小桃．桑德斯——」

「什麼？」她猛地起身，把椅子都弄翻了。

「——跟萊斯特．科金斯。他們全被殺了。聽好了——戴爾．芭芭拉以謀殺罪名被他們逮捕了，現在就關在地下室的牢房裡。」

「我馬上就到。」

「噢，幹，」彼特說。「老安．桑德斯來了，他哭得眼珠子都要掉出來了。我應該要問點什麼，還是——」

「別在一個人三天前才失去妻子，現在又失去女兒的時候採訪他。我們可不是《紐約郵報》。我馬上過去。」

她沒等彼特回答就掛了電話。一開始，她還覺得自己足夠冷靜，甚至記得要鎖上辦公室的門，但不過才一踏上人行道，身處如同被菸草燻黃的天空之下，感受到那股悶熱空氣時，原本的冷靜便突然消失無蹤，開始奔跑起來。

## 20

小喬、諾莉與班尼躺在陽光熾烈的黑嶺路上，身子不斷抽搐，過熱的陽光讓他們感覺像是燒了起來一樣。一隻尚未進入自殺狀態的烏鴉停在電話線上，充滿智慧的明亮雙眼看著他們，叫了一聲，隨即拍打翅膀，飛進午後的詭異天空中。

「萬聖節。」小喬喃喃地說。

「叫他們停止尖叫。」班尼呻吟著。

「沒有太陽，」諾莉哭著說，雙手在空中摸索。「沒有太陽，喔，我的天啊，太陽再也不會出現了。」

位於黑嶺頂端，那座可以俯視整個卻斯特磨坊鎮的蘋果園裡，一道耀眼淡紫色光芒一閃而過。每隔十五秒鐘，光芒便會閃過一次。

## 21

茱莉亞匆忙走上警局前的台階，臉上睡醒時的浮腫仍未消退，頭髮十分毛燥。當彼特準備走下去到她身旁時，她搖了搖頭。「你最好先待在這裡。我一得到會面許可就打給你。」

「我們都需要樂觀一點，但也不能因此被蒙蔽了。」彼特說。「老安到這裡不久之後，妳猜誰來了？」他指向停在消防栓前的悍馬車。琳達・艾佛瑞特與賈姬・威廷頓就站在附近，專注在談話之中，兩個人看起來都被嚇壞了。

茱莉亞先是被警局裡的悶熱程度嚇了一跳——空調已經關了，或許是為了要節省電力。接著，則是被那群坐在附近的年輕人給嚇了一跳，其中有兩個還是恐怕只有老天知道究竟有多少成員的基連家男孩——這點從他們那鴨嘴般的飛機頭就能認得出來。這些年輕人似乎正在填寫表格。「要是你最後連這裡都找不到工作怎麼辦？」其中一個問另一個。

樓下傳來帶著哭腔的吼叫。是老安・桑德斯。

茱莉亞走向等候室，她一直是這裡多年來的常客，甚至還時常投錢到咖啡與甜甜圈基金的籃子裡。在此之前，她從未被人攔下，但此時馬蒂・阿瑟諾卻開了口：「妳不能進去，夏威小姐。這是命令。」他用充滿歉意與安撫意味的語氣說，這語氣八成沒用在彼特・費里曼身上。

這時，老詹・雷尼與老安・桑德斯正好從被磨坊鎮警員稱之為「雞舍」的地方上樓。老安正在哭泣，老詹則摟著他，不停說著安慰的話。彼得・蘭道夫尾隨在他們身後，身上的制服很是威風，但表情卻像差點就能逃離炸彈爆炸現場的人。

「老詹！彼得！」茱莉亞叫道。「我要跟你們談談，以《民主報》的名義！」

老詹只是轉頭看了她一眼，眼神像是在說：地獄裡的人也很想討杯冰水喝。接著，雷尼便帶老安朝局長辦公室走去，一面說著有關祈禱的事。

茱莉亞試圖衝過值班檯，但還是被一臉歉意的馬蒂給抓住手臂。

她說：「去年你求我不要讓你與妻子發生爭執的事上報，馬蒂，要不是我當時答應了你，否則你早就丟了工作。所以，要是你還有那麼一丁點兒感謝我，就讓我過去。」

馬蒂讓她過去了。「我試著要阻止妳，但妳就是不聽。」他低聲說。「記得這點。」

茱莉亞用跑的穿過等候室。「只要該死的一下就好，」她對老詹說。「你跟蘭道夫局長是鎮上的官員，所以你們非得跟我談談不可。」

這回，老詹給了她輕蔑與極度憤怒的一眼。「不，我們不用。妳沒資格進來這裡。」

「那他就有？」她問，用頭朝老安．桑德斯一比。「要是小桃的事跟我聽說的一樣，那他才是那個最不該下樓的人。」

「那個王八蛋殺了我寶貝女兒！」老安哭喊。

老詹用手指戳著茱莉亞。「等我們準備好以後，妳自然會有報導可寫。但不是現在。」

「我要見芭芭拉。」

「他因為四樁謀殺案被警方逮捕，難道妳瘋了不成？」

「要是連他涉嫌殺害的其中一名被害者的父親都能見他，為什麼我不行？」

「因為妳既不是受害者，也不是他們的親屬。」老詹齜牙咧嘴的說。

「他有律師嗎？」

「我跟妳沒話說了，女——」

「他不需要律師，只需要被吊死而已！他殺了我的寶貝女兒！」

「來吧，兄弟，」老詹說。「讓我們一起向主禱告。」

「你們有什麼證據？他認罪了嗎？如果沒有的話，他提供了什麼不在場證明？與被害者死亡的時間相符嗎？你們是不是甚至連死亡時間都不知道？要是屍體才剛被發現，你們怎麼可能知道？他們是被槍擊、刺死，還是——」

「彼得，把這個饒舌的巫婆趕走。」老詹頭也不回的說。「要是她不願意自己走，就把她給扔出去。還有，不管外面看守的人是誰，告訴他，他被炒魷魚了。」

馬蒂．阿瑟諾抖了一下，用一隻手摀住了雙眼。老詹陪著老安走進局長辦公室，將門關上。

「你們控告他了嗎？」茱莉亞問蘭道夫。「你很清楚，你們不能在他沒有律師陪同的情況下控告他，這是不合法的。」

雖然彼得．蘭道夫看起來並不危險，只是一副瞠目結舌的模樣，但還是說了句讓她心頭一涼的話。「直到穹頂消失以前，茱莉亞，我想合不合法是由我們決定的。」

「他們是什麼時候被殺的？只要告訴我這點就好。」

「好吧，那兩個女孩看起來是星——」

辦公室的門打開，她完全不懷疑，老詹剛才一直都站在門後偷聽。老安就坐在辦公桌後方，用雙手摀著臉。那張辦公桌的主人現在已是蘭道夫了。

「把她趕走！」老詹咆哮。「別讓我再說一遍！」

「你不能禁止他與別人會面，也不能拒絕告訴鎮上的人整件事的情形！」茱莉亞大喊。

「兩件事妳都錯了，」老詹說。「妳有聽過這句話嗎？『要是你無法幫忙解決問題，那你就是問題的一部分』？對，妳就是那個無法解決問題的人。妳只是個無聊的吵鬧鬼，一直都是。要是妳還不離開，就會被當場逮捕起來。我警告過妳了。」

「好啊！那就逮捕我啊！把我帶到樓下的牢房去！」她向前伸出雙手，手腕併攏，像是準備被銬上似的。

有那麼一瞬間，她以為老詹·雷尼會動手打她。想這麼做的願望清楚浮現在他臉上。然而，他只是對彼得·蘭道夫說：「我再說最後一次，把這個大吵大鬧的人趕走。要是她反抗的話，就把她丟出去。」他用力把門甩上。

蘭道夫握著她的手臂，視線避免與她交會，臉頰變成了剛出爐的紅磚顏色。就在此時，茱莉亞自己離開了。當她經過值班檯時，馬蒂·阿瑟諾語氣悲傷大過於憤怒地說：「這下好了。我就這麼突然沒了工作，簡直就是莫名其妙。」

「你不會失去工作的，馬蒂，」蘭道夫說。「我會說服他的。」

一會兒過後，她走到陽光閃爍的警局外頭。「所以，」彼特·費里曼說。「接下來怎麼辦？」

## 22

班尼是第一個醒來的人。除了覺得身體很熱——他的上衣被掀至看起來不太像超級英雄的胸口處——倒是沒什麼大礙。他爬到諾莉身旁，搖醒了她。諾莉睜開雙眼看著他，一臉茫然，頭髮黏在被汗濡溼的臉頰上。

「發生了什麼事？」她問。「我一定是睡著了。我做了夢，只做了一個，但完全想不起來了。不過我還記得是場惡夢。」

小喬·麥克萊奇翻了個身，用手撐著身體，跪起身來。

「喬喬？」班尼問。自從四年級以後，他還從來沒叫過他的朋友「喬喬」。「你還好嗎？」

「嗯。火堆上的南瓜。」

「什麼南瓜？」

小喬搖了搖頭。他不記得了，只知道自己想找塊可以遮蔭的地方，把剩下的甜茶喝掉，接著才又想起輻射計數器的事。他把它從水溝裡撿了起來，在確定還能運作後，總算鬆了口氣——看起來，二十世紀的東西果然比較耐用。

他讓班尼看了一眼「+200」的指數，也想叫諾莉看看，但她一直抬頭盯著通往黑嶺山頂那片果園的斜坡處。

「那是什麼？」她問，指向那裡。

剛開始，小喬什麼也沒看見，接著便是一道明亮的紫色光芒閃過眼前。光芒的強度幾乎稱得上刺眼。沒多久後，光芒再度閃過。他低頭看著手錶，想計算光芒間隔多久會出現一次，但卻發現手錶停在四點零二分的位置不動。

「我想，這就是我們要找的東西。」他說，站了起來。他還以為自己的雙腿會像橡膠一樣軟弱無力，但並沒有。除了天氣太熱以外，他覺得自己沒什麼問題。「現在，趁那東西還沒害我們失去生育能力或什麼之前，還是趕緊離開這個鬼地方吧。」

「老兄，」班尼說。「哪有人會想生小孩？他們可能會變得跟我們一樣耶。」話雖如此，他還是騎上了單車。

他們沿路往回騎，直到穿過鐵橋、回到一一九號公路以前，完全沒停下來休息與喝過東西。

——上冊完

國家圖書館出版品預行編目資料

穹頂之下（上）/史蒂芬・金Stephen King著；
劉韋廷譯 -- 初版. -- 臺北市：皇冠, 2013.11 [民102]
面；公分 -- (皇冠叢書；第4351種 史蒂芬金選；27)
譯自：Under the Dome
ISBN 978-957-33-3029-5 (平裝)

874.57　　102020353

皇冠叢書第4351種

**史蒂芬金選 27**

# 穹頂之下[上]

Under the Dome



作　　者—史蒂芬・金
譯　　者—劉韋廷
發 行 人—平雲
出版發行—皇冠文化出版有限公司
台北市敦化北路120巷50號
電話◎02-27168888
郵撥帳號◎15261516號
皇冠出版社(香港)有限公司
香港上環文咸東街50號寶恒商業中心
23樓2301-3室
電話◎2529-1778　傳真◎2527-0904
責任編輯—張懿祥
美術設計—王瓊瑤
著作完成日期—2009年
初版一刷日期—2013年11月
初版三刷日期—2016年07月
法律顧問—王惠光律師

讀者服務傳真專線◎02-27150507
電腦編號◎508027
ISBN◎978-957-33-3029-5
Printed in Taiwan
上下冊不分售・定價◎新台幣799元/港幣266元